JN126305

伊参スタジオ映画祭
いさま
シナリオ大賞2003-2019

目次

ごあいさつ　4

伊参スタジオ映画祭シナリオ大賞作品集に寄せて　6

伊参スタジオ映画祭シナリオ大賞受賞作品　13

伊参スタジオ映画祭 実行委員長
岡安賢一（おかやすけんいち）

20年目のプロローグ

群馬県中之条町の山あいに佇む木造校舎はかつて、その地名をとって「伊参（いさま）中学校」と呼ばれていました。学校の統廃合が進み取り壊しが決まっていたその校舎は、群馬県人口２００万人突破を記念して作られた映画『眠る男』（小栗康平監督／１９９６）の撮影拠点に選ばれ、続けて、山崎まさよしさん主演の映画『月とキャベツ』（篠原哲雄監督／１９９６）が撮影されました。その後、校舎は映画資料などを展示する町営施設「伊参スタジオ」へと生まれ変わり、２００１年からは地元ボランティアが中心となり「伊参スタジオ映画祭」がスタート。以後20年間に渡り、校舎隣の体育館に貼られたスクリーンには様々な映画が映されてきました。その中には、篠原哲雄監督が山崎まさよしさんを再び主演に迎えた『影踏み』（２０１９）もあります。これは、伊参スタジオ映画祭が縁を結び、横山秀夫さんの小説を映画化した作品です。

この書籍は「伊参スタジオ映画祭」20周年を記念し、２００３年からはじまり以後映画祭の中心企画となっている「シナリオ大賞」の大賞受賞作品34本を集めたものです。「シナリオ大賞」は若手映画監督の発掘・支援を目的とし、映画化を前提としたシナリオを公募する全国的にみても珍しい試みです。最終審査員を篠原哲雄監督、松岡周作プロデューサー、豊島圭介監督、シナリオセンターの坂井昌三さん、脚本家の龍居由佳里さん、作家の横山秀夫さんが務め、過去様々な作品を大賞に選出してきました。大賞作品は1年をかけ中之条町を中心に撮影・映画化され、翌年の映画祭で上映。受賞監督の中には、後に商業映画監督を務めている方、脚本家として活躍している方もいます。

この書籍を手にとってくれたあなたは、脚本家志望なのか、監督志望なのか、読み物が好きなのか、映画祭のお客様なのか・・想像することしかできませんが、ここに収められた34本のシナリオには書き手の思い、これを映画にするんだという必然性に溢れています。シナリオは小説以上に、その場面の景色、登場人物の気持ちなどを「読み手が想像できる」ものだと思っています。本を読み進め、あなたの想像の中でこれらの映画が上映された後には、きっと豊かなものが残ると思います。

最後に、出版にあたりご協力いただいた歴代大賞受賞者の皆様、審査員の皆様、クラウドファンディングで応援いただいた皆様、そして中之条町を筆頭に、伊参スタジオ映画祭を支えてくださっている皆様に感謝します。

それでは、これより映画がはじまります。

中之条町長
伊能正夫（いよくまさお）

おもてなしとつながりを大切に

伊参スタジオ映画祭が20周年を迎えられたこと、また「シナリオ大賞作品集」が発行されましたこと、誠におめでとうございます。ボランティアとして、映画祭運営に長年携わられてきた実行委員会の皆様には深く敬意を表します。

本映画祭は、映画祭当日に振舞われる手作りカレーや監督はじめキャストらとの交流会など、おもてなし、人と人とのつながりを大切にしている手づくりのあたたかい映画祭です。また現在では、映画祭の核となっている「シナリオ大賞」を契機に、その後脚本家や商業映画監督として多数の方が各方面で活躍されています。これはシナリオ大賞の存在意義の大きさを物語っており、実行委員会の日々の努力とこれまでの運営、地域に根ざした活動によるものと思います。「地域再生大賞」「群馬県総合表彰」の受賞は、それが評価された結果と言えるでしょう。

結びに、本映画祭の今後ますますのご発展を祈念申し上げ、お祝いの言葉とさせていただきます。

上毛新聞社 代表取締役社長
内山充（うちやまみつる）

祝20年 努力と支援に感謝

伊参スタジオ映画祭が20周年を迎えられましたこと、大変おめでとうございます。これを記念し「シナリオ大賞作品集」が発行されたことは誠に喜ばしく、心より御祝い申し上げます。

初開催直前の２００１年11月の上毛新聞には、ボランティアの方々が夜に集まり、看板作りやパンフレットの発送に奮闘する様子が紹介されています。映画祭が続いてきたのは実行委員会をはじめ、関係者のご努力や地域の方々のご支援のたまものです。感謝申し上げます。

映画祭の魅力の一つは、中編・短編のシナリオ大賞作品を映画化し、翌年の映画祭で上映することです。昨年は２部門に前年より多い計３５３作品が寄せられました。新型コロナウイルス感染症を題材とした作品もあったと聞いております。

映画は時代を映す鏡であり、作り手の思いが込められています。複雑化する社会問題や個人の悩みを解決する糸口が見つかるかもしれません。「山の中の小さくて大きい映画祭」がますます発展することを祈念いたします。

伊参スタジオ映画祭シナリオ大賞審査員
映画監督
篠原哲雄（しのはらてつお）

作品選考通じ、映画祭をプロデュース

まだ映画祭が初めて行われたばかりの頃、今後も中之条で映画を作り続けられるシステムを考案しようという流れからシナリオ大賞は実現していった。木造校舎を改造し宿泊設備も整う拠点で映画作りができるという環境は新しい撮影所のような役割を果たすのではないかと期待し、大賞作品それぞれに合致したやり方を各自が模索しながら17年間作品が作られ続けてきた事は実は凄い事だと思っている。インディペンデント映画がこれだけ日本映画で重要な位置を示してきている昨今の傾向の一端を伊参映画祭は確実に担ってきているとそろそろ自信を持って言っていいのだと思う。

このシナリオ大賞の特徴は審査発表のやり方にも現れる。審査員達がまだ誰も読んでいる訳ではない作品群の特徴を語り始め、ノミネート者は続く各賞の発表からいきなり衆目に晒されるような体験となる。大賞受賞者は翌年の映画祭で自身の脚本が映画化され上映されることも期待される。中には監督をするつもりがなかった人もいたが作品化を望まれ自身で手掛ける経験をする。そこがこのシナリオ大賞の魅力であり魔力でもある。が、その後映画を撮る事は脚本を書くこととは別次元のことであることも身をもって知っていく。脚本はある種の妄想を脳の中で組み立て字面に起こした映像のための叩き台の要素があるが、映画は撮影行為を通して脚本の意図を具現化していくものである。この違いを理解していない脚本も随分多かった。僕自身も長年審査を経験してきて、題材や書き方によって映画を意識したものであるかのかぎ分けを自然にするようになっていった。はっきりと映画化を望んでいるモノを推してきた。現に映画に向けての強い意志と戦略とテーマへの思いが伝わってくるものが選ばれていく。ただし、予算は潤沢にある訳ではない。脚本だけで監督できる資質までは見出せないこともある。それまでも出品し続けてきたリピーターからは、過去の作品傾向を鑑みながら新たに挑戦してきた意欲も見逃したくない。二次審査通過者のみに依頼されるアンケートも重要な決め手になることもあった。もはや映画祭も作品選びを通して映画祭自身をプロデュースしていく時代なのだろう。伊参のこれからにも期待していきたいし応援も続けたい。

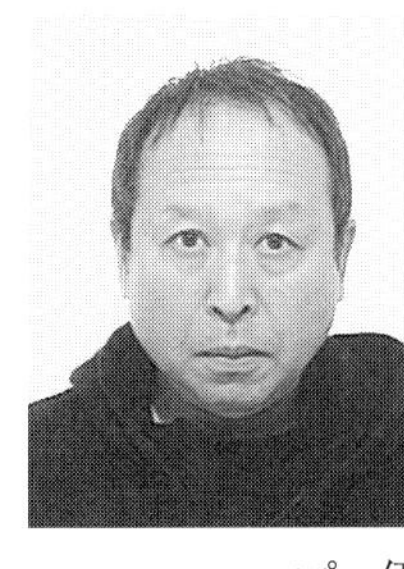

伊参スタジオ映画祭シナリオ大賞審査員
プロデューサー
松岡周作

重く深みのある作品　生み出す物差しに

映画祭が20年、シナリオ大賞が18年を迎える。応募本数は延べ5，580本に及ぶらしい。

本職が激務の時期と重なることも多々あり、必ずしもいつもベストコンディションで読めている訳ではない。正直体調が悪い時に読んだ本とそうでない時に読んだ本が正当な評価になっているかは自信がない時もある。ただそんな時もその時々のベストは尽くすし、経験上最初の1Pを読んで「この脚本がこの後面白くなっていくことは99％ない」と確信してても残りの1％にかけて必ず最後まで読む。

だから誤字脱字は我慢がならず、ひどい場合は主人公の名前が間違えている時がある。推敲どころか読み返してもいないのでは？？？となると内容がよくてもテンションは下がっていくものだ。

シナリオコンクールになにか課せられた役目みたいなものがあるとは思わないが、応募してくれる作家が生身をぶつけてくれるのだからこちらもそうでないといけないとは思う。

それは応募作に対してもそうだが、課題があるとしたら毎年大賞を始め奨励賞を含む受賞者たちとのその後のフォローに対してだろう。

側近は大賞作の1年後の映画公開だ。が、これに関してはできうる限りの協力はするということにしかならない。問題はその後だ。

大賞受賞者に限って言うと、その後プロライターや監督として一線でやってる人は一握りだ。どこのコンクールでもそうだとは思うが受賞＝デビューや「売れる」にはならない。

また特に職業として、に拘って脚本を書いたり、応募している人が多いわけでもないだろう。

映像業界に対するアプローチは形を変えていて、我々の頃はその先は「プロになる」ことが当たり前の意識だったが、今の作家はSNSを含む発表の場が多岐になっているためそこへの執着は薄い。観る側の意識もいい意味も含めてライトである。

ただ世の中に渇望感がないかと言えばそうではなく、割合は少なくなったとは思うが重さも深さも広さも依然求められている。そんな作品を書こうとしたときの物差しになりたいと思うし、そんな作品に出会った時にいつまでも付き合いが続くコンクールでありたいと切に思う。

伊参スタジオ映画祭シナリオ大賞審査員
映画監督
豊島圭介（とよしまけいすけ）

千差万別の個性と選んだ17回

2003年の第1回シナリオ大賞から審査員として映画祭に参加してきました。

審査員は「これだ！」と思った作品を命がけで推すという作業をするのですが、審査員の個性というのは本当に千差万別で、篠原哲雄さんはその作品と同じように「(本人の口癖を借りれば) ぐじぐじとした」情念のようなものに惹かれることが多く、やはりその作品と似て「明快になることを嫌う」作品をいつも選び、プロデューサーの松岡周作さんは明快なエンタメを志向すると振舞いながらも、実は超個性的なキャラクターの登場するものには滅法弱くすぐに推す癖があったり、シナリオ・センター講師の坂井昌三さんは、「読み手」としてのアイデンティティが強く、書き手の来歴などにも目配せしつつ、最年長として「老い」というテーマにも独特の嗅覚を働かせたり、脚本家の龍居由佳里さんは「書き手」として監督やプロデューサーとは違う視点を必ず投入し、一方でアイディアは良くても文章に不備がある対象にはすこぶる厳しかったりという具合。僕はといえば、最初のころは自分が映画を撮れない苛立ちをぶつけるように、選んだ作品に自己投影して代理戦争のつもりで審査に臨んでいました。後年、3年間だけ審査員を務めた小説家の横山秀夫さんは、特別な存在でした。我々に「文章を書くものの矜持」を思い出させてくださり、独特の皮肉と諧謔と真摯さで作品を斬っていく様は、こちらもいつ斬られるか冷や冷やするような独特の緊張感を作り出してくれました。横山さんから「豊島さん、あんた圧倒的調整能力あるね！」と言われたときは、もちろんまるで褒められた気はせず、初々しさを失った自分に気づいてひとり泣いたりしました（嘘）。

十数年審査員を続けてきて、受賞作が必ず作品化されることの資金的なあやうさだったり、受賞者の志向性が必ずしも適していない場合のトラブルだったり、映画祭が決めたルールによって誰かに迷惑がかかることがあることもわかってきて、その責任と映画祭や我々審査員はどうやって向き合っていったらいいのか、しっかり考えないといけない時期に来ているのだと思っています。

僕は今年を最後に審査員を引退することにしました。審査員も世代交代が必要だと思いますし、逆にここで学んだことを別の映画祭や審査会で生かしていくような活動をしていきたいという思いもあります。映画祭の関係者の方々には大変お世話になりました。17年間本当にありがとうございました。

伊参スタジオ映画祭シナリオ大賞審査員
シナリオ・センター講師
坂井昌三（さかいしょうぞう）

大賞を逃した傑作シナリオは何処へ行く

伊参シナリオ大賞の審査員として、惜しくもグランプリを獲りそこねた傑作シナリオは、その後どうなったのか、とても気になります。その中から思いがけない展開を遂げたシナリオについて語ります。

第2回スタッフ賞『奥さん屋さん』（羽場さゆり）は、妻を亡くした男（佐野史郎）が「アンドロイド奥さん」を売る怪しげな店で亡き妻そっくりの「奥さん」（戸田菜穂）をレンタルして夢の新生活を始める。それが悪夢に変わるほろ苦い大人のファンタジー。

冊子等で活字になったシナリオが、その後、あるプロデュサーの目にとまり、羽場さん自身が「直し」を入れて『世にも奇妙な物語』（15周年特別版）の一編として放映された。

同じ年に危うく幻の傑作になりかけた『UFO食堂』（山口智）があった。木製のUFOみたいな食堂の女将（片桐はいり）さんは、しょっちゅう行方不明になるから、きっと宇宙人か。このシナリオは大賞候補だったが無冠。山口監督は、それから何本か短編映画を発表した後、NDJCに選抜されて映画『UFO食堂』を完成。そして伊参スタジオ映画祭で凱旋上映をしました。

第7回には恐るべき2本のシナリオがとびこんできた。一本は奨励賞『老兵』（猪原健太）。戦争の生き残りで不機嫌な車椅子の老射撃手。殺し屋ではありません。誰もまねできない射撃の腕を活かした特殊なペンキ屋家業。この傑作が冊子に載るや声がかかる。映画化の話ではなかった、残念。猪原さんのユニークな発想力やシナリオのセンスを買われた。あっという間に彼は深夜の連続ドラマの脚本を書いていた。まもなく娯楽小説を発刊。彼は監督よりはライター向きで、水をえた魚のごとく表象の海を泳いでいる。

もう一本は問題作『私の体はいくらですか?』（戸田幸宏）。障害者の性を描き他に類を見ない。映画化を渇望していたから戸田さんの落胆と怒りが激しかった。その後の活躍はすさまじい。はじめに或る芝居の脚本コンクールで大賞。次はTV朝日のSコンクールで『最後の仕事』が大賞。「老殺し屋（北大路欣也）」の現実と妄想のあいまのドラマが実に奇抜で極上の面白さ。そして問題作を自らの手で『暗闇に手をのばせ』と改題し映画にし「ゆうばり国際ファンタスティック映画祭」でグランプリ。と彼の疾走は止まらない。

私が言いたかったのは、大賞を獲得するだけがSコンクールではないと言う事ですね。

伊参スタジオ映画祭シナリオ大賞審査員
脚本家
龍居（たつい）由佳里（ゆかり）

ふたつの顔が基本―設計図とラブレター

シナリオにはふたつの顔がある。ひとつは設計図としての顔、もうひとつはラブレターとしての顔。

シナリオという設計図がなくては映画制作は始まらない。もちろんそうでない作品もあるかもしれないが、その場合でも何がしかの設計図は必要である。制作の基礎となる設計図はその作品に関わる誰もが理解できるものでなくてはならない。個人的な好き嫌いは当然出てくるだろう。ダメ出しも当然ある。しかしそれらも設計図を『読めた』からこその反応である。形のことでいうと、誤字脱字は『読む』ことを想像以上に阻害する。これは気をつけさえすれば誰でも避けることができる失敗だが、それだけに失敗の連続などあろうものなら、設計図の体を成していないと切り捨てられる可能性が大きくなる。これはシナリオコンクールに応募する場合には特に気をつけるべき。なにしろ読み手は顔なじみのスタッフでも友人でもない、優しくない赤の他人なのだから。

さて、あなたが書いたシナリオの前にともに映像作品の完成を目指す人々が集まってくる。前もってシナリオを読み、深く理解してくれている人はともかく、集合30分前に読んだばかりで未消化の人や、もしかしたら義理で来てくれた人もいるかもしれない。この後者たちにいかに出来上がった映像作品を想像させるかが設計図としてのシナリオの大きな使命である。何を伝えたいのか、各パートごとに何に力点を置くのが正しいのか、たとえばイメージカラーは赤？それとも青？流れる音楽のイメージは？役者はここでは高い声で喋るべき？それとも低い声？それらの答えはすべて、シナリオを書いたあなたの中にあるはず。ただシナリオという形では伝えきれないことも無数にあるだろう。それをディスカッションでお互いに補っていく作業が続き、あなたの設計図がみんなの設計図となっていくのである。そのためにも、一番最初の設計図の骨子がしっかりしていなければならない。あなたがどうしても譲れないと思う部分はその骨子が守ってくれるはずだからだ。

設計図披露の前に時間を戻そう。シナリオ執筆は孤独な作業だ。それを支えてくれるのは、誰よりもこのシナリオを愛しているという自負と、これを必ず映像作品として世に出すぞという意欲だ。その自分の中の熱い思いを伝えるラブレター、それがシナリオである。設計図とラブレター、冷静と情熱。あなたの中のふたつの顔が、そのままシナリオのふたつの顔となる。シナリオは、あなたただ。

伊参スタジオ映画祭シナリオ大賞審査員
小説家
横山秀夫（よこやまひでお）

伊参はもはや心の一部

ふとした時に、審査員の方々の本気トークや、ボランティアスタッフの皆さんの本音トークが聞こえてきます。ふとした時に聞こえてくるのだから、伊参はもはや私の心の一部なのでしょう。山崎まさよしさんの歌声も聞こえます。「影踏み」の映画化は本当に嬉しかった。奇跡って、人との出会いの中で起こるものなんですね。思い返せば、孤独こそが唯一絶対の執筆環境と信じ、長年それを実践してきた私にとって、伊参とのかかわり自体が奇跡的なことでした。とはいえ、私が審査員を務めたのはたった3年。遅刻してきて早退したようなバツの悪さがありますが、伊参を愛する気持ちに免じて、今後も末長く仲良くしてくださいね。

都内で行われた映画「影踏み」の制作発表会。
（左から）篠原哲雄監督、主演の山崎まさよしさん、原作者の横山秀夫さん＝ 2018 年 3 月 22 日

伊参スタジオ映画祭シナリオ大賞受賞作品

シナリオの登場人物と映画化の際の役名は異なる場合があります。

シナリオ大賞２００３　中編の部

「少年笹餅」

岩田　ユキ

登場人物
西寺望　　　　（11）ノンちゃん。転校生。小柄で喘息持ち
福島孝大　　　（11）フックン。だんご屋の息子。スポーツ万能
望の母　　　　（33）田舎生活に憧れと幻想を抱いている
孝大の父　　　（42）だんご屋店主
蜂谷先生　　　（23）新任教師
富岡美帆　　　（11）クラスのアイドル
オハギとナボナ　　　ハムスター

○1号線だんご店・店内
モチに笹のツルがクルクルッと巻かれる手元のアップ。

○1号線だんご店・店先
店主がバットに並べた笹餅をバンの荷台に乗せている。次の笹餅のバットを取りに店先に行ったすきに、店から出てきた男の子が笹餅を1つ取ろうとしてポコリと叩かれる。

これはフックン親子です。

○望の家・2階・窓ぎわの学習机前
カバンに教科書を入れ登校の仕度をする西寺望（11）。窓の外に緑色の球体が、ポンポンと跳ねているのが見える。

ニンマリする望。

望の母「ノンちゃ～ん！　フックン来～たよ～（不自然な訛り口調）」

1階から望の母（33）の声。

○同・同・窓からの景色・玄関先の庭
ゼッケンジャージ姿の少年フックンが果物の若実を右足左足交互にポンポン蹴りあげている。ヒョロっとした背に茄子みたいな顔が乗っていて、日に焼けた顔に坊主頭、眼鏡をバンドでとめている。

フックン「これユズじゃ～ねぇかぁ～？（訛ったマッタリ口調）」

フックンは実を頭に乗せてバランスをとりながら大きな声で庭から2階の望に話し掛ける。

望「ユ～ズじゃ～ねぇ～よ～」

望、嬉しそうに訛ったマッタリ口調で真似返してからカバンに喘息の吸入器を入れ、ふたを閉め階段を下りる。1階で母が出しておいてくれた粉薬とコップの水を飲んで玄関に出る。

望「フックン靴下ちんばだよ～」

靴ヒモを結びながら玄関先でまだ実を蹴っているフックンに話し掛ける。フックンの靴下は、右がミズノで左がプーマだ。

フックン「お～、めっかんなかったんだぁ～」

フックンは実に集中しながら答える。望が玄関に出た時、フックンは空に向かって実を大きく蹴り上げる。実は庭のコイノボリの黒い鯉（一番上）の目玉のまん中にパスっと当たって一瞬止まりストンと落ちる。わぉっと目を輝かせ

る望。

望の心の声
　～僕は、フックンみたいな男になりたい～

○メインタイトル　『少年笹餅』

○学校へ向かう道
望「ナボナ元気ぃ？」
フックン「元気ぃよ～」
望「オハギも元気ぃ？」
フックン「元気ぃよ～」
　自転車２人乗りで学校に向かう後ろ姿と声、遠くなっていく。

○1号線だんご店・店先
　積み込み作業を終えてバンのトランクを閉める孝大の父(42)。ふぅっと一息つく。

○フックンの部屋
　かごの中でチッチッと動く濃いグレーのハムスター。もう1匹の白いハムスターはカゴから出ている。

○石垣の堤防
　朝日でキラキラ光る川沿いの道、自転車の荷台に後ろ向きで乗っている望は、息を大きく吸い込む。
望「今日の給食笹餅でるね」
フックン「お～」

望の心の声
　～僕がこの街に越して来たのは1ケ月前のことです。ここは、僕の体を治してくれる街だとお母さんは言う。フックンも山もスバラシイお薬なんだって～

○望の家・庭
望の母「これユズじゃねぇですか～？」
　ほうきを持った望の母は嬉しそうに庭の垣根越しに、畑に行く格好をした近所の奥さん２人に話し掛ける。
奥さん達「ユズじゃねえよぉ～こりゃ」
　同時に答える奥さん達、満足そうな望の母。
　※奥さん達の「…さぁ？」という乗りの悪い返答に不満気な母というパターンも試す。
望の心の声
　～お母さんは、早くこの街の人になりたいらしい～

○学校・5年3組の教室（4時間目）
　鼻をクンクンいわす生徒AとB。ヒソヒソ話す。
生徒A「カレーとアジフライにホイル焼き…冷ややっこだね」
生徒B「ばぁか、アジとホイル焼きはどっちかだろ、（クンクン）こりゃぁイカフライよぉ」
望「カレーとソフト麺、ムニエルとりんごサラダに、今日はフックンちの笹餅が出るんだよぉ」
　後の席から得意げに望が囁く。
生徒B「ばぁか、念力で当てるんだからぁ答え言っちゃだめよぉ～」
　もぉ～って顔で振り向く２人。

望「あっ、ごめん…」
　テヘッと照れ笑う望。
生徒Ａ「カレーしか当たんなかったなぁ…」
　肩を落とす2人。窓際のフックンは斜前の女の子をポーっと見ている。
望の心の声
　～フックンは富岡のことが好きだ～

○同・給食室
　ガシャガシャとワゴンをエレベーターから降ろす給食のおばちゃん達。

○同・5年3組の教室（給食の時間）
　給食をトレーで机に運ぶ生徒達。机を班ごとに向い合わせながら食べる皆。フックンの班には富岡美帆（11）がいる。
富岡「おいしぃ～」
　笹餅をチビチビ食べながら、フックンに微笑む富岡。赤くなってムニエルをつつくフックン。富岡はデザートから食べる女だ。
富岡「いいな～福島君。お家でこんな美味しい笹餅やお団子イッパイ食べれるんでしょ～」
フックン「…そ…うでもねぇけど、まだ家にあるから…くれらぁ（やるわ）…」
　富岡の前に自分の笹餅を差し出すフックン。
富岡「ありがとー！」
　すかさずフックンの手から笹餅を取りニッコリ笑う富岡、パクパク食べ始める。

生徒Ｃ「ずりぃ～」
　ブーブー言う同じ班の生徒達。フックンは黙ってソフト麺をかき込む。望は、そんなフックンの横顔を見ている。

○同・運動場（放課後）
　サッカーボールが暮れかかった空にあがる。カバンを背負った望は、低い鉄棒にぶらさがって少し遠くの少年サッカークラブの練習を見ている。フックンは、ディフェンダーを鮮やかにかわしシュートをきめる。望は鉄棒を握る手をはなしトスッと地面におりる。地面に書いたTの字にニンマリしながら木の枝でもう1本線を書く。（正の字を書いている）
望「今日はこれでハットトリック…」
　地面を見ていた望の手元に、転がって来たボールがトンっと当たる。望は運動場の方を見る。
フックン「おーい。とってくれぇ～」
　フックンが遠くから手を振る。望は、息を整えてから思いっきりボールを蹴る。ポーンと空に上がったボールは、転がってフックンの方へたどり着く。手を振るフックン達。手を振る望。再開した試合を眩しく眺める。
望の心の声
　～フックンはわざとボールをはずしたんだ…～

○同・同（下校の時間）
　下校の放送が流れる中。練習を切り上げる各運動部。

○同・外の水道場（夕方）

ボールを持ったフックンが水道を使いにくる。そこには女の子の後ろ姿。脇にはテニスラケットが立て掛けてある。フックンの足が止まった。体操服にエンジ色のジャージズボンをはいた富岡が手を洗っている。フックンは、しばし考えてから一番離れた水道で黙々とサッカーボールを足で転がしながら洗う。アレ？　っとフックンに気付き、ペッペッと手の水をきる富岡。

富岡「福島君っ。今日のシュート凄かったね～。」

隣に来る富岡。

フックン「…ぁ…何本目…のかぁ？…」

フックンは足下のボールに水がはねるのを見ながらドギマギ答える。靴下がちんばなのが、急に恥ずかしく思えてきた。

富岡「ん～。何本目だっけ…」

富岡は真剣に考え込んでいる。水道の音だけが、バシャバシャ響く。…沈黙。フックンは落ち着かない。

望「校門しまっちゃうよ…」

水道場の2人を中央玄関に座って見ている望が呟く。あっけらかんとした富岡に対して、視線が泳いでどうも落ち着かないフックンが見える。靴箱の前のスノコにしゃがむ望を何度か見てから。又ボールを見ながらフックンが口を開く。

フックン「…今からさぁ、のんちゃんが、ハムスター見にぃ家くんだけど…良かったらさ…笹餅も作ってるし…、ハムも2匹だし…」

望「もう、しまっちゃうよぉ」

待切れない望は、ブツブツ言いながら、水道場に歩いてくる。

望「ねー」

フックンの後から望が話しかける。振り向くフックン。

富岡「へぇ～楽しそ…、うっ…ぐぅ～う～」

富岡の顔が、みるみる青ざめ汗がジッと滲んでうずくまった。

望「えっ、だいじょうぶぅ？」

急にうずくまっている富岡にキョトンとする望。

フックン「おぃ？」

初めて富岡の方をちゃんと見たフックンは、その形相にびびる。慌てて手を貸そうとするが、富岡はヨロッと立ち上がりお婆さんみたいに歩き始める。ヨタヨタ歩いて遠く小さくなった富岡は、運動場の脇のトイレに入っていった。

望「ビックリしたねーなぁに？」

フックン「…うん…」

フックンは、トイレを睨んでいる。富岡はすぐに出てきたと思うとヨタヨタしながらも小走りにこちらへ向ってくる。何か言っている。

富岡「ほどいてっ、ほどいてっ、ほどいてっ…」

汗びっしょりでより険しい顔になってる富岡はジャージズボンのヒモを突き出して走ってくる。ヒモはコマ結びに固く結ばれている。足をモジモジさせる富岡。一瞬固まる2人。

フックン「ノンちゃんっハサミ取ってきてっ！」

望「えっ、うんっ！」

何とかほどこうとするフックン。運動場のトイレに駆け込む生徒が小さく見える。フックンの顔が曇る。望は自分の机にハサミを取りに走る。階段の所で息が上がってゼーゼーするが先を急ぐ。机の道具箱からハサミを出す。ハサミを握って急いで戻ろうとした時、廊下の途中でぎゅぅーっとお腹が痛くなる。お腹を押さえてうずくまる。息が苦しくなりヒューヒュー言う自分の呼吸を聞きながら、廊下の景色は、ゆがんで段々かすんでいった。

○病室・ベットの上（夜中2時）

望が目を覚ます。母がベットの横の椅子に腕組しながら眠っている。変な感触…布団をめくると紙おむつをしていて、うわ〜って顔をする望。天井を見つめる望。

望の心の声

〜富岡はどうしたんだろう…フックンは…〜

○次の日　5年3組教室（朝のホームルーム前）

生徒は半分くらいしか登校していない。富岡も休んでいる。

生徒Ｅ「昨日1時間トイレ入ってたわぁ〜」

生徒Ｆ「俺ぇ2時間ー、水みてぇにでたよぉ。死ぬかぁ思った」

生徒Ｇ「…やっぱなぁ…昨日の笹餅らしいよぉ…」

廊下側の席で生徒達がヒソヒソ話す。窓際の席でフックンは、机の小さな穴をじっと睨みながらその穴に練りケシゴムを詰めている。

○病室

病室の窓から、短い電車が駅より離れて遠くなっていくのが見える。

○教室

蜂谷先生「今日明日、3組は学級閉鎖となります。昨日の給食の事は、今、保健所で調べてもらってるから、みんなも無責任な噂は、たてんようにしてね」

イェーイと盛り上がって帰り仕度をする生徒達。フックンは机を見たままぎゅうぅっと眉をひそめた。

蜂谷先生「寄り道せんでねー」

教室の入口で皆を送る蜂谷先生（23）。スポーツバックをしょって教室の後ろから帰ろうとするフックンを見つけると、先生は慌てて言った。

蜂谷先生「福島くーん、寄り道せんでねー」

蜂谷先生はニッコリ笑った。

○校庭の下校道

教頭先生が花だんにホースで水をまいている。ホースが運動場の上をウネウネ動く。女の子達はキャッキャッ言いながら、ホースの波をふまないように飛び跳ねてる。教頭先生も調子に乗ってホースをゆらす。その横を足早に過ぎるフックン、タッタと校門を抜けて帰って行った。

○1号線だんご店・前

『勝手ながらしばらく休業致します　店主』

シャッターにはり紙がされている。店を見上げたフックンは、シャッターをガツッと蹴る。シャッターはガシャンと音をたてて揺れてからまた静まる。

望の心の声

〜食中毒の原因は笹餅だと判明した〜

○又、次の日　病院の待ち合いロビー（午後2時）
　望はトイレの帰りに通りかかったロビーの大型テレビをボーっと見ていた。喫煙所の煙草の煙が、窓からさす日光に照らされユックリ上がってゆく。

富岡「西寺君もここの病院だったんだ～」

　振り向くと薬袋を持った富岡美帆がいた。富岡の私服はダサイ。

望「あーっ！　トイレ大丈夫だったぁ?」

富岡「しぃ～、あのことは内緒にしてね。」

　富岡はお願いっと手を合わせて困った顔をした。

望の心の声
　～…でも…やっぱり…富岡はカワイイ…～

富岡「あのね…笹餅が、原因らしいの…私、2個も食べちゃったでしょ…うちのクラスも学級閉鎖になちゃってて」

望「……うん…」

望の心の声
　～フックンは…～

　望は黙って、テレビとまわりのざわめきが、ロビーに響く。

富岡「私もね、賛和町に来る前は東京だったの」

　アッケラカンとして富岡は微笑んだ。富岡の横顔をポ～っと見る望。

望の心の声
　～今、おむつをはいている事は富岡には知られたくない…～

○病院の待ち合いロビー（数分後）
　テレビの前で楽しそうに話す望と富岡。フックンは2人の後姿をしばらく見ていたがユックリと階段を降りて病院を出た。

○畑の中の道
　日の当たるあぜ道をバランスをとりながら歩いて帰るフックンの後姿、手に持っていたあざみ草をポイッと捨てる。

○又、次の日　教室
　学校再開。フックンが入ってくると一瞬静まる教室。何も言わず自分の席につく、窓の外を見ていると、女子2人組が、手をつないで席の横に来た。

望の心の声
　～図書委員の佐久間と田口だ。男子からはWメガネと呼ばれている～

佐久間「私達、福島君の味方だからっ」

　佐久間と田口は「ね～っ」とうなずきあった。

大石「いい子ぶってんじゃねぇよ。『おかげでスマッポ歌うとこ見逃した』って言ってたくせにっ」

　後の席の大石が、水をさした。大石は真っ黒に日焼けした少年で1年を通して袖無しで過ごしている。

田口「言ってねーよ！　黒バカ」

　佐久間と田口はキィッと大石をにらんだ。

大石「メガネ豚っ」

　大石は座ったまま、田口の裏ずねを蹴った。田口が大石の脇腹をぎゅぅぅっとにぎる。大石は田口の頭をはたくが、佐久間が大石のさ骨の中心にぎゅぅぅと親指を入れる。Wメガネは確実に相手にダメージを与えるポイントを学習している。佐久間と田口に脇を握られた大石がギャーギャー言って揉み合う3人にガタンと机が、倒される。フックンは倒れた机を更にドカッと蹴った。3人の悲鳴が響き、フックンは取り付かれたように蹴り続けた。

○生徒相談室・前（30分後）

扉をガラガラと閉めて相談室から出るフックン。

大石「腹ぁ痛くて、吐きまくって、本当死にそうだったんだからなっ！」

廊下で待っていた大石は、涙声でそう言い捨てると教室に戻っていった。

○同・中

相談室の中では、蜂谷先生が、はぁ～と肩を落としそれを教頭先生が励ましている。

○階段の踊り場

ポカンと窓の外の運動場を見るフックン。それを階段の上の手すりからジィッとみているWメガネの頭がヒョッコリ2つ並んでいる。

○商店街・スマートボール屋（夕方）

ガラス戸越しに店内から学校帰りのフックンが店の前を通るのが見える。

望の母「お～」

まわりを見ないでタッタッと早歩きしていたフックンはでかい声にビクッとする。奥の台に座っていた望の母が手をふる。スマートボールが台の上をカツカツっと跳ねる。

○商店街

景品が入った袋をゴソゴソあさる望の母の手。

望の母「ちょうど良かったわっ…ん～…フックンに1個やらぁ…ね？」

景品袋をあさりながら語尾の発音をうかがう望の母。

フックン「……やら～ね…」

下を向いたままボソっと答えるフックン。

望の母「やら～ね。フックン甘いのと辛いのどっちがいい？」

お菓子を選ぶ望の母。

フックン「…いいです…すみません…」

フックンは望の母の顔を見ない。

望の母「…しょっちゅうなのよノンちゃんは、東京にいたころはよく発作おこして、学校も休んでてね…ここに来てからあの子随分強くなったわ。」

○病院・屋上

屋上の上に渡されたロープにズラーっと鯉のぼりが泳いでる様を下からながめてはしゃいでいるパジャマ姿の望と、富岡。

○商店街

望の母「あの子に会いにいったげてねっ」

望の母はフックンの頭をグシャグシャと撫でた。望の母の顔をジィーと見たフックンの顔は、歪んでジュワッと涙がにじんで、終にひぃ～と声をあげて泣き出した。

○病院

正面玄関から夕日に照らされて帰る富岡、病院を見上げて手を振る。病室の窓から外を見下ろし手を振り返す望。富岡の帰る姿をキラキラと眺める。

望の心の声
～フックンは一度も病院に現れなかった～

○4日後　運動場（土曜日・3時間目）

母に付き添われ登校する望。運動場では体育で男子はサッカー、女子はバレーをしている。女子を指導していた蜂谷先生は、望達に気付きこちらに走ってくる。望の母と先生はおじぎをして、挨拶している。望は、運動場を見つめる。富岡は望に気付いて手を振ってきた。望も小さく振り返す。サッカーをしている男子の中にフックンがいる。望は、早くフックンがコチラに気付かないかと待っていたが、他の男子達が、望に気付いて手を振っても、フックンは望の方を見なかった。必死に何度もゴールの右サイドへ走り込むフックン。望は、ずっと試合を眺めていて気付いた。

望の心の声
～フックンにパスをまわす子は誰もいない～
ゴール近くフックンは、同じゼッケンを付けた味方からボールを奪い、シュートを決めた。チームに険悪な空気が流れる。フックンは息をハアハアさせた険しい顔で土をはらって又ボール追った。

望の母「フックンすってきーっ！」
望の隣に来た母は、はしゃいで声援を送った。フックンはチラッこちらを見た。望の頭をポンポンと叩いて頷くと母は帰って行った。望は不安になる。

授業終りのチャイムが鳴る。望の所に体育着を着た生徒が集まる。

生徒H「ノンちゃん大丈夫だやった？」
生徒I「救急車ん中ってどうなってんの？」
生徒J「西寺は吐く方だやった？　下痢の方やった？」
生徒K「オエーってなった？　オエーって」
生徒L「ノンちゃんのお母さんいくつなの？」
いろいろ質問する生徒達。その横を走り抜けるフックン。望はフックンが気になるが、皆に囲まれて歓迎されているのが嬉しい。皆の輪の中で、望は何度も富岡のことを見た。

○教室・国語の授業（4時間目）

教科書を机に立てて異様な風景を見るように一点を見つめる望。視線の先には、フックンが立って本読みをしている。シンとした空気の中、フックンの朗読が響く。声は、うわずり何度もつっかえたりしながら、一段落読み終わる頃には、泣いてる時みたいに声が震えていた。次の生徒が立ち上がり続きの段落を読み始めたが教科書をぐいっと強く握って緊張で引きつったフックンの横顔から望は、目が離せなかった。

○同（午前授業終わり）

帰り仕度をする生徒達。望は戸惑いながらもフックンの席に行った。望に気付いてスポーツバックのファスナーを開けるフックンの手が一瞬止まる。

望「…あのさ…フックン家も大変だったんだよね…僕は、もう大丈夫だから、笹餅のことは気にしないでいいよ…」
　フックンは黙々とバックに体育着やノートを詰めている
望「…今日ね、これから富岡さん達と遊ぶんだけどフックンも一緒に行かない？　…富岡さんには、僕が言っといたから…」
　女の子グループにいる富岡は心配そうに何度もコチラを見ている。
フックン「……おめぇ、おかまか！」
　フックンは、かすれた低い声で言い捨てた。固まる望。
フックン「そんなしょっぺぇ集まり行くかよ！」
　フックンはガタンと席を立つと教室を出て行った。こちらを見ていた富岡が、ワッと泣き出した。
生徒M「やだっ何？　美帆どうしたの⁉」
生徒N「だれ⁉　美帆泣かしたん‼」
　急に泣き出した富岡に慌てる女子達。騒ぐ女子達の口真似をして更に怒らせる大石達男子、ガヤガヤした声が教室に響く。望はフックンの席の前にポツンと残された。グランドのまん中を突き抜けて帰るフックン。

○3日後　教室（1時間目）
　窓の方を見ながら授業を受ける望。
望の心の声
　～あの日からフックンは学校に来ていない～

○体育館前（4時間目）
　生徒達は、靴箱で体育館シューズに履き替え体育館に整列する。今日は全校生徒に向けての「食中毒の予備知識、衛生管理」の特別授業が行われる。望達は、体育座りをしながら食中毒の恐ろしさを過剰に訴えた短編映画やスライドを見る。

少年の声「バカにしてごめんなっ、俺もこれからはしっかり手を洗うよっ」

　映画の中の少年達はかたく握手をしてハッピーエンド。サルモネラ菌、ブドウ球菌、腸炎ビブリオ…いろんな菌の拡大図がスライドされているころには、望は、ウトウト眠くなってきた。

ナレーション「食中毒の危険のある菌を運ぶもの…銀蝿、ゴキブリ、ねずみ」

　望はハッとする。スライドの中の目のクリッとしたねずみに、カゴに入った白と濃いグレーのハムスターがダブる。思いつめた顔で考え込む望。チャイムがなり特別授業は終わった。体育館からドヤドヤ出てくる生徒達。

○教室（給食の時間）
　騒がしく給食を食べる生徒達。望は給食のトレーを眺めながらボ～っと考えていた。

○望の家・縁側（回想）
　カゴに入ったハムスターをぎゅうっと抱えてゼーゼーと発作を起こし、歯を食いしばる望。
望の母「もぉしょうがないよ。この子達は返そうね」
　母は隣に座って望に言い聞かせる。望は呼吸をヒューヒューいわせて首を横に振る。
望の母「ノンちゃんっ」

　やはり望は首を振ってカゴを握る手を固める。

望の母「じゃあずっとゼーゼーしてていいのっ！　やでしょっ」

　説得疲れた母は強い口調で言った。カゴをかかえた望は、母の顔を見上げて呼吸を震わせた。

○商店街・ペットショップまでの道程（同）
　カゴをかかえてションボリ歩く望と母。

フックン「お～」

　店の自転車で通りかかったフックンが声をかける。振り向く望と母。

○同（同・数分後）
望の母「ほんとねぇハムスターなら大丈夫だと思ったんだけどインコとかなら平気なのかしら…」
　望の母は疲れ気味。望は、かたくなな表情でにカゴをしっかり抱えている。フックンは､ガシャンと自転車を止めて、しゃがんでカゴの中を覗いた。
フックン「ん～……ハ～ムかぁ……」
　考えるフックン。
フックン「…オレんとこで飼えるか聞いてやっからっ。…こいつら返したくねぇんだろ？」
　フックンは望の顔を覗き込んだ。うなずく望。
望の母「フックン大好きー！」
　望の母はでっかい声をあげてフックンに抱き着いた。望も同じことが言いたかったけど、のどからヒュ～という音だけを出してフックンに抱き着いた。

○1号線だんご店・店先（同）
　カゴを持って店先から出てくるフックン。

フックン「時々見せに行ってやっから」

　望の目が輝く。

望「こっちがオハギでこっちがナボナ」

　望はカゴの中のハムスターを順番に指差した。望の母が店の奥のフックンのお父さんにおじぎをする。フックンのお父さんはこちらをジーっと見ながら小さくおじぎを返した。

望の心の声
　～フックンのお父さんは、あまりイイ顔をしていなかったのを覚えてる～

　カゴの中でオハギとナボナはキキッと元気に動いた。

○教室
　望は、ただ給食をみつめた。

○望の家
　庭で母がコイノボリを下ろしている。

望の母「おかえりー」

　望がトボトボ下校してくる。地面に段々近付いてくるコイノボリを見上げてから玄関に入って行く望。望の後姿を、見る母。望は、２階の自分の机にベタっと張り付いて窓の外の景色を見つめた。コイノボリは一匹一匹下ろされていく。

望の母「ノンちゃ～ん。フックンの所一緒に行ってあげよ～か」

　庭から母が、話し掛けてきた。望は、窓に乗り出して母を見下ろした。母は、鯉のぼりを被っているので鯉のぼりが喋っているみたい。

望「1人で行くよー」

望の母「やるじゃねぇ~か（訛ってる）」

見上げる鯉のぼりもピンと張って誇らし気。望は、息を吸い込んだ。

○1号線だんご店・前（午後5時）

閉まったシャッターに赤いスプレーで、でっかく「毒」と書かれている。望はしばらくシャッターを見つめていたが、裏口にまわりトタンのドアをドンドンとノックした。2階の窓から、疲れた顔のフックンの父が、顔を出した。みつめる望。父、引っ込むとかすかに話声が、聞こえる。又、父、出てきて手で×を作った。

望「…フックンいるんでしょっ!?」

望は、必死で声を張った。フックン父は、窓から顔を出して望を見ている。

○フックンの家・1階（数分後）

薄暗い店の中。段ボールが積まれた階段下。2階から下りてくるフックンの父とすれ違ってフックンと望は、急な細階段をソロソロと上ってフックンの部屋に行った。望は段ボールが気になる。カーテンが半分閉まったガランとした部屋に段ボールが積んである。望は、部屋を見回して黙った。フックンは、段ボールを押して端に寄せて窓際にしゃがむ。フックンは窓の外を見る振りをして窓に映った望の顔を見た。望は、正座してショボンとうつむいている。フックンは部屋にポツンと転がっていたサッカーボールをつま先でチョチョイと自分の方に寄せてしばらくグリグリ転がしてからチョンと蹴り出す。勢いのないボールはソロソロと転がり望の膝にテンッと当たる。

望「…どっか行っちゃうの？…」

望はうつむいたまま言った。

フックン「…ん」

フックンは、望に背を向けて又段ボールの位置を動かし始めた。2人しばらくの沈黙。

望「僕の…オハギとナボナのせい…でしょ？」

望は、フックンを見る。フックンは、段ボールをキッチリ角に寄せている。背骨のラインが、ジャージの上からもスッと見える。

望「ナボナは、…脱走癖があったから…さ…きっと…」

フックン「…わかんね…」

フックンは、背中を向けたまま答えた。がらんとした部屋の中カーテンがパタパタする。

フックン「望が、泣くから飼ってやったのによぉ……」

フックンは、重いかすれた声で言った。ガラスに映った望は、またショボッとうつむいた。フックンはソロッと振り向いてそんな望を見た。フックンは足の親指の先で望の脇腹をつつく。

フックン「…うそだよ」

脇腹をつつかれてうつむいたままの望は身をよじらせる。

フックン「でも、ここに居たら父ちゃんは、元気になれねぇんだ、…俺もなぁ」

望「…ここはフックンの家でしょ」

無抵抗につつかれていた望はフックンの方を見る。フックンはつついていた足を静かに下ろす。

○1号線だんご店・店先

フックン父はシャッターの鍵穴をじっと見ている。

○フックンの部屋

フックン「もう帰れよ…、オハギとナボナの事は心配すんな、いじめたりしねぇから…さぁ」

フックンは望を立たせようとするが望はがんとして立とうとしない。引っ張り合う2人。

○1号線だんご店・店先

フックン「帰れっ!」

店の2階から大きな声がして上を見上げるフックン父。

○道端（数分後）

とぼとぼと帰る望。

○フックンの部屋

フックン「……ナボナは、ずうっといい子にしてたよ…」

フックンは呟きながら足の指を伸ばして蛍光灯のスイッチ紐をパチンと引っ張り電気を消した。

○望の部屋（夜）

布団をかぶるが、眠れない望。もぞもぞ布団の中で動く。

望の心の声

〜富岡が止めたらフックンは、行かないかも…〜

望は、寝返りをうつ。

○次の日　望の家（朝7時）

望は、脚立に立って棚の上にある薬を自分で用意する。母は、すごい寝相でまだ寝ている。靴を履くと玄関をカラカラ閉めて出ていった。まだ寝ている母は、望と同じ寝返りをうつ。

○田んぼのあぜ道

あぜ道を抜けぐんぐん先を急いで歩く。

○富岡の家

チャイムを押す望。ダサイパジャマを来た富岡が、扉を開ける。富岡の目は真っ赤に腫れている。おもっきし一重だ。望の顔を見ると、又、涙がこみあげてきたらしい。

望「……フックン…が…」

望が口を開いた。

富岡「福島君が…引っ越しちゃうんだって…、行かないでって言ったんだけど…だめだって、だめなんだって、……夜のうちに行くからって…」

富岡は言いながら感極まってグシャグシャに泣いた。望は、玄関にしゃがんで号泣する富岡をボ〜っと見た。

望の心の声

〜富岡もフックンのことが好きだったんだ…〜

望はいつまでも泣いてる美帆の横にヘタリと座り込んだ。

美帆「…福島君がね…『時々ノンちゃんに見せてやって』って…」

美帆が指差す方には、カゴに入ったオハギとナボナが、朝からチッチと動き回っていた。

望「オハギと…ナボナ…」

少し開いた玄関の扉から見える朝の庭は、きれい。望は、しばらくボーっとながめていたが、なんだかたまらない気持ちになって玄関から出て行った。だんだん歩きは早くなり、あぜ道に足をとられながらも、走り始める。呼吸が、だんだん上がって来てヒューヒューいっている。咽の奥の音は、どんどん大きくなり涙や鼻水が込み上げる。目の前の景色が白くなっていく。

望の心の声
　～僕は…フックンが、憎らしい～

○海沿いの道路（よく晴れた午前）

軽トラックの助手席からの眺め、トンネルを抜けて海が見える。

フックン「うわっ…海だ…」　呟く。

〈終〉

受賞者紹介

岩田　ユキ

いわた・ゆき　漫画家・映画監督。1972年、静岡県生まれ。伊参スタジオ映画祭シナリオ大賞2003中編の部で大賞。受賞作「少年笹餅」の監督脚本。主な長編監督作品「檸檬のころ」（2007年）「指輪をはめたい」（2011年）。現在、漫画「ピーチクアワビ」を漫画アクションで連載中。

「少年笹餅」のメインキャストは
当時中之条の地元の子供達をオーディションして 決めました。
主演の2人を決めるのに悩み過ぎて、
ご飯を4食食べるのを忘れてしまっていたのを覚えています。
自分の演出や編集は至らない点ばかりが気になりますが
主演をあの2人に決めた事は 正しい選択だったと
今振り返っても思います。
非情なストーリーでもありますが 私は「さよなら」という愛の形が好きで、
今でもそういう物語ばかり描いています。

映画情報

（2004年／miniDV／38分）

スタッフ

監督・脚本：岩田　ユキ
プロデューサー：平林　勉
撮　　影：藤岡　大輔
録　　音：森元　智典
音　　楽：キマタツトム

キャスト

金井　皆就（西寺望）

湯浅　瞬樹（福島孝大）
関　ちぐさ（富岡美帆）
藤真　美穂（蜂谷先生）
猫背つばき（望の母）

シナリオ大賞２００３　短編の部

「貝ノ耳」

杉田　愉

登場人物

唯野新蔵　（76）ヴァイオリン奏者

唯野ユトリ（72）ヴァイオリン奏者、新蔵の妻

○唯野家・中庭（夕方）

息の合った様子で、ヴァイオリン二重奏を華麗に奏でている唯野新蔵（76）と唯野ユトリ（72）の老夫婦。急に演奏の手を止める新蔵。訝しげな表情でユトリを見つめる。軽く咳払いをして演奏を再開する新蔵に戸惑いながら、ユトリも続く。音程や速度が次第にズレてしまうのは、明らかに新蔵である。歯痒さを隠せず、中庭から立ち去る新蔵。ポツンと取り残されるユトリ。

○海

片方の耳を手で押さえ、遥か彼方に霞む水平線を眺めている新蔵。波打ち際に、何かを放り投げ捨てる。新蔵を探して砂浜を歩いてくるユトリ、そっと傍らに寄り添う。

○海沿いの道

一緒に歩いて帰る新蔵とユトリ。ゴミ捨て場に新蔵のヴァイオリンが捨ててあるのに気付き、足を止めるユトリ。無言で先を行ってしまう新蔵。ヴァイオリンを拾い上げ、新蔵の後を追いかけるユトリ。

○海

波打ち際で貝殻拾いをしてる２人の少女。互いに見せっこをする少女の掌には、綺麗な貝殻に混じって、新蔵の投げ捨てた補聴器がある。

○公園（数カ月後）

枯葉に埋もれた芝生のベンチに腰掛けてる新蔵とユトリ。新蔵の表情はやつれ、生気が無い。何度も空を眺めては不安そうな視線をユトリに投げかける。ユトリは慣れた様子で、雨も降ってないのに傘を開き、新蔵に差してあげる。安堵の表情を浮かべる新蔵。寄り添うようにして傘に入る新蔵とユトリの後ろ姿。

○タイトル「貝ノ耳」

○路地

雨が降る気配も無いのに、一緒の傘に入って歩いてくる新蔵とユトリ。電信柱に貼られた「商店街の年末福引きセール実施中」のポスターが目に入り、足を止める。

○唯野家・玄関内

鍵を開け、入ってくる新蔵とユトリ。傘を閉じて傘立てに仕舞おうとするユトリから、傘を奪い取る新蔵。付着してるはずのない雨の雫を真剣に振り払おうとする新蔵。それを呆然と見つめるままのユトリ。乾燥させるためなのか、

傘を開いた状態にしたまま放置して、さっさと家の中に入ってしまう新蔵。寂しそうにその場に立ち尽くすユトリ。

○同・居間～中庭（夕方）

虚ろな表情で中庭を見つめる新蔵。窓の開け放たれた中庭では、ユトリが新蔵に聞かせるかのようにヴァイオリンの音色を奏でている。曲の途中で席を立ち、居間から去る新蔵。ヴァイオリンを肩から下ろし、仕方なさそうに演奏を断念するユトリ。タオルを片手に戻ってくる新蔵が、居間に上がろうとするユトリの髪の毛を（雨に濡れてもいないのに）拭いてあげる。戸惑い、少し照れるも嬉しそうなユトリ。

○ヴァイオリン教室・内

子供達にヴァイオリンの指導をするユトリ。

後片付けをしてる子供達。数名の女の子が、リボンの付いた小さな袋入りの贈り物をユトリにプレゼントする。

○デパート・化粧品売り場

ケーキの小箱を抱え、口紅の展示棚の前に立っている新蔵。接客中で忙しそうな店員を横目に、口紅を1本、自分のポケットに入れてしまう。

○唯野家・居間（夜）

食事中の新蔵とユトリ。やや豪勢な料理が並び、ユトリの誕生ケーキもある。教室の生徒達から貰ったプレゼントの袋を開くユトリ。……口紅である。憮然とした表情で決まり悪そうに席を立つ新蔵。きょとんとして、小首を傾げるユトリ。

○商店街・アーケード（夜）

抽選券を手に、福引の順番を待つ列に並ぶ新蔵の姿。

○唯野家・居間（夜）

炬燵に入って、ヴァイオリンの手入れをしてるユトリ。外から帰ってくる新蔵。どっさりポケットティッシュを置いて、そそくさと別室に行ってしまう。思わず微笑むユトリ。新蔵のティッシュを使って、弓に付着した松脂を拭き取る。

○同・中庭

雪囲いのための角材を鋸で切ってる新蔵。椅子に座りヴァイオリンを練習中のユトリの姿を、ぼんやりと見つめる。新蔵が立ち上がり、手にした鋸を弓に見立て、ヴァイオリンを弾く仕草をする。新蔵の首筋へ、次第に近づく鋸の刃。それに気付くユトリ。慌ててヴァイオリンを投げ捨て、必死に新蔵を突き飛ばす。中庭に倒れたままの2人の姿。虚ろな表情の新蔵を、涙を堪えきれずに抱きしめるユトリ。

新蔵とユトリの餅つきの風景。杵を担いで振り下ろす新蔵に呼吸を合わせ、横から手を差し出し、餅を返して水をさすユトリ。思い詰めた表情のユトリ、わざと自らの手を差し出すタイミングをずらす。苦痛に歪むユトリの表情。杵で潰された手を抱えて、うずくまる。すぐには状況を理解できず、唖然と立ち尽くすだけの新蔵。

○**海沿いの道（数日後）**

骨折した手を三角帯で吊り、ヴァイオリンを片手に歩いて行くユトリ。やや遅れて、自分のヴァイオリンを手にした新蔵がユトリの後をトボトボとついて行く。

○**海**

冬の澄んだ空に白煙がたなびく。寄り添うように置かれた新蔵とユトリのヴァイオリンが炎に包まれてる。燃え盛るヴァイオリンをじっと見つめる新蔵とユトリ。

砂浜に少し盛り上がった砂の山が並んで2つある。それぞれにヴァイオリンの弓が墓標のように突き刺さっている。

○**商店街・アーケード（夜）**

1等の温泉旅行、3等の携帯電話……等、当選品が描かれてる福引のポスター。福引機のハンドルを握る新蔵。ユトリもそっと横から手を添える。

新蔵「……」

ユトリ「……」

2人一緒にハンドルをゆっくりと、ゆっくりと回す。

○**唯野家・居間（数日後）**

福引で当たった携帯電話を手にするユトリ。誰かから電話がかかってくるのを寂しそうに待っている。その様子をじっと見てる新蔵、上着を羽織って廊下へ出る。携帯電話から家の電話にかけるユトリ。廊下の電話のベルが鳴るが、玄関を開けて外に出て行ってしまう新蔵。悲しげな表情を浮かべるユトリ。

○**路地（夕方～夜）**

公衆電話ボックスを探して歩いてくる新蔵。煙草屋の脇の公衆電話ボックスが、使用中のため歩を進める。

少し息の上がった新蔵が別の公衆電話ボックスを見つけて中に入る。「故障中」の張り紙が貼ってある。薄暗くなり始める路地裏の風景。

ゼイゼイと息を荒げてやってくる新蔵。ようやく公衆電話ボックスを見つけ、中に入る。ユトリの携帯電話の番号が書かれたメモを取り出し、受話器を上げ、震える指先でボタンを押す。

○**唯野家・居間（夜）**

電気も消えて誰もいない真っ暗な室内。携帯電話の呼び出し音が鳴り出す。

○**公衆電話ボックス（夜）**

受話器に向かって延々と語り続ける新蔵。しかし、新蔵の声は降り頻る雨音に掻き消される。

○**唯野家・仏間（夜）**

鳴り止まない携帯電話の呼び出し音。暗闇に仄かに光る携帯電話のバックライトが、仏壇に飾られた遺影の写真を照らす。どうやらユトリの遺影のようである。

○公衆電話ボックス（夜）

発信音が鳴りっぱなしで電話は繋がっていないのに、感極まり泣き崩れながら受話器を放さず喋り続ける新蔵。

○公園（回想）

凧揚げをして無邪気に遊ぶ子供達。冬の空を優雅に舞う凧を、ベンチに腰掛けて見上げている新蔵とユトリ。

新蔵が木に登って、枝に絡まった凧を落としてあげる。軽く一礼して凧揚げを再開する子供達。木から足を滑らしそうになる新蔵。心配そうに見上げてるユトリ。糸巻きを手にしたフリをし、新蔵を凧に見立てて凧揚げの真似事をするユトリ。木の上で思わず微笑む新蔵、おどけて両手を広げてみせる。クスッと微笑を浮かべるユトリが突然、その場に崩れ落ちる。絡まった凧のように、木の上にポツンと取り残される新蔵。

○唯野家・中庭（回想）

雪化粧に彩られている中庭の風景。縁側でそっとたたずむ新蔵の姿。放置されたままだった餅つき臼の窪みに、真っ白な雪が溜まっているのに気づく。窪みから雪を掴み、まるで餅を丸めるかのように握る。

○同・仏間（回想）

餅のように握った雪を仏壇に供える新蔵。ユトリの遺影が飾られてる。線香に火をつけようとするが、マッチが切れてる。ポケットを弄る新蔵が、何かに気付いて取り出す。ユトリに渡し損ねた口紅である。遺影を抱きかかえる新蔵。震える手で、丁寧にユトリの遺影の唇に紅を引く。

（回想終わり）

○公衆電話ボックス（早朝）

放心状態の新蔵がよろよろと立ち上がり、公衆電話ボックスから出てくる。

○海（早朝）

波打ち際に捨てた補聴器を、見つかるはずも無いのに探し続ける新蔵。

○海沿いの道（早朝）

片耳に貝殻を嵌めて、ゆっくりと歩いてくる新蔵。ふと足を止め電線をじっと見上げる。まるでそこにヴァイオリンがあるかのように、演奏の準備をして身構える。強風に煽られて、ビュンビュンとしなる電線を五線譜のように見立て、ヴァイオリンを弾く仕草を始める。

〈終〉

受賞者紹介

杉田　愉

すぎた・さとる　1974年、新潟県生まれ。中央大学文学部哲学科卒。代表作は『花に無理をさせる』『キユミの詩集 サユルの刺繍』など。最新作『キユミの桃子 サユルの涼花』は第20回釜山国際映画祭正式招待作品としてワールド・プレミア上映され、第90回キネマ旬報ベスト・テン文化映画に選出。新潟県柏崎市。

「子供の頃から通い続けた映画館が閉館するという噂を耳にして居ても立ってもいられず脚本執筆に駆り立てられた」と方々で答えてきましたが、どうやら嘘のような気がするのです。それなりで脳裏をふと過ったエリック・ロメールの映画のワンシーンを執筆契機と思い込むことにしました。若い恋人たちが日常を営む慣れ親しんだ街であるにも関わらず、初めて訪れた「かのように」小さな旅を享受する場面です。ヨーロピアン・ビスタの画角に切り抜きスクリーンに見立てた大判模造紙と、粗大ゴミとして譲り受けた点灯しない三管式プロジェクターが鎮座する生活感の欠片も無い部屋での執筆の合間に散策して出会った光景も忘れられません。強風に煽られちぎれそうに撓る電線に舞い散る桜の花びらが五線譜と音符である「かのように」感じ取れたのですから。

映画情報

（2004年／35㎜／33分）

スタッフ

監督・脚本・編集：杉田　愉
プロデューサー：村山　和美
　　　　　　　　杉田　愉
制　　作：山川　智子
制作助手：伊藤　貴子
撮　　影：Tomoko Katase
撮影助手：宮崎　雅也
　　　　　根本　健一
　　　　　根岸　浩太
美　　術：青木　万央
衣　　裳：杉田　和美
ヘアメイク：結城　藍
音　　楽：水野　真人
助 監 督：加越　康嗣
撮影補助：上坂　祐介
　　　　　三田　直子
　　　　　木村　猛弥

キャスト

鰐淵　晴子（唯野ユトリ）
坂井　昌三（唯野新蔵）
品田　涼花（貝殻拾いの少女）

シナリオ大賞2004　中編の部

「柳は緑　花は紅」

宮本　亮

登場人物

竹中隆志　　小学6年生
竹中綾子　　隆志の妹
竹中雄介　　隆志の父親
大橋成子　　雄介の姉
間谷敏明　　成子の友人
大橋今日子　成子の娘
大橋鉄男　　成子の夫
安土美香　　綾子の産みの母親
安土友弘　　美香の夫
竹中（寺沢）奈津美　最近の隆志達の母

○竹中家（夜）

居間に竹中雄介と竹中（寺沢）奈津美がいる。隣りの電気の消えた部屋には竹中隆志（小学6年）と竹中綾子が並んで寝ている。綾子の方は眠っているが、隆志は寝たふりだ。

奈津美「あんたな、自分で何言うてるかわかってるの?」
難しい顔の雄介。
奈津美「黙っとっても何もなれへんで」
雄介「1年見てくれや」
奈津美「何で1年もかかんの。そんなもん今すぐ電話でも済むことやないの」
黙る雄介。
奈津美「電話しいや」
電話を投げつける奈津美。電話は雄介にあたって落ちる。拾わない。
奈津美「何やのん。まただんまりする気なん。あんたはいっつもそうや。貝みたいにしてたら全部思い通りに行くと思ってるか知らんけど、今回ばっかりは、そんなもん虫の良過ぎる話やろ」
雄介「でかい声出すなや。子供が起きるやろ」
奈津美「知らんわそんなもん。あんたの子やろ。聞いてもろたらいいねん。お父さんこれから1年かけて他所の女の人のところ行って別れ話まとめてくるから、その間このお姉ちゃんのとこいといてくれるかって。どんな非常識か」
雄介「そんな言い方すんなや。俺とお前は夫婦やろ。あいつらもお前の子やないんか」
奈津美「あほちゃうか。そんなんあんたがおってこそや。なあ。あたしはほんまにあんたのことが好きなんやで。あんたに一緒にいて欲しいねん。お願いや!」
雄介「1年くれ。絶対、約束する。1年でスッパリきれいになって帰って来る」

○竹中家

隆志、綾子と奈津美が向かい合って座っている。傍らには子供達の私物がまとめてある。綾子は紙に絵を描いている。

奈津美は携帯電話のボタンを押して、隆志に渡す。

携帯「お掛けになった番号は、現在使われておりません……」

奈津美「あなた達のお父さんは約束を破りました」

電話を取り返す奈津美。

奈津美「でも、私はもう過去のことは忘れて、新しい人生を歩む事にしました。しょうがないので。だから、あなた達とは今日でお別れです。あなた達のお父さんは、クソ野郎です」

○車の傍

トランクに荷物を積んでいる奈津美と隆志。

奈津美「ここは私の家やからな。あんたらにおられたら邪魔なんよ。そもそもあんたらかわいないしな。（綾子に）ほら、あんたも絵ばっかり描いとらんと自分のもん入れや」

○車の中

奈津美「でもほんまもったいないわあ。何で1年も待ったんやろか。これがあたしの弱いとこやな。とうにわかとったことやのに。27になってもうたわ。あんた何歳や」

隆志「12」

奈津美「あんたまだそんな何も考えてないやろうから言うてもしゃあないか思うけど、この年齢の1歳って大きいねんで。アメリカやったらこんなん、訴訟もんやで。今そこを横切ったりしたら、絶対轢いたんで。両親とこまでそのまま引きずって行ったるわ。そうやわ、それがええわ。なあ?」

隆志は窓に顔を向けている。綾子は絵を描いている。

奈津美「車ん中でそんなんして、酔えへんのかいな。あんたがもう少し大きかったら、あたしの気持ちもわかってくれたやろうけどな」

隆志、ちらりと綾子の描いてる絵を見る。家の中に人物が2人いる絵である。1人は綾子本人のようだが、もう1人は性別も年齢もわからない。

奈津美「ほんまもったいないわ。無駄やったわ。なんにも残ってへんわ」

○閑散とした駐車場

車を停めて、隆志、綾子、奈津美、大橋成子が集っている。間谷敏明が隆志達の荷物を車から車へ移している。綾子は成子の手を握っている。

成子「ほんとに弟が、ご迷惑をお掛けしました」

お辞儀をし合う奈津美と成子。

○車内

運転している敏明。後部座席に、成子を真ん中に隆志と綾子。

成子「敏くんごめんなぁ。こんなことに呼んでしもて」

敏明「いいですよ。暇ですから」

成子「うん。車来てもらって助かったわ。ほんでも雄介も、今度ばっかりはなんとかせんとあかんな。（隆志に）おばちゃんのこと覚えてるか?　大きなったな。前にあんた、おばちゃん家に住んでたことあんねんで」

敏明「そうなんですか?」

成子「そうや。あん時はまだ、こっちの小っさいほうはおれへんかったけどな。半年くらいやったかなあ。短い期間や。忘れとるかも知らんなあ。うちの子としょっちゅう一緒におってな、喧嘩しては泣かし泣かされでうちに言いに来とったんや」

○大橋家・2階・今日子の部屋

敏明と成子の手によって荷物が運び込まれている。窓辺に

　　座っている大橋今日子。
今日子「部屋が狭なってもうたわ」
成子「そんなん言わんの。今までが広すぎたんや」
今日子「いつまでおんの？」
成子「それはわかれへん。いま方々に連絡とって捜してもらってるところや」
　　敏明が階段を上ってくる。
敏明「もう荷物終りです。そしたらちょっと車動かしてきます」
今日子「ご苦労様です」
　　階下へ行く敏明。
成子「あ、敏くんちょっと待って」
　　成子も階下へ。追って、綾子も階下へ。
今日子「前来たとき、あの子おれへんかったよな」
隆志「増えたんや」
今日子「妹？」
隆志「ほとんど口利かんし笑えへん」
今日子「あのな、最初に言っておきたいことがあんねんけど。あんた男かも知れんけど、ここはうちの家やからな。全部うちに主導権があんねん。主導権て意味わかるか？」
隆志「（頷く）当たり前やろ」
今日子「それが上手くいくコツや。ずっとやない言うても一緒に住むんやし。そういうところはちゃんとしとかんと、お互いに嫌な思いするやろ。わかった？」
隆志「わかった」
　　窓の外を見ている今日子。綾子が座って絵を描いているのが見える。
今日子「妹、かわいいなあ」
　　見に窓辺へ来る隆志。
今日子「名前なんていうの」
隆志「綾子」
今日子「そこで絵描いてるわ」
隆志「いっつも絵ばっかり描いてんねん。頭おかしいんちゃうか」
今日子「ふーん。一生懸命やん。何描いてんのやろ」
隆志「何描いてんのやろな」
　　隆志を見つめる今日子。
隆志「（視線に気付く）何やねん」
今日子「あんまり似てへんな」
隆志「血つながってないもん」
今日子「ふーん。あたしらも似てへんけどな。血つながってんのに」
隆志「男と女やからちゃうか」
　　笑う今日子。今日子を見る隆志。
成子の声「今日子、隆志くん、敏兄ちゃん帰るから挨拶しに来」

○同・前

　　敏明の乗る車を見送ろうとしている。
成子「今日はほんまにありがとうな」
敏明「いいですよ。なんかあったらいつでも言うて下さい」
成子「今度ご飯おごったるわ。美味しいもん食べに行こ」
敏明「ありがとうございます。（今日子に）ほなな、今日子ちゃん。よろしくな」
隆志「わかった」
　　はにかんでお辞儀する今日子。そんな今日子を見ている隆志。
敏明「それじゃあ、失礼します」

成子「ありがとうな」
　発進する車。

○同・食卓（夜）
　成子、大橋鉄男、今日子、隆志、綾子が夕食を摂っている。
鉄男「ある程度はアタリ付いてんのか？」
成子「あたしも奈津美さんも結構方々心当たり聞いてみてんねんけど。今までは絶対うちにだけは言うてきとったのに」
鉄男「そんだけ本気やっちゅうこっちゃな」
成子「そやろか」
　ビールを空ける鉄男。
鉄男「そらそや。決まっとるわ」
　酒を取りに立つ成子。
鉄男「ほんま、お前の弟はどうしようもないな。人間のクズやな」
成子「そんなん、（子供の前で）言わんとき」
鉄男「なんでやねん。こいつらかてわかっとんねん。な」
　綾子の頭をがしがし撫でる鉄男。その手を払う綾子。笑う鉄男。
鉄男「怒りっぽいのう。（成子に）お前方の血やな。にらんどるにらんどる」
成子「やめえや。今日のことやで。もうちょっと気持ち考えてやりいな」
鉄男「あほう。考えとるわい。せやからこうやって、コミュニケーションはかっとるんやないか。なー」
　綾子に顔を近づける鉄男。顔を背ける綾子。
鉄男「こらあ、おっちゃんこの家の主やぞう。そんなんしとったらここに住ませへんぞ」
成子「嫌がっとるやないの。酒臭いんよ」
鉄男「（怒鳴る）やかましい！　ボケ。いちいち人のすることにケチつけんな。何様や」
成子「すみません」
鉄男「謝んのやったら始めから黙っとけ。むかつくんじゃ」
　鉄男をにらんでいる成子。
鉄男「何やその目は」
成子「なんでもないです」
　しばらくにらみ合う鉄男と成子。鉄男、立ち上がる。伸びをする鉄男。
鉄男「あー気分悪い。綾子ちゃん、おっちゃんとお風呂入ろか」
　動かない綾子。綾子の手をとる鉄男。
鉄男「こんなとこおっても気分悪いだけや。入ろ」
　無理に引っ張って行こうとする鉄男。
隆志「止めてください。嫌がってるんです」
鉄男「おお。ええ兄ちゃんや。心配せんでええねんで。恐いおっちゃんやないんや。風呂入るだけや」
　引っ張る鉄男。
隆志「止めてください」
　隆志、鉄男の手を掴むと、綾子の腕から離そうとする。
鉄男「痛い痛い痛い。なんや、何をむきになっとんねん。わけわかれへんわ。やっぱキチガイの血やな」
成子「お母さんのこと悪く言わんとって」
鉄男「おお、おお、あっちも怒っとるわ。手が付けられへん。鎖つけて檻に入れんと」
　成子、立ち上がると鉄男の傍に行き、殴る。
鉄男「痛いのう！　ボケ！」

殴り返す鉄男。

鉄男「こっちがええ顔してたら付け上がるか！　殺すぞコラァ！」

隆志が投げたコップが、鉄男の頭に命中する。

鉄男「あっ」

鉄男の頭から血が流れる。今日子が呆然とした顔の隆志を殴る。

今日子「お父ちゃんに何すんねん！　恩知らずか！　出て行け！」

成子「こら！　今日子！　なんちゅうこと言うの！（鉄男に）大丈夫？」

鉄男「（別人のようにおとなしい）あかん。血出とる」

成子「深い傷やない。救急箱取ってくるわ（行こうとして）そこ座っとき」

素直に座る鉄男。手についた血をみて、すごく不安そう。

鉄男「全然血止まれへんで」

戻ってくる成子。

成子「見してみ。ほとんど止まっとるやないの」

鉄男「ほんまか？　ズキズキ痛いぞ」

成子「当たり前や。切れとんねん」

治療する2人を見ながら、隆志はそろそろと部屋から出て行く。今日子はそれに気づいているが、何も言わない。

○公園（夜）

座っている隆志。立ち上がってちょっと歩くも、また元の所に座る。公園の入り口に自転車に乗った今日子が通る。お互いに気付き、隆志の傍に来る今日子。気まずそうな隆志。

今日子「こんなとこで何してんの」

横に座る今日子。

今日子「（家から）近すぎるやろ」

隆志「どこ行ったらいいかわからへん」

今日子「その道ガーッと真っ直ぐ行ったらでかい道に出るから、そこを左に曲がんねんやん。それずっと行ったら駅あるわ。でかい道出たらもう見えてるから迷うこと無いと思うで。でもあれや、お母さんとか多分そのへん探してるはずやから。見つかったら絶対連れ戻されるで」

隆志「おっちゃんどうなん？」

今日子「縫わなあかんみたいなこと言うてたな。気にせんとき。あれはしゃあないわ（笑う）うちが一番怒ってんけどな」

今日子、ポケットから千円札を2枚出して、隆志に渡す。

今日子「あげるわ」

隆志「…ありがとう」

○公園の入り口（夜）

歩いて来る隆志と今日子。

隆志「綾子は？」

今日子「2階に籠もって絵描いてたわ。行く当てとかあんの？」

考える隆志。公園の出入り口に着く。

今日子「じゃあ、ここで」

隆志「あ、ああ。うん。いろいろごめんな」

今日子「二度と帰ってきたらあかんで。出て行くねんから」

隆志「…ほんじゃ」

今日子「さようなら」

隆志「さようなら」
　別々の方向に歩き出す２人。

○駅前（夜）
　座って缶ジュースを飲んでいる隆志。ストリートミュージシャンの唄を聞いている。
声「こんなとこにおったら見つかるで」
　今日子が居る。綾子を連れている。綾子、走って隆志の傍に行く。
今日子「あかんわ。連れてったり」
　今日子が手を向けると、新しい怪我がある。血は渇いている。
今日子「引っかかれてもうた。兄妹やな」
　にっと笑う今日子。綾子をじっと見る隆志。
隆志「おとんに会いたいか？」
綾子「お母さんがいい」
隆志「…どの、おかんや」
綾子「わたしのお母さん」
今日子「守ったりや」

○電車（夜）
　並んで座ってる隆志と綾子。綾子は隆志にもたれて眠っている。綾子を抱きしめる隆志。

○別の駅（夜）
　出てくる隆志と綾子。
隆志「ここ覚えてるか？」
　反応のない綾子。

○住宅街（夜）
　パンなどを食べながら歩いている隆志と綾子。角を曲がる。綾子が、はっと辺りを見回している。
隆志「この辺はわかるか。もうすぐその向こうや」
　隆志が言い終えるより早く、荷物を放って駆け出している綾子。
隆志「待てや、おい！」

○安土家・前（夜）
　隆志が走ってやって来る。綾子はドアの前に立っている。隆志が息を切らしていると、ドアが開く。安土美香が顔を出し、驚く。
綾子「お母さん！」
　美香の足に抱きつく綾子。困ったような美香。隆志と目が合う。
隆志「こんばんは」
美香「２人だけで来たん？」
綾子「そうや！　逃げて来たんや」
隆志「お久しぶりです」
　友弘が出て来る。
美香「どうしよう。ほんまに来てもうたわ」
友弘「上がってもらえや。綾子ちゃんに、隆志君やな」

○同・居間（夜）
　テーブルには飲み物が出ている。かしこまって座っている隆志。綾子は美香の隣で目を閉じ体を預けている。
美香「電車で来たん？」
隆志「はい」
美香「家の場所、覚えとったん？」
隆志「そうです」
美香「お金はどうしたん？」
隆志「持ってました」
美香「そう：」
玄関の方に人の通る音や話し声などがする。
美香「大変やったねえ」
隆志「：：：」
美香「子供にだけは、情のある人やと思ってたのに」
ドアが開き、安土友弘が顔を覗かせる。
友弘「ほんなら、行くけど、大丈夫か？」
美香「うん：：よろしく」
友弘の脇から綾子より小さい女の子が覗く。
女の子「あーっ、やっぱり誰かおるやん。誰なん？」
友弘「こら！　靴のままやないか。（美香に）ほなな」
友弘、女の子を押すようにドアを閉める。詰問する女の子の声がする。やがて出て行き、静かになる。綾子は眠っている。
美香「優香っていうの。今年小学校に入ったばっかりで、おてんばやねん」
隆志「：：：」
美香「ええ子よ」
隆志「僕らと比べてるんですか？」
美香「：：：（困った顔）」
隆志「綾子よりも、：」
美香「答えて欲しいの？」
隆志「：：：」
美香「いまは、あの子が一番大事。私たち2人の子やから」
綾子を見てる隆志。
隆志「情はないんですか」
美香「きついこと言うんやね」
呼び鈴が鳴る。立つ美香。
美香「しょうがないことってあるのんよ。世の中には」
部屋を出ていく美香。綾子を見てる隆志。薄く目を開ける綾子。隆志と目が合う。
隆志「：綾子」
目を閉じる綾子。人が入ってくる気配に入り口を見る隆志。
美香に次いで、敏明が入ってくる。
美香「お迎えに来てくれたよ」
綾子が突然立ち上がると、部屋の奥へ逃げていく。追う美香。その隙に隆志、逃げようとするが、敏明と目が合う。
敏明「どこ行くんや。行くとこあんのか」
敏明を睨む隆志。
敏明「しんどいやろ。諦めてまえや。その方が楽やし正解や」
隆志「：あほか：」
敏明「世の中には、しょうがないことっていうのがあんねん」
隆志「知ってる」

○敏明の車内

運転席に敏明。後部座席に隆志。安土家のドアが開いて、美香が出てくる。敏明の傍に来る美香。

美香「ごめんなさい。駄目ですわ。あの子の必死なん見てると。（ちらと隆志を見て）この子だけ、取り敢えずお願いします」
家を見る隆志。
敏明「わかりました」
美香「すみません。わざわざ来て貰ったのに。またもう1回来て貰うかもしれませんが」
敏明「いいですよ。まだ幼いですし。きっとそのほうがいいですよ」
美香「じゃあ、宜しくお願いします。成子さんにも」
敏明「はい。それじゃあ」
エンジンがかかる。
美香「さよなら、隆志くん」
敏明「失礼します」
発進する車。隆志の表情は固い。

○車内（夜）

人魂のように流れる光を見ている隆志。家々の窓は光に満ちている。窓に映る動きはゆっくりだ。

○大橋家・前（夜）

停車してる車から降りてくる隆志。成子が出迎えている。
大人しく家へ向かう隆志。

○同・居間

成子「疲れたやろ」
隆志「うん」
成子「おばちゃんも疲れたわ。夜中やで」
隆志「みんなは…？」
成子「今日子は寝てる。おっちゃんは病院や。大したことないねんけどな、帰ってくる足も無いし、無理言うて泊まらしてもらったわ。ほんじゃ、おばちゃんちょっとお兄ちゃんに挨拶してくるから、隆志くん、冷蔵庫にご飯あるし、お風呂入ってもいいし」
出て行く成子。隆志、風呂場へ行こうとし、人の気配にふと顔を上げる。階段の上に今日子の姿がある。暗闇で表情は分からない。
今日子「（眠たそうな声）何で戻って来たん」
隆志「どこにも、行くとこなかった」
今日子「（眠たそうな声）ここも違うやろ」
今日子の姿が闇に消える。見上げたままの隆志。外で車のエンジンが掛かる。

○大橋家・2階（翌日）

静かである。布団の上で寝ている隆志、目は開いている。
天井に向け、手を伸ばす。暫くそのままの姿勢でいる。

○大橋家・居間

成子が化粧をしている。隆志が来る。
隆志「おはようございます」
成子「あら、もう起きたん？　おはよう。もっとゆっくり寝ててもいいのに。おばちゃんこれからおっちゃん迎えに病院行かなあかんねん。お腹減っとったらご飯あるから食べとき」
冷蔵庫を開ける隆志。
成子「その上から2段目に入ってるやつや」

　冷蔵庫から皿を出す隆志。
成子「お味噌汁もあるで」
　電子レンジを動かしたあと、鍋を火にかける隆志。成子は
　化粧を終え、着替え出す。
隆志「僕も一緒に行っていい？」
成子「病院？」
　考える成子。
隆志「怪我さしたん僕やし…」
成子「あんな、実はな、隆志くん戻ってきたことまだおっちゃん
　に言うてへんねん。だから、会うんは先おばちゃんがおっちゃ
　んと会って、話つけてからの方がいいと思うわ」
隆志「…うん。わかった」
成子「家で待っとき。大丈夫やから」

○同・玄関（昼間）

隆志「お帰りなさい」
鉄男「ただいま。これ、おみやげや」
　袋を差し出す鉄男。頭に包帯を巻いている。受け取る隆志。
鉄男「お腹減っとんちゃうかな思ってな。そこで買うてきたんや」
　言いながら家に上がる鉄男。成子はいない。

○同・台所

　たこ焼きを食べている隆志と鉄男。
隆志「大丈夫ですか？」
鉄男「これか？　大丈夫や。大したことあれへん。医者が大げさ
　にこんなモン巻きよったんや。ムレてもうてかゆいし、暑うて
　かなわん」

　黙って食べる2人。隆志の食が進まない様子。
鉄男「もうほとんど夏やな。アイスにした方が良かったか」
隆志「ごめんなさい」
鉄男「いや、そんなん」
隆志「怪我させてもうて、皿とか、コップも割ったし」
鉄男「気にすんなや。おっちゃんも悪かったわ。酔ってたし。実
　を言うたら、あんまり覚えてへんのや。だからもう飯食って仲
　直りや」
隆志「この家に、おってもいいですか？」
　黙る鉄男。
隆志「この家に、居させて下さい。他に行くところ無いんです。
　お願いします」
　頭を下げる隆志。
鉄男「そんなん、止めえや」
隆志「お願いします」
鉄男「そんなん…気にすんなや」
隆志「居てもいいんですか」
鉄男「いいと思うで」
隆志「ほんまですか」
　2、3回頷く鉄男。
隆志「ありがとうございます」
　頭を下げる隆志。
鉄男「ええから。いまはまあ、食べえや」
　食べる隆志。

○同・2階（夕方）

　綾子の描いた絵を見ている隆志。

どの絵にも人物が2人いて、背の高い人と低い人が、手をつなぐように並んでいる。低いほうは綾子だろうが、高いほうは誰なのか、男か女かも分からない。
階段を上ってくる足音がして、隆志、慌てて絵を隠す。
成子「隆志くん、ちょっといい」
隆志「うん」
隆志と向かい合って座る。
成子「おっちゃんと話したんやんな」
隆志「うん。ここにおってもいいって言ってくれた」
成子「そうみたいやな」
隆志「たこ焼きもご馳走になった」
成子「その事やねんけどな、早めに言っといたほうがいいと思って来てんけど、もうちょっとしたら綾子も帰ってくるし。あ、もうこんな時間かいな」
時計を見る隆志。
成子「隆志くんには申し訳ないんやけど、やっぱりな、ずっと家にはおられへんいうことになってん。ごめんな」
隆志「でも…」
成子「すぐいうことやないで。他に、隆志くんがずっとおれるとこが見つかるまでは、全然気にせんと住んでていいからね」
隆志「怒ってるん？　おっちゃん」
成子「いや、そんなんじゃないの。そういうんじゃなくて、言うたら、大人の事情ってやつや。まあ、ほんまに申し訳ないねんけど、しょうがないことなんよ」
隆志「…そうですか。わかりました」
成子「気落とさんとってな。でも、家に住むんも、よそに住むんも、変わらんよ。隆志くんやったら、大丈夫やで」
うつむいてる隆志。
成子「ほんなら、おばちゃん夕ご飯の支度あるから、行くわ。ゆっくりしとき」
部屋を出ようとする成子。振り返って隆志を見る。
成子「おばちゃんも頑張ってんけどな。悪う思ったらあかんで」
階段を下りて行く成子。寝転がる隆志。玄関のドアの開く音。
今日子の声「ただいまー」
階段を上ってくる足音。

○大橋家・2階（数日後・昼間）

隆志と成子と敏明が綾子の荷物を運び出している。隆志が階段を上ってくると、荷物を持った敏明とすれ違う。
敏明「あ、隆志くん、これで最後っぽいねんけど、もう他にないかどうか、確認してくれへん」
部屋に行き、確認する隆志。表から、
敏明の声「隆志くーん」
窓から見る隆志。車の周りに敏明と成子がこっちを見ている。
敏明「どう？」
隆志「大丈夫です。全部です」
話を始める敏明と成子。その様子を窓辺に腰掛けて見ている隆志。やがて、敏明は車に乗り込むと、行く。家に入ってくる成子。車の行った方を見ている隆志。階段を上ってくる足音。成子が部屋に来る。
成子「すっかりなくなってもうたな」
荷物の側に行くと、整理を始める成子。

成子「ほとんど綾子ちゃんのんやってんな」
隆志「結構置いてきたから」
成子「何で？」
隆志「車に入りきらなかった」
成子「一緒に行かんでよかったん？　別に遠慮せんでええねんで」
隆志「うん」
成子「…まあ、会おう思ったらいつでも会えるしな。ああそうや、学校やねんけどな、どうする？」
考える隆志。
成子「いつまで家におれるかわからへんゆうのはそうやねんけど、だからってそう毎日毎日ごろごろしといていいわけないしなあ」
電話が鳴る。立つ成子。
成子「今日子は同じ学校は嫌や言うてるけど、そんなん考えんでいいからな」
階下へ行く成子。隆志、立ち上がり、伸びをして、部屋を見回し、部屋を出る。今日子の部屋の前を通る。今日子の部屋は散らかっている。階段を下りる。

○大橋家・1階

階段を下りてくる隆志。成子が電話で話している。深刻な、怒っているような口調だ。隆志に気付く成子。
成子「あ、ちょっと待って。ちょうど下りてきたわ。え？　あほなこと言うたらあかん。代わるで」
トイレのドアを開ける隆志。
成子「隆志くん！」
止まる隆志。
成子「雄介…お父ちゃんや」

○喫茶店

地下のような所にある小さく、暗い喫茶店。店内に隆志と雄介の他の客はいない。店員の姿も見えない。
雄介「久しぶりやな。どうやった？」
隆志「どうって？」
雄介「何してた」
隆志「おばちゃんとこにおった」
雄介「そうやねんてな。聞いてびっくりしたわ。奈津美も冷たいよな。もうちょっと情のある女かと思ってたけど」
隆志「しゃあないことやと思うで」
じっと隆志を見る雄介。
隆志「お父さんこそ、何してたん」
雄介「ん。いろいろな。うろうろしてたわ。ほんでも、結局行くとこ無くなって、帰ってきた」
隆志「うろうろて、どこ行ってたん」
雄介「いろいろや」
隆志「ふーん」
雄介「新しい生活には慣れたんか？」
隆志「んー…慣れるゆうても、毎日寝て起きて、ぶらぶらごろごろしてるだけやし。でもなんかそろそろ、学校行かなあかんみたい」
雄介「（思い出した）今日子ちゃん！　大きなってたやろ」
隆志「まあ」
雄介「幼稚園くらいのとき以来やもんな。もう何歳や。一緒くらいやったやんな」
隆志「同いや」
雄介「ああそうか。ほんならちょうどええやないか」
隆志「何が?」
雄介「同じ学校で」
隆志「まあね」
雄介「うん。そうか」
2人とも、しばらく沈黙になる。
雄介「お父さんな、実は女の人と一緒やったんや」
隆志「知ってる」
雄介「上手くいってたら、お前の新しいお母さんになってたかもしれんかったんや。もう別れてもうたけどな」
じっと雄介の顔を見てる隆志。それに気付き、雄介も隆志の顔を見る。
雄介「お前は俺によう似とる。ほんまに、よう似とる。損ばっかりするタイプや」
隆志の表情は変わらない。
雄介「似んほうが良かったけど、それが俺とお前の血が繋がっとる証拠や。しゃあない」
隆志「…しゃあない」
雄介「俺と一緒に来えへんか。2人で一緒に住もう」
隆志「え?」
雄介「俺にはお前しかおれへんねん。2人きりの親子なんやし、力を合わせて頑張っていこう」
隆志「……」
雄介「驚いたか」
隆志「いや…」

雄介「お前を置いて行ったんは悪かったと思ってる。苦労かけた。でも、もう二度と、あんな思いはさせへん。約束する」
隆志「いいわ」
雄介「え」
隆志「止めとく。おばちゃんとこおるわ」
雄介「何でや。聞いたけど、あそこずっとはおられへんのやろ」
隆志「うん。そうらしいな」
雄介「それやったら、どうせどっか違うところ行くんやったら、お父さんと住んだほうがいいんちゃうんか」
隆志「うーん…いや、止めとくわ」
雄介「何や。綾子のこと気にしてんのか」
隆志「綾子は、あっちおったほうがいいと思う」
雄介「そうやんな。お父さんもそう思うねん。だからお前だけ呼んだんや。なにも、のけ者にしたんちゃうねんで」
隆志「そんなん思ってないよ」
雄介「ほんならなんでや?」
隆志「(考える)……」
雄介「怒ってんのか?」
隆志「違う」
雄介「それはわかるけど、あのときはしょうがなかってん」
隆志「違う」
雄介「お父さんもすごい悪かったと思ってるし。悪かった。ごめん」
頭を下げる雄介。
隆志「違うねんて。怒ってないって」
雄介「ほんまか?」
隆志「うん。昔は確かに腹立ってたけど、いまは(首を横に振る)」

雄介「ほんなら…」
隆志「ただ普通に考えて、全然お父さんと一緒に住みたくないねん」
　ショックを受ける雄介。
隆志「ここに来るときから、そうなると思って、ずっと考えてたけど、やっぱり、あかんわ」
　しばらく黙り込む2人。やがてうつむく隆志。涙が出る。
隆志「(泣き声) あかんわ」
　泣くのが激しくなる隆志。おろおろする雄介。なぐさめられず、見てるだけ。
隆志「(泣き声) ごめんなさい」
雄介「(やっと言う) 気にすんな」
　徐々に泣きやむ隆志。
雄介「わかった…」
　うつむいてる隆志。
雄介「ほんなら、また、住むとこ決まったら連絡先おばちゃんにでも言うから、いつでも来たらいいわ」
隆志「うん」
雄介「遠慮せんでいいからな」
隆志「うん」
雄介「何か欲しいもんとかないか」
　黙ってる隆志。
雄介「そうか。ほんなら、これ (1万円をテーブルに置く) ここの払いと、電車賃や。お父さん、行くとこあるから。体に気つけや」
　立ち上がる雄介。うつむいたままの隆志。
雄介「ほんならな。お釣りは取っときや」
隆志「お父さん」
雄介「ん?」
隆志「1個お願いある」
雄介「何や?　何でも言うてみ」
隆志「お母ちゃん、どこにおんの」
雄介「…どの、お母ちゃんや」
隆志「僕のお母ちゃんや」
雄介「会うんか」
隆志「会いたい」
雄介「今までそんなん言うたことなかったやないか」
隆志「ないよ。でも、思ってた。言うたらあかんと思ってた」
雄介「俺は…」
隆志「お母ちゃんに会いたい」
雄介「一緒に住みたいんか」
隆志「……」
雄介「もし会えて、話がうまいこといったら、一緒に住みたいんか。そのつもりで行くんか」
隆志「そんなん、どっちでもええやんか」
雄介「そうか」
　長い時間無言で立っている雄介。
隆志「もういいわ」
雄介「ん?」
隆志「もういい。ごめん。わがままやった。言わへんわ」
　ほっとしたような雄介。
雄介「悪かったな」
　立ち去る雄介。

○**大橋家（夕方）**

隆志が帰ってくる。居間へ行く。居間では敏明がアイスを食べながらテレビを見ている。

敏明「お帰り。成子さん買い物行ってる。アイスあるで」

隆志、冷蔵庫からアイスを出し、敏明の隣に座る。

敏明「あ、そうや」

折られた紙を出す敏明。

敏明「くれたわ」

隆志が紙を開くと、綾子の描いた絵だった。人物が1人描かれている。『お兄ちゃん』と題されたその絵は、これまでの綾子の絵の人物と、少しも似ていない。

隆志「お兄ちゃん」

敏明「なんや?」

隆志「死にたい」

吹き出す敏明。爆笑する。深刻な隆志に気付き、笑い止む敏明。

敏明「本気か。ごめんな」

寝転がる隆志。

敏明「…俺の知り合いに、セックスやらせてくれる女の子おるで」

隆志に反応はない。

敏明「そこそこかわいいで」

○**敏明の車**

乗り込む隆志と敏明。

走り出す車。

〈終〉

受賞者紹介

宮本　亮

みやもと・りょう　1977年、大阪府箕面市生まれ。映画を中心に監督、脚本、撮影、照明、演出部として働く。いまだ肩書が定まらず。定めたい。神奈川県鎌倉市。

伊参スタジオ映画祭シナリオ大賞に応募しようと思ったきっかけは、前年に友人が応募して最終選考まで残ったことです。友人がいいとこまで行ったと聞いて対抗意識が芽生え、またシナリオ賞への応募が身近に感じました。

受賞の瞬間は喜びより不安が大きかったです。スタッフ集め、キャスティング、わからないことだらけでした。

初監督ということで撮影時は日々をこなすことに夢中でした。記憶はほとんどありません。スタッフも初対面の人がほとんどで、現場の運用も技術についてもよくわかっていなかったです。寒い屋外での撮影中に豚汁の差し入れをいただいてとても嬉しかった記憶はあります。

このときにもっと現場をコントロールできるようにならねばならないと切実に感じ、以後スタッフとして積極的に撮影に参加するようになりました。

映画情報

（2005年／DV／48分）

スタッフ

監　　督：宮本　亮
助監督：吉田　浩太
　　　　松藤　裕也
　　　　須田　浩代
制作部：小泉さち子
　　　　松林　淳
　　　　小林　憲史
撮　　影：花村也寸志
撮影助手：豊嶋　晃子
　　　　永井　聡子
照　　明：木津　俊彦
照明助手：高井　大樹
　　　　坪　岳人
照明応援：山口　大輔
　　　　秋山恵二郎
　　　　平野　晋吾
録　　音：高田　伸也
　　　　幸　修司
美　　術：田中　裕子
音　　楽：佐々木由美子
衣　　装：半田さち子
メイク：前田美佐子
　　　　小室　律子
スクリプト：鎌田　優子
車　　両：氏原　大

キャスト

浅倉　翔太（竹中隆志）
笠　菜月（竹中綾子）
戸田　昌宏（竹中雄介）
川端麻祐子（竹中奈津美）
竹井　洋介（間谷敏明）
戸村麻衣子（大橋成子）
今野由起子（大橋今日子）
佐藤　貢三（大橋鉄男）
藤真　美穂（安土美香）
古谷　克実（安土友弘）
鎗田　千裕（安土優香）

シナリオ大賞２００４　短編の部

「ドリアンじいさん」

三倉　毅宣

登場人物

福田大樹（９）小学生
福田三平（85）大樹の祖父
福田正芳（48）大樹の父
橋口　　（27）行商人
リミ　　（18）橋口の恋人
福田晴美（37）大樹の母

○青い空

雲がゆっくりと流れていく。

○タイのある村・草原（60年前）

草原の中、寝そべっている1人の日本兵―福田三平（25）。空を見つめながら、遠い故郷を思い、涙を流している。手にはドリアンの果肉がある。三平、ドリアンを口いっぱいにほおばる。

○病院・集中治療室・中（夜）

ベッドに横たわる老人・福田三平（85）。何か悟ったように、まっすぐと前を見つめている。

○同・廊下・中（夜）

集中治療室の前。強張った顔の福田大樹（９）。傍らには沈痛な表情の父・福田正芳（48）、ハンカチで目頭を抑えている母・福田晴美（37）がいる。

正芳「（大樹の肩に手をのせ）大樹。おじいちゃんにお別れを行ってきなさい」
大樹「……うん」

大樹、恐る恐る治療室の扉を開ける。

○同・集中治療室・中（夜）

大樹が入ってくる。祖父・三平がベッドに横たわっている。余命幾ばくもないことが見て取れる。体中に管を差し込まれたその様子に、恐れを抱く大樹。

三平「……大樹か」
大樹「うん」

三平、優しく微笑み、

三平「大樹は、ドリアンを知ってるか？」

黙っている大樹。

三平「わしはな、戦時中、タイにおった。タイの人々は、そりゃあみんな、優しかった。ある日、村の長が、わしらに大きな、刺々しい果物をくれた。ドリアンじゃった」
大樹「……」
三平「ドリアンは、甘くて美味くて……あの味が、今でも忘れられない」

大樹、黙っている。三平、微笑んで、大樹に向かって手を差し伸べる。大樹、どきりとする。ひょろっと長く細い手。大樹、恐ろしくてその手を握ってやれない。じっと大樹を見ている三平。

○タイトル『ドリアンじいさん』

○福田家・外観（夜）

雨が降っている。坂道を上がったところに一軒家がある。

○同・畳間・中（夜）

通夜。祭壇がある。微笑んでいる三平の遺影。祭壇の前にはテーブルが並べられ、慰問客らが足をくずし、酒を呑んでいる。正芳と晴美の夫妻が慰問客に挨拶して回っている。

○同・大樹の部屋・中（夜）

布団にくるまっている大樹。下の部屋から聞こえる慰問客らの笑い声と、雨の足音。大樹、薄暗闇のなか、目をしっかりと開けている。

○同・外観（早朝）

雨上がりの空。東から朝日が差し込む。福田家から、黒い半ズボンと白いシャツを着た大樹が出てくる。まっすぐと坂道を降りていく。

正芳の声「大樹がいない？」

○同・台所・中

喪服姿の正芳と晴美が立っている。

晴美「そうなの。着替えをすませて、外に出かけたみたいで……」

正芳「まいったな」

晴美「どうする？　うるさいンでしょ、おばあさまたち」

正芳「まぁ風邪でもひいたと言っておくさ」

正芳、そう言いながらも困ったように頭を掻く。

○田んぼが続く田舎道

1台の軽トラが止まっている。車体の横に『うぐいす南国果実店』と書かれてあって、荷台には色とりどりの果物が並んでいる。丸椅子に腰掛け店番をしているのは、橋口（27）とリミ（18）。2人とも髪を緑色に染め上げている。

リミ「ねぇハシグッちゃん。やっぱりこんな田舎じゃ、果物なんて売れねーよ。東京行かない？　渋谷とかブクロとかさぁ」

橋口「おめぇ馬鹿かよ？　渋谷とかブクロに店出した日にゃ、（頬に傷、のジェスチャー）これもんの人に目ぇつけられんぞ？　それよか田舎のほうが、逆に物珍しがって、婆とか買いにくんだろ？」

道の向こうから、大樹が歩いてくる。

リミ「もう3日だぜ。誰も来ねぇじゃん」

橋口「うるせーな。膝の上にも3年、って言葉知らねーのかよ？」

リミ「えー!?　そんなに乗られてたら、足痺れちまって立てねーよ！」

橋口「俺が言ったんじゃねぇから知らねーよ」

大樹「あの」

橋口とリミ、振り向く。大樹が立っている。

橋口「なんだよガキか……何の用？」

大樹「あの、俺、隣町の果物屋さんから聞いたんですけど。あの、ドリアンって、売ってますか？」

橋口「え、なに、買うの？」
うなづく大樹。
橋口「（笑顔になって）なんだ客かよ！　ＯＫＯＫ、ちょい待ちな！　おい、リミ！　ドリアン1丁！」
リミ「はい！」
リミ、荷台に飛び乗り、奥から大きなドリアンを出してくる。初めて見るドリアンに、目を見張る大樹。橋口、ドリアンを袋に入れ、大樹に差し出す。
橋口「はいよ。お代は？」
大樹「あ、はい」
大樹、ズボンのポケットから陶器でできた豚の貯金箱を取り出すと、それを地面に叩きつける。割れる貯金箱。驚く橋口とリミ。大樹、道に散乱した小銭を大事に拾い上げていく。
橋口「……おい坊主。これしかないのか？」
大樹「（見上げて）え……」
橋口「ドリアンはな、キングなんだよ。わかる？　王様なわけよ。それじゃ足んねぇ。お母さん連れて、また来なよ。な？」
大樹「でも……でも、俺、どうしても今日、ドリアンが必要なんです！　どうしても……」
橋口とリミ、大樹を見る。泣きそうだが必死にそれを堪え、橋口を見る大樹。
橋口「……リミ。今日は店じまいだな。おい、坊主。その金、将来のためにとっときな。家まで送ってやるから、車乗れ」
橋口、車に乗り込む。呆然としている大樹。我に帰り、慌てて金を拾う。
リミ「（笑って溜息をつき）いつまでたっても貧乏なわけだよ」
リミも小銭を拾い始める。

○福田家・畳間・中

葬式。喪主席に座る正芳。その隣には晴美。慰問客としてよぼよぼの老婆たちが並んで座っている。
老婆①「梅婆さん。お焼香、次、あんたの番」
老婆②「ああ。さよですか。これはどうも」
立とうとしない老婆②。
老婆③「だからあなた様ですよ」
老婆②「ああ。さよですか。これはどうも」
溜息をつく正芳。と、障子が開き、大樹が畳間に入る。手には袋をぶら下げている。大樹の後ろから、橋口とリミが遠慮がちに入ってくる。
正芳「大樹……」
大樹、つかつかと祭壇に近づくと、焼香台の前で立ち止まり、ズボンのポケットから原稿用紙を取り出し、開く。
大樹「おじいちゃんへ。3年2組、福田大樹」
一同、大樹を見る。
大樹「おじいちゃん。大好きです。でもごめんなさい。おじいちゃんが死ぬ前、僕はおじいちゃんを触れませんでした。怖かったからです。すごく痩せていたので、もうすぐ死ぬんだなぁ、とわかったので、触れませんでした。なにかうつるんじゃないか、と思ったからです。本当にごめんなさい。僕は悪い子だったと思います。大好きなおじいちゃんが怖かったんです」
大樹、涙を流す。
大樹「おじいちゃん。もう一度会いたいです。でも会えないので、とても悲しいです。おじいちゃんが死ぬ前に話してくれた、ドリアンをおじいちゃんにあげます。天国で食べてください」

　一同、涙ぐみながら大樹を見ている。大樹、涙をふいて、袋から立派なドリアンを取り出す。とそのとき、大樹、涙で手を滑らしてドリアンを落とす。

大樹「あ」

　ぐしゃっと割れるドリアン。

○同・同・外
　障子が開き、畳間から老婆たちが鼻を抑えて飛び出てくる。
老婆①「なんじゃ、この臭いはぁ～！」
老婆③「祟りじゃあ！　祟りじゃあ！」
老婆②「テロじゃあ！　ビンラディンが来よったぁ！」
　畳間から悲鳴が響き渡る。

○福田家・畳間・中
　ドリアンを食べている一同。
老婆②「甘くておいしいですのぉ」
　ホクホク顔の老婆たち。橋口とリミが風呂敷を開き、ドリアンを叩き売っている。慰問客ら、次々と買っていく。大盛況だ。縁側には大樹と正芳と晴美が腰掛けている。3人ともドリアンを食べている。
大樹「ねぇお父さん。おじいちゃん、喜んでくれたかな?」
正芳「ん?　そりゃもちろんさ。なぁ?」
晴美「(にっこり笑って）ええ」
　大樹、笑顔でドリアンをほうばる。遺影の中の三平が、笑ってこの様子を眺めている。

〈終〉

受賞者紹介

三倉　毅宣

みくら・たけひろ　1978年、大阪府生まれ。早稲田大学在学中より自主映画・ドラマの脚本・監督・製作等を行う。2004年、伊参スタジオ映画祭シナリオ大賞を受賞。同年より資産運用業務に携わり、現在はアストマックス・トレーディング㈱ディーリング部長。アジア・欧米市場でデリバティブの取引をする傍ら、AIの研究を行っている。

【なぜこのシナリオを書いたのか】

　スタジオがある中之条町にシナハンに行き、小学生の男の子に「こんにちは」と挨拶されました。東京で育った私にとって、知らない子供から挨拶されることは新鮮な体験で、「男の子が主人公の話を書こう」と思い立ちました。その後にどうして「ドリアン」と「じいさん」がくっついてきたのかは、よく覚えていません。


【思い出】

　主人公の少年役として、中之条町の女の子に出演してもらいました。この子の印象的な魅力が、映画を引っ張っていったんだと思います。撮影時には長かった髪を切ってもらいましたが、映画祭で再会した時には、元の髪の長さに。撮影中は男の子として接していたので、「あ、女の子だったんだよなぁ…」と妙な驚きを覚えました。

映画情報

（２００５年／ＤＶ／20分）

スタッフ

脚本・監督：三倉　毅宣
製　　作：向新　和也
　　　　　小山ゆうな
助 監 督：海原　由樹
　　　　　三嶽　大輔
　　　　　阿部未菜美
　　　　　桜井　昌人
撮　　影：与那覇政之
美　　術：江連亜花里
録　　音：吉方　淳二
ヘアメイク：佐藤　直雅
衣　　装：金山　修子
Ｗｅｂデザイン：山田　英昭
音　　楽：みるいみな
絵　　画：田村　吉康

キャスト

福田　有菜（福田大樹）
折田啓一郎（福田三平）
町田　水城（橋口）
持田　育恵（リミ）

シナリオ大賞２００５　中編の部

「星屑夜曲」

外山　文治

登場人物
佐野晴子（26）　ジュエリー店勤務
熊井ノボル（29）　故人。晴子の恋人
浜田裕作（30）　喫茶「地球儀」店主
猿渡秋平（24）　ノボルの同僚
梅本渉（53）　ノボルの上司
高橋祥子（40）　ジュエリー店店長

○通り
深夜——。田舎町の商店街。横転したバイク、車輪がカラカラと回っている。数メートル先、うつ伏せで倒れるヘルメット姿の熊井ノボル（29）。ノボル、自力で仰向けになりヘルメットのバイザーを開く。
男「……（夜空を眺めている）」
空には満天の星が輝いている。それはあたかも宇宙空間のような星空。

○タイトル「星屑夜曲」

○天体研究所・全景（午前中）
真夏の太陽。山の麓にある天文台。

○同・内・仮眠室
埃っぽい小部屋に散乱する男物の下着、雑誌、生活用品の数々。それらをダンボールに詰め込む佐野晴子（26）。

晴子Ｎ「その名前と風貌から、皆にクマと呼ばれた熊井ノボルは、ある日突然この世を去った。恋人だった——」

壁にピンで貼られた写真。（大柄な体格のノボル、同僚と笑っている）晴子、写真を外しダンボールにしまう。ドアをノックする職員、猿渡秋平（24）。

○同・廊下
歩いている晴子と猿渡。
猿渡「本当は郵送しても良かったんですけど。なんかクマさんの物、勝手にいじれなくて」
晴子、すれ違う女性職員を目で追う。
猿渡「今時、住み込みで研究なんてクマさんぐらいでしたよ。ほんと、あの人には色々教えてもらいました」
涙ぐむ猿渡。
晴子「……。何ですか？　あれ」
窓の外、巨大な天体望遠鏡がある。
猿渡「ああ。（誇らしげに）ちょっとしたもんなんですよ？　何億万年も前に生まれた小惑星なんかも、あれで見る事ができます」
晴子「……あそこから撮ってたのかな」
猿渡「え？」
晴子「よく星の写真を送ってくれたんです、携帯に」
猿渡「ああ。（考え）……あれ、実はね」

○同・研究室

　パソコンのプリンターから星空の拡大写真が何枚か刷られる。手にとる猿渡。

猿渡「これが、カシオペア。こっちがいて座」

　晴子、写真を携帯のカメラで撮影する。携帯画面には、あたかも本物の夜空のように写っている。

猿渡「（ニヤケて）結構使えるんですよね」

晴子「これも彼が教えてくれた事？」

　微笑む猿渡。

晴子「……ズルい」

　猿渡、ノボルの机の前に来る。

猿渡「よかったらここの物も持ってって下さい。クマさん、絶対嬉しいから」

晴子「……はい（と、机を見る）」

　机の上には読みかけの本、ペン立て、椅子に掛けられた白衣など、故人が愛用していたものがそのままの形で置いてある。

○駅・ロータリー

　車が停車し、晴子と猿渡が降りて来る。晴子、大きな紙袋を2つ持っている（ノボルの遺品）。

晴子「色々と、ありがとうございました」

猿渡「もっとゆっくりしていけばいいのに」

晴子「いえ……仕事がありますので」

　晴子、一礼して改札口へ歩いていく。

猿渡「あの！　僕、まだ判らないんです。クマさん、なんで事故ったのか……あんな時間に出歩く人じゃなかったのに」

晴子「……」

猿渡「……すいません。今更って感じですね」

　晴子、もう一度会釈してホームへと入っていく。

○田園風景を走る電車

○東京の街並み

　都会の喧騒。行き交う人々。

○ジュエリーショップ

　ショッピング通りにあるジュエリー店。スーツに着替えた晴子、若い男女を接客している。男女、言い争いながらも幸せそうな顔で。

晴子「……」

　店長の高橋祥子（40）が晴子を心配そうに見ている。

○喫茶「地球儀」・外観（夜）

　『喫茶・軽食』の看板。

○同・内

　カウンター席で珈琲を飲んでいる晴子。ノボルの机の上にあった本を読んでいる。店主の浜田裕作（30）、晴子の食べた皿を片付ける。

浜田「オイこら！　ご馳走さんは？」

晴子「ご馳走様でした」

浜田「ったく。毎晩、飯作って珈琲いれて。晴子ちゃん、俺の何なんや？」

晴子「仕事でしょ」
浜田「飯ぐらい自分で作れ！」
晴子「私ダメなのよ、料理って。才能ないの」
浜田「うん？」
晴子「何作っても同じ味になっちゃうのよね」
浜田「……クマも結構辛い思いしとったんやなぁ」
晴子「平気。絶ッ対、食べさせなかったから」
　浜田、呆れ顔で皿洗いを始める。
晴子「浜ちゃん、ノボル、星以外の本を読んでたことあったっけ?」
浜田「さあな。エロ本なら持っとったで」
晴子「そうじゃなくて」
　本カバーを外すと中から「O・ヘンリ短編集」が出てくる。
晴子「どう思う？　ノボルが持ってたの」
浜田「……山は人を狂わす、言うんはホンマやな」
晴子「ね。何でも知ってるつもりだったけど」
　晴子の何気無い言葉に、動揺する浜田。
浜田「……さてと。そろそろ帰りや。どうせろくに寝てへんのやろ?」
晴子「大丈夫（と、本を読み出す）」
浜田「辛いだけやで、そんなん読んだって」
　晴子、無視して読んでいる。
浜田「早よ帰って寝ッ！」
晴子「……」
浜田「（本を取り上げ）晴子ちゃん！」
晴子「……。待っちゃうのよ。電話」
浜田「?」
晴子「家に居るとね、待っちゃうの。いつもこの時間に電話がきたの。３年もよ?」
浜田「……」
　浜田、晴子のカップに珈琲を注ぎ足す。
浜田「眠れんなってもしらんで」

○晴子のマンション・外観

○同・晴子の部屋

　１ＬＤＫほどの室内。ソファに座る晴子、ノボルからの携帯メールを読んでいる。着信履歴画面にノボルの名前を見つける。

晴子「……」

　晴子、思わず通話ボタンを押してしまう。同時に、『星に願いを』の着信音が流れた。

晴子「！」

　慌てて紙袋からノボルの白衣を出す晴子。ポケットから携帯電話が出てくる。電池切れを警告する画面。辛うじて動いていた電話。切なくなって、白衣を抱きしめる晴子。

○夜空に輝く三日月

○ジュエリーショップ（回想・1年前）

　ケースの中の指輪を整理している晴子。ノボルがやってくる。
ノボル「よっ！」
晴子「（驚く）。どうしたの?」

ケースの中を覗くノボル。
ノボル「綺麗だな」
晴子「うん」
ノボル「触ってもいい？」
晴子「ダメ。汚い手では触らせません」
ノボル、手をズボンに擦り付ける。晴子、思わず笑ってしまう。
晴子「（気取って）何かお探しですか？　お客様」
ノボル「うん。エンゲージってどんなだろうって（思って）。よく知らないから」
晴子、驚きと喜びに満ちた顔。（回想終了）

○晴子の部屋（朝）
ノボルの白衣を着て、寝ている晴子。枕元に仲良く並ぶノボルと晴子の携帯電話。（注・2つの携帯は色違いの同機種・充電機が併用できる）目を覚ました晴子が、左手を眺めている。

晴子「……」

指輪の無い薬指。

○ジュエリーショップ・内
指輪を選ぶ男女を見つめる晴子。晴子には男がノボルと被って見えている。

晴子「……」

別の男が晴子の前に来て声をかける。

男「あの。すいません」

晴子、気付かずカップルを眺めている。

男「すいません！」
晴子「（気付き）あ、いらっしゃいませ」
男「写真、撮らせてもらっていいスか？」
晴子、一瞬驚くが、慌てて髪を整える。
晴子「（どうぞ、と頷く）」
男、ケースの中の指輪を写メする。
男「（電話に）今送るから。うん。洋子の好きな方選んでいいよ」
晴子「……」
同僚の由紀と小百合、その様子を見ている。
由紀「どう思う？」
小百合「かなり、きてるわ」
晴子の接客姿に2人の声が被る。
小百合「佐野さんの彼、顔見せられる状態じゃなかったんでしょ。気の毒よね」
由紀「ね。交通事故って後が大変らしいね」
小百合「でもさ、こう言っちゃなんだけど、佐野さんも籍入れる前で良かったじゃない」
由紀「言えてる。ラッキーよね」
咳払いが聞こえ、振り返る由紀と小百合。店長の高橋が立っている。そそくさと持ち場に帰る由紀と小百合。
高橋「……。（晴子を見る）」
晴子は相変わらず気の抜けた表情で。

○同・2階・給湯室
お湯を沸かしながら、ノボルの携帯をいじっている晴子。

高橋がやってくる。

高橋「佐野さん！」

晴子、罪の意識か、携帯を慌てて隠す。
高橋「貴方、午後から上がりなさい。まだ仕事できる状態じゃないみたいだし」
晴子「平気です。仕事してた方が余計な事考えないで済みますし」
高橋「そうじゃなくて。……私達はね、幸せな人だけを相手にしてるの。そういう仕事なの。酷な言い方だけど、悲しい気持ちって伝染するでしょ」
晴子「……」
高橋「早く気持ちを切り替えなさい」
晴子「……はい」

○大きな交差点

信号待ちをする晴子。

○喫茶「地球儀」・前

歩いてくる晴子。

晴子「……（フゥ、と一呼吸して）」

晴子、店に入っていく。

○同・内

晴子の頬を引っ張る浜田。
浜田「そら、そうやろ。顔に書いとるで『私は悲しいですぅ』って」
浜田の手を払う晴子。
浜田「何で？」
晴子「なんていうか、リアリティないのよ」
浜田「リアリチィ？」
晴子「あんまり実感ないの。あいつ、ずっと山に居たでしょ？一緒に住んでたら違ったのかもしれないけど」
浜田「……なんや厄介やな、『遠恋』言うのは」
浜田、アイスコーヒーを晴子に出す。
浜田「せやけど晴子ちゃん、そういう時はもっと泣いたり叫んだり、強引にでも受け入れた方がええんちゃう？」
晴子「……だめよ」
浜田「？」
晴子「……私に泣く資格なんてないの」
浜田「アホな事言って。泣くのに資格も糞も——」
晴子「（遮る）事故……私のせいなの」
浜田「——。どういう事や」

○晴子の部屋（回想）

晴子（声）「私達ね、上手くいってなかったの。半年ぐらい前から、急にノボルからの電話が減って、最近じゃ週に1回、話しても喧嘩ばっかりで——」
夜——。ベランダで電話している晴子。
晴子「だから！　聴いてるって言ったでしょ」

○天体研究所・研究室（同）

月光の差し込む室内。ノボル、電話している。

ノボル「じゃあ、何怒ってんだよ！　さっきから」

晴子（声）「だってノボル、昔の話してばっかりじゃない。あの時はどうだった、とか」

ノボル「仕方ないだろ、離れてるんだから」

晴子（声）「そっちが好きで離れてんでしょ！」

ノボル「……そりゃ、まあそうだけど」

○晴子の部屋（同）

　電話している晴子。

晴子「ねぇ……なんでいつも電話出ないの？」
ノボル（声）「忙しくやってんだよ、色々」
晴子「色々って？　私には言えない事？」
ノボル（声）「そうじゃないけど……。来週会った時に話すよ」
晴子「──今、会いに来てよ」
ノボル（声）「無茶言うなよ」
晴子「ねえ。もしね、ノボルが他の人好きになったのなら……そう言ってくれても」
ノボル（声）「（遮る）晴子」
晴子「解らなくなるのよ。ノボルが私の事どう思ってるのか。解んないの。ねえ、会いに来てよ。会いたいの。もう見えないの嫌なのよ」

　電話を切る晴子。

○天体研究所・研究室（同）

　ツーツー、と電話の切れた音が響く。ノボル、携帯を白衣のポケットに入れる。

ノボル「……（ため息）」

　立ち上がり、白衣を脱いで部屋から出て行くノボル。

○同・入り口・外（同）

　けたたましく鳴く夜の蝉。ノボル、バイクに乗り、走っていく。

○喫茶「地球儀」・内（回想明けて）

　窓の外、突然の夕立が降ってくる。

晴子「……（俯いている）」
浜田「……（ため息）。でも……俺は、晴子ちゃんの気持ちも判るしな。好きな奴に会いたいって、自然の摂理やろ。誰も晴子ちゃんの事、責められへんよ」
晴子「……」
浜田「しかしあいつは何しとったんやろな。電話もせんと」

○天体研究所・研究室

　猿渡、脚立の上に乗り資料を探している。携帯が鳴りポケットから取り出す。画面、「着信・クマさん」と出ている。

猿渡「ひぃぃッ！（絶叫）」

　脚立から転げ落ちる猿渡。資料の書類が床に散乱する。

猿渡「（恐る恐る）……クマさん？」

○喫茶「地球儀」・内

　店の隅で電話している晴子。呆れている浜田。

晴子「猿渡さん？　もしもし晴子です。佐野晴子です。先日はお世話になりました」
猿渡（声）「（思い出したように）ああ！　どうも。……驚かさないでくださいよ」
晴子「すいません、これ彼の携帯なんです」
浜田「？」
晴子「あの、ちょっとお伺いしたい事が……」

○天体研究所・研究室

電話している猿渡。

猿渡「変わった様子？　なかったと思いますよ」
晴子（声）「特定の人と仲が良かったとかは？」
猿渡「（笑う）クマさんが？　聞いた事ないなぁ。ええ。すいません、ご協力できませんで」
晴子（声）「いえ、いいんです。有り難うございました」

電話が切れる。猿渡、床に散乱した資料を拾い出す。

猿渡「（手が止まる）。……サノハルコ」

○喫茶「地球儀」・内

携帯電話を畳み、溜息をつく晴子。振り返ると目の前に浜田がいる。

浜田「どういう事や？」
晴子「？」

浜田、顎で晴子の携帯を差す。

浜田、入り口に傘たてを設置している。

浜田「勝手に電話したり、メール見たり――」

浜田、ドアを閉め、戻ってくる。

浜田「死人に人権なしかいな。晴子ちゃん」
晴子「……変かな？」
浜田「情けないな」

浜田、携帯を晴子に投げる。

晴子「やっぱりおかしいのかな。コレ（携帯）見つけた時ね、もしかしたらノボルが浮気してた証拠があるんじゃないかって。職場行っても、意外と女性の人多いんだなとか……気になっちゃって」
浜田「（うんざり）それで、あったん？　証拠は」
晴子「……（なかった）」
浜田「あいつが浮気するわけないやろ」
晴子「じゃ、どうして電話しなくなったの？」
浜田「なぁ――なんで信じてやらんの。可哀想やで、あいつ」
晴子「……」
浜田「じゃあ、もし仮にクマが浮気しとったらどうするん？」
晴子「……」
浜田「そしたら納得するんか？　え？」
晴子「……そしたら……別れる」
浜田「別れるって、あいつはもう」
晴子「分かってるわよ！　でも分かんないの！　今もどこかに居る気がするの！　まだ生きてる気がするのよ！」
浜田「（怒鳴る）生きてるわけないやん！　晴子ちゃん、顔見たやろ！」
晴子「……」
浜田「（携帯を見て）いつまでもそんなん持っとるからあかんねん！」

気まずい雰囲気が流れる。雨に濡れた団体客が店に入ってくる。

晴子「……ご馳走様」

晴子、入れ替わるように店を出て行く。

浜田「晴子ちゃん！　晴子ちゃんって！」

傘も差さず走り出す晴子。追いかける浜田。

客「すいません、注文いいですか？」
浜田「……」

渋々、立ち止まる浜田。

浜田「……可哀想やで、俺も」

窓の外、雨はなおも降り続いている。

○晴子の部屋・内

タオルで髪を乾かす晴子。冷蔵庫から缶ビールを取り出し飲む。（冷蔵庫にはビールや水しか入っていない）と、『星に願いを』の着信音が流れた。躊躇しながらも、電話に出る晴子。

晴子「……（電話に）はい」

男（声）「（調子良く）もしもし、クマ。俺、誰だか分かる？　分かるのかコノヤロウ、みたいなね。阿部でーす。元気ですかー！」

晴子「あの……」

男（声）「あれ？　クマの携帯でしょコレ。ちょっと変わって貰える？」

晴子「……すいません、彼、居ないんです」

男（声）「居ない？　居ないって何よ」

晴子「その、ここには居ません……」

男（声）「あ、そ。じゃ、帰ったら伝えてくれる？　俺ね、東京に転勤になったから。こっち出てきてる連中で一杯――」

晴子「……帰ってきません。帰ってこないし、ここには居ません」

電話を切る晴子。再び『星に願いを』が流れる。

晴子「何なのよもう！　ほっといてよ！」

晴子、携帯を投げつけ、その場に崩れる。

○携帯ショップのある道（朝）

通勤する晴子。携帯ショップを見て足を止める。
晴子「……」
店のドアを開けて入っていく晴子。
晴子Ｎ「次の日、私はノボルの携帯を解約した」

○喫茶「地球儀」・前

歩いている晴子。浴衣姿の女性達とすれ違う。
晴子Ｎ「これで彼の電話を待つことも、彼の電話が鳴る事も無くなった。そうやってノボルとの繋がりを一つ一つ片付ける事が、大事なんだと浜ちゃんは言った」

○同・内

浜田「生きてるもんには時間があるっちゅう事やな」
浜田、寝癖の付いた髪にラフな格好で珈琲を炒れている。
晴子、大盛りのモーニングを食べている。
浜田「死んだもんは時間が止まる。だから生きてる奴は這い蹲ってでも絶対に時間止めたらあかんねん、って、これ親父が死ぬ前に言っとったんやけどな」
晴子「……道理で」
浜田「何が道理でや」
浜田、窓の外を歩く浴衣の男女を見る。
浜田「なぁ晴子ちゃん。気分転換に花火大会いかへん？」
晴子「花火大会？」
浜田「そこの河川敷であんねんけど」
晴子「（首を横に振る）仕事あるし……それに」
浜田「それに？」

晴子「……ううん。（何でもない）」
浜田「そか。……せやな。（気まずくなり）あ、俺ちょっと買い出し行ってこよかな」
晴子「じゃあ私も出るよ」
浜田「いいて。まだ（食事が）残ってるやろ」
晴子「（皿を見て）これ多すぎるって」
浜田「這い蹲ってでも食えよ。ええな？」
晴子「（苦笑い）」
浜田、笑い、ドアを開け出て行く。1人になる晴子。顔をパシッと叩く。
晴子N「だけど私は、まだ分からないのだ」

○ジュエリーショップ・内（昼間）

晴子N「このまま同じような日々を、ただ時間だけが流れて、それで何かが変わるのだろうか」
笑顔でカップルに商品の説明をしている晴子。高橋、晴子を見て安心した表情。

○交差点

行き交う人々。その中を歩く晴子。
晴子N「人込の中で迷子になるみたいに、ノボルが居るとも居ないとも分からず、それでもいつか彼の事を考えなくなるのだろうか」

○ジュエリーショップ・内

晴子が店に戻ってくる。
晴子「ただいま。昼ごはん、買ってきたよ」
晴子、小百合に袋（例えばスターバックスの袋）を見せる。
小百合「佐野さん、お客さんですよ」
晴子「？」
店の奥にいる梅本渉（53）、晴子に会釈をする。
梅本「佐野晴子さんでらっしゃいますか？」
晴子「はい……」
梅本「そうですか、貴方が」
晴子「……あの、何か」
梅本「私、熊井君と同じ研究所におります、梅本といいます」
晴子「……？」

○喫茶「地球儀」・内

窓際の席に座る晴子と梅本。隅でそっと2人を観察している浜田。
梅本「猿渡の奴から貴方の事をお伺いしまして。是非お会いしたいと（思ったんです）。丁度、こっちに出てきてましたもので すから」
晴子「はあ……（意味が判らない）」
梅本「クマが見つけた小惑星ね、無事審査に通りましたよ。昨日正式に通知がきました」
晴子「はい？」
梅本「……ご存知じゃないですか？」
晴子「いえ……（知りません）」
梅本「あいつ、新しい小惑星を見つけましてね。彗星だと発見者の名前が付くんですが、小さな惑星の場合は名前を自分で決められるんです。それでまぁ、彼も名前を一緒に申請してたんですね。『ハル』って」

晴子「――――」
梅本「いやぁ、正直、やられましたよ。最初はね、違う研究の時にたまたま見つけたから、職員全員で名前を付けようって言ってたんです。雪の降る寒い日でね、クマの奴、『ハル』にしようって。早く春が来るようにって」
浜田、テーブルを拭きながら、僅かに微笑む。
浜田「（呟く）……かなわんなぁ」
梅本「彼があまりに熱心に研究するもんだから、おかしいなとは思ってたんですが……。（感慨深く）……面白い奴ですよ、ホントに」
晴子「あの、それ、ここからも見れますか？」
梅本「（首を横に振り）残念ですが。この街の空は明る過ぎる。それに極、小さなものです。話題になる事もないでしょう」
晴子「そうですか……」
梅本「だけどね、あるんですよ。見えなくてもちゃんと。今度研究所に遊びに来て下さい」
晴子「……」

○街

沈む太陽。暮れ残る空の色。

○晴子の部屋（夜）

ノボルの本を読んでいる晴子。
晴子N「彼が最後に読んだのは、貧しい夫婦がクリスマスにプレゼントを交換する、懐かしい話しだった。夫は家宝の懐中時計を売って妻に櫛を。妻は大切な髪を売って時計につける飾りをあげた」
最後のページをめくり、本を閉じる晴子。その時、『星に願いを』の着信音が鳴った。
晴子「！（信じられない）」
呆然とする晴子。電話は鳴り続けている。ノボルの携帯を開く晴子。鳴っていたのはアラームだった。画面には「晴子・誕生日」と文字が。
晴子「……（言葉にならない）」

○天体研究所・研究室（回想）

ノボル、電話している。
ノボル「忙しくやってんだよ、色々」
晴子（声）「色々って？　私には言えない事？」
満天の星空を眺め、話すノボル。
ノボル「そうじゃないけど……」
プリントされたハルの写真を空に翳す。
ノボル「……来週会った時に話すよ」

○晴子の部屋（回想明けて）

晴子の頬に涙がつたう。
晴子「……」
晴子、決心した顔で。

風鈴が心地よい音を鳴らしている。台所。泣きながら、不器用に料理を作る晴子。傍らにはスーパーの買い物袋がある。
晴子N「私の彼は、私に星をプレゼントしようとして、その途中で事故にあった。彼らしい優しくて大きな贈り物になるはずだった」

テーブルに並べられた、見栄えのしない2人分の料理。涙を拭いながら、1口食べる晴子。

晴子「……（不味い）」

大泣きする晴子。嗚咽しながら、食べ続ける晴子。

晴子N「私は彼の為に初めて料理を作った。『いつか食べてみたい』と言ってくれた手料理は、私らしい、情けない味がした。――泣きながら、彼はもう居ないのだと、私は初めて実感した」

○同・ベランダ

少しだけ、落ち着きをとり戻した晴子。ビールを飲みながら夜空を眺めている。ノボルの携帯で夜空を撮ってみる。何も写っていない画面。苦笑いする晴子。携帯の電源をオフにする。画面に「バイバイ」と文字が出て、やがて消える。

晴子「……」

晴子の唇が僅かにバイバイと動く。遠く、打ち上げ花火が見える。

晴子「……確かに明る過ぎるな、ここ」

優しく微笑みを浮かべる晴子。　見えなくても在るはずのハルを想って。部屋に戻る晴子、ドアを閉めようとして止める。開けたままのドア。夏の温かな風がカーテンを揺らし続ける。

○エピローグ（数日後）

エンディングソング、スタッフロールの間に――。

○田園風景を走る電車

○電車の中

流れる景色を見ている晴子。

○駅・ロータリー

晴子が改札を抜け、歩いてくる。猿渡が車を停めて、待っている。深く、お辞儀をする晴子。恐縮して、頭を下げる猿渡。微笑む晴子。

○天文研究所・天体望遠鏡のある室内

天体望遠鏡を覗いている晴子。隣で、梅本が『ハル』の説明をしている。晴子、望遠鏡から目を離し、微笑む。それはこれまでに見せた事の無い穏やかな笑顔。

〈終〉

受賞者紹介

外山　文治

そとやま・ぶんじ　映画監督。1980年、福岡県生まれ。「星屑夜曲」で伊参スタジオ映画祭シナリオ大賞2005中編の部大賞・スタッフ賞、「SKIPシティ国際Dシネマ映画祭2007」短編部門 奨励賞・川口市民賞。『此の岸のこと』がモナコ国際映画祭2011・短編部門最優秀作品賞ほか五冠。長編デビュー映画『燦燦－さんさん－』がモントリオール世界映画祭に出品。「映画監督外山文治短編作品集」はユーロスペースの２週間レイトショー観客動員数歴代1位。現在、長編映画『ソワレ』公開中。

「星屑夜曲」を書いたのは、私が脚本家を目指してコンクールに挑戦していた20代前半の頃です。それまで私はウディ・アレンのようなコメディを書いては応募を繰り返していましたが、箸にも棒にも掛からず、悶々とした日々を過ごしてました。そこで敢えて一度「泣ける物語」を送ってみようと思い挑戦したところ、スラスラと筆は進み、大賞を受賞し、そして今でもけっこう泣けるタイプの映画を作る人間になりました。人間は必ずしも好きと得意が一致しないという不条理を知る良い機会でした。映画化にあたり自分でスポンサーを見つけて撮っていくという試みを学べたのも、今の私には役立っていると思います。なぜならば、誰かにレールを敷いてもらえる監督など、ほとんど居ないからです。書けば書くほどに伊参は私の原点です。

映画情報

（２００６年／ＨＤＣＡＭ／63分）

スタッフ

監督・脚本：外山　文治
プロデューサー：笹岡幸三郎
　　　　　　　　阿部　史嗣
撮　　　影：沖村　志宏
照　　　明：鳥越　正夫
録　　　音：久保田幸雄
美　　　術：佐藤江里奈
　　　　　　安藤　由香
助　監　督：松林　淳
製作主任：今村　洋平
編　　　集：阿部　史嗣

キャスト

山田キヌヲ（佐野晴子）
山中　聡（熊井ノボル）
三浦　誠己（浜田裕作）
鈴木祥二郎（猿渡秋平）
中村　靖日（ジュエリー店の客）
中島ひろ子（髙橋洋子）
平泉　成（梅本渉）

シナリオ大賞２００５　短編の部

「びっくり喫茶」

山岡　真介

登場人物

トリ男　（23）
パンダ男　（26）
サル男　（26）
上司　（39）
上司の奥さん　（35）
部下　（24）

○とあるイベント会場

○同・舞台裏

着ぐるみを着た男達が、3人。トリ男（23）、サル男（26）、パンダ男（26）。トリ男とサル男が、あっち向いてホイをしている。トリ男、負ける。判定員をしていたパンダ男、サル男の手をさっと掲げる。

パンダ男「（トリ男に）はい罰ゲーム決定」
トリ男「ば、罰ゲームですか？」
サル男「よし。お前、その衣装のまま、あそこの喫茶店行け！」
トリ男「勘弁してくださいよ」
パンダ男「そうだなあ。若鶏のガーリック焼き、注文しろ。哀しげに注文しろよ」
トリ男「勘弁してください」
サル男「ルールなんだから、ちゃんとやれ」
トリ男「下手すりゃ逮捕されますって」
パンダ男「余計面白いじゃん！　やれ！」
トリ男「（参った）」

○とある会社

上司のデスクの前に、部下が立っている。上司、憮然とした表情で、部下を見上げている。

上司「ちゃんと営業かけてんのか？　毎日どっかでさぼってんじゃないのか」
部下「…いいえ」
上司「今日、絶対、1件とってこい！　いいな！　ノルマじゃねえぞ。命令だ」
部下「…はい」
上司「行け！　ぼーっとすんな！」

部下、上司に一礼して、去って行く。と、上司の携帯電話が鳴る。

上司「（電話とって）はい。…いまどこだ。わかった。待ってろ」

上司、ふうとため息。

○とある大学・外観

○同・ゼミ棟の廊下

教授が歩いている。通り掛かりの学生に挨拶され、軽く会釈している教授。と、目の前を、髪の長い女子学生が通る。ふと教授、その女性の後ろ姿を見る。

教授「？」

女性の長い髪の後ろには、見たこともないような虫がくっついている。
教授「！」
女性の後ろにくっついて行く教授。

○とある民家・縁側
おじいちゃんと孫の姿。
孫「おじいちゃん誕生日おめでとう」
おじいちゃん「ありがと」
孫「これ、誕生日プレゼント」
なにかを渡す孫。受け取るおじいちゃん。
おじいちゃん「（感激）ありがとう。嬉しいよ。で、これ何？」
孫「使い方教えてあげる」
おじいちゃん「？」

○とある喫茶店
落ちついた雰囲気の店内。テーブル席が10席ある。窓側に5席。（奥から1番～5番）厨房側に5席。（奥から6番～10番）

○同・1番テーブル
窓側の奥の席。高校生が3人。談笑している。

○同・3番テーブル
不精ひげをたくわえた1人の男。眠たそうな顔で座っている。その他は、空席状態。

○同・入口付近
カランカランという音。若い女性店員が、入口付近を見る。
ウエイトレス「いらっしゃいませ」
髪に虫のついた女子大生、入ってくる。すぐ後ろから教授も入ってくる。教授の視線は女子大生の後頭部に釘付け。
ウエイトレス「（なにこのオヤジ？）」

○同・7番テーブル
女子大生、座る。澄ました顔でメイクを始める。

○同・6番テーブル
教授、女子大生の後頭部を注視しつつ、座る。カバンからなにやら資料を取り出して、読んでいる。時折、ちらちらと女性の頭を見て、虫を確認している。

○同・入口付近
カランカランという音。おじいちゃん、老人2人を従え、入ってくる。

○同・3番テーブル
不精ひげの男、ついに、机に突っ伏して、眠りはじめる。

○同・1番テーブル
奥の席に座っていた高校生1、立ち上がる。
高校生1「トイレ行ってくる」
高校生2「おう」
トイレに向かう高校生1。

高校生３「あのさ」
高校生２「おう」
高校生３「あいつってさ、驚いたとき、鳩が豆鉄砲食らったような顔するんだよ」
高校生２「どんな顔だよ」
高校生３「見てみたい？」
　高校生３、カバンからブーブークッションを取り出す。
高校生３「じゃーん」
高校生２「ふるっ…」

○同・入口付近
　カランカランという音。上司と、その奥さんが入ってくる。

○同・10番テーブル
　おじいちゃん、座るやいなや、神妙な面持ち。
おじいちゃん「実は私な、最近困ってるんだ」
友人１「どうした？」
友人２「お金以外のことなら、相談に乗るよ」
おじいちゃん「耳がな…」
友人１「耳が？」
おじいちゃん「耳が…」

○同・４番テーブル
　上司と奥さん、座る。
上司「なんか注文しろよ」
奥さん「離婚してください」
上司「お前なあ…」
奥さん「お願いします」
上司「まずコーヒー飲もう」

○同・入口付近
　カランカランという音。部下が入ってくる。
部下「（ウエイトレスに）ホット」
ウエイトレス「はい」

○同・８番テーブル
　どっかりと腰かける部下。煙草を取り出し火をつけ、ため息。ふと斜め前を見ると、上司の姿。

部下「！」

　ビクっとなる部下。

○同・４番テーブル
　部下に気づき、ビクっとなる上司。

○同・10番テーブル
おじいちゃん「耳が…」
友人１・２「うん…」
おじいちゃん「でっかくなっちゃいました！」
　手品用の、『でっかい耳』を右耳に当てるおじいちゃん。
友人１・２「（じっくり確認）」
　ちょっと遅れて、同時にビクっとなる１・２。２人がビクっとなったのを見て、ビクっとなってしまうおじいちゃん。『でっかい耳』を落としてしまう。

○同・4番テーブル

上司の奥さん、落ちている『でっかい耳』を見て、びっくり。

○同・3番テーブル

突っ伏して寝ているひげ男。悪い夢でも見たのか、突然、ビクっとなる。

○同・7番テーブル

ひげ男をなんとなく見ていた、女子大生。ビクっとなる。その拍子に、女子大生の頭についていた虫が、飛び立つ。

○同・6番テーブル

教授「(飛んだ)‼」

おもむろに立ち上がる教授。近くには、コーヒーカップをトレイに乗せたウエイトレス。

○同・1番テーブル

トイレから帰ってきた高校生1。席に座ろうとする。

高校生1・2「(はやく座れ)」

○同・1番テーブルと6番テーブルの間の通路

教授、立ち上がった時、近くにいたウエイトレスにぶつかる。ウエイトレスのトレイから、コーヒーカップが落ちる。カップが割れる瞬間。高校生1がブーブークッションに座る瞬間、全く同じ。

「(カップが割れて)パリーン!」

「(クッションに座って)ブリっ‼」

○同・1番テーブル

ブーブークッションにびっくりして、立ち上がる高校生1。豆鉄砲顔。予想外の音(バリーン)にビクっとなる高校生2・3。

○同・3番テーブル

ひげ男、音に構わず、また眠ろうと机に突っ伏す。と、男の右手がテーブルにあったカップにぶつかる。カップがテーブルから滑り落ちそうになる。

○同・1番テーブルと6番テーブルの間

ウエイトレス「!」

すごい勢いで走るウエイトレス。トレイを放り投げるウエイトレス。そのトレイが、4番テーブルの上司に直撃。

部下「(思わずガッツポーズ)」

ウエイトレス「1日にふたつは割りません!」

ものすごいスライディングを試みるウエイトレス。

○同・厨房・入口付近

音に気づいたマスター、店内へ。と、視界に、ギリギリのところでカップをスライディングキャッチしているウエイトレス。ビクっとなるマスター。

マスター「おお…」

そして訪れる、静寂。皆、呆然としている。BGMだけが流れている、店内。

○同・入口付近

カランカランという音。トリ男、入ってくる。客一同、冷ややかにトリ男を見ている。その妙な空気にトリ男、たじろぐ。

マスター「(冷静に)なにか?」
トリ男「…あ。1人ですけど」
マスターー、トリ男をマジマジと見る。
トリ男「…あ。1匹です」
マスター「バカなの?」
トリ男「若鶏のガーリック…」
マスター「お帰りください」
静寂。
トリ男「…失礼しました」
振り返り、去って行くトリ男。と、そのトサカ部分に、虫がとまる。カランカランという音と共に、出て行くトリ男。その後ろ、慌てて教授がついていく。その様子をただただ見守るだけの一同。

〈終〉

受賞者紹介

山岡　真介

やまおか・しんすけ　脚本家。1975年、福岡県生まれ。第22回NHK九州劇場シナリオコンクール入選。日テレシナリオ登竜門2005優秀賞。伊参スタジオ映画祭シナリオ大賞2005『びっくり喫茶』短編の部大賞。2011年　映画『僕たちは世界を変えることができない。But,We wanna build a school in Cambodia.』(深作健太監督)にて脚本担当。

映画情報

(2006年/DVD/16分)

スタッフ

監督・脚本：山岡　真介
撮　　　影：三本木久城
編　　　集：立石　楓
助　監　督：森口　真人

キャスト

伊藤　竜也(ゆうまちゃん)
泉　　珠恵(ウェイトレス)
高橋　力也(部下)
森本73子(上司の奥さん)
和泉　まこ(女子大生)
伊東　靖浩(上司)
藤井マイケル徹★53(ジャージ男)
伏見　秋一(ミテル)

シナリオ大賞２００６　中編の部

「この先百年の孤独」

髙田　徒歩

登場人物
山田直　（15）中学3年生女子
山田朋子（40）元ジュエリー店販売員。直の実母
山田文彦（40）農協職員。直の継父
山田海斗（13）中学1年生。直の継弟。文彦の連れ子
山田太一（７）小学1年生。直の異父弟。朋子と文彦の子
広崎雄治（15）直の同級生
橘　淳　（46）飲食店オーナー。直の実父

○山田家・外観

のどかな一軒家。セミの声。かげろう。明るいだけの世界。

○同・縁側

広葉樹の影が揺れる。風鈴がうるさい。寝転がっている山田直（15）、山田太一（7）。太一はすやすやと眠っている。直は無気力そうにぼんやりと読書している。本のタイトルは『百年の孤独』。

直の声「わたしはお母さんの子ども」

茶の間の山田海斗（13）が見える。1人でボードゲームをしている。

直の声「海斗はお父さんの子ども」

太一が寝返りを打つ。

直の声「そして、太一は2人の子ども」

直、それを見て、立ち上がって風鈴をはずし、庭に投げつける。風鈴が割れる。直、再び寝転がり、目を閉じる。

直の声「再婚同士の離婚って、うっとうしいなぁ…」

柱時計が12回音を立てる。直、目を開ける。

○タイトル「この先百年の孤独」

○山田家・食堂

雑然としている。大鍋がガスレンジに掛けられている。その前に立つ直。テーブルについている太一と海斗。直、ガスレンジの火を止め、大鍋からカレーをよそう。直、カレーライスをテーブルに並べ、席につく。海斗、にんじんをすべて皿の端に避ける。直、それを見て、

直「お母さんに怒られるよ」

海斗、にやっと笑い、首を横に振る。

直「怒られない？」

海斗、うなずく。

直「そっか。にんじんどこじゃないか、うちの状況」

海斗、カレーライスを食べる。

直「仕方ないのかな…。仕方ないよね。嫌いだと思ったら見るのも嫌だもんね」

と、カレーのにんじんを見る。直、自分自身に言い聞かせるように、

直「お母さんとお父さんもそんな感じかな」

と、太一の皿のにんじんを隅に避けてやる。太一、突然大声で、

太一「離婚なんて嫌だ！」
　と、にんじんを懸命に食べる。食べる手を止め、太一を見つめる直と海斗。

○坂道
　のどかな田舎道。セミの声だけがうるさい。歩いて上っていく直。ワンピースに麦わら帽子。

○中之条中学校・校舎・前
　古ぼけた建物。人気はない。ぼんやりと立っている直。広崎雄治（15）の乗った自転車がやってきて、直の前に止まる。雄治、自転車から降りて直の隣に立つ。直、うつむいたまま、
直「暑いね」
　雄治もうつむいたまま、
雄治「暑いね」
直「…暑いね」
雄治「…暑いね」
直「違うこと言ってよ」
雄治「何を…？」
直「知らない…」
雄治「…明日だね、引越し」
直「明日だね」
雄治「会えなくなるのかな…」
直「…仕方ない…」
雄治「仕方ない？」
　直、うなずく。

雄治「最後なんだったらさ…」
直「…何？」
　と、雄治を見る。雄治も直を見る。

○同・教室・中
　机が２つずつ隣り合わせにくっついて並んでいる。直と雄治以外に誰もいない。机に腰掛けている雄治。窓を開ける直。急にセミの声がうるさくなる。直、雄治の隣の机に腰掛ける。雄治、直にキスをし、机に押し倒す。机の上で重なる直と雄治。雄治、直にキスしようとする。直、顔を背け、
直「簡単だね」
雄治「何が？」
直「繁殖って」
　雄治、直を見る。直も雄治を見つめる。雄治、直の胸に顔をうずめて肩を震わせる。直、雄治の頭を片手で抱く。雷が鳴る。

○同・外観
　夕立が降り始める。

○坂道（夕方）
　雨は上がり、夕日がまぶしい。自転車を押して歩いている雄治。その横に直。

○交差点（夕方）
　細い２本の道が十字に交わっている。

　　やってきて立ち止まる直と雄治。
雄治「何て言えばいいか」
直「何も言わなくていいよ」
雄治「…忘れないよ」
直「そうかな…？」
雄治「そんなこと言うなよ」
直「案外すぐに忘れちゃうよ」
雄治「…そんなことない」
直「…早く大人になりたい」
雄治「…そうだな」
直「大人になったら思い通りにできるかな」
雄治「ああ」
　　直と雄治、お互いの頬に手を当て、額を合わせる。直と雄治、それぞれ違う道を行く。

○公園・中（夕方）
　　誰もいない。ブランコを立ち漕ぎする直。一心不乱。

○山田家前の道（夜）
　　歩いている直。わめき散らす女の声が聞こえる。直、ため息をつき、走り出す。

○山田家・玄関・前（夜）
　　家の中から明かりが漏れている。男女の激しく言い争う声。耳をふさいで座っている太一。直、走ってやってきて、太一を抱き寄せる。
直「大丈夫。大丈夫」
　　太一、泣きじゃくる。直、太一を膝に乗せ、優しく揺すってやる。
直「痛いの痛いの飛んで行け。怖いの怖いの飛んで行け」
　　太一、次第に泣き止む。
直「大丈夫。もう今日で終わるから。明日からは誰もけんかしないから」
太一「本当？」
　　直、うなずき、
直「うち、入ろう」
　　太一、しぶしぶうなずく。直、太一の手を取り、玄関のドアを開ける。男女の言い争う声が大きく漏れ聞こえる。

○同・茶の間・中（夜）
　　ダンボール箱が積み上げられ、雑然としている。言い争う山田朋子（40）と山田文彦（40）。それを無視して1人ボードゲームをしている海斗。朋子、非常に取り乱した様子で、
朋子「納得できない！」
　　文彦、やや落ち着いた調子で、
文彦「もう十分話し合ったじゃないか」
朋子「だって、太一はわたしの子でしょ？」
文彦「ぼくの子でもあるだろ？」
朋子「でも、わたしの子よ。連れて行きたい！」
文彦「東京よりここの方が環境がいいって言ったのは朋子だろ？」
朋子「でも…」
　　直と太一、入ってくる。朋子と文彦、言い争いをやめ、振り向き、

文彦「おかえり…」
直「ただいま…」
　携帯電話が鳴る。軽い電子音が空虚に響く。朋子、電話に出る。
朋子「もしもし」

○橘家・リビングルーム・中（夜）
　モダンで広い部屋。入って来ながら、橘淳（46）が携帯電話で話している。
橘「どう？」

○元の山田家・茶の間・中（夜）
　みんな朋子の電話を聞いている。
朋子「どうって、最悪よ」
橘「そうか…。すまないな。明日、そっちに着くの10時頃になると思う」
朋子「ねぇ、太一も連れて行きたい。あなたの子じゃないのはわかってるけど」
文彦「ダメだ」
　朋子、文彦をちらっと見る。携帯電話から、
文彦の声「ダメだ」
　橘、少しため息をつき、
橘「構わないよ。おれの都合でよりを戻すんだから、朋子の好きにすればいい。でも、そうなったら山田さんに申し訳ないな」
朋子「申し訳ないことかな…」
橘「直は？」
朋子「直？　お父さん、代わる？」
直「お父さんはここにいるでしょ？」
朋子「なんでそんないやみを言うの？」
直「なんでそんな都合いいことばっかり？」
　朋子、電話に向かい、
朋子「今ちょっと無理みたい」
橘「そうか。明日、会えるのを楽しみにしておくよ。おれもいろいろあったけど、これが1番自然なんだよ」
朋子「…かなり複雑な状態になっちゃったけど」
橘「…明日迎えに行く」
朋子「わかった」
　と、電話を切る。
文彦「太一は連れて行けないよ」
　朋子、ため息をつき、
朋子「晩御飯は？」
文彦「向こうに用意できてる」
　朋子、再びため息をつき、
朋子「あなたってこんなときでも…」
文彦「晩御飯はぼくの担当だろ？」
朋子「…まじめな人ね」
　手をつなぎ、ドア付近に立っている直と太一。黙ってボードゲームをしている海斗。

○同・食堂・中（夜）
　黙々と食事をする一家。直、突然箸を置き、
直「今日のお昼、みんなでにんじん残したの」
　訳がわからないという表情をする朋子と文彦。
直「お母さん、怒らないの？」

と、朋子を見る。朋子、あ然としている。

直「お父さんは？」

文彦も何も言えない。

直「離婚って、そんなにたいへん？　そんなにたいへんだったら、やめておけばいいじゃん。２人とも２回目でしょ？　成長しなよ」

朋子「いいかげんにしなさい！」

その声に驚いて、太一が泣き出す。直、朋子を睨んで、

直「お母さんは一度別れた男とまたくっつこうとしてる」

朋子「直の本当のお父さんでしょ！」

直、文彦を睨んで、

直「お父さんは黙って見てただけ」

文彦、視線を逸らす。

朋子「もうやめなさい！」

朋子、泣いている太一を抱き寄せようとするが、太一、朋子の手を払い、直の服をぎゅっとつかむ。

直「海斗がしゃべるの、聞いたことない」

文彦、海斗を見る。海斗、席を立ち、茶の間へと向かう。

○同・茶の間・中（夜）

入ってきてボードゲームを始める海斗。直、海斗を追って入ってきて、

直「何か言ってみてよ。明日で最後なんだから」

と、ボードゲームをぐちゃぐちゃにする。海斗、無言でゲームを元に戻そうとする。

直「わたしたち姉弟（きょうだい）だったんでしょ？　それとも違ったのかな？やっぱり他人は他人のままなのかな？」

海斗、無言。

直「海斗の声、聞いてみたい！　本当はしゃべれるんでしょ！」

朋子、文彦、太一、入ってくる。朋子、直の頬を打ち、

朋子「頭冷やしなさい」

直、朋子を睨み、

直「頭冷やさなくちゃならないのはわたしじゃない！」

と、縁側へ裸足で飛び出す。直、割れた風鈴の破片で足の裏を切る。

直「痛！」

と、しゃがみこむ。足の裏から赤黒い血がとくとくと溢れる。

朋子・文彦「直！」

と、駆け寄り、直を抱き上げて運ぶ。直、痛みをこらえながら泣き笑いし、

直「何？　これ！　なんでうまくいかないの！」

太一、大声で泣く。海斗、太一を抱き寄せ、驚いた表情で直を見ている。

○同・直の部屋・中（夜）

６畳の畳の部屋。カーテンなどもすべて取り外され、段ボール箱が積み上げられている。足に包帯を巻いて横になっている直。お腹にだけタオルケット。枕元にボストンバッグ。

直、無表情で目を開けている。入ってくる太一。

太一「痛い？」

直、首を横に振る。太一、直の足を恐々撫でながら、

太一「痛いの痛いの飛んで行け。怖いの怖いの飛んで行け」

直、目を閉じる。

　太一、直の隣に横になる。

直「いっしょに来ない…」

　太一、目を閉じたまま動かない。

直「ねぇ…」

　直、目を開けて太一を見る。太一、すやすやと寝息を立てている。直、目が冴えている。

○同・海斗と太一の部屋・中（早朝）
　カーテンの隙間からかすかな光が漏れている。布団が2組敷かれている。一方の布団の上に正座している海斗。海斗の布団の横にはボードゲームの箱の山。海斗、ちらっと隣の布団を見る。海斗、おもむろに立ち上がり、押入れの奥からボードゲームの箱を取り出す。薄汚れたその箱には「人生ゲーム」の文字。

○同・直の部屋・前（早朝）
　ふすまの前に立ち尽くす海斗。手には人生ゲーム。

○同・同・中（早朝）
　窓からは青白い早朝の光が差し込んでいる。目を開けたまま、じっとしている直。横では太一が眠っている。

○同・同・前（早朝）
　ふすまを少し開ける海斗。

○同・同・中（早朝）
　ふすまが少し開く。
　直、身動きしないで、
直「海斗？」
　海斗、ふすまを開け、入ってくる。
直「お別れでも言いにきたの？」
　海斗、首を横に振る。
直「…海斗の声聞いてみたかったな…」
　海斗、ぼそりと、
海斗「ゲームしよう…」
　直、身を起こして海斗を見る。
直「しゃべった…⁉」
　海斗、人生ゲームを差し出す。
直「何？」
　海斗、人生ゲームを直に見せる。
直「しゃべれるんなら口で言ってよ」
　海斗、首を横に振る。
直「そっか…。話したくないか」
海斗「…ごめん。自分の声、変な感じなんだ。久しぶりだから」
直「いい声だね…」
海斗「…」
直「…ごめん…」
　太一が眠そうに目を擦りながら起き上がる。
太一「もう朝？」
　直と海斗、太一を見る。
太一「何？」
　と、不思議そうな顔。

○同・茶の間・中（早朝）

薄暗い。段ボール箱が積み上げられ雑然としている。入ってくる直、太一、海斗。直、カーテンを開ける。海斗、人生ゲームを広げる。直、海斗、太一、人生ゲームを囲む。

直「わかってる?」

うなずく海斗。

直「太一も」

うなずく太一。直、人生ゲームのルーレットを回す。

○同・朋子と文彦の寝室・中（朝）

衣装ケースが積み上げられている。カーテンの隙間から光が漏れている。布団を並べて寝ている朋子と文彦。朋子と文彦、目を閉じたまま。

朋子「離婚するのに、なんでわたしたち一緒に寝るのやめなかったんだろ?」

文彦「けんかばっかりだったけど、これで終わりかと思うと寂しいもんだね」

朋子、立ち上がり、カーテンを引き、窓を開ける。日差しが差し込み、セミの声がけたたましい。

文彦「朝か…」

と、起き上がろうとする。朋子、文彦に駆け寄り、起き上がろうとする文彦を抑え、

朋子「まだ朝じゃない」

文彦、驚いた顔。朋子と文彦、そのまま横になる。セミの声。

○同・茶の間・中（朝）

窓が開き、日差しが差し込んでいる。セミの声がうるさい。人生ゲームを囲むように眠っている直、太一、海斗。入ってくる朋子と文彦。驚き、微笑む。朋子、太一を抱き、出て行く。文彦、整理箪笥の引き出しからバスタオルを取り出し、直と海斗のお腹にかけてやる。すやすやと眠る直と海斗。

○同・外観

いつもと変わらない田舎の一軒家。引越し業者のトラックがやってきて止まる。

○同・茶の間・中

バタバタとデリカシーのない足音。寝返りを打つ直。作業服を着た引越し業者が段ボール箱を運んでいく。直と海斗、目を覚まし、起き上がる。

○同・玄関・前

引越し業者のトラックが停まっている。トラックにもたれかかるようにして作業員2人が暇そうにタバコをふかしている。ボストンバッグを手に立っている直と朋子。

○同・海斗と太一の部屋・前

文彦がやってきてふすまを開け、中を覗く。2組の布団の一方で太一が眠っているのが見える。文彦、ふすまを閉める。

○同・茶の間・中

段ボール箱がなくなり、さっぱりしている。ボードゲームに集中している海斗。入ってくる文彦。

文彦「もう行ってしまうよ」

海斗、ボードゲームだけを見ている。

文彦「見送らなくていいのか?」

海斗、文彦を無視。

文彦「直とお母さん、もうお母さんじゃないけど、には、もう一生会えないかもしれないよ」

海斗、ボードゲームの手を止め、文彦を見る。訴えかけるような目で文彦を見つめる海斗。文彦も視線を逸らさない。

海斗、再びボードゲームに集中する。

文彦「そうか。納得いかないよな。そうだよな」

と、独り言を言い、出て行く。

○同・玄関・前

引越し業者のトラックの前に作業員2人。携帯電話を掛けている朋子。ぼんやりと立っている直。赤いツードアのクーペがやってきて止まる。朋子、携帯電話を切り、車に駆け寄る。車から出てくる橘。

橘「ごめん。遅くなった」

朋子「…心配したよ。来ないかと思った」

橘「どうして?」

朋子「だって…」

作業員、帽子を取り、橘に挨拶する。

橘「遅くなってすみませんでした。すぐ出発します」

作業員たち、トラックに乗り込む。玄関から文彦が出てくる。文彦と橘、会釈する。橘、車のトランクを開ける。文彦、朋子の手からボストンバッグを取り、トランクに入れる。

橘「すみません」

と、文彦を見る。

文彦「こちらこそ、すみません」

文彦、橘と視線を合わせない。

橘「直」

と、直のボストンバッグを手に取ろうとするが、直は橘の手を払い、自分で車のトランクに入れる。直、助手席側からクーペの後部座席に乗ろうとするが、シートの倒し方が解らず手間取っている。橘がやってきて、シートを倒してやる。直、後部座席に乗り込みながら、

直「窮屈だね」

橘「ごめん。セダンに乗り換えるよ」

と、気まずそう。

直「ううん。もっと大きい車がいい。RVとか」

橘「そうだな」

直「大きい車も運転できる?　………お父さん」

橘、はっとして嬉しそうに直を見て、

橘「運転は得意だよ」

と、助手席のシートを戻す。運転席に橘、助手席に朋子が乗り込む。助手席と後部座席の窓が開く。

朋子「太一は?」

文彦「眠ってる」

朋子「そう…。その方がいいね」

文彦「起きたらきっと泣くよ」

朋子「そしたらあなたが困るね。でも、案外けろっとしてたりして」
文彦「きっと朋子を恋しがる」
朋子「そうだと嬉しい。…悪い母親ね、わたし」
　文彦、後部座席の窓に手を伸ばして直の頭を軽く叩き、
文彦「ひどい父親だったね」
直「ひどい娘だった」
　文彦、首を横に振り、
文彦「元気で」
直「お父さんも」
橘「…じゃあ、出発するよ」
　と、車のエンジンをかける。引越し業者のトラックが出る。その後ろについて、橘の車が出発する。玄関から飛び出してくる太一。
太一「わぁぁぁぁぁ！！！！」

○車・中

　直、振り返り、後部のガラスに食い入るように太一を見る。ガラス越しに、文彦に抑えられてじたばたする太一が見える。うつむく朋子。前を見て運転し続ける橘。

直「…バイバイ」

　車が角を曲がり、太一が見えなくなる。直、深く息を吸い、平静を装って前を見る。直の目は据わっている。直、ポケットから人生ゲームのコマである車の形の模型を取り出して握りしめる。模型の車には女性２人と男性３人が乗っている。

○山田家・茶の間・中（回想・早朝）

　人生ゲームを囲んでいる直と海斗。太一は横で眠っている。一斉に倒れるように寝転がる直と海斗。
海斗「勝った…」
直「仕方ないね…」
海斗「お姉ちゃんが勝ったら、太一はお姉ちゃんと暮らせるようにする。ぼくが勝ったら、太一はこの家でぼくと暮らす」
直「お母さんとお父さんの勝手で離婚するんだから、誰が誰と暮らすかは子どもが決める。親の自由にばかりさせない」
海斗「ぼくが勝った」
直「太一は海斗と暮らす」
海斗「でも、本当は諦められないだろ？　お父さんとお母さんが別れなければこのままでいられたのに」
直「仕方ない。ゲームに離婚はなかったけど、現実にはあるんだから」
海斗「…現実…か」
直「…ゲームじゃない」
　と、太一の寝顔を見る。
海斗「どうしてみんな太一を欲しがるんだろう？　…ぼくもだけど」
　直、じっと考えて、
直「…太一はわたしたちの血」
海斗「血…？」
直「意識していなくてもわたしたちみんなの体を流れてる」
　直の足の包帯に赤黒いものがにじんでいる。
直「否定しようとしてもできない。わざわざ説明する必要もない。太一だけは当たり前にわたしたちの体に存在してる。…だから、

なくしてしまったら、いなくなってしまったら、わたしたちはこの先百年の孤独に陥る」

と、目を閉じる。

海斗「…しゃべれないふりはもうやめる。大人になるよ…」

と、海斗も目を閉じる。セミが鳴き始める。

○坂道

セミの声がうるさい。引越し業者のトラックが走っていく。その後ろから橘の運転する赤のクーペ。交差点から飛び出してきてクーペを追いかける雄治の自転車。
雄治「絶対に忘れないから！　絶対！」

○車・中

後部座席で、まっすぐ前を向いて座っている直。車後部のガラス越しに雄治が見える。
雄治「会いに行くから、絶対！」
朋子「車、停めてもらう?」
直、答えない。
朋子「そう…」
と、前を向く。直、無表情で前を向いている。橘がカーステレオをつける。クラシック音楽が流れる。直の手には人生ゲームのコマである模型の車。その車には女性2人と男性1人しか乗っていない。

〈終〉

受賞者紹介

髙田　徒歩

たかだ・とほ　1975年、大阪府生まれ。大学では心理学を専攻。卒業後、アート・ドキュメンタリーやシナリオを学びながら、ハンディタイプのビデオカメラを使って制作を行う。テーマは常に、状況の理不尽さとそれを受け入れ越えていく過程を描いている。2004年6月、イメージフォーラムシネマテークNo.847「姦しい女、姦しくない男」にて個人制作映像『the sisters by different fathers』上映。2006年11月、伊参スタジオ映画祭シナリオ大賞受賞。2007年、映画化。

この映画祭に対する私の思い入れは強い。二〇〇四年から二年連続でシナリオ大賞の最終審査に残ったが、受賞には至らなかった。今年だめなら映画はやめると決め、さっぱりとした気持ちで臨んだ三年目の授賞式、最後に名前が呼ばれたとき、喜びよりも終わりにできなかった複雑な思いに支配された。

映画製作の段になると、驚くほどたくさんの方々から協力の手が差し伸べられ、賞の後押しの力を思い知った。一つの目標に向かい、嬉しがったり、腹を立てたり、目まぐるしい感情の中で、いいシーンが撮れたときには感動して泣いたりもした。自画自賛というのだろうか、恥ずかしながら、私は私の映画のシーンが大好きだ。全体としてはまとまりがなく、力不足を痛感するが、伊参スタジオ映画祭で制作された映画の一本に自分の作品が入っていることは私の誇りだ。

映画情報

（2007年／DV／40分）

スタッフ

監　　督：髙田　徒歩
プロジェクト・マネジャー
　　：古池　仁暢
撮影監督：谷口　義尚
録　　音：及川　賢哉
　　　　宇野　保晶
　　　　中野　雄一
助　監　督：土屋　直人
　　　　一場　将宏
スクリプター：河野あや子
スクリプター助手：伊東なつき
小　道　具：池田　香子
第2カメラ：井桁　靖雄
撮影助手：松田奈央子
　　　　須田　大介
　　　　浮池　　崇
ヘアメイク：吉田　美幸（B★side）
制作（合宿担当）
　　：宮良　史野

キャスト

長谷川あかり（山田直）
中村　隆太（山田海斗）
江島慎太郎（山田太一）
池田　弘太（広崎雄治）
高頭　房代（山田朋子）
千葉ペイトン（山田文彦）
加藤　俊雄（橘淳）
脇崎　智史（奥泉智史）
篠原　哲雄（引越し業者A）
塩野谷　明（引越し業者B）

シナリオ大賞２００６　短編の部

「耳をぬぐえば」

室岡　ヨシミコ

登場人物

小西ミミ（14）中学生・図書委員
山口トム（14）ミミの同級生・図書委員・水泳部
小西ナミ（17）ミミの姉
父　　（40）ミミの父
母　　（37）ミミの母

○踏切前の路上

青空と入道雲、照りつける陽射しと、蝉の鳴き声。田舎の細い道の先にぽつんとある踏切。１両編成の電車が過ぎ去り、遮断機が上がる。自転車に乗って踏切りを通過する制服姿の山口トム（14）。

○篠原耳鼻科・入り口・外

「篠原耳鼻科」の看板の前に自転車を止め、中に入って行く山口。

○同・待ち合い室

患者たちがたくさん待っている。山積みになった漫画本を読む小西ミミ(14)。入り口のドアが開き山口が入って来る。

山口、本棚を覗いた後、ミミに歩み寄る。

山口「すんませせん、ガラスの仮面、そこの42巻いいっスか?」

顔を上げるミミ、山口と目が合う。

ミミ「あっ……」

山口「あ、えーっと、お前、んー、あの、２組の図書委員の……」

ミミ、慌てて山口に漫画本を押し付ける。

ミミ「はい。よっ、42巻！」

山口「サンキュー、ここ、いい?」

ミミの横の席に腰かける山口。

山口「お前も中耳炎?」

ミミ膝の上に置かれた拳をぎゅっと握ってうつむき、首を横にかしげる。

山口「鼻?　耳?　……あっ、耳!　そうだ、小西ミミ!」

ミミ、驚いた顔で、頭を上げる。

山口「俺の事知ってる?　１組の図書委員の」

ミミ「はっ、えっと…」

山口「知らねぇか、いっつも当番サボってっからなぁ」

ミミ慌てて大声で

ミミ「知ってる‼」

周囲の患者の視線が集まる。ミミ、再びうつむいて、小さな声で

ミミ「……と思う」

山口、気にせず周囲を見回し、漫画本を開く。

山口「ここの病院いっつも混んでんのな。俺もう３回読破しちゃったぜ、ガラスの仮面。すっげーのな、紅天女の対決がさぁ」

ミミ「言わないで!　まだ全部読んでないの」

山口「ゴメン、ゴメン。いやー、でもついつい言っちゃいたくなるだろ」

　42巻を山口から奪い取るミミ。
山口「じゃあさ、付き合ってくれる?」
　目を大きく見開き、本を落とし大声をあげるミミ。
ミミ「ふぐぁ、ええぇっ!!!」
山口「暇つぶしにさ、耳鼻科の待ち時間の暇を潰す方法を考えるゲーム」
ミミ(テンション下がりめに)「はぁ?」
山口「だからさぁ、この無駄な耳鼻科の待ち時間を有効に使う方法を順番に考えてくの。考えれなくなった方が負け」
　ミミ困惑し、首をかしげている。
山口「じゃあ俺からね。甘栗の皮を剥く」
ミミ「ぷっ、何それ?」
山口「知らねぇの?　お前。あのコンビニで売ってるむき甘栗、あれ全部中国人が手で剥いてるんだぜ」
ミミ「知らないよそんなの」
山口「甘栗むいてひと儲け。結構お金になるんじゃね?」
ミミ「病院で剥くのって衛生的にどうかと思うけど」
山口「何だよ、ロマンのかけらもない奴だな。ん?　ロマン…?マロン…栗…おっ!　ちょっと俺面白いんじゃない?」
ミミ「アハハ、全然。っていうか山口ってすっごいバカなんだね。知らなかった」
山口「バカじゃねーよ、じゃあ次お前の番だぞ」
ミミ「えーっと、えーっと」
山口「はい、制限時間終了ー。負けた人は罰ゲーム、ガリガリ君おごりな」
　診察室のドアが開き看護婦が出てくる。
看護婦「山口トムさーん、中へどうぞ」
　山口診察室に入って行く。
山口「じゃお先。忘れんなよ、ガリガリ君」
　去って行く山口を見つめるミミ。
ミミ「山口トム。1組で図書委員で水泳部」

○同・診察室

　ミミの耳の中を覗く医者。
ミミ「何か耳がかゆくて、耳ダレみたいのが出て」
医者「うーん、心菌症だねぇ。アスペルギルスとカンジダって言ってね、黴の一種で」
ミミ「えっ、カビ??」
医者「このカビなかなかしつこいんだけど、まぁ根気よく薬で治して行きましょう」
医者「あ、綿棒とか同じので右左いじったりしないようにね」
ミミ「うつる病気なんですか?」
医者「直接同じ耳掻き使ったりするとね。あ、家族の人とかも気をつけないと」

○同・入り口・外

　うつむきがちに出て来るミミ。
ミミ「耳の中にうつるカビ……」
　はっと顔を上げ、口を押さえて、周囲を見回すミミ。周囲に人が居ないのを確認して、ほっとした後、小声で
ミミ「待ってる訳ないか…」
　背後から突然自転車のベルが鳴る。ミミがびくりとして振り返ると自転車にまたがる山口。
ミミ「ぎゃっ、まぐち…」

山口「今日俺、待ってばっかりな」
　ミミ慌てて首を勢い良く横に振り
ミミ「えっ、いや、私別に待っててなんて」
山口「だって約束しただろ、ガリガリ君。乗れよ」
ミミ「でも……」
山口「コンビニまで3分だぜ。あっちーからガリガリ君日和な」
ミミ「おごるなんて言ってないって」
山口「早くー、暑くて死んじゃうよぉ」
　ミミ、山口の自転車の後ろに乗る。
山口「出発ー！　ガリガリ号！」
ミミ「きゃー、早い、落ちるよぉ」
　山口とミミを乗せた自転車が走り出す。山口の肩を強く掴むミミ。

○小西家・ミミとナミの部屋（夜）
　二段ベッドの下段、ミミがぬいぐるみを抱え転げ回っている。
ミミ「しゅっぱーつ！　ガリガリ号！」
　ドアが開き小西ナミ（17）が入って来る
ナミ「ミミ、あんた何やってんの？　ご飯！」
　ミミはっと我にかえり
ミミ「べっ別に何もっ」

○小西家・ダイニング（夜）
　ミミとナミと父（40）母（37）が食卓を囲んでいる。
ミミ「アスペルなんだかとカンジダ？」
　米粒を吹き出す父。
ナミ「ちょっとアンタ、食事中に何言ってるのよ。っていうかどっからもらってきたのよそんな病気、いやらしい」
ミミ「いやらしいって何？　ムカツク。うつる病気なんだからね、うつしてやるバカ姉ちゃん」
ナミ「やめてよね、本当しゃれになんない」

○小西家・ミミとナミの部屋（深夜）
　2段ベッドの上段で寝ているナミ。綿棒を片手に持ったミミがナミの寝顔を覗き込み、にやりと笑っている。

○篠原耳鼻科・待ち合い室（夕方）
　窓の外では、雨が降っている。混んでいる室内でソファーに座って漫画を読むミミ。ミミ、周囲を見回すが、山口の姿はない。入り口ドアが開く。ミミ、慌ててドアの方を向くが、山口ではない患者が入って来る。あくびをして、再び退屈そうに漫画を読み始めるミミ。

○中学校・廊下
　本を抱え1人で歩いているミミ。水中眼鏡をかけ、友人とふざけあっている山口とすれ違う。山口、ミミにピースサインを出し
山口「おい小西ミミ！　俺の耳、無事完治！」
　瞬時にうつむき顔をそらすミミ。
山口「俺の分まで頑張れよな。暇つぶし」
　ふざけ合いながら去って行く山口。ミミ、山口の後ろ姿を見つめながら、力ない声で
ミミ「治っちゃったのか…」

○篠原耳鼻科・待ち合い室（夕方）

　あくびをしながら退屈そうに漫画を読むミミ。

ミミ（呟く）「暇つぶし…」

○小西家・ミミとナミの部屋（夜）

　ベッドに寝転がり綿棒で耳を拭うミミ。

ミミ「暇つぶしの方法……どうすればまた山口が来るようになるかを考えてるよ…ねぇ…」

　耳から出した綿棒をじっと見つめるミミ。

○中学校・図書室

　コソコソと貸し出しカウンターの中に入り、図書当番表をチェックするミミ。

ミミ「土曜日…って今日？　まぁ来る訳…」

　背後から大きないびき。ミミが振り返ると椅子を並べて横になり眠っている山口。周囲を見回すミミ。カウンターの内側で山口の姿は周囲から見えなくなっている。図書室内では数人の生徒が読書に没頭している。ミミ周囲を確認し、ポケットから綿棒を取り出して自分の耳に入れる。再び周囲を確認した後、恐る恐る綿棒をゆっくり山口の耳に近付けるミミ。生唾を飲むミミの背後に人影。男子Aが山口を覗き込んでいる。はっとして本棚の陰に隠れるミミ。

男子Ａ「ちょっと、静かにしてくれよ」

　山口あくびをしながら目覚める。

山口「だって退屈なんだもん。そうだ、図書当番の時間にどうやって暇を潰すか考えるゲームしない？」

男子Ａ「僕なら読書をするね」

　冷たく言い放ち立ち去る男子Ａ。綿棒を握り本棚の陰に隠れているミミ。再び居眠りを始める山口。下校のアナウンス放送が流れ、生徒達が帰って行く。そのまま眠っている山口。ミミ、綿棒に向かって話しかける。

ミミ（小声で）「いいよね」

　ミミ声色を変え、綿棒が喋っているように返事をする。

ミミ（小声で）「うん、いいと思う」

　他に人が居なくなったのを確認し、山口に近付くミミ。山口いびきをかいて熟睡している。

ミミ（小声で）「耳鼻科で暇つぶしの方法考えたよ。山口が一緒に待っててくれればいいんだよ」

　ニヤリと笑い、綿棒を山口の耳にそっと入れようと、近付けるミミ。気付かず寝ている山口。ミミ、山口の寝息のテンポを気にして綿棒を入れようとしたり戻したりを繰り返している。突然ドアが開き教師が入って来る。ビクリと振り返るミミ。

教師「おい、お前らぁ、下校時間だぞぉ」

　ゆっくり目を覚す山口。

山口「ふぁー、おはようございまーす」

　ミミ走ってその場から立ち去る。

山口「あれ？　小西ミミ？」

○踏切前の路上

　ミミ、うつむき歩きながら綿棒に向かって話しかける。

ミミ「良く無いと思う」

　ミミ声色を変え、綿棒が喋っているように返事をする。

ミミ（厳しい口調で）「うん。良く無いと思うよ、絶対」

鞄に綿棒をしまい、前を向くミミ。ミミの前方、少し先にある踏切りの遮断機が降りはじめる。ミミの背後から山口の乗った自転車が猛スピードで走ってきて、ミミを追いこす。
ミミ「あっ！」
山口の手前で遮断機が降りる。ミミ小さくガッツポーズを取り、急いで山口の元へ駆け出す。自転車を降り、小刻みに足踏みをしている山口。息を切らして走るミミが、山口に追いつく。
ミミ「や、やまぐっ」
ミミ、勢いがつき過ぎて止まれず、山口にぶつかりそうになるが、それを避ける為に無理矢理体を反り返らせる。
ミミ「ちぃ〜」
そのまま仰向けに倒れるミミ。１両編成の電車がやってくる。
山口「大丈夫かぁ？」
ミミ「うがっ、あのっ、山口、あのさっ」
山口「何？　話し長い？　俺、早く町営プール行かなきゃなんだけど」
ミミの顔を覗き込もうとうつむいた山口の鞄の中身がこぼれ落ちる。
山口「げー、最悪っ」
一緒に荷物を拾いあうミミと山口。
ミミ「あのね、山口、あの、えっと」
電車が通過し、遠ざかって行く。
山口「えっ、何？　どーした？　ほら、俺急ぐからさ」
山口の鞄から落ちた荷物の中から、水泳パンツが出てくる。
ミミ、水泳パンツと気付かず拾い上げてしまう。
ミミ「キャッ！」
ミミ、水泳パンツと気付き動揺してそのまま放り投げる。遮断機がゆっくり上がりはじめる。空に舞った水泳パンツが遮断機のポールの先に引っ掛かる。そのままポールが上がり、水泳パンツが青空高くに上がって行く。
山口「あ〜、どうしてくれんの？」
ミミ「ごっ、ごめんっ！」
山口「次の電車、２時間後だぜ」
ミミ「どうしよ、山口、本当ごめん！」
ポールの先で水泳パンツがひらひらとたなびいている。
山口「ノーパンじゃあプール、入れてもらえねぇしなぁ…」
ミミ「いやっ、山口、ごめん、本当ごめんね。私、私さっ、あのねっ、えっと」
山口「待つしかねぇな。しょうがねぇからお前の長い話しでも聞いてやっか」
息を切らしながら必死のミミ。
ミミ「えっと、何っていうか、私は、私ねっ、山口がっ」
たなびく水泳パンツを見上げ、吹き出す山口。
山口「あー、もう、２時間かけてゆっくり喋ればいいんだよ」
水泳パンツを見上げたミミも、吹き出す。道の脇に寝転がり、空を舞う水泳パンツを眺める山口。
山口「俺たち得意の暇つぶしー」
ミミ、嬉し気に笑って山口の隣に座る。
ミミ「ひまつぶしー」
空を見上げるミミと山口。遮断機の先のポールに下がった水泳パンツが青空の中、たなびいている。
〈終〉

受賞者紹介

室岡　ヨシミコ

むろおか・よしみこ　1980年、北海道旭川市生まれ。2006年「耳をぬぐえば」で伊参スタジオ映画祭シナリオ大賞を受賞し、2007年に映画化。2014年には「白孔雀 白い花嫁 白い米」で函館港イルミナシオン映画祭シナリオ大賞でグランプリを受賞。2017年、ドラマ「100万円の女たち」で商業脚本デビュー。ドラマ、アニメ、ゲームの脚本、実用書なども執筆している。

このシナリオを書いたきっかけは、私自身が作中のヒロインがかかった「耳の中に伝染するカビ菌が発生する奇病」にかかったことでした。こんな面白い展開、シナリオにしないと勿体無い！というドキドキ感と、長らく抱いていた「耳鼻科の長い待ち時間をカッコイイ男の子が一緒に暇つぶししてくれたらなぁ」という妄想とが合体して生まれた作品です。感染症が猛威を振るう今のご時世では「不謹慎！」と怒られたかもしれない内容なので、あの頃に制作できて本当に良かったなと思っています。

撮影当時の記憶はかなり昔なので曖昧ですが、スタッフ、キャスト、映画祭関係者の皆さんの並々ならぬご協力のお陰で、右も左もわからない素人監督だった私にも、何とかやりきる事ができました。改めまして、ご協力くださった皆さま、本当にありがとうございました！

映画情報

（2007年／DV／20分）

スタッフ

監督・脚本：室岡ヨシミコ
プロデューサー：横山　栄美
撮　　　影：平原　昌樹
録　　　音：宋　　晋瑞
編　　　集：阿部　史嗣
助　監　督：森口　真人
制 作 担 当：今村　洋平
　　　　　　壺井　大輔
ヘアメイク：吉田　美幸（B★side）
撮 影 助 手：下田　麻実
　　　　　　高橋　一平
録 音 助 手：金井　純一
演 出 助 手：海沼　智也
　　　　　　金子　昌美
制 作 進 行：小林　総美
ス チ ー ル：青木　紀子

キャスト

田嶋　沙保（小西ミミ）
金井　皆就（山口トム）
木暮　悠太（Mr・コグレ）
酒井さくら（小西ハナ）
井草　隆行（ミミの父）
佐々木つやこ（ミミの母）
小林　伸行（耳鼻科医）
石井亜矢子（看護師）
岡安　賢一（体育教師）
井草日菜子（ミミの友人）
川和　千穂（ミミの友人）

シナリオ大賞２００７　中編の部

「求　愛」

金井　純一

登場人物
後藤真司（27）会社員
愛沢美里（27）真司の婚約者
後藤早苗（23）真司の妹
後藤敬子（50）真司と早苗の母

○民家・玄関前（夜・雨）
アスファルトを打ち付ける雨。便所サンダルで歩く、濡れた足。後藤早苗（23）。早苗は部屋着で傘を差し、ある民家の門前で歩みを止める。ひとりボーっとした様子。暗い表情。周りには似たような民家がポツポツと並ぶ。家のインターホンを押す早苗。

「ピンポーン」

…返事無し。２階の部屋を見ると、電気はついている。

「ピンポンピンポンピンポンピンポン！」

連打すると、部屋の窓に人影が浮かぶ。雨の中、反応を待ち続ける早苗。と、ポケットの携帯電話が鳴り、出る早苗。

早苗「…もしもし」

彼氏（声）「……無理だって。ホントに」

早苗「だって、そんな……それってひ――」

彼氏（声）「――ひどいけどさ！」

早苗「ひきょうだよ！」

彼氏（声）「――ひ、ひきょうだけど…マジで無理だからさ…」

早苗「結婚しようよ？　私のこと嫌いなの？」

彼氏（声）「……じゃあ…嫌いになった」

早苗「じゃあ？？　…もぅ、ねぇ、ちょっと！　出てきなよ！　家の前にいるんだから！　顔出してよ！　出せー！」

ドアをドンドンと叩く早苗。

彼氏（声）「――警察っ！　…呼ぶよ…？」

早苗「…」

電話を切る早苗。そのまま雨の中をトボトボ歩いて帰る。

早苗「…呼べよ！」

○早苗の実家・外観（夜・雨）
少し古びた一軒家。歩いて帰ってきた早苗、玄関から入る。

○同・中
びしょ濡れのサンダルを脱いでそのまま家に上がる早苗。
「早苗！」
居間から母親の後藤敬子（50）が出てくる。
敬子「ねぇ、さっき電話あって…ちょ、何？　そんなに濡れて？　傘は？」
早苗「…意味ない」
敬子「は？　…ねぇ、それよりね、さっきお兄ちゃんから電話あって」
早苗「…お兄ちゃん…？」
返事はするものの、敬子に耳も傾けず、よろよろと自分の部屋に向かう早苗。
敬子「ちょっと、早苗？　お兄ちゃん結婚するんだって！」

部屋に入りドアを閉め、布団に顔をうずめる早苗。ドア越しに話す敬子。
敬子「でね、来週彼女連れてウチに挨拶に来るらしいから」
早苗「…へぇ、そうなんだぁ、お兄ちゃんが…良かったね、お母さん」
敬子「（笑みを浮かべて）どうだか…」
部屋の中、声を押し殺して泣き出す早苗。枕元に顔をうずめて必死に声を抑える。
早苗「（小声で）タイミング、悪いよ…」
敬子「…早苗？」
早苗「……だいじょうぶ…お兄ちゃん急だよね。できちゃった婚？」
敬子「ううん、違うって。そこはちゃんとしてるみたい」
早苗「…さすがお兄ちゃん。なんだよ、付き合ってるなんて全然知らなかった」
敬子「私も。あの子連絡も滅多によこさないんだから。これだから男の子は」
早苗「……ね、男ってね」
早苗の反応に、表情を曇らせる敬子。一つ息を吐く。
敬子「…朝、食べやすいもの作っておくから。ちゃんと栄養とってね。それから、ちゃんと乾かしてから寝なさいよ」
早苗「うん…」
部屋を後にする敬子。虚ろな表情の早苗。

○都内・真司の住まい（朝）

都内マンションの一室。部屋の中で出発の準備をする後藤真司（27）と愛沢美里（27）。２人は慌てながらも楽しそうに支度をしている。ベランダ越しに見える、都内の風景。マンションは線路に隣接しており、電車の走る音が聞こえる。
真司「おい、美里、早く！　電車行っちゃうよ！　田舎だから本数少ないんだって！」
美里は化粧をしている。
美里「わかってるけど。だって初めてじゃない、真司の家族に会うの。第一印象は大事なんだから」
真司「大丈夫だよ！　女しか居やしないんだから！」
美里「だからこそよ。男にはわからないわ」

○電車の中（昼間）

夏の日差しの差し込む車内。真司と美里が隣同士で座っている。電車に揺られ、ぐっすりと眠っている真司。外の風景を見ている美里。緊張しているのか、両手を握ってひざの上においている。外は次第に建物もまばらに、夏の緑に囲まれていく。ふと握った手を解き、手のひらを見る美里。汗ばんでいる様子。ひとつ息を吐く美里。寝ている真司の手の上に、そっと自分の手を重ねる。タイトル「求愛」。

○田舎の駅・外観

山と田んぼに囲まれた駅。駐車場に車が1台止まっている。運転席には早苗。

車内。ポップでやさしい音楽が流れている。それに耳を傾ける早苗。外を見ていると、電車がやってくる。早苗はエンジンを切り、ドアを開けて駅の方へ。

駅の改札から真司と美里が出てくる。早苗を探す真司。携帯を出して電話をしようとする。と、

早苗「お兄ちゃん！」

早苗が2人の元へ笑顔で走ってくる。

早苗「久しぶりー！」

真司「おう、ただいま。元気か？」

笑顔でうなずく早苗。美里の方へ視線を向ける。

早苗「どうも、初めまして！　妹の早苗といいます！」

美里「初めまして、美里といいます。よろしくお願いします」

少しの間、お互いを観察しあう2人。笑顔を浮かべる早苗、

早苗「あっちに車置いてあるんで」

と、車を指差す。笑顔でうなずく美里。3人は車へ向かう。

早苗「荷物持ちましょうか？」

美里「ううん、大丈夫。ありがとう」

真司「あー、久しぶりだなーここも。変わってないや」

美里「もう、お兄ちゃん連絡してよー。いっつも急だよね。帰ってきやしないし」

真司「仕事忙しいんだよ。やっと休み取れたんだから」

荷物をつんで、車に乗った3人。早苗が運転席、真司が助手席、美里が後部座席。車が動き出す。

○車内

運転しながら、バックミラーで美里の様子をちらちら見つめる早苗。

真司「母さん元気？」

早苗「うん。化粧して待ってるわ」

ハンドルを握る早苗、なおもちらちら美里を見ている。と、

「ピーーーー！」

クラクションが鳴り、早苗の車がぶつかりそうになり慌てて急ブレーキ！

真司「――おい、何やってんだよ！　危ねえな」

早苗「ごめん…。お兄ちゃん、運転変わって！」

真司「は？」

早苗は運転席から降りて、後部座席、美里の隣に座り、美里をジロジロ見つめる。

真司「しょうがねえな」

真司が運転席に座り、車を動かす。

早苗「お兄ちゃん、こんな綺麗な人だと思わなかった。どんなマジック使ったのよ？」

真司「おい、マジックとか言うな」

早苗「2人はどこで知り合ったんですか？」

美里「大学のサークル。演劇サークルにいたの」

早苗「どうりで！　女優とかやってたんですよね？　お兄ちゃん、女を求めて上京しただけあるわ」

真司「あほか、勉強しにいったんだよ」

早苗「嘘ばっかり。ねぇ、付き合ってどのくらいですか？」

美里「5年、くらいかな」

早苗「5年？　お兄ちゃん一言も教えてくれなかったんですよ！」

真司「おい早苗、質問そのくらいにしといてよ。お前と母さんで同じこと2回言わなきゃならなくなるんだから」

早苗「（無視して）浮気とかしませんでした？」

美里「したわよ」

真司「誤解だって！　まだ信じてくれないのかよ」

早苗「男ってダメですよねー」
美里「ね、男ってねー」
　くすくす笑う2人。
早苗「でもいいなー。結婚かー。いいなー」
美里「早苗ちゃんは？　彼氏いないの？」

○山沿いの道
　山沿いの道を走る車。と、道端で急に止まる。

○同・車内
　後部座席、早苗がくしゃくしゃに泣いている。
真司「なに？　ど、どうしたんだよ？」
美里「ごめん、聞いちゃいけなかったの、かな…」
　首を横に振る早苗。
早苗「…ちょっと、外、行ってきます」
　車から降りて涙を抑え、呼吸を整えようとする早苗。
真司「ふられたばかりかよ…」
美里「あー、まずかったなぁ…」
真司「大丈夫だよ、泣いたらケロっとするから。……それより、浮気はしてないから」

○同・車外
　顔を拭い、風に当たる早苗。深呼吸をする。

○同・車内
　早苗が車に戻ってくる。
早苗「お騒がせしました」
美里「早苗ちゃん、ホントごめんね…」
早苗「ううん、こっちこそ。あー、すっきりした。なんか、2人の前で大泣きできて」
　笑顔で顔をぬぐう早苗。
真司「なんじゃそりゃ」
　3人に笑顔。

○後藤家・外観
　家の前に、3人の乗った車が到着する。

○同・玄関
　玄関を開ける早苗。
早苗「ただいまー」
　3人が玄関から中に入ってくる。迎える敬子。
敬子「おかえり…真司、あんた久しぶり」
真司「うん、帰ったよ」
敬子「（美里へ向いて）あらぁ…綺麗な人で…」
美里「初めまして、美里と申します。このたびは、何か急におしかけてしまって…」
敬子「いいえー、…真司がああでしょう、昔っから心配ばかりかけるもんで。美里さんは、何かご苦労なさったりは…？」
真司「ねぇ、早くあげてよ」
敬子「あ、そうそう、さぁ、あがってください」

○同・居間
　座敷でテーブルを囲んで座る真司・美里・早苗。敬子がお茶を持ってくる。

美里「どうもすみません」
敬子「いいえー。でも本当にいいの？　この子で」
　お茶を置いて座る敬子。
早苗「いいんですか？」
真司「ねぇ、我が家でオレはそんなに信用ないの？」
　微笑む美里。
美里「こちらこそ、こんな頼りない私ですが、どうぞよろしくお願いします」
早苗「よかったねー、お兄ちゃん。幸せだね」
敬子「ウチもねぇ、２人がまだ小さいときに夫が出ていって」
真司「女ばっかりだー」
敬子「美里さん、男はしっかり選んだほうがいいわよ」
真司「ねぇ母さん、オレ、息子だろ？」
美里「私は、真司くんのこと信用していますので」
　真司を笑顔で見つめる美里。
早苗「男はいざというとき頼りになりませんよー」
真司「もうホームなのに、これじゃアウェーだよ」
　笑い出す３人。

○同・外観（夜）

○同・居間
　１人でテレビを見ながらビールを飲む真司。台所では女性３人が和気藹々と料理している。その姿をぼーっと見つめる真司。早苗がつまみを持ってくる。
早苗「いい人ね」
真司「うん」
早苗「私はもっと、ダメな人でも良かったんだけどな」
　台所へ戻る早苗。

○同・食卓
　４人で夕飯を食べている。
敬子「なかなかやるわね美里ちゃん。おいしい、これ」
美里「いえいえ、でも台所が広くてびっくりしました」
敬子「狭いんだ？　向こうは」
美里「はい」
早苗「がんばれよー、お兄ちゃん」
真司「十分だろ、今のとこでも」
美里「どうかな？」
　賑やかな食卓。

○同・居間
　皿洗いをする敬子と美里。
敬子「いいよ、あとはやっておくから」
美里「はい、じゃあお願いします」
　美里は、居間に座ってテレビを見ている真司の元へ。と、風呂から上がった早苗が、ブラジャー姿でやってきて、真司の隣に座る。一瞬驚く美里。美里も座敷に腰を下ろし、３人テレビを見ている。
真司「なんかさ、女の子同士ってすぐに仲良くなっちゃうよね。いつの間にかメールとか交換してるし」
早苗「それで浮気ばれたんだ」
真司「違うって！」
早苗「美里さん、兄弟いるの？」

美里「いないよ。一人っ子」
早苗「そうなんだ」
美里「うん。だから2人見てて、結構不思議に思ったりするの。兄妹ってこういうものなんだーって」
早苗「へぇー、不思議かー」
テレビを見る3人。
居間で笑いながら話す美里と早苗。
早苗「で、お兄ちゃんあっちの方はどうなんですか？」
美里「それがね…」
耳元でささやく美里。
早苗「あはは！」
噴出す2人。と、そこへ風呂から上がってきた真司。
真司「何話してんの？」
早苗「別にー。じゃあ私もう寝るんで。お兄ちゃん、部屋に布団敷いてあるから」
真司「あー、ありがと」
早苗「（含み笑いして）じゃあ、おやすみなさい」
美里「うん、おやすみ」

○同・寝室

電気を消して布団に入る真司。隣の布団の美里に話しかける。
真司「疲れた？」
美里「ううん、安心した」
真司「そっか、良かった」
真司は電気を消す。

○同・居間

暗い居間で「カチカチ」と音を立てる時計。夜中の3時。

○同・寝室

ふと目が覚める美里。隣を見るが、真司の姿が無い。起きて居間の方へ。

○同・居間

美里が居間に行くと、そこでは泣きじゃくった早苗が真司の胸に顔をうずめていた。その早苗をそっと抱きしめ、なだめる真司。それを見た美里は、そっと寝室へと戻った。

○後藤家・外観（翌朝・晴天）

鳩の鳴き声。

○後藤家・居間

寝起きの真司があくびをしながらやってくる。机の上にはおにぎりとたくわん。台所で片づけをしていた美里、味噌汁を持ってくる。
美里「（味噌汁をテーブルの上に置いて）はい」
真司「あれ？　母さんは？」
美里「仕事行ったよ」
真司「仕事？　なんだよ、休みじゃなかったんだ」
と、そこへ寝起きの早苗があくびをしながらやってくる。
早苗「おはようございまーす。あれ？　お母さんは？」
真司「仕事だって」
早苗「あれ？　休みじゃなかったっけ？」

美里「早苗ちゃん、味噌汁飲む？」
早苗「あ、いただきますー」
真司「早苗は？　今日は？」
早苗「あー、バイトは休み」

○**同・外観**

車に乗り込む真司、美里、早苗の３人。真司が運転し、車が走り出す。

○**道路・車内**

早苗「ちょっとー、なんでこんな暑い日にバーベキューなんかするわけ？」
真司「お前が、オレの行きたいところでいいって言ったんだぞ」
早苗「けどさー」
美里「いいじゃん、いい気分転換になるかもよ」

○**川沿いの山道**

山道を走る車。太陽に照らされる緑と川の水。
美里「きれいねー」
真司「昔よく遊びに来たんだよ。な？」
早苗「肌に悪いよー」
真司「よし、ここらへんでいいか」
川原に車を止める。周りには誰もいない。

○**川原**

車から降りた３人。美里は川へと近づいていく。澄んだ水。
美里「きれい」
後ろからついてくる真司と早苗。と、早苗が石で転びそうになり、腕をつかんで助ける真司。それを見ている美里。
川に近づく早苗。
早苗「なつかしいー！」
靴をぬいで足を入れる。
早苗「あー気持ちいいー、美里さん、ほら、川の水冷たくて」
美里「うん」
美里も川に足を入れる。真司はバーベキューの準備をしに、車へ戻る。
真司「早苗！　無理すんなよ！」
早苗「うん！」
真司「美里もー！」
美里「…うん」
トランクを開ける真司。そこには大量の食材と器具。
真司「ふー…っていうか２人とも、手伝ってー！」
川原で楽しそうにバーベキューの準備をする３人。
早苗「付いたー。やるじゃん」
火をおこした真司、むせる。
真司「よし、食べよう！」
鉄板の上でおいしそうに焼かれる肉・野菜。川原にセットしたパラソルの下に座って食べる早苗と美里。
早苗「お兄ちゃん、にくー」
美里「私は椎茸ー」
真司「１人は、キツイ…」
汗を拭い、せっせと焼き続ける真司。食材を袋から出す。

真司「おい、誰だよ！　こんなに貝買ってきたの！」
早苗「わたしー。だって食べたかったんだもん」
真司「ふざけんなよ！」
早苗「知ってました？　お兄ちゃん貝類食べれないの？」
美里「うん、１回私のつくった中華丼無理やり食べて、蕁麻疹出たの」
早苗「あはは！　愛だねー、お兄ちゃん」
真司「うるせ」
　焼けてぱっくりと開いたホタテやらカキやら、それらを２人の元へ運ぶ真司。２人はおいしそうに食べる。
　火の弱くなった木炭、そこへ水がかけられ、ジュっと消える。食後、パラソルの下で休む３人。特に会話もなく、涼んでいる。
早苗「私、ちょっとそこらへん散歩してくる」
真司「あー、気をつけろよ」
早苗「（笑って）心配しすぎ」
　１人歩いていく早苗。
　川のせせらぎ、鳥の鳴き声、セミの鳴き声、静かな風、に揺れる緑。パラソルの下でそれらに身をゆだねる真司と美里。美里、ぽつりと、
美里「…結婚するんだね」
真司「だね…」
美里「…これからいろいろあるんだろうね」
真司「うん…。」
美里「…お酒は？　帰り、私も運転できるし飲んでいいよ？」
真司「別にいいよ」
美里「…いいの？　…」
真司「……じゃあ、飲むかな」
　微笑む美里。
美里「取ってきてあげる」
　美里は車に酒を取りに向かう。
　ひとりパラソルの下、ぼーっとする真司。テーブルの上には食べ終わった貝の殻。緑を揺らす風が強くなり、川の水面が波立つ。なかなか戻ってこない美里、真司は車の方へ目をやる。と、車の横で美里が伏せているのが見える。
真司「――美里？」
　真司は車の方へ向かう。
　美里のもとへやってきた真司。美里は嘔吐して、地面に伏せている――。
真司「…美里？　…美里！　なぁ、おい、どうした！　美里っ！」
　美里の体を揺さぶる真司。
美里「…ごめん真司、なんかちょっと…気持ち…悪くて…」
真司「おい、だ、大丈夫かよ！　とりあえず、車に…な？　立てる？」
　真司は美里を立たせ、支えながら車にのせる。車に乗る直前にも美里は嘔吐し、その場にうずくまる。
美里「…お腹…お腹痛い…真司…お腹痛いっ…」
真司「お、お腹…？　…大丈夫？　美里？　…美里！」
　慌てふためく真司。ひとまず美里を助手席にのせる。エンジンをかける真司。お腹を抱える美里。

真司「と、とりあえず病院行こう！　ここから遠くないから！」
美里「…あたったのかも…」
真司「あたった？　何が……」
　表情が曇る真司。
真司「早苗は——」
　携帯を出して電話をかける真司、と、後部座席から響く着信音。早苗は携帯を車に置いていた。携帯を切る真司。
真司「……ちょっとさ、早苗探してくるから！　ここで待っててー」
美里「…え？…」
　ドアを開けて出ようとした真司の腕をつかむ美里。驚いて振り返る真司。
美里「待って！　…待ってよ…！　ちょっと…1人にしないで！…」
真司「い、いや、すぐに探して戻ってくるから！　な？」
　首を横に振る美里。
美里「…ダメだよ…痛いっ…！　ねぇ苦しいの、1人にしないで…」
真司「美里、大丈夫！　すぐ戻ってくるから！」
　美里の手を払って出て行く真司。締められたドアの窓を開けて叫ぼうとする美里。しかし痛みでうずくまる。
美里「…痛いっ…もう…もうなんで？　…なんで？　…」
　1人車に残された美里。
真司「早苗ー！　早苗ー！」
　必死に叫びながら探し続ける真司。しかし見つからない。
真司「どこいったんだよ…！」
　腹を立てるように必死に川岸を探し続ける真司。と、川沿いに早苗が履いていた靴を見つける。前を見ると、早苗は中州でうずくまっていた。川を渡ったようだ。
真司「早苗！」
　真司は靴のまま川に飛び込み、浅瀬を渡り始める。と、「ビーーーーーー！」
　車のクラクションが聞こえる。川の真ん中で思わず車の方へ振り返る真司、表情が歪む。しかしそのまま中州へ向かう。
　車の中。腹を押さえながらクラクションを鳴らす美里。
　「ビーーーーーー！　ビーーーーーー！」
　なおも鳴り続けるクラクション。真司は中州へ到達する。
真司「早苗！　おい！　大丈夫か！」
早苗「…お兄ちゃん…どうしよう…お腹、お腹痛い…！」
真司「お前っ…なんでこんなとこにいるんだよ！」
早苗「…え？　…ねえ、なに？　…怒んないでよ・・・お兄ちゃん、怒んないでよ！…」
　「ビーーーーーー！」
　車の中で泣きながら必死にクラクションを鳴らす美里。
真司「美里も…美里も今苦しんでるから…たぶん食中毒だと思う…」
早苗「…食中毒？　…美里さんも…？」
真司「あぁ、だから急がないと！　ほらつかまって！　戻るぞ！」
　一層口調が厳しくなる真司、早苗を抱きかかえる。川を渡って戻ろうとする真司。しかし川に足を入れると、流れに足をとられ、早苗を抱いたまま浅瀬にしりもちをついてしまう真司。早苗を抱いたまま、思うように川を渡ることが出来ない。

「ビーーーーーー！」

鳴り続けるクラクション。

真司「ちくしょう…！」

真司の腕の中、クラクションの方向を見つめる早苗。

早苗「……行ってよ…」

真司「は？」

早苗「……置いてって！　なんで来たのよ…？　私のために来なくったって良かったの…！」

咳き込む早苗。

真司「…おい、何言ってんだよ？　行くぞ！」

早苗を抱きかかえ立ち上がる真司。

早苗「お兄ちゃんは美里さんだけ見ててよっ！　…いいんだよ、私なんて…ほっといてよ！　…置いてって！　置いてってよ！」

無理やり真司の腕を解き、浅瀬に座り込んでしまう早苗。

真司「おい早苗！」

再度早苗を抱きかかえようと、早苗の腕を掴む真司。しかし早苗は激しく抵抗する。真司は早苗の右手を掴んだまま、立ち尽くしてしまう。

クラクションを鳴らす美里。開けた窓から川原を見ると、2人が中州近くで留まっている様子が見える。険しい表情で見つめる美里。

早苗「もう…いいんだから…大丈夫…私はここで待ってるから…」

咳き込み、腹を押さえ、うつむく早苗。立ちすくむ真司。鳴り響くクラクション。真司に掴まれた早苗の右手、どんどん下がり、ついには手が離されてしまう。きびすを返し、美里のほうへ浅瀬を走り出す真司の足。腕を離された瞬間、脱力し、うつむく早苗。――と、

真司（声）「止まれー！」

真司の叫び声に顔を上げる早苗。走って川を渡る真司の向こうで、車がゆっくりと動き出していた。唖然と見つめる早苗。

真司「何やってんだよ！　止まれー！」

真司は全速力で車の元へ。車は川原から道路を目指し、山の方へ。車に追いついた真司。開いている運転席の窓をつかみ、車と併走しながら美里に叫ぶ。

真司「おい美里！　何やってんだよ！　早く止めろよ！」

美里「…大丈夫だから…私1人でも大丈夫…誰か助け呼んでくるから…」

真司「…は？　…おい何言ってんだよ！　…とりあえず落ち着いて…車止めろ！　な？」

加速したり減速したり、安定しない車。

美里「真司…私大丈夫だから…早苗ちゃんのこと見てて…」

咳き込む美里、呼吸が荒い。

真司「美里！　…いいから止まれ！」

真司は窓から手を突っ込みハンドルを握る。抵抗する美里。

美里「ちょっと止め――」

車はスリップし、急ブレーキをかける美里。砂埃が舞う。車はそのまま山の斜面に乗り上げ、木にぶつかり止まった。

車内、しばらくしてゆっくりと顔を上げる美里。目の前は山の斜面だった。覆いかぶさるように生える木々。窓の外、さっきまでいたはずの真司がいない。視線をサイドミラーに移す美里。後ろの方で真司が血を流して倒れていた。固まる美里。車から降りて真司の元へ、這うように進む。車の後部ドアにも血が付着している。真司を抱えた美里。その場に崩れる。

美里「――いやーーーーっ！」

一連の様子を見ていた早苗、硬直し中州で動けずにいる。

○山道（夕方）

救急車のサイレンが鳴り響く。2台の救急車が走っている。

○同・車内

1台目の車内、毛布をかけられ、横たわっている美里と早苗。茫然自失の2人。うつろな目をしている。もう1台の車内、頭部にタオルを当てられ、治療を受けている真司。ゆっくりと目を開ける。

○市内病院・外観（夜）

○同・院内

病室前の廊下の椅子に腰掛けている敬子。不安な面持ち。病室から白衣を着た医師が出てくる。立ち上がる敬子。

医師「3人とも命に別状はありません。娘さんお2人は軽い食中毒でしたので、すでに回復に向かっております。息子さんに関しては、頭部に切り傷、右腕肩からの脱臼、それと左足首を骨折しています。いずれも大掛かりな治療は必要ないものですが、お三方ともしばらく入院していただくことになるかと思います」

敬子「わかりました、ありがとうございます…」

深々と頭を下げる敬子。立ち去る医師。病室のドアを開け、中に入る敬子。

○同・病室内

薄暗い病室にはベッドが2つ。片方では美里が枕に顔をうずめて横になっている。もう片方で、ベッドから上半身を起こし、目の前をぼーっと見つめている早苗。入ってきた敬子と目を合わせるが、また視線を戻し、ぼーっとする。

敬子「…ねぇ…一体何があったの…？」

反応の無い2人。

○市内病院・外観（翌日・昼間）

別の病室内。ベッドに寝ている真司。頭、腕に包帯を巻かれ、足をつるされている。ボーっと天井を見つめている真司。

○市内病院・ロビー

椅子に腰かけ診察を待つ人々。足を組んで新聞を開く患者。『群馬県で食中毒』という記事。

○同・真司の病室

ベッド脇に座る敬子と会話をしている真司。ときおり笑みも浮かべる。回復に向かっているようだ。

○同・早苗と美里の病室

起きて朝食を食べている早苗。回復している様子。美里の方へ目をやると、カーテンが閉められ、手のつけられていない朝食。と、ドアから敬子が入ってくる。手元にヤマユリの花。

敬子「おはよう。これ」

花を花瓶にさす敬子。ベッド脇に座る。

早苗「ありがとう。お母さん、病院のご飯案外おいしいよ。入院するの初めてだし、いろいろ不安だったんだけど」

敬子「あんた小さいとき入院したことあるのよ。肺炎で」

早苗「え！　ほんとに?」

敬子「うん。結構危なかったんだから。それでも食欲はあって、回復は早かったの」

早苗「そうだったんだー、初めて知った。…でも今回は、その食欲が裏目に出たわ」

敬子「まったく」

2人はひととき笑う。病室に静けさが訪れる。

早苗「…（小声で）お兄ちゃん大丈夫?」

うなずく敬子。

早苗「よかった…」

安堵の表情を浮かべる早苗。美里のベッドに視線を移す敬子。手のつけられていない朝食に気づく。美里の方へ。

敬子「美里ちゃん」

呼びかけに反応の無いカーテン越し。

敬子「…美里ちゃん、開けるね?」

そっとカーテンを開ける敬子。敬子に背を向けるようにしてベッドに横たわっている美里。1つ息をつく敬子。

敬子「美里ちゃん、ご飯食べないと…昨日から食べてないんだし、栄養取らないと良くならないよ?」

反応のない美里。

敬子「…どう?　体は?　…お腹、痛くない?」

少しして、枕元で僅かにうなずく美里。

敬子「そっか、良かった。……真司は、大丈夫だから。元気なものよ、ひょうひょうとして。結構丈夫な男よ、あの子は」

特に反応を示さない美里。枕もとの表情、うつろな瞳。

○同・院内

老若男女、様々な人々が行き交う院内を、歩いて回る早苗。途中、窓から差し込む日光、風に揺れる木々を見つめる。

早苗・美里の病室。窓から差し込む日光、早苗のいないベッドが照らされている。その隣でひとり、天井を見つめボーっとしている美里。

院内を歩く早苗、廊下を走りまわるパジャマの少年（5）に目がいく。早苗の方へ向かって走ってくる。早苗の隣を駆け抜けた瞬間、少年のはいていたスリッパが脱げる。それを拾ってあげる早苗。少年が取りに戻ってくる。

少年「ありがとう！」

頭を撫でて微笑む早苗。笑顔で走り去る少年。早苗は目で追いかける。

○後藤家・外観（夕方）

家の前に、ところどころ凹みのある車（事故車）。まだ乗れるようだ。

○同・居間

静かで薄暗い家の中、居間、台所。物音1つしない。居間でひとり座っている敬子。ぼーっと外を見ている。

○早苗と美里の病室（夜）

蛍光灯に照らされるヤマユリ。病室で夕食を食べる早苗と美里。美里はカーテンは閉めておらず、ボーっとしながらもゆっくりと夕食を食べている。早苗もあまり元気もなく食べている様子。ときおり美里のほうを見るが、美里は虚ろである。視線を戻し夕食を食べる早苗。2人の間に会話はない。そこへ女性の看護士が入ってくる。

看護士「後藤早苗さん？」
早苗「はい？」
顔を上げる早苗。
看護士「えっと、お腹のことなんだけど…」
早苗「え？　…あーはい、もう大丈夫です。痛くないです」
看護士「そうじゃなくて…」
何かを言おうと躊躇している看護士。それを察した早苗。
早苗「あー…はい、知ってます。大丈夫です」
笑顔を作る早苗。
看護士「そう、ならいいんだけど。お大事にね」
病室を出て行く看護士。病室の中の2人、早苗の箸が止まる。箸とおわんを置く早苗。ふーっと息を吐く。早苗が1人しゃべり出す。
早苗「……私、妊娠してるんです」
箸が止まる美里。驚いて、早苗を見つめる。
早苗「元カレの子。美里さんが来る丁度1週間前にわかって…。彼に打ち明けたら、堕ろせ、って。じゃないと別れる、って…」
話に聞き入る美里。
早苗「そんなこと言われてホントにショックで。子供をどうしようとか、全然考えられなかった。ずっとそのままで……。だから川原で食中毒になってお腹痛くなったとき、私、子供が産まれちゃうんじゃないか、って思ったんですよ。もう焦っちゃって」
恥ずかしそうな笑みを浮かべる早苗。
早苗「2人がウチに来た晩、お兄ちゃんには話したんです。妊娠のこと。だからいろいろ気遣ってくれて。お兄ちゃんが、川原で私のこと助けに来てくれたのも…」
瞳が潤む早苗。
早苗「というか、そもそもお兄ちゃん、美里さんのことしか見てなかったんです。私のこと重荷みたいに。すっごい怒ってたんです。何やってんだよ！　って。頭にきたんで、置いてけ！　って言ったらホントに置いてった（笑）……でもね美里さん、」
美里の方へ目を向ける早苗。
早苗「変な話、私そのときに、この子産もうって思ったんです。お兄ちゃんが、私の手を離したその瞬間に」
自分の右の手のひらを見つめ、お腹にあてる早苗。
早苗「私にはこの子しかいないから…。お兄ちゃんは…美里さんが大好きなんです」
と、ドアが開き、敬子が見舞いにやってくる。2人の間の

　空気を気遣う敬子、ドアをそっと閉め、2人から少し距離を置いて立っている。美里がひとりしゃべりだす。

美里「…違うよ」

早苗「え?」

美里「違うの、真司にとって私は1番じゃないの…。だってあんなに苦しいとき、真司は私を置いていったの！　私を1人にしたの…私は、私のことだけ見ててくれる人と一緒になりたかったの。私がつらいときは私のことずっと見ててくれるの、他に何があろうと誰がいようと！　……だってこの先ずっとなんだから…ずっと一緒で……結婚ってそういうことでしょ?」

　目を潤ませて厳しい目で早苗を見つめる美里。

美里「……違う?」

　なおも見つめあう2人。早苗は応えられずにいる。美里は敬子の方へ視線を送る。

美里「(弱弱しく)……違うんですか?」

　見つめあう美里と敬子。何も応えられない敬子。美里はゆっくりと視線を落とす。3人の中に重い空気が流れる……。

　と、「ガシャン!」美里の食べかけの茶碗が床に落ち、味噌汁が流れ出す。同時に泣き出す美里。

美里「……ごめんなさい…違うんです…そういうことじゃないんです…わかってはいるんだけど…」

　ベッドから降りる美里。と、こぼれた味噌汁をそのまま布団のシーツで拭いてしまう。途中で自ら手を止める美里。

美里「ホントごめんなさい…だって、私どうしたらいいかわかんなくて。あんなことになっちゃって――」

　顔を手でふさいでむせび泣く美里。敬子は美里に歩み寄り、肩を抱きよせる。敬子の胸で泣き続ける美里。早苗も泣いている。やさしく美里の背中を叩きながら、なだめる敬子。敬子の胸の中で次第に呼吸を整え、落ち着いてくる美里。早苗は涙を拭い、ベッドから立ち上がる。

敬子「早苗?」

早苗「うん、ちょっと、トイレ行ってくる」

　病室を出て行く早苗。病室に2人きりになった敬子と美里。美里は顔を敬子の胸にうずめたまま。敬子が話し出す。

敬子「真司のこと、大目に見てやってくれないかな…?　あの子も、いろいろ混乱してたと思うから」

　顔をぱっと上げる美里。

美里「大目にだなってそんな…私が、私が悪かったんですから…真司こそ私のこと――」

敬子「(首を横に振って)うぅん、あの子も相当気にしてて。美里、オレのこと嫌いになっちゃったかもー、って。まったく(笑)」

美里「…そんな…そうなんですか」

　安心した美里、涙が出てくる。

　トイレで顔を洗う早苗。鏡で自分の顔をぼーっと見つめている。

　病室の敬子と美里。美里は落ち着いた様子。

敬子「…こんなこと言うのおかしいけど……なんか今ね、恋愛したいな、って思っちゃったの。私恋したいのよ、こんな年になって(笑)」

　美里はそのまま話を聞いている。

敬子「ずっと1人でやってきたから。それはもう、意地になって――……美里ちゃん、男ってね、案外情けないものよ。私はそう思うの」

うなずく美里。
敬子「でもね、真司のこと愛してあげてね」
美里「――」
深くうなずく美里。微笑む敬子。
病室のドアの前、トイレから帰ってきた早苗が安心した表情で壁に寄りかかっている。

○市内病院・外観（翌日・朝）

○市内病院・真司の病室前

ドアの前に集まる敬子・美里・早苗。美里は敬子と早苗の目を見つめる。うなずく敬子と早苗。決心したようにうなずく美里。ドアノブに手をやる。１つ大きく息を吐いてドアを開ける。

病室の中。頭に包帯を巻いて、足をつられている真司の姿。隣では若い女性の看護士が、尿瓶を持って準備をしている。ドアを開けた美里の姿に、真司が気づく。見つめあう２人。
布団をめくり、尿瓶を入れようとする看護士。
看護士「じゃあ尿瓶入れますので。力入れずにそのままで大丈夫ですから」
それを見た美里、思わず、
美里「――わたし！　…やります…」
その声に気づいた看護士がドアの方に目をやる。美里が近づいてくる。
美里「私、やりますから」
看護士「え？」
戸惑う看護士。
美里「私やりますからーっ！」
看護士から尿瓶を取り上げた美里。真司の布団に手を入れ、尿瓶をあてようとする。涙が溢れる美里。その姿を呆然と見ている真司。尿瓶を入れた美里、ゆっくりと真司を見つめ、
美里「…ごめんね」
その言葉に、思わず泣いてしまう真司。視線を美里からそらす。
真司「……なさけねぇ…」
首を振る美里。尿瓶に手を置いたまま、顔を真司のもとに近づける。
美里「真司…」
見つめあう２人。
美里「……愛してね」
うなずく真司。２人はそのまま熱い口づけを交わす。目を瞑りながら激しくキスを交わす２人…。唇が離れる。２人は笑顔で見つめあう。
真司「…痛い」
美里「え？」
真司「…股間が、股間が痛い…」
美里「あ、ごめん！」
尿瓶を持つ手の力を緩める美里。
真司「あー…なさけねぇ（笑）」
病室の外、２人の様子を見て安心している敬子と早苗。早

苗は２人の姿をじーっと見ている。

○駅・改札前（昼間）

真司・美里・早苗の３人。荷物を持っている真司と美里。を、見送る早苗。真司は頭にガーゼを貼っている。

真司「じゃあな。また、そのうち帰ってくるよ」

早苗「ほんとに？　絶対嘘。当分見られなくなるから、今のうち目に焼付けとかなきゃ」

美里「早苗ちゃん、いろいろありがとうね。迷惑かけちゃったし」

早苗「全然。結婚式の日程決まったら教えてくださいね」

美里「うん。早苗ちゃん、がんばってね」

早苗「うん。美里さんも」

笑顔で見つめあう２人。

真司「じゃあ、もう電車来るから」

改札へ向かう真司と美里。見送る早苗。

早苗「じゃあねー！　お兄ちゃんかっこよかったよ！」

額のガーゼと引きずる足を指差す真司。笑顔でうなずく早苗。電車に乗る２人。手を振る早苗。電車が去る。寂しそうな表情の早苗。

真司「これがか？」

○後藤家・居間

ひとり居間に座って、ぼーっとテレビを見ている早苗。ふと窓の外を見ると、雨が降っている。居間の奥では、台所で料理をしている敬子の姿。その後姿に目をやる早苗。ぼーっと見ている。立ち上がって敬子の元へ歩き出す早苗。敬子は冷蔵庫の中から何かを探している。

早苗「おかあさん」

振り返る敬子。

敬子「なに？」

何かを言おうとする早苗。

早苗「……ううん…なんでもない」

敬子「…そう。ねぇ、悪いけど買い物頼んでいい？」

早苗「うん」

○同・外観

家の前から早苗の運転する車が走り出す。カーステレオからポップでやさしい音楽が流れる。

家の中では敬子が１人、外の雨を悲しそうに見ている。

○車内

雨の中、車を運転する早苗。やさしい音楽に耳を傾け、やさしい表情になる。

○スーパー駐車場

広大な駐車場の片隅に、早苗の車が駐車する。まわりには１台の車も無い。

○同・車内

音楽をずっと聞いている早苗。と、エンジンを切る。音楽が止まり、エンジン音が止まり、車を打つ雨の音に囲まれる。早苗はハンドルから手をおろし、自分のお腹にあてる。目を瞑り、１人車内で雨音に包まれる早苗。

○同

広大な駐車場の片隅、1台の早苗の車。

「ビーーーーーーーーーーーーーーーーーー…」

一瞬雨音を打ち消すように鳴り響いた、早苗の車からの長いクラクション。その音も打ち続ける雨の音に、吸い込まれていった。

〈終〉

受賞者紹介

金井　純一

かない・じゅんいち　1983年、埼玉県生まれ。2007年伊参スタジオ映画祭でシナリオ大賞を受賞。2011年「ペダルの行方」、2012年「転校生」を監督し、国内外の映画祭で受賞。2013年「ゆるせない、逢いたい」で劇場長編映画デビュー。2014年「さよならケーキとふしぎなランプ」、2016年「ちょき」が公開。現在、映画だけでなくドラマ・CMも監督している。

「求愛」を書いたその頃は、映画界は原作ものばかりで少し嫌気が差していたので、オリジナルだからこそ描ける映画を目指しました。愛する婚約者か、大切な妹か、助けるならどっちだろうと思ったのがきっかけです（婚約者も妹もいませんでしたが）。

撮影時は、10日間毎日雨が降りました。ラストシーンは雨が必須だったので、降ってほしいとは思っていましたが、何も毎日降らなくても…と、空を睨んでいました。映画祭スタッフや地元中之条の方々、キャスト、たくさんの力が集結して、映画は完成しました。この映画「求愛」がきっかけとなり、今も映画業界で頑張れています。初心に帰るために、この映画の撮影を思い出します。ロケハンが楽しくて仕方なかったこと、合宿したこと。自分の映画人生において、本当に大切な作品です。

映画情報

（2008／HDV／77分）

スタッフ

監督・脚本：金井　純一
プロデューサー：海沼　智也
撮　　影：清村　俊幸
照　　明：須賀　裕樹
録　　音：宗　普瑞
技　　術：富澤　信義
メ イ ク：吉田　美幸（B★side）
衣　　装：田中　裕子
助 監 督：岡下　慶仁
　　　　　岡　克成
撮影助手：下江　一正
照明助手：青木　雅美
　　　　　須崎　碧
録音助手：小澤　和哉
制作担当：高橋　秀綱
　　　　　遠藤　大介

制作進行：小川　拡樹
　　　　　柴田　友洋
　　　　　小林　総美
音　　楽：井口　拓磨

キャスト

斉藤陽一郎（後藤真司）
深澤　しほ（後藤早苗）
瑠川あつこ（愛沢美咲）
朝加真由美（後藤敬子）

シナリオ大賞２００７　短編の部

「金糸雀（かなりや）は唄を忘れた」

赤羽　健太郎

登場人物

嫩（ふたば）（25）フリーター
鴇田（ときた）（85）老人
オバちゃん
小学生の兄妹
旅館の女将
露天商

○走る電車・中

中折れ帽にスーツ、杖を持った紳士的な身なりの老人・鴇田（85）が座っている。その隣には、いまどきのストリートファッションに身を包んだ若い女性、嫩（25）が。髪は短め。鴇田は正面を向き、しかし寝ているのか起きているのかわからない。嫩は携帯電話で音楽を聴いている。ふたりの様子をカメラは様々な角度から映し出す。嫩、音楽が終わったのか、イヤホンをはずし、携帯を膝の上に乗せた鞄に仕舞おうとする。その手を、横から伸びた手がそっと抑える。鴇田の手だ。鴇田を見る嫩。嫩、携帯を示して、「これ？」と目で訊く。鴇田、目で「うん」と頷く。

鴇田と嫩、イヤホンをそれぞれ片方ずつの耳にはめて、ふたりでひとつの音楽を聴いている。嫩、その手を鴇田の腕に絡めて。鴇田は寝ているのか起きているのかわからない。

○走る電車・主観

山の中の風景。トンネルに入る。

○黒のＰＣ画面に白く打ち出されていく文字

「いっしょにしんでくれるひとをさがしています。年れい性別、問いません。」「私でよければお付き合いしますよ。こちらのメールアドレスに連絡下さい→futaba812@***.ne.jp　ちなみに当方、25歳・女です。」

○走る電車・主観

トンネルを抜ける。

○メインタイトル『金糸雀は唄を忘れた』

○田舎の駅・ホーム

——に到着する電車。まばらな乗客と共に、鴇田と嫩が降り立つ。鴇田、嫩に介助されながらゆっくりと。近くにいたオバちゃんが声を掛ける。

オバちゃん「大丈夫？」
嫩「あ、はい大丈夫です、すみません」

ホームを改札に向って歩く嫩と鴇田。空が抜けるように青い。

嫩「お天気良くてよかったね」

○同・駅前
駅舎から出てくる鴇田と嫩。駅前にはバスが何台か停まっている。

嫩「温泉行きってあれでいいのかな。ちょっと訊いてくるね」

と、鴇田を残してバスのほうに行きかけて振り向き、
嫩「休んでれば？　駅の中にベンチあるよ」

何か言いたげに嫩を見る鴇田。が、嫩は気付かず、1台のバスに近づき、運転席のドライバーに話しかける。

嫩「すみません。これって……」

ドライバーと話す嫩をじっと見ている鴇田。1台の車が駅前に滑り込んでくる。ふと、そちらを見る鴇田。鴇田の足が、ゆっくりと前に出て――。

ドライバーと話している嫩。

嫩「わかりました。ありがとうございま……」

と、後方で突然大きなブレーキ音。驚いて振り向く嫩。地面に落ちている杖。車の前で尻餅をついている鴇田。

嫩「（表情が歪む）！」

周囲に人が集まり始める。人々、口々に「なになに？」「大丈夫⁉」嫩が慌てて鴇田に駆け寄る。

嫩「大丈夫です、大丈夫ですからこの人！」

周囲の怪訝な視線を背に受けつつ、急いで鴇田を助け起こし、連れ去る。

○道中（夕方）
家もまばらで畑や空き地が目立つ郊外の風景。夕日がまぶしい。鴇田に寄り添って歩く嫩。ふたりに並んで歩く下校途中の小学生の兄妹。
兄「滝行くの？」
嫩「うん。行ったことある？」
兄「えっとね、2年生の時遠足で行った」
嫩「え、けっこう高い？」
兄「高いですよ、落ちたら死にますよ」
嫩「死んじゃうんだ、怖いなあ（笑）」
十字路に差し掛かる嫩たちと兄妹。
兄「ここ真っ直ぐ行けば右側に旅館あるから」
嫩「うん、ありがとね」
兄「じゃ」
嫩「じゃあね」
妹「ばいばい」
嫩「ばいばい」
手を振って別れ、各々別の道を行く。鴇田は兄妹のほうを見もせず、無言。
嫩「足痛くない？」
鴇田「（頷く）」
嫩「結局歩きになっちゃったね、ごめんね。……でも、ま、いっか。あの子たちに会えたし」
間。
嫩「……さっきは、1人で死のうとしたの？」
鴇田「……」
嫩、鴇田の顔を覗きこみ、
嫩「私が鴇田さんを置いてくって思っちゃった？」

無言の鴇田。

○高台（夕方）

沈みゆく夕日が望める。歩いてきた鴇田と嫩、歩を止めて夕日に見入る。

嫩「きれいだね」

鴇田、夕日に向かってゆっくり敬礼のポーズを取る。

嫩「（見咎め）――」

鴇田、口の中で何やらモゴモゴ言う。微かに「ばん……ざい」と聞き取れた。嫩、敬礼していた鴇田の手を掴んで降ろさせる。

嫩「私の前でそういうことしてほしくないな」

嫩を見る鴇田。嫩も哀しげな目で鴇田を見返す。

○旅館・外観（夕方）

温泉街の一角に、小ぢんまりとした落ち着いた雰囲気の旅館がある。

○同・廊下（夕方）

女将に案内されながら狭い廊下を歩く鴇田と嫩。いくつかの置物、動物の剥製、壁に掛けられた絵画。

女将「今日は暑かったでしょう」

嫩「あー、そうですね、でも、思ったほどじゃないかも」

女将「東京からですか?」

嫩「はい」

女将「じゃあこっちの方がいくぶんかは涼しいかもしれませんね」

嫩「あー、そうですね」

女将「あ、段差ありますからお気を付けになってくださいね」

と、足元を示す。鴇田を支えて慎重に段差を降りる嫩。

○同・客室（夕方）

部屋に落ち着いた鴇田と嫩。脇で女将がお茶を淹れている。

窓の障子戸を開ける嫩。山間の風景。雨が降っている。

嫩「あー、夕立来た」

女将「（窓外を覗き込み）あー、本当。早く来られてよかったですね」

嫩、雨を見ながら思い出したように、

嫩「あの、賓（まろうど）の滝ってこっからどれくらいですかね」

女将「あー、あそこは、バスでだいたい20分くらいですね。ここから少し先に行ったバス停から、滝に行くバスが出てますから。あ、あとで地図と時刻表お持ちしますね」

嫩「ありがとうございます。今の時期ってけっこう人多いですかね」

女将「滝に行く方ですか?　ええとね、普通はあんまり多くないんですけど、今の時期は」

嫩「（少しわざとらしく）あ、でも最近飛込みとかあったから……」

女将「あ、ご存知ですか?　そうそう。最近は変なことで有名になっちゃってね。多いんですよね、飛び込まれる方が」

嫩「（鴇田を見て）なんだって」

無反応の鴇田。

女将「……可哀想ですよね、ああいう方たちも」

鴇田「……」

○**同・同（夜）**

嫩と鴇田が布団を並べて寝ている。鴇田、嫩を一瞥するとごそごそと動いて嫩に近づく。気付く嫩。鴇田、嫩の腕を取り、強く見つめる。

嫩「……ここ旅館だよ？」

鴇田、駄々をこねるように手を嫩の腕から胸に持っていく。嫩、しょうがないなあ、という風に溜息をついて、

嫩「……じゃ、私そっち行くから」

いったん鴇田の腕を退け、布団を出て鴇田の布団にもぐりこむ。迎え入れる鴇田。頭から布団を被ったふたり。布団がもぞもぞ動く。

雨が止んだ後の森。木の葉から滴る雨水。その直下に百合の花。滴が花弁に当たるたびに花が大きくお辞儀をする。

もぞもぞ動き続ける布団。嫩の悲鳴にも似た小さな声。

何度も何度も滴に叩かれて、次第に前のめりになっていく百合。

○**河川敷**

河に落ち、車体半分だけ水面に顔を出した自転車。土手の道から、それを眺めている鴇田と嫩。

○**公園**

ベンチに腰を下ろしている鴇田と嫩。祭りがあるらしく、浴衣や半被姿の人々が道を行き交っているのが見える。

嫩「……浴衣、持ってくればよかったな」

爪を噛んでいる鴇田。嫩、それを見て、

嫩「あ、爪けっこう伸びちゃってるね」

鞄から爪切りを取り出す。

嫩「手出して」

精一杯怪訝そうな顔をしてみせる鴇田。

嫩「（爪切りを示し）あこれ？　工場でバイトしてた時、爪伸びたらやばいからいつも持ち歩いてたの」

素直に手を出す鴇田。嫩、その爪を切ってやる。ひとつひとつ、丁寧に、淡々と切る。

嫩「ゆうべ、よかったよ。人間歳じゃないね」

と笑ってみせる。鴇田は無言。祭囃子が聞こえて来る。

○**神社・境内（夕方）**

様々な露店が立ち並び、人々で賑わう縁日の風景。その中を寄り添って歩く鴇田と嫩。嬉しそうな嫩。

嫩「浴衣着たいなあ」

鴇田「……」

射的をする嫩。が、まったく当らない。

嫩「あれぇー、なんでぇー」

と、突っ立って見ていた鴇田が、横から嫩の射的銃を掴んで奪い取る。

嫩「（驚き）え、鴇田さんやるの」

銃を構える鴇田——なかなか「さま」になっている。1発、2発。正確に標的に当てる。

嫩「……なんで？」

周囲で見ていた人々は拍手喝さい。

露天商「おじいちゃん、すごいねえ。どこで習ったの」

鴇田、無表情のままもう1発。やはり正確に標的に当てる。

嫩「（複雑）――」

人ごみの中を歩く鴇田と嫩。鴇田が射的で当てたお菓子をつまんでいる嫩。食べないの？　と鴇田にも差し出すが、鴇田は無視。嫩も食べるのをやめ、しばし無言で歩く。突然、大音響。ライブステージで演奏が始まる。女性シンガーが歌う。嫩、思わず立ち止まって聴く。一瞬の間。隣を見ると、鴇田がいない。

嫩「鴇田さん？」

周囲を見回すが、見当たらない。嫩、駆け出す。地面に落ちるお菓子。

嫩「鴇田さん！」

高まる女性シンガーの声。人並みを掻き分け、しゃにむに鴇田を探す嫩。

嫩「鴇田さん！　鴇田さん！　鴇田さん！」

○橋の上（夜）

――に散らばる容器やら割り箸やら。祭りの残骸。周囲には誰もいない。河の流れる音だけが聞こえている。欄干の前で鞄から取り出した携帯を握り、見つめている嫩。

嫩「なんのために持ってるんだろ」

嫩、欄干からいったん離れ、勢いをつけて走りこみながら携帯を思い切り河に投げ捨てようとする。――と、突然、着信音。ハッとして投げるのをやめる嫩。鳴り続ける携帯をじっと見つめる。

○田んぼ（夜）

田植えを終えた水田が並ぶ。やはり周囲に人の姿はない。ただ、空には満月が明るく輝き、蛙の声がやかましいほど響いている。畦道を歩いてくる嫩。携帯を手にしている。ゆく手に小さな祠があり、その前に鴇田が立っている。

嫩「……」

嫩、ゆっくり鴇田に近づく。

嫩「（携帯を示し）公衆電話から？」

鴇田、頷く。

嫩「お金、かかったでしょ」

鴇田、懐から財布を取り出し、田んぼの方へ行く。財布を開けて、その中身を田んぼの中へ落とす。舞い落ちる数十枚の札。

嫩「（苦笑）……世の中しょせん金よね」

嫩、携帯を握り直し、

嫩「こんなものがあるからまた会えるって思っちゃう。そう思ったら死にづらいね」

と、携帯を思い切り田んぼの方へ投げる。月をバックに弧を描いて田んぼの中に落ちる携帯。鴇田、その間に祠の裏から何やら折り畳まれた着物のようなものを持ってくる。振り返り、気付く嫩。鴇田、何も言わず手にしたものを嫩に差し出す。嫩、それを受け取り、広げてみる。やや古びているが、白地に花柄の艶やかな浴衣。しばし見とれる嫩。

嫩「……後の祭りだけど、ありがとう」

と、田んぼの方を向き、浴衣を脇に置いて、服のボタンに手をかける。

嫩「（鴇田を振り返り）見てもいいよ。最後のご奉仕だから。（空を見上げ）お月さんも蛙さんもね！」

と、服を脱ぎ始める。1枚、また1枚とゆっくり脱ぎ捨てていく。白い肌が露になっていく。その姿が水田に映る。闇に包まれた田園風景。その中に浮かび上がる嫩の白い身体。響き続ける蛙の声。見守る月と鴇田。

○山道（早朝）

朝焼けの光が周囲の山々を包み始めている。鴇田を支えながら歩いていく浴衣姿の嫩。鴇田の膝が突然ガクンと落ちる。

嫩「大丈夫!?」

立ち上がれない鴇田。

嫩「疲れちゃった？　おんぶしていこうか？」

鴇田、手を振ってそれを拒否する。

嫩「じゃ、少し休む？」

鴇田、頷く。嫩、鴇田の隣に座る。鴇田を見る。目を細めてじっと朝日を見つめている鴇田。その手がゆっくりと上がるが、嫩の方を見てすぐに下ろす。

嫩「……いいよ、最後だから」

だが鴇田は、黙って再び朝日を向く。

嫩「……ねえ、鴇田さん。自分がお母さんのお腹にいた時のこと、憶えてる？　私、憶えてるんだ、自分が、お母さんのお腹の、羊水の中にいた頃。あれってさ、自分のおしっことかも混じってるんだよね？　そん中にずっと浮いてたのかと思うと吐き気がする。私は早く羊水から出たかった。あれ、衝撃から赤ちゃんを守るって言うけど、自分のおしっこに守られてるって、どうよ？　って思って。そんな汚い場所より、私は早く外に出たかった。憶えてるんだよ、なぜか。鴇田さんは、憶えていない？もう80年以上前のことだと思うけど」

鴇田「――」

○同・滝の近く（早朝）

歩き続けるふたり。轟々と響く滝の力強い音がすぐそこまで近付いてきている。

嫩「もうすぐだからね」

嫩、ふと立ち止まり、

嫩「あ。なんかさ、肝心なことに気付いたんだけど。今更言うなって感じだけど、遺書どうする？　（笑）書く？」

嫩を見、しかし表情を変えない鴇田。しばらく鴇田の表情を観察する嫩。で、

嫩「ま、いっか。いいよね。いこ」

再び鴇田を介助して歩き出す。が、鴇田、動かない。突然、渾身の力で嫩を突き飛ばす。地面に倒れる嫩。沈黙。

嫩「（それでも、無理に笑って）……どうしたの？」

起き上がって再び鴇田に近づく。鴇田、嫩を突き飛ばす。嫩、地面に倒れる。嫩、やはり無理して笑いながら起き上がり、鴇田に近づく。鴇田、突き飛ばそうとするが嫩、抵抗し、その袖を掴もうとする。もみ合い、結局突き飛ばされてしまう鴇田。

嫩「……まだそんな力残ってたんだ」

半泣き、半笑いで鴇田に掴みかかる嫩。嫩を振り払い、突き飛ばし、倒れたところを更に突き飛ばす鴇田。泥にまみ

れた嫩の浴衣と、もはやくしゃくしゃに歪み、崩れたその顔。

嫩「……なんで……」
地面にうずくまって嗚咽する嫩。轟々と響き続ける滝の音。

鴇田「……いきなさい」
と、手で追い払う仕草。長い時間が過ぎる。

嫩「……わかった。ここからはひとりでいくね」
ゆっくりと立ち上がる嫩。鴇田を残して踵を返し、もと来た道を帰っていく。その後ろ姿を見送る鴇田。

嫩、もはや鴇田が見えないところまで来た。立ち止まる。微かに歌声が聞こえる。来た方を振り向く嫩。途切れ途切れに聞こえる鴇田の歌声。少々頼りない音程。

鴇田の声「うみ……ゆ……かば……みづ……くかば……ね」
立ち尽くし、放心したように聴いている嫩の横顔。

〈終〉

受賞者紹介

赤羽　健太郎

あかはね・けんたろう　1977年、長野県松本市生まれ。東洋大学社会学部卒業後、シナリオ・センターにて脚本を学ぶ。以後、会社員として働きながら創作を続け、主に脚本家・自主映画監督として活動。2020年現在は監督活動を休止し、フリーランスとして映像制作に関わるかたわら、脚本の執筆活動を継続中。

あれは確か締め切りの前日である。脚本はまだ仕上がっていなかった。遺書のつもりで書き始めた作品だったが、ラストがなかなか決まらず行き詰まっていた。

そんな状況にも関わらず、僕は舞台を観に出かけた。好きな女優さんが出ていたからだ。終演後、駅で帰りの電車を待っていると、その女優さんにばったり会った。少しだけお話しできた。僕は浮かれた。「生きてるとたまにはいいこともあるもんだ」と思った。昨日まで「生きていてもいいことなんてあるはずがない」と思っていたのに。

浮かれた気分のまま帰宅し、応募作品『金糸雀（かなりや）は唄を忘れた』を一気に仕上げた。単純である。ばかである。だがそのおかげで今日まで生きながらえ、このような駄文を書く羽目になっている。

単純でばかなことで、人は生きていけるのだ。

映画情報

（2008／HD／38分）

スタッフ

監督・脚本：赤羽健太郎
プロデューサー：牛尾　倫之
撮影監督：古屋　幸一
助　監　督：福井　琢也
　　　　　北田弥恵子
監督助手：國谷　陽介

撮影助手：佐藤　遊
照　明：山口　峰寛
　　　川上　聖子
録　音：宋　晋瑞
ヘアメイク：入倉　純子（Ｂ★ｓｉｄｅ）
衣装担当：栗原　伸子（Ｂ★ｓｉｄｅ）
スチール：藤　啓介
音　楽：海沼　武史
　　　床　絵美
劇中アニメーション制作
　：ニブンノイチケイカク

キャスト

倉林　絵理（嫩）
近澤　可也（鴇田）
山田香弥子（旅館の女将）
谷津　郁騎（兄妹・兄）
長谷川みのり（兄妹・妹）
床　絵美（ウポポを唄う女性）

シナリオ大賞２００８　中編の部

「ヤング通りの住人たち」

石田　摩耶子

登場人物

森影月乃（24）「ヤング」美容師
羽衣牡丹（30）実家に帰ってきた入れ墨の女
若林紀実（68）魔女と呼ばれているお婆さん
柚木圭太（15）中学生
柚木藍子（52）圭太の母・デザイナー
柚木夢香（30）圭太の姉・牡丹の同級生
柚木舞亜（25）圭太の姉

○ヤング通り全景（早朝）

車も走っていない、長い一本道。道路沿いに、水色の一軒家がポツンと建っている。道路を挟んで、反対側には、畑や田んぼが広がっている。

○美容室「ヤング」・前（朝）

こじんまりとした水色の平屋の建物。店内が見える大きな窓には、カーテンが閉まっている。入り口から、物悲しい表情の森影月乃（24）が、出てくる。空を見上げ、目を閉じて、深呼吸をする月乃。店前には、「ヤング通り前」のバス停がある。

○タイトル『ヤング通りの住人たち』

○美容室「ヤング」・店内（朝）

カーテンを開ける月乃。朝日が入り、店内は、明るくなる。店の奥には、シャンプー台。雑誌の置かれたテーブルとソファー。アンティーク調のスタイリング椅子2脚。その椅子の前には、鏡はあるが、布で覆われている。布で覆われている鏡に向かって話す月乃。

月乃「ねぇ、いつ、帰ってくるの？『3時に着くから迎えに来て』って、言ったのは、あなたじゃない…」

『美容室　ヤング』と書かれた看板は、入口に置かれたままになっている。

○バスの車内（朝）

車内の真ん中には、柚木圭太（15）が、座っている。天然パーマの圭太は、後頭部のくせ毛を気にして、手グシで膨らんでいる部分を直しているが、直らない。水筒の水を、手に取り、髪につける。ポケットからハンカチを取りだす圭太。蝶の柄のハンカチ。

圭太「（独り言）あっ、姉ちゃんのだ。こんなの見られたら、また…」

一番後ろの席には、金髪の羽衣牡丹（30）が、大きな鞄を抱えて、座っている。頬が赤く腫れている牡丹。

牡丹「朝寝坊かい？」

痛そうに笑う牡丹。恐る恐る後ろを振り向く圭太。

牡丹「あんた、ここらへんの子？」

後ろを振り向き、頷く圭太。

牡丹「（微笑んで）髪の毛、気にしなくたって、男前だよ」

鼻血が出てくる牡丹。圭太は席を立って、牡丹に蝶の柄のハンカチを渡す。
牡丹「何？」
圭太「鼻血ですよ。どうぞ」
牡丹「綺麗なハンカチじゃないか。いいよ」
圭太「いいんです。こんなの何枚もありますから」
席に戻る圭太。蝶の柄のハンカチを見る牡丹。
牡丹「牡丹に蝶か…」
ハンカチで鼻を押さえる牡丹。運転手・桂隼人（25）が、運転しながらアナウンスを始める。
隼人「毎度、ご乗車ありがとうございます。次は、ヤング通り前、ヤング通り前。腕に自信あり、髪型変えたら、人生変わる。美容室ヤングへお越しのお客様は、こちらが便利です」
窓の外を眺める牡丹。
牡丹「ヤング？（鼻で笑う）そんな店あった？」
窓の外を眺めながら、くせ毛をいじる圭太。
牡丹「まっ、行ってみるか…」
停車ボタンを押す牡丹。「ピンポーン」の音。後ろを振り向く圭太。
牡丹「こっちじゃ、目立っちゃうからさ」
金髪を指さしている牡丹。

○美容室「ヤング」・店内（朝）

バスが通り過ぎるのを見ている月乃。

○バス停前（朝）

バスが通り過ぎると、牡丹が、大きな荷物を置いて、立っている。

○美容室「ヤング」・店内（朝）

ソファーに座っている月乃。店内に入って、ジロジロ見る牡丹。
牡丹「へー。ダサイ名前の割に、まぁまぁね」
月乃「あのー、すいません…」
牡丹「早かった？」
月乃「いえ。じゃなくて…」
牡丹「金髪にしたら、バッシバシに傷んじゃって。それに久々に家に帰るから、ちょっとマズイっしょ」
月乃「えぇ…」
布で覆われている鏡と入口に置かれた看板を見ている牡丹。
牡丹「あれ？　何これ？　もしかして、ここやってないの？」
月乃「はい」
牡丹「ふーん。じゃあ、何で、開けてんの？」
月乃「主人が、帰ってくるのを待っていて…」
牡丹「あっそ。でも切れるんでしょ？」
月乃「すいません…出来ません」
牡丹「もう！　重たいっていうのに！」

○紀実の畑

緑あふれる畑には、かかしが立っている。キュウリやピーマン、ナスが実っている。

白髪交じりのボサボサ髪で、顔が見えない、もんぺ姿の若林紀実（68）。野菜を収穫している紀実をジーッと見ている、清水優雅（7）。ナスを収穫し、ヘタで手を切る紀実。

紀実「痛っ。あーやっちまったか」

手に、つばを吹きかける紀実。
優雅「汚っ！」
ジロッと優雅を見る紀実。
紀実「唾は、魔法の薬なんだよ」
苦笑いする優雅。

紀実が、かかしに少年の服を着せている。優雅が、紀実の様子をジーッと見ている。
優雅「これ、何？」
紀実「この子は、かかしっていう人形」
優雅「変なの」
紀実「こうやって服を着せるとね、人間になるんだよ」
ニヤッと気味悪く笑う紀実。
優雅「ギャー」
逃げて行く優雅。

○中学校・全景
白塗りの木造校舎。下校する生徒達。

○同・教室内
圭太の前に同級生の片瀬（15）と沢田（15）が立っている。
圭太の髪の毛を触ったり、匂ったりしている片瀬。何も出来ずに、下を向いている圭太。
片瀬「今日もクリクリの天パーだね」
沢田「なぁ、アソコの毛も天パーなのか？」
片瀬「見せろよ」
拳を握る圭太。
片瀬「オー殴ってみろよ」
沢田「何も出来ないくせに」
片瀬「そんな事したら、お前のフリフリ母さん、悲しむぞ」
沢田「デザイナーの息子が、暴力事件ってな」
沢田が、圭太の股間を触る。
圭太「やめろよ」
先生が教室に入ってくる。
先生「何してんだ。早く帰りなさい」
片瀬「はーい。せっかく、放課後の愛を育んでいたのに」
先生「なーに、馬鹿な事を。どうせ、3人で悪だくみだろ」
逃げるように帰る圭太。

○美容室「ヤング」・店内
時計の針が、午後2時45分を指す。店を出て、鍵を閉める月乃。

○紀実の畑
かかしに微笑みながら、挨拶する月乃。
月乃「かかしさん。今日は、帰ってくるかな？」
無表情のかかしの顔。
月乃「だよね…。じゃあ」
かかしと月乃が話している姿を、野菜の影から見ている紀実。

○中之条駅前
駅前の時計の針が、3時を指している。駅から出てくる人。
人探しをしている様子の月乃。

誰もいなくなり、寂しげな表情の月乃。

○御夢想の湯・足湯

足湯でのんびり過ごしている主婦や老人達。笑顔で挨拶する月乃。

月乃「こんにちは」
女1「こんにちは。毎日、感心だねぇ」
月乃「いえ、いえ」

日向見薬師堂に向かっていく月乃。

女2「しかし、毎日、同じ時間に、何拝んでいるんだい？」
女3「商売繁盛だろ」
男1「という事は、あの店、やってんのかい？」
女1・2・3「（声を合わせて）さぁ、知らないねぇ」

みんなで笑う。

○バス停前

バスから降りる圭太。髪の毛をいじっている。美容室「ヤング」をじっと見て、店に行こうとするが、途中まで行くも、思い止まり、帰る圭太。

○日向見薬師堂

茅葺き屋根の薬師堂。拝む月乃。

○橋の上（夕方）

穏やかな川の流れ。寂しげな表情で、河原を見ている月乃。

月乃「あの人と、釣りをしたなぁ…」

○紀実の家・居間（夜）

夕食を食べている紀実。外から笛の音が聞こえる。

紀実「うるさいよ！」

外から、さらに大きな笛の音が聞こえる。食事をやめ、玄関に向かう紀実。

○同・玄関前（夜）

笛を吹いている優雅。ドアを開け、怒鳴る紀実。

紀実「何時だと思っているの？」
優雅「ワー出てきた、魔女だ、魔女」
紀実「魔女？　何だっていいけどね、夜に笛を吹いたら蛇が出るわよ！」
優雅「嘘つけ、蛇なんて出るわけない。魔女が蛇をだすんだろ。あのかかしだって悪魔だろ」

手に持った棒と笛を十字架のように紀実に向ける優雅。

紀実「悪魔じゃないわよ！　あの子は、あの子は…」

○圭太の家・前（夜）

洋館風な大きな家の前には、外車が停まっている。

○同・リビング（夜）

ロリータファッションの圭太の母・柚木藍子（52）と圭太の姉、柚木夢香（30）と柚木舞亜（25）が圭太の前に並んで立っている。

藍子「ママ達と一緒に行きましょう。新しいブランドのパーティよ」
圭太「よく分かんないし、行かないってば」

藍子「圭ちゃん、男はね、オシャレも勉強しないと」
夢香「そうよ。坊主で、ダサくて、お金も、教養もなくて、挙句の果てに、他の女と駆け落ち、そんな最低男になってしまうわよ」
舞亜「それ、お父さん？　それともお姉ちゃんの？　私の元彼？」
藍子・夢香「みんなよ」
夢香「とにかく、坊主の野性味あふれる男みたいにはならないで」
藍子「圭ちゃんは、私に似て本当に良かった」
圭太「はい、はい。遅れるよ。行ってらっしゃい」
　藍子・夢香・舞亜が出て行く。
圭太「じゃあ、なんで、好きになったんだよ」

○公園（翌日）

　ゲートボールをしている老人達。

○美容室「ヤング」・店内

　誰もいない店内。午後2時45分の時計を見る月乃。布で覆われている鏡に向かって話す月乃。
月乃「ねぇ、もう、いつまで待っていいか分からないよ」

○紀実の畑

　かかしが、ボロボロになって倒れている。
月乃「やだー。どうしたの？」
　どうするか迷う月乃。時計を見る月乃。
月乃「ごめん。また来るからね」

○ヤング通り全景

　どんよりとした雲が広がって暗い。

○紀実の畑

　倒れているかかしに呆然とする紀実。かかしの足元には、優雅が持っていた棒が落ちている。ジーパンにタンクトップ姿で、歩いてくる牡丹。
牡丹「何、これ」
紀実「…」
牡丹「全く、ひどいことするヤツがいるもんだね」
紀実「カラスだよ」
牡丹「またーカラスがここまでするわけ…」
　紀実が帰っていく。
牡丹「あっそ、何さ、あのバアさん」
　ボロボロになった、かかしを見ている牡丹。
牡丹「あんたも私と一緒だね」

○日向見薬師堂

　拝む月乃。

○川沿いの道

　牡丹の肩には、ボタンの花の入れ墨が入っている。牡丹の横を圭太の家の外車が通り過ぎる。

○外車の車内

　牡丹を見つける藍子。
藍子「見ちゃだめよー。あー怖い。せっかく良い気分で帰ってきたのに…」

夢香が後ろを振り向き、牡丹に気づく。

夢香「牡丹…」

○川沿いの道

口笛を吹きながらダラダラと歩いている牡丹。車が止まり、車内から夢香が出てくる。夢香の姿に驚く牡丹。

夢香「牡丹！」

牡丹「あんた、誰？」

夢香「夢よ」

牡丹「あーはい。はい。久しぶり。どうしたの、その格好(笑う)」

○橋の上

月乃が、牡丹と夢香を見ている。

○川沿いの道

牡丹と夢香が向き合っている。

夢香「そんなもん見せて歩かないでよ」

牡丹「これね、あの男への愛の証よ。まだ恨んでるの？」

夢香「環境破壊よ。あんたなんて死ねばいいのに…」

車内に戻る夢香。車が走っていく。車に向かって、吠える牡丹。

牡丹「私は生きるわよ！（小声で）死にたくなかったから、戻ってきたのよ。あんたなら今頃、死んでたわ。あーあ、あんたに謝りたかったのに…」

○中学校・グラウンド

どんよりとした雲を見上げる圭太。髪の毛を抑える圭太。

圭太の後ろから片瀬と沢田がやってきて、圭太の肩を組む。

片瀬「おい、おい、髪の毛見せろや」

圭太が手を離すと、くせ毛が広がってボリュームが増えて、大きくなっている髪。

沢田「すんげーなぁ」

割り箸をさす沢田。

沢田「綿菓子の出来上がりー」

花をさす片瀬。

片瀬「お花もさして、おー美味しそうじゃん」

圭太「いい加減にしろよ」

沢田「お前んとこのフリフリの服にぴったりじゃねぇの」

圭太「ウルセー。このホモ野郎！」

○美容室「ヤング」・店内（夜）

テーブルの上に髪の毛の長さがバラバラな、マネキンの頭を置く月乃。ワゴンには、はさみやブラシ、ドライヤーや美容グッズが丁寧に置かれている。顔の頬を2回叩き、意を決して、はさみを持つ月乃。マネキンの髪を切りだす月乃。

○空（翌日・朝）

青空が広がっている。

○紀実の畑（朝）

紀実が、かかしを見ている。マネキンの頭がついた、かかしが立っている。

紀実「女の子になっちまった…」

○バスの車内（朝）

運転手の隼人が、ミラーを見て、微笑む。車内の真ん中には、圭太が座っていて鞄の中から、弁当の袋を取り出す。吊革にぶら下がりながら、圭太の横に立っている牡丹。弁当を見つめ、溜息をつく圭太。

牡丹「デカッ、何その弁当？」

お弁当の蓋を開けると彩豊かな、豪華30品目入ったおかず。

圭太「男は、バランス良く食べ、一流の味を知らなくてはいけないもんだって、うちの家族の男の理想像です」

牡丹「へー」

お弁当をつまむ牡丹。

牡丹「うん。ウマっ」

圭太「うちの母や姉は、男運がなかったらしく、何かにつけて、僕に理想像を押し付けるんです」

牡丹「あんたも大変だね」

圭太に紙袋を渡す牡丹。

牡丹「交換する？」

圭太「でも…」

牡丹「こっちは、あたいが食べるからさ」

隼人が、運転しながらアナウンスを始める。

隼人「毎度、ご乗車ありがとうございます。次は、ヤング通り前、ヤング通り前。センス抜群、髪型変えたら、人生変わる。美容室ヤングへお越しのお客様は、こちらが便利です」

窓の外を眺める牡丹と圭太。

圭太「髪型で人生なんて、変わるもんなのでしょうか？」

圭太の髪を触る牡丹。

○美容室「ヤング」・店内

段ボール箱を抱えた紀実が、店内に入る。

紀実「あのねぇ、あんたかい？」

月乃「えっ？」

紀実「うちの畑のかかし」

月乃「すいません。勝手な事して、でも可哀そうで」

紀実「ありがとよ。あんたいつも声掛けてくれてさ」

月乃「あのー…。聞いて…（言葉に詰まる）」

紀実「聞き耳は立ててないがね。まぁ、色々あるんだろ」

月乃「…」

紀実「この年だ。私も色々ある。そこらへんは、分かってるんだ。まぁ、これでも食べて」

段ボール箱には、野菜がたくさん入っている。

月乃「ありがとうございます」

紀実「ついでにさ、切ってもらおうか」

月乃「あのー」

椅子に座る紀実。

紀実「近所の子に、魔女とか言われてさぁ、怖がられてんだよ」

月乃「えっとぉ…」

紀実「何だい？　この鏡は？」

布で覆われている鏡。

月乃「あのー私、出来ないんです」

紀実「ハハハ。何言ってるんだい。マネキンは出来て、私の髪は切れないなんて、変な子だね」

　鏡の布を取る紀実。鏡をまともに見れない月乃。
紀実「どうしたんだい？」
月乃「いえ、何でも」
　ハサミをじっと見ている月乃。
月乃「じゃあ、始めます」
　初めは、ゆっくり丁寧にカットしていたが、段々とリズミカルに、髪を切っていく月乃。鏡越しに紀実と目が合うも、目をそらしてしまう月乃。

　目を開け、鏡に映った自分の姿を見る紀実。
紀実「これが、私かい？」
　髪型をアップにセットし、メイクまでして優しい表情の紀実。
月乃「はい。お疲れ様でした」
紀実「上品な、おばあちゃんって感じだよ。ハハハ。ありがとよ」
　微笑む月乃。

○紀実の畑
　紀実が、かかしに女の子の服を着させている。マネキンの頭がついたかかしが立っている。
牡丹「あれ、マネキンのかかし？」
　振り向く紀実。
紀実「ヤングの子が、作ってくれたんだよ」
　紀実の顔を見て、驚く、牡丹。
牡丹「あれー、昨日の、おバア？」
紀実「そうだけど」
牡丹「全然違う、なんつーか、昨日は、愛想が悪くて、小汚いバアって思ったけど…」
紀実「オイオイ。どこまで言うんだよ（笑う）」
牡丹「なんか、可愛いくて、優しい、おばあちゃんって感じで」
紀実「髪型ひとつで変わるんもんだね」
牡丹「どこの店？」
紀実「そこのヤングさ」
牡丹「ヤングの旦那に？」
紀実「いいや、あの女の子だよ」
牡丹「えー。あの子、出来ないって…」
紀実「へ？　そうだったのかい」

○美容室「ヤング」・前
　勢いよくやってくる牡丹。ドアには鍵が閉まっている。開けようとしている牡丹。
牡丹「ちょっと！　何で、あのバアさんは切ってやって、私は切れないのよ。あんた、客を選ぶなんて、いい度胸してんじゃないの！」

○紀実の家・玄関前（夜）
　優雅と母・サツキ（28）が立っている。
紀実「あのー」
優雅「あっ、魔女じゃない」
サツキ「こら、優！　すいません。初めまして、この子がいつもお世話になっています。優雅の母の清水です」
紀実「お母さんですか。そんなお世話だなんて…」
サツキ「この子が、かかしを壊してしまったとか言うもんで、申し訳ございませんでした。しつけが至らなくて」

微笑む紀実。
紀実「正直にお母さんに言ったんだね」
優雅「ごめんなさい」
紀実「怖かったんだろ？」
サツキ「私が、１人なもんで、仕事ばかりで…」
紀実「こうやって来てくれて、ちゃんと、お母さんしてるじゃないか。嬉しいよ。その気持ち。さぁ、ここでは、なんだから、入っておくれ？」
優雅「おばあちゃん！　変身したの？」
紀実「（大笑いして）そうだよ。魔法をかけてもらったんだよ」

○同・居間（夜）
お茶を入れる紀実。優雅が棚の写真をジロジロ見ている。
少年の写真が、飾られている。
優雅「おばあちゃん、誰？」
サツキ「こら、優！」
言い辛そうにしている紀実。
紀実「…私の孫でねぇ…。畑の前で、交通事故に…」
使い古したおもちゃを見るサツキ。
紀実「捨てるに捨てられなくてねぇ…」
優雅が、おもちゃで遊んでいる。
サツキ「優！」
紀実「いいんだよ」
サツキ「でも…」
紀実「あのー良かったら」
サツキ「えっ？」
紀実「ごめんなさい。いらないわねぇ…」
サツキ「…いえ。頂きます。優も喜んでますし」
紀実「ありがとう。良かった。嬉しいよ」
サツキ「これからも、あの子と遊んで頂けますでしょうか？」
紀実「えぇ、喜んで。ありがとねぇ。本当に、ありがとうね」

○美容室「ヤング」・店内（翌日）
鼻歌を歌いながら、店内を掃除する月乃。紀実が、優雅と手を繋いでやってくる。
紀実「こんにちは」
月乃「こんにちは」
紀実「昨日は、ありがとうね。おかげ様で、この子とも仲良くなれたよ」
微笑む月乃。
月乃「そうですか」
優雅「このお姉さんが、おばあちゃんに魔法をかけたの？」
紀実「そうだよ」
優雅「じゃあ、お姉ちゃんは、魔法使いなんだね」
月乃「私が？」
紀実「私が、あまりにも変わったからさ」
優雅「僕にも魔法かけて！」
紀実「優君は、お母さんに聞いてからね」
紀実と優雅の後ろに立っている帽子を被っている圭太。
圭太「あのー、人生変えてくれませんか？」
月乃「はい？」
圭太が帽子を取ると、クリクリの天然パーマの髪。
優雅「あっ、大仏様だ」
泣きそうになる圭太。

椅子に座って、真っ直ぐ鏡を見ているケープ姿の圭太。鏡をチラッと見ては、目をそらす月乃。
圭太「そんなに僕の事、見れないですか?」
月乃「違うの。ごめんなさい。考え事が…」
圭太「お願いします」
月乃「おもいきっていい?」
バリカンを持っている月乃。唾を飲む圭太。ソファーに座って、圭太の様子を見ている紀実と優雅。
圭太「はい」
月乃「今ならまだ…」
圭太「いいんです。この髪の毛のせいで、嫌な事ばかり…。それに僕は、僕ですから」
圭太の頭にバリカンを入れる月乃。目を閉じている圭太。鏡に映るバリカンを入れた圭太の頭。
月乃「フフ」
紀実「フフフ」
笑いをこらえている月乃、紀実。
優雅「ハハハハハ」
月乃「ホホホホホ」
紀実「アッハッハッハッハ」
圭太「…。ダッ、ハハハハハハ」
目を開ける圭太。
月乃「ごめん、ごめん」
鏡を見る月乃。笑っている自分の顔に気づき、鏡越しに映っている紀実と優雅の顔を見て微笑む。
月乃「さぁ、いくわよ!」

○牡丹の実家・縁側

縁側で体育座りして、ボーっと庭を眺めている牡丹。牡丹の母・里恵(56)が、邪魔そうに牡丹の後ろを歩く。
里恵「もう、邪魔! 全く、男と駆け落ちして、別れて、ノコノコ帰ってきて。さっさと仕事を見つけてきなさい」
牡丹「仕事見つける前に、謝らなきゃならない人がいるんだよ」
里恵「はい、はい。じゃ、さっさと行きなさいよ」
牡丹「すいませんね」

○美容室「ヤング」・店内

圭太のケープを取る月乃。
月乃「はい、おしまい!」
ゆっくり目を開ける圭太。坊主頭の圭太。サイドには、ラインが、入っている。鏡で自分の頭を見て、頭を触る圭太。
圭太「オオォ。ヤッタァ!」
紀実「似合っているじゃないか。頭の形もいい!」
優雅「お兄ちゃん、カッコイイ」
圭太「ありがとうございます。なんか最高にスッキリしました」
月乃「良かった」
牡丹が、勢いよくやってくる。
牡丹「今日こそは、やってもらうよ」
時計の針が、午後2時40分を指す。
月乃「すいません」
深ぶかと頭を下げる月乃。
月乃「主人を迎えに行かなくては…」
紀実と圭太と優雅が黙り込む。
牡丹「あんた、毎回じゃないか」

月乃「今日は、帰ってくるかもしれないんです」
牡丹「本当に帰ってくるんだろうね」
月乃「…」
牡丹「私は、髪型を変えなきゃ、示しがつかないんだよ。だから、待たせてもらうよ」
紀実「じゃあ、私も、留守番しとくよ」
月乃「でも…」
圭太「行ってらっしゃい」
月乃「勝手言って、すいません」
　月乃に手を振る圭太。出て行く月乃。
圭太「どうしちゃったんですかね？」
　既に椅子に座っている牡丹。
紀実「色々あるんだろ」
圭太「みんなそうやって生きていくんですね…」

○紀実の畑・前の道
　かかしに声もかけずに、真っ直ぐ歩いている月乃。月乃の横をバスが通り過ぎる。

○中之条駅前
　時計の針は、３時を指している。月乃を避けるように通り過ぎる人達。しゃがみこむ月乃。

○御夢想の湯・足湯
　足湯でのんびり過ごしている主婦や老人達。挨拶せずに通り過ぎる月乃。

○日向見薬師堂
　拝む月乃。

○橋の上（夕方）
　ウロウロしている月乃。立ち止まり、川の流れを見る月乃。
月乃「みんな置いてきてまで、私、一体、何やってんの…。もうバカじゃない。帰ってこないのは、分かってるのに…。待っていたいなんて…」
　真っ直ぐ見て、大声を出す月乃。
月乃「もー！」

○空（夕方）
　雨が降り出す。

○美容室「ヤング」・店内（夕方）
　紀実、牡丹、圭太、優雅が座って話をしている。窓の外は、雨が降り出す。
圭太「雨ですね」
紀実「傘、持っていってあげな」
　牡丹の顔を見る紀実。
牡丹「嘘ー、私が？　ここは年下が、パシリで」
圭太「じゃあ、ジャンケン」
牡丹「分かったわよ」
　ジャンケンする牡丹と圭太。牡丹が負ける。
紀実「はい、行っておいで」
牡丹「はい。はい。（ブツブツと）姉さんぶって、偉そうに…」
　傘を持って、出て行く牡丹。

圭太「優しい人ですね」
紀実「ただの、ヤクザな女って感じだけじゃないね」
圭太「ヤクザさんの女、なんですか？」
紀実「さぁね」
　微笑む紀実。

○川沿いの道路（夕方）
　濡れて、トボトボ歩いている月乃。ムスっとした顔で、月乃に傘をさしだす牡丹。
牡丹「ほれ、持ってきたよ」
　月乃が顔をあげる。
月乃「ありがとうございます。でもなんか濡れて帰りたいです」
牡丹「バーカ。もう、好きなようにしな」

○紀実の畑・前の道（夕方）
　濡れた月乃と傘をさした牡丹が、並んで歩いている。
月乃「すいません。本当は、主人は、帰ってこないんだと思います」
牡丹「そう」
月乃「バイトの女の子を研修に連れて行くって。で、１週間後の３時に駅に着くからって」
牡丹「帰る日に、帰ってこなくて、それから毎日か？」
月乃「はい、何となく分かっていましたが…。いつか帰ってくるんじゃないかと信じて、店を開けてて」
牡丹「…」
月乃「そんな状態で、ハサミが持てなくて、鏡も見れなくて…」
　傘を閉じる牡丹。
月乃「諦めきれなくて、１人だと待ってしまって…。帰ってきてほしくて」
牡丹「で、待って、旦那は帰ってくる見込みはあんの？」
　首を横にふる月乃。
牡丹「これからも生きていかなきゃならないんだ。自分自身の事を考えな」
月乃「はい」
　牡丹が月乃の肩を抱き寄せる。涙を流す月乃。
牡丹「あたい、今日は、やめとくよ」
月乃「…」
牡丹「あんたのけじめがついた日でいいからさ」
月乃「ありがとうございます」

○美容室「ヤング」・店内（夕方）
　濡れた月乃と牡丹が帰ってくる。
牡丹「ただいまー」
月乃「すいません」
紀実「どうしたんだい？　ずぶ濡れじゃないか。傘は？」
牡丹「強風で、ボロボロになってさ…」
紀実「そんなことより、早く着替えて、乾かしなさい」
月乃「すいません」
　店の奥に行く月乃。
牡丹「あたい、帰るわ。じゃ」
　顔を見合わせる紀実と圭太。

○圭太の家・玄関（夜）
　圭太がドアを開けると、藍子、夢香、舞亜が立っている。

圭太「ただいまー」
藍子「圭ちゃん、ママ、心配…」
夢香・舞亜「坊主！」
藍子「どうしたの！」
圭太「何もないよ。ただ、スッキリさせただけさ」
藍子「ボ、ボ、坊主」
圭太「大丈夫、女性を泣かすような、坊主頭の男にはならないから」
　唖然とする3人。圭太が居間に向かっていく。
藍子「やっぱり、お父さん似なのかしら…」
　3人に向かって、ピースサインをして、微笑む圭太。

○美容室「ヤング」・店内（夜）
　スタイリング椅子に座って、鏡に映る姿を見ている月乃。
　ワゴンの上のハサミを手に取り、動かしている月乃。

○日向見薬師堂前（翌朝）
　木々の葉が風に揺れる。

○美容室「ヤング」・前（夕方）
　入口には、「しばらく休みます」の張り紙。牡丹が、店を覗きこんでいる。

○中学校・校庭（翌日）
　片瀬・沢田が圭太の頭を見て、驚いている。
圭太「もう、終わりだ。俺は、今までの俺じゃない」
　片瀬と沢田の手を取り、頭の上に乗せる圭太。
片瀬・沢田「気持ちいいー」
　笑う圭太。

○美容室「ヤング」・前（夕方）
　圭太が、店を覗きこんでいる。
圭太「月乃さーん、うちの家族も友達も喜んでました。ありがとうございます」

○紀実の畑（翌日）
　優雅と紀実が、楽しそうに野菜を収穫している。

○美容室「ヤング」・前（夕方）
　紀実が、店を覗きこんでいる。
紀実「野菜置いていくよ」
　段ボールに入れた野菜を置いて行く紀実。

○同・同（翌日）
　牡丹が、店の周りをウロウロしている。
牡丹「ねぇ！　いるの？」

○同・店内
　スタイリング椅子に座って、鏡に向かっている月乃。
月乃「やっぱりここが、私の居場所。ここに残っていた理由。それは、あなたじゃないわ。私が、お客さんと、この鏡で向き合う為よ。さようなら」

○**バスの車内（翌日）**
　圭太が、バスを降りようとしている。
圭太「どうも」
隼人「なぁ、最近、ヤングの…」
圭太「ずっとお休みですね。どこか気分転換で、お出かけですかね」
隼人「いやー、バスからも見かけないぜ。まさか、ヤバい事になってんじゃ…」

○**美容室「ヤング」・前（夕方）**
　段ボールに入れた野菜が腐っている。牡丹、紀実、圭太が店を覗きこんでいる。
紀実「いるのかい？」
牡丹「もう強行突破ね。バット」
　圭太が、牡丹にバットを差し出す。牡丹が、バットを振りかざしたと同時に、入口が開く。
月乃「いらっしゃいませ」
　満面の笑顔の月乃。ホッとした顔の牡丹と紀実と圭太。
月乃「牡丹さん、長らくお待たせ致しました」
牡丹「本当だよ。全く…」
　『美容室ヤング』と書かれた看板を出す月乃。看板が輝いている。

○**同・店内（夕方）**
　牡丹にケープをかけようとする月乃の手が止まる。
牡丹「初めて見るかい？」
月乃「えぇ、ボタンの花ですね」
牡丹「あぁ、名前と一緒」
　服を脱ぎだす牡丹。背中のボタンの花の入れ墨を見せる牡丹。
月乃「綺麗。…ラブ、大樹？」
　入れ墨のボタンの花びら部分に、『ＬＯＶＥ　大樹』と書かれている。
牡丹「若気の至りさ。その男が最低男でね…。忘れたくても消えないのよ。ズーッと、このまま付きまとう」
月乃「…」
牡丹「でも、私もあんたみたいに男には、けじめをつけた。あとは、奪って傷つけた女にも謝らないと。こんな金髪じゃ、反省してないみたいだろ」
　物思いにふける月乃と紀実と圭太。
牡丹「ご静聴ありがとう、さぁ、お願い」
　リズミカルに手を動かし、踊るようにステップを踏んで、カットする月乃。
牡丹「ねぇ、すごいカットの仕方ね」
月乃「だって、楽しくて仕方がないんですもん」
　様々な種類のハサミを持ちかえ、素早くカットする月乃。鏡を見ながら、牡丹のスタイリングをしていく月乃。
　牡丹のケープを取る月乃。
月乃「さぁ、どうぞ！」
　ゆっくり目を開ける牡丹。黒髪で、巻き髪になって清楚な雰囲気になっている牡丹。
牡丹「ワッ、誰？」

圭太「牡丹さんですよ」
紀実「あら、まぁ」
　微笑む月乃。

○橋の上（夕方）

　橋の街灯が点く。牡丹と夢香が、向き合っている。
牡丹「ごめんなさい」
夢香「何なの？」
牡丹「…」
　土下座をする牡丹。
夢香「フフフ。今頃何よ」
牡丹「本当にごめんなさい」
夢香「もう私には関係ない話。あの男は、牡丹を選んだだけ。それに、ひどい目にあったんでしょ」
牡丹「…（泣く）」
夢香「せっかくのセットが台無しよ」
　涙目の牡丹が、顔を上げると夢香はいなく、大きなお弁当箱が置いてある。夢香の後ろ姿。
牡丹「夢！」
夢香「今度、笑って飲もう」
牡丹「ありがとう」
夢香「お弁当、残さないでね」

○御夢想の湯・足湯（夕方）

　足湯に入りながら、楽しそうに話す月乃や主婦や老人達。
月乃「今度うちの店、半額キャンペーンしますから、どうぞ、お越し下さい」
男1「わしゃー、ハゲてるし、タダにしてくれんか？」
　みんなで笑う。
月乃「カットできませんからね。その代わりツルピカに磨きますね」
　みんなで笑う。

○空（1週間後・朝）

　晴れ渡った青空。

○美容室「ヤング」・前（朝）

　黄色に塗りかえられた建物全景。『美容室ヤング』と書かれた看板を、笑顔で店前に置く月乃。店の窓に『私、リニューアル記念、半額キャンペーン開催中』の宣伝広告。

○同・店内

　鏡には、舞亜の髪をカットする笑顔の月乃が映っている。

隼人（声）「毎度、ご乗車ありがとうございます。次は、ヤング通り前、ヤング通り前。髪と心の寛ぎ空間、髪型変えたら、人生変わる。美容室ヤングへお越しのお客様は、こちらが便利です」

　紀実をシャンプーしている牡丹。ソファーには、夢香と藍子が楽しそうに話しをしている。サツキと優雅、圭太が、店内に入って、賑やかになる。鏡越しに店内を見渡して、幸せそうに、微笑む月乃。

○バス停前

　バスから続々とお客さんが降りる。

○ヤング通り全景
ヤングに向かっていく住人達で、賑わいを見せている。
バスが、長い一本道を走っていく。

〈終〉

受賞者紹介

石田　摩耶子

いしだ・まやこ　１９７６年、岩手県釜石市生まれ。ケーブルテレビ局でのビデオジャーナリストを経て、映画撮影所等に勤務。大阪シナリオ学校にて学ぶ。２００９年、伊参スタジオ映画祭で大賞受賞作を公開後、上映活動。２０１１年、国際どうぶつ映画協会で勤務しながら、復興釜石映画祭代表。２０１３年から６年間釜石応援ふるさと大使に。２０１７年、映画「水面のあかり」脚本協力。

「この店やってんの?」と気になる光景に出くわす。そこに何かドラマがあるんだろうなと常日頃感じていた事と、中之条町の風土と空気感が合致したのが、ヤング通りの住人たち。「髪型変えたら人生変わる」何かの一歩を踏み出すきっかけになればと書いた。今改めてこの台詞は、私自身の映画化の夢を諦めない気持ち「シナリオを書いたら人生変わる」も証明したかったのだと思う。
　映画化にあたり思い出すのは、ステキな映画仲間に出会えた事。映画製作に携わって頂き、本当に感謝しきれないほど。そして良い事も悪い事も、人間の本質が見えたり、色んな経験をしたが、当時共に頑張った短編の上原さんと、大賞の誇りを胸にと経験談や言葉をかけてくれた前年大賞の赤羽さんは心の支えだった。映画製作で、仲間こそがかけがえなのない宝物だと教えてもらった。

映画情報

（２００９年／ＨＤＶ／60分）

スタッフ

監督・脚本・製作総指揮
　：石田摩耶子
撮　　　　影：中川　裕康
照　　　　明：森川　　久
録音・ＶＥ：白井　宗敏（effrot）
ヘアメイク：藤岡　建二
メ　イ　ク：足立　恵美
制　　　　作：田中　路子
　　　　　　森高　美幸
　　　　　　池村　和紀
編　　　　集：松尾　康子
音　　　　効：久保　秀夫（戯音工房）
美　　　　術：まこなまこ
　　　　　　美馬ちひろ
　　　　　　石河　　学（78design）
音　　　　楽：真依子
　　　　　　石川　まぎ
　　　　　　シンフォニー宙

スチール：みやちとーる（ステキ工房）
プロデューサー：藤本　俊之（Ｆ２）
細井　俊宏

キャスト

北川真依子（森影月乃）
亀野　順子（羽衣牡丹）
桝井　基子（若林紀実）
羽束　涼介（柚木圭太）
古川　美枝（柚木夢香）
羽場さゆり（柚木藍子）
東瀬戸明子（柚木舞亜）

シナリオ大賞2008　短編の部

「ひょうたんから粉」

上原　三由樹

登場人物

土屋隆志（33）坊主見習い
加藤浩平（33）サラリーマン
村上大地（33）居酒屋店長
大谷佑介（33）役場職員
大谷和恵（58）農家手伝い
川野ゆり（27）アルバイト
小学生ＡＢＣＤ

○大谷家・外観

縁側にすだれ。木造の2階建て一軒家。陽炎と蝉の声。読経が聞こえる。玄関の軒先にお盆のお飾り。頭が重そうなひまわり。

○同・仏間

仏壇にメガネをかけた大谷佑介（33）の遺影。仏壇にもお盆のお飾り。ビールやら果物がたくさん置かれている。土屋隆志（33）が袈裟を着てお経を上げている。その後ろに大谷和恵（58）、加藤浩平（33）、村上大地（33）が座る。古ぼけた扇風機。汗をぬぐう浩平。足を崩す大地。手を合わせている和恵。立ち上る線香の煙。お経が終わり、鐘を鳴らす隆志。

○同・居間

仏間と続きになった和室。エプロン姿の和恵が瓶ビールを運んでくる。

和恵「隆ちゃん、ご苦労様。さっこっちきて座って」

仏間で袈裟を脱ぎたたんでいる隆志。お膳に並ぶ仕出しのお寿司やら田舎料理。ビールをつぎ始める浩平と大地。

隆志「おばちゃん、お構いなく」

足袋を脱ぎながらお膳につく隆志。大地にビールを注ぐ浩平。

浩平「おばちゃんも飲む？」

ビールを差し出す浩平。

和恵「あとでゆりちゃんの所行くから、おばちゃんお茶」

浩平の出したビールを取り隆志のグラスに注ぐ和恵。

隆志「どうもっす」

和恵のグラスに麦茶を注ぐ大地。

和恵「それじゃ」

グラスの合わさる音。

○同・外観

炎天下。小学校4年くらいの男子がふざけながら走っていく。小学生Ａは丸坊主。小学生Ｂは体が大きめ。小学生Ｃは背が低くて色白。小学生Ｄはメガネの優等生風。

○同・居間

ビールをさしつさされつのお膳。隆志、浩平、大地、和恵がわいわいと話しながら囲む。小学生の声が遠くに聞こえる。和恵の後ろに茶箪笥、古びた写真。『小学生の夏休みの姿。丸坊主の隆志。小太りの浩平。チビの大地。メガネの佑介。楽しそうに川で遊んでいる写真』仏間の佑介の遺影に目をやる和恵。
和恵「生きてたらみんなとビール飲めたのにねえ…」
しんみりとする和恵。隆志と浩平と大地が目配せ。
浩平「きょっ今日は、隆志のお経まともだったなあ」
大地「おっおう、葬式の時はひどかったもんな〜」
エプロンの端で目頭を押さえる和恵。隆志が大地の頭をぺしっと叩く。
和恵「(泣き笑いで) いいお葬式だったぁ」
浩平「坊主が泣いてる葬式初めてだった」
隆志「うるせえ」
佑介の写真に黙って目をやる隆志。
和恵「あっという間の2ケ月だったわぁ。さ、もう少し飲んで」
ビールの瓶を傾ける和恵。

○同・仏間

佑介の写真の前に泡の消えたビール。気泡が立っては消える。

○同・居間

片付いたお膳。スイカを食べている隆志、浩平、大地。恐縮した表情の和恵。
和恵「本当に、いいの？　頼んじゃって」
浩平「あいつも男だし、母ちゃんに見られたくないもんもあるっしょ」
もう一切れのスイカに手を伸ばす浩平。

和恵「やあねえ！　浩ちゃん」
大地「おばちゃん、お宝はもらってくからさ」
エプロンを外す和恵。
和恵「残念ながら、かね目のものは期待しないで」
隆志・浩平・大地「だよな」
和恵「じゃ、おばちゃん行ってくるから」
隆志「ゆりちゃん、どうなの？　今日来るんだったんでしょ？」
首をかしげて微妙な笑顔を作る和恵。
和恵「とりあえず様子見てくる」
不安げな表情の隆志。
隆志「いってらっしゃい」
浩平・大地「いってらっしゃい」
出て行く和恵。頭にタオルを巻き立ち上がる隆志。
隆志「やるか」
スイカを置いて手を拭く浩平。スイカを片付ける大地。

○同・台所

流しに食べ終えたスイカの皮。

○同・2階・佑介の部屋のふすま前

隆志が手を合わせる。つられて浩平と大地も手を合わせる。
隆志「いいか、泣くの禁止な！」
浩平「おまえだろ」
大地「まあまあ」
各々深呼吸をする。

○同・同・佑介の部屋

ふすまが開く。隆志、浩平、大地が入ってくる。

隆志「あっち～っ！」

急いで窓を開ける隆志。アジア風の楽器、スノーボード、大量のＣＤ等、今時の若者の部屋といった感じ。浩平がきょろきょろとしている。

浩平「だいたい隠す場所ってのは決まってんだよな～」

ＣＤ棚の奥を探り、ＡＶビデオを取り出す浩平。浩平からビデオを受け取る大地。

大地「こっち系か～」

隆志「お前らより先に死にたくねえな」

横目でビデオをチェックする隆志。

浩平「（2人を見て）見られんのキツイな～」

大地「（浩平に向かって）お前のはやばそうだもんな」

浩平にでこピンされる大地。

隆志「早く片付けちゃおうぜ。いいか、もし出てきても落ち着け」

しぶしぶＡＶビデオをしまう浩平。

浩平「もう無いと思うぜ」

大地「何が？」

真剣な表情の隆志と浩平。

大地「なんだよ」

状況がつかめない表情の大地。

隆志「じゃあ、オレは机、浩平はベット周辺、大地は押入れな」

片付け作業に取り掛かる。首をかしげる大地。

○同・台所

流しの食べ終えたスイカの皮に蟻が1匹たかり始めている。

○同・2階・佑介の部屋

黙々と汗だくで片付けている隆志、浩平、大地。ダンボールに『廃棄』『形見』『その他』と書かれ、ものがどんどん放り込まれていく。

大地「見てこれ！」

押入れの中の箱から、キン肉マンの消しゴムが大量に出てくる。

隆志「なつかし～」

浩平「あいつ集めてたもんな～」

大地「プレミアつくかな？」

浩平「一応オークションかけるか」

大地「売れっかな？」

『形見』の箱に入れられるキン肉マン消しゴム。

○同・台所

流しの食べ終えたスイカに蟻が増えている。

○同・2階・佑介の部屋

黙々と片付け作業をする隆志、浩平、大地。手を止めては、捨てるのを躊躇している様子の隆志。浩平は淡々と不要物を捨てる。大地は本があれば読み、写真があれば見たりとはかどらない。

浩平「おばちゃん、ここ引っ越すのっていつ？」

隆志「来月って言ってたかな。こんな広いとこに1人は寂しいって」

浩平「この家、結構好きなんだけどな」
　寂しそうに部屋を見渡す浩平。柱や壁が時代を感じさせる古さ。浩平を見て泣きそうになり、タオルで顔をぬぐう隆志。
大地「隆志、今泣いたべ」
隆志「違うよ、汗」
浩平「なあ、形見分けって言ったって、あいつオレらにもらって欲しいものあんのかな」
大地「いや〜、意外なもん出てくるかも知れないよ。女装グッズとか！」
　大地を無視する隆志と浩平。
浩平「でも、本当にやってたのかよ」
大地「何を？」
隆志「いいよ」
浩平「隠すなよ」
大地「何？　何？」
　躊躇しながら、隆志がドラッグを鼻から吸うジェスチャーをする。
大地「ああ、そのことか」
隆志「何？　そのリアクション」
大地「見りゃわかるっしょ」
浩平「へえ」
大地「まさか、それが死因？」
隆志「いやっ、関係ないと思う…」
　しばし無言になる隆志、浩平、大地。ミンミン蝉の声が大きくなる。

○同・台所
　スイカに蟻がたくさん群がっている。

○同・２階・佑介の部屋
　黙々と作業する隆志、浩平、大地。皆の顔に汗が流れる。
　廃棄の箱にトロフィーを投げ入れる浩平。
浩平「休憩しよーぜ」
　黙って『廃棄』の箱から、トロフィーを取りだし、『形見』の箱に入れなおす隆志。
大地「オレ何か飲み物持ってくる」
　出て行く大地。どかっと腰を下ろす浩平。その勢いで壁に掛けてあった手のひらサイズのひょうたんが落ちる。ひょうたんを使った楽器のようである。拾い上げる隆志。壁にかかるアジアの打楽器が数点。浩平が手を伸ばしてそのひとつを叩く。
浩平「あいつこんな趣味あった？」
　リズムを取り始める浩平。
隆志「知らん」
　ひょうたんをマラカスのように振る隆志。
隆志「あいつが一番まともになると思ってたのにな」
浩平「そういうもんだろ。人間なんて。役場に勤めたからって健全で長生きするとは限らない」
隆志「あいつの人生ってなんだったんだろう」
　片付け途中の部屋を見回して隆志がため息をつく。
浩平「真面目に勉強して、少し道に外れて、軌道修正しようと思った矢先…あっけねえな」
隆志「ゆりちゃんと結婚とか考えてたのかな？」

浩平「さあ、しなかっただけましかもな」
　大地がビールを持って部屋に帰ってくる。
大地「おまたせ～」
浩平「遅えよ」
大地「だって、さっきのスイカにすげえ蟻がたかっててさ～」
　打楽器とひょうたんを壁に戻し、一息入れる隆志と浩平。
　不穏に再度落ちるひょうたん。拾って壁に戻す隆志。

○同・台所
　ゴミ袋に入れられたスイカのカス。袋の内側にもがく蟻が透けて見える。

○同・2階・佑介の部屋（夕方）
　ものがなくなりつつある部屋。隆志、浩平、大地に疲労の表情。『廃棄』、『形見』、『その他』の箱にものが溢れる。
　手を止め汗をぬぐう隆志。
隆志「後は、そこか」
　天袋を指差す隆志。窓枠に座りうちわで仰ぐ浩平。胡坐をかいて座る大地。
大地「飽きた～っ」
隆志「これで終わりだって」
　よそ見をしながら天袋を開ける隆志。隆志の頭の上にリュックサックが落ちてくる。
隆志「痛って～」
　リュックを拾い上げて、しぶしぶ口を開ける大地。
大地「（中を見て）やっべ！」
　浩平、隆志、はすに構えて大地を見る。
大地「ちょっと～見なくていいの？」
隆志「何？」
　不敵な笑みの大地。
浩平「キモイ」
　変な顔をする大地。リュックの口を開き、隆志と浩平の顔の前に突き出す。中身は大量の帯の無い紙幣。隆志と浩平は顔を見合わせる。

○同・台所（夕方）
　ゴミ袋の中でスイカの汁におぼれて死んでいる蟻達。

○同・2階・佑介の部屋（夕方）
　座り込み紙幣を並べて数えている隆志、浩平、大地。
隆志「8、9、10…990万と、1万。全部で991万…」
　重苦しくため息をつく隆志。
大地「ねえねえ、山分け？」
　大地の鼻をひねる浩平。
浩平「これって何の金？」
隆志「わからん。預けてないって事はそれなりってことだろ」
浩平「だよな」
大地「じゃ、絶対山分けじゃん！」
隆志「だめだよ」
大地「じゃどうすんだよ。つうか、まだあんじゃね」
　背伸びをして天袋を覗き込む大地。
大地「なんかある！」
　手が届かない大地。浩平が立ち上がり天袋の奥へと手を伸ばす。くしゃくしゃな紙切れがでてくる。紙切れのシワを伸ばす浩平。『結婚資金貯金』と書かれた正の字がたくさん書かれた紙。1千万円のところで『ゴール』と書いてある。紙を隆志に見せる浩平。隆志受け取る手が震える。

隆志「あいつバカだな。こんなに貯めなくっても結婚なんてできんのによ」

号泣する隆志。つられて、鼻をすする浩平、大地。

浩平「あと9万円足りなかったのか」

大地「もう少しだったのに…」

大号泣の隆志。

隆志「やりたいことまだあったんだよな〜」

オイオイとなく隆志。涙が落ちないように上を向く浩平。目を真っ赤にしている大地。

○同・居間（夕方）

ヒグラシが鳴く声が聞こえる。隆志は、ぼーっと、仏間の佑介の遺影を眺めている。浩平はビールを手酌で飲んでいる。大地はリュックを枕にして寝ている。玄関の開く音。

和恵の声「ただいま」

ゆりの声「おじゃまします」

姿勢を正す隆志、浩平、大地。和恵と川野ゆり（27）が居間に入ってくる。

○同・仏間（夕方）

遺影に手を合わせているゆり。居間からそのようすをじっと見ている隆志。

○同・居間（夜）

お膳の上に各自の飲み物。隆志、浩平、大地、和恵、ゆりが座っている。

隆志「体はどう？」

ゆり「うん。佑ちゃんが亡くなってから、体調崩してたんだけど、もう大丈夫」

妙ににこにこしている和恵とゆり。

和恵「みんな、片付けありがとうね。疲れたでしょ。今日夕飯食べてってね」

浩平が隆志に目配せをする。大地も隆志に目配せし、リュックを渡す。深呼吸をする隆志。

隆志「おばちゃん、ゆりちゃんこれ」

和恵とゆり、顔を見合わせる。リュックを手に取り開ける和恵。和恵驚いた表情。ゆりも覗いて驚く。

和恵「どうしたのこれ？」

隆志「結婚資金で貯めてたみたい」

隆志がしわくちゃの紙をゆりに差し出す。紙を見てわっと泣き出すゆり。

和恵「全く、どこまでもバカな子だよぉ」

エプロンで涙を拭う和恵。

ゆり「佑ちゃん」

嗚咽をあげて泣くゆり。

○同・外観（夜）

お盆飾りの提灯が、風に揺れている。風鈴が揺れる。すだれの向うに居間が透けて見える。ゆりの肩を抱く和恵。

○同・居間（夜）

一息ついている隆志、浩平、大地。和恵がゆりの背中をなでる。

和恵「ゆりちゃん、これ持って行ってやってね」

リュックをゆりに渡す和恵。首を振るゆり。

ゆり「受け取れません。だって、佑ちゃんがいないんじゃ」

ぐずぐずと泣いているゆりの背中を少し強めに叩く和恵。

和恵「じゃあ、私の孫に」

ゆり「おばさん。でも…」

隆志「えっ？」

和恵「来年の春にはわたしはおばあちゃんなの」

浩平「マジで？」

大地「佑介の子？」

浩平に頬をつねられる大地。

隆志「ゆりちゃん、本当？」

うれしそうに頷くゆり。

隆志「やった〜っ！　あいつ、やったな！」

浩平「おめでとう」

大地「おめでとう」

ゆり「ありがとう」

隆志、仏間の佑介の遺影を見て泣く。

隆志「俺、あいつの変わりに父親やるよ」

大地「何それ？　告白？」

隆志「違うよ！」

浩平「じゃあ、おれもそうする」

大地「なんだよ〜まあ、悪くないか」

泣き笑いの各々。

手にそれぞれ形見の荷物を持って立ち上がる浩平と大地。

和恵「また、ときどき顔見せにきて。私もう少しここにいることにしたから」

浩平「はい。また来ます」

大地「じゃまた」

隆志「じゃ、またな」

居間を出て行く浩平と大地。見送る和恵、ゆり、隆志。

○同・台所（夜）

スイカが入ったゴミ袋から、蟻が生き延びて出てくる。そして逃げる蟻。

○同・居間（夜）

お膳の片づけをしている和恵とゆり。そっと居間を出て行く隆志。

○同・2階・佑介の部屋（夜）

夜風が部屋を吹き抜ける。がらんとした部屋。月明かりが差し込む。隆志が入ってくる。壁にかけてあったひょうたんがまた足元に落ちている。拾い上げる隆志。拾い上げた時にひょうたんの中から、白い粉が出てくる。じっと粉を見つめて気づいた表情の隆志。

隆志「こんなとこに隠して。駄洒落かよ」

その粉を全部手のひらに乗せる。窓枠に座り、粉を風に乗せる隆志。ほっと肩の力を落とす。

和恵の声「きれいな月ね」

和恵が入ってくる。隆志の肩に手を掛ける和恵。
和恵「隆ちゃん、いろいろありがとうね。部屋もこんなにきれいになって」
首を振る隆志。
隆志「『俺の大事なもの勝手に捨てて』って怒ってるかもな」
和恵「そんなこと無いよ。みんなに片付けてもらってせいせいした」
はにかむ隆志。
和恵「ねえ、隆ちゃん、あのお金、何か変なものじゃないわよね。うちの子信じていいよね」
隆志「(少し間を空けて)うん。あいつはちょっと変わってたけど、信じられる奴だったよ」
頷く和恵。
ゆりの声「お茶入りましたよ～」
和恵「はーい」
出て行く和恵。ひょうたんをぐっと握り締め、窓の外へ投げ捨てる隆志。

○同・外観（夜）

すだれのかかった居間で和恵とゆりと隆志がお茶を飲んでいるのが透けて見える。玄関のお盆飾りの提灯の灯が消える。月明かりに薄い雲が行き交う夜空。

〈終〉

受賞者紹介

上原　三由樹

うえはら・みゆき　1978年、静岡県伊東市出身。2008年、伊参スタジオ映画祭シナリオ大賞を受賞後、映画制作を開始。監督の他、脚本業やWSの講師としての仕事を中心に活動中。劇場映画『ソウル・フラワー・トレイン』（2013）『ねこにみかん』（2014）『逢瀬』（2013）『砂山』（2013）『三十路女はロマンチックな夢をみるか』（2018）等の脚本を担当。

『なぜこのシナリオを書いたのか?』と、考える機会をいただいたことに、感謝申し上げます。
シナリオの種は、友人が話してくれた自身の友達の実話でした。彼が亡くなったあとに、彼の友人たちが部屋の片付けをしてくれることになってね、と。遺品の中に、彼の生きた証がたくさん出てきたそうです。肉体が喪失しても、気持ちが誰かに影響すること、それによって心が穏やかになったり、逆にかき乱されることがあるだろうと思い、そこを表現してみたいとシナリオを書き進めた記憶があります。一筋縄ではいかない、愛情、欲望、人間関係に自分の重ねた年齢をかけ合わせて、これからも新しい作品を生み出していきます。そんな機会をくださった、制作の原点の場がここにあります。
これまでも、これからも。

映画情報

（２００９年／ＨＤ／35分）

スタッフ

監督・脚本・編集：上原三由樹
プロデューサー：小林　総美
助監督：金井　純一
　　　　國谷　陽介
撮影：古屋　幸一
照明：丸山　和志
録音：中川　究矢
制作：遠藤　大介
プロデューサー補：高橋　有里

キャスト

志巴　泥介（土屋隆志）
福地　祐介（加藤浩平）
本家　徳久（村上大地）
藤沢　大輔（大谷佑介）
木村　望子（大谷和恵）
横山　真弓（川野ゆり）

シナリオ大賞２００９　中編の部

「ここにいる」

伊勢　尚子

登場人物

春田　優希　(30)家具デザイナー
石塚　詩穂　(29)優希の恋人
春田　純一　(64)優希の父
春田　育代　(58)優希の母
春田　すみれ　(25)優希の妹
風間　翔　(18)高校3年生
風間　トキ子　(72)翔の祖母
木下　夏子　(34)音楽教師
森本　陽一　(58)高校教師

○東京・路地（回想・夜）

歩いているカップル、春田優希（30）と石塚詩穂（29）。
詩穂、手にしていたスーパーのビニール袋を覗き込みながら、

詩穂「歯ブラシ買ったでしょ〜、カイロ買ったでしょ〜」
前方に停めてある自転車に気づいた優希。詩穂の腕を掴み、ぶつからないよう引き寄せながら、
優希「アレは？　アレ。何だっけ」
詩穂「酔い止め？　この前のまだ残ってる。は〜、今年初スノボ！　楽しみ過ぎるぜ！」
詩穂、跳ねるように優希の正面に出て、
詩穂「着いたら即行滑ろうね！　ご飯の前にさ」
優希「詩穂、靴ヒモ」
詩穂のスニーカーのヒモが片方ほどけている。が、
詩穂「（聞いてない）んで、夜はきりたんぽ鍋食べてー、次の日は昼までホテルでいちゃつくでしょ、もちろん。その後は…」
と、言いかけ、靴ヒモを踏んづけてつんのめる。
優希「ほらぁ〜！　しかもこぼすし〜！」
詩穂、手にしていた缶コーヒーをパーカーにこぼした。袖でこするも、落ちない。
詩穂「…ま、いっか。あたしんじゃないし」
優希「俺んだよ！」
と、笑って、しゃがむ優希。両手がふさがっている詩穂の代わりに、ヒモを結んでやる。優希の頭のてっぺんを見下ろす詩穂。
詩穂「（柔らかな笑みが浮かんで）…」
撫でるように髪の毛に指を入れてゆく。
優希「（結びながら）なんだよ」
詩穂「将来ハゲそう」
優希、サっと立ち上がるなり、背を向け足早に歩き出す。
詩穂「いや、でも好き！　いっそ愛してる！」
と、追いかける。そこに、突然鳴り響くクラクションの音。

○田舎の道路（夕方）

信号待ちをしている車の中、運転席でぼんやりしている優希。後ろの車から再び鳴らされたクラクションに、我に返る。慌てて前を見ると、信号は青。
優希「やべ」

急いで発進させる優希。窓の外には、夕暮れの空の下に広がる山々。タイトル、イン。

○春田家・外観（夕方）

○同・居間

スーツ姿のまんま、ソファに勢いよく倒れる優希の妹・春田すみれ（25）。
すみれ「あー、もうやだっ！」
そばで洗濯物を畳んでいた母・春田育代（58）、
育代「あんた、先に着替えて来なさいよ」
と、立ち上がりざまにすみれのお尻を叩き、奥の和室へ。
すみれ、上半身だけ起こして、
すみれ「だって聞いてよお母さん！　歌舞伎いるでしょ？」
育代、タンスに洗濯物をしまいながら、
育代「厚化粧してる上司の人？」
すみれ「そう、それ！　そいつがさー、『春田さん、さっきのお客様への馴れ馴れしいご挨拶は何？（鼻で笑って）友達じゃないんだから』。このさ、（鼻で笑って）これがムカつくの！（また鼻で笑って）これが！　ったく、もう辞めよっかな」
と、「会社？」という声がして、パッと振り返る。居間の入り口に、大きなバッグを持った優希。
すみれ「…お兄ちゃん！」
優希「ただいま。ん」
と、お土産のお菓子が入った紙袋を渡す。和室から慌ててやってきた育代、
育代「あんた…（優希の全身を上から下までよーく見て）大丈夫なの？　いつ退院したの⁉」
優希「一昨日」
育代「なんで…。連絡してくれたら行ったのに！」
優希らの後ろで、電話しているすみれ、
すみれ「あ、お父さん⁉　お兄ちゃん帰って来た！　うん、今」
食卓に幾つも並ぶ料理。から揚げ、ポテトサラダ、煮物…。それをせっせと皿に盛っているすみれ。
すみれ「煮物は？」
優希「や、もういいよ」
すみれ「じゃあから揚げ」
優希「（笑って）食えねぇっつの」
父・春田純一（64）、優希のグラスに酒を注ごうとするが、
優希「あ、待った。俺まだ痛み止めの薬飲んでて…」
純一「（酒を引っ込めて）お、おお」
優希「ごめん」
純一「いやいや」
育代「まだ痛むの？　背中？　腰？」
優希「や、脚がちょっと…。たまにね。ほんとたまにだけど」
育代「（何度も頷き）あんだけの大怪我したんだもんね」
間。
純一「あちらの親御さんから、この前電話きたぞ」
優希「（顔を上げて）え。何だって？」
純一「いやぁ、色々お世話になりましたって」
優希「ああ…。ほんと」
純一「うん」
それぞれ話すべきことがあるのを察知しつつも、言い出す

　　に言い出せないような…気まずい沈黙。
優希「やっぱから揚げ食おっかな」

○同・台所（夕飯後）

　育代が拭いた食器を棚に片付けている優希。
育代「あんた、いいよ。ゆっくりしてな」
優希「うん」
　と言いつつ棚の引き出しを開けようとするが、開かず…。
育代「ああ、それ壊れちゃってるの」
優希「何？　滑りが悪いの？（と、引き出しを無理矢理引っ張り
　出して）ああ、後ろの板が外れてんのか…」
　優希、板を叩いて素材を確かめ、
優希「この素材ならホームセンターにでも行けば売ってるよ。明
　日、見てくる」
育代「いや、いいいい。そんなことしなくて」
優希「（笑って）すぐ出来るよ？　俺それで食ってんだから」
育代「いいから。あんたはゆっくりしてなさい。ね？」
　と、育代、自分で食器を棚にしまい始める。
優希「…」

○春田家の前の通り

　ビールの空き瓶を、資源ゴミのカゴに入れる優希。夜空に、
　東京では見られない数の星。どっと疲れた気持ち吐き出す
　ように、ため息をつく。その時「…優希？」という声。振
　り返ると、2歳くらいの女の子を抱っこした、高校の同級
　生・酒井武（30）。
優希「（笑顔になって）おおっ⁉」
酒井「おーっ。何だよ、帰ってたのかよ⁉」
優希「おう。久々じゃん！」
酒井「久々だよ。っても…一昨年の同窓会ぶりか」
優希「多分。元気？　（女の子を見て）えっと…美和ちゃん？」
酒井「（頷き）美和、お父さんのお友達」
　キョトンとした顔の美和。
優希「ふふっ。可愛いなぁ」
　と、ニコニコと美和のほっぺをつつく優希。その光景をに
　こやかに見ていた酒井だが、真顔になって、
酒井「…もう大丈夫なの？」
優希「ん？」
　優希、酒井の心配そうな顔を見て、
優希「ああ…うん。（ふっと笑って）知ってんだ」
酒井「田舎の情報網をナメんなよ」
優希「自慢になんねーよ」
酒井「…彼女だろ？　前、結婚したいって言ってた…」
優希「…」
酒井「大変だったな、お前」
　優希、微笑むだけ。

○春田家・廊下（深夜）

　真っ暗な家の中。用をすませ、トイレから出てきたパジャ
　マ姿のすみれ。
すみれ「…？」
　居間のドアが薄く開いている。見れば、暗闇の中、ソファ
　に座ってぼんやりしている優希の後ろ姿。
すみれ「…」

優希、空っぽのグラスを手に、何も映っていないテレビを見ることもなく見ている。そこに、やって来て隣に座るすみれ。
すみれ「ふうん」
優希「いや、ちょっと喉渇いただけ」
すみれ「寝れないの？」
優希「…（ふと我に帰って）おう」
すみれ「面白い？　この番組」
すみれ、どこか遠い目をした、優希の横顔を見る。
すみれ「（なんだか不安になって）お兄ちゃん」
優希「ん？」
すみれ「…なんでもない」
優希「（ふっと笑って）大丈夫だよ」
すみれ「…」
優希「…これがさ、例えば不治の病とか、犯罪に巻き込まれてとかだったらまた違うんだろうけど…。だってあいつさぁ、（両手を口元に添え）『お元気ですかー？』って」
すみれ「猪木？」
優希「ちげーよ。知らない？　中山美穂の映画。雪山でさ、そうやって叫ぶシーンあるじゃん。トヨエツ出てるやつ」
すみれ「知らない」
優希「まぁ、あんのよ。そのシーンの真似してたの。その真っ最中だからね」
すみれ「…雪崩が起きたの？」
優希「そう。『私のことを忘れないで…』とかならまだしも、『お元気ですかー』が最後の言葉って…なんかビミョーじゃない？」
すみれ「確かに」
優希「な？」
すみれ「うん」
と、笑って頷くものの、涙がにじんできてしまう。そのまま、抱えた膝に顔を埋めるすみれ。
すみれ「あたし、詩穂ちゃんがお義姉ちゃんになるの楽しみで…」
優希、すみれの震える背中をポンポン、と叩く。

○高校・正門付近の駐車場（翌日・夕方）

菓子折りが入った紙袋を手に、車を降りる優希。

○高校・職員玄関

周辺にひとけなし。

優希「すみませーん」

誰か来る気配もなし。

○同・廊下

職員室へ向かう優希。外からは、部活動に励む生徒らの掛け声が聞こえてくる。古びた階段、掃除用具のモップがはみ出たロッカー。全てが懐かしく、しみじみと眺めては触れてゆく優希。うっすらと開いた音楽室のドアも、何の気なしに見る。と、ピアノのイスに座った男子生徒の姿。傍にいる誰かを、切ない目で見上げている。その少年の頬にのびてくる華奢な手。揺れるブレスレット。少年、その手の平に唇を押し付けたとき。

優希「！」

バチっと優希と少年、目が合う。慌てて身を翻し、足早に歩き出す優希。

優希「…って、なんで俺が…」

○同・職員室

差し出される菓子折り。受け取ったのは、かつての担任・森本陽一（58）。

森本「いやぁ…悪かったなぁ。気ぃ使わせちゃって」
優希「いいえ。僕の方こそお花、ありがとうございました」

森本、優希の肩をポン、と叩いて、

森本「可愛い教え子は何年経っても可愛い教え子なんだよ」
優希「お。何度も人のケツ蹴飛ばしたとは思えない台詞っすねぇ」

森本、優希のお尻を蹴る真似をしながら、

森本「あれはお前がしょっちゅう遅刻したからだろ！　（優希の肩越しを見て）あ、木下先生」

優希、振り返る。そこにいたのは森本の隣の席の音楽教師・木下夏子（34）。

森本「さっき3年の赤坂が来てましたよ。明日、卒業式の演奏練習したいから、ピアノ貸してくれって」
夏子「わかりました。ありがとうございます」

と、笑顔を見せ、座ろうとイスをひいた時。その手首に光るブレスレット。

優希「…（あ？　と思う）」
森本「ちょっと表行くか」
優希「え。あ、はい」

優希、チラっと夏子の顔を見つつ、森本の後をついてゆく。

○同・音楽室

カーテンから外を覗く、さっきの少年・風間翔（18）。中庭に、森本の後ろをついてゆく優希の姿。

○同・中庭

古びたベンチで、缶コーヒーを飲みながら話す優希と森本。グラウンドを眺めながら、

優希「あっちにサッカーゴールありませんでしたっけ?」
森本「ああ、昨年撤去した。部員がなかなか集まらなくてなぁ」
優希「そうなんですか」
森本「生徒数減るばっかだもんよ。この学校自体もいつまであるんだか。（優希に向き直り）で？　いつ帰って来た」
優希「昨日です。先週退院したんで」
森本「じゃあ1ケ月ちょっと入院してたのか。大変だったなぁ」
優希「まぁ…」
森本「…」

森本、詩穂のことに関して何か声をかけてあげたいが、何をどう言ってっていいのかわからない。その気持ちが伝わるからこそ、森本の気の毒そうに見つめてくる視線を避け、俯いてしまう優希。

森本「あ〜…アレか。しばらくこっちいるのか」
優希「いえ。3、4日したら帰ります。ちょっと顔見せに来ただけだし。仕事もあるし…」

優希、ベンチの座席部と、脚を結合する部分のネジ釘が緩んでいるのにふと気づく。

森本「まぁ…でも、ゆっくりやれよ。ゆっくりさ」

優希、かがんで座席の下を覗き込む。

森本「なんだ」
優希「多分これもうすぐ崩壊しますよ」

森本「なんで」
　優希、結合部分周辺の木が腐りかけているのを指しながら、
優希「ここ腐りかけてるでしょ。後ろ脚も。だから背もたれもぐらついてるし…。僕、作り直しましょうか」
森本「いやぁ…」
優希「すぐ終わりますよ。先生、僕の仕事知ってます？」
森本「家具デザイナーだろ。知ってるよ。でもお前さ…」
優希「（遮って）何かしてたいんです」
　森本、優希をじっと見て、
森本「…そうかもな」
優希「（にこっと）はい」

○同・正門付近の駐車場

　車のカギを開けようとした優希。目の前に、翔が突然立ちはだかる。
優希「ぅおっ」
翔「（唐突に）さっき見た？」
優希「…見てない」
翔「目ぇ合った」
優希「でも見てない」
　と、ドアを開けかける。が、すかさず閉める翔。
優希「（呆れて）…禁断のわりにオープン過ぎんじゃねーの」
翔「ほらぁ！　絶対誰にも言うなよ！　てか、あんた誰!?　新しい教師？　それとも…えっ、まさか…ダンナのスパイ!?」
優希「（ますます呆れて）教師な挙句人妻かよ…」
翔「滅多に電話しないし、メールも暗号使ってるし、ホテルだって時間差で入ってんのになんで（バレた）…」
優希「あのね、俺は単なるここの卒業生！　森本先生に会いに来ただけでスパイなんかじゃないから。ハイ、どいて！」
　と、翔を押しのけ、運転席に乗り込み車を発進させる。サイドミラーに、こっちをじっと見ている翔の姿。
優希「なんだ、スパイって…」

○春田家・居間

　台所で調理中の育代。
優希「（入って来て）ただいま」
育代「おかえり。先生元気だった？」
優希「（手を洗いつつ）うん。最近生徒数減ってんだって？」
育代「らしいね。何年後かには老人ホームになるって噂もあるし」
　と、優希の背中を心配そうに見つめながら。
優希「へえ…。そうなんだ」
　優希が振り返る直前に、慌ててまな板に目を落とす育代。
優希「父さん今日遅いの？」
育代「もうすぐ帰ってくるでしょ。…あら」
　育代、優希のパーカーを軽く引っ張りじっと見る。胸元に、茶色い染み。以前、詩穂がこぼしたコーヒーのあと。
育代「どうしたの、これ」
優希「ああ…ちょっと」
育代「洗濯のとこ置いときなさい。染み抜きしてあげるから」
　優希、やんわりと育代の手からパーカーを引き抜き、
優希「…や、いいよ。このままで」
育代「そう？」
優希「（笑顔で）ん」
　と、廊下へ。

○同・階段

重い足取りで2階へと階段を上っていく優希。些細なことをきっかけに、押し寄せてくる喪失感。優希、力尽きたように、途中で立ち止まってしまう。

優希「…」

○学校・中庭（午後）

木材の上に置かれたノコギリ。ベンチ作製中の優希、その刃を、虚ろな目で見つめている。

優希「…」

その時、「あーっ！」という声。と、優希、後ろからいきなり肩を掴まれる。

翔「やっぱね！　やっぱ昨日のおっさんだ！」

ジャージ姿の翔。体育の授業中らしく、後ろのグラウンドではマラソンする生徒たちの姿が見える。

優希「…お、おっさん？」

グラウンドから体育教師（男）が、

体育教師「コラぁ風間翔っ！」

翔「（体育教師に向かって）ちょ、待って！（優希に向き直り）なんでまたいるわけ⁉」

体育教師「グラウンドもう1周追加すんぞ！」

翔「（体育教師に）だから待てっつの！」

優希「行けよ！」

翔「もしかして…脅すつもり？」

優希「（呆れて）払える金がお前にあんのかよ」

翔「ない！」

優希「だろ？　ホラ早く（戻れよ）…」

翔「（遮って）ね、おじさんこの辺の人じゃないよね？」

と、ベンチに座る。

優希「行けって！」

翔「見ない顔だもん。東京？　ね、家賃ってどんくらい？　2人で暮らすなら1ケ月何万必要？」

優希「は？」

翔「東京なら18歳でも稼げる仕事、結構あんでしょ？　刑務所にはブチ込まれないけど、履歴書には書けない程度のヤバさならオッケーだから、俺」

優希「…何の話？」

そこにやって来た体育教師、翔の頭を思いっきりひっぱたく。

翔「って！」

体育教師「くつろいでんなバカッ！」

と、抱えるように引きずってゆく。

優希「…わっかんねー…」

と頭ひねりつつ作業に戻ろうとするが、ハっと思い出し、

優希「…おじさん⁉」

○同・校舎裏のゴミ置き場（午後）

木材の切れ端などを捨てに来た優希。と、ダンボール箱を抱えた夏子がいる。夏子、ダンボールにかき集めたペン立て、かけたコーヒーカップなどを分別カゴに次々と入れてゆく。

優希「…」

毛糸素材の室内履きを捨てようとした夏子、

夏子「（優希の視線に気づき）もったいない？」

優希「あ、いや…まだ使えそうなのになんか可哀想だなって…」
夏子「（笑って）ダンナと同じこと言ってる。『人がいいね』ってよく言われるでしょ？」
優希「はあ…」
夏子「確かにまだ使えるんだけど、九州ってあったかいでしょ？タンスの肥やしになるのがオチかなって。思い切んないとね」
優希「九州…。（翔の発言に合点がいって）ああ…ああ～」

○同・中庭（放課後・夕暮れ）

新しい板が張られたベンチの上で、胡坐をかいている翔。ぼんやりと、夕暮れに包まれた校舎を見つめている。そこに、トイレに行っていたのか、校舎から出てきた優希。音楽室の窓から、「仰げば尊し」のピアノを女生徒に教える夏子が見える。

優希「（置きっぱなしにしておいた工具をバッグに詰めながら）いまどき駆け落ち？　いや～、ないないない」
翔、顔を上げる。
優希「九州行くらしいじゃん。それ取って」
と、翔のお尻の横にあるメジャーを指す。翔、それを放ってパスしながら。
翔「くそダンナの転勤。ムカつく」
優希「行きたくないって？」
翔「えっ、言ってた⁉」
優希「…言ってねーんだ」
翔「（膝を立て、顔を埋め）『諦めの悪い男は嫌いだ』とは言われた。『もう授業以外では話しかけてこないで』とも」
優希「フラれてんじゃん。駆け落ちなんて全然無理じゃん」
翔「あと『今度の歌のテストさぼったら赤点だから』って」
優希「それ単なる業務連絡だろ」
翔「どうしよう」
優希「知らねーよ。おい、ちょっとどいて」
優希、翔のお尻で潰されている自分のジャンパーを引っ張る。
翔「先生いなくなったら俺死ぬかも…。いや絶対死ぬ！」
優希「ちょ、どけって！」
と、思いっきり引き抜く。その勢いで、ゴロン！　と、ベンチから転げ落ちる翔。そのままあお向けになり、動かなくなる。
優希「…（心配になって）おい」
翔「…世界の終わりだ…」
優希「…」
と、翔の携帯が鳴る。
優希「鳴ってんぞ」
空を仰いだまま出る翔。
翔「はい。（起き上がり）あ、おばちゃん？　…えっ、また⁉」
荷物まとめ終えた優希、駐車場へ向かい歩き始める。そこに、「ちょ、待った、おじさん！」という翔の声。
優希「俺じゃない。俺は断じておじさんじゃない！」
と、無視して歩き続けるが、後ろから駆け寄ってくる翔。

○走る優希の車の中

助手席にいる翔、ボックスのＣＤを勝手に見ている。
翔「（舌打ちして）ダセーのばっかだな」
優希「勝手に触んなよ」

翔「あ、そこ右曲がって」
　と、曲がり角寸前に言うので通り過ぎてしまい、
翔「ちょっとぉ！」
優希「お前が遅いんじゃん！　ったく、なんで俺が…」
翔「ばあちゃんおぶって帰るの疲れんだよ」
優希「…そんなにしょっちゅうどっか行っちゃうわけ？」
翔「ボケつつある今日この頃なんで。買い物に行っても帰り道わかんなくなるっぽいんだよね。大抵はシラフなんだけどさ。あっ、ここ右！」
優希「えっ」
　と、慌ててハンドルを切ったはずみで、翔の膝に乗せていたバッグが転げ落ちる。
翔「もーいい加減にしろよぉ〜！」
優希「言うの遅いんだって！」
　屈んで、足元に散らばった荷物を拾う翔。
翔「ったく…おっ」
優希「なんだよ」
翔「（起き上がって）彼女の？」
　と、掲げたのは、奥にあった女物のサンダル。詩穂の物。
優希「…戻しとけよ」
翔「へ〜彼女いるんだ」
優希「…いるよ」
翔「可愛い？」
　優希が答えようとするのを遮って、
翔「先生、可愛いべ⁉　特に笑った顔がめっちゃ可愛いんだよ」
優希「…お前、仮にも教師に向かって…」

○町の八百屋
　軒先に座っている翔の祖母・風間トキ子(72)。店のおばちゃんが、
おばちゃん「おばあちゃん、なんか飲む？」
　返事もせず、強張った表情のトキ子。そこにやって来る翔と、優希。
翔「ありがと〜、おばちゃん」
おばちゃん「あら。（トキ子に）お孫さん迎えに来てくれたよ」
トキ子「来なくたって1人で帰れるよ」
翔「（トキ子に目線を合わせるようしゃがんで）でも俺は一緒に帰りたいの。美人を連れて歩きたい！」
トキ子「私は迷ってなんかないんだよ」
翔「散歩だろ。ん、疲れたっしょ」
　翔、トキ子をおんぶすべく、背を向ける。
翔「おい、ボーっとしてねぇで持てよ」
　と、突っ立っていた優希にバッグを差し出す。
優希「（思わず）あ、はい」

○翔のアパート・外観
　玄関の外に洗濯機が置かれているような小さく古いアパート。トキ子をおんぶして階段をあがってきた翔。その後ろで翔のバッグを運ばされている優希に、
翔「そこのドア開けて」
優希「え？　ここ？」
　と、前にまわってドアを開けてやる。ふと見上げた表札、『風間今日子　翔　トキ子』の名前。
優希「…（父親はいないんだ、と思う）」

○同・キッチンリビング

窓際に座り、ベランダの花を眺めているトキ子。流しでタオルをしぼっている翔。玄関先で、翔のバッグを手に、所在なげに立っている優希。足元には惣菜のプラスチック容器が詰まったゴミ袋、部屋の隅にはとりこまれたまんまの洗濯物。クリップボードに貼られた『遅くなる。冷蔵庫に煮物あり。母』のメモ。

優希「…」
翔「（来て）ばあちゃん、これで足冷やしな」
トキ子「（ベランダを見つめたまま）１人でちゃんと帰れたんだよ」
翔「わぁってるっつの。でもさー、今度からは俺か母ちゃんと行こうぜ。ただでさえ棺桶に膝まで浸かってる歳なんだしさ」

トキ子、翔の頭をひっぱたく。

翔「（足をタオルで拭いつつ）爪伸びてんなぁ。切る？」
優希「おい、これ（バッグ）ここ置いとくぞ」
翔「（顔も向けず）おう」

優希、トキ子の足の爪を切る翔の、華奢な背中を見る。

優希「…」

○春田家・庭（夕方）

車を停め、降りようとした優希。詩穂のサンダルに目をやる。と、助手席下の暗がりに、四角い小さな紙箱を発見。

優希「…？」

拾って開けてみると、未使用のコンドーム。

優希「あいつ…コンドーム箱ごと持ち歩いてんじゃねーよ！」

と、放り投げ、ドアを勢いよくしめる。と、そこに作業着姿で帰ってきた純一。

純一「おう、今帰ったのか」
優希「おかえり。あ、今日母さん買い物してくるって」

と、玄関の鍵を取り出そうとジャンパーのポケットを探りながら。が、見つからない。

純一「鍵か」
優希「ここに入れたんだけど…」

あちこち探す優希を、不安気な眼差しで見ている純一。

純一「いいいい。ん」

純一、ズボンのポケットから鍵を取り出して渡す。

優希「ありがと」
純一「…」

○同・台所

水道水をグラスに注ぎ、飲む優希。居間のソファに座った純一、

純一「優希」
優希「あ、なんか飲む？」
純一「いや、いい。お前さ」

優希、冷蔵庫から漬物を取り出し、つまみながら、

優希「うん」
純一「…あれは事故なんだよな？」
優希「え？」
純一「いや、ああいうのは天災のように見えて、人災だってこともあるだろ。つまり、道具が壊れてたとかスキー場の管理が甘かったとか。雪崩なんてそうあることじゃないんだから」
優希「ああ…や、でも注意受けたのに無視したの俺らだし…」

純一「じゃあどうにもならなかったってことか？」
優希「そう思ってるけど…」
純一「だったらお前もっと…その…しっかりしなきゃダメだ。いい加減」
優希「—」
純一「ちゃんと食って…」
優希「（漬物の入ったタッパを掲げ）食ってるじゃん」
純一「そんなぬか漬けなんかじゃなくて、肉とか魚とか。まともなものをいっぱい食べなきゃダメって言ってんだ。母さん『あの子痩せたわ絶対痩せたわ』って、昨日寝る前ずーっと言ってたんだぞ。父さんの横でずーっと」
優希「（純一の顔を見て）だからクマできてんだ」
純一「それはいいから！　大体お前だって寝てないだろう」
優希「寝てるよ」
純一「嘘つくな。遅くまで電気点いてるってすみれが言ってたぞ」
優希「すみれ、彼氏と今度ハワイ行くって長電話してた」
純一「それも（いいから！　と言おうとして）…それは後で聞いておく。とにかく」
優希「…ごめん」
純一「謝らなくてもいいから、もっと元気だせ！　な？　詩穂ちゃんは可哀想だったけど、お前は生きてるんだから！」
　その言葉に、力なく笑った優希。
優希「…そうかな？」
　窓の外を眺めながら、ビールを飲んでいる純一。買い物袋を手に、育代が帰ってくる。
育代「何、もう飲んでるの。（机の上に置かれた優希のバッグを見て）お兄ちゃんは？」
純一「学校に忘れ物取りに行った」
育代「あそう」
純一「…なぁんであんなこと言っちゃったんだろなぁ、俺は」

○学校・中庭（夜）
　辺りは真っ暗。職員室の明かりだけが点いた校舎。それを、タバコ片手に、ベンチで膝を抱え見上げている夏子。そこへやって来た優希。
優希「…何してんすか」

○翔のアパート
　流し台上の電灯だけが点っている室内。奥の部屋では、布団に寝ているトキ子の姿。米を研いでいる翔。流しの脇に置いた携帯電話が鳴り、
翔「（出て）母ちゃん？　…うん。ああ、そうそう。また迷ってさ。あー、いや大丈夫。今日残業？　…あ、デートか。じゃ帰り明日？　…や、平気。そっちも気をつけて。うん、おやすみ（と、切る）」
　薄暗い明かりの中、再び米を研ぎ始める翔の横顔。

○学校・中庭
　ベンチの下を夏子の携帯で照らしている優希、家の鍵を発見。
夏子「あった？」
優希「ありました、ありました。あ」
　と、携帯が震えて、優希、慌てて夏子に返す。

優希「どうも」
夏子「いいえ」
　と、表示画面を見て一瞬迷うも、出ずに電源を切る夏子。明るくベンチを叩いて、
夏子「座りやすくなった。家具デザイナーさんなんだって?」
優希「はあ」
夏子「1日で作り直せるなんてさっすがだね」
　と、笑顔。確かに可愛く。優希、その笑顔につられるように、隣に座る。
夏子「(タバコを掲げ)いる?」
優希「吸わないんで。しかもここ学校だし」
夏子「だから余計に美味しいんだな」
優希「(笑って)仕事忙しいんですね」
夏子「ううん。とっくに終わったけどすぐに帰るの勿体無くて」
優希「…辞めるの寂しいですか?」
夏子「もちろん!　いい思い出しかないし」
優希「そうなんだ…」
夏子「だって高校生なんて可能性の塊だよ?　見てるだけで楽しい」
優希「まあ…」
夏子「どんなカッコイイ大人になるのか傍で見られなくて残念だわ。(ふっと真顔になって)…ホントに」
優希「…」
夏子「何1つ忘れたくないな」
　真っ直ぐ校舎を見つめている夏子。

○翔のアパート
　壁にもたれ、夏子の携帯に電話をかけている翔。「電源が切れています」というアナウンスだけが響く。
翔「…」

○学校・職員室(翌日・午前中)
　森本の前に立ち、話を聞いている翔。
森本「ここなんか、条件いいと思うぞ。高卒のわりに月給いいし、頑張れば随時昇進あるっていうし」
　と、工場の求人票を見せながら。
森本「どっか他にいい求人見つけたか」
翔「いや…」
森本「(呆れて)お前、もう卒業まであとちょっとだぞ」
　と、翔の後ろで物音。振り返ると、夏子が席に座ったところ。
翔「…」
　翔が見つめているのを知りつつ、無視している夏子。
森本「おい、ちゃんと聞け(と、パシっとノートで翔の頭をはたき)あ、木下先生、今度の送別会」
夏子「はい」
森本「18日に変更しておきましたからヨロシク」
夏子「すみません、なんかご迷惑おかけしちゃって」
森本「いやいや。先生も予定早まっちゃって大変でしょうけど、ぱーっとやりましょう」
　えっ?　とまた振り返る翔。
翔「…早まったって?　出発が?」
夏子「…」

夏子、覚悟決め翔をちゃんと見据え、
夏子「そ。卒業式前に辞めることになったの。どっちにしろ授業も今週で終わりだし、担任持ってるわけでもないしね」
呆然とする翔。
翔「…聞いてねーんだけど…」
夏子「特に言うほどのものでもないでしょ。それより今日、歌のテストだから。ちゃんと出ないと期末の赤点挽回できないからね」
と、机の資料に目を落とす。
森本「そうだぞ風間。お前はまず自分のことをちゃんと（考えろ）おぉいっ」
翔、腹だたしげに踵を返し、足早に職員室を出てゆく。
夏子「…」

○学校・中庭

修繕し終えたベンチに、白いペンキを塗っている優希。校舎から出てきた翔に気づく。その、泣きそうな表情。
優希「おい」
と、声かけるが翔、そのまま素通り。
優希「おーいおいおい」
と、駆け寄って腕を掴む。
優希「もうサボんのかよ？　早すぎじゃね？」
翔「…」
優希「…何？　どっか痛いの？」
翔「…俺って、超意味ナシ…」
優希「は？」
優希の手を外し、歩きだす翔。
優希「…」

○道

唇を噛み、ポケットに手を突っ込んでただ歩く翔。

○八百屋の前

店の前で、キョロキョロと辺りを見渡しているおばちゃん。
おばちゃん「あっ、翔ちゃん」
前方に、俯いて歩く翔の姿。
おばちゃん「いいとこに来た。ね、おばあちゃん見なかった？」
翔「え…うちのばあちゃん？」
おばちゃん「また迷ってたから店の中に入れたんだけど、ちょっと目ぇ離したスキにさ…。やだわぁ、どこ行ったんだろ」
翔「…」

○翔のアパート

ドアの前に立っている優希。
優希「…別にねぇ…」
と、帰ろうとするがやっぱり気にかかり、ピンポンを押す。
応答ナシ。もう1回押すも、やっぱりナシ。
優希「…」

○道

怯えた表情で、辺りを見渡しながら歩いているトキ子。見慣れない通り、初めて見る家。そこに、「ばあちゃん！」という声。駆け寄って来た翔、トキ子の腕を掴む。
翔「（肩で息をしながら）1人で行くなっつーの！」

トキ子「痛い痛い」
翔「（ぱっと腕を離し）帰ろ」
　トキ子、横道に入ろうとする。
翔「そっちじゃない」
トキ子「でも私はこっちから来たの」
翔「でも家はそっちじゃない、こっちなの！」
　が、トキ子、やっぱり横道に入ろうとする。
翔「ああ〜、もう！」
　と、しびれ切らしてトキ子の腕を引っ張る。
トキ子「痛い痛い痛い！」
翔「そんなに力いれてねーよ！」
トキ子「…（翔を怯えた目で見て）あんた誰」
翔「―」
トキ子「これ以上つきまとったら警察呼びますからね」
　と、またも横道に入ってゆく。
翔「…（泣きそうに）だから違うんだって…」
　どんどん進んでゆくトキ子。翔、駆け寄ってトキ子の肩を手で掴み、
翔「ねえ、ばあちゃん…」
トキ子「誰か〜！」
翔「いい加減にしろよ！」
　と、翔、思わず手を振り上げたとき。後頭部に何か飛んでくる。
翔「って！」
　アスファルトに、バラバラと飛び散るコンドーム。
翔「…」
　振り返ると、車の窓から顔を出している優希。

優希「忘れ物」
翔「…」
　自分のしようとしたことに、改めて気づかされる翔。恥ずかしさと、カッコ悪さで俯くのみ。トキ子、そんなことには気にも留めず、
トキ子「私はあっちから来たのよ。ね」
　と、歩き出す。車から降りてきた優希、翔の背中をどん！と叩いて、
優希「拾えよ。おーい、おばあちゃ〜ん」
　と、追ってゆく。
翔「…」
　しゃがみ、拾い始める翔。こみ上げてくる涙を拭う。それを離れた所から見つめる優希。

○翔のアパートの前

　停まった車の中。後部席に、翔とトキ子。
優希「はい、到着」
トキ子「（翔に）ホラね、ちゃんと着いたでしょう」
　と、得意げに言い、さっさと降りてゆく。
翔「…『ホラね』って…」
優希「いいねぇ。無敵だわ」
　優希、バックミラー越しに、くたびれた表情の翔を見る。
優希「お前の彼女さぁ、言ってたよ。『この学校にはいい思い出しかない』って。『何一つ忘れたくない』って」
翔「…だから？」
優希「だから…意味はあったんじゃん？　結果が全てじゃないよ」

翔「慰めになるようでなんない」
優希「やっぱ？」
翔「ホントのことだけど、なんかテキトー過ぎんだよ」
優希「わかる」
翔「わかんの？」
優希「…俺さぁ」
　優希、勇気振り絞るように軽く深呼吸してから、
優希「彼女が死んじゃった」
翔「…マジ？」
優希「マジ」
翔「なんで」
優希「まぁ…事故」
翔「いつ？」
優希「1ケ月前くらい」
翔「全然最近じゃね？」
優希「そうだよ、最近だよ」
翔「…どんな感じ？」
優希「あ〜…どんなって…寂しいよ。うん、寂しい」
翔「…」
優希「あとたまにわけわかんなくなる。自分がどこで何やってんのか。…生きてんだか死んでんだか何がなんだか」
翔「ここにいて、俺に説教してる」
優希「(笑って)慰めてやってんだよ」
翔「…とりあえず生きてるようには見えるよ、あんた」
優希「…うん」
　それぞれの悲しみを受け入れてゆく2人。

○学校・中庭（翌日・昼休み）
　ベンチに、仕上げのニス塗りをしている優希。
森本「(来て)キレイになったなぁ」
優希「明日には乾いてるんで」
森本「ありがとな。今日帰るんだろ」
優希「はい。こちらこそ、お世話になりました」
　森本、優希を見て、慰めるように何度もその腕をさすり、
森本「また来いよ」
優希「はい」

○学校・音楽室
　ピアノの前に座っている夏子。その横に立つ翔。
夏子「課題曲わかる？　教科書24ページ、『大地讃頌』。ってか、教科書は？」
　翔、手ぶら。
翔「覚えてる」
夏子「(疑わしげに見つつも)…ならいいけど」
　と、伴奏を弾き始める。歌い始める翔。
翔「…あおーげばーとおーとーしー」
　弾く手が止まる夏子。

○同・中庭
　相変わらず作業中の優希。音楽室から聞こえてくる翔の『仰げば尊し』に、手が止まる。
翔の声「…わーがーしのーおーんー…」
　音楽室を見ると、ピアノの前に座っている夏子の姿。
優希「(翔の気持ちがわかり)…」

　ふっと笑って、また作業に戻る優希。

○同・音楽室

　鍵盤に目を落としたまま、翔の歌を聴いている夏子。

翔「…いーざーさらーばー」

　歌い終え、静まる教室。こみ上げてくるものをこらえ、笑顔で翔を見上げた夏子、

夏子「大変よくできました」

○同・中庭（数時間後）

　夕焼けに、完成したベンチ。

○春田家・庭

　トランクに荷物を投げ込んだ優希。送りに出てきている純一と育代。育代、タッパーがたくさん入っているビニール袋を渡し、

育代「これ。きんぴらとか漬物とか日持ちするのばっかりだから」

優希「あ〜、ありがと」

育代「ちゃんと食べなさいよ」

純一「…また来い。皆待ってるから」

優希「うん」

育代「あ、すみれが今度遊びに行くって」

優希「わかった。じゃあ…」

　と、運転席に乗り込み、エンジンをかけた時。

純一「ああ、待て優希！」

育代「えっ」

　育代、慌てて運転席の窓を叩く。

優希「（窓を開け）ん？」

純一「いや…この前はその…」

優希「（笑って）夏、また来るから」

純一「お、おう。うん。それがいい」

優希「じゃあね」

　発進させる優希。育代と純一、車が見えなくなるまで見送っている。

○道路

　信号待ちしている優希。

優希「お」

　前方に、学校帰りの翔を発見。可愛い女の子とすれ違いざまにぶつかり、謝っている。クラクションを鳴らそうとする優希だが、ぶつかった女の子を振り返り、目で追っている翔を見て。

優希「（呆れて）あいつ…」

　歩き出した翔。

優希「（ふっと笑って）…何が世界の終わりだよ」

　信号が青になり、優希、車を発進させる。

〈終〉

受賞者紹介

伊勢　尚子

いせ・なおこ　１９７８年、北海道生まれ。大学卒業後、数々のアルバイトを渡り歩きながら独学でシナリオを学ぶ。「新人シナリオコンクール」「日本テレビシナリオ登竜門」「ＷＯＷＯＷシナリオ大賞」で佳作受賞。テレビドラマの脚本に携わる。

人間が持つ強さを、柔らかく、優しい物語として描きたいと思い、この作品を書き上げました。大賞受賞から完成まではまさに初めて経験することのオンパレード。周囲の方々の協力を得て、ようやく準備が整い、いざ撮影！と気合を入れて宿泊所のカーテンを開けたら、外はまさかの雪。忘れもしない4月17日。春なのに…。でも、これは波乱に満ちた撮影の序章に過ぎず、その後は来るはずのスタッフが来ない、交通事故、レンタカー破損etc…夢と現実の格差に心が折れまくる日々でした。

それでも、素晴らしかった。一つの物語を、初めて出会ったスタッフ、キャストたちと作り上げる作業は、この上なく素晴らしく楽しい冒険でした。

映画情報

（２０１０年／ＢＤ／49分）

スタッフ

監督・脚本・編集：伊勢　尚子
撮　　　影：田辺　清人
照　　　明：山口　峰寛
録　　　音：中川　究矢
助　監　督：佐藤　千鶴
〈アメイク・衣装：牧瀬　浩子
スクリプター：原田　侑子

キャスト

瓜生真之助（春田優希）
加藤　貴宏（風間翔）
篠原友希子（木下夏子）
南　　利雄（春田純一）
神保　明子（春田育代）
佐藤　友紀（春田すみれ）
佐久間那知子（風間トキ子）

シナリオ大賞2009　短編の部

「純子はご機嫌ななめ」

谷口　雄一郎

登場人物

岩崎純子（10）小学校4年生
岸奈美（10）純子の友人で幼なじみ
藤本秀夫（10）純子の幼なじみ
村川努（10）純子のクラスメイト
亀谷敏和（65）万年堂古書店店長
岩崎政則（38）純子の父
岩崎澄子（37）純子の母
担　任（40）純子のクラスの担任
友人1（10）努の友人
友人2（10）努の友人
友人3（10）努の友人

○山に囲まれた田舎の朝の風景

○小学校・昇降口

多数の小学生が登校している。異様に大人っぽい派手な服装をした岩崎純子（10）が、下駄箱を空ける。ラブレターであろう便箋が3通入っている。無表情で取り出す。背後からニコニコと付いてきた藤本秀夫（10）に渡す。どうしたら良いのかわからない秀夫。その横を、純子と比べて、地味な岸奈美（10）が、漫画を読みながら通り過ぎる。

純子「おはよ」
奈美「…今日は少なかったね」
純子「どっちにしても嫌。あと、ありがと」
と、ランドセルから漫画「彼カツ12巻」を渡す。
奈美「（受け取りながら）今日も万年堂行く？」
純子「うん。続き読みたいし」
歩いていく2人をよそに、秀夫が、ラブレターを捨てようかどうか迷っている。

○同・4年2組教室

担任（40）が、夏休み中の注意事項等を説明している。

担任「えー、夏休みだからといって遊んでばかりいない様に。それと、もうすぐ祭があるけど、出店の飯食い過ぎるんじゃねえぞ。でないと、先生みたいになるぞ！」

と、出っ張った腹を叩く。教室中は大爆笑。だが、純子はその話を聞かず、斜向いに座って爆笑している村川努（10）の横顔にみとれている。努の側の席に座っていた秀夫、純子の視線を勘違いし、手を振り返す。純子、ムッとして、思いっきり消しゴムを投げる。

○同・校庭（放課後）

4年2組の男子達がサッカーをしている。

○同・教室

純子が窓からその様子を見ている。横で、興味無さげに漫画を読んでいる奈美。

○同・校庭

　キーパーの秀夫、窓から見ている純子の姿に見とれている。その隙に、豪快なシュートを決める努。爽やかな笑顔。がっかりする秀夫のチーム一同。うれしそうに拍手する純子の姿に、まだ見とれている秀夫。

○同・教室

　戻ってくる男子達。ゆっくりと帰り支度をしながら、ドギマギしている純子。

奈美「早く行こ」

純子「う、うん…」

　純子、帰り支度をしている努を見ながらも迷っている。奈美、それに気付き、漫画を取り出し、あるページを開き、純子の前に差し出す。そのページには「イケメンの彼氏をゲットする方法その6、時には自分からデートに誘うべし！　頼りがいのある大人な女をアピール！」と書かれている。純子、それを凝視し、意を決して立ち上がる。

○同・校庭

　1人、サッカーの片付けをさせられている秀夫。

○万年堂古書店

　錆びれた店内には、新旧の漫画が所狭しと並んでいる。主人の亀谷敏和（65）がレジの前でぐっすり眠っている。奈美が、棚から漫画を取り出し読んでいる。その傍らで、ため息をついている純子。

奈美「何？　よかったじゃん！」

純子「そうだけど…」

○小学校・教室（数時間前）

努「祭？　いいよ」

純子「え？」

努「だから、いいよ。一緒に行っても」

　純子、呆然としている。

努「じゃあ、また」

　努の友人達が、それに気付き冷やかす。動揺している少年も多数。それを止めながら去ろうとする努。

純子「あ、あの…」

努「何？」

純子「おしゃれしてくから…」

努「うん。山田優くらいな！」

　努、まだ冷やかしている友人と共に恥ずかしそうに去って行く。純子、ボーッとしている。

純子「山田優…」

　ハッと我に返り、あたふたする。

○万年堂古書店

　置いてあったファッション誌を捲る純子。そこにはワンピースを着て、太めのベルト締めた山田優が笑顔で写っている。ワンピースの値段、1万8千円とある。覗き込む奈美。

奈美「高っ！」

純子「となり町に売ってるかな？　お年玉貯めとけば良かった…」

奈美「全財産は？」
純子「50円」
奈美「靴下も買えないね」
純子「私の運もここまで…」
奈美「あ、「彼カツ」のセリフ！　続き置いてあったよ」
　奈美、漫画「彼カツ13巻」を手渡す。純子、ペラペラとページを捲る。「イケメンの彼氏をゲットする方法その10、時には財力必要」と書かれている。そこに、秀夫が疲れた様子でやってくる。
純子「秀夫ー！　お金ある？」
　首を振る秀夫。再びため息をつく純子。

○ショッピングセンター
　地方都市の寂しい洋服売り場。母親の岩崎澄子（37）に連れられ、買い物をしている純子。自分の服を選んでいる澄子。退屈そうな純子、辺りを見回している。ふと、あるマネキンが目に留まる。澄子の傍を離れ、近付いて行く純子。マネキンは、雑誌で山田優が着ていたワンピースにそっくりな服を着ている。胸の値札に「某モデルも着用！　人気商品５８００円」と書かれている。
純子「ママーーー！！」

○車中
　運転する澄子の後部座席で、すねている純子。
澄子「こないだ服買ったばかりでしょ‼」
純子「ママは買ってるじゃん！」
澄子「私はいいの！　同窓会があるんだから！」
　後部座席から運転席を蹴る純子。応戦する澄子。

○岩崎家・食卓
　父の岩崎政則（38）と澄子が食事している。
政則「純子は？」
澄子「いらないって。あなた聞いてよ、純子ったら…」
政則「ダイエットか？　ませてるなあ。まあ、あれだけ可愛いから心配だなあ…お前も見習ったらどうだ！」
　ガッハッハと笑い、ビールを飲む政則。侮蔑の表情を浮かべる澄子。

○同・純子の部屋
　ふて寝をしている純子。そこに政則が入ってくる。
政則「いらないのか？　飯？」
　何も答えず、布団をかぶる純子。政則、純子のベッドに近付く。
政則「ママから聞いた。っていうか、聞かされた。まあ、あれだ。しょうがねーじゃねーか。あれだぞ、パパなんか小遣い５千円だぞ！　飲みに行ったら1回で終わりだ」
　純子、布団から顔を上げる。
政則「買ってやりたいがな、金無いのはパパも一緒だ」
純子「ママ、ケチ…」
政則「そうだな…」
純子「でも、本当に欲しかったんだもん…」
　布団に包まる純子。その際にベッド横に置いてあった目薬をさす。
政則「わかった。わかった」

　起き上がる純子、目をウルウルさせている。その表情の愛らしさにクラッとする政則。だが、ここは父の威厳をと表情を引き締めようとするが、思わず顔がほころぶ。
政則「よし、じゃあ、パパの小遣い全部やろう‼」
純子「本当‼」
　純子、思わず起き上がる。
政則「ただし」
純子「ただし？」
政則「明日から、祭りの前まで畑手伝え‼」
　純子、即座に布団をかぶる。
政則「おーーい」

○同・純子の部屋（深夜）
　真っ暗な部屋。純子は眠れずにいる。

○祭会場内（イメージ）
　例のワンピースを着た純子、努と楽しそうに祭を楽しんでいる。ふとした瞬間に手が触れ合う。思わず見つめあう2人。
努「その格好、かわいいね」
純子「ありがとう」
　2人の手は強く握られようとしている。

○岩崎家・純子の部屋
　純子、足をバタバタさせて恥ずかしがっている。そして、決意の表情。

○同・食卓
　パジャマ姿の政則、眠そうな表情をして入ってくる。
純子「おはよう‼」
　振り返るとそこには、作業着に着替えた純子の姿。唖然とする政則。

○畑
　純子、馴れない手つきで意気揚々と畑仕事をしている。

○万年堂古書店
　寝ている亀谷の横で、夏休みの宿題をしている奈美。椅子にもたれかかっている純子。その横で楽しそうな秀夫。
純子「秀夫‼　喉乾いた！！！」
　秀夫、ダッシュで店を出る。
純子「疲れたー‼」
奈美「いいの？　最近、秀夫君の扱い雑じゃない？」
純子「幼なじみだからいいのー！」
奈美「私も幼なじみだけど！」
　奈美、勉強道具を片付け、鞄から漫画を取り出し、純子に渡す。やけに古い漫画である。タイトルに「夢の蛍」とある。
純子「なにこれ？」
奈美「恋に効く漫画。名作」
純子「ふーん」
　パラパラとページを捲る純子。
純子「振り仮名ついてないじゃーん」
　いつのまにか起きていた亀谷、雑に扱う純子の手を掴む。

純子「うわっ‼」
　亀谷、漫画を奪い取り、最後のページを捲り驚く。
亀谷「オメエ、これどこで手に入れた?」
奈美「私の…」
亀谷「大事に読め。初版本はプレミアもんだ」
　漫画を純子に返す亀谷。そこに、ジュースを片手に戻ってくる秀夫。それを奪い取り一気に飲む亀谷、再び寝入る。
　唖然とする3人。

○畑

　畑仕事をしている純子と政則。純子の手つきは、初めと比べ、かなり馴れてきている。

○岩崎家・純子の部屋（10日後）

　カレンダーには明日の日付に赤丸。ファッション誌の山田優の姿を見つめている純子。思わず顔がほころぶ純子。そこに酔っぱらった政則が入ってくる。
政則「うーい。純子、まだ起きてたんか?」
純子「うん。でね、パパ、約束の…」
政則「ん?」
　純子、手を差し出す。手を握る政則。手を振り払い、顔の前に手を出す。
政則「ん?　おお、おお」
　政則、ポケットをまさぐり、純子に皺くちゃの紙幣を手渡す。嬉しそうに受け取る純子。だが、紙幣を広げた瞬間、表情が曇る。手にした紙幣は千円札である。
純子「何これ?」
政則「ん?　パパの全財産!　いやー祭の準備の打ち入りでさ。飲んじゃった…」
純子「バカーーー‼」
　純子、ワナワナとし、政則を蹴飛ばし、追い出す。

○寝静まった深夜の風景

○岩崎家・寝室

　豪快にイビキをかいている澄子の横で、シクシク泣いている政則。

○純子の部屋（深夜）

　寝れずに呆然としている純子、パラパラと借りた漫画を読んでいるが、内容が頭に入ってこない。最後のページを捲る。「初版」の文字。思い詰めた表情の純子。

○万年堂古書店（翌日）

　寝ている亀谷を叩く手。うっとおしそうに起きる亀谷。目の前には「夢の蛍」を抱えた純子。

○ショッピングセンター

　店内を走っている純子。洋服売り場にて、ワンピースを着たマネキンを見つける。通りかかった店員を捕まえる純子。
純子「これください!」
店員「はい。でもお客様、今その1着しか…」
純子「いいからください‼」

○道

祭に向かう浴衣姿の人々を尻目に、紙袋を持った純子が走っている。

○岩崎家・純子の部屋

ワンピースを着て鏡の前に立っている純子。ワンピースはかなりサイズが大きく、大きめのベルトをしているが、鏡に写る姿は滑稽である。唖然とする純子。チャイムが鳴る。

○同・玄関

奈美が立っている。ワンピースを着た純子、恥ずかしそう。

奈美「それ…」

純子「うん…」

奈美「しょうがない…一緒に浴衣着ていこ！　その前に「夢の蛍」返して！　お姉ちゃんの勝手に持ち出したから怒られちゃった…」

純子「あ…」

○万年堂古書店

「夢の蛍」を手にとって見つめている亀谷。アイスを食べながらその表情を見ている秀夫。

亀谷「お前、男だろ…」

キョトンとしている秀夫。

○岩崎家・玄関

唖然としている奈美、何も言わずにその場を去る。

○道

奈美、走っている。ひたすら走っている。走り疲れ、立ち止まり、涙を流す。

○岩崎家・玄関

立ち尽くしている純子、力がぬけ、座り込む。

○祭会場

出店が建ち並び、賑やかな会場。鳥居の前でワンピースを着て待っている純子。その姿の滑稽さに、通りすぎる人がクスクスと笑っている。恥ずかしさのあまり、目を伏せる純子。小学1年生くらいの男女3人が浴衣姿で通り過ぎる。それを見つめる純子。

○同（回想）

幼い頃の純子、奈美、秀夫の3人が金魚すくいをしている。すぐ破けて、近くにいた父に泣きつく純子。いいところを見せようと、豪快にポイを水槽に突っ込むが、大きく破けてしょんぼりしている秀夫。そんな2人を尻目に、器用に次々と金魚をすくっていく奈美。それを感激して見ている純子と秀夫。皆、楽しそうで笑顔に満ちあふれている。

○同

遠くから努の姿が近付く。鳥居の陰へしゃがみこみ、身を隠す純子。覗き見ると、1人ではなく、3人の友人と共に歩いている。

友人1「あれー？　岩崎の奴いたのになー？」

友人２「なんかチャンピオンベルトみたいなの着けて、変な格好してた」
友人３「それどーなのよ！」
　ケラケラと笑っている３人。合わせる様に苦笑いする努。
友人１「なあ、どう思う？　努」
　思わず耳を澄ます純子。
努「チャンピオンベルトは…嫌だな…」
　スカートの裾を握りしめる純子。そこに背後から秀夫が走ってくる。純子を見つけ、そろり、そろりと忍び寄る。秀夫に肩を叩かれ、驚いて立ち上がる純子。努と友人達に見つかる。
努「あ…」
　純子、その場から逃げ出す様に、走り出す。追いかけようとする秀夫を払いのける純子の目に涙が浮かんでいる。その表情に戸惑う秀夫。
純子「ごめん」
　冷やかす努の友人達の横をすり抜けて再び走り出す純子。気まずそうな努の横で、立ち尽くす秀夫。

○道
　真っ暗な夜道、涙を流しながら走る純子。ブカブカのワンピースの為、走りにくそうである。だが、格好がぐちゃぐちゃに崩れるのもかまわずに走っている。とうとう力つきて、止まり、座り込む純子。再び涙が止めどなく流れる純子。その視界に、汚いビーサンを履いた足が入ってくる。顔を上げると、亀谷がアイスを食べながら立っている。

○祭会場
　立ち尽くしている秀夫の脳裏に、純子の表情が浮かぶ。
友人１「なんだよ、岩崎の奴！」
友人３「恥ずかしいなら、何であんな格好してんだよ…」
友人２「知ってる？　努」
努「うーん…知らない…」
　拳を握りしめる秀夫。
秀夫「今、なんて言った？」
努「へ？」
　秀夫、努と友人達に向かって殴りかかっていく。

○万年堂古書店
　アイスを食べながら入ってくる純子と亀谷。店の片隅に奈美が座っている。

○祭会場
　返り討ちにあって、ボコボコになっている秀夫。しかし、周りの大人に制止されようとも、さらに殴り掛かろうとする。

○万年堂古書店
　お互いに黙っている純子と奈美。そこに、漫画「夢の蛍」を差し出す亀谷。
亀谷「売り物にできるかよ…ったく、俺がいつも寝てるだけだと思ったか？　聞こえてるっつーの」
　漫画を手に取る奈美。
奈美「その格好…」

純子「そんな急に大人になれませんでした…」
　奈美、笑い出してしまう。それを見て、純子も笑い出してしまう。そこに秀夫が現れる。純子の格好の様にボロボロである。
純子「どうしたの…」
秀夫「負けちゃいました…」
奈美「店長！　奥借りるね！　浴衣着替えたいから！」
　奈美、店の奥に引っ込んでいく。
秀夫「あのね、純ちゃん…僕ね…やっぱり強くないから、力で守ることは出来ないんだけど、でもやっぱり僕は…」
　秀夫、思い切って振り返ると、純子はいない。亀谷が「夢の蛍」を読んで号泣している。

○古書店万年堂・奥
　生活感あふれる和室。浴衣に着替え終わった奈美、純子の浴衣の着付けを手伝っている。
純子「ごめん」
奈美「いいよ、もう戻ってきたんだし」
純子「はー。やっぱ男は顔じゃないかも…」
奈美「じゃあ、幼なじみとかは⁇」
純子「は？」
　奈美、純子の帯を締め終え、２人で鏡の前に並ぶ。
純子「奈美。またあの漫画貸してね…」
奈美「その前に、漢字を勉強しましょう」
純子「幼なじみの件も含め、考慮します！」
奈美「あ、「彼カツ」のセリフ！」
　２人、クスクスと笑い合う。遠くから花火の音が聞こえてくる。目を合わせ、飛び出す２人。

○道
　浴衣姿の純子と奈美、花火の打ち上がっている方向へ走っていく。その姿を見て、必死に追いかける秀夫。楽しそうに走っていく３人。

〈終〉

受賞者紹介

谷口　雄一郎

たにぐち・ゆういちろう　１９８０年、愛知県春日井市生まれ。日本映画学校在学中からフリーの録音助手として映画製作の現場へ赴く。卒業後、シナリオ執筆を本格的に再開。２０１３年、２作目の「ゆびわのひみつ」は国内外の映画祭で7冠受賞を成し遂げる。その後もコンスタントに製作。製作した映画全てが映画祭にてノミネート、受賞を続けている。

ある日、Perfumeさんがカバーした「ジェニーはご機嫌ななめ」を聴いた際「この歌詞みたいな小学生女子がいたら嫌だなぁ」と思った瞬間「純子」が産まれました。
専門学校同期や先輩等優秀なスタッフが集結しましたが、撮影の際は私の経験不足が露呈し迷惑をかけるばかり。「演技をつけてください」とスタッフに言われるも「演技をつける？」と悩むばかり。撮影時間は延びに延び、昼食の時間になった際「監督。お昼ご飯の時間です」というスタッフの言葉に「昼ご飯ってなんですか?」と真顔で聞くダメ監督でした。大反省です。全力は尽くしましたが、完成後、高評価を頂いても「もっと出来たはず…」という思いが残り、それを解消する為に撮り続けていたら、いつのまにか今に至りました。続けていられるのは、あの時の経験があってこそだと思います。

映画情報

(2010年/BD/24分)

スタッフ

制　　作:Liner Notes
監督・脚本・製作:谷口雄一郎
撮　　影:岩永　洋
録　　音:宋　晋瑞
編　　集・ラインプロデューサー
　　:阿部　史嗣
音　　楽:松本あすか
助　監　督:白石　真弓
衣　　装:平林　純子
メ　イ　ク:関谷　美世
制作主任:外山　文治
撮影助手:野々下　将
　　濱井　江
　　星野　仁志
演出助手:森田　博之
衣装助手:則次　美雪
制作進行:森口　真人
スチール:内堀　義之
小道具作成協力:田中　浩二
　　山内　亮
劇中漫画:大森　あめ

キャスト

千明　姫瑠(岩崎純子)
油井麻衣奈(岸奈美)
黒田　藍千(藤本秀夫)
鹿野　脩太(村川努)
日下部千太郎(岩崎政則)
比佐　廉(岩崎澄子)
斧　アツシ(亀谷敏和)

シナリオ大賞２０１０　中編の部

「惑星のささやき」

澤田　サンダー

登場人物

富井ゲレ郎（34）不動産会社員
富井真一（64）ゲレ郎の父
宏　美（29）ゲレ郎の会社の事務員　メガネ美女
課　長（50）ゲレ郎の会社の上司
宅配業者Ａ（42）Ｂ（22）
主治医（46）真一の主治医
看護婦Ａ　真一の入院先の病院の看護婦
看護婦Ｂ　ケアハウスの看護婦
マスター（44）ゲレ郎家近所のバーの店長
客　ＡＢ
武　田（28）
社員ＡＢＣＤ　ゲレ郎の会社の同世代の同僚
引っ越し業者

○会社・中（夜）

壁に付いている時計は8時を過ぎている。オフィスに残業している社員が5人。その中にいる富井ゲレ郎（34）は地味なスーツを着て、散らかっている机でパソコンに向かっている。ゲレ郎の比較的近い席に座る社員Ａが突然仕事の手を止めて、椅子にもたれかかり、

社員Ａ「あー、もういいや、止めた止めた。まだ？」

社員Ｂ「もうちょい」

社員Ｃ「俺も」

社員Ａ「もうちょいもクソもねえって。課長や部長なんか昼からいねえんだし、やってられるかよ。酒だ酒、飲みにいくぞ」

社員Ａはそういうと、「ホラホラ」と、社員Ｂ・Ｃ・Ｄの机の上を勝手に片付けて、帰り支度をするように促す。その時、社員Ａはゲレ郎をちらっと見るが声をかけない。社員Ａ・Ｂ・Ｃ・Ｄが一緒に帰る。取り残されるゲレ郎。

○電車・車内

鞄を持ち、つり革に掴まっているゲレ郎。

○スーパー・入り口

ゲレ郎が急ぎ足でそこを通り抜ける。

○同・中

蛍の光が流れる店内。総菜コーナーで半額になった見切り品をじっくり見ているゲレ郎。

総菜と発泡酒を持ってレジに並ぶゲレ郎。レジで「４３８円でーす」と言われ、ちょうどの小銭をちまちまと置く。

○ゲレ郎のアパート・集合ポスト

ゲレ郎が鞄とビニール袋を持ってやってきて、「富井ゲレ郎　２１０号室」と書かれたポストを開ける。幾つかのチラシやＤＭと3枚の宅配便の不在票。3枚の不在票を手に取り、見る。ゲレ郎はため息をつく。３つの不在表には全

て同じ内容の記載がされ、発送人の欄は無記入で、受取人は「富井ゲレ郎さま」となっている。ひっくり返して内容物の欄を見ると「石」とある。ゲレ郎は不在票を1枚ずつ全部破り捨てる。

○同・階段

階段を上がるゲレ郎。

○同・室内

六畳一間の木造ワンルーム。室内には、敷きっぱなしの布団と干しっぱなしの洗濯物。ゲレ郎は荷物をテーブルの側に置き、スーツを脱ぎ始める。

スウェット姿であぐらをかいてテレビを見ながらビールを飲み、総菜を食べているゲレ郎。携帯電話が鳴り、それに出る。

ゲレ郎「はい」
真一「オレだ」
ゲレ郎「ああ、親父。どうそっちは」
真一「やっと来週から精密検査だ。病院の飯は今のところ悪くないぞ。お前の方は」

富井真一（64）は時々咳払いをしながら、痰が絡んだような、喉に何かが詰まった話し方をする。

ゲレ郎「オレはふつう」
真一「相変わらずチンタラやってるのか?」
ゲレ郎「…」
真一「お前、彼女は?　随分経つだろ、いなくなってから」
ゲレ郎「そんな事はどうでもいいだろ」
真一「どうせ友達もほとんどいないんだろう」
ゲレ郎「…最近急にそういう事言うようになったな」
真一「ゲレ郎、あんまり説教じみた事は言いたくはないが、お前はもう今年で34になるんだぞ。あっという間に時間は過ぎる」
ゲレ郎「だからどうしろって言うんだよ」

その後も電話を続けるゲレ郎。

ゲレ郎N「確かに、毎日味気ない日々を送っていた。本当に何にも無い。人と話をしないで終わる日なんてざらにあった。メールすらしない日もある。ちょっと前までは、何かになりたいとか、こういう生活をしたいだとか、女の子と遊びたいとかあったが、今では会社と自宅の往復の日々。父に言われなくても、時々自分は一体どうしてしまったんだろうかと思う事があった…」
ゲレ郎「そういえば…、親父、うちに荷物を何か送ったりしてないか?」
真一「いや」
ゲレ郎「親戚のオバさんとか、オジさんとかが、オレに何か送ったって言う話聞かない?」
真一「例えばどんなもの?」
ゲレ郎「…うーん、石で出来た、何か…、かな?」
真一「まあ、聞けたら確認してみよう」
ゲレ郎「頼んだよ」
真一「じゃあ、また連絡するからな」

電話を終え、携帯をテーブルの上に置くゲレ郎。布団をかぶり、ビールを飲み続ける。

○タイトル「惑星のささやき」

○ゲレ郎のアパート・外観（朝）

○同・玄関

スーツに着替え、鞄を持って出て行くゲレ郎。

○駅・ホーム

電車に乗り込むゲレ郎。

○ゲレ郎のアパート・ドアの前

宅配業者Ａ（42）とＢ（22）がおり、横には梱包された1メートル50センチくらいの荷物がある。宅配業者Ａがドアをノックしながら、

宅配業者Ａ「富井さんー、富井ゲレ郎さんー。クソッ（ドアを殴る）」

宅配業者Ｂ「今日も不在みたいっすね。いついるんすかね」

宅配業者Ａ「マジ腹立つ。こんなバカ重いもの何度も運ばせやがって。タダでさえクタクタなのに」

宅配業者Ａはしつこくノックし、ドアのノブを触る。するとカギがかかっておらず、ドアが開く。

宅配業者Ａ「あ」

宅配業者Ｂ「開いたっす…」

２人は注意深く部屋を覗き、誰もいない事を確認する。

宅配業者Ａ「入れちまおうぜ」

宅配業者Ｂ「犯罪っす、無理っすよ」

２人は包みを重そうに抱え、中に入って行く。（その後、部屋の中から音だけが聞こえてくる）ビリビリと袋を破る音。

宅配業者Ｂの声「ちょ、どうして包みを破っちゃうんすか」

宅配業者Ａの声「知るか」

宅配業者Ｂの声「まずいっす」

ガサゴソする音。その後、２人が「おおー」と驚く声。

○道（夜）

フラフラと帰ってくるゲレ郎。

○ゲレ郎のアパート・ドアの前

ポケットからカギを出し、ドアに差し込むゲレ郎。

ゲレ郎「しまった…」

ドアが開いていることに気がつく。

○同・中

ゲレ郎が明かりを付けると、畳の上に1メートル50センチくらいの☆形の白い石が立った状態で置かれているのが見える。動きが止まるゲレ郎。石を動かそうとするが、動かない。

諦めてテレビを見ながらビールを飲むスウェット姿のゲレ郎。時々、石の方をチラチラと見る。

電気を消して布団に入るゲレ郎。暗闇の中にほのかに光って見える石。

ゲレ郎「気になる…」

○会社・中
　オフィスで働くゲレ郎。

○公園・ベンチ
　1人で昼食をするゲレ郎。いくつかの石のモニュメントに目がいく。

○ゲレ郎のアパート・中（夜）
　ネクタイを外しながらアクビをするゲレ郎。ふと見ると、石の上にハエがとまっている。それを追い払ってやる。

○同・中（朝）
　スウェット姿でほうきをかけているゲレ郎。石の周りの小石を掃除しながら、
ゲレ郎「お前、頼むから小さいのポロポロ落とすなよ」
　すると小さな小石がポロッと落ちる。
ゲレ郎「コラコラコラ、もー、しょうがないなあ…」
　小石を掃除するゲレ郎。

○会社・中
　事務員の宏美㉙がゲレ郎の席にお茶を持ってくる。
宏美「どうぞ」
ゲレ郎「どうも。宏美ちゃんメガネかえた？　なんかいい感じ」
宏美「そうですか」
ゲレ郎「ホントホント」
宏美「でも、コレいつものヤツですよ」
ゲレ郎「あ、そう」
宏美「最近、ゲレ郎さんなんか変わりましたよね。口数も増えたし」
ゲレ郎「え、変？」
宏美「いや（笑）。別に変じゃないですよ」
ゲレ郎「まあ、変わったと言えば変わったんだけど」
宏美「どうしたんですか？」
ゲレ郎「実は、家に…（耳打ち）」
宏美「ええ、ホント！」
ゲレ郎「ホントホント」
　宏美の声に反応して2人を見る同僚たち。
ゲレ郎N「なんだかよくわからないが、日に日に自分があの石に影響されているのは間違いなかった。気がつくと、あの石の事を考えているのだ…」

○ゲレ郎のアパート
　☆の形の石。

○近所のバー（夜）
　カウンターに座ってハイボールを飲むゲレ郎。カウンターの内側にはマスターがいる。
マスター「音沙汰ないから、引っ越しかなんかしてもう居ないかと思ってたよ」
ゲレ郎「元々派手に飲み歩くタイプでもないですし、オレ」
マスター「でも最近よく来てくれるじゃん。なんかあった？」
ゲレ郎「特にオレ自身に何かあったって訳じゃないんですけど、あえて言うなら、うちに石が届いて…」
マスター「ん？　何？」

ゲレ郎「だから、オレんちに石が届いて…」
マスター「どういう事？　宗教？　ねずみ講？」
ゲレ郎「いや…」
マスター「大きさどのくらい？　どんな形？」
ゲレ郎「それが…（マスターの耳元で囁く）」
マスター「なんだってぇ、ちょっとみんな！」
　マスターが店内にいる客に触れ回る。その間にゲレ郎の携帯に電話がかかってくる。バーの外に出て携帯に出るゲレ郎。
ゲレ郎「もしもし」
真一「おう元気か」
ゲレ郎「元気だよ」
真一「忙しいのか…？　今大丈夫か？」
ゲレ郎「ああ…、少しだけなら…」
真一「最近どうしたんだ？　遊び歩くようになったか？」
ゲレ郎「いや…、特に」
真一「まあ、いいんだけど」
ゲレ郎「で、電話したのは…、」
真一「今日、検査結果が出たらしくてなあ。もったいぶらずに普通に教えてくれりゃあいいのに、なんか医者が息子さんを呼んでくれっていうんで…。今度の土曜日の予定は何かあるか？」

○病院・外観（朝）

○同・通路

○同・面談室
　10畳くらいの部屋。ホワイトボードやテーブル、ライトボードなどがある。テーブルに主治医（46）と真一とゲレ郎が座って、
主治医「精密検査の結果ですが…」
　主治医はレントゲン写真をライトボードに張り付け、書類をゲレ郎と真一に差し出す。
主治医「富井さんは、食道ガンの第3段階でして…」
ゲレ郎N「何となく予想はしていたが、親父はやはり難しい状態だった。ガンは食道だけではなく声帯にも転移しており、手術が必要で術後は声が出なくなる。今まで弱みを見せることなんてほとんどなかった親父は、その日、何度も首を振り、医者に『どうにかならないですか』と繰り返し続けた…」
　レントゲンや書類を指でさして説明する主治医。目がまっ赤な真一。それを辛そうに見ているゲレ郎。
ゲレ郎N「手術は体を胸、背中と切り開いて行う、ガンの手術の中でも困難なもので、8時間以上かかるらしかった。それに手術が無事成功したとしても、親父には辛い人生が待っている…」

○同・病室
　ベットに横になっている真一。椅子に座り、側にいるゲレ郎。
真一「最近どうなんだ？　少しは楽しくしてるのか？」
ゲレ郎「前よりは全然良い」
真一「お前は死んだ母さんに似て、人見知りが激しかったからなあ」
ゲレ郎「そうかな…」

真一「仕事も、遊ぶ時も、思いっきり楽しめよ」
ゲレ郎「…」

○ゲレ郎のアパート（夜）

ゲレ郎は石の☆の形の尖った部分を触る。

ゲレ郎「あのなあ、オレの親父が病気で、今度手術をするんだけど、それがどんなにうまくいっても、声は出なくなってしまうんだ。まあ、お前は生まれた時からしゃべれないわけだから、こんな事言ってもしょうがないかもしれないけどさ」

ゲレ郎に触られている石。

○取引先の土建会社・中

テーブルを挟み、ゲレ郎の前にはスーツを着た取引先の役員と作業服を着た男が座っている。設計図を指差しながら、積極的に話すゲレ郎。同席した社員Aがゲレ郎の様子をもの珍しそうに見ている。

○会社・中（夜）

会社に戻ってくるゲレ郎。社員Aと時計を見ながら、
ゲレ郎「課長の戻りはいつでしたっけ？」
社員A「今日はもういいんじゃん」
ゲレ郎「でも、出来たら早いうちに報告した方が…」
社員A「明日にしなよ。じゃあ、帰るから」
そういうと、社員Aは帰り支度を整え出て行く。ゲレ郎は座って、書類をまとめたりして仕事を再開する。
引き続き残業しているゲレ郎。ドアの外で宏美が小さく手を振っている。それに気がつかないゲレ郎。
宏美「富井さん」
声をかけられてやっと宏美に気がつくゲレ郎。ゲレ郎は宏美に手を振る。宏美もゲレ郎に手を振る。

○道

バーのマスターと酔っぱらい（客A、B）が歩いている。

○ゲレ郎のアパート・ドアの前

電気が消えている部屋の様子。ドアを叩くマスター一同。
客A「おおーいゲレ郎ー。アレを見せろよバカやろー」

○同・中

ゲレ郎はフトンから出てきてドアを開ける。
ゲレ郎「寝てたんだけど」
客B「好きな時に見に来いって言ったじゃん」
マスター「すまん…、どうしても見たいって…」
ゲレ郎「もうちょっと早い時間なら…。マスターお店は？」
マスター「閉めたよ」
客A「（ウィスキーのボトルを渡す）」
ゲレ郎はしょうがなく3人を招き入れる。電気を付けると、3人は石の方を見て、「へー」と声を上げる。
石を囲んで楽しそうに飲むゲレ郎たち。みんな石にベタベタ触る。

○同・中（朝）

スーツに着替えているゲレ郎。テーブルの上には、昨夜の飲み散らかし。頭痛を起こすゲレ郎。二日酔い回復ドリンクを開けて流し込む。

○会社・会議室

新プロジェクトのプレゼンテーションをするゲレ郎。内容は、団地を再生し、それぞれの棟に総合病院の機能を分散させ、ベット数も同時に減らすというプロジェクト。熱心に聞いている同僚や上司たち。

○ゲレ郎のアパート・中（昼間）

部屋を掃除しているゲレ郎。ゲレ郎は一通り掃除が済むと、石を前にして座り、

ゲレ郎「なんだかお前が来る前の事とか、ほとんど忘れちゃったよ。体が時々辛いけど、やっと生きてる感じがして…」

ゲレ郎、石を触る。

○公園

宏美と楽しく過ごすゲレ郎。

○居酒屋

社員A～Dが同席している。

社員A「プロジェクトの進行を祝し、乾杯！」

と、言うと、みんなゲレ郎のグラスにグラスをぶつけてくる。恥ずかしそうにするゲレ郎。

社員A「よくこのご時世であの規模の企画がスタート出来たよな」

社員B「ホント凄いよ」

○会社の近くのバー

バーで4人の同僚たち。そこにトイレに行っていたゲレ郎が戻ってきて、上着のポケットの中のもの（タバコと携帯）をテーブルの上に出して、上着を脱ぎみんなの輪に加わる。しばらくして着信するゲレ郎の携帯。

社員A「ゲレ郎ー、携帯鳴ってるぞ」

しかし、ゲレ郎は他の同僚と話すのに夢中になっている。

○ゲレ郎のアパート・中

スーツのまま床で寝ているゲレ郎。目が覚め、周辺を見渡す。床に転がっている時計を拾い時間を見ると、1時を過ぎている。

ゲレ郎「もう昼か…」

ゲレ郎はスーツを脱いでハンガーにかけ、ジャケットのポケットの中から携帯電話を取り出し、触る。

ゲレ郎「…留守電2件も、いつの間に…」

留守電を聞くゲレ郎。

アナウンス「昨日の、19時20分の伝言です」

真一の声「もしもしオレだけど、コレ聞いたらすぐ連絡くれ」

ゲレ郎の顔は急に青ざめる。

ゲレ郎N「その日、オレは父親の喉の手術だと言う事を忘れていた。しかも、オレと肉声で最後の会話をする事を望んで前の日から何度もかけてきていた親父の電話に、一度も気づく事無く…」

アナウンス「今日、８時35分の伝言です」
真一の声「もしもし、これから手術です。また後で…」
　ゲレ郎は石のところまで行く。石に落ちる涙。
ゲレ郎「何だよ…。何なんだよ…。オレ大変な事しちゃったじゃないか…」
　無言の石。

○病院・ＩＣＵ
　ビニールシートに囲まれた無菌ベッド。呼吸器に接続された真一がベッドに斜めに固定されている。側にいるマスクを付けたゲレ郎と看護婦Ａ。目が覚めゲレ郎に気がつく真一、口を動かすが声が出ない。ゲレ郎はその様子を呆然と見ている。看護婦Ａがホワイトボードとマジックを持ってきて、真一に渡す。受け取った真一は一度目を閉じ、改めて自分が声を失った事を感じて辛そうな表情をしてから、ホワイトボードに文字を書く。「手術おわってよかった。背中がかゆい」ゲレ郎は、それを見て、看護婦Ａを呼ぶ。
ゲレ郎「あの…、親父、背中が痒いって」
看護婦Ａ「今の状態だと体が起こせませんので…」
ゲレ郎「御免、起こせないって。体」
　「わかった」と書き、唸る真一。ゲレ郎、下を向く。真一、余ったスペースに小さく「もじけして」と書く。ホワイトボードを受け取りティッシュで文字を消すゲレ郎。

○同・面談室
　テーブルに主治医とゲレ郎が座っている。ゲレ郎の手前にはレントゲンや診断書、メモなど。
主治医「手術は成功したのですが、ガン細胞が思いのほか転移していました。なんとか肉眼で分かる範囲は除去したのですが、再発は避けられないでしょう…」
ゲレ郎「もう長くはないってことですか…」
主治医「場所が場所ですから…、そう何度も手術は…」

○ゲレ郎のアパート（夜）
　ゲレ郎は部屋に帰ってきた後、鞄や上着をたたんで、そしてしばらくして石の前に座ってたたずむ。
ゲレ郎「お前、何でここに来たんだろうな」
　無反応の石。
ゲレ郎「お前を別に責めてる訳じゃないんだけどさ、親父はどっちみちこうなる運命だったんだし」

○会社・ミーティングルーム
　テーブルに座る課長（50）とゲレ郎。
課長「やっぱり親父さん、上手くいかなかったか…」
ゲレ郎「課長、親父の病気の事は今後もみんなには言わないでもらえますか」
課長「分かった。でも、何も会社を辞めることはないだろう？」
ゲレ郎「いろいろあるんです。オレの中で…」
課長「だって、休みを取ればいいだけじゃないか」
ゲレ郎「確かにそうなんですが。やっぱりそれは違うんです…」

○ゲレ郎のアパート・中
　引っ越し業者が来て荷物を運んでいる。手伝うゲレ郎。段ボールのそばにある☆の形の石。

○ケアハウス

都市部から離れ、田舎にあるのんびりとしたケアハウス。喉に包帯を巻かれ、ベッドに横になっている真一。そばには段ボールが山積みになっている。業者の人から「最後です」と段ボールを一つ受け取って、それをその上に積み上げる。業者の人に「全部無事届けられたかご確認いただきましたら、こちらの書類にサインをお願いします」と書類を渡されたゲレ郎は、荷物を見渡す。☆の形の石はない。そして、「大丈夫です」と言って、自分の名前をサインする。「では、後のお預かりものは我が社の方で責任を持って処分しておきますので」と、言って業者は出て行く。ゲレ郎は一息つき、真一の近くにやってくる。

ゲレ郎「どうだここの様子」

真一（ホワイトボードで）「（よくない）」

ゲレ郎「なんで。空気もきれいだし、いいところじゃん」

真一「（俺はここで死ぬのか？）」

ゲレ郎「…」

真一「（別に前の病院でも変わらない）」

ゲレ郎「そんなこと言うなよ…。このケアハウスならオレも暮らせるし看護婦さんも毎日来てくれるんだから」

真一は自分でいったんホワイトボードを消す。

真一「（会社やめることないのに）」

ゲレ郎「いいんだよ、携帯も解約したし、ひとまず全部リセットしたかったんだ。そうだ、親父、散歩に行かないか？　看護婦さんがなるべく外へ出るようにって言ってたから。このへんには大きな川もあるし、少し歩けば山もある」

○川の周辺の道

車椅子の真一を押して歩くゲレ郎。

○川

ゲレ郎は、真一の乗った車椅子をひいて川のそばへいく。そして、ゲレ郎は真一をおいて、さらに川に近づいていき、川沿いに落ちている石を見て、その中でいくつかのものを手に取って眺め、選んだものを川に投げ入れる。その様子を見ている真一。真一は、ホワイトボードを手にして、文字を書き、不機嫌な様子でコツコツと叩いて、それをゲレ郎に見せる。

真一「（石を投げるな）」

ゲレ郎「え？」

真一「（危ない）」

ゲレ郎「もう子どもじゃないんだから大丈夫だって。いいだろ？」

真一「（まあ、しょうがない、と、いった表情）」

ゲレ郎「こうやって（石を拾う）手に取って眺めると、昔から投げたくなる石と、そうじゃないのがはっきりしてたんだ。全然形とか関係ないんだ、なんか不思議だと思わないか？　投げたくなるのは投げてやる（川に投げる）。そして時々、投げた後の石の事を想像するんだ。水の中は冷たいけど、いろんなものが流れてくるのが下から見えるんだろうな、なあんて（笑）」

真一は、ゲレ郎のその姿を見ている。ゲレ郎は石を投げ続ける。

ゲレ郎N「その後、親父は一時的に回復したがすぐにガンが再発し、神経や脊椎が侵され、日に日に衰弱していった…」

○**ケアハウス**

看護婦Bと一緒に真一の足をもんでいるゲレ郎。

衰弱した真一に水を飲ませるゲレ郎。

夜、真一のベッドの側で簡易ベッドに寝ているゲレ郎。

○**同・庭（昼間）**

車椅子に真一を乗せて歩くゲレ郎。真一の鼻には酸素吸入チューブが付いており、呼吸が薄く、ぐったりしている。

ホワイトボードは車椅子の後ろのポケットに入っている。

ゲレ郎「やっぱり東京よりこっちに来て良かったろ?」

真一は反応しない。

ゲレ郎「そうそう、新聞見たら昨日株価がバカみたいに暴落していてさ、親父、母ちゃんが生きてた頃、株やって大損した時があったよな（笑）。オレ小学生だったから、株で喧嘩するって何だ、じゃあキノコや大根でも喧嘩するのかって思って、意味不明だったんだ。その時の事を思い出したよ」

真一はそれにも反応しない。

ゲレ郎N「オレは親父がこんな状態になっても1人で話をする事をやめなかった。それは確かに石に話しかけるのに似ていたが、だが、全然違う行為だった。時々親父が何か反応してくれるとうれしかったが、でも、そんな事は大して重要じゃなかった」

○**武田のアパート・外観**

外は晴れている。

○**同・中**

紙や書類、マンガ等が散らかった真っ暗な居間。キッチンは洗っていない食器等であふれ、ゴミは放置されて、ハエの音もしている。部屋全体の明かりはパソコンのディスプレーのみである。布団を被りキーボードを叩く武田（28）。呼び鈴が鳴り、「武田さん宅急便です」という声。武田は無視をする。しかし、何度も呼び鈴が鳴る。

武田「ったく」

そう言ってドアの前まで近寄り、少しだけ開ける武田。

宅配業者A「お届けものです」

武田「何の」

宅配業者A「さあ」

武田「誰から」

宅配業者A「分かりません」

武田「じゃいいよ」

武田はドアを閉めようとする。しかし、宅配業者AとBは強引にドアをこじ開け、荷物を持って入ってくる。

武田「なんだお前ら、警察呼ぶぞ！」

宅配業者A「大丈夫」

宅配業者B「大丈夫っす、ちょっと重いですけど、コレ、この辺（部屋の奥に進み）においていいスカ?」

〈終〉

受賞者紹介

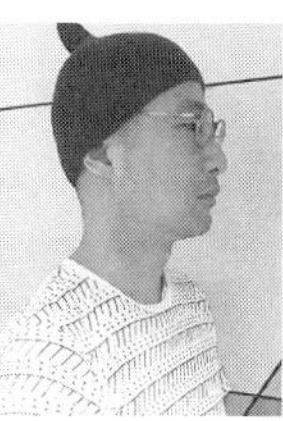

澤田　サンダー

さわだ・さんだー　１９７６年、青森県生まれ。15歳で映画に本格的に興味を持つ。家出した先で近所に住んでいた友人が「衛星放送でいい作品がかかる」とよく家に呼んでくれたのがきっかけ。自分から見に行った最古の映画はスピルバーグ製作の「インナースペース（１９８７）」。サンダーという名前の由来は、変な揉め事が多かった英国のハードロックバンド。

34歳で東京藝術大学の大学院に入学し、不安を感じていたところに、レオス・カラックスのプロデューサーで当時学部長だった堀越謙三さんから一枚の紙を渡されました。そして「このリストに入っている映画祭で賞をとったら学費を全額免除してやる」と、言われました。その中に伊参スタジオ映画祭のシナリオ大賞が入っていました。

初ロケハンを予定していた前日に東日本大震災が発生。映画祭開催も危ぶまれ、撮影もどうなるかわからず不安な日々を過ごしたことを覚えています。準備が始まったのは撮影の一ヶ月前くらいからで、多くのことがうまくいかず、苦い思い出ばかりです。

内容に関しては、世に語られる「人間の理想」に対して、その基準はとても脆くて怪しいものだと常日頃から思っていたので、それを描いてみようとした作品だと記憶しています。

映画情報

（２０１１年／ＢＤ／76分）

スタッフ

監督・脚本：澤田サンダー
制　　　作：大堯　健士
助　監　督：三宅　感
撮　　　影：金　相守
照　　　明：浅見　貴宏
撮 影 助 手：国枝　淳志
録　　　音：中村　潤一
編　　　集：末松寛アドリアン
音　　　楽：三富　栄治
車　　　両：須永　祐介
ス チ ー ル：清水　稔
主　題　歌：三富　栄治

キャスト

中村　有（富井ゲレ郎）
山岸　彩子（宏美）
鐘築　健二（富井真一）
新藤　哲也（渡部）
高橋しんじ（主治医）
ミョンジュ（課長）

シナリオ大賞２０１０　短編の部

「悲しくてやりきれない」

澤　千尋

登場人物

黒木裕行（17）高校生
金田強中（17）高校生
中山夕子（17）高校生
八木　等（54）教師
黒木雅子（41）裕行の母
相馬稲枝（17）高校生
金田美花（24）強中の姉

○黒木家・裕行の部屋

レコードに針を置く黒木裕行（17）。外は木枯らし。窓ガラスがガタガタ鳴ってる。机の上には雑誌「蛍雪時代１９７０年」。こたつで本を読んでいる金田強中（17）。ザ・フォーク・クルセダーズの「悲しくてやりきれない」が流れる。

強中「フォークルね？　もう、古りぃわ」
裕行、強中の本を取り上げる。本、「憂国　三島由紀夫」。
強中「腹減ったな」
伸びをする強中。

○同・廊下

足音をたて、階段を降りてくる強中、裕行。台所から黒木雅子（41）が顔を出す。
強中「お邪魔しました」
雅子「どこ行くね？」
裕行「図書館行ってくる」
雅子「あげに参考書あるに、それでも足りんの？」
玄関から出て行く強中、裕行。

○別府駅前

観光客の姿、宿の客引きの姿が見える。駅前の景色を、眺めている裕行。横で強中が、煙草屋で煙草を買い、１本、口にくわえる。裕行、強中の煙草を取る。
強中「おい、欲しいなら、欲しいって」
裕行「ハエや、ほら」
駅前に八木等（54）の姿。
強中「あいつ、何しちょるん？」
裕行「餌、探しとるんや」
バスの時刻表を見ている八木、空いてる手でベタベタ時刻表を触る。その姿は、さながらハエの様。笑う裕行。八木に背を向け、歩き出す２人。
裕行「うどんでも食うか」
強中「うどんはもういらんけん」
裕行「それならどうしようか？」
強中「おかしな東京弁はやめろ、どこ受けるんか？　ハエが気にしちょるぞ、今年は何人いれるか、国公立」
裕行「おまえだって、大学行って、東京行って、東京弁になるのだよ」
強中「ならんわ、俺は」

裕行からは、前を足早に歩く強中の背中しか見えない。
強中「ラクテンチいこか」
振り返った強中は笑顔、ほっとする裕行。

○ラクテンチ（遊園地）・アヒルの競争
5メートル程の疾走レーンの手前に10匹程のアヒルが待機している。首には色違いのリボン。係員が口上を述べながら、見物人の間をまわり、賭けるアヒルの色を聞いて回っている。子供ばかりの中に、裕行と強中の姿が見える。

○温泉街（夕方）
歩いている裕行、強中。強中にキャラメルを1つ投げる裕行。受け取る強中。
強中「なぁなぁ」
強中が立ち止まり、道の横にある秘宝館を指差している。
裕行「そげんこと、いいわ」
強中「なー、見てこうって」
中山夕子（17）、相馬稲枝（17）がくすくす笑いながら歩いているのに気付く強中。
強中「おーい、一緒に見ようや」
呼びかけたのが夕子だと気付き、顔が赤くなる裕行。足早に通り過ぎて行く夕子達。
強中「なんね、感じ悪い、なぁ」
強中を無視して歩き始める裕行。

○温泉街外れ（夕方）
歩いている夕子、稲枝。
稲枝「知っちょる？　強中」
夕子「なに？」
稲枝「4組の美佐子と北浜の温泉マーク入っていったって」
夕子「みんなが言うちょるとほんまの事ね？」
稲枝「何、つっかからんでよ」
夕子「ほんなら、みんながねずみが卵生んだっていったら、それほんとの事になるんね？」
口を開けて立ちつくす稲枝。かまわず、歩いて行く夕子。
稲枝「なん、ネズミは卵うまんの？」
夕子を追いかける稲枝。

○別府駅前（夜）
急ぎ足で先を歩く裕行。追いかける強中。
強中「何、怒っとる？」
裕行「おまえ、あっちやろ」
強中「なぁ、うち寄ってけ、ねえちゃん、おまえ来ると喜ぶけん」
裕行「ええわ、勉強せんと」
強中「あれやろ（小声で）中山夕子」
裕行の顔色が変わる、笑っている強中。
強中「学校でな」
裕行、振り向かず、強中に手を振る。裕行と逆に歩き始める強中。

○黒木家・裕行の部屋（夜）
真っ暗な部屋、電気をつけて入って来る裕行。こたつの上に「憂国」が置きっぱなし。本を手に取る裕行。
裕行「なんや、忘れていって」

手に白い息を吐きかけ、机に向う裕行。

○高校・廊下（夕方）

歩いてる夕子。横を走りながら過ぎてく生徒達。

生徒1「喧嘩や、喧嘩」

下を見る夕子、強中が他校生と殴り合ってる。

夕子「わからん、なしてか」

○同・校庭（夕方）

殴られ地面に倒れる強中。

○同・教室（夕方）

校庭の強中を見ている裕行。鞄を2つ手に、立ち上がる。

八木が廊下から顔を出す。

八木「黒木」

裕行「はい」

八木「金田に先生の本、はよ返せ、いっとけ」

ペタペタ廊下を歩いてく八木。

○同・校庭（夕方）

仰向けに倒れている強中。鞄が顔に飛んでくる。

強中「たぁ」

起き上がる強中、いつのまにか裕行が立っている。

裕行「負けたんな」

強中「いや」

裕行「血だらけで地べた這いつくばってるやろが」

強中「誰が、決めたんか、血だらけで地べたはいつくばっている奴が負け、（大声で）なんて誰が決めたんかぁ」

笑い出す強中。苦笑いの裕行。

夕子の声「黒木くん」

振り返る裕行。夕子がいる。

夕子「黒木くん、フォークル好きなんて？」

裕行「お、うん」

泥を払い立ち上がる強中。

夕子「何もっちょる？　レコード」

夕子と裕行に背を向ける強中。

裕行「だいたい、ぜんぶもっちょる」

夕子「今度、聞きにいってもええ？」

裕行「うん」

稲枝の声「夕子」

玄関から走ってくる稲枝。夕子、裕行に手を振り、稲枝の方へ駆けて行く。呆然と夕子を見送る裕行。

強中「よかったのぉ、（夕子の真似して）黒木くん、て」

強中、裕行の頭をぐしゃぐしゃにする。笑顔が隠せない裕行。

○金田家・屋根の上（夜）

煙草を吸っている強中。窓から顔を出す金田美花（24）。

強中「うぉ、危な」

強中の煙草を取り上げる美花。

美花「洗濯もん置いとくで、何しとんの？」

強中「物思いにふけっとるんよ」

美花「やらしか」

強中「あほか」

美花、窓から顔をひっこめる。屋根に寝そべる強中。

強中「さむ」

○**高校・教室**

休み時間。裕行、強中を振り返るが、強中は寝てる。

夕子「黒木くん」

夕子、しゃがんで、裕行の机に肘をつく。

夕子「今日、放課後いってもええ？」

夕方、教室には、窓から校庭を見ている強中だけ。仲良さそうに、校庭を、並んで歩く夕子と裕行の姿が見える。窓からの夕日が逆光で真っ黒になった強中の背中。

○**黒木家・裕行の部屋（夕方）**

裕行プレーヤーにレコードをセットする。部屋を見回している夕子。流れる曲。

夕子「これ？」

裕行「悲しくてやりきれない」

手持ち無沙汰な裕行。

裕行「次、何？　聞く？」

夕子「まだ、かけたばかりやろ」

裕行「そうやな」

夕子、机に置かれた本「憂国」を手に取る。

夕子「三島、好きなん？」

「憂国」を夕子から受け取る裕行。

裕行「そら、強中のや」

夕子「本なんて読んじょるん？」

裕行「あいつが、本なんて読むん意外なんか？」

夕子「うん、知らんかった」

裕行「最近、三島よう読んどる」

夕子「仲ええんやね」

裕行「小学校から一緒やけん、昔から喧嘩ばかりしよるけど、そういう奴と違うんよ、小説やら、絵やら好きやから」

夕子「女の子みたいやね」

裕行「そやな」

笑う夕子、裕行。

○**同・外（夕方）**

夕子を見送る裕行。

夕子「ここで、ええよ」

走って行く夕子、玄関から雅子、買い物かごを裕行に渡す。

雅子「おとうふとネギ」

裕行「いややって」

雅子「おとうふとネギ」

有無を言わせない雅子。

○**寿苑（焼肉店）・中（夕方）**

店を手伝う強中の姿。引き戸から、夕子が入って来る。

強中「なんか」

夕子は、強中から目をそらさない。

○**喫茶店・外（夕方）**

窓から夕子と強中が座っているのが見える。

○同・中（夕方）

　向い会って座る夕子、強中。
夕子「この前、喧嘩しよったね、校庭で」
強中「あぁ、うるそうてな」
夕子「私、福岡いくんよ」
強中「知っちょるわ、推薦決まった言いよったやろ」
　コーヒーを飲む夕子。
夕子「にがい、ほんま好かんわ」
強中「頼まんけりゃ、ええやろ」
夕子「コーヒーの事やない」

○商店街（夕方）

　行き交う買い物客の中、カゴからネギを出して歩く裕行。
　喫茶店から強中が出て来るのが見える。裕行、声を掛けようとするが、続いて出て来た夕子の姿を見て電柱に隠れる。
夕子「待って、なしか、いきなり別れようなんて言うてから?」
強中「もう、イヤやけん」
夕子「この前もそれは聞いたけん、そんなら、なしか黒木くんと仲良くしろなんて言うちょるん?」
強中「関係ねーわ」
　言い争う2人に気付かれない様、電柱から離れて行く裕行、夕子の泣きそうな顔に一瞬、視線を走らせる。

○ラクテンチ（夕方）

　アヒルの競争前、どのアヒルに賭けるか迷っている裕行。
子供1「にいちゃん、はよ選び」
子供2「今日は、あかんのと違うか?」
係員「もう10回目やしなぁ」
　口々に、「そうや、そうや」と同意する子供達。観念して青のリボンを選ぶ裕行。
　競争が終わった様子、散らばる子供達。裕行は、肩を落としてベンチに座っている。子供1が裕行に近づく。
子供1「やるわ」
　子供1にキャラメルを1粒もらう裕行。

○寿苑（焼肉店）・中（夜）

　店を手伝う強中の姿、客の姿はまばら。入って来る裕行。
強中「おぉ」
　裕行、手をあげる、その手に「憂国」。
　七輪の焼肉を食べている強中と裕行。皿を持ってくる美花。
美花「沢山食べってってな」
裕行「すみません、いつも」
　美花、笑顔で厨房に消える。
強中「本、いつでもよかったのに」
裕行「近くまで来たけん」
強中「そうか?」
　裕行の様子が違うのに気付く強中。
強中「そうや、どうや、中山夕子、上手い事いっとるか?」
裕行「アヒルの競争で、おまえ、いつも負けるな」
強中「そうやったかな」
裕行「勝ちそうなの、俺に譲るやろ、おまえは赤にしいや、俺は青にするわ言うてな、お陰で、俺は、いつも勝つ」

強中「知らん」
裕行「そや、ねーやろ、分からんとおもっちょったんか？」
　肉を食べる強中。
裕行「アヒルの競争とは違うんで」
強中「知らんて」
裕行「言いたい事、わかっちょんのやろ」
　裕行から視線をそらす強中。
強中「本、な、これ、どっかで無くしてしもうたかと、借りて来てしまったわ」
　強中が取ろうとした肉を横から取る裕行。
裕行「早とちりやな、ハエがはよ返せ言いよったで」
　裕行が取ろうとした肉を横から取る強中。
強中「早とちりや、ほんま、うるさいハエや」
　裕行、笑う。
裕行「1等賞のキャラメル、上手いぞ」
強中「しっちょるわ、いつも半分くれるやろ」

○同・外観（夜）
　店で焼肉を食べる裕行と強中の姿。

○高校・教室（朝）
　八木が教室に入って来る。静かになる生徒達。黒板の日付「11月25日」。
生徒の声「きりーつ」
八木「いい、そのままで、いいから」
　言葉につまり下を向く八木。
八木「伝えることがある、今、三島が死んだ、市ケ谷駐屯地で自殺した、今日は、今日は、三島の授業をする」
　静まり返る教室。息をのみ、驚く生徒達、裕行の顔。突然、強中が机に顔をふせて、号泣しはじめる。誰も寄せ付けない、激しい泣き方。裕行、夕子が強中を見つめているのに気付く。次第に騒がしくなる生徒達。裕信、窓を見ながら鼻歌を歌っている。曲は「悲しくてやりきれない」。

〈終〉

受賞者紹介

澤　千尋

さわ・ちひろ　1981年、横浜市生まれ。現在シネマ・ジャック&ベティにてチーフマネージャーとして勤務。

・テーマ…「悲しくてやりきれない」を書こうと思ったのは、映画館の受付にいたときです。最終回の上映中でした。ネットのニュースを見ていたら、加藤和彦さんの訃報が飛び込んで来たのです。言葉にできない感情が込み上げて、それは、相当前に母から聞いた「三島が死んだときのこと」とつながったように思ったのです。
　映画祭のご理解があり、別府で撮影することが出来ました。シナリオを書きながら頭に浮かべていた地で撮影できるのは、本当にありがたいことでした。時間をかけてシナリオを選び、一年かけて作品を作り上げ、映画祭で上映する、その流れの中に自分がいることも、「よーい、スタート」と声をかけることも、撮影中は何もかも嬉しくて仕方がなかったです。

映画情報

（2011年／BD／26分）

スタッフ

監督・脚本：澤　千尋
撮　　影：松本　浩志
助 監 督：松尾　圭太
録音・照明：佐々木亮介
制　　作：小川　純
衣装・小道具：原　陽子

キャスト

寺林　弘達（黒木裕行）
菅井　義久（金田尚中）
若松　宏枝（中山夕子）
有馬　眞胤（八木等）
原　陽子（金田美花）
仲野　李里（相馬稲枝）
平松　朱美（黒木雅子）

シナリオ大賞2011　中編の部

「震　動」

平野　朝美

登場人物

佐々春樹　高校2年生。養護施設で暮らす。似た境遇の直とは兄妹のような関係。同級生の町田に誘われてギターを始める
福田　直　高校1年生。春樹と同じ施設で暮らす。耳が不自由で春樹とは手話で会話する
菅原先生　施設の職員。最年長の春樹を気にかけている
翼　中学1年生。施設で暮らす。反抗的で菅原の手を焼かせている
吉野沙希　春樹の同級生。ライブをいつも見にきてくれる
町田あき　春樹の同級生。ドラム担当
青田　春樹の同級生。ベース担当
洋輔　春樹の同級生。ギター担当

※直の台詞、直と春樹の会話は全て手話

○施設寝室（夜）

寝息が聞こえる部屋で福田直（高校1年）は眼を開けて天井をみている。寝返りを打ってそれに気づいた隣に寝ている佐々春樹（高校2年）は、指で軽く直の肩を叩く。
春樹「寝ないの？」
手話で話しかける春樹。周りには子供が寝ている。手話で返す直。
直「目をつぶると何が聞こえる？」
春樹「車の音とか、虫の音とか、みんなの寝息とか、時々ゆうちゃんの寝言」
直「寝言？」
春樹「『もう食べられないー』って」
直「（笑って）いいな。私は真っ暗闇でひとり」
春樹、直の手を握り目をつぶる。直ちょっと安心して目を閉じる。

○学校・教室（休み時間・昼間）

春樹、学校で1人机に座りイヤホンで音楽を聞いている。吉野沙希（高校2年）はさりげなく気にしている。春樹目を閉じると暗闇に音だけが響く。急に音が途切れる。目を開くと、町田あき（高校2年）が春樹の前の席に座り、春樹のイヤホンをはずして話しかけようとしている。
町田「ね、佐々クン、バンドやんない？」
春樹「…やんない」
町田「なんで？」
春樹「なんでやんなきゃいけないの」
町田「つまんなそーだから」
春樹「ほっといて」
町田「音楽聞くの好きでしょ。そしたら弾くのはもっと好きだよ」
春樹イヤホンをまたつける、町田またイヤホンをとる。
町田「っていうかおれの名前知ってる？」
春樹「しらない」
町田「おれ、町田あき。じゃ、放課後開けといて」

○同・防音室（昼間）
町田「はい、これギター。ほら、持って。これがアンプっていって音をだすやつ。これはエフェクター。音をゆがめる機械」
春樹「あの…これどうやってもつの」
町田「えー？　そこから？」
　春樹、ギターを持って弦に触れる。町田はドラムを叩きはじめる。
町田「ギターが抜けちゃっていないんだ。できれば数カ月後にライブやりたい。たまんないよ、ライブでみんなと一体になる感じ」
　アンプやエフェクターを興味深そうに触る。急に怖いものを触ったかのようにギターをおろして出て行こうとする春樹。
春樹「帰る」
町田「えーちょっと！」

○施設（夜）
春樹「ただいま」
　子供たちがかけよってくる。その後ろから直も出迎える。
子供たち「おかえりー」
直「おかえり。今日バイトだっけ？　遅かったね？」
春樹「うん、ちょっと」
子供「はるき、きょう掃除当番だよ」
春樹「はいはい」

○同（夜）
　子供を寝かせてリビングへ行く春樹。
先生「春樹」
春樹「なに？」
先生「いつもありがとな」
春樹「どうしたの、急に」
先生「いや、遊びたい盛りの高校生がよく子供の面倒を見てくれるから、不気味になって」
春樹「なんだよそれ」
先生「施設のことも少しは手をぬいて、やりたいと思ったら遊びでも部活でもなんでもやってみなさい」
春樹「別にやりたいことなんてないよ」
先生「そろそろ将来の事を考える時期だろ。今のうちだよ」
春樹「卒業したら、この施設出て就職するよ。なんの仕事でもいい」
先生「春樹。就職もいい、でも若いんだ、学校に進む選択もある。何かに興味を持ちなさい。それが人間を大きくするんだ。いつもお前は消極的すぎる。なんでもやる前に逃げてしまうくせがあるから、まじめでしっかりしているけど本当は心配なんだ。ぐれてしまう子よりも。外側に発散しないで内側に深く屈折してしまうことの方が、おれはこわいんだよ」
春樹「酔ってるの」
先生「少しな。もっと世界を広げて大きくなりなさい。そして早く一緒に酒を飲もう。おやすみ」

○教室（昼間）
町田「佐々クン、バンドやる気になった？」
春樹「やんないよ」
町田「どうして。ギターは余ってるのがあるよ」

春樹「おれ忙しいし興味無いしつまんなさそうだし」
町田「やってみなくちゃ、おもしろさなんてわかんないじゃん」
春樹「あのねえ、町田くんうるさい。俺の世界に入ってこないで」
町田「なんでそんな、いつも斜にかまえてるの」
春樹「もしかして、いつも1人でいるからかわいそうとか思って誘ってんの？　大きなお世話だよ。俺は好きでひとりでいるの、静かな世界で1人でいたいんだよ」
町田「ずっと自分の世界にとじこもってるわけ。そんなのいつまでたっても何をみても、世界は興味無くてつまんなそうなままじゃん」
　春樹、町田の言葉を聞いてからイヤホンをつける。
春樹「あ、ちょっと、まって」
　席を立とうとする町田を引きとめる。

○施設（夜）

　ギターの感触を思い出そうとしている春樹。直、隣に座る。
直「なにそれ？」
春樹「別に」
直「新しい手話？」
春樹「違うよ」
直「わかるよ。ギターでしょ？　やるの？」
春樹「…やんない」
直「やりなよ」
春樹「やんないよ」
直「なんで。春樹、音楽好きじゃん」
春樹「…」
直「やったら楽しいよ、きっと」
春樹「…ギター高いし」
直「バイトでためてるじゃん」
春樹「それはここ出て直と生活するためにためてるの」
直「私の分までたくさんの音聞いてよ」
春樹「…」
直「たくさん音作ってよ。私、たぶん、聞こえるよ、それ」

○防音室（昼間）

　町田がメンバーの2人を紹介する。
町田「ギターボーカルの洋輔、ベースの青田。よろしく」
　洋輔（高校2年）、青田（高校2年）かるく会釈する。
春樹「…よろしく」
青田「経験はどのくらい？」
春樹「…や、まったくはじめて」
洋輔「え？　はじめて？」
町田「俺たちだってまだ1年じゃん。すぐ追いつくよ。それまでは洋輔がカバーしてやってよ」
洋輔「…まー、とりあえずコードは早くおさえてよ」
町田「あ、そう、これ、曲のCD。佐々くんはセカンドギターで、コードばっかりでそんな難しくないから。これは歌詞とコードね」
春樹「コード…？」
　洋輔、ちょっとばかにして、ふっと笑う。

○施設・リビング（夜）

　本を見ながらギターを練習する春樹。

○防音室（昼間）
　ひとりで練習する春樹、指は赤くて痛そう。

○寝室（夜）
　春樹の頭の中に音楽が流れている。
直「頭の中でギター弾いてるの？」
春樹「別に」
直「そう」
春樹「寝れないの？」
直「別に」
　春樹、直の手をとって目を閉じる。

○防音室（昼間）
　春樹が練習しているところに洋輔が入ってくる。
洋輔「あ、お疲れ」
春樹「ああ…」
　春樹、練習を続ける。意外と弾けている春樹を、ちらと見る洋輔。
洋輔「…裏の拍は下から弾くの」
春樹「え？」
洋輔「だから、こう」
　やってみせる洋輔。
洋輔「だからこうやって右手は基本、常に同じリズムで動いてるの」
　春樹やってみる。
洋輔「…あ、うん、そうそう…や、今のとこはこう」

○施設（夜）
　ギターを練習する春樹。
子供「やらせてやらせて」
春樹「あーうるさいよもう」
子供「はるき、おしっこ」
春樹「1人でいけるでしょ」
子供「こわい」
春樹「はいはい」
直「私がついていってあげる」

○防音室（昼間）
　4人で演奏を合わせている。なじんでいる春樹。

○帰り道（夜）
町田「なんかいい感じになってきたよな」
春樹「うん」
町田「おまえ、かなり上達したよ、最初持ち方すらわかんなかったくせに。おまえが相当練習するから俺も気が抜けないし、いい意味で」
春樹「ありがとう」
町田「ん？」
春樹「今、すげー楽しい、というか充実してる。町田のおかげ…っていうのも…ちょっとはある、し」
　ぶっきらぼうに言う春樹に笑いをこらえる町田。
町田「ねえ、おまえんち遊びに行ってもいい？」
春樹「だめ」
町田「出たよ、心の壁」

春樹「おれ、家ないんだ」
町田「ない？」
春樹「施設なんだ」
町田「へえ？　なんで？」
　邪気のない町田。春樹、町田の顔をじっとみる。
町田「なに？」
春樹「いや、なんでおまえって、そうすんなり入ってくんのかなって」
町田「へ？」
春樹「聞かれたことなかったから、そうやって深く」
町田「だって別に悪いことじゃねえじゃん」
春樹「親に捨てられてんだよ。若い頃に俺を生んでどうにもいかなくなったんだろ。覚えてないくらい小さい時の話」
町田「そう。会いたいとは思わないの」
春樹「思わない。別に周りが思ってるほど俺は不幸じゃない。俺は恵まれてるんだ。自分のことを子供のように考えてくれる先生もいて、血はつながってなくても兄妹がいて。俺を生んだあの人たちにとっておれは不必要、というかむしろ邪魔だったんだから」
町田「うん。ま、ライブがんばろうぜ」

○ライブハウス（夜）
　ステージに上がって準備をしている春樹たち。直、恐る恐る入ってくる。ライブハウスは騒がしい。直の姿を見て演奏を始める春樹。春樹の姿をじっと見ている直。離れた場所で同じように春樹を見ている沙希。演奏が終わって直を見る春樹。

○同・外（夜）
春樹「あき、この子直っていうんだ」
町田「え！彼女？　おまえ全然そんな話しなかったじゃん」
春樹「いや、同じ施設の、妹」
町田「あーそうなんだ。こんにちは、町田あきです」
　直、春樹を見る、春樹は直に手話で説明する。
町田「…すげえ」
春樹「なんだそれ。普通はかわいそうな目でみるんだよ」
町田「や、だって」
　直、顔色をうかがう。春樹また手話で説明する。
町田「いいなあ」
春樹「どこが」
町田「だって、どんなうるさくても会話できるなんて」
春樹「…気付かなかった」
町田「ライブ中でも、嵐の中でも、水の中でも会話できるじゃん」
春樹「それどんな状況だよ」
　春樹、笑って直に説明する。最初は警戒していた直も、邪気のない町田の言葉に、おかしそうに笑う。
町田「ふたりのせかい、かぁ」
春樹「じゃ、悪いけど俺達帰るわ」
町田「おう」
　沙希が走り寄ってくる。
沙希「おつかれさま！」
町田「あ、どうもありがとう！」
沙希「佐々くんは？」
町田「あ、今、帰っちゃった」
　町田は春樹の後ろ姿を指差す。

沙希「…あの子、佐々くんの彼女？」
町田「義理の妹だって」
沙希「…ふうん」
町田「春樹があんな笑ってるとこ初めて見たな」

○施設へ帰る道（夜）

春樹「まだまだ下手なんだけどね」
直「かっこよかったよ」
直「なんか、あんな楽しそうな春樹初めて見た。ちょっと嫉妬した」
春樹「嫉妬って、なんで」
直「春樹が夢中になるのが、私に聞こえない音楽なんてさ。共有できないのが悲しい。遠く行っちゃったみたい」
春樹「でも直の為に弾いてるんだから、それ忘れないでよ」

○楽器屋さん（昼間）

　ギターを物色している3人。
春樹「色々ありすぎてわかんないな」
町田「ブランドも色々あるけど、まあ、やっぱり見た目が大事だよ。気に入らないギター、持ちたくないじゃん」
　2人の後ろをついていく直。ギターの弦を指ではじき、震動を感じる。

○喫茶店（昼間）

春樹「迷うな」
町田「やっぱレスポールが春樹はいいかも」
　2人がしゃべっているのを見ている直。

春樹「（声と手話で）直、疲れた？」
　首を振る直。
春樹「つまんない？」
　首を振る直。
春樹「アイス食べる？」
　首を振る直。
町田「直ちゃんにはずいぶん優しいな。ちょっとくらい俺にもその優しさを持ってよ」
春樹「はいはい」
町田「ね、〝町田あき〟ってどうやるの」
　直、手話を教える。
町田「えっむずかしいな」
　和やかな3人。
直「さっきの、木のギターがいい」
春樹「どういうの」
直「ちょっとバイオリンみたいな」
春樹「大きかったやつ？　小さいほう？」
直「大きい方」
春樹「決めた」（声）

○帰り道（夕方）

　直とギターを背負っている春樹は、施設に向かって歩いている。
春樹「あ、待って」
直「何？」
春樹「ヒグラシが鳴いてる」
直「ふうん。いい音？」

春樹「うん」
　夕焼けの中にたたずむ２人。

○スタジオ（夜）

　適当に音を出しながら雑談しているメンバー。

青田「春樹、そのギター、だんだんなじんできたな」
町田「うん、似合ってきた」
春樹「…あのさ」
町田「ん？」
春樹「俺、曲書いてみてもいいかな」
町田「あたりまえじゃん」
青田「メンバーなんだから、そんなのいちいち許可いらないよ」
町田「洋輔もいいよね？」
洋輔「…ていうかさ、おまえ歌わない？」
春樹「え？」
洋輔「なんか、お前の方がいい気がする」

○帰り道（夕方）

　春樹と町田が帰路についている。

町田「まさか洋輔がボーカル明け渡すなんて」
春樹「うまくいくかな」
町田「やってみよーぜ」
春樹「…直に聞かせたいんだ。聞こえないのに、わかってんのになんでだろ。馬鹿かな」
町田「直ちゃんに聞かせようぜ。聞こえるよ。震動が伝わるから」
春樹「震動」
町田「音って力なんだよ。ギターを鳴らせばライブハウスが揺れるだろ。エネルギーの塊なんだ。なんか安っぽい歌詞みたいだけど、本気なら耳から聞こえる音なんて飛び越えて本当の思いが聞こえるんだよ。力だから揺り動かせるんだよ。揺らせよ。直ちゃんの心を」

○ライブハウス（夜）

　春樹ギターを鳴らす。力強く歌う春樹。

○同・楽屋（夜）

　ライブの成功を抱き合って喜ぶ４人、春樹の珍しい笑顔。

○同・外（夜）

沙希「佐々くん」
春樹「あ、どうも」
沙希「歌、すごかった」
春樹「ありがとう」
沙希「…じゃ」
春樹「吉野さんいつもありがとう」
沙希「え？」
春樹「いつも見に来てくれるじゃん」
沙希「あ、知ってたんだ」
春樹「知ってるよ。みんな最初は面白半分で来てくれてたけどさ、吉野さんはずっとあきずに来てくれるから」
沙希「変わったね、佐々くん。今までは本当に冷凍人間みたいだった」
春樹「（ちょっと笑って）ま、頑張るからまた来てよ。あ、ごめん」
　直の姿を見つけて走っていく春樹。

春樹「直」（声）
　春樹の目をじっと見る直。
春樹「どうした？　具合悪い？」
直「聞こえた」
春樹「え？」（声）
直「聞こえたよ。響いた。胸にね、響くの。春樹の声が」

○教室（昼間）
　教師から進路の紙が配られる。
教師「来週までに書くように。三者面談はこれを参考にして行うので、親御さんにもよく相談して、なるべく具体的に」

○同（昼間）
　学校の帰り道で、仲良く歩く親子の姿を見る春樹。

○施設（夜）
　先生は机に向って予算の計算をしている。声をかけられない春樹。
先生「わ、どうした」
春樹「あ、別に、おやすみって」
先生「そうか。ああ、頭痛い。洋子がトラブルおこして明日、学校にいかなきゃ。大紀も近頃荒れてるしなあ。考えることいっぱいだよ」
春樹「そう。俺からも言っとくよ」
先生「うん、お前の言うことなら聞くかもな。頼むよ。でも、ゆうきの母親がまた一緒に暮らしたいって連絡してきて、今度来るんだ」
春樹「そっか。良かったよ。おやすみ」

○教室（昼間）
生徒1「お前志望校どこ」
生徒2「A大かなｌ。入れればどこだっていいんだけど、親がうるさくて」
　たわいのない会話をしているクラスメイト。窓の外を見る春樹。

○防音室（昼間）
春樹「…ごめん、なんかだめだ、ちょっと水飲んでくる」
　いらいらした様子で防音室を出る春樹。
青木「なあ、最近あいつ、キてない？」
町田「…うん」

○施設（昼間）
ゆうき母「お世話になりました」
　ゆうきが母親に引き取られていく。車が去っていき、直と先生の視界から消える。
先生「どんどんさみしくなっていくな」（手話）
直「でも、家族のもとに戻るのが一番幸せだよね」
　先生、直の頭をなでる。
先生「ずる休みしたんだから、今から勉強タイム」（手話）

○学校（昼間）
　廊下に小池、横山、橋野がたまっている。
横山「あ、佐々くんじゃない」

小池「あーこいつ1年の時同じクラスでさあ、何にもしゃべんないで無視すんの」
橋野「シンショウかよ」
小池「シンショウだよこいつ」
春樹「…そういう言い方はやめろ」
横山「あ、しゃべった」
小池「しゃべれるんじゃん」
春樹「謝れよ」
小池「はあ？」
小池がつかみかかる。春樹、殴りかかる。
横山「おい、おまえふざけんなよ」
小池、橋野が殴りかかり、春樹は倒される。
小池「ギターやってんだっけ？」
春樹の右手を踏みつける。

○病院（昼間）

病院のロビーで座っている先生と直。春樹が歩いてくる。
先生「春樹…！」
直「…」
春樹「お、ごめん、大したことない」（声）
先生「それなら良かった。驚いたよ、急に学校から電話来て」（声）
春樹「ごめんごめん。なんで直もいるの」（声）
先生「ゆうきを見送るために今日はずる休み。手は…」（声）
春樹「薬指にひび入った」（声）
先生「ひびか、良かった」（声）
春樹「大げさなんだよ」（声）
包帯の巻かれた右手を見て病院を出る直。
春樹「直？」（声）

○学校・教室（昼間）

箒を持って教室に急に入っていく。春樹のけんか相手、小池にずかずかと近づき、いきなり殴りかかる。

小池「うわっ」

ざわめく教室。構わず箒を振り回す直。横から橋野に殴られて体制を崩すが、起きあがって橋野に向かっていく。後ろから横山が直をけり倒す。

○学校（夜）

春樹と先生が廊下で待っている。そこに唇の端を切って、頬をはらした直が教員に連れられて歩いてくる。
先生「なお！」（声）
春樹「なお！　おまえ、なにやってんだよ」（声）
先生「申し訳ございませんでした」
教員と話をする先生。
直「失敗しちゃった」
春樹「え？」（声）
直「殺そうと思ったのに」
春樹「は？　箒で？」
直「せっかく春樹の夢中になれることだったのに。あんなやつ死ねばいい」
春樹「…1本にひびが入っただけだよ。右指なんて2本あればいいんだよ。ピックがつかめれば弾けるから。ギターが弾けてもおまえがいなくちゃ意味ねえだろ、誰に聞かせんだよ」
直「…そんな手じゃ何いってるかわかんない」

春樹「わかるくせに」
先生「おまえらあんまり心配かけんなよ。帰るぞ」
　教員にひたすら頭を下げた後、２人の肩を抱いて歩く。
先生「おそろいの顔だな」
　２人の口の端は切れている。ふっと笑う春樹、ふてくされている直。

○教室（昼間）
　登校してくる春樹。
町田「春樹！　大丈夫！？」
洋輔「大丈夫かよ」
春樹「ああ、ごめん、心配掛けて」
青田「ほんとに？」
春樹「薬指にひびが入っただけ」
町田「右で良かったよ」
洋輔「ホントだよ、指折れたって聞いてびびった」
青田「左だったら致命的だったな」
春樹「みんな不謹慎だな…字を書くのは大変だよ」
町田「そうだけど」
春樹「うそうそ。直が騒がせてごめん」
洋輔「（笑って）学校中の噂だよ」
町田「…（笑って）直ちゃん、かっこいいな」
春樹「（笑って）うん」
　後方から沙希が登校してくる。
沙希「春樹くん…！　大丈夫？」
春樹「あー、全然へいき」

○庭（夜）
　楽しそうに花火をする春樹と直、施設のみんな。

○防音室（昼間）
　穏やかに演奏する春樹、メンバーと仲が良いのがうかがえる。

○教室（昼間）
町田「お疲れ」
　町田、ジュース２本を持って教室に入ってくる。
春樹「おまえ、進路どうすんの」
町田「大学、かなぁ。まだ社会に出るには幼すぎるって思うし、親も望んでるし。おまえにとっては甘く聞こえるんだろうけどな」
春樹「そっか」
町田「春樹は」
春樹「ほんとは働いて、直と一緒に暮らすつもりだったんだ。施設に子供はいっぱいいるんだけど、大抵は親が一時的に預けてるだけで。でも俺と直は迎えに来る人がいないから、ずっと一緒にいて、ほんとに家族なんだ。唯一の」
町田「そか。直ちゃんがあんな怒るのも無理ないのか」
春樹「でも、今は、働きながら学校に通って、バンドも続けていきたい。世界を広げたいんだ」
町田「うん、バンドは続けようぜ、絶対」
春樹「おれ…なんか足元がおぼつかない感じがあるんだよ。望まれてもないのに生まれてきて、何か残さないといけないような、焦りというか。今まではなかったのに、大袈裟だけど、生きる楽しさを知って、焦るんだ」
町田「うちは別に普通の幸せな家庭だけど、俺だって何の為に生れてきたんだろうって思うことあるよ。でも、俺なりの答えは、意味を持って生まれてきた奴なんていないんだよ。意味なんて後付けなんだよ。たぶんカート・コバーンもシド・ヴィシャスも。おまえの強みはその焦りだよ。その掻きたてられるものが創造を生みだすんだよ」
春樹「おまえ馬鹿なふりして、すげーな」
町田「大学で哲学でも勉強するか」

○ライブハウス（夜）

歌う春樹は、ちらと沙希の方をみる。直はその様子に、不審がる。

○同・外（夜）

沙希と春樹が楽しそうに話している。それを見ている直。
春樹「直！」
春樹が気づき、後ろから沙希がついてくる。
沙希「（手話と声で）こんにちは」
直「誰？」
春樹「友達」
沙希「（手話と声で）私は、沙希、です。よろしく、おねがいします」
直「…何そのぎこちない手話。何いってるのかわかんない」
直、あきらかに不機嫌そうに手話をすばやくする。
沙希「あ…ごめんなさい。私、手話勉強し始めたばっかりで、ちょっと読み取れない」
沙希、春樹をちらと見る。
沙希「今なんて言ったの？」
春樹「ああ、えっと」
直、沙希に中指をたてる。
春樹「直！」（声）
春樹あわてて直の手をおさえ、沙希からすこし離れる。
春樹「なにやってんだよ」
直「なにあのひと。何で会わせんの」
春樹「直に会いたいって言うから」
直「私は会いたくない」
春樹「そんなこというなって」
直「帰る」
春樹「ちょっと、危ないから一緒に帰ろう、今準備するから」
直「いい、ひとりで帰る」
沙希「あ、あ！　私もう帰らないと！　じゃあ、また！」
直「…かわいくていい子で良かったね」
春樹「なんでそんな機嫌悪いんだよ」
直「別に」

○施設・リビング（夜）

直「でね、やっちゃんとこうきが取っ組み合いの喧嘩になっちゃって。でも寝るときは仲良く寄り添ってるの」
春樹「そっか…悪いね、バイトとバンドばっかで直にしわ寄せが全部いっちゃって」
直「…春樹、手話下手になった」
春樹「…そんなことないよ」
機嫌の悪い直にCDを渡す。

春樹「これ、いらなかったら捨ててもいいけどさ」
　直、大事に抱えて部屋を出る。

○**電気百貨店（昼間）**
　春樹のＣＤを片手にうろうろする制服姿の直。

店員「お客様、なにかお探しですか？」

　直、店員にＣＤを見せてしぐさで伝える。

店員「あ、こちらです…」

　ＣＤのコーナーに連れて行く。直、その近くにあるＣＤプレイヤーを物色し始める。店員はいぶかしげに見ている。

　直、指をさして、これがほしいと伝える。

店員「あの、これはＣＤプレーヤーですけど、大丈夫ですか？」

　耳を指差して伝えようとしている。直、いやな感じに見えるその仕草に、はずかしそうにうなずく。急に世界が遠く感じる。

○**施設（夜）**
　洗い物をしている直、子供と遊んでる春樹。
春樹「はい、もう布団しいて」
子供「はーい」
　春樹、直の横で洗い物を拭く。
春樹「今度の土曜、急に対バン誘われてライブはいった。夕食の係誰かにかわってもらって来てよ」
直「あの人もまた来るの？」
春樹「吉野さん？　うん」
直「あの人が来るなら行かない」
春樹「なんでだよ」
直「だって馬鹿にしてるんだもん。かわいそうって見下して、下手な手話で同情して、気分悪い」
春樹「そんなこというなよ。そんなつもりじゃないよ。吉野さん福祉に興味があるんだって。打ち解けなくても、せめて直と話してみたいっていうから。手話勉強してて直と話してみたいっていうから。いじわるするのはやめろよ」
直「春樹だって、私をかわいそうと思ってるんでしょ。親もいなくて耳もきこえなくて、かわいそうだから優しくしてるんでしょ」
春樹「ふざけんなよ。それ本気で思ってるわけじゃないよな」
直「…」

○**同・リビング（夜）**
　歌詞とコードを書く春樹、横には進路表「第一志望　Ａ大学夜間部」。

○**同・寝室（夜）**
　春樹にもらったＣＤをイヤホンで聞く直。目を閉じると暗闇。で無音の真っ暗な世界がひろがる。

○**同（昼間）**
　学校から帰ってくる直。
先生「直！」（以下手話）
直「なに？」
先生「直のお母さんから連絡があった。会いたいって。もう一度一緒に暮らしたいって」
直「…」

先生「直の自由にすればいい。俺は直の味方だから、直の気持を一番にしたい。考えてみて」

○ライブハウス（夜）

春樹の出番を待っている直。沙希、直に近寄る。

沙希「（手話）こんばんは。この間は、急に、ごめんね」

直、ペンを取出して紙に書く「ちょっとなら読み取れる」

沙希「あ、読唇術？」

直うなずく。

沙希「春樹くんは、直ちゃんの為に演奏してるんだよ。かなわない」

あきのカウントが始まる。演奏する春樹たち。直、春樹を見る。

直「違う。今の春樹は自分の為に演奏してる。でもそれが嬉しい」

沙希、意味はわからないが、なんとなく否定されているのがわかる。メンバーと楽しそうに演奏する春樹。

直「春樹の世界は広い」

直、春樹が遠く感じる。

○施設・リビング（夜）

春樹のＣＤをイヤホンで聞く直。

翼「なにやってんのおまえ」（声）

直、翼を見上げる。

翼「聞こえないくせになにやってんだよ」（声）

からかう翼。直は取り上げられたＣＤを無理やり取りかえす。

翼「いってーな、ふざけんな」（声）

再びＣＤを取り上げる翼、踏みつけて壊す。直、翼になぐりかかる。

翼「どうせ聞こえないんだからこんなもの必要ねえだろ」（声）

翼になぐられてソファに倒れ、くやしくて泣きだす直。

先生「どうした」（声）

翼「なんでもねえよ」（声）

先生「翼！」（声）

部屋をでていく翼。

先生「大丈夫か、なお」（手話）

直「お母さんに会いたい」

○同・前（昼間）

車が止まり、１人の女性が降りてくる。立ちすくむ直、１歩後ろには先生が立っている。ジワジワと蝉の声が響く。

○同（夜）

春樹、帰ってきて、リビングに入る。直が座って待っている。

春樹「わ、まだ起きてたの」

直「春樹」

春樹「どうしたの」

直「お母さんにあったの」

春樹「…！」

直「私のこと、ずっと忘れてなかったって。事情があって迎えに来るのが遅くなっただけだって」

春樹「それでどうするの」

直「わからない…けど一緒に暮らすかもしれない」

春樹「…ほんとに？」
　冷たい態度の春樹。
直「なんで喜んでくれないの」
春樹「…一度捨てられてるんだよ。そんなすぐ信じられるの」
直「だから事情があったって」
春樹「子どもを捨てなきゃいけない事情ってなんだよ」
直「私を幸せにできないから、しょうがなく預けたって。私の為って」
春樹「幸せにするとか関係ないだろ。別次元だろそんなの。そんな理由で捨てていいのかよ」
直「捨てられたんじゃない。ちょっとの間、預けられたの」
春樹「ちょっとの間？　十何年も？」
直「春樹、卑屈だよ。私に嫉妬してるんでしょ。春樹に親がいないのは私のせいじゃない。私に当たるの間違ってるよ」
春樹「嫉妬？　なに言ってんの」
直「お母さん、ごめんねって言ってた」
春樹「そんなの、あてになるかよ」
直「春樹には友達も彼女もいるじゃん！　私にお母さんがいたっていいでしょ！」
春樹「なんだよそれ！　そんなことに嫉妬するわけないだろ！お前の耳は母親の暴力が原因だろ、心配なんだよ」
直「……私はお母さんと暮らす」
　直出て行こうとする。
春樹「悪かったよ。言い過ぎた。家はどこ？」
直「…東京」
春樹「……すぐに出ていくってわけじゃないでしょ？　今度のライブは来れるでしょ？」
直「私がいてはずかしくないの」
春樹「…」
直「私ははずかしいよ。私だけ聞こえないのはずかしいよ」
春樹「…そういう思いをさせないくらい圧倒させる」
直「悪いけど、どんなに春樹ががんばっても聞こえない」
春樹「聞こえたっていいってくれたじゃん」
直「…おやすみ」

○学校（昼間）
教師「じゃ、後ろから進路希望集めてー」
　悩んでいる春樹。後ろの生徒が用紙をさっさと集めていく。

○防音室（昼間）
　1人で考え事をする春樹。

○喫茶店（昼間）
　向かい合って座る直と母。母は一見、平凡な主婦といった感じ。
母「東京は何でもあって楽しいわよ。学校の手続きもしなきゃ」
　おとなしい直、気まずい雰囲気。
母「…ほら、アイスとか食べない？」
　メニューを指し、ジェスチャーをしてくる母に直はうなずく。
母「あ、すみません」
　店員を呼び止め、注文をする。
母「何味にする？」
　直は手話をしようとする。

母「あっ」
　とっさに恥ずかしがって直の手話を制止する母。

○**施設・寝室（昼間）**
　眠れない様子の直。布団を抜け出して、翼に割られたＣＤを明るいリビングへ持っていく。少し眺めてから接着剤を探しにいく。

○**同・リビング（昼間）**
　帰宅した春樹。机の上に割れたＣＤを見つける。後ろから接着剤を持った直が現れる。

直「これ、翼が…」
春樹「直、俺、就職するから」（声）
直「なに？　どうしたの？」
春樹「俺、高校出たら就職する。だから直も卒業したら一緒に住もう。音楽なんてやってごめん。嫌だったよな」
直「ちがう、私が割ったんじゃ…」
　春樹、直の手話をやんわり制止する。
春樹「むしろ高校中退して今から働いてもいいし」
　直、春樹の頬をたたく。
直「勝手に決めつけないで！　春樹にはたくさんの可能性がある。私を背負う義務なんてない。春樹の人生に私は関係ない。他人なんだから私たち」
春樹「直、家族でしょ、俺たち」
直「私に家族なんていない。私は1人なんだよ。目をつぶれば暗闇に本当に1人なの。誰も私の世界に入ってこれない。こんなの死んでるのと同じ。目をつぶれば死んでるのと同じ」

　割れたＣＤを取って部屋を出る直。他の部屋で声を殺して泣く。

○**学校（昼間）**
　放課後、町田が誘いに来る。

町田「春樹、練習いこーぜ」
春樹「町田、俺、バンドやめる」
町田「へ？」
春樹「悪い」
町田「…なんかあった？」
春樹「なにもない」
町田「言えよ。納得できねえよ」
春樹「ただ飽きたんだよ」
町田「うそだ、あんなにのめりこんでたのに」
春樹「うるさい」
町田「…またそれかよ。人の世界に入ってくるなって？」
春樹「…」
町田「とにかく明日のライブは決まってるんだから出ろよ、みんなに迷惑かかるんだから」

○**施設・リビング（夜）**
　ギターを練習する春樹。肩をたたかれる、振り向くと直。

春樹「直」（声）
直「ただいま」
春樹「直　どこいってたの」（声）
直「春樹、一緒にいこう」
春樹「うん」（声）

直「どこに?」
春樹「2人でならどこへでも」（声）
直「うん、いこうどこまでも一緒に」
春樹「だって家族だから」（声）
　リビングの机で寝ていた春樹、目を覚ます。直はいない。

○同・寝室（夜）
　無音の世界に怖くなって目を開ける直。隣に春樹はいない。

　接着剤でつぎはぎされた不格好なCDを枕の下から取り出して眺める。

○ライブハウス（夜）
春樹「あき」
町田「ん?」
春樹「おれ、また捨てられた」
町田「…直ちゃん?」
春樹「ほんとの家族だと思ってたのは俺だけだったんだ。また、捨てられたよ」
町田「嘘だ。そんな浅い関係だった?　違うでしょ」
春樹「おれ、何のために演奏するのか、わかんない」
町田「…なに甘ったれたこといってんの。直ちゃんはお前の指一本の為に人を殺しにいっただろ。お前はどうやって示すんだよ」

○施設（夜）
先生「直、今日、春樹のライブじゃなかった?」
直「…行かない」
　直の正面に座る先生。
先生「…ここに来た頃のこと覚えてる?」
　首を振る直。
先生「直が来たとき、俺、必死に手話、勉強したんだよ。直はまだ小さかったから、音の聞こえない環境の中で育つと普通の子と知能の差が出てきてしまうって医者に言われて。でももし手話で普通に会話するようにコミュニケーションが取れれば、普通の子と同じように成長できるっていうから、ほんとに必死だったよ。でもさ、一番必死だったのは春樹だった。まだ子供なのにそれを理解して、一生懸命、直と会話してさ。春樹が手話使えるの不思議に思わなかった?」
直「…考えたことなかった」
先生「直に手話教えたのは春樹だよ。毎日毎日練習して、泣いてる直をあやして会話して。感謝しないとな」
　直、席を立つ。
先生「（独り言）でも救われていたのは春樹の方だったのかもな」

○ライブハウス（夜）
　春樹たちの演奏が始まる。直はいない。

○同・外（夜）
　少しためらって中に入っていく直。

○同（夜）
　直が入ってくる。気づく春樹。

洋輔「では、最後の曲です」

　町田のカウントが鳴る。直を見つめ、力強く必死に歌う春樹。直の体に演奏の震動が伝わってくる。目を閉じる直。

走って後を追う春樹。
演奏が終わり息を切らしている春樹。直は外へ飛び出す。

○外（夜）

春樹が直に追いつき、走る直を後ろから抱きしめて捕まえる。２人は道路に不格好に倒れこむ。息を切らしている２人。

直「…聞こえた」
春樹「直」
直「暗闇でも春樹の声が聞こえた」
春樹「１人じゃないから。愛してるから１人じゃない。愛してる。愛してる。愛してる」（声）
直「聞こえるよ」
春樹「愛してる。愛してる…」（声）

春樹、後ろから直を抱きしめたまま叫び続ける。目を閉じる直。

直「うん、聞こえてる」
春樹「愛してる。愛してる。愛してる…」（声）
直「聞こえる…」

直、背中に春樹の声の響きを感じて泣き出す。

〈終〉

受賞者紹介

平野　朝美

ひらの・あさみ　脚本家、監督として活動中。２０１１年伊参スタジオ映画祭大賞で大賞を受賞した映画「震動」は、ＩＤＣＦノミネート、ＰＦＦ映画ファン賞・名古屋賞、Raindance film festival招待など。

テーマ：このシナリオをなぜ書こうと思ったのか

私は3歳からピアノを習っていた。私のような凡人の子供にクラシックの良さなどわかるはずなかったが、親は私のピアノの上達を期待してか、家の中に流れるのはそればかりだった。当然流行りの歌には疎く、それを同級生に笑われた記憶もある。クラシック以外「悪」と刷り込まれていた私だったが、そのうちに反動のようにポップスを聞きあさり、ついにはバンドサークルに入部してロックに手を出す。そこで初めて、音は力なんだと知った。腹の底から突き上げるドラムの音、物理的に肌で感じるギターやベースの響き。耳という器官だけでは抱えきれない音の力にぶちのめされた。

映画「震動」は、自由の原風景として焼き付いているこの経験が元になっている。映画もまた、誰かを励ましたり突き動かしたり打ちのめすような力である。そう信じて。

映画情報

（2012年／BD／73分）

スタッフ

監督・脚本：平野　朝美
助　監　督：白井　ラテ
制　　　作：斉藤　慎也
　　　　　　山下　泰生
カ　メ　ラ：市来　聖史
　　　　　　西村　洋介
録　　　音：茂木　祐介
照　　　明：伊集　守忠
音　　　楽：venetit haas

キャスト

川郷司駿平（佐々春樹）
北　香那（福田直）
松永　拓野（町田あき）
小川　ゲン（洋輔）
金子　祐史（青田）
柏木風太朗（菅原）
近藤　真彩（吉野沙希）
清水　尋也（翼）

シナリオ大賞２０１１　短編の部

「冬の真桑瓜」

森下　鳰子

登場人物

スズキ　　　（39）　リストラされたサラリーマン
スズキ少年（９）　スズキの少年時代
マチコ　　　（妙齢）『山の療養所』保健婦
スズキの父
駅員

introduction

ストーブにのせたヤカンの湯は、
誰に急き立てられもせず沸く。
季節が巡って花が咲き、実が熟れるように。

人はいつからか『待つ』ことを少しだけ忘れてしまった。
たとえば冬の日の、
ストーブの上に置かれたヤカンのことなんて。
気のきいた事もせず、ただ黙って。
人を待たせて平気な顔して、あてにはならない。
「あっ来たな」と思えば、とぼけて白いため息なんかついている。
「待たせてごめん」とヤカンは言ったのか。
「ありがとう。待っててくれたんだ」とヤカンは言ったのか。
それなのに、注がれた器の白湯を、私はやっぱり両手で包み込み自分へ流し込む。
悔しいほどに素っ気なく、呆気なく私をあたためていく。

冷たい窓の外を思い、
風の中を背中をすぼめ帰ってくる人を
ストーブにヤカンをかけて待つように。
今は　何も訊ねず、触れもせで
あなたが負った傷を、ぜんぶ見せて。

written by N.Morishita

○**タイトル**　『**冬の真桑瓜**』

○**洗面台**

鏡に映る、スズキ少年（９）。電気剃刀を手に取る。
鏡の中にいるのは、大人になった少年。彼の名はスズキ（39）。電気剃刀で髭をあたっている。

○**玄関**

黒い通勤靴。妻のサンダル。こども達の靴が３人分。虫かご網、ギンガムチェックのリボンがついた麦藁帽子。蝉時雨、切り込む。

○**電気屋（回想）**

　首から鍵を下げたスズキ少年、店主から修理が済んだ電気剃刀を預かり、鞄にしまう。ぺこんと頭を下げて店を出る。

○**駅・ホーム（同）**

　スズキ少年とスズキが交錯する。大事そうに鞄を抱え、ベンチに腰掛けているスズキ少年。鞄を開けて、電気剃刀を両手で持ってみる。その姿が、スーツ姿のスズキにすり代わる。開けた通勤鞄から求人票の束を取り出す。ボツ　ボツ　ボツ…どれも不採用のチェックが入っている。ネクタイゆるめ、ベンチに体を投げ出す。深いため息。遠くから列車の音。

スズキ少年「あっ、来たぞ！」

　スズキ、入線する列車の中へと…‼

○**山の療養所（同）**

　林を抜け、坂をのぼって、スズキ少年がやってくる。

スズキＭ「ここは僕の父が長い間、闘病生活を送っていた療養所。建物だけが今も残っているのだろうか」

○**病室（同）**

　父とスズキ少年。

スズキＭ「兄弟がなかった僕は、当たり前だが何をするにも１人だった」

　スズキ少年が鏡を父の顔の前へ持っていき、父はその中で髭をあたり始める。髭を剃り落としていく、電動音。

スズキＭ「病状がゆるい下降線を描くごとに父はやつれ、落ち窪んだ頬は卵の殻の裏側のようで、剃刀を当てることもできなくなった」

　窓辺に黄色い真桑瓜が１つ。

○**山の療養所（同）**

　療養所を、後にするスズキ少年。窓から父が、わが子の姿が見えなくなるまで見送っている。

スズキＭ「こんな記憶を手繰り寄せながら、もしかしたら３人の子どもたちは、あの時の自分よりは淋しくないのではないか…などと都合良く思ったりする」

○**坂を下り、トンネルを抜け、林を抜け（同）**

　スズキ少年、父にもらった真桑瓜を鞄から取り出し、丸齧りしようとした途端、瓜は手から逸れて川の流れに落ちていく。

スズキＭ「でも、本当に一番淋しかったのは…父と離れ離れだった自分ではなく、家族とそして社会から切り離された父だったのだと解る。別な理由で社会から切り離された今の僕にも」

　療養所の中。入り口から階段を上がり、長い廊下を行く。ドアが開き、中へ。そこは診療室か。ベッドで目覚めた、スズキ。ストーブの上で静かにヤカンが湯気を上げている。パーテーションの向こうを気にする、スズキ。白衣を着た保健婦の女が１人、机に向かって何か書き物をしている。女の名はマチコ。スズキの気配に気付いた、マチコ。体を起こす、スズキ。窓の外は、雪。

スズキ「ここは？」

　マチコ、ヤカンの白湯を湯呑みに注ぎながら。
マチコ「歩けるようならここへ来て、温かいものを」
　スズキ、起き上がってマチコのいる方へ。スズキ差し出された白湯の茶碗を、両手ですくうようにそろそろと流し込む。
スズキ「何だか、あれこれずっと話をしていたような気がします」
　マチコ、スズキの前に座って彼の両手を取ってただ静かに。
マチコ「ここまで遠かったでしょ？」
　マチコ、引き出しから包帯を取出し、スズキの手に巻いていく。
スズキ「傷でも？」
　マチコ、黙って包帯を巻く。
マチコ「包帯って怪我したから巻くだけのものじゃないのよ」
スズキ「？」
マチコ「人ってね目の前に見るものが何も無くなる時があるの。だからこうやって、白く目印をして、見る場所を作ってあげるのよ」
　スズキ、包まれていく左手をじっと見ている。
マチコ「山って遠くから眺めるから山で、5センチ目の前にあったら壁でしょ。傷があんまり大き過ぎると、どこが傷口なのかさえ分からなくなる。だからこうして、傷の大きさを決めてあげるの」
　マチコ、包帯の巻き終わりを小さく結ぶ。
マチコ「悲しいことってカタチにして、小さく結んでしまえば少しは軽くできる…あなたのお父さんから教えられたのよ」
　包帯をしたスズキの手。マチコ、ストーブのやかんに勢い良く水を注し、それを再びストーブに乗せる。ヤカンの底の水滴がシューと音を立てて、新しい時間を刻み始めた。
　マチコ、白衣のポケットに手を突っ込んで、窓の外を見る。
マチコ「待たないお湯の方が、早く沸く気がするの。待ってるお湯は、ちっとも…」
　雪の向こうにマチコが待っているのは春？　それとも…。

○駅・ホーム（夜）

　ベンチに横になり眠っている、スズキ。駅員に揺すり起こされる。スズキ、体を起こし手を見るが包帯はない。スズキが破り散らかした求人票を、白髪の駅員が掃き集めている。
スズキM「もし今、父が生きていたらこんな感じなのだろうか」
　立ち去っていく、駅員の左手に包帯。
スズキM「そして、やっと父の傷口に包帯を巻くことができたのかもしれない。遅すぎたけど…」
　駅員、振り返って。
駅員「最終。間に合って良かったな」
スズキ「はい」
　入線してくる列車。

○スズキ宅（冬の日）

　父の遺品が入った箱を収納の奥からごそごそ出してくる、スズキ。（以下、父の療養所での日々が被る）
スズキM「父は毎朝、髭を剃るたび何を思っただろう？『思う』ことの全てを自分の中から締め出して、顔を洗い歯を磨き、そしてひたすら髭を剃っていたのかもしれない」
　小さなスケッチブックが出てくる。療養所からの眺めや、季節の花など。
スズキM「そして、手元の小さな白い画用紙が、父が決めた傷の大きさだったのか」
　スケッチの中に、窓辺に置かれた真桑瓜が瑞々しい。

○山の療養所・診療室

　ヤカンがかかったストーブのそばで、マチコは今日も誰かの手に包帯を巻いている。

〈終〉

受賞者紹介

森下　鳰子

もりした・にほこ　1966年6月、新潟県新潟市生まれ。東海大学教養学部卒。1999年、『一夜足袋』でフジテレビヤングシナリオ大賞奨励賞。2004年、『笑う石榴』で伊参スタジオ映画祭シナリオ大賞短編部門奨励賞。2005年『椿供養』で同賞。2010年、『花に無理をさせる』(English Title『Mothers』杉田愉監督作品）原案。2011年、『冬の真桑瓜』で伊参スタジオ映画祭シナリオ大賞短編部門大賞。2014、キエフ国際映画祭にて『冬の真桑瓜』をインターナショナルプレミア上映。同年、長岡アジア映画祭2014で上映。

この短編を書いたのは、目の前でアスファルトが割け、明かりの無い夜を過ごし、風が運ぶ見えないものに怯えながら暮らした3・11の三カ月後でした。手掛かりのない中、外気に触れないように部屋干しした洗濯物を、畳んで、積みあげていく四角い形。今日という一日の終わりを形にすることに意味がありました。あまりに単純な繰り返しの積層が、当時の私を茫漠とした不安から救っていました。これは私がすこし忘れていた「待つ」という行為そのものでした。「待つ」ということは「祈り」と同じ重さを持っていると思いながら書き上げたものは、映画の設計図として似つかわしくないものでした。散文詩？と言われてしまうほど。つい先頃では遺書？とも。設計図は俯瞰と主観の両方に自分が立つものですが、この作品は当時の私と＝だったのかもしれません。

映画情報

（2012年／BD／25分）

スタッフ

撮影・編集：石田　直
照　明：徳永　陽平
録　音：宋　晋瑞
　　　　横田　彰文
撮影助手：戸羽　正憲
　　　　佐藤　遊
ヘアメイク：大西　花保
音　楽：松本龍之介
作　画：奥山　勝晃
制　作：小櫛　光子
制　作：新井　園美

助　監　督：甲斐　真弓
プロデューサー：湯本　政之
監督・脚本：森下　鳰子

キャスト

奥山　道成（スズキ）
佐藤　康平（スズキ少年）
中田　裕一（スズキ父）
竹中友紀子（マチコ）

シナリオ大賞２０１２　中編の部

「独裁者、古賀。」

飯塚　俊光

登場人物

古賀祐介　高校２年。背が低く色黒。皆から馬鹿にされているない

副島裕子　高校２年。勉強はできるが運動が苦手で友達はいない

青木さや　高校２年。女番長でクラスを牛耳る。彼氏は本田康祐

本田康祐　高校２年。体格が良く無口。喧嘩が強い。金髪で悪そう

岡本一八　古賀の担任。潔癖性で小ぎれい。熱い一面を持つ

黒柳哲哉　前科者。いじめられる古賀を守っていた。ヤクザ風

Ｔ「一．副島裕子」

○学校・教室（昼間）

岡本一八が教壇に立ち、生徒たちが席に座っている。黒板には学級委員投票結果が書かれている。

『副島祐子　正正正正

古賀祐介　正正正正正』

岡本先生「ほぼ満場一致ということで学級委員は古賀祐介くんと副島祐子さんに決定させていただきます」

生徒たちがまばらに拍手する。窓側の一番前の席に座っている古賀祐介（高校２年）と、廊下側の一番前の席に座っているメガネをかけた副島裕子（高校２年）は少しだけ目をあわせ、すぐに目をそらす。

○同（昼間）

古賀は席に座り、茶色のカバー付きの本を読んでいる。丸まったプリントが飛んできて古賀の頭にぶつかり、古賀は後ろを振り返る。数人の男子生徒が教室内でプリントを丸めボールにし、野球をしている。

男子生徒Ａ「（笑いながら）ごめん、小さくて気づかなかった」

古賀は無視をし、気にしない様子で前を向くと、机の前に青木さや（高校２年）と本田康祐（高校２年）が立っている。

青木「ちびクロ独裁者さん」

古賀「どくさいしゃ？」

青木「ほぼ満場一致で学級委員、９割以上の賛成の学級委員って独裁者じゃない。スターリン、ヒトラー、フセイン、小泉、古賀」

古賀「…それはみなさんが無理矢理そうしたのであって」

青木「（古賀の話は聞かない様子で）康祐の隣の席になりたいの、いいよね？　学級委員判断で良いでしょ、独裁者なんだから」

古賀「…いやでも席替えは公正なくじ引きの結果でして」

青木「わたしの言うこと聞けないの？」

と、本田をちらりと見る。本田はズボンのポケットからチョークを取り出し、古賀の机に「バカ、シネ」と字を書く。「そ、そういうことは、や、やめたほうが良いと思います」と、震えた声が青木と本田の背後からする。本田と青木が後ろを振り返ると、副島が立っている。副島は頭を

　下げ、そそくさとその場から立ち去っていく。

青木「今度はちりちりメガネ独裁者。なーんか、面白くなってきた」

○同・廊下（昼間・放課後）

　古賀は廊下の隅を、鞄を背負い歩いている。古賀は階段の踊り場にさしかかったところで足を止める。踊り場で副島が、青木と本田に囲まれている。３人は何かを話をした後、階段を上っていく。

○同・屋上（昼間・放課後）

　屋上の鉄さくに腕をかけ、校庭を眺める本田。隣に青木がいる。そのふたりに向かい合うようにして副島が立っている。

青木「（副島の髪をつかみながら）少し手入れとかしたら？」

　副島は青木のつかんだ手を振り払おうとするが、本田がその手をつかみ抵抗させないようにする。

青木「学校ってメガネがでしゃばれない社会なの」

　と、副島のメガネをはずし、下に落とす。副島は顔を隠しながら、落ちたメガネを拾い、慌ててメガネをかける。青木はスマホで副島の顔の写真を撮る。

青木「わたしは正しいと思っている。あなたはわたしを間違っていると思っている。でも、それって同じことなの」

　と、副島の顔を平手打ちする。古賀は屋上の扉の窓からのぞきこむように様子を伺う。

古賀「（小さい声で）寿限無寿限無、五劫の擦り切れ、海砂利水魚」

　と、ぶつぶつと呟いている。

○同・教室（昼間）

　副島は廊下側の一番前の席で俯いて席に座っている。副島の机には「バカ、シネ」とチョークで落書きがされている。副島は机の中から雑巾を取り出し、落書きを拭き取る。拭き取った後も、何度も雑巾で机を拭き続ける。古賀は席に座り、副島の様子を眺めている。

　古賀は席に座り、副島の席を眺めている。副島の席には、もう誰も座っていない。

○同・廊下（昼間・放課後）

　古賀は廊下の隅を、鞄を背負い歩いている。

「古賀くん」と、声をかけられる。古賀が後ろを振り返ると岡本先生が立っている。

岡本先生「副島さんにプリントを渡してくれないですか？」

○副島のマンション・部屋の前（夕方）

　古賀は玄関の前に立ち、深呼吸をし、インターホンを押す。玄関からは応答はなく、古賀はあきらめ帰ろうとするが、玄関の扉が開き副島が出てくる。

古賀「そ、副島さん、こんにちは、古賀です。同じ学級委員の」

　副島は黙ったまままうなずく。

古賀「プリントを持ってきました」

　と、プリントを鞄から取り出す。副島は頭を深々と下げ、プリントを受け取り、扉を閉める。古賀はしばらく閉まった扉の前で立ち尽くす。

○学校・教室（昼間）

古賀が席に座り、茶色のカバー付きの本を読んでいる。窓際の一番後ろに青木と本田が隣り合わせに座り、笑いながらスマホをいじくり、楽しそうにしゃべっている。

○同・廊下（昼間・放課後）

古賀は廊下の隅を、鞄を背負い歩いている。
「古賀くん」と、声をかけられる。古賀は足を止め、後ろを振り返ると岡本先生が立っている。

岡本先生「今日はプリントないんですよ」

古賀はしばらくその場で考え、何かをひらめいたように、来た方向とは反対に向かって走っていく。岡本先生は古賀の後ろ姿を嬉しそうな顔で眺めている。

○同・教室（昼間・放課後）

古賀は教室の自分の席に座りノートを取り出し、手紙を書きはじめる。

古賀M「副島裕子さん。ぼくも学校は好きじゃありません。できれば行きたくないです。副島さんも、そういう気持ちで」

古賀は手紙を書く手を止め、手紙を書いたノートを切り取りくしゃくしゃにし、新しく手紙を書き始める。

古賀M「副島裕子さん。もし同じ学級委員としてなにか力になれることがありましたら、言ってください！　古賀祐介」

○副島のマンション・部屋の前（夕方）

古賀は玄関の前に立ち、インターホンを押そうとするが押せない。そんな行動を何回か繰り返した後、インターホンを押す。玄関の扉が開き副島が出てくる。

副島「こんにちは」

古賀「こんにちは…えっと、今日は、プリントはなくて」

古賀がポケットに手を突っ込み、手紙を取り出す。

古賀「代わりにといってはあれですが、て、手紙です」

と、副島に手紙を出す。副島はその手紙をじっと見つめる。
古賀は手紙を副島に強引に渡し、頭を下げ、逃げるようにその場から立ち去っていく。

○副島のマンション・部屋の前（夕方）

古賀が玄関の前に立ち、インターホンを押す。しばらくすると玄関の扉が開き、副島が顔を出し会釈をする。

古賀「（会釈しながら）プリントです」

と、プリントを鞄から取り出す。副島はプリントを受け取る。

副島「（小さい声で）ありがとうございます」

と、頭を下げ、扉を閉めようとする。古賀は手をだし、閉じようとする扉を止める。

古賀「あ、あの！　げ、元気出してください！」

ふたりはしばらく見つめ合う。副島は嬉しそうな顔をし、うなずく。古賀は嬉しそうな顔で、うなずき返す。

○学校・廊下（昼間・放課後）

岡本先生が廊下を歩いていると後ろから古賀が近づいてくる。岡本先生は近づいてくる古賀に気づき、足を止め後ろを振り返る。

○副島のマンションからの帰り道（夕方）

　古賀は早足になっていき、最後は全力で走っていく。

○学校・廊下（昼間・放課後）

　岡本先生と古賀が向かい合っている。岡本先生「（嬉しそうな顔をして）今日もないんですよ」と、立ち去っていく。

　古賀は岡本先生の後ろ姿をしばらく眺めている。

○副島のマンション・部屋の前（夕方）

　古賀は玄関の前をうろうろし、インターホンを押そうとするが押せない。玄関の扉が突然、開き、副島が出てくる。

　副島は手を後ろに組んでいる。驚き、声も出ない古賀。

副島「（笑いながら）もう、うろうろし過ぎ」

古賀「あっ、えっと、いや、その、今日もじつは、なにもなくて、えっと、て、手紙、読んでもらえたかな、と思いまして」

副島「はい」

　と、後ろに組んでいた手を前に出し、ピンクの封筒を出す。

○副島のマンションからの帰り道（夕方）

　古賀は副島からもらった手紙を読みながら歩いている。

副島М「古賀祐介くん。同じ学級委員として古賀くんの力が必要なことは…ないですよ、安心してください。でも単純に手紙もらえてうれしかったです。本当にありがとう。　副島裕子」

　手紙を読み終わると古賀は照れた笑みを浮かべ、手紙を丁寧にピンクの封筒に戻し、封筒を鞄にしまう。

　「古賀ちゃん」と、後ろから声をかけられる。古賀が後ろを振り返るとスクーターに乗った黒柳友一がいる。古賀はしばらく黒柳を見つめた後、前を向き直し、足早に立ち去っていく。

○古賀のアパート・部屋（夜）

　古賀は自分の机にむかって手紙を書いている。手紙はノートの切れはしではなく、便せんになっている。

古賀М「副島裕子さん。返事あり」

　古賀は手紙を書く手を止め、机の上に置いてある茶色のカバー付きの本を見つめる。

○副島のマンション・部屋の前（昼間）

　古賀が玄関の前に立ち、インターホンを押す。家の扉が開き、副島が立っている。

副島「こんにちは」

古賀「こんにちは。返事ありがとうございました。とってもうれしかったです。で、そのお礼と言ったらあれなんですが」

　と、茶色のカバー付きの本を見せる。古賀は茶色のカバーをはずし、本の表紙を見せる。表紙には『落語百選』と書かれている。

古賀「寿限無寿限無、五劫の擦り切れ、海砂利水魚の水行末、雲来末風来末、食う寝る所に住む所、ヤブラコウジのブラコウジ、パイポパイポ、パイポのシューリンガン、シューリンガンのグーリンダイ、グーリンダイのポンポコピーのポンポコナーの長久命の長助」

副島「…らくご？」

古賀「はい、落語好きなんです。特に寿限無が。小学校の国語の教科書に載っていて、それ以来好きで、寿限無を言うとなんかこう落ち着くんですよ。だから、これ持ち歩いて読んだりしていて、もし副島さんも良かったら、一度」

と、副島の顔を伺う。副島は、ぽかんとした顔をしている。

古賀「いらないですよね、すいません」

と、古賀は鞄に本をしまおうとする。副島が古賀から本を奪い取り、笑みを浮かべ、うなずく。古賀は笑みを浮かべ、うなずき返す。

○同・部屋（夜）

副島と父親がリビングのテーブルに向かい合い座っている。ふたりは黙々とコンビニのお弁当を食べている。

副島の父親「最近、学校は？」

副島は何も答えず、首を横に振り、お弁当を食べ続ける。

○学校・教室（昼間）

岡本先生が授業をしている。授業の終わりのチャイムが鳴り、生徒たちは片付けを始める。生徒は片付けが終わると各々廊下に出ていってしまうが、古賀は片付けもせず窓の外をずっと眺めている。岡本先生は古賀の様子に気がつく。

岡本先生「古賀くん、ちょっといいですか？」

○同・同（昼間・放課後）

古賀と岡本先生は教壇の前で向かい合っている。

古賀「勘違いしないでください。別に好きとかじゃありません」

と、教壇の机を指で引っ掻きながらしゃべる。

岡本先生「何をおっしゃっているんですか？　誰もそんな話していないです。副島さんの体調について、どうですかと伺っているんです」

古賀の教壇の机を引っ掻く指が止まる。

古賀「…あっ、すいません。そうですよね。えっと、それは」

岡本先生「古賀くん、いいですか。我が校は進学校です。ちゃんとした理由もなく学校を休み続ける生徒には、対処が必要になります」

と、ズボンのポケットからハンカチを取り出し、教壇の机を拭きながらしゃべる。

古賀「たいしょ、対処ってなんですか？」

岡本先生の教壇の机を拭く手が止まる。

岡本先生「最悪の場合は退学ということになります」

○副島のマンション・部屋の前（夕方）

古賀が玄関の前に立ち、インターホンを押すと、すぐ玄関の扉が開き、副島が満面の笑みを浮かべ立っている。

副島「寿限無寿限無、五劫の擦り切れ、海砂利水魚の水行末、雲来末風来末、食う寝る所に住む所、ヤブラコウジのブラコウジ、パイポパイポ、パイポのシューリンガン、シューリンガンのグーリンダイ、グーリンダイのポンポコピーのポンポコナーの長久命の長助！」

古賀「（笑いながら）完璧です！」

副島「面白かった、落語！　感想もちゃんと書いたから」

と、ピンクの封筒と茶色のカバー付きの本を古賀に渡す。

古賀は嬉しそうな顔をするが突然、真剣な顔に変わる。

副島「…うん、どうしたの？」

古賀「学校でもぼくあんな感じだし、学校が楽しいなんてとても言えないけど、でも…もし、もし良ければ学校に来ませんか？」

ふたりはしばらく見つめ合う。
副島「…先生に言われたの?」
俯く古賀。
副島「そういうこと」
と、扉を閉めようとする。
古賀「違う!」
副島の扉を閉めようとする手が止まる。
古賀「先生にも言われたけど…それだけじゃなくて、副島さんと学校で話せたら、楽しくなるんじゃないかってそう思って!」
副島「(古賀の言葉を遮断するように)古賀くん!」
と、首をゆっくりと横に振り、扉を閉める。

○古賀のアパート・部屋(夜)

古賀はベッドに横になり、副島からもらった手紙の入ったピンクの封筒を見つめている。古賀は封筒を開けようとするが、開けられず、鞄に戻す。

○学校・教室(朝)

岡本先生が朝礼をしている。古賀は窓の外をずっと見つめている。突然、教室の扉が開く。生徒たちが、扉の方向に目をやると副島が立っている。教室が、しん、と静まり返る中、古賀は席から立ち上がる。

岡本先生「おはよう」

副島は深々と頭を下げ、自分の席に座る。

○同・同(昼間)

古賀は席に座り、茶色のカバー付きの本を読みながらも、ちらちらと青木と本田、副島の様子を伺う。副島は席に座ったままピンクのカバー付きの本を読んでいる。青木と本田は相変わらずスマホをいじくり2人で笑っていて、副島を気にしている様子はない。古賀は鞄からピンクの封筒を取り出し、机の下で封を開け、手紙を隠れるようにして読み始める。

副島M「古賀祐介くん。落語がこんなに面白いとは思いませんでした。一気に読んでしまいました。寿限無、饅頭怖い、死神、猫の皿、品川心中、すべて面白い。いつか落語家さんがしゃべっている古典落語を聞いてみたいものです。その時は古賀くんも一緒に行けたらなんて思いました。副島裕子」

古賀は満面の嬉しい顔を浮かべ前を見ると、青木と本田が立っている。古賀は驚き、慌てて手紙をズボンのポケットにしまう。青木は不適な笑みを浮かべ、黙ったまま立ち去っていく。古賀はふと副島の席を見ると、副島は変わらない様子でピンクのカバー付きの本を読んでいる。

○同・トイレ(昼間・放課後)

古賀はトイレの前を何度も行き来をしていると、女子トイレから副島が出てくる。古賀が副島に近づいていき、ふたりとも照れ笑いを浮かべ、しばらく何もしゃべらない。副島がスカートのポケットからピンクのカバー付きの本を取り出し、ピンクのカバーをはずし、本の表紙を古賀に見せる。表紙には『落語百選』と書かれている。
副島「これ買ってから学校来たら遅れちゃったの」
ふたりは、目を合わせ、くすくすと笑う。
古賀「副島さん、この後は?」

副島「ごめん、補習があるの。休んでいたから…ごめん」
古賀「いえいえ、そんな謝んないで、明日も学校で会えるんだから」
副島「そうだよね！」
古賀は勢いよく深くうなずく。副島は笑顔で手を振り、立ち去っていく。古賀は手を振り返し、副島の姿が小さくなるまで見送る。古賀は副島へ手を振っていた手を見つめる。
「古賀くん」と、後ろから声をかけられる。古賀が後ろを振り返ると、青木と本田が立っている。青木はスマホで古賀の写真を撮る。
青木「ほーら、思っていた通り、面白くなってきた」

○同・屋上（昼間・放課後）

屋上の鉄さくに腕をかけ、校庭を眺める本田、隣に青木がいる。そのふたりに向かい合うようにして古賀が立っている。

青木が1枚の紙を出す。手紙は脅迫状のように新聞紙を切り取り、文字が並んでいる。『副島に手を出したら学校に報告する』

古賀「知りません、そんな手紙」

青木は本田をちらりと見る。本田が古賀に近づき、頭突きを古賀の鼻に入れる。腰から砕け落ち、うずくまる古賀。

青木「ちびクロ独裁者さんくらいしかいないでしょ」

青木は古賀に近づき、ポケットから手紙を抜き取る。古賀はうずくまりながらも必死に手紙を奪い返そうとする。本田は古賀に馬乗りになりおさえこむ。青木は手紙を確認し、笑みを浮かべる。

青木「わたしは面白いと思っている。あなたは面白くないと思っている。でも、それって同じことなの」

○同・同（夕方）

古賀は口が切れ、鼻血を出しながら空を見上げている。

○同・教室（朝）

古賀が教室を開けようとすると、教室から副島が出てくる。副島は足を止め、しばらく古賀を見つめた後、俯く。古賀の顔には絆創膏が貼られ、赤く腫れている。

古賀「おはよう、副島さん」

副島は何も答えず、立ち去っていく。古賀が教室に入っていくと教室の前に生徒が集まっている。手紙の隣に副島の手紙が貼り出されている。黒板に副島の写真、古賀の写真が貼られ、相合傘が書かれ、「ちびクロとちりちりメガネの恋愛」と書かれている。古賀が貼られた手紙をはがそうと黒板に向かっていくが、本田と青木が古賀の前に立ち、遮る。古賀は青木をじっと見つめ、踵を返し教室を出て行く。

○同・廊下（朝）

廊下を歩く数人の生徒の中、古賀は必死に生徒をかきわけ走る。

○同・下駄箱（朝）

古賀が下駄箱に到着すると、副島がいる。

副島「違うよ、古賀くんがそんな人じゃないって、分かっている。

問題は誰のせいとかじゃなく、どんな理由とかじゃないのよ」
と、下駄箱を立ち去っていく。古賀は黙ったまま立ち去っていく副島の背中を見ている。

○同・教室（昼間）
岡本先生が授業をしている。突然、古賀が席から立ち上がり、教室から出て行く。岡本先生は呆然と立ち去っていく古賀を見つめる。

○副島のマンション・部屋の前（昼間）
古賀は玄関の前に立ち、インターホンを押そうとするが、押せずそのまま立ち去る。

○副島のマンション・部屋（夜）
副島と副島の父親がふたりでリビングのテーブルに向かい合うように座り、黙々とコンビニ弁当を食べている。副島が弁当を食べる手を止め、父親を見る。
副島「パパ、お願いがあります」

T「二、**黒柳哲哉**」

○東公園（回想・昼間）
古賀M「小さいころ、ぼくにとって黒柳さんは正義の味方だった」
砂場で古賀が数人の小学生に囲まれ袋だたきにあっている。黒柳哲哉はスクーターで砂場までいく。
黒柳「てめぇら、よって、たかって、なにしてんだよ！」
小学生が蜘蛛の子を散らすように逃げていく。古賀は泣いている。
黒柳「古賀ちゃん、やりかえそうぜ。劇的にいこうぜ」
と、古賀を抱きしめる。
古賀M「でも、あるとき突如としていなくなった。男子児童にわいせつ行為をして逮捕されたから」

○川辺（昼間）
古賀は川辺に座り、ずっと川を眺めている。古賀の後方から石が飛んできて、その石は川の上をホップする。古賀が後ろを振り返ると、黒柳がスクーターに乗っている。古賀はしばらく黒柳を見つめた後、そのまま前をむく。黒柳がスクーターからおり、古賀の隣にまで歩いて行き座る。
黒柳「いやな、ほれ、人生転落した俺だけどよ、ここを離れひとりで生活していたら、なんかこう人助けになることしてぇなって、そうしたらいつも泣いていた古賀ちゃんのことを思い出してな」
黒柳はタバコを取り出し、火をつけ、吸う。
古賀「なんかまたやらかしたんですか？」
黒柳「人聞きの悪いこと言わないでくれよ、人助けをしたいんだ」
しばらく間が空く。
古賀「お願いがあります」
黒柳「そうこなくちゃ、劇的にいこうぜ」

○学校・教室（昼間）
岡本先生が教室で授業をしている。古賀と副島の席には誰も座っていない。

○**東公園（夕方）**

砂場で向かい合う黒柳と古賀。

黒柳「殴られるのを恐れ、はなれようとする。でも逆なんだ」

と、黒柳が古賀に突進していき、古賀を朽ち木倒しのように倒し、上に乗り、古賀の顔をパンチするふりをする。

黒柳「もしくは」

と、首をしめるふりをする。黒柳は立ち上がり、古賀を見下ろす。

黒柳「さぁ、おれからマウントをとってみろよ、古賀ちゃん」

○**同（夕方）**

古賀は疲れ果て、砂場にねっころがる。

古賀「（呼吸を乱しながら）それにしても全然マウントがとれない」

黒柳はタバコを吸いながら、古賀を見下ろしている。

黒柳「元少年相撲のチャンピオンだからな、俺は。動機は不純だが」

古賀「（呼吸を乱しながら）強くなれますかね、ぼく?」

黒柳「わからんよ。でも、不安なら、走れ。死ぬほど走れば、苦しすぎて不安なんてなくなる」

と、タバコの煙をもくもくと吹かす。

○**古賀のアパートまでの帰り道（夕方）**

黒柳「パクられる前、不安でいつもそうしていたんだ」

古賀は必死に走っている。

○**学校・事務窓口（夕方）**

黒柳が事務窓口に立ち、中をのぞき込む。

黒柳「古賀ちゃんの担任の先生っている?」

○**同・同・外（夕方）**

黒柳が座りタバコを吸っていると、岡本先生がやってくる。

岡本先生「担任の岡本です」

黒柳はタバコをくわえたまま、頭を下げる。岡本先生はハンカチをズボンのポケットから取り出し口と鼻をおさえる。

黒柳「古賀ちゃんをしばらく休ませて欲しい」

岡本先生「失礼ですが、古賀くんのなんなんですか?　古賀くんの状況を知っているんですか?　家に電話しても」

黒柳「（岡本先生の言葉を遮断するように）母子家庭だよ、昼間誰もいないよ。とにかく古賀ちゃんは休む、それだけ言いたくて」

と、手をあげ立ち去ろうとするが、すぐに足を止める。

黒柳「あっ、そういえば、もうひとり女子が休んでいるだろう?古賀ちゃんはその子を助けようとしてんだ。劇的だろう」

と、笑い、立ち去ろうとする。突然、岡本先生が走りだし、黒柳の前に回り込む。

岡本先生「待ってください、だとするとまずいんですよ」

○**学校からの帰り道（夕方）**

黒柳がスクーターを走らせている。黒柳はスクーターのスピードが加速していく。

○古賀のアパート・部屋（夜）

古賀と古賀の母親がふたりでリビングのテーブルに向かい合うように座っている。ふたりは母親が作ったうどんをすすっている。

古賀「今学校休んでいるんだ」

古賀の母親「そう、まぁ、いいんじゃない。そんな時くらいあるんじゃない、青春だもん」

と自分の茶碗を持ち、流し台に向かって歩いていく。

○東公園（昼間）

古賀と黒柳が砂場で向かい合っている。古賀が黒柳に飛び込むが、それをかわす黒柳。古賀がまた黒柳に飛び込むが、それをまたかわす黒柳。古賀が中腰姿勢になって呼吸を整えている。

黒柳「古賀ちゃんよ、俺からマウントとれたらよ、もう教えることはない。だから」

と、間を空ける。

黒柳「早くマウントとって学校に行けよ」

古賀はしばらく考え、うなずき、黒柳へ突進していく。

○副島のマンション・部屋の前（夕方）

岡本先生が玄関の前で立っている。岡本先生はインターホンを鳴らす。

○同・部屋（夕方）

岡本先生はリビングのテーブルに座る。副島は冷蔵庫の前にたち、ウーロン茶とコップを持ってくる。

岡本先生「すいません、お気を遣わせてしまって」

副島はウーロン茶をコップに注ぎ、岡本先生に向かい合うようにして座る。

岡本先生「ご両親は？」

副島「母親はいません、離婚しています。父親は仕事です」

しばらく間が空く。

岡本先生「そうですか、わたしは本当に駄目な教師です」

と、コップに注がれたウーロン茶を一気に飲み干す。岡本先生はズボンのポケットからハンカチを取り出しコップの周りについた水滴を拭く。

岡本先生「もう決定なんですよね？」

副島がうなずく。

岡本先生「副島さん、ひとつお願いがあるんです」

○古賀のアパートまでの帰り道（夕方）

古賀は必死に走っている。

○東公園（昼間）

古賀と黒柳が砂場で組み合っている。黒柳が古賀を朽ち木倒しのように倒し、古賀に馬乗りになる。黒柳の背後に副島が立っている。古賀と副島の目が合う。黒柳が後ろを振り返る。古賀と黒柳、ふたりの動きが止まる。

副島「くだらないことしていないで、学校に行ってください」

古賀は何も答えようとしない。

黒柳「あのな！　古賀ちゃんはな、あんたの」

古賀「（黒柳の言葉を遮断するように）黒柳さん！」

しばらく見つめあう古賀と副島。

副島「そういうことですから、学校に行ってください、じゃないと」

と、途中まで言いかけ言葉を止める。副島は後ろを振り返り、そのまま立ち去ろうとする。

古賀「手紙を取り返すから、絶対！」

足を止める振り返る副島。

副島「そういうのを自己満というんです」

と、立ち去っていく。

○古賀のアパートまでの帰り道（夜）

古賀が必死に走っている。古賀はどんどん加速していき道のカーブを曲がり切れず転ぶ。転んだまま、立ち上がらない古賀。スクーターが近づく音がしてくる。古賀が顔をあげると、黒柳がスクーターに乗っている。

黒柳「あの子のこと好きなんだろう？　幸せじゃねぇか、法律も世間からも認められている恋なんてよ」

しばらく間が空く。

古賀「ぼく見てみぬふりをしていたんです。副島さんがいじめられているのを。しかもまだそのことをちゃんと謝って」

黒柳「（古賀の言葉を遮断するように）それを言ってどうすんだよ」

しばらく間が空く。

黒柳「大切なのは、どう踊るかってことだよ」

と、スクーターで走り去っていく。

○東公園（昼間）

古賀と黒柳が、砂場で向き合っている。古賀が黒柳に突進していく。黒柳は古賀を受け止めるが、古賀の勢いは止まらない。古賀は黒柳を朽ち木倒しのように倒し、馬乗りになる。黒柳は下で体を動かすが、それをのがさないよう踏ん張る古賀。黒柳が疲れ動きを止める。古賀は黒柳の首をしめようとするが、黒柳がタップをする。古賀はしめるのを止め、そのまま黒柳の隣で倒れ込む。

黒柳「負けだな」

と、タバコを取り出し、口にくわえ火をつけ、吸う。タバコの煙がもくもくと空にのぼっていく。古賀が飛び起きるように立ち上がる。

古賀「劇的にいってきます」

○古賀のアパート・部屋（夜）

古賀と古賀の母親がふたりでリビングのテーブルに向かい合うように座っている。ふたりはもくもくと母親が作ったトンカツを食べている。トンカツの皿には山盛りのキャベツの千切りがある。

古賀「明日から学校行くよ」

古賀の母親「そう」

と、冷蔵庫に向かって歩いていく。母親は冷蔵庫から「青じそドレッシング」を取り出す。古賀は箸でトンカツをつまみ、顔のあたりまで持ち上げる。

古賀「お母さん、気遣いありがとう」

母親は黙ったまま「青じそドレッシング」を振り続ける。

T「三．**古賀祐介**」

○学校・教室（朝）

教室の前に数人の生徒が集まっている。その中をかき分けるように青木と本田が出てきて黒板を見る。『本田、青木は屋上に来い　独裁者、古賀』と書かれている。

青木「さいこーに、面白くなってきた」

○同・屋上（朝）

本田と青木に、向かい合うようにして古賀が立っている。

古賀「要求はひとつです。副島さんの手紙を返せ、です」

青木と本田が顔を見合わせ吹き出すように笑う。突然、古賀が本田に向かって走っていく。本田は古賀をかわすが、古賀はすぐ方向を変え、本田に向かっていく。本田は古賀を受け止める。古賀が必死に本田を倒そうとするが、本田がこらえ、古賀の背中に肘打ちや腹に膝打ちを入れる。古賀は蹴りや肘打ちを、歯を食いしばり我慢するが、本田の力が強く古賀は少しずつ体勢が低くなっていき、本田の足にしがみつくような体勢になる。本田はしがみつく古賀の顔を蹴りあげる。古賀は顔をおさえるが、鼻血がポタポタと垂れる。青木が倒れてうずくまる古賀に近づく。

青木「あなたはわたしたちを最低だと思っている。そして今この行動を愛だとか正義だとかと思っている。でもそれで選んだ手段が、これ。それってわたしたちがやっていることと何が違うの？」

古賀はうずくまったまま。

古賀「（徐々に声が大きくなっていく）いちいちうるせぇな。ぼくは、ぼくは独裁者だ！　おれの言うことを聞け！」

青木と本田が顔を見合わせ笑う。

古賀「寿限無寿限無、五劫の擂り切れ、海砂利水魚の水行末、雲来末風来末、食う寝る所に住む所、ヤブラコウジのブラコウジ、パイポパイポ、パイポのシューリンガン、シューリンガンのグーリンダイ、グーリンダイのポンポコピーのポンポコナーの長久命の長助！」

と、本田の足をすくいあげ朽ち木倒しのように本田を倒す。

古賀が本田の上に乗りマウントをとる。

古賀「手紙を返せ、しめんぞ」

後ろから青木が近づいてくる。

青木「甘いなーちびクロ独裁者くんは、ひとつ教えてあげるわ！」

と、古賀の顔を勢いよく平手打ちする。古賀が体勢を崩す、その瞬間、本田がブリッジをし、古賀をはねのけ、古賀の上に本田が乗り、馬乗りになる。倒れた古賀を青木が覗きこむようにして言う。

青木「ちりちりメガネ独裁者はもうこの学校にいません」

○同・同（昼間）

屋上で倒れている古賀がパッと目を覚ます。古賀は鼻と口から血が出ており顔に1枚の手紙が貼られている。古賀が手紙を確認すると、副島の手紙である。

○同・廊下（昼間）

手に血だらけの手紙を握りしめ、古賀は廊下を走る。古賀は生徒たちをぶつかりながら、かわしていく。岡本先生の後ろ姿が見える。岡本先生は走ってくる足音に気がつき、後ろを振り返る。古賀は足を止める。

岡本先生「古賀くん、どうしたんですか、その顔？」

古賀「（呼吸が乱れながら）副島さんは！」
　しばらく間が空き、古賀の呼吸を整える音だけが響く。
岡本先生「退学しましたよ」
　古賀が岡本先生につめよる。
古賀「なんで！　なんですか！」
岡本先生「古賀くん、落ち着いてください」
古賀「前に行っていた処分ってやつですか！　でも来たじゃない！」
　廊下が、しん、静まる。
岡本先生「落ち着けよ！　古賀！」
岡本先生「自主退学なんです。副島さんはこの町を出ます」
古賀「（徐々に大きく）なんで、なんで、なんで！」
岡本先生「知りません、ただ、そういうことなんです」
　と、立ち去ろうとするが、途中で足を止める。
岡本先生「あれ、たしか今日だった気がしますね、引っ越し」
　古賀はしばらくその場で考え、何かをひらめいたように、来た方向とは反対へ向かって走っていく。岡本先生は古賀が走り去っていくのを確認すると、ズボンのポケットから携帯電話を取り出す。

○東公園（昼間）
　黒柳が東公園で、スクーターに座りタバコを吸っている。
　黒柳の携帯電話が鳴り、携帯電話に出る。
黒柳「ふん、さすがですね、先生」

○副島のマンション・外（昼間）
　引っ越し屋のトラックが止まり、引っ越し屋のお兄さんが荷物をトラックに積んでいる。

○学校・下駄箱（昼間）
　古賀が血だらけの手紙を握りしめ上履きのまま、下駄箱を抜けていく。

○副島のマンションまでの道（昼間）
　黒柳がスクーターを走らせている。

○学校・廊下（昼間）
　岡本先生は廊下をひとり歩きながら、思い出したように立ち止まり、ズボンのポケットから数枚の手紙を取り出す。手紙には『副島に手を出したら学校に報告する』と書いてある。岡本先生はその手紙をくしゃくしゃにする。

○副島のマンション・外（昼間）
　引っ越し屋のトラックのエンジンがかかる。副島の父親と副島が家の外に出て来て、引っ越し屋さんと話をしていると、黒柳がスクーターに乗って現れる。
黒柳「さぁ、劇的にいくぜ」

○副島のマンションまでの道（昼間）
　古賀が血だらけの手紙を握りしめ走っている。

○副島のマンション・外（昼間）
　古賀が血だらけの手紙を握りしめ走ってくる。古賀は引っ越し屋のトラックの後ろで足を止め、中腰姿勢で呼吸を整え、トラックの荷台を見つめる。トラックの荷台の扉がゆっくりと開く。荷台の中に副島が座っている。古賀と副島はしばらく見つめ合う。トラックの運転席には引っ越し屋のお兄さん、助手席には父親が座り、黒柳はトラックによりかかりタバコを吸っている。古賀はしばらくトラックの荷台にゆっくりと近づいていく。ふたりはしばらく見つめ合う。

副島「変わりたいの、わたし、だから」

古賀「変われるよ！　一緒に、一緒に変わっていこう！　逃げんな！」

副島「逃げたっていいじゃない！　高校生は今だけ！　1日でも1分でも多く、新しい高校生をやってみたいとそう思ったの！」

副島はメガネをはずし、チリチリした髪を必死にストレートにしようとする。その副島の様子をしばらく見つめる古賀。

古賀「あっ！　わかったよ！　やめてくれ！　よーく、わかった！」

副島の髪をストレートにする手が止まる。しばらく間が空く。

古賀「落語なんて好きじゃないんだ。中学の時、寿限無を言いながら、そいつをどこかに行けって願った、そうしたらそいつ転校した、それ以来、ぼくは寿限無を言いながら願うと願いが叶うと思っている、それだけの単なる弱虫なんだぼくは」

しばらく間が空く。

古賀「寿限無寿限無、五劫の擦り切れ、海砂利水魚の水行末」

副島「雲来末風来末、食う寝る所に住む所、ヤブラコウジ」

お互いの意図を確認するように少し間が空く。

古賀・副島「パイポパイポ、パイポのシューリンガン、シューリンガンのグーリンダイ、グーリンダイのポンポコピーのポンポコナーの長久命の長助」

しばらく間が空く。

古賀「なんか願ったの？」

深くうなずく副島。

古賀「なにを？」

副島「言わないよ」

古賀は小さく笑い、くしゃくしゃになった血のついた副島の手紙を丁寧に伸ばし、副島の前に出す。

古賀「はい、自己満」

副島は涙ぐみながら、手を伸ばしその手紙をつかむ。黒柳がタバコを吸い終わり、運転手を見てうなずく。副島と古賀は手紙をつかんだまま、トラックが動き出す。ふたりがつかんだ手紙が2つに切れトラックが進んでいく。古賀は去っていくトラックをしばらく見つめているが、突然、トラックを追いかけるように全力で走り出す。トラックとの距離は縮むはずなく、遠ざかっていく。古賀はトラックが見えなくなると、足の加速をゆるめ、立ち止まり、中腰姿勢のまま呼吸を整える。後ろからスクーターに乗った黒柳が現れる。

古賀「（呼吸を乱しながら）踊れていました？」

黒柳「ああ」

○副島のマンションから帰り道（夜）

古賀M「その後、ぼくと黒柳さんは町の周りを何週も何週も、真っ暗になるまで走り続けた」

スクーターの後ろに古賀が乗り、黒柳がスクーターを走らせている。
古賀M「数日後、黒柳さんはまた同じ理由で逮捕された」
〈終〉

受賞者紹介

飯塚　俊光

いいづか・としみつ　1981年生まれ。2012年、『独裁者、古賀。』が伊参スタジオ映画祭シナリオ大賞を受賞。同作を映画化し、PFFアワード、田辺弁慶映画祭など様々な映画祭で高く評価され劇場公開される。2020年には「踊ってミタ」が全国公開される。

■テーマ：このシナリオをなぜ書こうと思ったのか
いじめを扱った映画はたくさんありますが、どれも暗い映画ばかりでした。それが嫌でした。もっとエンターテイメント性を持ったいじめ映画を作りたいと思いました。そこで思いつたのが「いじめをきっかけに恋する二人」の話です。それが「独裁者、古賀。」です。映画は青春映画ですが、撮影もぼくにとって青春でした。若いキャストとスタッフ、嫌味なほど暑い夏、ハードなスケジュール、そのすべての思い出が今もぼくの中で青く光り輝いています。

映画情報

（2013年／BD／79分）

スタッフ

監督・脚本・編集：飯塚　俊光
撮　　影：幡川　和雅
録　　音：堂坂　武史
音　　楽：小島　一郎
美　　術：佐藤美百季
プロデューサー：露木　栄司

キャスト

清水　尚弥（古賀祐介）
村上穂乃佳（副島裕子）
芹澤　興人（黒柳哲哉）
臼井　千晶（青木さや）
輿　　祐樹（本田康祐）
松木　大輔（岡本一八）

シナリオ大賞２０１２　短編の部

「この坂道」

宮本　ともこ

登場人物

中川友梨亜（19）家事手伝い
根津隼人（28）友梨亜の婚約者。根津ネジの跡取り
中川真一（48）友梨亜の父。中川精密機械の経営者
中川健太（10）友梨亜の弟

○中川精密機械・全景

長い坂道に面して、小さな町工場が建っている。

○坂道

同じ坂道を自転車（ロードバイク）で登る中川友梨亜（19）。

友梨亜「ハァ……。ハァ……。ハァ……」

○根津ネジ・工場内

ネジを作る広い工場。作業着を着た根津隼人（28）と対峙する友梨亜がいる。

友梨亜「ウチの工場の納品止めるってどういうこと。部品がなければ機械が作れないじゃない」

隼人「友梨亜。いいかげんあきらめろよ」

友梨亜「あきらめる？」

隼人「いくら価格を落としても中国や韓国には勝てないんだろ。あきらめろ」

友梨亜「そんなこと……」

隼人「製品を造って、赤字を増やしてなんになるんだ。誰が喜ぶんだよ」

友梨亜「そんなこと、隼人には関係ない！」

隼人「いや。関係ある。俺たちが結婚したら、お前の借金は俺の家の借金になる。マイナスが膨らまないうちに工場を閉じろ。お前から、お父さんを説得しろよ。それがみんなのためだ」

友梨亜「……」

隼人「送っていくよ」

○同・駐車スペース

友梨亜が工場から出てくる。隼人が４ＷＤの荷台に友梨亜のロードバイクを積んでいる。歩み寄る友梨亜。

友梨亜「……」

隼人「そうだ。あれ、申し込んでくれた」

友梨亜「あれって？　ああ……。ブライダルフェア？　あそこの結婚式場、確か、隼人のお得意さんの建設会社で建てたんだよね」

隼人「ん？　別にお得意さんの顔を立てるわけじゃないよ」

友梨亜「親の工場が危なくなっているときに、浮かれて結婚式やる娘がどこにいるのよ！」

隼人「いるよ。ここに……。お前」

友梨亜「冗談はやめて。ねぇ、なんとかならない。あなたのお父さんを説得してよ」

隼人「その前に、支払いが先だろ」

友梨亜「お金なら私がなんとかするから」

隼人「……お前、美容院いつ行った」

友梨亜「（指折り数えて）……」
友梨亜「お父さんになんて言おう」

○**中川精密機械・全景**

　隼人の４ＷＤを見送る友梨亜。

○**同・茶の間**

　部屋に入ってくる友梨亜。
友梨亜「ただいま」
　中川健太（10）がいる。
友梨亜「健太。おかえりぐらい言いなよ」
健太「……」
　健太は作文の原稿用紙を友梨亜に渡す。
友梨亜「……僕の両親。４年。中川健太。うちのお母さんは僕が２年生のときに死にました。お父さんは毎日、工場で働いています。終わり……。なにこれ」
健太「学校で作文コンクールがあるんだ」
友梨亜「お母さんとの思い出を書いたら」
健太「書いたよ。母さんが俺を抱っこして、向かいの山を眺めていた時のことを書いたんだ。そしたらクラスのヤツらが言うんだ。お前、まだ、母ちゃんに抱っこされてんのかって」
友梨亜「健太は小さい頃の思い出を作文にしたのにね」
健太「お母さんは死んじまったし、お父さんは毎日、工場だし。俺、書くことがねぇよ」
友梨亜「お姉ちゃんのことを書いてよ」
健太「作文コンクールは、お父さんお母さんのことを書くんだぜ」
友梨亜「いいじゃない。今は、お姉ちゃんが健太の親代わりなんだから。お姉ちゃんのことを作文にしてくれたら、今夜は健太の好きな煮込みハンバーグ作るんだけどな」
健太「ハンバーグ！　俺、書くよ」
友梨亜「ちゃんと親代わりって書くのよ」

○**坂道**

　坂道をロードバイクで登る友梨亜。
健太Ｎ「うちのお姉ちゃんは自転車が好きです。いつもはお父さんの工場にいるけど、工場にいない時はだいだい自転車です。坂道を自転車で登るお姉ちゃんは苦しそうですが、悩み事を忘れて、終わった後、気分がすっきりするそうです」

○**山間の坂道**

　自転車で坂道を登る友梨亜。
健太Ｎ「自転車で山を登ることもあります」
　ヒルクライムを楽しむ友梨亜と隼人。友梨亜は腰を浮かし左右に揺れながら自転車をこぐ。背後から隼人が追う。
友梨亜「ハァ……。ハァ……。ハァ……」
隼人「俺の後ろを走れよ。そんなに風にあたると、バテるぞ」
　友梨亜はいっそう、スピードを上げる。
友梨亜「ハァ……。ハァ……。ハァ……」
隼人「友梨亜！」
友梨亜「ハァ……。ハァ……。ハァ……」

○**途中の展望スペース**

　友梨亜が伸びている。隼人は友梨亜を見下ろす。
隼人「ムキになるからだよ」

友梨亜「今日だけは隼人に負けたくなかったんだもん」
隼人「サドルが低すぎるんだよ。もっとポジションを前乗りにして、シッティングのまま距離を稼がなきゃ」
友梨亜「ねぇ、隼人」
隼人「ん？」
友梨亜「自転車のチューニングしてくれるのはありがたいけど、私の人生までチューニングしなくていいから」
隼人「なんだよ。その言いぐさ」
　隼人はウェストポーチから通帳と印鑑を取り出す。
隼人「これ」
友梨亜「通帳と印鑑」
隼人「支払いに使えよ。困ってるんだろ」
友梨亜「！」
隼人「美容院に行って、綺麗にしてこいよ。友梨亜は磨けば、美人なんだから」
友梨亜「……」
　友梨亜は通帳と印鑑を見つめる。

○中川精密機械・全景

○同・裏手
　工場の建物の裏に友梨亜がいる。
友梨亜「このお金さえあれば……」
　友梨亜は健太の古い自転車に視線を向け、ため息をつく。
　中川真一（48）が来る。
中川「友梨亜。何してるんだ」
友梨亜「なんでもない。健太の自転車、少しキレイにしてあげようと思って。お父さんこそ、私に何か用？」
中川「父さんな、勤めに出ようと思う」
友梨亜「！　イヤだって言っていたじゃない」
中川「若いやつと並んで働くのも仕方ないさ」
友梨亜「どこで働くの」
中川「宇都宮だ」
友梨亜「ここを離れるなんてイヤ！」
中川「お前は隼人くんとここに残ればいいさ」
友梨亜「健太は」
中川「健太は連れて行くよ」
友梨亜「お金、借りられたら引っ越さなくて済むの」
中川「お前はそんな心配するな。それより、今朝の味噌汁しょっぱかったぞ」
友梨亜「……私、まだ、19だもん」

○坂道
　坂道を自転車で登る友梨亜。
友梨亜「ハァ……。ハァ……。ハァ……」

○根津螺子加工・駐車スペース
　対峙する隼人と友梨亜。友梨亜は通帳と印鑑を差し出す。
友梨亜「これ、返しに来た。中のお金、手をつけてないから」
　隼人、怒りを堪えつつ去る。
友梨亜「隼人？」
隼人「そこで、待ってろ！」

　桐の箱を開ける友梨亜。中身は男物の腕時計。

友梨亜「これ……。私の結納返しじゃない」
隼人「結婚はなかったことにしよう。友梨亜は俺との結婚より、親の方が大事なんだろ？」
友梨亜「私は……。私は工場が無くなってしまうのが、イヤなの」
隼人「また、工場かよ」
友梨亜「ねぇ、隼人。聞いて……」
友梨亜「うちの洗面所の窓から、向かいの山が見えるの。亡くなったお母さん、弟を抱いて毎朝、見ていたわ。もしも、あの風景が無くなってしまったら、弟はきっと淋しかったことしか覚えていないわ」
隼人「思い出にしがみついてなんになるんだよ。もっと前を見ろよ」
友梨亜「じゃあ、淋しいままでいいの。前だけ見ていれば幸せになれるの……。教えてよ……。隼人」
隼人「後ろ向きだな。お前」
友梨亜「隼人が前向きすぎるんじゃないの」
隼人「前と後ろじゃ、俺たち、一生ひとつになれないな」
友梨亜「そうね。坂道の上と下のままね」
隼人「俺、仕事に戻るよ。急ぎの納品があるんだ」
　友梨亜、敗北感に唇を噛み締める。

○坂道
　シャッターを下ろした工場。うなだれてたたずむ友梨亜。坂道を見上げる。
友梨亜「……」

○根津螺子加工・駐車スペース
　隼人が4WDの荷台に納品用のカート箱を積んでいる。中川が腕時計を入れた桐の箱を隼人に押し付ける。押し問答になるふたり。
中川「若社長……。いや、隼人君。聞いてくれ」
　桐の箱を落とす。中川、拾い上げて、
中川「君にだってしがみついている物がひとつぐらいあるだろう。友梨亜の気持ちをわかってやってくれ。どうか、お願いします」
隼人「帰ってください！」

○××建設・建築現場
　建設現場に螺子の納品をする隼人。ふと、箱の中の螺子を手に取る。
隼人「……」

○友梨亜の家
　友梨亜が帰ってくる。駆け寄ってくる健太。
健太「お姉ちゃん！　俺、待ってたんだぜ」
健太「俺、クラスで作文コンクールの代表に選ばれたんだ！　みんなのお父さんお母さんの前で、この作文を読むんだぜ！　姉ちゃんも聴きに来るだろ。姉ちゃんもちょっとした有名人だな」
友梨亜「すごいじゃない」
健太「先生が家族の思いやりがとても良く伝わりましたって。お父さん、お母さんじゃないところが良かったってさ」
友梨亜「意外性がウケだんだ。健太は生まれつき、つむじが左巻きだもんね」

健太「俺、左巻き好きだぜ。姉ちゃんもたまには左巻きにしてみなよ」
友梨亜「どうやって」
健太「逆向きに走ってみればいいんだよ」
友梨亜「へぇ。今度、試してみるね」
　健太は神妙な面持ちを作る。
友梨亜「どうしたの？　健太」
健太「姉ちゃんはいつも彼氏の方ばっか、向いているだろう。だからダメなんだよ……。たまには逆向かなくちゃ」
友梨亜「生意気言わないで！　子供に何がわかるのよ」
健太「姉ちゃん。ごめんよ、姉ちゃん」
友梨亜「あんたの顔なんか、見たくない！」

○坂道

　友梨亜が自転車で坂道を下ってくる。交差点で右折してきた隼人の車に出くわす。
友梨亜「！」
　車を降りる隼人。
友梨亜「何してるの」
隼人「俺は納品の帰り。友梨亜こそ、珍しいじゃん」
友梨亜「たまには左巻きにしてみたの」
隼人「左巻き？」
友梨亜「なんでもない。それより、ちょっとつきあってよ」
隼人「？」

○××結婚式場

　金の手すりに赤い絨毯をひいた、広い階段がある。友梨亜が階段を駆け上る。隼人、後を追う。
隼人「待てよ。どういうつもりだよ」
友梨亜「いいから。早く」
　友梨亜は階段のとある地点で立ち止まる。
友梨亜「ここ！　ここ！」
　友梨亜はしゃがんで手すりの細部を見る。
友梨亜「ここ見て。螺子山がガタガタなのわかる？」
隼人「螺子山……。もしかして、俺が作った螺子？」
友梨亜「うん。隼人がつくった螺子。私、知ってるんだ。隼人は上手くいっているように見せるのは上手いけど、本当は努力家なんだよね。お父さんの工場を継ぐって決めたとき、上手に螺子が切れなくて、こっそり練習していた」
隼人「俺にも、そんな時期があったな」
友梨亜「隼人はこの手すりにマーキングしたんだね。ここは隼人にとって新しい故郷なんでしょう。だから、こだわってたんだね」
　ニッコリする友梨亜。隼人はそれを認めた感じで
隼人「違うよ。俺は、友梨亜とは違う」
友梨亜「おんなじじゃん。隼人だって、しがみついてるじゃん」
隼人「違うんだって。うるさいよ。お前……」
友梨亜「だって、おんなじじゃん」
　じゃれあうふたり。仲良くなっている。

○中川精密機械・全景（朝）

○同・裏庭（朝）

　友梨亜と健太が古い自転車にペンキを塗っている。中川が

来る。
中川「今度はふたりで何してるんだ」
友梨亜「思い出を塗り替えてるのよ」
中川「思い出……。そうか」
一心に刷毛を動かす友梨亜。見つめる中川。
友梨亜「お父さん。私、隼人と結婚するね」
中川「ああ。そうしなさい」
友梨亜「ごめんね、お父さん」
中川「何を言ってるんだ。お父さんだって、こぎだすぞ」
友梨亜「うん」
中川「作文コンクール10時からだろ。そろそろ着替えた方がいいんじゃないのか」
友梨亜「健太。行こう。うんと、オシャレしなくっちゃ」

○友梨亜の家・洗面所

友梨亜は健太のネクタイを結んでやる。健太はネクタイの端をズボンにねじ込む。
友梨亜「隼人のじゃ、長すぎたね」
健太「平気、平気」
健太「姉ちゃん、知ってる？　父さん、ここから工場に通うってさ」
友梨亜「それ本当」
健太「それで、俺が大人になったら、ここでまた、工場をやるんだ。だから姉ちゃんはお嫁に行きなよ。坂道を登ってさ」
友梨亜「うん……。うん。健太……」
健太「その方がお姉ちゃんには似合ってるよ。俺、お父ちゃん見てくるね」
友梨亜「うん……」
友梨亜は涙を拭う。
健太N「お姉ちゃんはどんなに急な坂道でも、絶対にあきらめたりしません。僕も、お父さんも、そんなお姉ちゃんが大好きです。お姉ちゃん。お嫁に行っても、ときどきはしょっぱいお味噌汁をつくってください」
友梨亜「……」
友梨亜は窓を閉めて出て行く。

〈終〉

受賞者紹介

宮本　ともこ

みやもと・ともこ　東京都出身。シナリオセンターで脚本を学ぶ。放送作家事務所にて、バラエティ番組の制作にリサーチャーとして参加。初監督作品『この坂道』はＳＫＩＰシティ国際Ｄシネマ映画祭、ショートショートフィルムフェスティバル他に入選。

この作品は坂道の上と下に住むカップルが主役です。ロケ地を探して中之条にある沢山の坂をくまなく巡り、三つの坂道で撮影しています。最後のひとつを決めたのは撮影日の前日でした。撮影中は伊参スタジオ公園内に合宿させて貰っていましたが、校舎と厨房のある棟を繋ぐ渡り廊下で足を捻り（こっそり）捻挫しました。その後、札幌の短編映画祭でプログラムを組んでくれたスタッフさんから「映画に差別や格差と戦う力があってもいいんじゃないか。そう思える作品を集めました」と言われて嬉しかったことを、二年目の伊参スタジオ映画祭アンコール上映の舞台挨拶で報告すると、夜の体育館の会場が熱く沸いたことが記憶に残っています。

映画情報

（2013年／BD／28分45秒）

スタッフ

監督・脚本：宮本ともこ
撮影・照明：田辺　清人
録　　　音：伊藤　裕規
ヘアメイク：近藤あかね
編　　　集：脇本　一美
音　　　楽：大野　恭史
助　監　督：乙黒　恭平
　　　　　　金嶋　朝陽
制作進行：内田　沙季

キャスト

上住マリア（中川友梨亜）
安保　匠（根津隼人）
大倉　順憲（中川真一）
沖山　太一（中川健太）

シナリオ大賞２０１３　中編の部

「彦とベガ」

谷口　未央

登場人物

比古朝雄（80）地元の名家で古い日本家屋に住む品の良い男。元高校教師で天文学専門
比古こと（77）地味な顔立ちの専業主婦。２年前認知症を発症
菊名　慧（26）新米介護士の男
比古　環（48）朝雄とことの娘。独身勝気のキャリアウーマン
彦　　（16）男。認知症の朝雄の精神状態を具現化したもの。聡明な顔立ち
ベガ　（16）女。認知症のことの精神状態を具現化したもの。朝雄と二人きりのときに現れる

○夏・川原（夜）

星空が広がっている。比古朝雄（80）、車椅子の後ろに立っている。ベガ（16）、車椅子に座っている。

ベガ「彦、どっち？　こっち？」
朝雄「こっちだよ、ベガ」
朝雄、空を指差し、指を移動させながら、
朝雄「上の星が白鳥座のデネブで、こっち側が鷲座のアルタイル。そして、こっちが」
ベガ「ベガ！」
朝雄「そう、琴座のベガ。ベガのベガだね」
朝雄「このみっつをこう結んで、これが夏の大三角形になる」
と、指で三角形を描く。
ベガ「白い闇」
朝雄「え？　あぁ、ちがうよ。それは」
ベガ「（嬉しそうに）白い闇」
朝雄「ベガは凄いな。僕の目にはもう見えないよ」

○比古家・門前

田園が広がっている。土塀に囲まれた、立派な日本家屋がある。門の前、ホームヘルパーの２人が制服姿で立っている。自転車は門の脇に整頓して停めてある。田中明子（50）、はぁーと息を吐く。新人らしく下ろしたての制服だが、髪が少し長く目に力がない菊名慧（26）、明子を見る。

明子「（慧を見て）いや、別に大変な人って訳じゃないからね、菊名くん」
明子「人の家に入るのって緊張するでしょ、やっぱし」
慧、あいまいな笑みを浮かべる。明子、腕時計を見る。ちょうど３時を指している腕時計。慧、インターフォンを押す。
（挿入）インターフォンの音。慧、塀に目を留める。土がところどころはがれ、年季ある塀。
朝雄の声「（インターフォンより）はい」
明子「こんにちは。ふれあい園の田中です」

○同・玄関

朝雄、明子の長々とした挨拶を穏やかな笑みを浮かべ黙って聞いている。明子、急に挨拶を終え、沈黙が流れる。

慧「（慌てて頭を下げ）菊名といいます。よろしくお願いします」
朝雄「比古です。お世話になります。どうぞ中へ」

明子「お邪魔しまーす」
　と、慣れた手付きで靴を脱ぎ上がり、朝雄に続いて奥へ入って行く。玄関に取り残された慧。
慧「あ、お邪魔します」
　慧、靴がスムーズに脱げずもたつく。

○同・廊下
　立派な木目の板の間、埃や枯葉がある。枯れた池が見える。

○同・居間前
　絵が描かれた襖。

○同・居間
　畳に座り、気だるく足を投げ出しているベガの後姿。ベガ、視線に振り返る。しわの刻まれた比古こと（77）の顔。
朝雄の声「家内のことです」

○同・台所
　曜日毎に仕切られた薬箱がある。慧、明子に習って水周りを掃除し、洗い物をする。
ことの声「彦ー、お腹すいたー」
朝雄の声「ベガ、ちょっと待ちなさい」
　慧、台所の続きにある居間を振り返る。

○同・居間
　仕切り越し、ことのバタバタ動かす脚が見える。

○同・玄関
　玄関で靴を履く明子と慧と、見送る朝雄。
明子「では、失礼いたします」
慧「ありがとうございました」
朝雄「ご苦労さまでした」
　明子、玄関ドアを開け出て行く。続いて出て行く慧。見送る朝雄。

○同・門前
　明子、自転車の鍵を外す。慧、続いて自転車の鍵を外そうとする。
明子「（自転車にまたがりながら）次からひとりで大丈夫な感じね」
慧「え？　そうですか？　大丈夫そうでした？」
明子「大丈夫じゃない？」
　と、時計を見る。慧、慌てて鍵を外す。
慧「（自転車にまたがりながら）でも、凄く優しそうなご主人ですね。奥さんは、なんていうか…」
明子「だいぶ、ね」
慧「ベガって呼んでましたけど、星の名前ですよね。琴座の。あだ名なんですかね？」
明子「比古さん、元々天文学の先生だから。じゃあ、私は次の人の家にこのまま向かうから、先戻ってて」
慧「あ、はい。田中さん、ありがとうございました」
　明子、自転車を走らせ去る。慧、比古家の立派な塀を見上げる。慧、ズボンのポケットより携帯を取り出し、写真を撮る。

○同・台所（夜）

比古環（48）、買い物のビニル袋を提げ、台所に入ってくる。清潔に片付いた水周り。

環「ヘルパーさん、来てくれたのね」

買い物の品々を冷蔵庫に仕舞いながら、

環「大丈夫だった？」

○同・居間（夜・以下カットバック）

朝雄、ひとり掛けの椅子に座っている。こと、朝雄の側の畳に直に座っている。

朝雄「若い男の子でね。ベガ、気に入ったみたいだよ」

環「へぇ。（ことに向かって）お母さん、良かったね」

こと、うとうとしている。ことの閉じた瞼、一瞬ぴくっと開くもまた閉じる。

朝雄「今日、その男の子にお風呂に入れてもらったからね」

環「そう。それで、お父さん、あれ考えてくれた？」

朝雄「うん」

環「施設のこと。パンフレット渡したでしょ」

朝雄「うん」

環「一度見学に行こうよ。お金のこともあるし、まだ当分先の話だけど」

朝雄「うん。でも、環も仕事があるだろう？」

環「そこは休むわよ。当然でしょ」

朝雄「（濁すように）うん」

環「お父さん、流そうとしているでしょ。だめよ」

朝雄「そんなつもりはないけど、まだ大丈夫だよ、環。ベガはまだこの家で暮らせるし、ベガもそれを望んでいる」

環「そうなの？　そんなの分からないじゃない」

大きく船を漕ぐこと。朝雄、ことを寝室へ連れて行こうと抱えるも、抱えきれずよろける。

環「お父さん、だめよ！　また腰痛める！」

と、朝雄に駆け寄る。

○同・寝室（夜）

こと、ベッドに寝ている。朝雄、ことの寝顔を眺めている。

○同・居間（夜）

食卓の椅子に座り、腕と手首をほぐす環。

○同・寝室（夜）

朝雄、襖を閉めようとする。

ベガ「彦、わたし大丈夫？」

ベガ、朝雄をはっきりした顔で見ている。

朝雄「起きたの？」

ベガ「彦、助けてね」

朝雄「大丈夫。助けるよ」

こと、安心して目をつむる。

○同・門前

慧、自転車を停め、降りる。インターフォンを押す。（挿入）

インターフォンの音。

朝雄の声「（インターフォンより）はい」

慧「こんにちは、ふれあい園の菊名です」

○同・書斎

（挿入）掃除機の音。天文書で溢れ、デスクの上には天球儀が置いてある。朝雄、デスクで天文書を読んでいる。

○同・居間

慧、掃除機をかけている。慧、目だけで部屋を見渡す。品のある骨董品がさりげなく配置され、柱1本も鈍く輝いている。慧、ふと上を見る。細かい細工の欄間。慧、ズボンのポケットより携帯を取り出し、写真を撮る。

こと「なにしてるの？」
　慧の背後、襖にもたれるようにことが立っている。
慧「（思わず反射で）ごめんなさい」
　と、掃除機をオフにする。
こと「なにしてるの？」
慧「すみません、写メ撮りました」
こと「（携帯を不思議そうに眺め）？」
慧「あ、これ電話だけど、カメラで。写真です、写真」
こと「写真？」
慧「はい、写真です」
こと「どうして写真撮ったの？」
慧「え…。綺麗だったから、です」
こと「ふぅん」
　と、出て行く。慧、大きくため息をつき、掃除機をかけ直そうとする。こと、クッキーの缶を持って戻って来る。こと、缶を開け、慧の足元に中身を開ける。慧の足元に散らばる、ボタン、割れた鏡、首だけの人形、石、丁寧にたたんだトイレットペーパー等。慧の足元に座り込み、

こと「ねぇ、これも撮って。綺麗でしょ」
　と、白鹿の一升瓶の蓋を差し出す。
こと「これ、ベガなの。こっちはアルタイル」
　と、干からびた梅干の種を差し出す。慧、こらえきれず噴き出して笑う。
朝雄「楽しそうだね？　どうしたの？」
　と、書斎より入って来る。慧、笑いを飲み込む。
こと「なんでもない」
　と、慧に目配せする。やや怪訝な表情の朝雄。

○同・玄関

時計が2時55分を指している。こと、玄関ドアに向かって正座している。時計が3時を指す。（挿入）インターフォンの音。こと、ぱっと華やいだ表情になり、急いで玄関ドアを開ける。

こと「遅い」
慧「（時計を見て）いやいや」
　と、笑いながら玄関に上がる。こと、慧にまとわりつく。慧、靴を脱ごうをするも、ことが邪魔でもたつく。慧、ふと顔を上げる。
慧「（軽く会釈しながら）こんにちは。お邪魔します」
　朝雄、奥に立っている。
朝雄「ご苦労さま」

○同・庭

慧、洗濯物を干している。こと、慧にまとわりつき、
こと「（枯れたあじさいを指さし）これ綺麗？」

慧「あんまり」
　こと、しゃがんで石ころを拾い上げ、
こと「じゃあ、これは？　写真撮る？」
慧「（笑いながら）うーん」

○同・台所
　慧、器用な手付きで包丁で食材を刻む。こと、慧の横に張り付いて、その手先を眺めている。

朝雄「ベガ、お仕事の邪魔だよ」

　ことと慧、朝雄を振り返る。こと、不満そうな表情。

慧「大丈夫ですから」

　慧、ことに微笑んで、再び根菜を刻む。

こと「これは？」

　と、根菜の皮を慧の顔の前に広げる。慧、噴出すように笑う。朝雄の視線の先、笑い合うことと慧。

○ふれあい園事業所・前
　訪問介護の事業所の外観。駐輪スペースに自転車が数台停めてある。慧、歩いて来る。

○同・事務所
慧「おはようございます」
　と、事務所のドアを開け、入ってくる。明子、電話で話している。明子、受話器を手で塞ぎ、
明子「菊名くん。次の日曜日、12時から6時まで訪問入れて大丈夫？」
慧「え？　日曜日ですか？　大丈夫ですけど…」
明子「オッケ。（受話器の手を外し）もしもし。大丈夫ですので、それで調整してください。…はい、…はい、では失礼いたします。どうも」
　明子、電話を切り、
明子「比古さん、日曜日にご主人が娘さんと2人でお出掛けなんですって。留守中の奥さんのお守り、よろしくね」
　慧、微かに表情が明るくなる。

○比古家・居間
　慧、手にフィルムの一眼レフカメラを持っている。こと、目を輝かせ慧の後に付いてくる。慧、欄間、骨董品、畳の目、風鈴等を次々撮る。

○同・縁側
　こと、足を投げ出して座っている。慧、座りながらカメラを構え、被写体を探している。慧、ことの投げ出された足にカメラを向け、撮る。
こと「きゃっ（足を引っ込める）」

○有料老人ホーム
　朝雄と環、施設の職員に案内されている。

○田園
　慧、ことを車椅子に乗せて走っている。こと、麦わら帽子を押さえ、キャーキャー喜んでいる。

○田んぼ
　慧、車椅子のことがいる。慧、青々した稲穂の絨毯を撮る。
こと「綺麗？」
慧「うん」
　慧、ことにカメラを向け、
慧「ことさん、こっち向いて」
こと「だめ！」
慧「なんで、なんで。ちょっとでいいから」
こと「だめー！」
　と、車椅子から降りようとフットレストに足をからめ、ふらつくこと。
慧「ちょっと、危ない」
　こと、体勢を直し、田んぼに入っていく。
こと「なにかあったら助けてね」
　青々した稲穂の中に立つこと。

○比古家・脱衣室
　泥に汚れたことの衣服。

○同・浴室
　ことの裸の背中。背中は濡れ、長い髪が張り付いている。ズボンをまくし上げた慧、髪を避け、ことの背中を石鹸で洗う。慧、ことの足を洗い、
慧「良かった。綺麗だ」
　こと、急に慧に振り返る。慧、不意をつかれた表情。こと、慧の髪を引っ張る。
慧「（痛みに思わず）いっ」
こと「嘘！　私のよりずっと黒い」
慧「ちがうよ、怪我のはなし」
　こと、自分の髪と見比べようと、更に慧の髪を引っ張る。
慧「痛！　抜ける！」
　頬が押し合うくらい近寄る慧とこと。
こと「本当に綺麗？」
慧「（やけくそに）うん、綺麗！　綺麗！」
こと「（慧の髪を離し）本当？」
慧「本当！」
こと「じゃあ、撮ってくれる？」
慧「？」
こと「綺麗なら撮ってくれるんでしょ？」
慧「え？」
こと「撮ってくれるんでしょ」
　こと、体の正面を慧に向ける。ベガの水を弾く瑞々しい肌。
ベガ「ねぇ、撮って」
　慧、一眼レフカメラを取って戻り、裸のベガを撮る。

○ふれあい園事業所・事務所
　慧、朝雄家の過去の記録を読んでいる。ことの生活暦（専業主婦であること、３年前より認知症が発症したこと等）が記されている。ことの家族構成の欄に、朝雄が高校の教師で天文学を専門とし、末に校長を務めたことが記させている。また、３ケ月分の記録が抜けている。明子、ドアを開け入ってくる。
明子「おはよー」
慧「（びくっと顔を上げ）おはようございます」

明子「（慧の手元を見て）頑張ってるねー」
慧「いや、そういうんじゃ」
　明子、自分のデスクに座る。
慧「（明子を目で追い）あの」
　明子、慧に顔を向ける。
慧「いえ、なんでもないです」

○比古家・居間

　慧、朝雄の気配を気にしながら、ことに現像した写真を見せている。欄間、畳の目、床下にひそむ猫、田園風景等の写真。こと、顔を輝かせてそれらを見ている。
こと「（1枚の写真を手に取り）あ」
慧「え？　あぁ、光が入っちゃったんだね。失敗だ」
　と、ことから写真を回収しようとするが、
こと「白い闇」
　と、写真を胸に抱き締め、また眺める。

○同・同（夜）

　朝雄とこと、慧の作った夕食を食べている。
朝雄「ベガ、星を見に行こうか？」
こと「んー」
朝雄「今日は天気が良かったから、星がきっと綺麗だよ」
こと「んー、今日はいいよ」
　と、席を立ち、床に置いてあるクッキーの缶を開ける。ことの宝物たちの一番上、慧の撮った写真がある。こと、写真を愛おしそうに眺める。朝雄、こと越しに写真を見る。縁側に投げ出されたことの足に、斜めに天の川のような白いもやがかかった写真。

○同・台所

　コンロに湯気の上がる鍋がある。

○同・居間

　こと、眠っていて、タオルケットがかけられている。ことの手元、クッキーの缶がある。慧、音を出さないようエプロンを外し、自分のカバンに仕舞う。

○同・書斎前

　慧、ドアに近づく。ドアが半開きになっていて、天文関連の書物、天球儀等が覗いている。

○同・書斎

　慧、ドアから半身を覗かせ、
慧「あの、これで失礼させていただきます」
　椅子に座っている朝雄、天文書から慧に視線を移し、
朝雄「菊名さん」
慧「はい」
朝雄「そう」
慧「じゃあ、これで」
朝雄「いつもベガが迷惑かけてすみませんね」
慧「いえ。あ、今はお昼寝されています」
朝雄「どうして家内をベガと呼んでいるか、気になりませんか？」
慧「そうですね。やっぱりことさんって名前だから、琴座のベガから取って？」

朝雄「（うなづきながら）結婚前の呼び名ですよ」
慧「へぇ、そうなんですか」
朝雄「私は比古だから彦星の彦。くだらないでしょ?」
　慧、遠慮がちに笑う。
朝雄「結婚してからは、互いの呼び名はお父さん、お母さんになってしまったけど、彼女がああなってからは。お母さんと呼んでも、ことと呼んでも返事をしてもらえなくてね。ベガと呼ぶとやっと反応してくれるんで、ついベガと」
　慧、天球儀に目をやる。
慧「これがベガですね。こっちが鷲座、これがアルタイルか…。あ！　天の川！　ベガとアルタイルの間を流れているんですね」
朝雄「我々の目に見えるのは川底の、さんざめく砂ばかり」
慧「白い闇」
　朝雄、慧の言葉にはっと慧を見る。慧、朝雄の視線に気付かず、天球儀を興味深げに見ている。

○ふれあい園事業所・事務所

　明子、ホワイトボードの慧の枠から、比古家のマグネットを外す。慧、ホワイトボードを見て立っている。
明子「気にしちゃダメよ」
明子「2ケ月ももったの、新記録なんだから」
明子「ヘルパーたらい回しにして、困るのは自分達なのにね」
　慧、疑問の色で明子を見る。明子、少しの間考え、
明子「そういう家なのよ、比古さんとこは」
　と、自分のデスクの一番の下の引き出しの奥より、記録の束を出す。
明子「（記録の束を慧に差出し）ごめんね。でも、ほら、最初からビビらしちゃなんだからと思って」
　慧、記録の束を受け取り、記録を見る。朝雄のクレームにより、担当ヘルパーが何度も交代させられている記録の束。

○比古家・玄関

　時計、2時55分を指している。こと、華やいだ表情で正座している。時計が3時を指す。ことの表情が少し曇る。時計、3時5分を指す。ことの表情、すっかり曇っている。（挿入）インターフォンの音。こと、ぱっと表情が華やぎ、急いで玄関ドアを開ける。

ヘルパー「遅くなりましたー。やすらぎ倶楽部の…」

　と、挨拶しながら入って来る。落胆に表情が固まること。

こと「ばか！　入ってくるな！」

　と、ヘルパーに拳を振るい追い返す。

○同・前の道路

　慧、他の家の訪問介護帰りに自転車で通りかかる。止まる自転車の車輪。慧、切なそうに比古家を眺める。慧、再び自転車を漕ぎ、去る。

○同・玄関

　時計、6時を指す。こと、引き続き玄関で正座をしている。
　朝雄、ことに近寄り、
朝雄「もう誰も来ないよ」
　こと、身動きせず正座をしている。
朝雄「ベガ、星を見に行こう」

○田園

　日暮れにもまだ間があり、星など見えるはずのない空。

○川原（夜）

　朝雄、ことを乗せた車椅子を押し、やって来る。浮浪者（55）が焚き火をしている。朝雄、空を見上げる。空は曇っていて、星は見えない。車椅子のこと、浮浪者の焚き火を凝視している。こと、車椅子から降り、不安定な足取りで焚き火へ向かおうとする。朝雄、ことを支えようと腕を取る。こと、朝雄の腕を払い、よろめきながら焚き火に向かう。朝雄、ことを目で追う。こと、浮浪者に並び、焚き火を見ている。空に届きそうな焚き火の炎。ことの目から涙が溢れる。

朝雄「ベガ？」

　ベガ、反応せずただ涙を流す。

朝雄「ベガ、どうしたの？」

　ベガ、感情のない目を朝雄に向け、

ベガ「あなた、誰？」

朝雄「帰ろう」

ベガ「嫌」

朝雄「ベガ」

ベガ「嫌。ここにいる」

朝雄「今日は曇っているから、星は出ないよ」

ベガ「星なんかどうでもいい。ここにいる」

朝雄「ベガ！」

　と、ベガの腕を強く取る。

ベガ「彦ー！　助けてー！　彦ー！」

朝雄「ベガ！　彦は僕だよ」

ベガ「違う！　あんたは彦じゃない！　彦ー！　助けてぇ！彦ー！」

朝雄「僕だ！」

　朝雄、かっとし、ベガに手を振り上げる。浮浪者、慌てて朝雄を制す。ベガ、朝雄の頬を力いっぱい平手で打つ。朝雄、頬を押さえる。薄く笑うこと。

○ふれあい園事業所・事務所

　浮かぬ表情で考えている慧、ひとりいる。

○比古家・居間

　朝雄、環、ケアマネージャー（40）、介護度の認定調査員（44）が座っている。こと、隅にぼんやり座っている。

認定調査員「認知がだいぶ進んでいますね。感情失禁も度々見られるようですし」

環「介護度が上がれば、色々保障も上がりますよね」

認定調査員「そうですね」

環「在宅はもう限界なんです。できれば施設入所をと考えてまして」

朝雄「環！」

環「だって！」

ケアマネ「とにかく、よく話し合って決めましょう。ね」

　環、朝雄の頬を見る。ことの爪の引っかき傷が残る朝雄の頬。

○同・門前（夜）
外灯に薄く照らされた外観。

○同・寝室前廊下（夜）
朝雄、襖を半分開け、中を覗いている。環、朝雄から少し離れて立っている。環、朝雄の頬の傷に目をやり、
環「2度目ね」
朝雄、寝室を覗いている。
環「お父さん、お母さんはきっと、あの日に一瞬戻って、今はまた、もっともっと、昔に向かっているんだと思う。お父さんへの憎しみも依存も、なにもなかった頃に。だから、私も、お父さんも、もうどうしようもないし、これで本当は良かったのかもしれない」

○同・寝室
穏やかに眠っていることの顔。

○有料老人ホーム（以下、秋）
朝雄と環、ことの入居の手続きをする。

○比古家・前
有料老人ホーム名が記された介助用のハイエースが、リフトを下げた状態で停まっている。環、ことの車椅子を押して比古家より出てくる。こと、すっかり呆けた表情。朝雄、続いて比古家より出てくる。朝雄、視線を感じ振り向く。他家へ訪問介護へ向かう途中の慧、自転車にまたがり、こと達を見ている。朝雄、慧を見据え続ける。振り向かず、視線をやや落としたままのこと。

環「お父さん、どうしたの？」

と、朝雄の視線の先を振り返る。慧、自転車を逃げるように走らせ、去る。環、一瞬いぶかしげな表情を浮かべる。

朝雄、慧の去った空間をまだ見ている。

施設スタッフ「では、車に乗せますね」

施設スタッフ、環と交代し、ことの車椅子をリフトに乗せる。ことを乗せたリフト、静かな機械音をあげ上がっていく。朝雄、車椅子のハンドル掴み、制止する。

環「お父さん、なに？」

環、施設スタッフ、朝雄を見る。

朝雄「今日はよそう」

呆けた表情のままのこと。

○田んぼ
倒した状態で停められた自転車。慧、ズボンのポケットからくしゃくしゃの写真を取り出す。髪が濡れたことの写真である。慧、細かく破り捨てる。赤く垂れ下がる稲穂の上に舞い散る写真の切れ端。

○比古家・玄関（夜）
環、靴を穿き、朝雄を振り返る。
環「とりあえず帰るけど、明日の昼過ぎにまた来ます」
朝雄「仕事は？」
環「午前中は抜けられないけど、午後なら大丈夫」
朝雄「すまない」
環「お父さんの気持ちも、それなりに分かってるつもりだから」

　環、玄関ドアから出て行く。朝雄、鍵を掛け、奥の居間へ向かう。

○同・居間（夜）

　朝雄、玄関から入って来る。こと、呆けた表情でテレビを見ている。クッキーの缶、忘れられたように隅でほこりを被っている。こと、髪をぼりぼり掻く。

朝雄「ベガ、お風呂入れようか」

○同・浴室（夜）

　こと、朝雄に髪を洗われている。朝雄、ことの髪の毛をすすぐ。こと、「わ！」と驚いて目をつむり、手で耳を塞ぐ。朝雄、タオルに石鹸を泡立て、ことの背中を洗う。ことの表情は穏やかである。こと、朝雄を振り返る。

こと「彦の髪、私よりずっと真っ黒ね」

　と、朝雄の髪に手を伸ばす。朝雄、ことの手に自分の手を重ね、

朝雄「そんなことないよ。ベガの方が黒くて綺麗だよ」

　ベガ、まんざらでもないように微笑む。

○同・寝室（夜）

　ベッドにベガは横になり、朝雄は床に布団を敷いて横になっている。朝雄、痰のからんだ咳をする。ベガ、身を乗り出し朝雄の背中をさする。

朝雄「僕はずるい。君が忘れることを望んだ。僕を、僕のことも、僕の裏切りも全て忘れて、君をベガと呼び、君に彦と呼ばれ、すっかり許されたような気になってしまった」

　ベガ、背中をさすり続ける。

朝雄「僕は…」

　朝雄、ベガの手を制し、ベガの体をベッドに横たえ、寝間着のボタンを外す。

朝雄「僕は覚えてる。僕は君を忘れない」

朝雄「そうすれば、ベガ、君は忘れても安心だろう」

　寝間着がはだけたベガ、微笑む。

○同・浴室（朝）

　濡れた浴室。排水溝に、白髪が数本からまっている。

○ふれあい園事業所・事務所（3年後）

　電話がかかる。数人の介護士が各々の仕事をしている。明子、電話を取る。

明子「はい、ふれあい園でございます。…あ、どうもぉ、お久しぶりです。…ええ、…ええ、…はい、おります。少々お待ちくださいませ」

　と、電話機の保留を押し、

明子「菊名くん、電話」

　と、受話器を差し出す。髪を短くし、すっかり介護士らしくなった慧、記録から顔を上げる。

慧「どちらですか？」

　明子、受話器を慧に渡し、

明子「（小声で）出れば分かる」

慧「？　あ、もしもし。お電話代わりました、菊名です」

　徐々に目に力が入る慧。

○**車道**

慧、タクシーに乗っている。

○**有料老人ホーム・前**

慧を乗せたタクシー、ホーム前に停まる。環が立っている。
慧、タクシーから降りる。環、慧に礼をする。

○**同・廊下**

慧、環に案内され歩いている。

○**同・屋上**

一角には園芸スペースも広がっている。慧、屋上の中ほどに目を向けている。車椅子に乗り園芸スペースの花を見ていることと、少し離れたベンチに座り写真を見ている朝雄。
2人とも更に老けた。

環「母はここではとても穏やかで。父もああやって1日中、あなたが撮ってくださった写真を見て過ごしています」
慧、2人の姿を目に焼き付ける。

○**同・同**

ベガ、花から顔を上げ、彦（16）を見る。ベガ、車椅子を自走し、彦に近寄る。彦、ベガに気付き、微笑みを浮かべる。

彦「こんにちは」
ベガ「こんにちは。ねぇ、なに見てるの？」
彦「見るかい？」
彦、写真をベガに見せる。かつて慧が撮った、縁側に投げ出されたベガの足に、斜めに天の川のような白いもやがかかった写真。
ベガ「白い闇」
彦、ベガの言葉に思考をさまよわせる。
彦「（微笑みながら）君は誰？」
ベガ、ゆっくり菩薩のように微笑む。

〈終〉

受賞者紹介

谷口　未央

たにぐち・みお　1978年、京都市生まれ。滋賀県育ち。2008年より映画製作を学ぶ。短編映画『仇討ち』、『矢田川のバッハ』を監督。2013年、伊参スタジオ映画祭シナリオ大賞。初の長編映画『彦とベガ』を監督し、あいち国際女性映画祭2015／フィルム・コンペティション長編フィルム部門グランプリを受賞。現在は〝祭り〟を題材に長編映画を準備中。

映画情報

（2014年／BD／64分）

スタッフ

監督・脚本：谷口　未央
撮　　　影：佐藤　遊

「彦とベガ」谷口　未央

照　明：徳永　陽平
録　音：中川　究矢
音　楽：内藤　晃
衣裳・ヘアメイク：平林　純子
装　飾：田中　雄太
助監督：石井　将
制　作：阿部　史嗣
　　　　畑中　大輔
演出助手：今井　暖菜
　　　　丹羽真結子
　　　　増田　朋弥
ヘアメイク助手：佐藤　愛
整　音：宋　晋瑞
M　A：南　裕貴弥
MAアシスタント：高田　義紀
合　成：福田　浩介
ロゴデザイン：荒木　みほ
スチール：タケウチヒロミ
宣伝美術：山本アマネ

キャスト

川津　祐介（比古朝雄）
原　知佐子（比古こと）
柳谷　一成（菊名慧）
松竹　史桜（ベガ）
竹下かおり（比古環）
酒井　麻吏（田中明子）
香取　剛（剣持温行）
小野田　唯（野分光汰）
吉田　仁人（彦）

シナリオ大賞2013　短編の部

「捨て看板娘」

川合　元

登場人物

仲西　聡美（26）絵本作家（休職中）
仲西　隆一（32）聡美の兄。看板屋社員
仲西　将人（58）聡美の父。看板屋社長
本橋　健児（31）警察官
飯田　真紀（26）聡美の幼なじみ。隆一の許嫁

○山々に囲まれた町並み

○仲西巧芸社・外

2階建ての1階が作業場。2階は住居になっている。

○同・内・作業場

業務用インクジェットプリンターやダイレクト昇華プリンター等、大型機械が設置された、だだっ広い室内。片隅に置かれている、無数の捨て看板。不動産関係だけでなく、選挙の候補者看板、パチンコ店や、テレクラ・デリヘル等風俗関係の捨て看板も多数。輪転式の昇華転写プレス機械を稼働させる、仲西将人（58）。将人、使いこんだタオルを頭に巻いて作業している。プレス機から出て来る「新装開店」のノボリ。仲西隆一（32）、居酒屋の広告素材をホッチキスで木枠に接合。テキパキした動作であっという間に捨て看板が出来上がる。パジャマ姿の仲西聡美（26）、眠そうな顔で入ってくる。

聡美「おはよう」

隆一、無視。あからさまに嫌な顔。隆一の携帯が鳴る。作業の手を止めずに電話に出て、

隆一「店長、おはようございます。…ええ、今まさに修正版が出来上がったトコです」

聡美、将人の隣に立ち、作業を見ながら、

聡美「手伝うよ」

将人、機械から目を離さずに、

将人「梱包やってくれ」

聡美「了解」

欠伸をしながら梱包台へ向かう聡美。隆一、親切丁寧な口調のまま、聡美を睨んでいる。

隆一「ええ、『食べ放題』を更に強調して、より食欲を掻き立てる暖色系でまとめ直しましたので…」

聡美、風俗店の捨て看板をエアキャップで梱包しながら、

聡美「性欲をかきたてるピンク系ですなぁ」

通話を終える隆一。携帯をしまい、溜息。隆一、聡美の元へ。梱包途中の聡美の捨て看板を取り上げる。

聡美「何よ?」

隆一「出てけ」

聡美「わかったよ、ちゃんと着替えてから…」

隆一「姿かたちは関係ない」

聡美「お父さんの指示なんですけど?」

隆一、機械と向き合ったままの将人を苦々しい顔で見る。

聡美「別にバイト代とかいらないし、あまりにもヒマだからボラ

ンティアで…」
隆一「ヒマなら働け。ただしココ以外で。俺たちは真剣なんだ。暇つぶしの道具にしか思えてない奴と同じ場所で働くなんて、まっぴら御免だ」
聡美「私はただ、住まわして貰ってる借り返そうと思っただけなんですけど」
隆一「ここはお前ん家だ。だからいる分には文句言わない。でも作業場には入ってくるな。金輪際、もう二度と」
聡美「何よさっきから、兄貴のクセに父親ヅラした上から目線。いつから社長？」
聡美、膨れっ面で入口へ。
隆一「あめーんだよ」
聡美の足、止まる。
隆一「今まであんだけ見下してきたクセによ」
聡美、悔しそうな顔のまま出て行く。
隆一「親父も甘いよ」
将人、相変わらず黙々と作業を続けている。

○同・外
警察官の制服の本橋健児（31）、窓越しに作業場を覗いている。着替えた聡美が不貞腐れた顔で出て来る。本橋に気付く。聡美、本橋の背後に忍び寄り、ワッと背中を押す。驚いて振り返る本橋。聡美であることにホッとして、
本橋「やめてよ聡美ちゃん、公務執行妨害でタイホするよ」
聡美「何してんの？」
本橋「決まってるでしょ？　犯行現場を抑えるの」
聡美「あれ？　ステカンって作っただけじゃ…」
本橋「そう。設置してるトコを現行犯でしょっぴかないと」
聡美「だからってこんな真昼間から張り込み？」
本橋「いいじゃない。平和だけが取り柄の町なんだからさ」
本橋、窓越しに隆一を監視し続けている。聡美、その視線に気づき、並んで監視を始める。
聡美「いつから仲悪くなったの？　兄貴と」
本橋「あんな奴、昔から友達でもなんでもないよ。…ちくしょう、あの男のどこがいいんだよ？」
聡美「そっか、健児さんフラれたんですよね？」
聡美、今にも泣きそうな本橋の頭をヨシヨシと撫でる。
聡美「ホント、あんな兄貴のどこに惹かれたんだろ？　わが町の看板娘は」
本橋「だよね！　聡美ちゃんもそう思うよね？」
聡美「とっととしょっぴいてよ、あんなバカ兄貴」
本橋、聡美に向かって直立し、敬礼をし、
本橋「承りました」
聡美「…でも、しょっぴいてどうするの？」
本橋「決まってるじゃないですか？　あいつをムショにぶち込んでるスキに、真紀ちゃんとヨリ戻すんです」
聡美「ヨリ戻すって…、…一度もヨッたことないでしょ」
本橋「そんな細かいことはどうでもいいんだ」
聡美「いや、よくないでしょ」
本橋「さ、張り込みの邪魔だから、どっか行ってください」
聡美「どっか行ってって…、ここワタシん家…」
本橋「いいからいいから」
聡美「よくないから」
本橋、聡美の背中を押してその場から追い払う。仕方なく

家を離れ歩き出す聡美。

○飯田酒店・本店・店内

多種多様な酒が整然と並んだ、綺麗な店内。一つ一つ丁寧に、商品の陳列をしている飯田真紀（26）と、商品を見て回る聡美。

真紀「ごめんね聡美ちゃん。今、人手足りてるの。お中元とかお歳暮の時期だったら良かったんだけどね」
聡美「そういう短期のバイトじゃなくてさ」
真紀、陳列の手を止めて、聡美を見る。
聡美「配達とかさ、力仕事でも構わないから」
真紀「聡美ちゃん、休暇で戻ってるんじゃないの？」
聡美、思わず言葉に詰まる。
真紀「また東京戻って絵本の仕事続けるんでしょ？」
聡美「…うーん。どうだろね？」
聡美、困った顔で苦笑いを浮かべる。
聡美「それよりさ、真紀ホントにいいの？　あんなバカ兄貴と結婚なんて。絶対後悔するよ。やめるなら今の内だって」
真紀「どうしたの？　兄妹ゲンカ？」
聡美「ステカン業者だよ？　風俗のいかがわしい看板を、みんなが寝静まってる隙に、こっそり設置する、後ろめたい男なんだよ」
真紀「立派なお仕事じゃないですか」
聡美「どこが？」
真紀「リスクを伴う設置から回収まで、一手に引き受けてくれる、強い責任感を持った会社でしょ？　聡美ちゃんも知ってるクセに」
聡美「…それはあれよ。後ろめたさをごまかす口実よ」
真紀「ウチだって昔、2号店のオープンの時、お世話になったわよ」
聡美、途端に言葉に詰まり、暗い表情になる。
真紀「どうしたの？」
聡美「ううん。…何でもない」
お客が入ってくる。真紀、素敵な笑顔で、
真紀「いらっしゃいませ！　…ゴメン、じゃ、またね」
真紀、お客の元へ駆けてゆく。

○酒屋そばの公園

聡美がヒマそうにブランコをこいでいる。公園外、酒店入口、ホウキで掃き掃除をする真紀の姿。聡美、真紀を羨ましげな表情で見ている。

聡美「看板娘…か」

聡美、こぐスピードを上げる。

聡美「えらい違いだっ！」

と、勢いをつけてブランコから飛び降りる。

○仲西巧芸社・2階住居・脱衣所（夜）

洗濯物を洗濯機に放り込む隆一、手が止まる。洗濯層の中から1枚のタオルを拾い、じっと見る。パジャマを持った聡美が入って来る。隆一、慌ててタオルを再度放り込む。
隆一「な、何だよ？」
聡美「お風呂入っちゃ悪い？」
隆一「ロクに働いてもねー奴が一番風呂かよ」
隆一、洗剤を無造作に投げ入れ、スイッチを入れ、蓋を乱暴に閉め、出て行く。聡美、隆一が出て行った扉をムッとした顔で睨みつける。

○同・作業場・内（朝）

捨て看板を組み立てる将人。頭にはまた、使いこんだタオルを巻いている。隆一の姿は見当たらない。

○同・外（朝）

聡美が洗濯物を干している。隆一が慌てた表情で駆け寄る。籠ごと洗濯物を奪い取り、

隆一「何勝手に干してんだよ！」
聡美「兄貴が昨晩から入れっぱなしにしてたから…」
隆一「いいよ、俺やるから」
聡美「家族の洗濯物すら干す権利すらないの？　よかれと思ってやったんですけど」
隆一「余計なお世話なんだよ」
聡美、憤慨した表情で、
聡美「じゃあ勝手にやってよ」
聡美、その場を去ろうと歩き出す。
隆一「いつまでいるつもりだよ？」
聡美、立ち止まり、振り返り、
聡美「いるって？　この家に？」
隆一「この町にだよ」
聡美「町？　何？　今度は町長に立候補？　いいじゃない。別に私がどこで何しようが。兄貴には関係ないでしょ？」
隆一「じゃあ、あの時の言葉は嘘なのか？」
聡美、思わず黙る。

隆一「いかがわしい、汚れた看板じゃなくて、華やかで綺麗な絵を描く仕事がしたいって、啖呵切ってこの町出てったクセによ。ノコノコ戻って来て恥ずかしくねーのかよ？」
聡美「兄貴に何が判るのよ」
互いに睨みあう２人。
聡美「自分が描いたキャラクターが…」
隆一「…キャラが何だよ？」
聡美「自分が描いたキャラが、悪徳商法のイメージキャラクターに、気付かない内になってた時の苦しみ、…兄貴に判る？」
隆一「たかがそれしきのことで…」
聡美「それしきのこと？」
隆一「ああ、それしきのことだろ？」
聡美「心を籠めて描いたキャラだよ？　それが被害者の憎しみの矛先になった時の悲しみが判る？」
聡美、怒りと悲しみに満ちた表情で、
聡美「自分のキャラが、踏みつけられて、燃やされて、ズタズタにされるのを目の当りにした時の絶望が、兄貴に判る訳ないよ！」
隆一、聡美の言葉を冷めた表情で聞いている。
聡美「私はただ、夢と希望を与えたいって…、そう思ってただけなのに」
隆一「嘘だね」
聡美「嘘じゃない！」
隆一「お前が絵を描き続けた訳は、『捨て看板娘』って、子供の頃から馬鹿にしてきた連中を、見返したかっただけだからだろ？」
聡美、ハッとした顔で隆一を見る。

隆一「ただの自己満足に過ぎねーんだよ。だからそれしきの出来事で心折れんだよ。逃げ帰ってくんだよ」
聡美「もういい！」
隆一「よくねーよ！」
と、洗濯籠からタオルを取り、丸めて聡美に投げつける。
聡美、慌てて驚きながらキャッチ。
隆一「よく見ろ」
半乾きのタオルを拡げる聡美、驚きを浮かべる。タオルには、水滴の形をした、愛くるしいキャラクターのイラスト。洗濯を繰り返した為か、プリントがかすれている。
隆一「お前が描いたキャラだろ？」
聡美、イラストをじっと見つめている。
隆一「たとえそれが詐欺まがいの商品だったとしても、実はただの水道水だったとしても、…馬鹿みたいに大量に購入して、景品のタオルぎょうさんゲットして、毎日それ頭に巻いて、それ生きがいにして、希望にして、汗水垂らして働いている人間が、俺の目の前にいるんだよ！」
驚きを隠せない聡美、…作業場の中の将人を見る。
隆一「お前は親父の誇りなんだよ」
隆一、舌打ちをしてその場を離れ、作業場へ向かう。
隆一「俺じゃねーんだよ」
隆一の背中を見送る聡美。

○同・作業場・内

プリンターの整備をする将人と、捨て看板を黙々と作る隆一。

○同・外

聡美が、干し終えた洗濯物の側に座っている。無数のタオルが風にたなびいている。聡美、瞳を閉じて大きく深呼吸した後、立ち上がる。作業場内の将人と隆一を、じっと見つめる。視線に気づきこちらを見る隆一、恥ずかしげに目を逸らす。聡美、思わず笑みを浮かべてしまう。

○同・2階住居・居間（夜）

風呂上りの将人が入って来る。聡美が仏壇の前に座り、手を合わせている。仏壇には、聡美の母の遺影。将人、聡美の背中をじっと見つめている。
将人「いつでも帰ってこい」
聡美、振り返り将人を見る。聡美、小さく頷く。
聡美「ビール飲む？」
将人、頷く。聡美、立ち上がり台所へ。冷蔵庫から瓶ビールを取り出す聡美、思い出した様に、
聡美「昔さ」
将人「昔？」
聡美「私が中学の時。飯田酒店の2号店オープンの時」
将人「ああ」
聡美「オープン前に設置してたはずのステカンがごっそり撤去されてて、自分のせいじゃないのに、お父さん謝りに行ったでしょ？」
将人「あったなぁ、そんなこと」
聡美「犯人、私なの」
聡美を見る将人、驚きの表情はなく穏やかな顔のまま。
聡美「ごめんなさい」

聡美、頭を下げる。

聡美「同じ看板娘なのに、どうしてこうも違うんだろって、情けなくって、恥ずかしくって、悔しくって」

聡美、再度頭を下げて、

聡美「本当にごめんなさい」

将人「…一緒に飲むか?」

聡美、顔を上げる。嬉しそうに将人のもとへ。

○同・廊下（夜）

聡美と将人の楽しそうな声が聞こえる。隆一、その声をじっと聞いている。

○県道（早朝）

停車中の軽トラック。トラックのすぐ側、電柱に捨て看板を設置する隆一。自転車で巡回中の本橋がやって来る。本橋、隆一に気付く。自転車を止め、忍び足で近づく。

○仲西巧芸社・外（朝）

タクシーが停車している。聡美と真紀が向き合い立っている。真紀、色鮮やかな風呂敷で包んだ一升瓶を聡美に渡し、

真紀「頑張ってね」

聡美「ありがと。…それより、こちらこそよろしくね」

真紀「何が?」

聡美「うちの男連中。…大変だよ」

聡美と真紀、互いに見合って笑う。作業場、タオルを頭に巻いて作業する将人が見える。

○県道を走るタクシー・内（朝）

後部座席に座り、流れる景色をぼんやり眺めている聡美。

聡美、瞳を大きく見開き、窓ガラスに顔を近づける。

○県道（朝）

『↑行ってこい』の捨て看板が県道の左右、隙間ない位びっしりと立てかけられている。

○県道を走るタクシー・内（朝）

聡美、次々と流れ去ってゆく捨て看板を見つめている。道行く先、未だに設置を続けている隆一が見えて来る。何故か隆一を手伝っている本橋の姿も見える。隆一と本橋、設置に必死でタクシー内の聡美に気付かない。タクシー、隆一と本橋を通過する。聡美、振り返り、小さくなってゆく2人にポツリと、

聡美「行ってきます」

〈終〉

受賞者紹介

川合　元

かわい・はじめ　1977年、東京都墨田区生まれ。伊参スタジオ映画祭シナリオ大賞2013で短編の部大賞。（伊参スタッフ賞をW受賞）同賞2016で『木彫りの熊出没注意』が中編の

部審査員奨励賞。

テーマ：このシナリオをなぜ書こうと思ったのか

執筆当時は、ポスプロに勤務しつつシナリオの勉強をしていました。でも通っていたシナリオのゼミの雰囲気に馴染めず、授業方針に納得いかず、足は遠のきました。言い訳ばかり抽出し不甲斐ない自分から目を背けていました。丁度その頃アシスタントからエディターになり、やりがいや責任も増えました。逃げるための言い訳が、逃げても仕方ない真っ当な理由を得たタイミングで「このままでいいのかな？」という葛藤が芽生えました。

期日を設けました。その時までに納得行くシナリオを書くことが出来たら、今の仕事を辞めよう。書けなかったらシナリオをスッパリ諦め、今の仕事に逃げずに向き合おう。目標を達成したご褒美が退職というのも如何なものかと思いますが、単純な人間なので突き動かされ、そして当時の心境が『捨て看板娘』につながりました。

映画情報

（2014年／BD／32分30秒）

スタッフ

脚本・監督・編集：川合　元
撮　　　影：森田　曜
照　　　明：富岡　幸春
録　　　音：田村　智昭
助　監　督：よこえとも子
　　　　　　鈴木　冴
撮 影 助 手：村上　拓也
スクリプター：浅田アーサー
ヘアメイク：小林　舞子
　　　　　　田中　繭
ケータリング：井手上　愛
デジタル合成：興村　暁人
webデザイン：富岡　正仁
音　　　楽：エガワヒロシ

キャスト

山林　真紀（仲西聡美）
木村　知貴（仲西隆一）
井草　隆行（仲西将人）
中川　真吾（本橋健児）
太宰　美緒（飯田真紀）

シナリオ大賞２０１４　中編の部

「弥勒のいと」

松井　香奈

登場人物
塚田久史　(40)(35)(33)会社員
松山沙織　(33)(28)(26)道の駅「たけやま」従業員
塚田研斗　(8)　小学生
塚田美津子(65)　塚田の母
塚田浩史　(70)　塚田の父
真紀子　(57)　沙織の同僚

○国道353号・嵩山付近・塚田の車・車内
晴れ渡る空の下、走る車。カーラジオから流れるJポップ。運転席に塚田久史(40)、助手席に塚田研斗(8)。研斗、窓を開け、前方に見える小高い山・嵩山(たけやま)を見て。

研斗「うわー！」

麓に向け張られたワイヤーに沢山の鯉のぼり。嬉しそうな研斗に微笑む塚田。

○メインタイトル：弥勒のいと

○道の駅・たけやま・全景
嵩山の麓に広がる道の駅。メインの建物・たけやま館のほか、藁葺き屋根の建物、斜面に植えられた芝桜など。

○同・駐車場
車を降りる研斗、はしゃいで走る。後から降りた塚田、研斗に、
塚田「危ないから走るなって」
塚田の言葉を聞かず、はしゃぎまわる研斗。呆れ笑いの塚田。伸びをして山を見上げる。頂上に岩場のある新緑の嵩山。

○同・たけやま館・中
道の駅のメインの建物に入ってくる塚田。そば打ち体験用のスペースで、塚田に背を向け準備をしていた松山沙織(33)に、
塚田「あのすみません、予約してないんですが、体験できますか？」
沙織「えーっと、ちょっと待ってくださいね、今確認……」
塚田の顔を見て固まる沙織。塚田もビックリして、
塚田「……な、なんでここに？」
ショートカットの頭に赤い三角巾をしている沙織。その三角巾を見て何か思い出した様子の塚田。沙織、思わず三角巾を外し、そそくさと人数分に分けたそば粉を各テーブルに置きながら、
沙織「お金なら無理よ。返せないから」
塚田「いや、あの、それよりなんで(ここに)？」
と、沙織の同僚の真紀子(57)が入ってくる。沙織、塚田を見ないまま、真紀子に、
沙織「あの、こちら予約ナシなんですが体験希望で」
真紀子「空きある？」

沙織「はい。1組なら」
　真紀子、塚田に
真紀子「お1人様？」
塚田「いや、2名です。1人は子供、小学生です」
　作業の手が一瞬止まる沙織。塚田、沙織に何か言いたげだが、沙織は遮るように、予約フォームを塚田に渡し、
沙織「2名様ですね。こちらにご記入お願いします。11時からですので、またその頃いらしてください」
　と、塚田に背を向け、改めて三角巾をする沙織。大きな袋からそば粉を器に移し始める。塚田、ペンを持ったまま、沙織を見つめる。真紀子が怪しいという感じで塚田を見ている。視線に気づく塚田、慌ててペンを走らせる。沙織は淡々と作業を続け……

○同・鯉のぼり付近
　白い雲がぽっかり浮かぶ青空、鯉のぼりとのコントラスト。

○同・たけやま館・中
　そば打ち体験中の5組ほどの客たち。それを指導している沙織と真紀子。真紀子、生地を伸ばしている塚田に
真紀子「もっと腰を入れて、グッとね、グッと」
塚田「は、はあ」
　塚田、他の客を指導している沙織が気になっている。塚田の視線の先を追う研斗。
　塚田がそば切り用の包丁でそばを切っている。下手くそだ。
　研斗、塚田を引っ張って、
研斗「もう、僕がやる！」
塚田「ダメだって。危ないから。研斗はこっちのほぐすのやって」
　研斗、しぶしぶ切り終えたそばをほぐし始め、
研斗「もっと細く切ってよね。これじゃそばじゃなくてきしめんだよ！」
　沙織、楽しげな塚田親子の様子をそれとなく見る。近くの台に置かれた予約フォームに目を落とす。氏名と年齢欄に
　「塚田久史40」「塚田研斗8」とある。
沙織「……」

○そばが出来上がるまでの風景
　鍋にそばを入れる客たち。一気に白濁する湯に歓声。流水で洗われる茹でたてのそば。跳ねる水しぶき。ざるそばセットを手際よく各テーブルに並べる沙織。沙織を盗み見る塚田。

○たけやま館・中
　賑やかにそばを食べる客たち。口々に感動の声。塚田、そばをすすり、研斗に、
塚田「うまいなー」
　頷く研斗、夢中でそばをすすっている。
塚田「そんなに慌てて食うと詰まらすぞ」
　嬉しそうに微笑む塚田。塚田と研斗の様子を見る沙織。塚田、沙織の視線に気づく。と、目を逸らす沙織。塚田が沙織を見ているのに気づいた研斗、大げさに髪を耳かけるふりをして、
研斗「（母親の口真似で）久史さん、またショートカットの女？」

塚田、ドキッとして慌ててそばをすすり、むせる。クスクス笑う研斗。

○同・入口・外

口々に「ありがとう」「美味しかったね」などと言いながら出て来る客たち。塚田と研斗も手を繋いで出てくる。研斗、こども広場にある大きな滑り台を指し、

研斗「ねえ、アレやってきていい？」

塚田「おお」

研斗、走っていく。塚田、たけやま館の方を振り返る。開いたままの入口の中、片づけをする沙織が見える。

塚田「……」

1歩、たけやま館の方に戻ろうとするが、足を止める。一陣の風、はためく鯉のぼり。

○同・喫煙スペース

煙草を吸っている塚田。と、そこへ沙織が来る。塚田を見て、

沙織「あ」

塚田「あ」

沙織「まだ、いたんだ」

塚田「ああ、うん」

塚田、落ち着かない様子で煙草を何度もふかす。沙織、自分の煙草を出し火をつける。煙をふかして、

沙織「いきなり子持ちになってたからビックリした」

塚田「ああ、あれはその……女房の連れ子。結婚したんだ、半年前」

沙織「そう……仲いいのね、本当の親子みたい」

塚田「まあ、そうなれるように頑張ってるよ」

沙織「そう……」

塚田「……」

沙織「……」

会話が続かず気まずい空気。沙織、まだ長い煙草を灰皿に押し付ける。塚田、それを見て慌てて、

塚田「あの、アレだ。女房のお母さんが具合悪くてさ。折角のゴールデンウィークなのに可哀想だろ。それで、俺の方の実家にでも連れて行ってやろうかなあって。それなら金もかからないし」

自分で言った「金」という言葉を取り繕うように、

塚田「あっ、いや、あの、お金のことはどうでもいいんだけど……」

沙織、煙草入れを閉めて、

沙織「じゃあ」

行こうとする沙織を引き止めるように、

塚田「鯉のぼり」

沙織「え？」

塚田「俺が子供のころはあんなのなかったんだけど、この辺も変わったよなぁ。道の駅も、結構人来てるんだろ？」

沙織「まあね」

塚田「山は、登った？」

沙織「うん。何回か」

塚田「明日、研斗連れて行こうかと思って。小学生ぶりだよ。確かアレだ、石の仏像がいっぱいあったろ？」

沙織「うん」

塚田「だよな……（次の言葉が見つからず）」

しんとする。鳥の鳴き声が響く。
沙織「ひとつだけ、まだ見れてないの」
塚田「え?」
沙織「石仏。他は全部見たんだけど、1個だけ、鎖で岩場を登って横穴みたいになってるところ知ってる?」
塚田「ああ、あったあった。俺らも小学生のころは行かなかったな。危ないからって」
沙織「あの穴の中には弥勒がいるんだって」
塚田「?」
沙織「弥勒はさ、何十億年も先の未来に出てきて、来世の自分を救ってくれる」
塚田「へえ」
沙織「……（遠い目をしている）」
塚田、沙織を見て、
塚田「沙織、なんであのとき……」
沙織「今日の夜、空いてる?」
塚田「(ビックリして）え?」
沙織「うちで飲まない?」
塚田「あの、いや、でも……」
沙織「ビールをさ、6本パックになってるやつあるでしょ。アレを買ってきてよ。3本ずつ飲んで、昔話して、空白の5年の話も全部して、3本空けたらそれでおしまい。めでたしめでたし」
塚田、困った様子で新しい煙草に火をつける。と、沙織、塚田の手から煙草を取る。
塚田「！　（沙織を見る）」
沙織、塚田をまっすぐ見て、人差し指を立てるように2人の間に煙草を立てて、
沙織「お互いに変な気は起こさない。これがルール」
2人の間に立ちのぼる煙草の薄煙。塚田に煙草を返す沙織。
塚田、思わず微笑み、
塚田「ルール作るの好きだったよな」
一服し、大きく煙を吐き出す。
沙織「パチンコ屋の隣のボロい方のアパートだから」
歩き出す沙織。足を止め、塚田に背を向けたまま、
沙織「もちろん、来なくてもいい」
再び歩き出す。
塚田「……」
立ち尽くす塚田、その手の先でジリジリと燃える煙草。

○同・こども広場・滑り台

傾斜を利用して作られた大きな滑り台。研斗と一緒に滑っている塚田。研斗の楽しげな声。塚田の目線、地面に向かい滑り落ちていく。

○塚田のアパート（塚田の夢・回想・夕方～早朝）

小さくて質素なアパートの一室。沙織（28）に指輪の箱を渡す塚田（35）。
沙織「！　（塚田を見る）」
塚田「（しっかりと頷く）」
沙織、塚田に抱きつき、胸に顔をうずめる。塚田も強く沙織を抱きしめる。
布団の中で絡み合う塚田と沙織。沙織、恍惚の表情で塚田の髪をつかむ。

添い寝している沙織と塚田。沙織、左手薬指にはめた小さなダイヤのリングを嬉しそうに眺める。塚田に人差し指を立てて、

沙織「（声オフで）必ず幸せになる。それがルールね」

塚田と沙織、互いに幸せの絶頂で微笑みあう。

明け方に目覚める塚田。横に沙織はいない。沙織を探す塚田。窓を開け、部屋中のドアを開け……玄関を見つめる。

ゆっくりと近づき、扉を開ける塚田の手。

○塚田の部屋・玄関の外・嵩山・無情平（塚田の夢）

ドアを開けた先に広がる山中の開けた原。コの字型に整然と並ぶ石仏。その中央に立ち尽くす塚田。

塚田「（声にならない叫び）」

○塚田の実家・2階・和室（夕方）

美津子の声「もうすぐご飯よ、久史」

転寝から目覚める塚田。いやな汗だ、大きく息をつく。洗濯物を箪笥にしまっていた塚田美津子（65）、塚田に、

美津子「大丈夫？」

塚田「ああ」

美津子「ビール冷えてるから早く降りてらっしゃい」

出て行く美津子。窓の外をぼうっと見る塚田。ピンク色の美しい夕焼け空が広がる。

○同・1階・居間（夜）

台所から続いている和室。低いテーブルに、ボリュームのある揚げ物などが並んでいる。畳に座って食事をする塚田浩史（70）、塚田、美津子、研斗。美津子、研斗に、

美津子「いっぱい食べてね」

研斗「（元気に）はーい！」

もりもりと揚げ物にがっつく研斗。嬉しそうに微笑む美津子。塚田、立ち上がり台所へ。冷蔵庫を開ける。ビールが冷えている。

塚田「……」

麦茶を出し、コップに注ぐ。

美津子「あら、（ビール）飲まないの？　折角買っといたのに」

塚田「（あいまいな返事で）」

○同・外観（夜）

田舎の一軒家。

○同・1階・居間（夜）

寝転がって野球中継を見ている浩史と塚田。夕食の後片付けをしている美津子。手伝う研斗。食べ終わった皿を台所へ運ぶ。

美津子「偉いわねー。今どきの男はこうでなくっちゃ」

嬉しそうな研斗、張り切って次の皿を取りに行く。塚田、研斗をからかうように、

塚田「家じゃ何にもしないくせになぁ、研斗」

美津子「（研斗に）そんなことないわよねぇ」

と、柱時計が1回鳴る。廊下にある時計を思わず見る塚田。7時半だ。

塚田「……」

　塚田、近くに来た研斗を捕まえ、じゃれながら、
塚田「風呂、入るか」
研斗「うん！」
美津子「今日はおじいちゃんと入ったら？　折角なんだから」
　浩史、研斗の方を向き、
浩史「おう、そうだな。おじいちゃんと、またアレやるか」
研斗「戦国遊び？　やるー！」
　研斗、嬉しそうに浩史に駆け寄る。
浩史「よーし」
　立ち上がる浩史。研斗を連れ、出て行きながら、
浩史「（ふしをつけて）合戦の場は霊山嵩山城。追い詰められた若き城主、上杉方の城虎丸（じょうこまる）、大群率いて攻め入るは武田方の真田幸隆、名将幸村の祖父でございます」
研斗「よっ！」
　微笑んで見送る塚田。美津子、残っている皿をさげながら、塚田に、
美津子「で、祥子さんとはうまくやってるの？」
　塚田、野球中継を見たまま、
塚田「ああ。まあ」
美津子「祥子さん、今いくつだっけ？」
塚田「38」
美津子「38ねぇ。２人目、産む気あるのかしら」
塚田「知らねーよ」
美津子「知らねーよじゃないわよ。頑張んなさいよ」
　塚田、イヤな顔をして、面倒くさそうに立ち上がる。美津子、廊下の先を見つめ、
美津子「別にあの子がかわいくないってわけじゃないけど」
塚田「……なんだよそれ」
美津子「だって、おかしいじゃない。考えてもみなさいよ。あの子に私たちの墓守までさせるつもり？　この家だってどうするのよ、将来」
塚田「……（溜息）」
　風呂から響いてくる研斗と浩史の楽しそうな声。
塚田「……ちょっと出てくるわ。あいつ、寝かしといて」
美津子「ちょっとって何？　どこ行くのよ？」
　塚田、美津子を無視してそのまま玄関の方へ。
美津子「ちょっと久史！」
　玄関の戸が閉まる音。溜息をつく美津子。

○国道（夜）
　車が行き交う広めの国道。国道沿いの道を、自転車で走る塚田。酒屋の看板が見える。
塚田「……」
　そのまま、前を通り過ぎる。数十メートル漕いだところで、自転車を止める。

○同・パチンコ屋付近（夜）
　国道沿い、派手なパチンコ屋のネオンサイン。奥の路地に建つ粗末なアパートが色とりどりに照らされる。

○沙織のアパート・外観（夜）
　停まっている塚田の自転車。籠にはビールの６本パックとおつまみが入った袋。郵便受けの「松山」の名前を確認する塚田。

○同・裏手（夜）
沙織の部屋の灯りを確認する塚田。灯りはついている。窓辺に干された洗濯物に気づく。沙織が三角巾にしていた赤いバンダナだ。

○小劇場・入口付近（回想）
舞台がはねたあと、花束を持った沙織（26）がファンたちと歓談中。満面の笑みで眩しいほどの沙織の表情。ファンの1人、塚田（33）が沙織にプレゼントを渡す。開ける沙織、中には大きめの赤いバンダナ。

沙織「塚ちゃん、ありがとう！　コレコレ、こういうのが欲しかったのよ。汗拭くのにちょうどいいの！」

塚田、嬉しそうに照れ笑い。

○元のアパート・玄関前・外（夜）
部屋のドアが開く。中から顔を出す沙織。目の前に立つ塚田を見て、
沙織「来たんだ」
塚田、ビールパックを見せ
塚田「3本ずつな」
沙織「4―2で」
塚田を招き入れる沙織。部屋に上がる塚田。扉が閉まる。

○国道・パチンコ屋付近（夜）
煌煌とするパチンコ屋のネオン、行き過ぎる車。

○沙織のアパート・沙織の部屋・中（夜）
安普請の狭い和室。物が極端に少なく無機質な感じ。沙織、突っ立ったままの塚田に
沙織「その辺、適当に座って。お腹空いてないよね？　何も用意してないけど」
塚田「大丈夫、食ってきたから」
小さなテーブルに塚田の買ったおつまみを適当に並べる沙織。ビールを開ける塚田。沙織に1本渡し、自分も開ける。
沙織、ビールを掲げ、
沙織「では」
塚田「では」
2人、飲み始める。塚田、一気に結構な量を飲み、一息つく。窓辺に座る沙織、遠くを見ている。
塚田「……」
沙織「……」
大きなバイクが国道を行き過ぎる音が響く。塚田、またビールをグーッと飲み、1本目が終わる。2本目を開けた。沙織、小さく笑い、
沙織「何も聞かないまま、もう1本終わり？」
苦笑する塚田。2本目を一口飲み、
塚田「なんで、この町に？」
沙織「うーん、そうね。流れ流れて、たまたまかな」
塚田「そうか……そば打ち、うまいな」
沙織「慣れてますから」
塚田「……」
沙織「知ってるんでしょ、私がどこにいたか」
塚田「あのあと、探したから。劇団の制作やってた女の子、なん

だっけ？」
沙織「舞ちゃん？」
塚田「そうだ。うん、彼女に聞いた」
沙織「うちの看板女優は男騙して警察に捕まりましたって？」
　塚田、うなだれる。
沙織「塚ちゃんも訴えればよかったのに。お金と指輪、持ち逃げしたんだから」
塚田「別にいいよ、そんなの」
沙織「……」
　窓を少し開ける沙織。車の音が大きくなる。風に涼んで、
沙織「何も返せないわよ。指輪も売っちゃったし」
塚田「あげたんだからいいんだよ、それで」
沙織「……逃亡資金にしたの。でも、あっけなく捕まっちゃった。逃げた分、刑も重くなって実刑食らった」
塚田「……」
　沙織、窓をさらに開け、煙草に火をつけようとする。と、赤いバンダナが干してあるのに気づき、取り込む。
塚田「もう女優はやらないの？」
　沙織、バンダナを畳みながら
沙織「女優って、ただの劇団員だけどね」
塚田「また始めればいいのに。この辺にだって劇団ぐらいあるだろ。なんなら、東京にまた出てくれれば……」
沙織「(遮)女囚役でAVにでも出ろって？」
塚田「そんな……」
沙織「それだって役が来れば見っけもんかもね」
塚田「……」
沙織「何もかも変わっちゃうのよ。一度あんなところに入って出てくるとね、何もかも。家族も友達も、自分も……」
　沙織、几帳面にバンダナを畳み終え、テーブルに置き、
沙織「まあ、別にどうってことないけどね。世の中の大半は、夢なんて叶わないまま終わるんだから」
塚田「……(言葉が見つからない感じ)」
　沙織、煙草に火をつけ、ビールを飲む。わざと明るく、
沙織「あー、もうヤダ。私の話は暗いからおしまいにしよ。ねえ、塚ちゃんは？　何してたの、この5年」
塚田「何って別に何も。相変わらずだよ」
　ポケットから煙草を出し、
塚田「いい？」
　沙織、塚田のためにスペースを開ける。塚田も窓辺で煙草に火をつける。沙織、塚田を冷やかすように突いて、
沙織「相変わらずとか言って、結婚したくせにー、このこのー」
塚田「(困って苦笑)」
沙織「ねえ、奥さんはどんな人？　あっ、劇団員だけはやめてよ」
　塚田、少し笑って首を横に振り、
塚田「うちの社長の奥さんの、知り合いの娘」
　沙織、微笑んで、
沙織「相変わらず世話焼きなんだ。社長の奥さん」
塚田「まあね」
　小さく笑いあう塚田と沙織。

○国道・パチンコ屋付近（夜）
　パチンコ屋のネオンに照らされる沙織のアパート。
沙織の声「ねえ塚ちゃん、今、幸せ？」
塚田の声「……ああ」

沙織の声「なら、よかった」
　パチンコ屋のネオンが消え、一気に暗くなる。

○塚田家・2階・和室（夜）

　川の字に敷かれた布団。真ん中に研斗、横に浩史、いびきを掻いている。パジャマ姿の美津子が入ってくる。研斗、起き上がる。
美津子「あら、まだ起きてたの？」
研斗「お父さん、まだ？」
美津子「さあねぇ。今日は遅くなるって言ってたから先に寝ちゃおう」
研斗「お父さん、帰ってくるよね？」
美津子「当たり前でしょ。さあ、ねんね」
　研斗を寝かしつける美津子。浩史のいびきに、
美津子「うるさいじいじだねぇ……」

○沙織のアパート・沙織の部屋・中（夜）

　空のビール缶が４本。最後のビールを飲んでいる沙織と塚田。
沙織「最近オススメの劇団とかないの？」
塚田「劇場には、もう行ってない」
沙織「そっか……」
　と、会話が途切れる。一瞬、目が合う沙織と塚田、お互い目を逸らす。沙織、少し酔った感じで
沙織「やっぱりねー。ビール３本あれば終わるんだな、昔話は」
　塚田も少し酔った様子で、
塚田「夢だったんだ。アリの見た夢」
沙織「なにそれ？」
塚田「しがないサラリーマンが女優さんと結婚する。結婚した頃、彼女は小さな劇団にいるんだけど、そのうちカンヌでレッドカーペットを歩くような大女優になる」
沙織「（自嘲気味に笑って）無理無理」
塚田「いいんだよ、夢なんだから。彼女はきれいなドレスを着て、インタビューに笑顔でこう答えるんだ。夫は普通の人なんですよ、小さな会社で浄水器売ってるんですって」
　微笑む沙織、新しい煙草に火をつける。
塚田「男はお客さんにどんな理不尽なこと言われても、面倒な上司に絡まれても、定年まで勤めをまっとうする。気の短い彼女が監督とケンカして役を降ろされても大丈夫なようにね」
沙織「（苦笑）」
塚田「アリはキリギリスのために働き続けるんだ。キリギリスがいつでも美しい音楽を奏でていられるように」
沙織「ちょっと待って。私がキリギリスってこと？　ひどくない？　あれって真冬に食べ物なくなって困るんじゃなかった？」
塚田「大丈夫。アリはどんなことがあってもキリギリスを見捨てたりしない」
沙織「（塚田を見る）」
　塚田、最後のビールを飲み干し、缶を握りつぶして、
塚田「どうして、どうして戻ってきてくれなった？　ずっと待ってたのに……」
沙織「待ってたって何を？　ムショ帰りの女？　バカじゃない」
塚田「必ず２人で幸せになろうって、それがルールだって約束しただろ……なのに、なんでだよ……」

塚田、頭を抱える。沙織、塚田を悲しい目で見て、

沙織「あの日、夜中に舞ちゃんから電話があったの。今、警察の人が来た、出頭した方がいいって。冗談じゃない。だって私は、塚ちゃんと結婚するんだもん。こんなところで捕まってなんていられないって思った……」

塚田「（沙織を見る）」

沙織「バカだよね。素人が逃げれるわけないのに……バカなんだ、私。昔からずっとバカ」

沙織、短くなった煙草を吸って、ビールをあおり、

沙織「男騙して手に入れたお金も、結局他の男に全部あげちゃったしね。そいつさぁ、私を主演に映画撮るとか言って、本もできてるとか、嘘ばっか」

煙草を灰皿に押し付ける手に力が入る。

沙織「何度も何度も好きでもない男に抱かれて、咥えたくないもの咥えて、ようやく手に入れたんだよ、２００万」

塚田「やめろよ……」

沙織「だって本当だもん。本当は吐きそうなのに、物欲しそうに下から見上げてさ。何度も何度も、気持ち悪いのに気持ちいいふりして……」

塚田「（遮り強く）だからやめろって！」

黙る沙織。

塚田「……ごめん」

沙織「……キリギリスは死んでたんだよ。とっくの昔に死んじゃってた」

塚田「……」

沙織「（わざと明るく）あーあ、冬がもうちょっとあったかければなぁ。今度生まれてくるときは、南の島がいいな。もうちょっと頭のいい女の子がいいな。あ、やっぱり男のがいいか……（徐々に泣きで）ウソ、やっぱもう、人間はイヤだな……」

こらえきれず肩を震わせ俯く。思わず、沙織を抱きしめる塚田。沙織、ビールを落とす。畳にこぼれるビール。塚田、沙織を激しく求めるように抱きしめる。

塚田「沙織……沙織……」

沙織「……（目を閉じて、塚田に身体をゆだねる）」

塚田、沙織の髪から首へ唇を触れながら、

塚田「……沙織……なんで今なんだよ……」

沙織「……（塚田の腕の中で静かに目を開ける）」

と、塚田を突き放し、その横面をはたく。

塚田「！」

沙織、不意をついて塚田を押し倒し、真上から見つめる。

塚田「（呆然と沙織を見つめる）」

沙織「ルール違反だよ」

塚田「え……」

沙織、塚田の両腕を上からギュッと握り、

沙織「ねえ塚ちゃん、幸せを掴むには握力がいるよね？　強い強い握力がいる。違う？」

腕を掴む手にさらに力が入る。

塚田「……」

沙織「お願いだから、もう離そうとしちゃダメだよ……」

沙織、塚田の腕を離し、塚田から離れる。畳にこぼれたビールを赤いバンダナで拭き始める。塚田は寝転がったまま放心状態。ふと、赤くなった腕を見る。畳の上、バンダナにビールが染込んでいく。

○国道（深夜）

自転車を引き、暗い側道を歩く塚田。

塚田「……（虚空を見つめている）」

時折、車のライトが塚田を照らしては去り、また暗くなる。

○沙織のアパート・沙織の部屋（深夜）

飲み終わったビール缶をギュッと握り潰している沙織。手に力をこめ、1本潰し、また1本潰し……

○国道（深夜）

自転車を引き、暗い側道を歩き続ける塚田。魂が抜けたよう。

○沙織のアパート・沙織の部屋（深夜）

沙織、最後の缶を力いっぱい潰し、そのまま泣き崩れる。

○嵩山・全景（朝）

朝日に照らされる山。風はなく鯉のぼりもだらりとしている。

○道の駅・たけやま・駐車場（朝）

塚田の車が駐車する。降りて来る塚田と研斗。眩しげに山を見上げる塚田、視線をたけやま館に移す。たけやま館は、まだ閉まっている。と、近くの車からショートカットの女が降りてくる。思わず目を奪われる塚田。沙織とは全く別人だ。塚田の様子を見ていた研斗、ふざけて髪を耳にかける仕草で、

研斗「（母親の口真似で）またショートカットの女？」

塚田「……（無反応）」

研斗「？」

○嵩山・表登山道入口（朝）

山へと入っていく塚田と研斗。

研斗「ねえ、霊山って幽霊出るの？」

塚田「幽霊は出ないよ。神様はいるかもしれないけどな」

研斗「えー！　ほんとに？　白い服着てる？」

塚田「どうだろうなー」

○同・山道A

岩肌につつじが咲く山道を行く塚田と研斗。

○同・無情平

山頂近くの平らになった場所に出る塚田と研斗。コの字型に並ぶ石仏。汗を拭い、水筒の水をおいしそうに飲んでいる研斗。塚田は並んだ石仏を見ている。石仏の顔がひとつひとつ表情を持っているように見える。

塚田「……」

○同・山道B

木々の間の空、太陽が高くなってきている。

○同・山頂付近の岩場

緩やかな岩肌を登山用の鎖につかまって登る塚田と研斗。研斗が前、塚田が見守るように後ろから、

塚田「そうそう、その右側の出っ張りに足をかけて」
　真剣な表情で登る研斗と塚田。

○同・山頂・大天狗
　山頂に到着する塚田と研斗。
研斗「やったー！」
　飛び跳ねる研斗。塚田、岩場にへたりこみ、
塚田「お前、元気だなぁ」
　水筒の水を飲む塚田。山の空気を吸い込む。眼下に広がる町並み、遠くに連なる山々の稜線。研斗、切り立つ大きな岩を指し、
研斗「あそこだよ！　あそこの岩から城虎丸は飛び降りて自決したんだ」
塚田「自決って、おじいちゃんに教わったのか」
研斗「うん。知ってる？　自決は自殺とは違うんだよ」
塚田「同じだろ」
研斗「違うよ」
塚田「どこが」
研斗「うーん、忘れた！」
　塚田、笑って、
塚田「なんだ、それ」
研斗「誇りだよ。誇りがなんかだよ」
塚田「そうか。誇りか。誇りね」
　塚田、研斗の汗掻いた頭をタオルで拭いてやる。

○同・弥勒穴付近
　下山中の塚田と研斗。塚田「弥勒穴」の表札を見つけ、
塚田「研斗、ちょっとこっちに行ってみようか」
研斗「うん！」

○同・弥勒穴
　切り立つ岩場、登山用の鎖が垂れる。上方に横穴。塚田、研斗に、
塚田「ちょっと待ってて。お父さん行ってくるから」
研斗「えー、僕も行く！」
塚田「ダメだ、ここは危ないから」
　塚田、荷物を置き、鎖を登り始める。
研斗「えー！　ずるいよ、お父さんばっか」

○同・横穴の前
　登りきった塚田。横穴の中を見る。中には弥勒の石仏。
塚田「……」
　穏やかな弥勒のお顔。塚田、その前に置かれた指輪の箱を見つけ、
塚田「！」

○塚田の部屋（フラッシュ・回想）
　指輪の箱を沙織に渡す塚田。

○元の横穴の前
　下から研斗が鎖を揺らし、
研斗「（不機嫌に）早くー！　何してんだよ！」
　塚田、我に返り、箱を慌ててポケットに入れ、
塚田「今、降りるから」

岩を下り始める。

○同・東登山道入口付近

山道に作られた階段を下りる研斗、後ろに塚田。眼下に駐車場。研斗、明らかに拗ねて、近くの葉っぱをちぎりながら歩く。

塚田「そんなに拗ねるなって」

研斗「(無視)」

塚田、困り果てた様子。

○道の駅・たけやま・駐車場

山を降り、車の方に向かう塚田と研斗。研斗は相変わらず拗ねている。と、大きな天道虫が飛んできて研斗の肩に止まる。塚田、それを見て研斗に駆け寄りそっと肩口を指す。研斗も天道虫に気づき、

研斗「！」

塚田、そっと虫を捕まえ、研斗の手の中へ。嬉しそうに微笑む研斗に、塚田も微笑む。たけやまの入口では真紀子が作業中。

塚田「ちょっと待ってろ。今、瓶かなんか貰ってくるから」

研斗、両手で大事そうに天道虫を包んだまま、

研斗「うん！」

○同・たけやま館・中

棚を空け、瓶を探している真紀子。

真紀子「空き瓶ねぇ、こんなんでよければ」

棚からいくつかの瓶を出す真紀子。入口あたりに立つ塚田、辺りを見回し落ち着かない。真紀子、塚田の様子に気づき、

真紀子「あんたも沙織ちゃん狙いかい？　昨日もジロジロ見てたがね。多いんだ。あの子目当てで戻ってくるお客さん」

塚田「いや、全然そんなんじゃないです」

真紀子「ここがふるさとの男の人を待ってるんです、なんてしおらしいこと言ってたくせに」

塚田「！」

真紀子「今朝いきなり電話で辞めさせてくれだって。参っちゃうわよ。今日は私1人だがね、この忙しいのに」

塚田「……」

真紀子「「彼なら私を許してくれる」とか韓流ドラマみたいなこと言ってさ。ココだけの話だけど、あの子1回コレされてんのよ」

と、両手首を合わせ逮捕されるジェスチャー。

塚田「……」

真紀子「また、なんか仕出かして追われてるんだろ。美人だけど、幸せにはなれないね、ああいう女は」

塚田「……」

突然、踵を返す。

真紀子「あれ、瓶は？」

塚田「幸せに……幸せになれると思いますよ」

思い切り扉を閉め、出て行く塚田。

真紀子「ふん、なにあれ」

○同・駐車場までの道

歩いている塚田。

塚田「……（万感の思いで）」

ポケットから指輪の箱を取り出す。立ち止まり、開ける。と、指輪ではなく五円玉がひとつ入っている。思わずふっと笑う塚田。

○同・駐車場

戻ってくる塚田。しゃがみこんでいる研斗。塚田、指輪の箱を研斗に見せ、

塚田「この中にとりあえず入れて、家でおばあちゃんに入れ物探してもらおう」

研斗「……（俯いたまま）」

塚田、研斗に目線を合わせるようにしゃがみ、

塚田「どうした？」

研斗「……逃げちゃった」

塚田「え……」

研斗の手の中、空っぽだ。

研斗「幸運の虫だったのに……」

泣きそうな研斗に、

塚田「よかったじゃないか」

研斗「？（塚田を見る）」

塚田「俺たちが捕まえちゃったら、幸運はそこで終わっちゃうだろ。あの虫は、これから沢山の人のところに飛んでいって、皆に幸運を運ぶんだ」

うなだれる研斗。塚田、研斗の頭を撫でる。

研斗「……ほんとに、皆に幸運がいく？」

塚田「ああ、いくよ、皆に。必ずな……」

塚田を見て、少し笑顔になる研斗。塚田も微笑む。指輪の箱をポケットにしまい、空を見上げる。鯉のぼりと新緑の山の向こう、広がる青い空。

〈終〉

受賞者紹介

松井　香奈

まつい・かな　東京都生まれ。広告代理店に勤務しながら執筆活動を続け、伊参スタジオ映画祭シナリオ大賞２０１４中編の部大賞。受賞後フリーランスの脚本家へ転身。主な作品に、映画『少女』（16）『傷だらけの悪魔』（17）『紅い襷　富岡製糸場物語』（17）『ビブリア古書堂の事件手帖』（18）『みをつくし料理帖』（20）など。

【作品を書くにあたって】

品行方正に生きている。だからなのか、創作の上では罪深い女に惹かれる。今はオリジナルを書く機会はほとんどないけれど、いつか書きたいと思ういくつかの作品に登場する女たちは何かしらの「罪」を抱えている。『弥勒のいと』は始めから構想があったわけではない。伊参のシナリオ大賞に応募するため、中之条の町をウェブでぼんやりと眺めていた時に、主人公の男女が思い浮かんだ。群馬の山間の町で育った朴訥な男、そして罪を抱えてひっそりと暮らす女。嵩山という霊山を見た時に、物語が転がりだした。受賞後に実際初めて訪れたその山は、想像していたよりも険しくて、雪の中の登山は正直かなりキツかった。伊参映画祭がな

ければ生まれなかったこの作品は、私の原点だ。いつかまた、中之条を舞台に新たな罪ある女を描けたらいいなぁ。

映画情報

（２０１５年／ＢＤ／56分）

スタッフ

監督・脚本：松井　香奈
プロデューサー：兼田　仁
　　　　　　　　齋藤　寛朗
撮　　影：上野　彰吾（J.S.C.）
照　　明：赤津　淳一
録　　音：赤澤　靖大
美　　術：髙橋　達也
制　　作：カズモ

キャスト

二階堂　智（塚田　智）
中村　美貴（松山沙織）
中村瑠輝人（塚田研斗）
坂井　昌三（塚田浩史）
星野　園美（真紀子）
木野　花（塚田美津子）

シナリオ大賞２０１４　短編の部

「正しいバスの見分けかた」

高橋　名月

登場人物

藤田　17歳男。高校３年生
鮫島　17歳女。高校３年生
中島　17歳女。高校３年生
細川　17歳男。高校３年生

○校門～学校近くの道路

鮫島（17）と中島（17）が２人で下校している。雨が降っているが、２人とも傘は差していない。

鮫島「あのさ」
中島「なに」
鮫島「もしかしたら宇宙人見たかもしれへん」
中島「えっ嘘やん」
鮫島「昨日の帰り道な、歩いてたら、めっちゃ神々しいのんが前からあるいてきてん」
中島「神々しいって具体的に、どんなん？」
鮫島「なんか、光ってんねん。主に背中が」
中島「やばいな。ゴコウってやつか」
鮫島「そうかも。」
中島「ほんで、どうしたん」
鮫島「そっからの記憶、ないねん」
中島「……やばいな」
鮫島「うん」

中島、沈黙。鮫島、中島が手に持っている傘に気づく。

鮫島「なあ」
中島「なに」
鮫島「それ、もしかして、傘？」
中島「うん」
鮫島「差さへんの？」
中島「うーん……それより、宇宙人見たいなあ」
鮫島「結構な神々しさやったで」
中島「ええやん、何かしらの吉兆やで」

分かれ道に至る。中島と鮫島、二手に分かれる。

鮫島「じゃあね」
中島「バイバイ」

○学校・階段

放課後、細川（17）と藤田（17）が座っている

藤田「やばいかもしれへんわ」
細川「なにが」
藤田「いや、やばいと思うわ、俺」
細川「だから、なにが？」
藤田「おんなじクラスに、鮫島っておるやん」
細川「鮫島？」
藤田「あの、いつも競馬四季報持ってる子」
細川「競馬四季報？」
藤田「タウンページみたいなやつ」
細川「タウンページ……ああ、あの子か」
藤田「そう、鮫島。いやあ、やばいわ」

細川「やばくはないやろ」
藤田「いや、やばいで。アリやわ」
細川「アリって……どういう風にアリなん?」
藤田「可愛い」
細川「……やばいな」
藤田「やばいよな」
細川「藤田、お前、鮫島と何があってん」
藤田「いや、こないだ、ちょっと喋ってんけど、ことのほか、よお喋るねん」
細川「うん」
藤田「可愛い」
細川「……やばいな」

○教室

授業中。中島の前の席に細川が座っている。中島はイヤホンで音楽を聴いている。

細川「なあ……鮫島って、どんなん?」
中島「(イヤホンを外して) どんなんって?」
細川「なんか」
中島「なんか?」
細川「いやあ、なんか、ナシよな」
中島「えっ」
細川「えっ、アリなん?」
中島「アリっていうか……そういえば昨日、宇宙人見たって言うてたわ」
細川「うわあ、余計ないわ」
中島「なんで?」
細川「なんか、いかにも不思議ちゃんやん、それ」
中島「細川ってさ……いや、なんでもない」
細川「なんやねん」
中島「ごめんごめん、なんでもない」
細川「うん……」
中島「あ、グミいる?」
細川「うーん、ええわ」

○グラウンド

体育の授業中。体育大会の練習（リレー等）をしている。
鮫島と中島は座って見学している。

中島「あっついなあ」
鮫島「そう?」
中島「暑くないん?　朝、天気予報で最高気温35度って言うてたで」
鮫島「暑くない」
中島「代謝悪い?」
鮫島「普通やと思う」

鮫島、顔を伏せる。

中島「……しんどいん?」
鮫島「なんか、目回ってきて」
中島「え?　大丈夫?」
鮫島「昔から、リレーの練習とか、入場行進の練習とか、そういうのやってたら、ものすごい目回るねん。見てるだけやったら大丈夫かな、と思ってんけど、あかんかったわ」
中島「トラックがあかんのか……」
鮫島「あ、そうかも」

中島「どうする？　教室帰る？」
鮫島「怒られへんかな？」
中島「大丈夫やろ。ほら」
　中島、立ち上がって鮫島に手を貸す。
鮫島「ありがとう」
　２人並んでグラウンドを去り、教室へ向かって行く。

○教室
　放課後、細川が日誌を書いている。中島はそれを見ている。
細川「うちのクラスって、なにぬねの、の『な』と、はひふへほ、の『ほ』の間って誰もおらんねんな」
中島「どういうこと？」
細川「ほら、出席番号って、あいうえお順やんか。ほんで、中島さんの次が俺ってことは、中島さんの『な』から細川の『ほ』まで誰もおらんってことやろ。」
中島「あー、なるほど。なにぬねの、はひふへほ……確かに、考えてみたらそうやな」
細川「うん。いそうやのにな。西村とか、野田とか」
中島「日野とか、福田とか……って、待って」
細川「ん？」
中島「藤田って、同じクラスやんな？おるやん、『な』から『ほ』の間の人。はひふへほ、の『ふ』やん」
細川「ああ、藤田な。あいつほんまは『フジタ』やなくて『トウダ』やねん」
中島「えっ、そうなん。でも誰も『トウダ』って呼んでへんよな」
細川「本人としてはどっちでもいいらしいで」
中島「ああ、それわかるかも。わたしも『ナカシマ』でも『ナカジマ』でも、どっちでもいいし」
細川「『ナカシマ』が正解やんな？」
中島「うん」
細川「……あ、そういえばさ、ずっと訊こうと思っててんけど、中島さんって、いつも何聴いてるん？」
中島「聴いてるって？」
細川「授業中とか、よくなんか聴いてるやん」
中島「ああ、音楽の話か。あれは、吉幾三」
細川「こんな村嫌なん？」
中島「うん」
細川「……そうか」
中島「嘘やで」
細川「やろうな。ほんまは何聴いてるん」
中島「ソニックユース」
細川「ああ、ソニックユース」
中島「吉幾三聴いてると思ってたほうが、愉快やったやろ？」
細川「それはどうやろ」
　中島、沈黙。細川、日誌を書き終えて閉じる。
中島「あ、グミいる？」
細川「何味？」
中島「いちご」
細川「いちごか……うーん、ええわ」
中島「おいしいで？」
細川「俺、いちごの加工したみたいのん、あかんねん」
中島「そうなんや」
細川「いちごは好きやねんけどな」
中島「ふうん」

細川「気持ちだけ受け取っとくわ」
中島「うん。日誌、わたしが出しとくで」
細川「ええよ、ついでやし」
中島「いや、わたし行くわ。なんもせえへんの、悪いし」
細川「ほんなら、よろしく」

放課後、細川は教卓前の席で勉強していて、藤田は教卓の前に立っている。

細川「鮫島な、宇宙人見たらしいわ」
藤田「どこで?」
細川「知らん」
藤田「待って、それ鮫島からきいたん?」
細川「いや、中島さん」
藤田「ああ、中島さんか……言行不一致の」
細川「は?」
藤田「言うてみただけや」
細川「ゲンコー?」
藤田「言うこととやることが、矛盾してるいうことや（黒板に言行不一致と書く）」
細川「ああ、言行不一致」
藤田「そう」
細川「……中島さんな」
藤田「うん」
細川「お兄ちゃん族長やで」
藤田「……アフリカ?」
細川「暴走や」
藤田「ああ、暴走。だからみんな『さん』付けで呼ぶんか」

細川、沈黙。

藤田「なかなかの言行不一致やなあ」
細川「それは言行不一致とは違うやろ」
藤田「なんというか、中島さんって全身からそういうオーラが出てるやん。」
細川「そういうオーラ、なあ」

○教室横の廊下

放課後、鮫島が廊下を歩いている。そこに藤田が声をかける。

藤田「鮫島」
鮫島「はいっ……藤田?」
藤田「あっごめん」
鮫島「うん」
藤田「いや、帰るんかなあ、と思って」
鮫島「うん、帰るで」
藤田「一緒に帰ってもええ?」
鮫島「ええよ」

○学校近くの道路～バス停

鮫島と藤田が2人でバス停に向かって歩いている。

藤田「宇宙人みたん?」
鮫島「えっ……なんで知ってるん?」
藤田「細川が中島さんから聞いたのを、聞いた」
鮫島「ああ、中島さん。そういえば中島さんに言うたわ」
藤田「言行不一致の中島さん」
鮫島「言行不一致……うん。いつもグミくれる」

藤田「言行不一致や」
鮫島「せやんな」
藤田「細川やったら『それは違うやろ』とか言うと思うわ」
鮫島「うん、でも中島さんは言行不一致やで」
藤田「俺が思うに、細川は中島さんのこと好きやで、多分」
鮫島「うん。中島さんも、細川くんのこと、嫌いじゃないと思う」
藤田「ならいいけど」
鮫島「それでどうこう、って話でもなさそうやけどな。中島さんとか特に」
藤田「なんせ言行不一致やしな」
鮫島「うん。もう名前変えたらええのにな」
藤田「えっ」
鮫島「中島さんより言行不一致さんのほうがええわ。中島さんを表してる」
藤田「……それはちょっと可哀想ちゃうかな」
鮫島「そう？」
藤田「うん」
　鮫島、沈黙
藤田「……鮫島さんは、」
鮫島「えっ？」
藤田「『えっ？』って、えっ？」
鮫島「さっきは鮫島って呼んでたのに、『さん』つけたから」
藤田「あっごめん」
鮫島「いや、どっちでもええねんけど」
藤田「あ、じゃあ鮫島で」
鮫島「うん……それで？」
藤田「あっそう、鮫島ってなんでいっつも競馬四季報持ってるん？」
鮫島「ああ、競馬四季報。あれ、高さがちょうどいいから」
藤田「高さ？」
鮫島「授業中寝る時に、枕にするのにちょうどいい高さやねん」
藤田「そうか、なるほど、高さなあ。確かに」
　バス停に着く。
鮫島「藤田もバスやんな？」
藤田「うん。（時刻表を見て）あ、結構すぐ来るな」
鮫島「ほんまや、あと5分ぐらい？」
藤田「うん。あ、座る？」
鮫島「いや、ええわ。あとちょっとやし」
藤田「せやな……なんの話してたっけ」
鮫島「競馬四季報」
藤田「いや、その話はもう」
鮫島「せやな」
藤田「宇宙人、俺も見たいなあ」
鮫島「……その話やねんけど、中島さんには宇宙人って言うてしもてんけどな」
藤田「うん」
鮫島「よお考えたら宇宙人ちゃうかもしれへん」
藤田「えっ」
鮫島「宇宙人みた日の前の晩、寝てなかってん」
藤田「それは大変やな」
鮫島「でな、宇宙人みた後から次の日の朝までの記憶ないねん」
藤田「それは」
鮫島「大変やろ」
藤田「……それは逆に宇宙人かもしれへんで」

鮫島「そうかもしれへん。よおわからへんわ。（バスがやってくる）あっ」
藤田「早いな……」
鮫島「うん……」
　　バスが発車時刻を待って停車している
藤田「あのさ、鮫島……」
鮫島「乗りたないなあ」
藤田「えっ？」
鮫島「このバス、なんか嫌じゃない？」
藤田「あ、うん」
鮫島「色が嫌やわ」
藤田「わかる」
鮫島「乗らんとこかな」
藤田「うん」
鮫島「……藤田は乗ってもええねんで」
藤田「いや、実は俺も乗りたないねん」
鮫島「やっぱり色があかんわ。今、この色の気分じゃないねんな」
藤田「そう。あとなんか座席の配置とかな」
鮫島「うん、そういうのって、妥協したらあかんと思うねん」
　　発車時刻になり、バスが出発する。
藤田「座ろか」
鮫島「うん」
　　鮫島と藤田、並んでバス停のベンチに座る。
藤田「……まあ、正直なところ」
鮫島「うん」
藤田「鮫島と、もうちょっと話したかっただけやねんけどな」
鮫島「うん……。正直なところ」
藤田「うん」
鮫島「もし藤田がおらんかったら、あのバス乗ってたかもわからへんわ」
藤田「うん」
鮫島「妥協は、」
藤田「あかんで」
鮫島「せやんな」

〈終〉

受賞者紹介

高橋　名月

たかはし・なつき　1996年、兵庫県西宮市生まれ。高校在学中に執筆した『正しいバスの見分けかた』が伊参スタジオ映画祭シナリオ大賞短編の部で大賞。現在、フリーランスの脚本家・監督として意欲的に作品制作を継続中。

中学生の頃からなんとなくものを書くのが好きで、小説などをたまに書いていたのですが、進路を決めあぐねていた高校3年生の春、ふとシナリオを書いてみて出来上がったのがこの『正しいバスの見分けかた』です。
文字の印象や頭の中で想定していたテンポ感を言語化して自分以外の人に伝える、というのが想像以上にハードルが高くて、心が折れそうになりながらも、私の拙い言葉でもしっかり意図を汲んで作品作りに参加してくださったキャスト・スタッフの皆様のお力もあり、人々から愛される作品に仕上がったのではないかと思います。

映画情報

（2015年／BD／25分）

スタッフ

監督・脚本：高橋　名月
プロデューサー：平体　雄二
　　　　　　　瀬島　翔
撮　　　影：戸田　義久
録　　　音：近藤　靖高
ヘアメイク：貴島タカヤ
スタイリスト：沖山　紀
編　　　集：田村　友一
録　　　音：古谷　正志
選曲効果：田中　俊
助　監　督：吉原　通克
制作担当：谷村　龍

キャスト

中条あやみ（鮫島）
岡山　天音（藤田）
萩原みのり（中島）
葉山　奨之（細川）

シナリオ大賞2015　中編の部

「ひかりのたび」

澤田　サンダー

登場人物

植田　　登（47）不動産ブローカー
三好　友晴（71）六条町の元町長。現在は農家をしている
梶谷　道子（32）六条町出身。2年前、事故で息子ダイキ（4）
　　　　　　を亡くす。その後、茨城で暮らしている
生田　優子（31）道子の幼なじみ。東京の出版社で働いている
小口雄一郎（33）優子の彼氏で、会社の同僚
植田　奈南（18）植田の一人娘。六条町には3年住んでいる
狩生　公介（18）奈南の同級生

○田園・三好の家の近く

植田登（47）が乗用車を止めて田園を見ている。5月の田園はまだ稲穂に実がなっておらず、稲が立っている。上空の風が吹くと、その風に形を与えるかのように、下にある稲穂が手前から奥まで揺れて動く。それを植田は車の窓を開けて、風の音を聞きながら見ている。しばらくして、車体を叩く音。三好友晴（71）がそこにいる。

三好「何見てんだ、なんかいるか?」
植田「え、いや、何も」
三好「急いでたりするか?」
植田「いや、大丈夫です」
三好「ダムのそばの医療センター、あれ、植田さん関係してるだろ?　それだけ確認したい」
植田「……何でですか」
三好「何人かがそういう噂をしてたんだ」
植田「……で?」
三好「あそこが買収されたあと解雇されただろ、日本人だけが」
植田「全員じゃないでしょ」
三好「でも、外国人は1人も首にならなかった」
植田「それは、元々採算が取れてなかっただけですよ」
三好「……」
植田「日本の、こういうところのリハビリの施設でああいうのは、前から人気なんです。むしろ都会の方が施設が古くて、人気がないんです。それだけですよ。施設が良ければ、人なんてある程度どうでもなります。私は直接は関係ないです」
三好「……じゃあ、仲介したのか?」
植田「町長」
三好「……」
植田「最近は慎重にやってますから」
三好「慎重?」
植田「仲介もしてない、触れてないです」
三好「じゃあ、どうして植田さんの名前が出てくるんだ?」
植田「聞かれた事に答えただけです」
三好「それだよ、それ、誰だ?　聞いたのって」
植田「……いちいち相手の事なんか覚えてられませんよ」
三好「……何人もいるのか、どんなことを話した?」
植田「大丈夫ですって」
三好「何が」
植田「何を気にしてるのか知りませんが、町長に話すようなこと

　はありませんよ、本当に」
三好「植田さん、ここに来てどのくらい？」
植田「何でですか？」
三好「どのくらいだ？」
植田「……3年経ちました。4月で」
三好「結構経つじゃないか。なのに、どうしてそんなに愛着は湧
　かない？　ここに。この土地の為に貢献したことはあるのか？」
植田「……」
三好「それに自分の事、ほとんど話さないらしいし」
植田「この半年でしょう、町長や、町長の周りの人と話すように
　なったのは。前はこうやって話すのが難しかったじゃないです
　か。1年前までは町長はまだ町長だったわけですから」
三好「はは、そりゃ大変だったからな、いろいろ」
植田「……それだけじゃないでしょ」
三好「もう町長っていうの、辞めてくれないか。違うんだし」
植田「でも、なじみがありますし、『三好さん』って、なかなか」
三好「でも植田さんにはあまりね。呼んでほしくない」
　遠くから植田と三好が話しているのを住人Aが見ている。
　それに気づくと、三好は車から離れていく。
三好「じゃあ、また」
　三好は逃げ去るようにいなくなる。植田と三好を見ていた
　住人Aは何事もなく通り過ぎていく。ため息をつく植田。

○国道

　車を運転している植田。所々で窓の外を見る植田。その視
　線の先には、成約済の看板の立つ空き地であったり、人が
　住んでいない住居だったり、建築中の家などがある。

○営業所・外

　商店街にある不動産販売の営業所。看板には「国土建設株
　式会社」という文字。1階が店舗で2階が事務所になって
　いる小さな店舗である。そこに車から降りた植田が入って
　くる。シャッターをあける。そして入り口に貼付けている
　求人票、（アルバイト募集　時給1150円～　外国人可）
　という張り紙を破りとり、ドアを開けて中に入る。

○同・2階

　植田が階段を上がって来る。フロアには3つ机があるが、
　1つのみ整理整頓がなされており、片付いている。他の2
　つは使われている気配がなく、机の上には封筒や書類など
　が積まれている。植田は唯一の整理整頓がされている机に
　座り、パソコンを開き、メールチェックをする。メールは、
　日本語で書かれたものだけではなく、英語のもの、中国の
　もの、他の言語のものがある。外から街宣カーの音。「お
　はようございます、六条町町議会議員選挙立候補の吉沢た
　つき、吉沢たつきでございます。愛する六条町の若返りを
　はかり、福祉の充実でみなさまが安心して暮らせる町にし
　ていきます。吉沢たつき、よ、し、ざ、わ、た、つ、き。
　去年新しく就任した町長とともに、この町の制度改革をす
　すめ、ゆくゆくは私自らも町長を目指して、この町の発展
　に寄与していきたいと思います。」植田はその音を聞くと、
　窓を明ける。そして、しばらく外の様子を眺めている。

○車

　車を運転している小口雄一郎（33）。助手席に座っている

生田優子（31）。外から選挙の街宣カーの音が聞こえている。
街宣カーが目の前を通り過ぎ、静かになる。

○優子の実家・外

立派な古い木造の家が建っている。しかし、植え込みは草が生え放題でかなり荒れている。車を止めて、敷地に入ってくる小口と優子。

小口「思ったより大きいね（家を見回す）」
優子「でしょ」
優子は鍵を取り出してあけて、中に入る。小口も続く。
優子の声「スリッパ使って。汚れてるから」

○同・中

マスクをしながら、ゴミと荷物とを仕分けしている小口と優子。段ボールとゴミ袋が幾つか出来ている。

優子「この家、両親が結婚して引っ越してきたときに買ったの」
小口「買った？　じゃあ、前に住んでた人は？」
優子「農家の人らしい。地元の地主で。昔は地主が沢山いたの」
小口「何してたんだっけ？　お父さん」
優子「工場やってた。傘用のナイロンとか加工する地元の会社の」
小口「社長？」
優子「ううん。でも、役員だった。さっき選挙の車いたでしょ？　お父さん、仕事関係で選挙よく手伝ってて、私も子どもの頃から手伝ってたの」
小口「今は？」
優子「あたし？　全然。政治、関わりたくないし、お父さんが亡くなってからは、そういうの声なんかかからないし。それにね、応援してた人も、去年の選挙で落ちて、辞めちゃったの。それがあの、三好おじさん」
小口「三好？」
優子「今日、夜会う人。子どもの頃からお世話になってたの。前の町長」
小口「あーあー」
外で車が止まる音。植田が乗っている。植田は、優子が家の中にいるのを見ると、車から出て、庭の植え込み越しに話しかけてくる。
植田「生田さん、帰って来てたんですか？」
優子「……」
植田「お掃除ですか？　何か手伝える事あったら言ってくださいね」
小口「（小声で優子に）誰？」
植田「ちょっとこの辺で用事があって、車止まってたんで」
優子「（小声で小口に）無視して」
小口「え？」
優子「目も合わせないで」
植田「生田さん？」
植田は優子と小口に無視されているのに気がつく。すると、ため息をついて車に戻って出て行く。
小口「誰？」
優子「不動産屋。外国人に土地を売り飛ばす。前に話したことなかったっけ？　あいつ、まだいたんだ」
小口「へえ～」
優子「お父さんがいたときも何べんも来てて」
小口「見た目、そういう感じじゃないね」

優子「だから、騙されたのよ、みんな。あいつ、お母さんが死んだ次の日にも来たんだからここに。他の不動産屋の２倍は出しますって。お父さんが凄く怒って。だから、私も売るつもりはないし、特にあいつには絶対売らない」
小口「へえ」
優子「一気にいなくなったの。この辺」
小口「……」
優子「５人いた幼なじみも、もう２人しかいないし」
小口「そうなのか……」
優子「うん。でも、うちの学区のこのへんの川の近くだけ。そいつらの好みか何なのか知らないけど、まあ、確かにこのへんは観光客も来ないし、変に地元地元してないっていえばそうだけど」
小口「ふーん、２倍なら売ればいいのに」
優子は小口を後ろから叩く。

○六条高等学校・外観

○同・教室
授業を受けている植田奈南（18）。終業のチャイムが鳴る。

○同・理科室
クラスメートが掃除をしている中、奈南はそれを横目に、ほうきを持って、サボりに出て行く。

○同・体育館
剣道部が剣道の練習をしている。その様子をじっと見ている奈南。

○同・駐輪場
帰宅の支度を終えた奈南がやってくる。しかし、奈南の自転車はタイヤのチューブが切り裂かれ、サドルが抜かれて、さらに、金属バットのようなものでカゴや車輪を何度も叩かれた形跡があり、派手に壊されている。そこに狩生公介（18）がやってくる。
狩生「どうした？」
奈南「……（ごまかして）自転車、無くて、盗まれたかも」
狩生「また？　マジか？　先月も盗まれてなかったか？」
奈南「うん……」
狩生「あ、そういや、植田、バイトしてたよな？　今日は？」
奈南「……うん、入れてる」
狩生「何時？」
奈南「……５時から」
狩生「明日探そう、ほら、行こう」
狩生は奈南の手をひく。

○道
２人乗りしている奈南と狩生。
狩生「……今日も掃除さぼって剣道部の練習見てたでしょ。……誰か好きなやつでもいるの？」
奈南「ううん（首を振る）」
狩生「じゃあ、なんで？」
奈南「剣道、やってみたいなって。もう3年になっちゃったけど」
狩生「え、初耳。どうして入んなかったの？」

奈南「ここに来るまで転校が多かったし、いつ転校するか分かんなかったし。中学の時も何にもしてなかったから」
狩生「植田のお父さんって、確か建築関係だったよな」
奈南「……狩生くん、卒業したらどうするの？　大学行くの？」
狩生「うーん、ちょっと考えてる。行くなら、たぶん地元じゃないな。東京住んでたことあるんだよね？　植田は」
奈南「うん。中学と、小学校の時、全部で2年ちょっと」
狩生「どうだった？」
奈南「あんまり好きじゃない。……いろいろさ、話聞いていると、最近、なんだかんだ言って、みんな結構出て行っちゃうね」
狩生「……」
奈南「お祭りとかあると楽しそうにしているのに。みんなああいうときは地元を盛り上げようとか言ってて、それで3年になって面談始まったら急に東京の大学行きたいとか言い出して……」
狩生「……まあ、そうだけどさ」
奈南「私はそういうのよくわからない」
狩生「植田には地元がないからじゃないか？」
奈南「……」
狩生「……ごめん」
2人の乗った自転車がトンネルに入っていく。

○ファミレス

狩生の自転車から降りる奈南。
奈南「ありがとう、時間、大丈夫そう」
狩生「自転車、明日また探してみよう。見つかるかもしれないし」
奈南「……狩生くん、本当は自転車、盗まれたんじゃなくて、壊されてるの。いつも。それに、犯人も何となくわかってる」
狩生「え？」
奈南「きっとお父さんの仕事関係の人」
狩生「どういうこと？」
奈南「お父さん、人を立ち退かせたり、その土地を売ったりしてるの。だから、人の恨みをかう事があるの。家もね、しょっちゅういたずらされたり、窓ガラスにヒビが入ってたりするの。でもそういう人って、目の前に出てこないから、大丈夫だけど」
狩生「……学校の誰かじゃないのか？」
奈南「ちがう。学校とは関係ないの」
狩生「いじめられてるのかって、心配してたよ、ずっと」
奈南「……ごめん。ありがとう」
狩生「でも、大丈夫なのか？　本当に」
奈南「大丈夫。直接は何もしてこないの。今までずっとそうだから」
狩生「うーん、そうか」
奈南「うん（時計を見る）。あ、じゃあ、行くから」
狩生「わかった、じゃあ、また明日」
奈南「じゃあ」
2人は別れ、奈南はファミレスの階段を上がっていく。

○営業所・中（夜）

植田がノートパソコンを開いてメールを書いている。英語や中国語等のメールに植田が昼に撮影した、家やその周辺環境の写真が添付されている。仕事が一段落し、ノートパソコンを閉じる植田。深呼吸をして、部屋の電気を消す。それから窓を開けて、外を見る。昼間に選挙カーがいた交差点は、誰も人がいない。しばらく外を眺めている植田。

携帯に電話がかかってくる。それに出る植田。

植田「あ、もしもし、おひさしぶりです、はい、じゃあ、行きます」

そういうと電話を切って、事務所を出る支度をする。そのときにふと、カレンダーを見る。薄暗がりに5月30日にマルがつけてあるのが見える。腕時計を見る。今日の日付も5月30日である。

○六条駅・駅前

改札を出たところに梶谷道子(32)がいる。そこに車でやってくる植田。植田は道子のそばに車を寄せ、車から出て道子に対して後部座席のドアを開ける。それに深々と頭を下げる道子。
植田「どうぞ」
道子「ありがとうございます……」
そういうと道子は車に乗り込む。

○車内

植田「お元気でしたか」
道子「ええ。……すいません今日はこんな時間に」
植田「いいんですよ。事前に連絡も頂けてましたし」
道子「仕事、有給取れていたら昼に来れたんですけど、なかなか」
植田「いいんです、梶谷さんは特別だから。こういうと何ですけど。私の大事な、一番初めのお客さんだから」
道子「……すいません」
植田「例のところに行きますか？　それとも直行しますか？」
道子「……（躊躇する）」
植田「どっちでもいいですよ、気が乗らなければそのまま行っても」
道子「……いや、寄っていきます」

○空き家・外観

空き家がある。古くはない2階建ての住宅である。車から降りる植田と道子。見て回る道子。道子はやや驚いている。
道子「……何もされてないんですね」
植田「そうですね、最初はすぐ取り壊す予定だったんですけど」
道子「何かしないんですか」
植田「まだしばらくは。多分。オーナーさんは、年に何度か休暇でいらっしゃいます。今年ももう少ししたら来るでしょうね」
道子「そうですか」

○同・室内

植田が鍵を開けて、中に入ってくる2人。室内には、最小限の生活必需品はあるが、殺風景である。
植田「あとから聞いたんですけど、買った人、あっちの国ではいろいろあったらしくて。それで、状況が変わって、まだあっちにいるみたいです。でも、結局は引退したらあっちではもう暮らせないらしいんですよ。不安だったんでしょうね。だから、だいぶ前に手をつけておきたかったんでしょう。あっちの人たちは、成り上がるときに犯罪まがいの事をする人も多いし、嫉妬も恨みもこっちの比じゃないと聞きます。退職したあと警察に捕まる人が多いし、殺される人もいる。まあ、それくらいでないとね（笑）」

道子「……」
植田「でも、落ち着くだろうな。ほっとするでしょう。ここなら」
道子「きちんと手入れをされてるんですね」
植田「ええ、ひと月に1回くらいですけど」
道子「もう2年ですか」
植田「そうですね」
道子「……あのときは本当にお世話になりました」
植田「いえ」
道子「私も気が気じゃなくって。植田さんには家のことだけじゃなくて、本当にいろんなことを……。みんなは植田さんのことをいろいろ言ってるんでしょうけど、私はとても感謝しきれない」
植田「いやいや、感謝してるのは私の方ですよ。梶谷さんとお仕事をさせてもらったおかげで、それまで警戒されていたのが解けて、徐々に裏でお話が来るようになりましたから。大変でしたから。それまで。あ、行きましょう。たぶんもうそろそろ出ないと」
道子「ええ」
そういうと植田と道子は家を出て、車に乗り込む。車窓越しに道子は、名残惜しそうに家を見ている。

○車内
植田「……あの、もう大丈夫なんですか。あそこへ行くの」
道子「（首を振る）。でも、行かないと」
植田「……そうですか」
道子「今日も、たぶんきっと1人では行けなかったです。だから、その前に、みんなに会える事になって、良かったです。あの、優子とは幼なじみなんですけど、三好さんとは、町長になる前に数回しかあった事がなくて」
植田「そういえば、……失礼ですけど、今日は、旦那さんは？」
道子「あのあと、離婚しました。……でも、来年再婚する予定ですけど。再婚したら、その人、連れ子がいるんです」
植田「それは、良かったですね」
道子「そうですね……」
植田「でも大変だったでしょう。私も1人娘がいるからわかります」
道子「植田さん、お子さんいらっしゃったんですか」
植田「ええ。もう高校3年になります。これ、出来たら誰にも言わないで欲しいんですけど。言わないようにしてましたから、町の人には」
道子「え、はい、でも……どうして、ですか？」
植田「私の仕事、家族に迷惑をかけることも少なくないですから。……実は私も、妻とはだいぶ前ですけど、離婚しましたし」
道子「あ、あの、……植田さんはどうしてこの仕事を」
植田「いろいろやったんですけど、他に出来る事がなくって」
道子「そんなことないでしょう」
植田「あと、金の亡者なのかもしれません（笑）。まあ、それは冗談ですけど、でも、梶谷さん、これ、おかしな話なんですけど、時々お金の向こうに何か見えることがあります」
道子「……どういうことですか」
植田「本気で金のことを考えると、自分がどこの国で、どこの育ちで、何語を喋っているとか、そういうものがどうでも良くなる瞬間があるんです。私はそんなに持ってませんけど、お客さんの中にはやっぱり凄い人もいて。でも、彼らも悩みは沢山あるんで。そのときに、彼らの持っているお金って、一体なんだろうかと考えてあげないとダメな時がある。本気でね。国も守ってくれない、人も助けてはくれない。そういう経験をした人が多い」

道子「……」

植田は車を止める。そして車から出て、助手席のドアをあける。

道子は車から出る。

植田「つきました」

道子「植田さんもどうですか。もし良かったら、ちょっとだけでも」

植田「……ああ、いや、今日はちょっと。やり残した仕事、幾つかあるので。私はここで、町長にはよろしく言っておいてください」

道子「……ありがとうございます」

植田「いえいえ。また何でも言ってください」

○三好家・中

道子が家に入ってくる。中では、優子と小口と三好がいる。

三好「おお、良く来たね、久しぶり」

優子「久しぶり！　元気？」

小口「ご無沙汰です」

道子「久しぶり。元気だよ。ご無沙汰しています」

三好「ご無沙汰。引っ越して以来だね」

優子「どうやってきたの？　車？」

道子「うん、植田さんに」

優子「え、何それ。言ってくれたら迎えに行ったのに」

道子「優子はいやがると思ってたけど、あの人と用事があってね」

優子「ははは」

道子「でも、いい人なのよ、あの人」

優子「当たり前よ、そんなの。いい人でしょ（笑）」

小口「あんまりそう言うなよ。いいじゃないか」

三好「そうそう、ほら、いいから、座って」

テーブルの上には人数分の食事が出来ている。道子はそこへ通される。みんなは着席する。しかし、道子は着席しない。

道子「……さっき、改めて植田さんと話してみて、私、思ったの。やっぱりみんなにちゃんと謝らないといけないって。私、やっぱり悪い事をしたんです。今更しょうがないんだけど。……本当にごめんなさい。私が植田さんに家を売ったせいで、何人もの人が後で植田さんに家を売るきっかけを作ってしまって」

道子は涙を流す。

優子「……道子」

道子「……本当にごめんなさい」

三好「それは違うよ。外国人に土地を売るのは、道子さんがきっかけでも何でもない。私は政治に関わってたから。植田さん以外にもいろいろあったのは知ってるし。それよりも、ああいう事があったんだから、しょうがない。さあ、座って」

道子「……」

優子「いいから座って、お腹減ったし」

道子「……うん」

道子は、着席をする。

三好「じゃあ、食べましょうか。2年ぶりに来た道子さんに乾杯という事で。いいかな乾杯で？　暗くしないほうがいいでしょう」
道子「はい」
三好「じゃあ」
　4人は静かに乾杯し、食事を始める。

○ファミレス・店内

　食事を終えた植田がコーヒーを飲みながら、奈南が接客をしているのを見ている。普段通りに接客をする奈南。時折、腕時計を見る。10時丁度になると奈南はバックヤードに戻る。植田も立ち上がって、会計する。

○同・駐車場

　車の中で植田が待っている。そこに制服に着替えた奈南がやってくる。車に乗り込む奈南。植田は5万円を奈南に渡す。奈南はそれを受け取る。
植田「自転車代。すまないな」
奈南「ありがとう。別にいい。なれたから。昔は怖かったけど」
植田「だいたい誰か分かってるから。証拠が何か見つかったらお父さんに教えてくれ。言うから。知り合いの警察に」
奈南「いい。どうせ変に揉めるし」
植田「……（長い沈黙）」
奈南「どうしたの？」
植田「……お前、これからどうする？」
奈南「何の話？」
植田「そろそろ先月の面談の返事をしないと、先生に。東京行くか？　それとも海外でも行くか？　海外に行きたかったら、金は心配しなくてもいい。どこでもいいからな」
奈南「……」
　車窓の向こうで、奈南に挨拶してくる同僚たち。手を振る奈南。植田も軽く会釈をする。
植田「もうそろそろ仕事が終わる。今度は東京に1年くらいだ」
奈南「……そう」
植田「将来を考えたら、海外に行ったほうがいい」
奈南「……今は早く働きたいの、ここで」
植田「ここのどこがいいんだ？」
奈南「今まで一番長くいたところだから」
植田「……」
奈南「初めてだったんだから。ずっと同じ学校で、最初から最後までいたのが。……分からないでしょ。お父さんには。でもそれ以外に説明のしようが無いんだから」
植田「……」
奈南「資格は入ってから取らなきゃだめだけど、同級生のつてで、保育園の仕事があるの」
植田「保育園……、こんなところで。そんなの」
奈南「こどもは結構いるから、このへん。それに……」
植田「つぶしが効かないぞ、そんな仕事」
奈南「そんなことない」
植田「……。分かったよ」
　そういうと植田は車にエンジンをかける。
奈南「怒ってる？」
植田「いや。むしろ諦めたよ。お前は、金もあるのに勝手にバイトは始めるは、お父さんに相談せずに就職決めようとするわ、もういいよ。もうどうこういうのはやめた。でもな……」
奈南「……何？」

植田「……ちょっと遠回りして帰っていいか？」
奈南「ん？」
植田「いいか？」

○三好の家・中

食事を終えたテーブル。三好たちは玄関に移動している。玄関で外出する準備をしている４人。

○車

三好が運転する。助手席には小口が乗っている。小口は花束を持っている。後部座席に乗っている道子と優子。４人は会話をしない。

○山道・カーブ・ガードレール部分

ある地点に来ると三好は車を止める。三好と小口が車から降りる。何かに気がつく小口。ガードレールの下に花束が置かれている。

小口「先に誰かが来てるみたいですね」
三好「そうみたいだな」
優子が車から出る。なかなか車内から出てこない道子。
優子「大丈夫？」
道子「うん」
道子はゆっくりと出てくる。道子は自分たちが来る前に置かれていた花束を見る。
道子「……」
その花束のそばに、小口が持ってきた花束を置く。

○別の山道

人気のない山道。植田は運転している車を道路の脇に寄せる。そして、エンジンを切る。

奈南「どうしたの？」
植田「話しておきたい事がある」
奈南「……何」
植田「お前がどうしてもここに留まるというならな」
植田は、呼吸を整えてから話しだす。
植田「３年前に、東京からここに来ただろ？　来たばかりの頃を覚えているか？　初めの頃」
奈南「どういうことを？」
植田「お父さん、帰りが遅かったろう。毎日」
奈南「ああ、うん」
植田「１年くらい大変だったんだ。あのころ。仕事がうまくいかなくて。仕事場からだいたいこの時間になるとここに来て、車の中で考え事をしたり、横になって星を見てて。なんかもう、家に帰ってお前の顔も見るのも気が向かないし、仕事もほっとけないし、どこにいても落ち着かなくて。その話、した事あるよな？」
奈南「……うん」
植田「それでな、あるとき、それを見たんだ」
植田はシートを倒して、横になる。シートを倒した後の植田は、なかなか静まらない息を沈める為に深呼吸を繰り返す。奈南はシートを倒さずに植田を見る。
奈南「お父さん？」
植田「……（前を見ている）」
奈南も植田の視線の方を見る。すると、フロントガラスの向こうは、ヘッドライトのようなものがついているように見える。しかし、車体からキーは抜けていて、車の電源は落ちており、キーは父の手にある。

植田「これから喋る事は、誰にも言わない方がいい」

奈南「どういうこと？」

植田「2年前の今日、ちょうど今ぐらいの時間に、ある人の子どもが歩いているのを見たんだ。見覚えのある子だった」

奈南の目の前には、ダイキ（4）が立っている。ダイキは奈南の方を見ている。

植田「5歳くらいの、幼稚園に入ってしばらくしたくらいの子どもだ。こんな、人気のない山道でな。お父さんは、その子が誰の子どもかよく知っていたし、どういう子かも知っていた。たぶん、その子もお父さんのことを知っていたと思う。だから、本当だったら、こんな時間にこんな山道を歩いていたら、声をかけて家に連れ戻してやるべきだったんだ」

奈南「……」

奈南の目の前にいるダイキは歩き出す。

植田「だがな、勘が働いたんだ。自分の中で何かを感じたんだ。……いや勘じゃなくて、経験かもしれないな。お父さんは、そのまま何もしなかった。そしてその子は通り過ぎて、恐らく、その1時間後くらいにこの先の峠のカーブでトラックにひかれた。即死だ。死体を回収するのは困難で、その子の母親は、安置所じゃなくて、そのカーブまで来て、それが自分の子どもかどうか見るように言われた」

奈南「……」

奈南の目の前からヘッドライトの光のようなものは消えている。

植田「その子のお母さんは、事故の現場で気を失った。それから、精神がおかしくなって、この町から出て行った。その後に離婚もしたらしい。その人がお父さんのこの土地での初めてのお客さんだ。彼女は夫婦で、20代で家を買ってたから、沢山残っていた住宅ローンを返済しなければいけなかった。さらに引っ越し先でも新しい家を買えるような、それくらいのお金を作ってやった」

奈南は眼を閉じる。

植田「その仕事がきっかけになって、今までお父さんを避けてきた人たちが、お父さんに陰でこそこそと相談するようになった。お前がこの土地に留まるのなら、話しておくべきだと思ったんだ」

奈南「……」

奈南は目を開けて、植田を見て、また目を閉じ、息をつく。植田は、横になったまま目を閉じている。

○道

三好と小口と優子と道子が花束と線香の前で手をあわせている。道子は、震えて泣いている。

道子「どうして、私はあの日、ダイキを家から追い出したのか、覚えてないんです。何であの子をあんなに叱って、もう二度と帰ってくるなって、家から出したのか。怒ったのを覚えていても、何で怒ったのか、全然覚えてないんです。あのくらいの男の子なんか、悪い事するくらいが普通なのに……。いくら思い出そうとしても、思い出せない」

三好「いいんだ」

三好は道子を落ち着かせようと気遣い、肩をなでる。

三好「先に車にもどってるから。時間は気にしないで」
そういうと、三好は小口と優子をつれて車に戻る。しばらくの間、道子はずっとその場で手をあわせている。
奈南の声「知ってるの。その子の事は知らなかったけど。何となく、お父さんの仕事はそういうもんだっていうことは、小さい頃から知ってたの。お母さんが出て行ったのも、きっとそういう事だろうって。普通の人はなかなか出来ないことを、お父さんはし続けなければダメだって。でも私はそういうの、全然大丈夫だから」
植田の声「……」
奈南の声「誰にも言わないから。それに別に、知ってる人がいてもいいから。それで何かあっても、それは仕方が無いから。それ以上のことは別に何もないんだから」

○**山道**
夜があけていく。取り残された花束２つと、線香の燃えた灰が残っている。

○**バス（朝）**
奈南が乗っている。

○**六条高等学校・通学路**
通学してくる奈南。うしろから同級生の女の子が声をかけてくる。
同級生「あれ、植田、自転車は？」
奈南「盗まれたの」
同級生「また？　ん、でもなんか楽しそうだね植田」
奈南「うん」
同級生「なんで？」
奈南「バイト先まで自転車で乗せてってもらえるから、今日も」
同級生「えー、何の話。誰？　誰に乗せてってもらうの？」
奈南「秘密」
同級生「超イヤらしいじゃん。（時計見て）あ、時間、時間」
同級生が走り出すと、奈南もそれに続いて駆け出す。校門に向かう２人。

○**駅**
小口の運転する車が止まり、道子と優子が出てくる。
道子「たまにはここに帰ってくるつもり？」
優子「お母さんが生きてたときは気になって帰ってきてたけど」
道子「そうよね」
優子「……うん、でも家はまだ残すつもり」
道子「そう。……ねえ、東京でしょ？　優子。私、茨城だから家、遠くないし、また会おうよ」
優子「……うん」
道子「じゃあここで。小口さんも、また」
小口「また」
優子「また、連絡する」
優子は再び小口の車に乗り込み道子は駅の構内に入っていく。

○**三好家・庭の見える部屋**
テーブルを挟んで、三好と植田がいる。テーブルの上には、契約書が４枚。三好は植田に、ここと、ここ、などと指示されてハンコを押している。ハンコは実印。契約書は売買契約書である。

植田「これで最後です（指をさす）」

三好「ここか（ハンコを押す）」

三好がハンコを押し終わると、植田は書類の確認作業をする。

植田「町長、……いや、三好さん、あとは、それぞれサインを」

三好「ああ」

三好は、書類にサインをしていく。

三好「時間がかかったな。思ったよりも」

植田「広いし、川のこともありましたし、いろいろ大変でしたから」

三好「ははは」

下を見ている三好。なかなか植田と目をあわせようとしない。

三好「最初からこれが目的だったのか？」

植田「……」

三好「どうなんだ？」

植田「確かに、そうだと言えばそうかもしれませんね。三好さんの土地が、結局私が売った土地の全体の半分くらいになりましたし。でも、まさかこうなるとは思っていませんでした」

三好「そうだろうな。すまなかったな」

植田「いやいや、いろいろお立場もあったでしょうし」

植田は書類を確認し終えてそれを鞄にしまう。

植田「……あの、やっぱり聞いていいですか」

三好「何だ」

植田「土地を売った理由です。聞かないようにしていたんですが」

三好「分かってるだろ」

植田「直接聞きたいんです」

三好「……1年前に選挙で負けて、借金が残って、選挙の後に倒れた妻がそのままボケが始まって入院して、こんな事が続いてはな。……年金と農業では到底暮らせないよ。それだけだ。息子も公務員だが、大して稼いでない。金を借りるわけにはな」

植田「……」

三好「どこかへ行きたいような年齢でもないし、売った理由は単純なものだ。植田さんを信頼した訳でもない。買う外国人がわざわざ、いやがりもせずに私のわがままを聞いて、何度もここに足を運んでくれたからっていうのに対する人情でもない」

そういうと、三好は立ち上がって、居間にある写真立てを持ってまた植田の前にやってくる。その写真には、三好と三好と同じくらいの年の老人が一緒に写っている。２人は握手をしている。それを植田に渡す。

三好「コイツの息子が撮ったんだ。白々しいもんだよ」

植田「あっちの人は、こういう写真を取りたがりますよね」

三好「そんなの、日本も同じだろ。昔似たようなことを沢山やってるはずだ」

植田「……」

三好「彼は、この町を近代化する前の自分の故郷に似ていると言ってくれた。それは嘘じゃない感じがした。実際の土地の評価額は微々たるものだよ。でも、私の借金の金額に合わせてくれた」

植田「……まだ気に入らないですか」

三好「気に入らないね。やっぱりここにコイツが住むのは」

植田「日本語も話せますし、見た目もそう変わらないですよ（笑）」

三好「これで終わりだとは思ってないよ」
植田「……」
三好「これで終わりだと思っていないからな」
植田「……そうでしょうね」
三好「事務所を引き払うらしいな」
植田「ええ」
三好「娘さんはどうする」
植田「ここで暮らしたいって」
三好「はは（笑）」
植田「おかしいですよね。今回は私も無傷ではありませんでした。そういえば、彼（写真の）は、今はホテルを点々としているらしいです。自分の国なのに。いろいろ大変みたいで」
三好「ふっ、そんなもんだろ、どうせまともに稼いだ金じゃない」
植田「あの国は。お金持ちになるか、貧乏人になるか」
三好「知ってる。それは彼からも聞いたし、町長時代に実際にいろんな人から聞いたよ」
植田「でしょうね」
　三好は、ため息をついて、庭を見る。
三好「……この土地の真ん中に川が流れていて、代々三好家は、その川の水を独占せずに、細かな水路をひいて、周りの農家にただで分け与えてきたんだ。だから、私も、私の父も、祖父も町の代表になることができた。でも、金持ちにはなれなかった。……ずっと、土地に守られていると思っていたんだ」
植田「……」
三好「お前なんかにそんなことを言っても、何の足しにもならんだろうがな。……さあ、用もすんだろ。帰ってくれ。昼寝をする。出て行くのは、来月の15だ」
植田「はい」
三好「その前の日に、彼と一緒に来るんだよな？」
植田「ええ。でも、東京からも代わりの者が来るでしょう」
三好「え、植田さんじゃないのか」
植田「そのころは新しいところにいます」
三好「話が違うじゃないか」
植田「……すいません」
三好「そいつは、町の人間に分からないように取りはからってくれるんだろうな？　引っ越しの作業だっていろいろある」
植田「恐らく」
三好「恐らく？　いきなりやってきて出来るのか？　そんなこと」
植田「伝えてはおきます」
三好「……お前、肝心なところを。……いい、帰れ、じゃあな」
植田「万全にするように言っておきますよ。万全に。じゃあ」
　そういうと、植田は去っていく。三好は庭に入り、そこにあるデッキチェアーに座る。しばらく怒りがおさまらない様子。そして目を閉じる。

○山道（夜）
　２つの花束のあるガードレール。

○六条高等学校・ゴミ捨て場
　他のゴミとともに壊れた自転車が、月明かりに照らされている。

○ファミレス・店内
　店内で楽しそうに食事をする数組の客たち。そして笑い声。

忙しそうに働く若い店員たち。広い４人席で、食事を終えた植田が、たった1人、席でうつぶせになり、顔をテーブルにつけて居眠りをしている。料理を運びながら、その様子を見る奈南。植田は目を覚まし、テーブルに頬をつけたまま奈南の方を見る。奈南は、その植田の様子を見て、少しだけ笑う。植田も小さく笑う。

○国道沿い・ファミレス外観

ライトを照らした車が、延々と何台も通り過ぎていく。

〈終〉

受賞者紹介

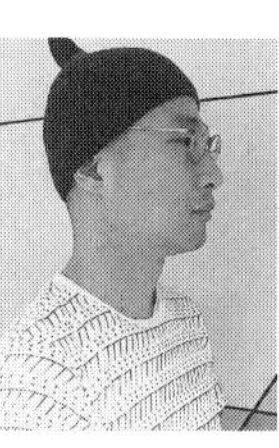

澤田　サンダー

さわだ・さんだー　青森県弘前市生まれ。不動産会社・商社・住宅情報誌での勤務を経て、リーマンショックでほぼ失業状態に。その後、東京芸術大学大学院映像研究科を修了。２００７年に岡本太郎現代芸術賞に入選したことで表現活動を始め、映画製作は30代半ばから行なっている。伊参スタジオ映画祭シナリオ大賞中編の部で２０１０年、２０１５年に大賞。

テーマ：

史上初二度目の大賞獲得に向けて、強い印象を与える作品を書く必要性を感じていました。

そんな中、前年の２０１４年に大臣秘書と中之条町役場がらみの政治スキャンダルが発生し、それに加えて当時外国人による地方の土地買収のブームが起きていたことから、「町長のスキャンダルを処理し、地方で暗躍する悪徳不動産ブローカーの話」を作ることに決めました。

出来上がったシナリオを読んでもらったほぼ全員からネタ的に厳しいだろうと言われていましたが、私の予想とは異なって「生と死と故郷」というテーマを正面から表現できたことに何かしら手応えがあったのを覚えています。一年後の上映では、真っ先に町長の伊能正夫さんが私の所に駆け寄り、握手をしてくれたことを覚えています。

映画情報

（プレ上映２０１６年／ＢＤ／89分
完成２０１７年／ＤＣＰ／93分）

スタッフ

監督・脚本：澤田サンダー
制　　　作：木滝　和幸
　　　　　　小林栄太朗
　　　　　　畠中　博英
撮　　　影：西田　瑞樹
照　　　明：中村　晋平
制作担当：阿部　史嗣
録音・サウンドデザイン
　　　　　：光地　拓郎
助　監　督：地良田浩之

編　　集：山崎　梓
音　　楽：狩生　健志
主 題 曲：三冨　栄治
美　　術：菊地　実幸
美　　術：安藤　秀敏
衣　　装：関　　敏明
ヘアメイク：須見有樹子
スチール：轟　あずさ
制作助手：佐藤美智子

キャスト

志田　彩良（植田奈々）
高川　裕也（植田登）
山田　真歩（梶谷道子）
浜田　　晃（三好友晴）
瑛蓮（生田優子）
萩原　利久（狩野公介）
杉山ひこひこ（小口雄一郎）

シナリオ大賞２０１５　短編の部

「とっとこ将太」

船越　凡平

登場人物
北中将太（9）小学3年生
北中将一（70）将太の祖父。「バーバー北中」の店主
北中優子（40）将太の母。「バーバー北中」を手伝う
鈴木　透（46）バーバー北中で働く理髪師。その昔ヤクザで服役していたという噂が流れる
安田英恵（18）高校3年生

○バーバー北中・外観
将太N「ぼくの家は○○県○○市○○町で、床屋をやっています。1階が床屋で、その奥と2階が家になっています。」
　バーバー北中の寂れた外観（1階が床屋、2階が住居）。

○同・内
　よい感じに寂れた店内。待合席で寝ている北中将一（70）。
将太N「これはじいちゃん。このバーバー北中のしゃちょうです。店ではけっこう居眠りばかりしています。僕の名前は将太で、なんと、じいちゃんの将一からぼくの名前をつけたそうです。初め聞いた時はなんだかうれしくなかったです。」
　客の髪を切っている、鈴木透（46）。強面。
将太N「この人は鈴木透さんです。店に働きに来て1年くらいかな？　こんな顔ですが案外やさしいです。特に僕にはよくしてくれます」

○野原（回想）
将太M「この間は釣りに連れてってくれたし、その前はキャッチボールをしました。」
　北中将太(9)に向かってボールを投げる透。(変な投げ方)
将太M「なぜか女投げみたいです。野球はあんまりやったことないそうです」

○バーバー北中・内（回想）
将太M「ぼくは、お母さんと同じように、初めは透さんと呼んでいました。」
　店で働き始めたころの透、北中優子（当時39）と将太（当時8）に頭を下げ挨拶する。優子の後ろに隠れる将太。

○同（回想）
　透が、お客を相手に髪を切っている。それを少し離れた待合席に座って見ている将太。

○同（回想）
将太M「でも、そのうちに仲良くなって、呼び方もとおるちゃんになって」
　待合席の机に宿題を広げ、頬づえをつき悩む将太。それを覗き込む透。一緒に悩む。
将太M「最近ではわざとふざけてとおちゃんと呼んだりします。」
将太「とおちゃんも分かんないのか」
透「うん？　おとながなんでも知ってると思ったら大間違いだ

ぞ」

将太M「とおるさんだから、とおちゃん。なんだかお父さんをお父ちゃんと呼んでるみたいで楽しいです。そうそう、僕のほんとのお父さんはいません。」

○道（回想・6年前・夏）

蝉の音がうるさく鳴る中、将太（当時3歳）と優子（当時34歳）の姿が見え、2人は手をつないでいる。2人とも汗をかいている。

将太M「たぶん。お母さんに聞いたらそう言ってたから。ぼくは最初からお父さんがいなかったのでそれが普通です。お母さんは、こわいです。おこりっぽいです。」

○バーバー北中・内（回想・最近）

バーバー北中でくつろいでテレビを見ている将太。上の住居から怒鳴りながら降りてくる優子（40）。

優子「あんた、先に宿題終わらせるってさっき約束しただろ。なあ」

将太、急いで住居に戻っていく。

将太M「そんな人のことをヒステリーと言うらしいです。店の常連で、近所のやっさんが僕にいってくれました。そして、最近お母さんが、とおちゃんを見るときになんか違います。」

○同（回想）

客の髪を切っている透とそれをみる優子、とその2人を見る将太。

将太M「たぶん好きなんだと思います。もしかしたら、とおちゃんがほんとのお父さんになったりするのかな、それはいいことだとおもいます。けれどやっぱり嫌な気持ちもします…」

○同（回想）

待合席で、常連のやっさんとみえこが話している。

将太M「さっき出てきた、やっさんは、皆が呼んでるあだ名だけど、僕はほんとの名前は知らないし、やっさんはやっさんで良いと思います。やっさんは話好きで噂好きです。髪を切るでもないのに、店に来て、これまた近所のみえこさんと話したりします。やっさんは仕事なにしてるんだろう。まあいっか。」

やっさん「知ってるか?」

みえこ「なにをよ?」

やっさん、辺りを気にしながら、みえこに顔を近づけ、

やっさん「（小声で）透さんな、実は昔これで（頬に人さし指沿わす）これらしいよ（手首を合わせ警察に捕まったというジェスチャー）」

みえこ「うっそでしょ〜」

やっさん「なんでも、ヤクザの抗争かなんかで…やっちゃってるらしい…」

みえこ「やっちゃってるって…なにを?」

やっさん「（さらに顔を近づけ）人1人」

みえこ「え?…」

やっさん「これもんで（手でピストルの形を作る）」

みえこ「まさかあ…」

やっさん「で、そこで理容師の免許取って、シャバ出て来たって」

みえこ「噂でしょ…でも、確かに、なんか殺気が違うのよね…」

やっさんとみえこ、床屋のイスの方に目をやる。そこでは

透が客に顔剃りをしており、今まさに首元にカミソリを当てるところ。

将太M「それを聞いた僕はなんだかいい気がしませんでした。」

将太、持っていた水鉄砲に、店に置いてある金魚鉢の水を入れ、やっさんに向けて撃つ。

やっさん「うひゃあ（少し慌てて）こら、ぼうず！」

ダッシュで店を出ていく将太。

将太M「やっさんは嫌いだ。でも時々は好きです。あんまり見ないお菓子をくれます。パチンコで勝ったら」

○同（回想）

パチンコで勝った景品の袋からおやつをいくらか将太に渡す、やっさん。

将太M「そしてぼく、現在小学校3年生。学校ではみんなの人気ものです！　ともだちもたくさんいます！」

○小学校（回想）

給食の時間、ゲロを吐く将太。

同級生A「うっわーきったねえー」

同級生B「きゃー」

同級生C「先生、将太くんが吐きました」

先生「今週2回目ね」

○下校時（回想）

数人の子「ッじゃんけんっ、ホイ！」

5人ほどの少年たちの手（じゃんけん）。

○下校中（回想）

下校中にランドセルを5、6個持たされている将太（体の手や首などのあらゆる部位をフル活用している）。将太の横を手ぶらの同級生たちがヒュイと進んでいく。

将太M「とにかく、毎日をエンジョイしております。そんなある日のことです。その日は雨が強かったです。ぼくは近所の桜川に住んでる亀達は大丈夫かなと思っていました…。」

○バーバー北中・内（夜）

外では雨が強く降っている。もう閉店時間の為、透が1人で店じまいをしている。待合所では将太が窓に当たる雨粒を見ている。ドアが開く音。入口で、若い女性、安田英恵（18）が立っている。

英恵「もう、終わりですか？…」

透「ああ…えっと…（壁の時計を見る）…どうぞ」

透「（ケープをかけながら）どういった感じで？」

促がされ、床屋イスに座る英恵。珍しそうに見る将太。

英恵「あの、前髪を、軽くする感じで…」

透「じゃあ、長さはそんなに短くしないで？」

英恵「（頷く）…」

エプロンをして、ハサミを用意し、櫛で前髪をとかす。こっちのほうを見ている、将太に気付く。

英恵「…（将太を見る）」

将太「…（英恵を見る）」

2階から、優子が降りてくる。

優子「あ、いらっしゃいませ。（将太に）ごはん、出来たから。そろそろ来なさいよ。」

将太「ん」

優子は2階に上がっていく。将太、それでもその場に残り、金魚鉢越しに英恵を見ている。

英恵「あ、あのう…さっきのは……奥さん？　と、（将太を見て）息子さん？…」

透「ああ、いえ、さっきの女性は、こちらの理容室の、店長の娘さんで。で、その、息子さん。店長からなら、お孫さんかな。」

英恵「…そうですか」

透「ええ。自分はこちらで働かせてもらってる身なので…けど、若い女性で珍しいですね。床屋なんて…」

英恵「あの。……子供さんは、いらっしゃるんですか？…」

透「え？（手を止める）…（鏡越しに英恵の顔を見る）……（何かに気付く）…（そのまま少し固まる）……」

鏡には、英恵の顔の上に透の顔が映っている。

透「…（何かを言おうとするが止める）…」

英恵「…（透の言葉を待つ）…」

透「…（また髪の毛を切り始める）…」

英恵「…（何かを言いたそうにするが言葉が出ず）…」

透「（黙々と切る）…」

英恵「……」

無言の店内、とそれを見る将太。

透「…（切っていく）…」

英恵「…（意を決したように）あの…。」

透「いませんよ…子供は…自分は、ずっと、独り身なんで…」

英恵「……」

雨が勢いを増し雨音とハサミの音だけが聞こえる店内。

英恵「………（呟くように）私はずっと。父親は私が幼い時に死んだと。そう、聞かされて育ってきました。」

透「…」

英恵「それは、自分にとって、もう変わらないです。一生」

髪を切り終える。

○同・入口近く・外（夜）

英恵お金を払い、深々と頭を一度下げる。

英恵「…（何か言おうとするが止めて店を出ていく）…」

数メートル先まで歩くが、そこで傘を持っていないのに気付く。店の中から走ってきた透、英恵に傘をさしてやる。

透「……」

英恵「……」

何も言わず、傘を透から受け取り、去っていく英恵。

○同・中（夜）

店に戻ってきた透。

透「……（立ちつくす）……」

将太「（透を見る）……」

将太、静かに店を出ていく。

○川（夜）

雨の中、傘をさし、橋の上から、増える水位を見ている将太。

英恵「死ぬ気？　一緒に死のうか？」

将太、振り向くと、英恵が立っている。

将太「…亀がいたんだよ…（川を見る）…」

英恵「（英恵も下を覗き込む。水流が強い）…」

将太「死んだかな?」
英恵「…泳げるしきっと大丈夫…これくらいで死にゃあしない。…それに亀は万年、ていうでしょ?」
将太「かめはまんねん?」
英恵「そ。亀の寿命は1万年らしいよ」
将太「うそだ」
英恵「うそかもね。」
将太「どっちだよ」
英恵「ま。要は、それくらい命を大事にしましょうってこと?」
将太「(首を傾げ)?…」
英恵「(ため息つき)…こんなはずじゃなかったのにな…」
将太「とおちゃんの事嫌いなの?」
英恵「とおちゃん?　お父さんなのやっぱり?」
将太「違うよ。透さん、だから、とおちゃん」
英恵「…はっ、なるほどね。それでか。…うん。大嫌い。」
将太「なんで?　良い人だよ。ほんとは」
英恵「ふーん、そっか…私もね。ほんとはわからないんだ…」
英恵「(歩き出し)…ほんとはすごく好きかも知れないし、すごく嫌いなのかも知れない…」
将太「…(英恵の後をなんとなく付いていく)」
英恵「はあ…わたしなんであんな嫌な事言ったんだろ。すごい嫌な奴だわ、わたし。あんなの言いたくてきたわけじゃなかったのに…」
　英恵、立ちどまり、
英恵「…(将太に振り返り)よう覚えとき。どんなことがあろうとな。…それでも人間いきていかなあかん。」
将太「?」
英恵「父親に。私が小さいころ。父親が言ってた言葉。最後にそれだけ言って。…なんかそれは、覚えてて…」
将太「よ、ようおぼえとき?　(先を言えない)…」
英恵「この言葉をそのまま君に送ろう。じゃ、行くね。さよなら」
　英恵、歩いていく。
将太「また来る?」
　英恵、振り返り、笑顔を見せ、去っていく。
将太「ここ。桜が。春がくれば、桜が咲いて!　…そんで!…」

○川(夜)

　増えてくる川の水流を1人見ている将太。
透「お母さん心配してるよ」
　将太、振り向くと、透がいる。将太と透、2人で帰っていく。

○道(夜)

　道を歩く将太と透。
将太「さっきの女の人、橋であったよ」
透「そうか」
将太「誰なの?」
透「…一番、大事なひとかな…」
将太「…お母さんより?」
透「うん?…うん。そうだな」
将太「なんで、ちゃんと話さなかったの?」
透「…話せなかった。」
将太「なんで?」
透「…おじさんはね…いろんな人に、迷惑や、よくない事もしてしまったんだ…」
将太「……」
透「自分の1回分の命では足りないくらい…だから、これが、あの娘にとって一番いいと思うんだ…おじさんはね。いないんだよ…。」
将太「わかんない。…いるじゃん。とおちゃん。ここにいるよ」
透「ううん。きっとそれがいいんだ。おじさんはあの子にとっていないほうがいいんだよ…」
将太「一番大事なひとから、いない、って思われてくってこと?」
透「…（悲しそうな笑顔で頷く）」
将太「…そんなの…悲しいよ」
透「うん…」
無言で歩く2人。
将太「…ぼくから、いなくならないよね?」
透「…（曖昧な悲しい笑顔）…」
将太「（透の悲しい笑顔を見て）……よう覚えとき。どんなことがあろうとな。…それでも人間いきていかなあかん…。」
透「（驚く）それ、どこで（関西弁になってしまう）…」
将太「さっきの姉ちゃんが言ってた。お父さんに言われたって」
透「…そうか…」
将太が下から透を見上げる。透の目から涙がこぼれている様に見えた。雨の中帰っていく2人。
将太M「その次の日。お母さんが熱で倒れました」

○バーバー北中・住居・寝室

布団で寝ている優子の隣で正座する将太（無言）。
将太M「雨の中、いなくなった僕を探していたからです。僕はお母さんがほんとにいなくなってしまう事を考えました……。」
涙を拭く将太。「ごめんなさい」と小さく言い、また、小さく泣く。ゆっくり暗転。

○同・店内（昼間）

髪の毛を、透に切ってもらっている将太。出来上がり、「ありがと」と残し店を走って出ていく。
優子「（やってきて）あれ、将太は?」
透「すみません…行っちゃいました」
優子「あの子。また、宿題（怒る）…。」
駆けていく将太。

〈終〉

受賞者紹介

船越　凡平

ふなこし・ぼんぺい　1985年、京都府生まれ。Enbu（エンブ）ゼミナールにて映画制作を学ぶ。伊参スタジオ映画祭シナリオ大賞・短編の部を受賞した『とっとこ将太』は、国内10以上の映画祭で入選上映や受賞など。2020年、『カントリーロード』で創作テレビドラマ大賞。

撮影当時を振り返り、なにより思い出すのは、映画祭の関係者の方々、中之条の方たちに、すごくご協力いただいたことです。それまでは自主制作で細々と映画を制作していたもので、「ここまでしてもらえるのか」と。ロケハン～撮影～伊参スタジオ映画祭での上映まで、ほんとにたくさんの方達にご尽力いただき、今でも感謝しても足りない思いです。この作品、映画祭での経験が自分にとっても転機になったと思っています。改めてこの場を借りまして、この作品に携わっていただいた、キャスト、スタッフ、関係者の皆様にお礼申し上げます。そして、映画祭に携われている実行委員の方や、その関係者様へ。20周年おめでとうございます。いつもありがとうございます。今後もこの伊参スタジオ映画祭が続いていくことを願っております。

映画情報

（2016年／BD／30分）

スタッフ

監督・脚本：船越　凡平
撮影・照明：伊集　守忠
撮影助手：村松　良
録音・整音：寒川　聖美
録　音：辻野　正樹
美　術：矢野　瑛彦
美術助手：藤野　晴彦
衣　装：谷中　聡介
メ イ ク：永坂　茂夫
助 監 督：福島　隆弘
　　　　山部　芳明
制作主任：高橋　信多
制　作：久保山智夏
制作応援：細川　充由
　　　　林　史明

キャスト

加藤　蒼渉（山口将太）
金子　貴伸（鈴木透）
広澤　草（山口優子）
竹田有美香（安田英恵）
小崎　攻（山口将一）
高橋　信多（やっさん）
箱木　宏美（みえこ）
久保山智夏（先生）
橋野　純平（テレビの俳優）
阿久沢麗加（テレビの俳優）
藤野　晴彦（理容店の客）

シナリオ大賞２０１６　中編の部

「子供は天使ですか」

川西　薫

登場人物

田沼広志（40）ろくな社会人経験のないヒモ男
神崎俊太（８）小学３年。元売れっ子子役。天狗になり干された
新堂真由（34）広志の彼女。妊娠中。ナース
田沼明美（65）広志の母。塾の先生
中嶋信輔（10）小学５年。明美の塾の生徒

○××駅・駅前ロータリー

田舎町の寂れた駅。改札を出る小さな足元。体に不釣り合いな大きいキャリーケースを引いている子供、神崎俊太（８）。ブランド物の服にサングラスをかけている。俊太、やってくるタクシーに向かって手をあげる。

○走るタクシーの車内

後部座席の俊太、不機嫌そうに車窓を眺めている。運転手の年配男性が１人喋っている。

運転手「小さいのに１人で旅行？　偉いねえ」
面倒くさそうに舌打ちする俊太。
運転手「おじさんもね、君ぐらいの歳で初めて１人でおばあちゃん家に行ったんだよ。切符も自分で買って。楽しかったな～」
俊太「ここで止めて」
運転手「？」
俊太「いいから」
運転手、車を路肩に停めて、
運転手「サービスで１０００円でいいよ」
俊太、１万円札を差し出し
俊太「釣りは要らない」

○ビデオ屋・表

店先に置かれたワゴンに、中古のＤＶＤが並んでいる。その前を歩く俊太、ワゴンを覗く。ＤＶＤのジャケットには『ちびっこ戦隊』の文字と戦隊ヒーローの格好をした俊太が。俊太、足早に通り過ぎる。

○タイトル

Ｔ　子供は天使です
少し遅れて、文末に「か」があらわれ、
Ｔ　子供は天使ですか

○喫茶店

店内の一角に、ポータブルのゲーム機で遊ぶ田沼広志（40）と、ナース服姿の新堂真由（34）がいる。

真由「そんなに楽しい？　ゲーム」
広志「うん」
と返事をしつつ聞いていない。
真由「私そろそろ休憩終わりだから」
広志「うん」
真由「そういえば、こないだ病院行ったんだけどね」
広志「うん」

真由「できたみたい。赤ちゃん」
広志「うん」
真由「結婚する？」
広志「うん」
真由「嬉しい？　嬉しくない？」
広志「うん、うん」
真由「もう帰る」
　真由、呆れて席を立つと
広志「待って。俺金ない」
　真由、座り直し
真由「広志、いつまでそうしてるつもり？」
広志「？」
真由「今までは私がどうにかしてきたけど、これからはそうはいかないでしょ。籍入れて落ち着いたら産休だって1年はとりたいし。さすがに働いてもらわないと……」
広志「ごめん、なんの話？」
真由「だから、赤ちゃん」
広志「……」

○広志の自宅・表
　木造一軒家の前に「田沼こども塾」の看板。

○同・1階・和室
　20畳ほどの和室に机が並び、小学生の生徒たち10名が各々問題用紙に向かい勉強している。その中に、子供たちに寄り添い勉強を教えている田沼明美（65）の姿が。

○同・玄関
　玄関の扉が開き、広志が帰ってくる。と、そこに明美が現れ、
明美「あら、帰って来たの」
広志「当分家にいる」
　そそくさと2階へ上がって行く広志。
明美「（慌てて）ちょっと！」

○同・2階・広志の部屋
　ドアが開き、広志が現れる。
広志「！」
　室内には、机に向かい勉強している俊太が。
俊太「誰？」
広志「君こそ誰？」
俊太「ああ。ここの息子か」
　と言うと、勉強に戻る。
広志「いやいやいや。君うちの生徒でしょ？　下でやってよ」
俊太「おばさんに許可もらってる」
広志「（苛ついて）はぁ？」
　と、ドアの向こうから
明美の声「広志！　ちょっと！」
広志「？」

○同・同・廊下
　明美と広志が立ち話をしている。
広志「どういうことだよ！」
明美「あんた、あの子どっかで見た事ない？」

広志「ねえよ！　なんだよあのガキ！」
明美「（小声で）３年前くらいに、ちびっこ戦隊って子供番組、流行ったろ？　あの子、それやってた子役の子で……」
　広志、はっとして
広志「（大声で）あああああ！　ちびっこ戦隊！」
明美「バカ！　声がでかい！」
広志「で、何しに来たんだよ！」
明美「夏休みの間だけうちに通うことになったのよ。おばあちゃん家がこっちにあるみたいで、そこから通うって。働きづめで勉強が遅れてるんだけど、プライドがあるから東京の塾には行きたくないって、本人が」
広志「何でうちなんだよ！」
明美「私だって参ってるわよ。いきなり個室にしろって言われて」
広志「だからって俺の部屋でやんなよ！　追い出せよ！」
明美「干されたっていうの？　すっかり天狗になっちゃって殆ど仕事なくなったみたいよ。あの子ああ見えて傷ついてんのよ。ちょっとの間我慢してやって。どうせ毎日ぶらぶらしてるんだったらあんたも勉強教えてやってよ。母さん、他の子の世話で手一杯……」
　気づくと、２人の背後に俊太が。
明美「（気まずく）ああ、ごめんね。うるさかった？」
俊太「トイレットペーパー、ダブルに替えて。僕、シングル無理だから」
　と言うと、部屋に戻って行く。
広志・明美「……」

○同・表（夕方）
　塾から出て来た子供たちが帰って行く。

○同・玄関（夕方）
　１人玄関で靴をはいている俊太。と、そこに広志と明美が現れる。
明美「どうだった？　１日目は？」
　俊太、靴をはきながら、
俊太「普通」
広志「（イラッと）あのなぁ、人と話す時はちゃんと目を見ろ……」
明美「（遮って）じゃあまた明日ね。気をつけて」
　俊太、何も言わず家を後にする。ドアが閉まると、
広志「なんで甘やかすんだよ！」
明美「うちは学習塾だよ。性格まで直せない」
広志「生意気にもほどがあるだろ」
明美「それより広志、あんたどうして帰って来たの」
　広志、言いよどむと
明美「真由ちゃんと何かあったんでしょ。あんたが戻ってくるなんて、女か金かどっちかだもん。何度も言うけど、ここにいるなら家の事手伝ってもらうからね」
広志「わかってる！」
　広志、２階へ上がろうとすると、
明美「ちょっと！」
　広志、振り向くと
明美「買い物お願い」

○ビデオ屋・表（夕方）

両手一杯にダブルのトイレットペーパーを抱えて歩く広志。

広志「なんで俺が……」

と、店先のワゴンに『ちびっこ戦隊』のＤＶＤを見つけて、

広志「……」

○広志の自宅・2階・広志の部屋（翌日）

テーブルを挟み、向かい合う広志と俊太。広志、俊太の計算問題の解答をチェックしている。が、ほとんどバツばかり。

広志「お前本当ヤバいぞ。九九すらできてねえじゃん」
俊太「あのおばさんは？　あの人の方が教え方上手だった」
広志「お前だけの相手してられないの！　おふくろに教わりたいなら、下で皆と一緒にやってこい」
俊太「僕、子供アレルギーだから」
広志「俺はお前アレルギーだ」

俊太、解答用紙をさし出して、

俊太「できた」
広志「スピードだけはあるのな」

と受け取るが、

広志「（解答を見て）やり直し！　7×7は49！　何度言わせるんだよ！」

解答用紙を突き返す広志。俊太、しぶしぶ受け取りもう一度解き始める。と、広志『ちびっこ戦隊』のＤＶＤを取り出し、

広志「お前出てたやつ、これだろ？」

俊太、奪い取ろうとするが、広志が咄嗟に身を翻す。

俊太「なんで持ってんだよ！」
広志「そこのビデオ屋で１００円だった」
俊太「大きなお世話」
広志「これギャラいくら？」
俊太「聞かない方がいい。引くから」
広志「嫌みな奴……。でもさ、長い台詞とか覚えてたんだろ？　なんで九九もできないんだよ」

俊太、答えず黙々とペンを走らせる。

広志「仕事に比べたら楽勝だろ？　本当は記憶力だって……」
俊太「（遮って）うるさい」
広志「？」
俊太「おっさんに僕の何がわかんの」
広志「……本当可愛くねえ」

と、1階から

明美の声「アイス買って来たわよー。少し休憩にしなーい？」
広志「今はいいー」
明美の声「本当にいらなーい？」
俊太「僕もらいまーす」
明美の声「いちごとぶどう、どっちがいいー？」
広志「俺ぶどうー」
明美の声「あんたに聞いてませーん」
俊太「僕いちごー」
広志「俺もいちごー」
明美の声「1個ずつしかなーい」
俊太「じゃあ僕ぶどうー」
広志「やっぱり俺もぶどうー」

しばしの間の後、
明美の声「一生やってろー」
広志と俊太、目が合うとプンとしてそっぽを向く。

○同・玄関（夕方）
2階からやってくる広志と俊太。と、そこに明美が現れる。
明美「（俊太に）今日は進んだかな？」
俊太、靴を履きながら、
俊太「普通」
明美「ちょっと遅くなっちゃったから、おじさんが送って行くね」
広志「は？」
明美「じゃあ、よろしく」
明美、無理矢理広志を外に追い出して、
明美「また明日ねー」
笑顔で手を振る明美。広志、しぶしぶ俊太の後をついていく。と、奥から中嶋信輔（10）が現れる。
明美「信輔君、まだ帰ってなかったの」
信輔「いま出てったの、誰？」
明美「昨日入ったばかりの子でね……」
信輔「なんで一緒に勉強しないの？」
明美「ちょっとね……」
信輔「アイツ、どっかで見た事ある」
明美「（焦って）じゃあまた明日ね。気をつけて」
明美、部屋の奥へ消えて行く。
信輔「……」

○住宅街（夕方）
俊太の少し後ろを、広志がついていく。と、後ろから走ってきた信輔が俊太の目の前に立ちふさがり、
信輔「思い出した！　お前、ちびっこ戦隊のレッドだろ！」
俊太、無視して歩き出す。
信輔「どっかで見た事あると思ったんだ！　やっぱりそうだ！　レッドだ、レッド！」
俊太、信輔に見向きもしない。広志は背後から黙って見届けている。
信輔「ねえねえ、参上ポーズやってよ、参上ポーズ！」
俊太「……」
信輔「無視すんなよ！　お前何年だよ！」
俊太「3年だけど」
信輔「俺5年だぞ！　そんな口きいていいと思ってんのか！」
俊太「たかが2歳差で……」
信輔「たかがって何だよ。俺の2つ上は中1だぞ。わかってんのか」
信輔、俊太の腕を掴む。俊太、咄嗟にその手を払う。と、信輔が尻餅をついて転んでしまう。構わず歩きだす俊太。すると、
信輔「ママがお前の事終わった人だって言ってた！　もうテレビ出られないんだろ！」
広志、思わず信輔のもとに駆け寄り
広志「言い過ぎだぞ！」
俊太、たまらず走り出す。
広志「おい！　ちょっと待て！」
俊太を追いかける広志。

○土手（夕方）

川沿いの道を広志と俊太が並んで歩いている。
広志「気にしてんのか」
俊太「……」
広志「東京帰れば仕事あるんだろ、本当は」
　俊太、立ち止まり
俊太「あいつの言う通りだ。僕は終わったんだ」
広志「そんな、終わったなんて。お前まだ8歳だろ」
俊太「人生始まってもない人に言われたくない」
広志「……」
俊太「おっさんヒモでしょ？　おばさんが言ってた。まともに働いた事ないって」
広志「俺はプロのヒモだ」
俊太「なにそれ」
　広志、地面に一列で行進する蟻を見つめて、
広志「世の中は働き蟻だけじゃないんだ。見ろよ、蟻の中にも必ず怠け者がいる。なんでかわかるか。怠け者がいるから働き蟻は余計に働こうとする。組織にとって怠け者は必要な存在なんだ」
　広志の足下には、行進の列から外れウロウロしている蟻が。
俊太「人間は蟻じゃないし」
　広志、しゃがんで足下の蟻を見つめて、
広志「同じだよ。組織から怠け者を追い出したら、また次の怠け者が出てくる。そうやってバランスをとってるんだ。つまり、こいつらは必要とされて生きてる……」
　と、そこにバイクが。広志の目の前を通り過ぎ、足下の蟻が轢かれてしまう。
広志「……」
俊太「死んだね」
広志「たまにはこんな事もあるさ……」
俊太「もうここでいい。1人で帰れる」
広志「いくない！　最後まで送る！」
俊太「おばあちゃん家、もうすぐそこだから」
広志「でも……」
俊太「ひとりにして」
　広志、去って行く俊太の背中に向かって、
広志「あんな奴の事気にすんなよ！　ちゃんと明日も来いよ！」
　不安げな広志の顔。

○ホテル・1101号室（夜）

テレビドラマを眺めている俊太。と、画面に俊太と同い年くらいの子役が現れる。渾身の演技で涙を流す子役の姿。

俊太、咄嗟にテレビの電源を切って布団をかぶる。

○広志の自宅・玄関（翌日）

続々とやってくる子供たちを出迎えている明美。と、子供たちに混じり真由が現れて、
真由「広志さんとお話できますか」

○同・2階・広志の部屋

向かい合って座る広志と真由。
真由「逃げてたって、何も話が進まないんですけど」
広志「（俯いて）わかってます……」
真由「お母さんに話した？　結婚のこと」

広志、首を横に振る。
真由「もし広志が結婚したくないなら、それならそれで構わないから。私、1人で産むから」
広志「ちょっと待てよ、相談もしないで」
真由「電話もでないくせに。いいの、もう。広志、子供なんて欲しくないもんね」
広志「……」
真由「じゃあ、これで終わりということで」
広志「いいからちょっと待てって！　なんていうか、色々突然だったから俺も戸惑って……」
真由「迷ってる暇なんてないんだけど」
広志「というか、そもそも本当に俺の子？」
真由「それ本気で言ってる？」
広志「いや、それなりに気をつけたつもりだったから……」
真由、座布団や雑誌を手当たり次第ぶん投げて、
真由「どこまでクズなの、あんたって人は！」
広志「痛い。痛いってば真由ちゃん」
真由「もういい！　さよなら！」
立ち上がり部屋を出て行く真由。
広志「ちょっと！」

○同・玄関

2階から真由が駆け下りてくる。と、入り口に俊太が現れる。真由、すれ違いざまに俊太にぶつかるが、そのまま飛び出して行く。
俊太「……」

○同・2階・広志の部屋

三角座りの広志、落ち込んでる様子。と、俊太が現れ
俊太「邪魔」
俊太、広志をどけて教材を開く。広志、大きなため息をつき寝転ぶと
俊太「さっき出てった人、彼女？」
広志「……」
俊太「泣いてたみたいだけど。別れ話？」
広志「大人にはいろいろあるの。まだお前にはわかんないよ」
俊太「別れ際に泣く女とか面倒くさい」
広志、がばっと起き上がり
広志「まさか経験済み？」
俊太「人相学的にあれはしつこいタイプだね。で、何が原因？」
広志「できちゃった……」
俊太「あーあ。やっちゃいましたね」
広志「子供が言うセリフか」
俊太「責任取りたくないんだ」
広志「真由のことは好きだし、結婚したいけど……でも俺、仕事ないし……」
俊太「だから逃げてると」
広志、大の字になって、
広志「逃げてねーよ！　俺はここにいるじゃねえか！　どいつもこいつも……。俺はただ子供が嫌いなの！　昔から毎日毎日知らないガキが出入りしてるだろ。うんざりなんだよ！」
俊太「僕もガキの集団見るとビービー弾ぶっ放したくなる」
広志「俺はそこまで言ってない……。でもさ、俺お前だけは平気なんだよ。ガキと話してる気がしないっていうか……」

俊太「僕が大人なんじゃなくて、おっさんが子供なんでしょ」
　広志、天を仰ぎ、
広志「俺みたいなのが親になれるのかな……」
俊太「まあ無理でしょう……」
　俊太、振り向くと、寝息をたてている広志が。
俊太「（呆れて）……」

○同・1階・居間（夕方）

　テーブルを挟み夕食中の広志と明美。
明美「今日、真由ちゃんと何話したの？」
広志「別に……」
明美「いくら借りてるの。正直に言いなさい」
広志「金じゃないって」
明美「あんな良い子、大切にしなかったらすぐ他に盗られちゃうよ。真由ちゃんだってもういい歳でしょ。そろそろ決断しなさいよ」
広志「決断って言われてもな」
明美「そういえば俊太君は順調？」
広志「全然。特に算数。いくら言っても九九覚えないし。漢字もダメ」
明美「漢字も？　だって台本読んでたんでしょ？」
広志「マネージャーに全部ふりがな書いてもらってたって」
明美「困ったわね。つきっきりで見てあげたいけど、そういうわけにいかないし。あたし、あの子が何考えてるのかさっぱりわかんなくて」
広志「問題児だからな」
明美「ちゃんとフォローしてあげてる？　夏のうちに取り戻さないと。俊太君だって早く帰りたいだろうし。急がないと」
広志「おかわり」
　茶碗を突き出す広志。
明美「自分で取ってきなさいよ」
広志「ならいらない。ごちそうさま！」
　と言って部屋を出て行く広志。
明美「我が子の方がよっぽど問題児……」

○同・2階・広志の部屋（数日後）

　問題集を広げたテーブルを挟んで座る広志と俊太。と、1階から騒がしい子供たちの声が。
広志「うるせーな」
俊太「いつものことじゃん」
広志「ビシっと言って来てやる」
　と、立ち上がり部屋を出る。

○同・1階・和室

　扉が開き、広志が現れる。
広志「！」
　黒板に俊太のバツだらけの解答用紙が一面に貼られている。黒板前に立つ信輔が、
信輔「おい見ろよ！　こいつ漢字も全然できてねえぞ！　本当頭悪いな！」
　俊太の解答用紙をみせびらかしている信輔。それを見て笑う生徒たち。広志、信輔から解答用紙を取り上げ、
広志「ちょっと来い！」
　信輔の腕をひっぱり、部屋の外へとつまみ出す。

○同・2階・広志の部屋

　正座している信輔。その前に仁王立ちしている広志。その背後には気にせず勉強している俊太の姿。

広志「なんでこんな事した」
信輔「……」
広志「真剣に聞いてんだろ！　答えろよ！」
信輔「だってあいつ生意気だから……」
広志「だからってこんな事していいわけないだろうが」
　信輔、泣き声で
信輔「ご、ごめんなさい……もうしません」
広志「本当にもうやらないか」
　信輔、小さく頷く。
広志「（俊太に）許してやってくれるか」
俊太「嘘泣きだろ。全然涙出てない」
　信輔、立ち上がり、
信輔「何がちびっこ戦隊だよ！　九九もできないくせに！」
広志「お前、全然反省してねえじゃんか」
俊太「おっさん、僕別に気にしてないから。こんなの」
　信輔、苦し紛れに
信輔「バーカ！　バーカ！　バーカ！」
　と言って部屋を飛び出して行く。
広志「おい！　話まだ終わってない！」
俊太「バカしか言えないのかよ」
　信輔、ドアから再び顔を出し、
信輔「バーカ！」
　と言って走り去る。
俊太「（呆れて）……」

○駄菓子屋・表（夕方）

　並んで歩く広志と俊太。
広志「信輔のことだけど……」
俊太「（遮って）気にしてない。嫌がらせなら慣れてる」
広志「そうか」
　と、駄菓子屋の前を通りかかり、
広志「なんか好きな物買って良いぞ。俺のおごり」
　広志、１０００円札を差し出すと、
俊太「おっさんの金じゃないでしょ」
広志「誰の金かは問題じゃない」
俊太「別にいいよ」
　広志、俊太にお札を手渡し、
広志「遠慮すんな」
　広志、店先に並んだ駄菓子を手にとり、
広志「うわー。懐かしいなこれ」
　と、紐のついた飴を手にとり、
俊太「なにそれ」
広志「紐の先に飴がついてんだ。大きい飴を狙ってな、どれか1本選ぶんだよ。お前もやってみろ」
　俊太、紐を手にとりひっぱると、小さい飴が現れる。
広志「ざまー。俺の方が大きいー。ざまー」
俊太「別に小さいのでいいし」
広志「お前何食いたいんだよ」
　俊太、大きなスナック菓子を手にとり、
俊太「これがいい」
広志「塾の奴らにも買っていくか。信輔の分も。仲直りしろよ」
俊太「……」

広志「1個160円だろ、だから……」
俊太「6個は買えるな」
広志「?」
　俊太、スナック菓子を手にとりレジへ向かう。会計を済ませ広志のもとに戻ると、
俊太「これおつり……」
広志「なんでわかった」
俊太「?」
広志「1000円で6個買えるって、どうしてわかった」
俊太「(気まずく)……」

○広志の自宅・居間(夕方)

　夕飯の準備をしている明美。ドアが開く音がして振り向き、
明美「おかえり……」
　と、そこには俊太を連れた広志が。

　テーブルをはさみ座っている広志、明美、俊太。
明美「どういうことか、ちゃんと説明して」
広志「だから、全部振りだったんだよ、振り!　勉強できないなんて嘘だったの!」
明美「広志に聞いてない!(俊太に)自分の口から説明できる?」
　しばしの間の後、
俊太「すみませんでした……」
明美「おばちゃんはね、謝って欲しいわけじゃないの。わかる?どうしてそんなこと……」
広志「謝ったって済むことじゃねえよ!」
明美「あんたは黙ってて!」
広志「黙ってられるかよ!　一生懸命教えてやったのに、こいつ全部わかってたんだぞ。算数も漢字だって、本当は全部できてたのに……。俺たちのことバカにしてたんだぞ!」
明美「ねえ、本当なの?　俊太君?」
　と、俊太がぼそりと
俊太「帰りたくなかった……」
広志「?」
俊太「勉強できるってわかったら、東京に帰らなきゃいけないから」
明美「ずっとできない振りしてたの?」
俊太「帰っても僕には何もないから……」
明美「じゃあ、ずっとおばあちゃん家にいるつもり?」
俊太「……おばあちゃん家には泊まってない」
広志「は?」
俊太「ずっとホテルに……。事務所の知り合いが働いてるから、口裏合わせてもらって」
明美「その事、お母さんは?」
　俊太、首を横に振る。
広志「それも嘘かよ!」
明美「聞いた以上、お母さんに言わないわけにいかないわ。でも、帰りたくないなら無理に帰らなくていいの。しばらくうちに泊まっても……」
広志「いや。帰ってもらう。こんな奴置いとけない」
明美「だって……」
広志「さすが子役だ。しょうもない演技しやがって」
俊太「……」
広志「可哀想だと思って助けてやったらこのザマか」

俊太「誰も助けてくれなんて言ってない」
広志「そういう奴だから虐められんだよ！　小さい頃からちやほやされて調子に乗って。だから干されたんだろ！　全部自業自得じゃねえか！」
明美「（広志に）いい加減にしなさい！」
俊太「僕はおっさんが一生かけても稼げないくらい稼いでんだよ！　働いてない奴が偉そうに言うな！」
広志「金持ちでもお前みたいなクズにはなりたくないね」
俊太「妊娠させて逃げてる奴の方がよっぽどクズだろ！」
明美「ちょっと待って何の事……」
広志「プライドばっかり一人前で、中身はただのクソガキじゃねえか！」
俊太「ガキはどっちだよ！　親の顔が見てみたいわ！」
明美「ちょっと俊太君……」
広志「お前の人生5歳がピークだったな！　御愁傷様！」
俊太「じゃあおっさんは、ピークが来た事あるのかよ！」
広志「？」
俊太「一度でも何かやり遂げた事あるのかよ」
広志「……」
俊太「おっさんのピークはいつ来るんだよ」
広志「……」
俊太「（明美に）お世話になりました……」
　と部屋を出て行く俊太。立ち尽くす広志。

○ホテル・1101号室（夜）

　鞄に服や勉強道具を詰め込み、帰り支度している俊太。と、ビニール袋から駄菓子屋で買ったスナック菓子が出てきて、
俊太「……」
　粉々になるまで拳で殴り続ける俊太。その目にはうっすらと涙が。

○広志の自宅・2階・広志の部屋（夜）

　酒を飲みながら『ちびっこ戦隊』のDVDを見ている広志。
　画面に戦隊ヒーローの格好をした俊太が映り、
俊太の声「待たせたな！」
　参上のポーズを決め、次々と敵をやっつけていく俊太。広志、思わず笑みがこぼれる。

　窓から差し込む朝日。酒を手に床で寝ている広志。

○タクシーの車内（翌日）

　後部座席に俊太が乗り込んでくる。
俊太「駅まで」
　俊太、考え直し
俊太「やっぱり田沼こども塾まで」

○広志の自宅・表

　キャリーケースを持ってやってくる俊太。物陰からそっと広志の自宅を見届けていると、
信輔の声「何してんだよ」
　振り返ると、信輔と生徒の子供たちが。
信輔「入んないのかよ」
俊太「……帰ることになった」

信輔「逃げるのか」
俊太「別に逃げるわけじゃない」
信輔「ならちょっと来いよ」

○同・2階・広志の部屋

床で寝ている広志。明美が現れ、広志を蹴飛ばし

明美「ちょっと起きて！」
広志、はっとして目を覚ますと、
明美「信輔くんたちが来てないいんだけど、あんた何か聞いてない？」
広志「知らねえよ」
明美「おかしいわね。いつも時間通りなのに。あんた暇なら探しに行ってよ」
広志「なんで俺が」
明美「それと、これ俊太君に」
弁当を差し出す明美。
明美「2時の電車で帰るって。俊太君のお母さんから連絡あった。駅まで届けてあげて。電車の中でお腹空いちゃうといけないから」
広志「自分で行けよ」
明美「私は塾で忙しいの！　とにかくよろしくね」
明美、弁当を置いて去って行く。広志、天を仰いで
広志「……」

○土手

自転車の前かごに弁当を乗せて走る広志。子供の声がして川辺に目をやると

広志「！」

○川辺

俊太と信輔が向かい合っている。それを見守る子供たち3人。信輔、おもむろに四股を踏んで、

俊太「何やってんの……」
信輔「男同士の喧嘩といえば相撲だろ！」
俊太「（呆れて）帰っていい？」
信輔「ビビってんのか！　逃げないで勝負しろ！」
俊太「これだからガキは」
信輔「お前今ガキって言っただろ！　2こ上だぞ！」
俊太「はいはい」
信輔「その目がムカつくんだよ！」
俊太「生まれつきだよ、うるせえな」
俊太、キャリーケースに手をかけると、信輔がそれを奪い、
信輔「これは俺がもらう」
俊太「は？」
信輔「おい、この中身全部川に捨ててやろうぜ」
子供Ａ「でも……」
信輔、俊太のキャリーケースを開けると、中の物を次々と川へと投げ込んで行く。
子供Ｂ「やりすぎだって！」
信輔、服や筆記用具を構わず川へと放り投げる。俊太、黙ってそれを見届けている。と、
広志の声「お前らなにやってんだ！」
前方から広志が走って来ると、
信輔「ヤベ！」

子供Ｃ「なんでおじさんが……」
信輔「いいから早く逃げろ！」
　一目散に逃げて行く信輔たち。広志、俊太の対岸にやってくると
広志「お前はそこでじっとしてろ、俺が行く！」
俊太「？」
　広志、飛び込みの姿勢で服のまま川にダイブする。が、そこは水深数十センチの浅瀬。広志、起き上がって
広志「浅いなら先に言え！」
俊太「……」
　広志、流されて行く俊太の持ち物を必死に追いかけ、拾い集める。俊太、そんな広志を見て思わず笑みがこぼれる。

　土手に並んだ広志と俊太の服。トランクス１枚の広志と俊太、並んで弁当を食べている。
広志「そろそろ乾くかな」
俊太「まだでしょ」
広志「そういえば昨日、ちびっこ戦隊のＤＶＤ見た。お前、あの時は可愛かったな……」
俊太「僕あの番組嫌いだった。ダサいし格好悪いし。辞めたかったからちょうど良かった」
広志「すげえ人気だったのに」
俊太「なんであんなのが流行ったのか全然わかんないな。まあ僕のおかげか」
広志「そういうとこだぞ……。嫌われるの」
俊太「だって本当だし」
広志「それより、東京帰っても続けるのか、仕事」
俊太「……」
広志「まあ俺の知ったことじゃないけど」
　俊太、黙って俯いていると、
広志「昨日はああ言ったけど、お前がそうしたいなら、しばらくここにいても……」
　俊太、目元を拭うと、
広志「泣いてんのか」
俊太「泣いてねえよ。この唐揚げしょっぱすぎるんだよ。おばさんに言って。こんな塩辛かったら寿命縮まるって……」
　広志、感極まって
広志「お前は頑張れとか言われるの絶対嫌いだと思うから、なんて言おうか考えたんだけど……頑張れよ！　とにかく頑張れよ！」
俊太「おっさんこそ結婚は？　仕事はどうすんの？」
広志「世の中には働き蟻と怠け蟻がいて……」
俊太「それ聞いた」
広志「そうだった」
　しばしの間の後、
広志「またいつでも来ていいんだぞ。こんな所で良ければ……」
　俊太、立ちがあり
俊太「もう行く」
　俊太、荷物をキャリーケースにしまい始める。
広志「まだ乾いてないだろ」
俊太「大丈夫」
広志「駅まで送る」
俊太「ここでいい」
広志「俺も行くって！」

俊太「いい。タクシー拾えばすぐだから」
広志「意地張るなって！　最後くらい素直になれよ」
俊太「本当にここでいいって」
広志「ちょっと待て、今着替える……」
　広志、干してあったズボンを手にしようとすると、俊太が奪い取り、
広志「！」
　俊太、思い切り川に放り投げる。
広志「おいバカ！　何すんだよ！」
俊太「バイバイおっさん」
　歩き出す俊太。
広志「バイバイじゃねえよ、どうすんだよ！」
　俊太、振り返り
俊太「元気で」
　大きく手を振る俊太、再び歩き出すと
広志「クソガキーーーー！！！」
　川辺にこだまする広志の絶叫。

○産婦人科医院・表（半年後）
　北風がふいている。缶コーヒーを飲んでいる広志。と、足下に蟻の行列が。
広志「俺もいよいよ働き蟻か……」
　と、そこに慌てた様子の看護師が来て、
看護師「田沼さん！　そろそろですよ。早く早く！」
広志「は、はい！」
　広志、コーヒーを一気飲みし、慌てて院内へ入って行く。

○同・廊下
　看護師に連れられ廊下を駆けて行く広志。しばらくすると、奥から赤ちゃんの産声が。と、廊下に置かれたテレビから、
テレビの音声「遂にあのヒーローが帰ってくる！　ずるい大人は許さない！　子供をナメると痛い目見るぜ！　新番組、ちびっこ戦隊リターンズ！」
　と、画面に戦隊ヒーローの格好をした子役が映り、
俊太の声「待たせたな！」

〈終〉

受賞者紹介

川西　薫

かわにし・かおる　静岡市生まれ。東京工芸大学芸術学部映像学科卒。映像編集、ＤＴＰデザイナーなどを経て、ライターとして映画、ドラマの企画に参加。『子供は天使ですか』で湖畔の映画祭作品賞、はままつ映画祭賞など。Amazon primeにて配信中。現在は日本のローラーダービー選手を主題にしたドキュメンタリー映画を企画中。

『子供は天使ですか』を撮影したのは２０１７年の夏。私にとっては一生忘れられない夏になった。遡ること10年前、かつての私は映画監督志望だった。それから紆余曲折を経て、脚本家として活動したり、なんやかんやしていたら監督するチャンスに恵まれ

た。人生は皮肉だと思う。かつてはこんなチャンス喉から手が出るほど欲しかったのに、受賞当時はただ賞が欲しいだけだった。いつの間にかそんな人間になってしまっていたのだ。人生で中途半端に投げ出したことは、いずれ落とし前をつける時が巡ってくるのかもしれない。今ではなんとなくそう思っている。伊参の受賞を機に、何者になりたいかではなく、何を描きたいのか。それだけは忘れないように映画に向き合っていこうと決めた。

映画情報

（２０１７年／ＢＤ／54分）

スタッフ

監督・脚本：川西　薫
撮　　影：平野　礼
プロデューサー：仙田　麻子
照　　明：森田　亮
撮影助手：高瀬　勇太
　　　　　村松　良
録　　音：内田　雅巳
美術・合成：細沼　孝之
音　　楽：岡﨑　保憲
記録・編集：小川　貴之
ヘアメイク：福永　涼子
助　監　督：佐近圭太郎
　　　　　諏訪　翔平
制作助手：齋藤すみれ
　　　　　望月　龍太

キャスト

岡部たかし（田沼広志）
伊藤　悠翔（神崎俊太）
山口みよ子（田沼明美）
田口　遼翔（中嶋信輔）
若松　俐歩（新堂真由）

シナリオ大賞２０１６　短編の部

「三つの朝」

根岸　里紗

登場人物

岡田　麻衣（20）服飾専門学校の学生
原　真知子（42）３人の子どもを育てるシングルマザー
目崎　ふみ（31）フリーター
池内　　徹（35）工場の責任者
小田　泰斗（20）麻衣の彼氏
原　美砂子（15）真知子の娘　高校生
原　　翔太（12）真知子の息子　小学生
原　　陽平（７）真知子の息子　小学生
作業員たち

○工場（朝）

目崎ふみ（31）、岡田麻衣（20）、原真知子（42）がベルトコンベヤの前に並んで検品をしている。麻衣が眠気に勝てずに居眠りをはじめると、真知子が麻衣の肩を叩く。麻衣、はっと起きて、

麻衣「わっごめんなさい！」

ふみがものすごい速さで自分と麻衣の分の作業をしている。

麻衣「ごめんなさい！」

と言って急いで手を動かし始める。ふみ、何でもないというように右手を振る。その爪先に淡いピンク色のマニキュアが塗ってある。麻衣の手が止まる。

麻衣「あ」

ふみ「なに？」

麻衣「いやなんでも、ごめんなさい」

３人、無言で作業を続ける。時計の針が５時を指す。大きな音でチャイムがなる。工場内に日の光が差し込む。

作業員たち「お疲れ様でした」

あくびをする作業員たち。スーツ姿の池内徹（35）が来て、麻衣たちに声を掛けながら品数のメモを取っていく。

池内「お疲れ様」

と、一瞬ふみの爪を見てすぐノートに目を落とす。

ふみ「お疲れ様です」

と言って作業場を出ていく。

○ロッカー室（朝）

麻衣が髪を結びなおしている。

真知子「お疲れ様でした」

と、部屋を出ていく。

麻衣「お疲れ様です」

と言って、真知子の後に続く。会釈を返すふみ。

○エレベーター（朝）

麻衣と真知子が乗っているが、会話は特にない。気まずい沈黙が流れ、各々携帯を開く。

○バス車内（朝）

疲れた表情の作業員たちが乗っている。麻衣と真知子が唯

一空いている席に隣同士で座る。携帯に目を落とす真知子。

麻衣「なんか、バス車内を見渡して、小声で、
　麻衣、輸送される豚みたいですね」

　真知子、顔を上げて、
真知子「ん？」

麻衣「輸送される豚みたいだなって思って、私たち」

　真知子、携帯を閉じて、
真知子「ドナドナ？」

麻衣「ドナドナ？」

真知子「うん、ドナドナ。教科書に載ってなかった？」

　麻衣、首を横に振る。

真知子「……世代違いすぎ？」

　麻衣、曖昧に微笑みながら首を傾げ、窓の外を眺める。外はちょうど日が昇るころ。気まずい沈黙が流れる。

○麻衣の部屋（朝）

　部屋の中心に大きなミシンがあり、その周りに縫いかけの布や端切れが散乱している。トルソーや裁縫箱が並ぶ。
麻衣「ただいま」
　と、小田泰斗（20）の寝ているベッドに倒れ込む。
泰斗「おはよー」
麻衣「あれ、起きてる」
泰斗「寝んの？　課題、締め切りやばいよ」
　と言ってミシンを指差す。
麻衣「元気ない」
　と、布団に潜りこむ。泰斗、麻衣の髪飾りを取って、キスをする。まとめてあった髪がほどけて垂れる。そのまま冗談っぽく麻衣の服のボタンを外し始める。それを受け入れる麻衣。
泰斗「元気あるんじゃん」
麻衣「……服縫う元気はないの」
泰斗「ふうん」
　麻衣、泰斗から髪飾りを受け取って枕元に置く。麻衣から泰斗にキスをする。

○真知子の家（朝）

　小さな1LDK。真知子、帰宅してすぐ台所へ向かい、フライパンに火を点ける。襖が開いて3人の子どもが起きてくる。
真知子「おはよ、朝ごはんすぐ作るから先着替えちゃいなさい」
子どもたち「はあい」

○同・リビング（朝）

　無難な朝食がテーブルに並ぶ。
子どもたち「いただきます」
　と口々に言って朝食を食べ始める。中学生の原美砂子（15）は制服を着て、重そうで分厚い髪を肩まで垂らしている。
美砂子「今日は夜、いる？」
　真知子、首を横に振る。
真知子「ごめんね、夜勤続きなの。ご飯は作っておくから。何が良い？」
美砂子「買ってきたやつでいいよ、ね？」
　と弟たちを見る。

翔太「うんうん」
と頷く。
陽平「カレー！」
と無邪気に叫ぶ。美砂子、呆れた顔をする。
真知子「オッケー、カレーね」
翔太・陽平「よっしゃ」
真知子、微笑む。

真知子がベランダから身を乗り出している。
真知子「いってらっしゃーい」
ランドセルを背負った原翔太（12）と原陽平（7）が、外で手を振っている。
美砂子「いってきまーす」
と玄関から声がする。真知子、急いで部屋に戻って、
真知子「いってらっしゃい」
と、美砂子を見送りに玄関へいく。美砂子、ぼろぼろのローファーにクリーナーをかけながら、
美砂子「洗い物しておいたよ」
真知子「わ、いいのに、ごめん、ありがとう」
美砂子「いいから、早く寝なって。昨日お昼のパートもあったじゃん」
と言いながらローファーを履く。
美砂子「行ってきます」
真知子「気を付けてね、行ってらっしゃい」
と美砂子の後ろ姿に声を掛ける。ドアが閉まる。

○麻衣の部屋（朝）
裸の泰斗と麻衣がベッドに寝ている。麻衣、枕元の髪飾りを取って手遊びをする。
麻衣「目崎さんって人がいるんだけど」
泰斗「バイト先？」
麻衣「うん。ほんと喋らないっていうか、なんていうか、地味、とは違うんだけど、生気がない、そう、生気がない、っていうか。もんのすごい静かな人で、表情もなくて。でも美人なの。だから余計気になるっていうか」
泰斗「目崎さん」
麻衣「そう。本当に他人に、っていうかそもそも生きることにすら興味ないような、そんな雰囲気を持ってる人で」
泰斗「うん」
麻衣「お化粧もしなくて、服装もめっちゃくちゃ地味で」
泰斗「ん」
麻衣「でもね、目崎さん」
泰斗「なに、なんかこわいんですけど」
麻衣「ほんっとにたまーにマニキュアしてくるの」
泰斗「なんじゃそりゃ」
泰斗、麻衣に背中を向けて目を閉じる。
麻衣「それ見つけると私、心の中であ、当たりっていう」
泰斗「なんじゃそりゃあ」
麻衣「んだけど、今日間違えて声に出しちゃって。あ、って」
麻衣、髪飾りを見つめる。
麻衣「やばかった」
泰斗「なんだよその話」
麻衣「……やっぱ縫い甘いな、直さないと」

と言って髪飾りの縫い目を撫でる。

麻衣「これ、私の初めての作品。中学生くらいかな。作品って言うほどじゃないんだけど。でも、けっこうセンスいいでしょ。気に入ってるんだよね」

泰斗、寝息をたてて寝ている。麻衣、泰斗の長めの髪を髪飾りで結ぶ。

麻衣「似合うじゃん」

と呟き、泰斗に抱き付いて目を瞑る。

○ふみの部屋（朝）
ものの少ない、きれいな室内。ふみが座り込んで、マニキュアを塗りなおしている。

○作業場（朝）
眠気に勝てず頭がこっくりこっくりする麻衣。上下に揺れる麻衣のおだんご頭をしげしげと見つめる真知子。髪飾りも揺れている。真知子、麻衣の肩を叩く。はっと起きる麻衣。

麻衣「す、すみません！」

ふみがてきぱきと作業をしている。ふみの爪先のマニキュアに気付く麻衣。終業のチャイムが鳴る。池内、来て、ちらりとふみの爪に目をやる。挨拶をして作業場を出ていく麻衣たち作業員。

○ロッカー室（朝）
麻衣が髪を結びなおしている。
真知子「かわいいわね、それ」
麻衣、驚いたように、
麻衣「シニヨン？」
真知子「シニヨン？　ていうの？　それ？　おだんご？　みたいな」
麻衣「うん、おだんごみたいなものですね」
真知子「そう、それ、あとその髪飾りも」
麻衣「これ？」
と言って髪飾りを指差す。
真知子「うん、とってもかわいい」
麻衣、頬を緩めて、
麻衣「嬉しい。自分で作ったんです、これ」
真知子「自分で？　すごい！」
と、にぎやかなおしゃべりが続く。ふみ、ゆっくりとした動作で着替えている。麻衣、ふとふみの方を見る。真知子もそれに倣い、おしゃべりがやむ。
麻衣「……目崎さんも、それ、かわいい、爪」
ふみ、面食らったように麻衣を見る。
麻衣「2日連続、塗ってます、よね」
ふみ、笑顔を見せる。
ふみ「よく見てますね」
麻衣「だってきれいな色で、目崎さんにぴったり」
ふみ、微笑んで、
ふみ「ありがとう」
麻衣「わ、笑うんですね、目崎さん」
ふみ、ぎこちなく、おどけた表情を見せる。それを見た麻衣、真知子、目を丸くする。

○**麻衣の部屋（朝）**

泰斗がカップ麺をすすっている。

麻衣「たっだいま」

泰斗「おはよ」

麻衣、ベッドに向かわずにミシンのスイッチを入れる。

泰斗「あれ、めずらしー。なに、なんかいいことあったの」

麻衣「べつにー」

と言って、作品の続きを縫い始める。泰斗、部屋の窓を開ける。心地よい朝の風が吹き込んでくる。麻衣、夢中でミシンを動かす。

泰斗「……それ終わったらさあ」

麻衣「ん？」

泰斗「それ終わったら、デートしよ」

麻衣、顔を上げる。

麻衣「する！」

さわやかな風がカーテンを揺らす。

○**真知子の家（朝）**

真知子がソファで寝ている。台所から料理をする音が聞こえ、はっと目を覚ます。

真知子「ごめん！　朝ご飯！」

美砂子「いいよいいよ寝てて、出来たから」

と言いながら、食卓に皿を並べる。

真知子「ごめん美砂子」

美砂子「なんでよ、これくらいできるよ私たち」

翔太と陽平がうんうん、と頷く。

美砂子「……なんちゃって、昨日のカレーあっためただけ」

と、恥ずかしそうに言う。食卓に並ぶカレーと焦げた玉子焼き。

真知子・美砂子・翔太・陽平「いただきます」

と言って、朝食を食べ始める。

美砂子「玉子焼きはいいよ、わたし食べる」

と言い終わらないうちに、陽平が玉子焼きを食べる。

陽平「うま……まずい！　」

翔太が陽平を小突く。真知子、美砂子、笑う。

翔太・陽平「行ってきまーす」

と、慌ただしく家を出ていく。台所へ向かおうとする美砂子を真知子が呼び止める。

真知子「こっちおいで」

と、椅子に座らせて、美砂子の伸ばしっぱなしの髪でおだんごを作る。

真知子「麻衣ちゃんみたいにきれいにいかないけど」

自分の髪留めで、おだんごを留める。

真知子「完成、似合うじゃない」

美砂子、洗面所に駆けていき、戻ってくる。

美砂子「すごい、こういうの初めてかも」

真知子、にっこり笑って

真知子「今度髪飾り買いにいこう」

美砂子「どんなの？」

真知子「どんなのかな、わかんない、なんかキラキラしたやつかな。美砂子に似合うやつ」

美砂子「あるかな」

真知子「あるわよ、かならず」
　無邪気な笑顔を見せる美砂子。

○工場裏（朝）
　ふみが立っているところへ、池内がやってくる。
池内「珍しいな、今日も待っててくれるなんて。危うく見逃すとこだったよ」
　と、ふみの爪を指差す。
ふみ「落とすの忘れただけ」
　と、爪を見せる。
池内「……そのゲーム、いつ飽きるの？」
　池内、ふみの手を取り、爪をまじまじと見る。
ふみ「もう飽きた、ていうか、もう落とさないことにした」
池内「ふうん、じゃ毎日一緒に帰れるじゃん」
　ふみ、少し微笑む。
池内「お、笑った」
　2人、手をつないだまま、自然に歩きはじめる。
池内「似合うよ」
ふみ「なにが？」
　と、池内の顔を覗き込む。田舎道、2人の後ろ姿が遠くなってゆく。

〈終〉

受賞者紹介

根岸　里紗

ねぎし・りさ　早稲田大学文学部演劇映像学科卒業。群馬県伊勢崎市出身の、たばこメーカーで働くお酒が好きなOL。伊参スタジオ映画祭での受賞をきっかけに映画をつくり始める。2017『三つの朝』2019『ふたり』2020『灯をともす』を制作。

中之条のつめたい空気はよく知ったにおいがする。乾いた砂埃と白ちゃけた空、日暮れ間際の山影が大きく迫ってくる感じとか、ああ群馬だな…と廃校になったらしい中学校の何やら重厚な梁に手をかけて思った。つまり何が言いたいかというと、私は群馬県出身だ。15、6の人間にとって、抜け出すべき閉鎖的空間として象徴的な「群馬」という野暮ったいひびきに与したり、遠くから眺めたり、悪態をついたりしつつ、目下たどり着いた答えとしては、「群馬県は立派にやばい少年少女（紳士淑女）を育てている。」すごく身近に物語が育つ土があったことに、ようやく気づいた。そしてそこにおいて伊参スタジオが担う役割はとても大きなものだと思います。一つの物事が起こって、つづいていくってすごい。たくさんの人の気持ちと時間が詰まっているんだろうなあ。敬意と感謝を込めて。

映画情報

（2017年／BD／30分）

小野　莉奈（原いづみ）

スタッフ

脚本・監督：根岸　里紗
プロデューサー：外山　文治
キャスティング・プロデューサー
：伊藤　尚哉
撮　　　影：古屋　幸一
照　　　明：加藤　大輝
録　　　音：間野　翼
衣　　　装：岡澤　喜子
メ　イ　ク：aiko
編　　　集：遠藤　大介
音　　　楽：佐久間海土
助　監　督：田口　隆太
制　作　部：橋本　由香
撮影助手：田辺　清人
美術応援：山下　修侍
制作助手：庄司　大希

キャスト

兎丸　愛美（目崎ふみ）
根矢　涼香（岡田麻衣）
唯野未歩子（原真知子）
曽我部恵一（池内徹）
山下　翔平（小田優斗）

シナリオ大賞２０１７　中編の部

「なれない二人」

樋口　幸之助

登場人物

新堂　　学（23）会社員
勝田　陽介（24）フリーター
磯部　茉里（25）主婦
三森　彩芽（16）高校生
古川　拓司（23）新堂の同僚
勝田尚三郎（78）勝田の祖父

○都心の街・全景（夕方）

○小劇場『バタール』・前（夕方）

建物入り口に『新人発掘お笑いライブ　真夏のアマチュアネタ合戦！』の大きな立て看板。その横で、法被を着た若い男女が、

男「新人発掘お笑いライブ、こちらでーす！」

女「よろしくお願いしまーす！」

若い女の子の集団が楽しそうに入り口に吸い込まれて行く。

○同・楽屋（夕方）

40人ほどの若者たちが、漫才やコントの練習をしたり、座って話をしている。そのなかで、1人険しい顔でマッサージチェアのカタログを読んでいる勝田陽介（24）と、インカムをつけた鎬貴久（30）が部屋に入ってきて、

鎬「それじゃ皆さん、時間通りでよろしくお願いしまーす」

若者一同「よろしくお願いします！」

鎬「アンケート1位は賞金10万円。今日は色んな事務所の人たちが来てるので、プロデビュー目指して頑張ってください！」

カタログから目を挙げ、鎬を鋭く見据える勝田。鎬、時計を見てインカムに、

鎬「それじゃ、スタートで」

カタログを閉じる勝田。

○同・屋上（夕方）

転倒防止フェンスの外に立っている、警察官姿の新堂学（23）。虚ろな目で遠くの空を見つめ、今にも飛び降りそう。

○メインタイトル『なれない二人』

○都心の街・全景（夕方）

Ｔ「前日」

○コンビニ・裏（夕方）

私服の新堂と、コンビニの制服を着て頭に昔の泥棒のようなほっかむりをしている勝田。

新堂「やっぱりお前が犯人か……逮捕する！」

勝田「ふっふっふ、バレたか。その通り、俺がペンタゴンにサイバー攻撃をしかけた極悪ハッカーだ！」

新堂「クソっ！　ビジュアルと犯罪の種類が合ってねえ！」

すると突然裏口が開き、若い女性店員が顔を出して、

女性店員「勝田さん、休憩終わりです……あれ、新堂さんじゃないですか、お久しぶりです！」

新堂「ひ、久しぶり」

女性店員「勝田さん、私もうあがるんでお願いします」

新堂に会釈して戻っていく女性店員。

勝田「じゃあ新堂くん、明日よろしく」

新堂「も、もう練習いいの？」

勝田「大丈夫、新堂くんのネタ面白いし」

ほっかむりを取ろうとするが、鼻の下の結び目が取れない。

新堂「でも僕たちコンビ組んだばっかだし、というかそもそも舞台立つのも初めてだし、もうちょっと練習した方が……」

勝田「あ、ネタ書いてくれたの新堂くんだけど、もし優勝したら賞金は5、5でいい？」

新堂「あ、うんそれは」

勝田「（嬉しそうに）サンキュ」

新堂「ち、ちなみにもし事務所から声かかったら、プロには……？」

勝田「なれば？」

新堂「え？」

勝田「俺はならないけど。バイトあるし」

解けないほっかむりを諦めて、そのまま店内に消える勝田。

○田舎町・全景（夜）

山林と住宅地が広がるのどかな風景。

○古川家・外観（夜）

山の中の一軒家の前に、自転車が1台止まっている。

○同・居間（夜）

姿見の前で、警察官の衣装を着ている新堂。

新堂「すごい、ほとんど本物じゃん……！」

特殊部隊の衣装を着た小太りの古川拓司（23）、警察犬のようなシェパード犬を撫でながら、

古川「ちなみにその無線も、この辺りの警察無線の傍受が可能だ」

新堂「え⁉」

腰の立派な無線をおっかなそうに触る新堂。古川、ライブのチラシを手に取り、

古川「『コンビニオンズ』？　……勝田と新堂なら勝新でいいのに」

チラシには『お笑い新人発掘ライブ』というライブタイトルとともに『賞金10万円！』の文字。その下には20組ほどのアマチュア芸人の写真が映り、隅の方に『コンビニオンズ』というコンビ名とともに新堂と勝田の写真が載っている。

新堂「（犬に）おいで！」

犬「ううう～」

古川「ところで、この相方は何者なんだ？」

新堂「勝田くんとは、春まで同じ東京のコンビニで働いてたんだ」

○コンビニ・事務所（夜）

事務机の上の日誌を手に取る勝田。

新堂の声「そんなに話したこともなかったんだけど、半年ぶりに急に連絡が来て、俺が昔遊びで書いてたネタを借りてもいい

かって」

パラパラめくっていくと、前の方のページに『新堂のネタ帳ＰＡＲＴ23　コント　医者』とタイトルがあり、手書きのネタが書かれている。日誌を遡っていくと、他にも似たようなページが複数ある。

新堂の声「で、聞いたらライブに出るっていうから、それじゃ新しいの書くよってなって……」

ネタを読んで吹き出す勝田。

○古川家・居間（夜）

新堂「（恥ずかしそうに）なんだかんだでコンビになりました」

古川「（ちょっと引きながら）それにしても、経理の新堂にお笑いの趣味があるとは意外だったな」

新堂「総務の古川が警察マニアなのも十分意外だよ」

古川「で、優勝してスカウトされるのを目指すわけだ？」

新堂「いや、俺は出れるだけでいいよ。こんな機会もうないし……」

古川「芸人になりたいわけじゃないのか？」

新堂「（口ごもって）でもほら、会社とかあるじゃん……」

古川「まあ、実際いきなりプロになれるようなそんな甘い世界じゃないだろうから、せいぜい記念になればいいな」

少しムスッとして、警察官の衣装を脱ごうとする新堂。

古川「着て帰らないのか？」

新堂「こんなリアルなの着てたら逆に捕まるよ。あれ、俺の服は？」

部屋を見渡すと、新堂の服が犬のケージに入っている。

新堂「あれ、なんであんなところに？」

取りに行こうとケージに近づくと、

犬「（怒って）うう～！」

古川「すまん、こうなるともう飽きるまでこいつのものなんだ」

新堂「そんな⁉」

犬「（歯むき出しで）ううう～‼」

古川「敵には首に噛み付くように躾けてある」

新堂「なんでだよ⁉」

○山道（夜）

警官の衣装のまま車通りのない無人の道を自転車で走る新堂。と、前方で女性が１人こちらにむけて手を振っている。思わず急停止する新堂。薄いワンピースを着た磯部茉里（25）が佇んでいる。

茉里「（新堂の服装を見て）お巡りさん……？」

新堂「え、いや……」

茉里「お巡りさん、下まで送ってください！」

綺麗な顔の茉里だが、頬には薄っすらと殴られた跡があり、よく見ると腕や足にも擦り傷がある。

新堂「だ、大丈夫ですか？」

茉里「夫に暴力を受けて逃げてきたんですけど、迷っちゃって」

新堂「暴力⁉　でぃでぃ、ＤＶ？」

茉里「（焦って）あ、いえ、大したことはないんです」

新堂「でも俺、お巡りさんじゃないし……」

茉里「え？」

と、突然腰の無線機の電源が入り、

無線機「（途切れ途切れ）ザー、本部より各所へ、……ザー」

顔を見合わせる２人。

新堂「あ、いやその……普段あんまり公表してないんですお巡りさんだってこと。ほら覆面捜査っていうか、ハハハ」
　不思議そうに首を傾げる茉里。そんな茉里に、思わず見惚れる新堂。
新堂「で、でもバレちゃしょうがない。下まで乗ってください！」
　ママチャリの荷台をすすめる新堂。
茉里「2人乗りいいんですか？」
新堂「え？　ああ、普段はダメですよ。旦那さんとかとは、危険なんでダメです。（ハッとして）あ、いや別にそういう意味じゃなくて、今日は特別って意味で……！」
　焦る新堂をよそに荷台に腰掛け、新堂の服の裾を握る茉里。
新堂「（生唾を飲んで）……あの、お名前は？」
茉里「磯部茉里です」
新堂「し、新堂です。交番行きますか？」
茉里「いえ、警察にはなるべく行きたくないんです」
新堂「（自分の服装を見て）同感です」
　ゆっくり走りだす自転車。

○都心の駅・前（夜）
　家路につく人々。

○勝田のアパート・外観（夜）
　ぼろアパート。

○同・ダイニングキッチン（夜）
　荒れた室内で、お笑い番組を見ながらコンビニの弁当を食べる勝田。テーブルには色々な督促状が積んである。と、隣室からヨロヨロと勝田尚三郎（78）が入ってきて、
尚三郎「陽介、金ないか？」
勝田「いくら？」
尚三郎「20万くらい」
勝田「あるわけないだろ」
尚三郎「今月分の年金は？」
勝田「今食ってるよ」
尚三郎「（力なく）そうか……」
　尚三郎、棚を開けて中からガムテープを取り出し、ボロボロのボストンバックに入れる。
尚三郎「毎月の返済は、できてるのか？」
勝田「バイト代は全部つっこんでるよ。終わりは見えないけどな」
　尚三郎、キッチンに行って包丁を取り、タオルで巻いて、
尚三郎「すまんな、お前の借金じゃないのに……」
勝田「じいちゃんのでもない」
　相変わらずテレビを見ている勝田。
尚三郎の声「俺はちょっと、銀行に行ってくる」
勝田「え？」
　訝しがって尚三郎の方を見ると、ボストンバッグを片手に腰に包丁を携え、頭には勝田のほっかむりをしている。
勝田「……なにしてんの？」
尚三郎「すまんな、他に方法がないんだ」
勝田「いや、ちょっと待て」
　テレビを消し、慌てて駆け寄る勝田。尚三郎、包丁を引き抜き、
尚三郎「止めるな陽介。どうしても明日までに金が必要なんだ」
勝田「じいちゃん落ち着け。なにに使うんだよ？　今月は家賃も

光熱費も払ったし、飯代だってあとちょっとはある」
するとおもむろにバッグの中からマッサージチェアのカタログを出す尚三郎。
尚三郎「これを買いたいんだ」
勝田「（まじまじと見て）……は？」
尚三郎「トヨさんに、プレゼントしたいんだ」
勝田「誰だよ？」
尚三郎「ほれ、2丁目の角の、ゲートボールで一緒だった」
勝田「ああ……」
尚三郎「トヨさんは明日誕生日なんだが、このマッサージチェアが欲しいんだそうだ。背中が痛むんだよ可哀想に」
勝田「いや、なんでじいちゃんがあげるんだよ？」
尚三郎「（恥ずかしそうに）……お付き合いしています」
勝田「は？」
尚三郎「こいつは商店街の雑貨屋で売ってるんだが、必ずプレゼントするって言っちまったんだよ」
勝田「それで銀行強盗か……マジで言ってんの？」
尚三郎「（顔を歪めて）トヨさんは、もう長くないんだ。どうしても明日プレゼントしてやりたい……そのために金が必要だ」
勝田「あのさ、どうせ金盗むんなら先に借金返してくれよ」
尚三郎「（ため息をついて）年をとるとな、借金以外にも返さなきゃならんもんが出てくるんだ」
カタログのマッサージチェアは中型で、値段は20万ほど。
勝田「というか、もう銀行も雑貨屋も閉まってるよ」
尚三郎「（ハッとして）……！」
勝田「（ほっかむりを指差し）しかも頭のそれ、俺のだろ。そんなことに使うためのもんじゃねえぞ」
尚三郎「こんなことのために使うもんだろ！」
咄嗟に尚三郎から包丁を奪おうとするが、失敗する勝田。
勝田「（焦って）わかった、わかったから俺に任せてくれ。30分だけ待ってくれ、なんとかするから」
渋々、頭のほっかむりを勝田に渡す尚三郎。ほっかむりをポケットに押し込み、ため息をつく勝田。

○商店街（夜）

ほとんどの店が閉まった後のアーケードを歩く勝田。ポケットからはほっかむりがのぞいている。電気が消えた雑貨屋の前を通りかかると、数人の少女たちがアーケード内の明かりを利用して店のガラスを鏡がわりにダンスの練習をしている。そのなかで、一際激しく練習をする三森彩芽（16）。思わず目を奪われる勝田。彩芽もこちらに気づき、見合う2人。勝田、気まずさを覚え通り過ぎる。

○田舎町の住宅地（夜）

茉里を後ろに乗せて自転車で走る新堂。
新堂「お家に行きます？」
茉里「いえ、4丁目のちょっと先に実家があるんで、そこに」
すると、また無線が作動し、
無線「ザー、本部より3丁目で飲酒客のトラブル、どうぞ……」
新堂「この先交番も近いし、ちょっと迂回しましょうか」
茉里「新堂さん……」
新堂「はい？」
茉里「ありがとうございます」
張り切ってハンドルを切る新堂。

○**別の道（夜）**

新堂につかまる茉里。ドキドキしながらペダルを漕ぐ新堂。
ふと、我慢できずに振り返って茉里を見る。

茉里「はい？」
新堂「ハ、ハハ」
気づかずに赤信号を通過していく。

○**茉里の実家付近（夜）**

閑静な住宅街。

新堂「この辺りですか？」
茉里「はい、もう少し先を……」
すると、道の先で人影が立ちはだかっている。
新堂「ん？」
茉里「（新堂の服を掴み）ダメ、逃げて！」
すると、磯部虎彦（30）が走り寄ってきて、新堂を自転車から引きずりおろす。
新堂「ななに⁉」
自転車は転倒し、茉里も地面に投げ出される。いきなり虎彦に殴りつけられ吹っ飛ぶ新堂。
茉里「あなた、やめて！」
虎彦、次いで茉里を蹴り上げる。
茉里「キャ！」
虎彦、自転車を持ち上げると、新堂に向かって投げつける。
新堂「うげ！」
すんでのところで身を交わす新堂。しかし虎彦に覆いかぶされ、腰の無線を取られそうになるが、それだけは必死で抵抗する。
新堂「（必死に）あ、明日使うんだから……！」
すると茉里が後ろから突き飛ばし、勢いで虎彦は近くの電柱に頭をぶつけて倒れる。それを見て、咄嗟に茉里の手を引いて走りだす新堂。
茉里「（一瞬ためらって）あ……！」
振り返ると、虎彦は早くも起き上がろうとしている。全力で走る新堂と茉里。

○**鈴木家・前（夜）**

都心の住宅街、小さな一軒家のインターフォンを鳴らす勝田。

みどりの声「はい？」
勝田「遅くにすいません。勝田です」

○**同・リビングダイニング（夜）**

勝田を奥に通す鈴木みどり（59）。

みどり「どうしたんです、勝田さんのお孫さんがこんな時間に？」
勝田「なんかうちのじいさんがご迷惑おかけしてるみたいで」
奥で椅子に座っている鈴木トヨ（80）を見つける勝田。
みどり「あら、迷惑だなんてそんな。おばあちゃん、勝田さんのお孫さんいらしたわよ」
勝田、トヨの顔を覗き込み、
勝田「おばあちゃん、誕生日おめでとう」
驚くみどりと、変わらず無反応なトヨ。
勝田「あのさ、じいちゃんがプレゼントするって言ったマッサージチェアなんだけど、別のものじゃダメですか？　例えば、マッサージ付きのクッションとか。それか普通の電動マッサージ機か。あ、俺の肩たたき券でもいいんだけど」
トヨ「……」
みどり「あ、あの……」
勝田「別に嘘ついたわけじゃないんだ。今ちょっと余裕がなくて……あれ、トヨさん？」
　勝田、トヨの顔の前で手を振るが特に反応はない。
みどり「ごめんなさいね、最近ほとんどこうなの。色々病気もしてて、しょうがないのよ」
勝田「え……」
みどり「それでも勝田さんはよく遊びにきてくださって。たまにはお話もできてるみたいだから、その時になにかおねだりしちゃたのかもしれないわ。ごめんなさい、忘れてちょうだい」
　勝田、力なく頭を下げ、
勝田「すいません、お邪魔しました」
みどり「待って」
　棚の引き出しから封筒を取り出し、
みどり「色々、大変なんでしょ？　うちもそんなに余裕あるわけじゃないから大した額じゃないけど」
勝田「え……」
　渡された封筒の中を見ると、お札が数枚入っている。
みどり「勝田さんも、背中が痛むのに病院行くのが勿体無いなんておっしゃってたし。そういえば、普段の食事とかは……」
勝田「なんすかこれ……？」
　みどりを睨みつける勝田。
みどり「いや、別に変な意味じゃないのよ」
勝田「（微笑んで）変っすよ」
　封筒をみどりに突きかえすと、憮然と部屋を出て行く。

○道（夜）

　怒りを浮かべて早足で歩く勝田。しかし行き交う家族やカップルを見て、その表情が険しいものから悲しげなものに変わる。

○商店街（夜）

　人気のないアーケードをとぼとぼ歩く勝田。雑貨屋の前を通りかかると、先ほどまでダンスの練習をしていた少女たちはいなくなっている。店に近づいて中を見てみると、カタログに載っていたマッサージチェアがある。

勝田「……」

　しばらく見つめた後立ち去ろうとするが、ふと店の横に伸びている細い路地に目を止める。

○同・雑貨屋・裏口（夜）

　勝手口を前に生唾を呑み込む勝田。ゆっくりとドアノブを握るが、鍵がかかっている。その横、出窓がわずかに開いているのが見える。

○同・同・店内（夜）

　出窓から侵入する勝田。暗闇の中を、アーケードから差す明かりを頼りにゆっくり這うように進んで行き、マッサージチェアの元へたどり着く。しかしふと、視界の端にレジが映る。釣られるようにふらふらレジに近づくが、思い直したように戻り、マッサージチェアを持ち上げようとする。

勝田「ふんぬ！」

　ビクともしない。と、人気を感じて慌ててマッサージチェアの後ろに隠れる。恐る恐る顔を出すと、彩芽が1人で店の前に戻ってきて、勝田には気づかずにイヤホンをつけて体を動かし始める。焦る勝田だが、踊る彩芽から目が離せない。まるで勝田に見せるために踊っているかのような堂々とした彩芽のダンスに、身を乗り出してしまう。マズいと身を引っ込めるが、店内の違和感に気がついた彩芽、ダンスをやめてポケットから鍵を出し、ガラス戸を開ける。マッサージチェアの後ろで固まる勝田。

彩芽「誰……？　なに……？」

　観念し、立ち上がって姿を見せる勝田。

彩芽「（目を丸くして）……！」

　マッサージチェアを挟んで見合う2人。ゆっくり後ずさる彩芽。それに引っ張られるように前に出る勝田。なおも下がって、アーケードまで後退する彩芽。彩芽が作った道を進むようにアーケードへ出る勝田。不安げな彩芽に、
勝田「あ……」

　なにか言おうとして、言葉を飲み、勢い良く走り出す。

○勝田のアパート・ダイニングキッチン（夜）

　椅子に座って項垂れている尚三郎。壁の時計を見て立ち上がるが、背中の痛みに顔を歪める。

○道（夜）

　全力で走る勝田。すぐに息が切れ、うずくまって大きく咳き込む。

○勝田のアパート・玄関（夜）

　憔悴した様子でドアを開ける勝田。と、部屋の中で尚三郎が倒れている。

勝田「……じいちゃん？」

　呆然とする勝田。

○田舎町の公園〜道（夜）

　ベンチに力なく座っている茉里。するとそこへ、壊れた自転車を押しながら新堂がやってくる。
茉里「（駆け寄って）もういなかった……？」
　自転車を挟んで歩き出す2人。
新堂「うん。まあいたら今度は俺も黙っちゃいなかったけどね！」
　言いながら、顔が恐怖に引きつっている。
茉里「本当にごめんなさい……」
新堂「お……俺さ、逃げてよかったんだよね？」
茉里「え？」
新堂「あの時、茉里さんを連れて、逃げてよかったんだよね？」
茉里「（悲しげに）うん、ありがとう」
新堂「（自嘲気味に）こんな格好してダサかったかなって……」
茉里「ううん、でもなんでお巡りさんの真似してたの？」
　公園から道に出る2人。
新堂「（恥ずかしそうに）これ、コントの衣装なんだ」
茉里「（不思議そうに触りながら）コットン？」
新堂「コント！　俺さ、普段普通のサラリーマンなんだけど、明日東京でお笑いのライブに出るんだ」
茉里「（感心して）ふーん、すごいね」
新堂「（興奮気味に）1回だけだしアマチュアの大会なんだけど、

でも凄いんだよ。優勝すると賞金もらえるし、プロのスカウトもいっぱい来るらしいんだ！」
茉里「プロになりたいの？」
新堂「（冷静になって）いや、相方もその気ないし俺もただ好きなだけだから、とりあえず明日1回出れればいいんだ」
茉里「スカウトされても？」
新堂「……このまま仕事頑張って、茉里さんみたいな奥さんもらって、小さくても綺麗な家を買って、子供をたまに東京に連れて行く……そっちの方が現実的だよ」
茉里「私も同じ。そういう他の人から見たらつまんない家庭を一生懸命築いて、余計なことは考えずに幸せになってやろうって思ってた。だから夫が私と同じこと考えてるって知った時は、もうそれだけで幸せだった」
新堂「優しい人だったの？」
茉里「（首を傾げ）うーん……」
　ふいに目に涙が溢れてくる。
茉里「覚えてない」
　涙を拭きながら苦笑する茉里に見惚れる新堂。
茉里「でも今日新堂さんに助けてもらって、またいつもみたいにこのまま彼の元に帰っちゃいけないんだって思った」
　新堂、思い高ぶって茉里の手を握ろうとするが、
茉里「（立ち止まって）ねえ、これって、どこ向かってるの？」
新堂「え!?　あ、ゴメンなんとなく、うちの方に……」
　不安げに俯く茉里。
新堂「だ、大丈夫」
茉里「え？」
新堂「今晩、茉里さんにとって一番安全なのは、うちだから！」
　不思議そうに新堂を見る茉里。

○新堂のアパート・和室（夜）
　6畳ほどしかない室内に、1組の布団が敷かれている。短い箒を手にしている新堂。
新堂「はい！」
　箒を手渡して、のそのそと押入れに入り、
新堂「それでつっかえ棒にしちゃえば、俺は外に出られないから」
茉里「でも……」
新堂「俺出られない、君安心。じゃあ、おやすみ！」
　押入れの戸を閉める新堂、すぐに中から、
新堂の声「つっかえ棒した？　した？」
　茉里、苦笑してつっかえ棒をはめると、
茉里「うん、おやすみ」
　言った後、そっとつっかえ棒を外す。電気を消し、月明かりを頼りに室内を見渡すと、ものの少ない部屋の片隅に小さな机がある。机には『ネタ帳』と書かれた使い古されたノートが置いてあり、その他にもメモを書きなぐった紙などが散乱し、ネタ作りの苦労の跡が見える。壁には、仕事用のくたびれたスーツが2着かかっている。床にはライブのチラシが数枚置いてあり、それを手にとって、チラシの新堂の写真と押入れを見比べる茉里。

○同・同・押入れ（夜）
　真っ暗な中、鼻息の荒い新堂。静かに方向転換すると、下の方の戸の1部を手で探る。と、ある部分に小さな穴を見つけ、そこから部屋を覗き見る。すると、部屋の隅にくしゃ

くしゃっと脱がれていた警官の衣装を茉里が拾い上げ、綺麗に畳んでいるのが見える。息を飲む新堂。しかし茉里がこちらに目を向けたため、慌てて覗き穴から目を外し、元の位置に戻り目を瞑って静かに息を整える。

○都心の駅・前（朝）

会社や学校に向かう人々。

○病院・外観（朝）

○同・病室（朝）

ベッドに寝ている尚三郎。

○同・廊下（朝）

昨日と同じ服装のままで、どこかに電話をしている勝田。

○田舎町の警察署・前の道（朝）

並んで歩く新堂と茉里。

茉里「朝、ちょっと冷えてきたね」
新堂「うん。寒くない？」
茉里「秋が来てる。東京は、まだ？」
新堂「東京は、まだ暑いよ」
茉里「もう1年くらい行ってないな。変わった？」
新堂「どうだろ……今度一緒に行こうよ」

警察署が見えてくる。

茉里「警察署、初めてなんだ」
新堂「大丈夫、俺がちゃんと証言します。そうすれば、家庭内暴力が立証できるはず」
茉里「でも、色んなこと聞かれたりして、新堂さん今日じゅうに東京行けなくなっちゃうかもしれない」
新堂「（笑って）昨日も言ったけど、ライブはそんな大したもんじゃないから！　趣味だよ趣味。こっちの方が大事！」
茉里「……そう。じゃあもし新堂さんが証言してくれて暴力が証明されたら、夫はどうなるの？」
新堂「たぶん、もう茉里さんに近づかないように、茉里さんを傷つけないようにすることができる」

警察署の門前に差し掛かる２人。

茉里「……ゴメン」

急に歩みを止める茉里。

新堂「ゴメン？」
茉里「やっぱり私、家に帰る」
新堂「なに言ってんの？　このままいつもみたいに帰っちゃダメだって言ってたじゃん……」
茉里「言った」
新堂「嘘だったの？」
茉里「……そうみたい」
新堂「（困惑して）ちょっと待ってよ」
茉里「私たち、昨日嘘ばっかり話し合ってたんだよ」
新堂「お、俺は嘘なんて……！」
茉里「ううん、新堂さんも嘘ついてた。お笑いは1回だけでいいとか、こっちで家買うとか、私みたいなお嫁さん貰うとか……」
新堂「そんな、あれは嘘じゃ……」
茉里「私は、嘘ついてた……家に帰りたい。今すごく、帰りたい」

新堂「それじゃダメなんだよ！」
茉里「東京、行きなよ。もう、お互い嘘はなし」
　警察署に背を向ける茉里。
新堂「茉里さん……」
茉里「新堂さん、ありがとう。さよなら、お巡りさん」
　歩き去る茉里。呆然と取残される新堂。

○**病院・病室**
　病院食を食べる尚三郎を眺める勝田。するとそこへみどりに付き添われてトヨが入ってくる。
みどり「こんにちは」
尚三郎「おー、トヨさん、娘さん！」
勝田「すいませんわざわざ」
みどり「いいえ、連絡ありがとうございます。お母さん、勝田さんのお部屋よ」
　椅子に腰掛けるも、昨日と同様反応のないトヨ。
尚三郎「よく来たねトヨさん。誕生日おめでとう」
トヨ「……」
尚三郎「トヨさん、プレゼントするって言ってたマッサージチェアなんだが、あれどこも売り切れちゃってるみたいなんだ」
　明るく取り繕う尚三郎を複雑な表情で見る勝田。
尚三郎「遠くまで探しに行こうにも、こんなことになっちまって、全くついてないというかなんというか……」
　しかし虚ろなトヨの目を見て、言葉に詰まり、
尚三郎「……すまん、嘘だ。本当は、うちはな……」
　と、ふいに尚三郎の手に、トヨがそっと手を重ねる。
尚三郎「トヨさん？」

　勝田、２人を見て思わず、
勝田「……来年じゃダメかな？」
みどり「え？」
尚三郎「来年……そうだな、トヨさん、来年でもいいか？」
　すると、トヨの口が小さく動き、
トヨ「ありがとう」
　驚くみどり。
尚三郎「おお、任せろ。来年だ。なあ陽介、来年だ！」
　嬉しそうな尚三郎やみどりと、決意に満ちたような勝田。

○**田舎町の駅**
　ボストンバッグを手に改札をくぐる新堂。

○**電車・車内**
　椅子に座ってぼんやりと景色を見ている新堂。おもむろにボストンバッグを開け、中の無線機を手に取ると、
無線「ザー、……２丁目の空き巣ですが、住民の勘違いだった模様、どうぞ……本部了解………４丁目に徘徊中の高齢者……」
　などと平和な無線が続くなか、
無線「えー本部より、４丁目で暴力事件、暴力事件発生。夫が妻に暴力……」
　さっと顔色が変わる新堂。思わず無線にかじりつくが、
無線「えー妻が暴行を受けていると近所より通報。至急保護に……」
　そこで無線はザーっと雑音だけになり、
新堂「（取り乱し）おい！」

やがて傍受できる範囲を超えたのか、音がしなくなる。窓の外をどんどん通り過ぎる景色を、呆然と見送る新堂。

○商店街・雑貨屋・店内

レジで接客している彩芽の母。

彩芽の母「こちら1点ですね」

そこへ別の客が。

彩芽の母「あ、ちょっとお待ちください。（店の奥に）彩芽、ちょっとお願い！」

彩芽、奥から出て来て接客しようとするが、ふと店の外、アーケードを歩く勝田を発見する。

彩芽「あ……！」

素早く店の奥に戻ると、財布を持って戻ってきて、

彩芽「お母さん出かけてくる！」

走り出ていく彩芽。呆気にとられる彩芽の母と客。

○地下鉄・車内

ドアにもたれて音楽を聞いている勝田。それを離れたところから盗み見ている彩芽。

○小劇場『バタール』・屋上（夕方）

無人。夕焼けが濃くなっている。

○同・楽屋（夕方）

他のライブ出演者たちが慌ただしく出番に向けて用意するなか、１人マッサージチェアのカタログを見ている勝田。するとそこへ鎬がやってきて、

鎬「あれ、相方の子は？」

勝田「さあ」

鎬「さあって君、そろそろ出番だよ？」

勝田「あの、これ買えますか？」

鎬「え？」

勝田「（カタログを見せて）今これ、買えますか？」

鎬「俺？　ま、まあ買えるかな……」

勝田「芸人でも、買えますかね？」

鎬「……そりゃあ、頑張れば」

勝田、安心したように笑うと、カタログを閉じる。

○同・前（夕方）

ライブ会場の向かいの道から、入り口を見張っている彩芽。すると、自転車に乗った巡回中の警察官２名が通りかかり、

彩芽「お巡りさん！」

警察官「はい、どうしました？」

彩芽「ど、泥棒がいるんです」

ライブ会場の建物を指差す彩芽。

○道（夕方）

警察官の衣装で、無線機を金属探知機のように方々向けながらふらふらと歩く新堂。通行人が不審そうに見る。

○小劇場『バタール』・エレベーター（夕方）

険しい顔の警察官２人と、緊張気味の彩芽。

○同・受付（夕方）

突然入ってきた警察官２人と彩芽に驚くスタッフ。

警察官「出演者の控え室は？」

怯えて楽屋を指差すスタッフ。楽屋に向かって進む警察官と彩芽。

○道（夕方）

ふらふらしている新堂に、小さい少女を連れた年配の女性が、

年配の女性「あの、道を教えて欲しいんですが」

新堂「……すみません。僕お巡りさんじゃないんです」

少女「えー、変なの！　じゃあなにー？」

新堂「なに……なんだろう……」

思いつめたような新堂を不思議そうに見る少女。

○小劇場『バタール』・楽屋（夕方）

突入する警察官２人と彩芽。出演者と話している鎬。

鎬「まあ、プロでもスベるときはスベるし……ん？」

彩芽たちに気がつき、一気に静かになる出演者一同。彩芽、1点を指差し、

彩芽「あの人が泥棒です！」

その先には、ほっかむりをした勝田の姿。

警察官1「え……うん、そんな感じだね」

彩芽「（勝田の姿に困惑し）あ、いえ違くて……」

鎬「あの、なにか？」

警察官２「泥棒がいるってこの子が」

勝田に注目する一同。

警察官２「彼になにか盗まれたの？」

彩芽「いえ、盗まれては……」

全員が状況を理解できないまま、突然警察官に無線が入り、

警察官１「……了解。（警察官２に）行こう。路上で警察官の格好してうろついてる一般人がいる」

警察官２「（彩芽に）もういいかな？」

彩芽「あ……でも……」

警察官２「それじゃ、失礼しました」

出て行く警察官２人。

○同・前（夕方）

エレベーターで降りて来る警察官２人。ちょうどすれ違うように階段を上って行く新堂。

○同・楽屋（夕方）

騒がしさを取り戻している室内。勝田、入り口に佇む彩芽に、

勝田「ダンス、上手だね」

彩芽「（悔しそうに）上手じゃないよ」

勝田「ゴメン」

彩芽「（室内を見渡して）泥棒じゃないの？」

勝田「泥棒だよ」

彩芽「なにも盗ってないくせに。おかげで……」

勝田「この後盗るから、見てってよ」

彩芽「え……？」

○同・受付（夕方）

息を切らし、小走りで駆け込んで来る古川。

○同・劇場内（夕方）

満席の場内、扉を薄く開けて入る古川。舞台では2人組が漫才をしている。端の空いてる席に座り、ふと隣を見ると新堂が座っている。

古川「（唖然と）貸した制服の晴れ舞台を見にきたんだが、なんでここにいるんだ？」

新堂「（呟いて）やっぱ好きなんだよな……」

古川「は？」

新堂「俺は、どこにいるべきなんだろう？」

古川、心配そうに虚ろな新堂の横顔を見つめると、おもむろにポケットから警察っぽい手帳を出し、

古川「警察の知り合いに聞いたんだが、今日向こうで、女性が旦那に暴行される事件が発生した」

舞台から古川に視線を移す新堂。

古川「幸い女性は軽症で、旦那をＤＶで告発したらしい」

少しだけ安堵の表情を浮かべ、再び舞台を見る新堂。古川、新堂を横目で睨み、勿体ぶった刑事のように、

古川「ところがその女性は昨日の夜も似たような事件に巻き込まれていて、その時彼女が警察官らしき男と一緒にいたって目撃情報がある」

新堂「……」

古川「ニセ警官じゃないかって一時警察署内は騒ぎになった。しかしな、彼女は何度聞かれても、一緒にいたのは警官じゃなくて芸人だと話してるんだってよ」

目を丸くする新堂。

古川「俺は警察マニアだが警察官にはなれない。なにがあったか知らないけど、お前が羨ましいよ」

腰の無線機に手を当てると、弾かれたように出て行く。それと入れ替わるように彩芽が新堂のいた席に座る。真剣な目で舞台を見つめる彩芽。

○同・舞台袖（夕方）

暗闇で待機している勝田のもとへ、新堂が入ってくる。

勝田「ピン芸人として出直すとこだったぞ」

新堂「……初舞台。たまに思い出すのかな？」

新堂を不思議そうに見る勝田。そして新堂も同様に、不思議そうに勝田を見る。すると、舞台上の芸人が、

芸人「もういいよ！　ありがとうございました！」

舞台の照明が消え、騒がしい音楽が鳴り始める。

○田舎町・全景（夕方）

暮れかけたのどかな風景。

アナウンス「次のコンビは結成1ケ月！　その実力は今夜最もプロに近いとか近くないとか。『慣れない舞台で頑張ります、24時間あなたのために』。お笑いフランチャイズ、コンビニオンズ！」

〈終〉

受賞者紹介

樋口　幸之助

ひぐち・こうのすけ　１９８６年、東京都生まれ。映画配給会社を退社後、フリーで映像制作を開始。２０１７年「東映ｐｒｅｓｅｎｔｓ　ＨＫＴ48×48人の映画監督たち」内の短編映画『ハルカとタケル』に、企画、脚本、音楽で参加。同年、『なれない二人』で伊参スタジオ映画祭シナリオ大賞２０１７中編の部で大賞。２０１９年、短編映画『プラス・ワン』を監督。

『なれない二人』という作品はお笑い芸人を目指す若者たちの物語です。ですが本作の第一稿は「ある事情から自分の精液検査のサンプルを老人のものとすり替えた男が、怖い人たちに追い回される話」でした。そこから不要な部分（ほぼ全て）をそぎ落として現在の形になったのですが、描こうとしたのは、手遅れかもしれない青春の中で彼らが一歩動き出す瞬間です。後になって思えば、30歳手前で会社を辞めた自分の境遇が、作品の骨子に浅からず影響しているかもしれません。

映画化にあたっては、お笑いコンビという難しい役どころを、主演の二人が瑞々しく演じてくれたことがなにより嬉しいことでした。全く予定のない『なれない二人２』でも、お二人に出演していただきたいと思います。そんな風に思える、素晴らしいキャストに支えられた作品でした。

映画情報

（２０１８年／ＢＤ／51分）

スタッフ

監督・脚本：樋口幸之助
プロデューサー：近藤あゆみ
　　　　　　　　瀬島　翔
撮　　影：松井　宏樹
美　　術：寺尾　淳
録　　音：清水裕紀子
スタイリスト：神　恵美
ヘアメイク：辻　真美
助 監 督：玉澤　恭平
制　　作：清水　泰貴
製作プロダクション
　　：スタジオブルー

キャスト

泉澤　祐希（新堂学）
古川　彰悟〈サスペンダーズ〉（勝田陽介）
高田　里穂（磯部茉里）
小川　未祐（三森彩芽）
田村泰二郎（勝田尚三郎）

シナリオ大賞２０１７　短編の部

「あるいは、とても小さな戦争の音」

村口　知巳

登場人物

佐久　丈史（31）カメラマン
佐久　千夏（29）佐久の妻
道下　祥太（10）小学生
宮野　　　（25）老人ホームの新人介護職員
品川　　　（78）老人ホームの住人
小林　美里（29）祥太の担任
三峰　　　（35）老人ホームの介護職員長
倉田　　　（31）老人ホームの介護職員

○佐久家・外（朝）

どこまでも続く夏の青空。蝉の鳴き声。山里の集落に建つ一軒家。車の後部座席に荷物を積み込む、佐久丈史（31）。荷物のひとつからプロ用の一眼レフカメラを取り出し状態を確認する。遠くから元気のよい子供たちの声が近づいてくる。小学校へ登校する道下祥太（10）と仲間たち。

祥太「おじさん、ピース！」
走りながら佐久のカメラに向かってピースする祥太。そのまま走り去る。佐久、そんな子供たちの後ろ姿にファインダーを向けてシャッターを切る。

佐久「（微笑み）」
佐久、運転席に乗りこみエンジンをかける。と、玄関から妻の佐久千夏（29）が駆けて来る。

千夏「待って！」
佐久、運転席の窓を開ける。千夏が大きな茶封筒を窓から差し出す。

佐久「やべ、忘れてた」
千夏「忘れてたじゃない。クライアントに渡す写真。やべ、じゃすまない」
佐久「だね」
千夏「ほんと、抜けてる」
佐久「ごめん」
千夏「ぼーっとして、事故しないでよ」
佐久「うん」
千夏「今日、泊まり？」
佐久「いや、夜には戻る」
千夏「晩ごはんは？」
佐久「食べる」
千夏「何がいい？」
佐久「カレーかな」
千夏「ありきたりだなあ」
佐久「ありきたりが好きだから」
千夏「じゃあ、ありきたりで最高のカレー作ってあげる」
佐久「ありがとう……あのさ」
千夏「何？」
佐久「やっぱ、ここ引っ越して来てよかったかも」
千夏「何、急に。田舎とか肌に合わないって、ずっと言ってたのに」
佐久「そう思ってた、さっきまで。でもさっき、いいなって思ったの。ほんとさっき、うん」
千夏「わけわかんない」
佐久「そう、わけわかんない。まあ、行って来る」
千夏「気をつけてね、何度も言うけど」
佐久「うん」
佐久、車を出発させる。見送る千夏。

○老人ホーム・外観（朝）

○同・ラウンジ（朝）

老人たちが各々の自由時間を過ごしている。数人の介護職員が見守っている。その中にいる新人職員の宮野（25）。テーブルで老人たちに混じりトランプに熱中している。
宮野「よっし！　また俺の勝ちっすね」
入居者Ａ「少しは手加減しろ！」
宮野「ダメダメ、手加減なしって言ったじゃないすか」
老人たちとフランクに話す宮野。それを見つめる職員長の三峰（35）。
三峰「（不機嫌そうに）……」
向こうから同僚の倉田（31）が来る。
倉田「三峰さ〜ん、品川のおじいちゃん、また、いなくなっちゃったみたいです」
三峰「またかよ……」
倉田「これでもう5回目」
三峰「仕方ねえな。宮野君、探しに行って、品川さん」
宮野「えー、また俺っすか。今いいとこなんすけど」
三峰「新人の仕事。いいから行って」
宮野「は〜い、わかりました」
宮野、面倒くさそうに席を立ち、出て行く。
倉田「相変わらずのゆとりっぷりすね」
三峰「たぶん俺、そのうちアイツ殴るわ」
宮野「何考えて生きてんすかね」
三峰「何も考えてねえだろ」
倉田「ある意味羨ましいっすけど」

○小学校・４年生の教室（朝）

黒板に大きな文字で『将来の夢』。教壇の前に立つ担任の小林美里（29）。
美里「みんなの中で将来の夢、持ってる人いるかな？」
祥太、真っ先に手を挙げる。
美里「お、祥太」
祥太「ユーチューバー！」
美里「ユーチューバー？　なんで祥太はユーチューバーになりたいの？」
祥太「世界中の人を笑顔にしたいからです！」
男子生徒Ａ「嘘つけ、祥太。遊んで金稼げてラクちんだからだろ」
祥太「ちげえよ！」
女子生徒Ａ「先生、ユーチューバーは駄目な大人だって、お母さんが言ってました」
生徒たち、ユーチューバーについて賛否両論の意見を交わし合う。
美里「は〜い、静かに」

　静かになる生徒たち。
美里「先生、ユーチューバーの事はあんまり詳しくないから、ちゃんとした事言えないけど、祥太の言う世界中の人を笑顔にしたいっていうのは、いい事だと思うな」
祥太「ほらみろ」
美里「先生が子供の頃は、まだインターネットとかなくて世界と繋がるなんて全然想像も出来なかったし、子供のとき外国人に会うと、怖いなとか思ったりもした。でもみんなは外国の人を見て怖いって思う？」
　生徒たち「全然思わない」と口を揃える。
美里「それって、世界が前より良くなったって事かなって思うんだ。だから祥太が世界中の人に笑顔を届けたいって夢、先生は応援します」
　嬉しくなる、祥太。

○佐久の仕事部屋（朝）
　佐久の撮った写真や資料で溢れる雑多な部屋。部屋の片付けをする千夏。美しい風景や企業商品を写した写真に混ざり、イラクの紛争地帯の街の写真が見つかる。爆弾で粉々になった建物の前でサッカーをする現地の少年たち。その生き生きとした顔。写真の裏を見ると、手書きの文字がある。『戦場カメラマンとして最後の1枚。さあ平和な世界に戻ろう』
千夏「……」
　と、スマホの振動音がして画面を見る。（以降、ＬＩＮＥメッセージのやりとり）
佐久（東京着いた）
千夏（お疲れ。そっち暑い？）
佐久（暑すぎ。フライパンで炒められてる感じ）
千夏（例えが怖い）
佐久（今、何してる？）
千夏（掃除。タケフミの部屋）
佐久（やばいもん、なかった？）
千夏（あった）
佐久（《驚きを表すスタンプ》）
千夏（タケフミがイラクで撮った写真）
佐久（そんなのまだあった？）
千夏（本当にこれでよかったのかな？）
佐久（どういうこと？）
千夏（何か、この写真すごく生き生きしてるから）
　しばらく無反応。やがて1枚の写真メッセージが送られてくる。佐久が変顔で自撮りした写真。
佐久（今の俺、生き生きしてないかな？）
　思わず笑う千夏。

○カフェ
　オシャレなカフェのテラスでエスプレッソを飲んでいる品川（78）。宮野、来る。
宮野「やっぱ、いた」
品川「おう来たな。見ろ、いい天気だ」
宮野「いい天気じゃないっすよ。勝手にいなくなんないって言われたでしょ」
品川「まあまあ、どうしてもエスプレッソ飲みたくなってな」
宮野「エスプレッソって……怒られるの俺なんすから」

と言いながら品川の隣に座る。
品川「また先輩にイジメられたか？」
宮野「イジメられてないっす。向こうが勝手に俺を嫌ってるだけ」
品川「たまには言い返してみろ」
宮野「別に気にしないっすね」
品川「それが、ゆとりか」
宮野「つうか、俺に言わせりゃ、向こうの方が逆にゆとりない世代って言うか。何だろう……必死に生きてる姿って、いつも誰かに見せなきゃなんないすかね？」
品川「そうやって人間は進化してきた。いい意味でも悪い意味でもな」
宮野「面倒くさいすね人間って」
品川「ああ、面倒くさい」
宮野「別の惑星行きてえ～」
品川「（品川をじっと見ている）……」
宮野「何すか？」
品川「ワシも戦争経験して必死に生きた口でな、アンタ見てイラっとする奴らの気持ちもわかる」
宮野「はあ……」
品川「でも近ごろ、もっと前にアンタみたいな世代がいたら戦争なんて起きなかったかもなとも思う」
宮野「あの……俺、ディスられてるんすか？　褒められてるんすか？」
品川「まあアンタはアンタの好きなように生きろって事だ」
宮野「はあ……てか戦争とかマジおとぎ話っす」
品川「（空を見上げて）でも起きてた。こんな気持ちのいい日にだってな……」

どこまでも続く夏の青空。

○小学校・教室

授業を受ける祥太たち。突然、町内のスピーカーから耳触りなサイレンが鳴り出す。
美里「何の音？」
ザワザワとなる教室。
美里「今日、避難訓練あったっけ？」
祥太「先生」
美里「何、祥太？」
祥太「ミサイル飛んでくるかも……」
美里「は？」
祥太「あの音、日本にミサイル飛んで来たら鳴る音だって。この前、テレビでやってた」
美里「何言ってんのミサイルって……（と言いながらも思い当たるふしがある）」
生徒たち「また祥太、嘘ついてる」
と祥太を一斉に囃し立てはじめる。
祥太「いや、ほんとだって！　嘘じゃねえし」
美里「ちょっとみんな静かに、静かにして……静かにしろっ！」
生徒たち静かになる。
美里「何かの間違いだと思うけど……先生、確認して来るから勝手に教室から出ちゃダメよ」
美里、教室を出て行く。いつのまにかサイレンの音は止んでいる。祥太、窓際に行き空を見上げる。他の生徒たちも来て、みんなで空を見上げる。
祥太「聞こえる？」

じっと耳をすます生徒たち。しかし何も聞こえない。どこまでも続く夏の青空。

○道

老人ホームへと帰る道を歩く宮野と品川。サイレンの音が聞こえてくる。

宮野「何だ？」
品川「空襲警報……」
宮野「はい？」
品川「逃げろ！」

品川、ホームと反対方向に駆け出す。

宮野「え、ちょ、どこ行くんすか？」
品川「防空壕！」
宮野「え、それ何屋さん？」

必死の形相で走る品川と追いかける宮野。

○佐久家・台所

カレーの下ごしらえをする千夏。イヤホンをつけて音楽を聴いている。スマホの震動音。作業の手を止めスマホを手に取る千夏。

佐久（今から帰る）
千夏（気をつけてね）

写真メッセージが送られてくる。どこまでも続く夏の青空の写真。

佐久（悲しいくらい天気よすぎ）

千夏、返信しようとするが、鍋のお湯が吹きこぼれ慌てて水を足す。そのとき、外からサイレンの音が鳴りはじめる。

佐久（何か変な音する）

が、イヤホンをつけている千夏は、サイレンの音も佐久からのメッセージにも気づかない。

○道〜佐久家の軒下

走ってくる品川。やがて息切れし、佐久家の軒下に腰をおろす。追いついて来る宮野。

宮野「（も息切れして）ちょ品川さん、マジ勘弁」
品川「……」
宮野「空襲なんてありえないっすよ」
品川「……」
宮野「ね、帰りましょう、マジで」
品川「静かにしろ！」

品川、じっと耳をすます。

品川「ほら聞こえるだろ？」
宮野「は？」
品川「音だ」
宮野「音？」

宮野、耳をすます。どこからか何かが弾けるパチパチという音が聞こえてくる。それに混じり微かに鼻歌も聞こえる。

宮野「……」
品川「戦争の音だ」
宮野「え？」
品川「あれは戦争の音だ……」

宮野と品川がしゃがみこんだ軒下の開いた窓に千夏の姿。じっと耳を澄ます宮野と品川。

○佐久家・台所

フライパンで具材を炒めている千夏。パチパチっと油の弾ける音を響かせて。鼻唄（ボブディラン・『風に吹かれて』）を口ずさみリズミカルにフライパンを動かす千夏。横に置かれたスマホの画面は千夏の返信で終わったまま。

千夏（音って何の音？）

返信には、まだ既読がついていない。ふと手を止め、窓外を見つめる千夏。

千夏「（ほほ笑み）」

どこまでも続く夏の青空。

〈終〉

受賞者紹介

村口　知巳

むらぐち・ともみ　１９７６年、香川県生まれ。伊参スタジオ映画祭シナリオ大賞２０１７で中編の部、大賞。受賞作を自ら初監督し、翌年のショートショートフィルムフェスティバル２０１９にノミネート。その後も精力的に映画制作を続け、ゆうばり映画祭をはじめ、国内外の映画祭にて監督作品が上映されている。

昔から物語を創作するのが好きで、いつか戦争についての物語を書いてみたいと漠然と思っていました。それも武器をバンバン打ったり、上官が部下を殴って叱責したり、涙の別れを言い合うような騒がしい戦争の物語ではなく、日常の中に存在する静かな戦争の物語。

このややこしい『あるいは、とても小さな戦争の音』という群像劇のシナリオを書いたとき、まさか、それを自分自身で本当に監督するとは思いませんでしたが、もしその時、僕が監督をしていなければ、今も映画を作り続けている自分も、映画制作を続けている中で出会った素敵な役者や素晴らしいスタッフも、この瞬間、存在していなかったという事になります。なんだか人生っておとぎ話みたいですね。

映画情報

（２０１８年／ＢＤ／23分）

スタッフ

プロデューサー：土屋　光敏
監督・脚本・編集：村口　知巳
撮　影：磯辺　康広
助監督：松岡　寛
照　明：竹本　勝幸
録　音：細川　武士
音響効果：青木　秀文

ヘアメイク：藤原　玲子
和佳奈
主題歌：ｐｒｅｄａｗｎ
制　作：ＫＡＯＲＩ
竹本　美香
西舘　那奈
菊地　美帆

キャスト

大沢まりを（佐久千夏）
大石　結介（佐久丈史）
長屋　和彰（宮野）
梅谷　祐成（道下祥太）
環　菜美（小林美里）
吉村　賢人（三峰）
石倉　三郎（品川）

シナリオ大賞2018　中編の部

「山　歌」

笹谷　遼平

登場人物

坂口則夫　（15）　東京生まれの中学3年。幼い頃母を亡くし、父からエリート教育を受けるが勉強が苦手
省三　（45）　大柄な山男。サンカ一家の長
ハナ　（17）　省三の娘。幼くして母を亡くし、祖母のタエばあに育てられた
タエばあ　（70）　省三の母。目が見えない
坂口高志　（42）　則夫の父。大手建設会社の部長
坂口幸子　（65）　六合在住。則夫の祖母
坂口静人　（享年65）則夫の祖父。故人。よく則夫と山へ行った
水田　（15）　則夫の学校の同級生
坂本　（15）　則夫の学校の同級生
沢田加代子（60）　六合の住人
横山　（56）　町医者
坂下　（40）　トラック運転手
後藤　（32）　トラック運転手
小西巡査　（35）　六合駐在の警察官

○サンカの写真　3、4枚

T　「山から山へ」
T　「財産も戸籍も持たない漂泊の民」
T　「大地の一部として生きてきた」
T　「1965年」

○学校・教室

テストの風景。鉛筆の音が響く。問題を解く坂口則夫(15)。

○川原・東京

そう遠くない景色に高層ビル群が見える。淀み、流れる都会の川。水田（15）と坂本（15）が則夫を順番に殴っている。

水田「おい、今月の指導代は？」
則夫、ポケットから財布を取り出す。
坂本「（財布を取り上げ）初めから出せよ。バカ」
と札を抜く。
坂本「おい、こいつ死んだ母ちゃんの写真なんか入れてやがんの」
則夫「いいよ。返してよ。ちゃんと渡したじゃん」
と財布を取り返そうとするが坂本は水田に財布を投げ渡し
水田「よーし、今日は水泳の指導だ」
と水田、財布を川へ投げ込む。見ている則夫。
坂本「ほら、いけよ。泳ぐんだよ」
水田「（則夫を蹴り）ほら、行けって！」
則夫、川へ入り、やみくもに泳ぐ。

○吾妻線・電車内

流れる景色。川沿いを上がって行く。則夫が窓から外を眺めている。そして電車はトンネルへ入って行く。

○六合の山（夕方）

こちらを見つめる道祖神、地蔵の数々。流れる清流。夕暮れの山々の景色。山から狼煙の様に一筋の煙が立ち上る。

○六合の坂口家・居間（日替わり）

響く蝉の声。一筋の煙を立てて仏壇の線香が燃えている。奥にあるのは坂口静人（享年65）の遺影。その横に静人と7才の則夫が山でイワナを釣り上げている写真。則夫が真っ白な骨を握り、見つめている。それを骨壷の中に収め、仏壇の中から1つの桃を取り出す。ナイフで皮を剥き桃をかじる則夫。則夫の奥にはのどかな田舎の風景が広がっている。則夫、桃の芯を外に投げ、ボーッと外を見ている。

幸子の声「則夫ちゃーん」奥から

と聞こえた瞬間、則夫は机に戻り勉強のフリをする。坂口幸子（65）が入ってくる。

幸子「毎日、偉いわね…」

と則夫の後ろに座り則夫の手元のナイフを見、仏壇を見る。

幸子「あら…仏壇の桃なんか食べて…新しいのいっぱいあるのに」

とセミの声と共に車のエンジン音が次第に近づいて来る。

幸子「来たかしら」

則夫の暗い表情。車の扉を閉める音。幸子部屋を出る。

幸子の声「（高志を迎え）お帰んなさい」

坂口高志（42）入ってくる。則夫、勉強机に向かっている。

高志「来たよ」

則夫「（振り向かず）お帰りなさい」

幸子「（入って来て）則夫ちゃん、えらいわよ。こっち来てから3日間、ずっと勉強」

とちゃぶ台にお茶を置く。

高志「（座り、ハンカチで汗をふき）ああ、そうかい」

幸子「今日はゆっくりできるんでしょ？」

高志「いや、そうはいかないんだ。草津にちょっと、商談」

幸子「あら、晩御飯には帰ってくるんでしょ？」

高志「明日ここに帰るよ」

幸子「（不快そうに）そう…保養地建設も大変ね。で東京は？」

高志「則夫と一緒に、まあ2週間後だな」

幸子「そう。則夫ちゃん、それまで、みっちり集中できるわね」

高志「それがね、あんまりなんだ。なあ則夫」

幸子「何がよ？」

高志「箸にも棒にもかからない。海南高校なんて雲の上だよ」

幸子「そうなの。こんな頑張ってるのに…そんな言わなくてもねえ」

高志「孫には甘いんだな…まあいいよ。行くよ」

幸子「そう、気をつけて。ほら、則夫ちゃんも」

則夫「行ってらっしゃい」

高志と幸子出て行く。則夫、出て行った方に振り返り見つめる。またエンジン音が響き、遠ざかって行く。幸子が入ってきて座る。則夫、勉強の体勢にもどる。

幸子「則夫ちゃん、お父さん、ああ言ってたけど、きっと則夫ちゃんにすごく期待してるのよ。だからあんな風に言うのね」

則夫「…本当のことだよ。才能ないんだ」

幸子「…だめよ。そんな風に決めつけちゃ。勉強しないと、おじいちゃんみたいに成るんだから。毎日山に行ってばっかり…」

則夫「(ムッとして) ごめん、勉強するから」
幸子「…そうね (立ち去る)」
　則夫、どさっと畳に寝転ぶ。静人の遺影が逆さに映る。則夫は箪笥の横の釣竿を手に取り、こっそり出て行く。

○農道
　青々とした稲が風に揺れている。その根本で蛙が飛ぶ。釣竿を持った則夫があぜ道を歩いている。

○山中・山道
　則夫が釣竿片手に、キョロキョロ辺りを見ながら歩いている。時折目の前の虫を手で払う。

○同・川辺
　則夫が山道から川辺 (沢) に降りてくる。風に揺れる木々の音、鳥の声が聞こえる。則夫は顔を上げ木々の間から覗く空を見上げる。川辺には木が燃えた跡があり、川には魚が数匹泳いでいる。そして則夫は魚の前に釣り針を垂らすが一向に食いつく気配がない。座り、待つ則夫。やがてイライラし始める則夫。突然
省三の声「餌なしじゃ釣れないぞ」
　則夫ビクッとし後ろを振り返ると省三(45)が立っている。汚れた作務衣のような服を着、大柄で無精髭、省三の只ならぬ姿に則夫は驚くが、川の方へ向き直し省三を無視する。
省三「口、きけないのか?」
則夫「……」
　省三振り返り、山道の方へ戻っていく。則夫ホッとした様子で一息つき、慌てて釣竿をしまい去ろうとすると省三が戻る。
省三「獲ってきたぞ」
　と手のひらの数匹の幼虫を見せる。則夫だまってすれ違い帰ろうとするが
省三「貸してみな」
　と省三は強引に則夫の釣竿を取り、針で幼虫を刺す。呆気に取られ見ている則夫。省三は川に針を垂らす。
則夫「……ちょっと、返して」
省三「待てって…見てな」
則夫「ねえ!　おじさん!」
　と則夫、省三が持つ釣竿に手をかける。
省三「おいおいそんな急ぐのか…」
則夫「そんなわけじゃ…」
省三「まあちょっと見とけよ」
則夫「なんだよ。そんな簡単に釣れないよ…」
　と言ったその瞬間、釣竿がクイっと下がる。
　則夫、観念した様子で
省三「ほら来たぞ!　持ってみろ」
　と2人で釣竿を持ち、イワナを釣り上げる。則夫、初めて笑顔を見せる。2人の目の前でイワナが踊る。魚籠にイワナが泳いでいる。省三の手のひらに先ほどの幼虫が乗っている。
省三「はは、触れんのか?」
則夫「……気持ち悪い…」
　省三、幼虫をつまみ
省三「しょうがねえな…」

と針に幼虫を刺し釣竿を則夫に渡す。則夫は糸を川へ垂らす。則夫と省三。川辺に座り込む。川の音が響き、沈黙の後

則夫「…あの」
省三「なんだ」
則夫「おじさんは…どっから…来たの?」
省三「……（指差し）向こうから」
則夫「俺のじいちゃんの家もすぐそこ。知ってる?　坂口」
省三「知らんなあ」
則夫「そう…俺は東京」
省三「東京!?……それより見てみな」
イワナが水中の餌を口先でツンツンとしている。
省三「今様子見てるんだ。これ食べていいのか、罠なのか」
則夫うなずく。
省三「根比べだ。焦るなよ」
則夫、真剣な表情で水面を見つめる。イワナが食らいつく。しなる竿を引っ張る則夫。イキイキした表情。
省三「よし、よし!」
川辺に跳ねる2匹のイワナ。省三はその1匹を手に取り、頭を石で打つ。即死するイワナ。見つめる則夫。省三は則夫に石を渡そうとするが、則夫は首を振り拒否する。

○**坂口家・居間（夜）**

いい具合に焼かれ、皿に乗ったイワナ。その他のおかず。
幸子「（ご飯を食べながら）ねえ、本当に自分で釣ったの?」
則夫「…そうだって」
幸子、イワナを食べ

幸子「あ、美味しいわね」
則夫、無言でイワナをガツガツ食べる。
幸子「ねえ、家出るときはちゃんと言うのよ?　わかった?　おじいちゃんみたいなことして……則夫ちゃんは勉強しに来てるんだから」
則夫「…（小声で）父さんの仕事だろ…」
幸子「なんでもいいの。お父さんには内緒にしといてあげるから」

○**山中・川辺（日替わり）**

則夫、手元の幼虫に針を刺し、川に釣り糸を垂らす。座り込み、待っていると、ハナ（17）が川辺に降りてくる。浴衣を着た浅黒い肌のハナ。則夫と目が合う。無表情に、プイッと振り返り山に消えていくハナ。そして省三が来る。
則夫「あ……」
省三「おお」
則夫クルッと省三に背を向け少し嬉しそうな表情で
則夫「…魚、美味しかった」
省三「おう。よかったな」
則夫「…あの、女の人、来たけど…」
省三「ハナのことか?」
則夫「ハナ?」
省三「俺の娘だ」
則夫「娘!?」
省三「ああ。おかしいか」
則夫、不思議そうな顔で首を振る。釣竿と川の流れを見つめる2人。沈黙が続く。
則夫「…ねえ、おじさん仕事は?　どこに住んでんの」

省三「（沈黙し）いやあ、どうか。知りたいか？」

○同・山道

則夫と省三、獣道を歩いている。則夫はすでにキッそうな表情で省三の後をついていく。

則夫「ねえ、どこまで行くんだよ」

省三「お前根性ないんだなあ。もう少し」

則夫「……」

○同・セブリの川辺

セブリ（生活場所）の川辺へ、省三に続き則夫が来る。そして則夫の動きが止まる。

省三「すまない。連れて来た」

川辺には簡易なテントが張られ、シワシワで色が黒く盲目らしいタエばあ（70）、その横にハナがそれぞれ座り、こっちを睨む。則夫の怖がった表情。

ハナ「なんでトウシロ連れて来たのよ」

則夫、ビクッとする。

省三「なんか、セブリを見たいってな。なあ？」

則夫「（ビクッとし）え？　あ、はい」

タエばあ「何しに来たんじゃ？」

則夫「い、いや、あの…」

タエばあ「（鼻をヒクヒクさせ）若い匂いじゃ。若い少年…うちらはなあ、こうして通りがかりの人間を誘い出しては、殺して、金目のもんと、肉を食ろうて生きてるんじゃあ。ケケケさあ服脱げ」

とタエばあ、閉じた目を指で開き白目を見せる。

則夫「（怖がり）ひ、す、すみません！　お邪魔しました」

則夫急いで踵を返し駆けて行く。

省三「おい～！　……純粋なんだな…」

タエばあ「これまだまだ使えるぞな」

○同・山道

則夫が息を切らしながら山道を歩いている。やがて止まり、首をかしげ、辺りをキョロキョロ見渡す。

則夫「フー…フー…バカに、されたのか…」

また逆に走るが、立ち止まり、また違う道を走り、立ち止まる。木々から覗く空が暗い。

則夫「…んだよもう‼」

とまた歩き始める。

則夫、フラフラしている。こける則夫。そしてヨロヨロと大きい幹に座り込む。

則夫「（泣きそうにながら）おじいちゃん、お母さん…」

と呟く。

○同（日暮れ後）

同じく、幹に座り込んでいる則夫。ピクリとも動かない。則夫を蹴る足。則夫ゆっくり顔をあげる。則夫の目の前にハナが立つ。ハナ、無言で歩いて行き則夫はそれについて行く。

里の光がチラチラ見えてくる。則夫は光に見とれホッとし

則夫「あ、ありが…」

既にハナは山の中へ、遠くを歩いている。則夫はハナの後ろ姿を見つめる。

○坂口家・居間（夜）

則夫が勉強している。その後ろのちゃぶ台を幸子と高志が囲んでいる。高志は新聞を読んでいる。

幸子「ねえ、なんで何も言ってくれないの？」
則夫「…山で迷ったって言ってるじゃん」
高志「誰かと、会ったのか？　1人でイワナなんて、釣れないもんな」
則夫「……」
高志「則夫、ちょっと、散歩にでも行こうか」

○農道（夜）

高志が懐中電灯を持ち、則夫と歩いている。星空の手前に山々の輪郭がくっきり映る。2人の顔が月に照らされる。

高志「見えるか、あの山も、あの山も坂口家のもんだったんだ」
則夫「うん」
高志「知っての通り、じいちゃんが全部他人にくれてやったんだ」
則夫「うん……」
高志「無能なんだよ。だから俺は買い戻したんだ。あの山も、あの奥の山も、金になるんだ。金の山なんだよ。頭をどう使うかだ」
則夫「……」
高志「オリンピックと同じだ。競争は始まってるんだ。金（きん）を取らないと誰も見向きもしない。やるべきことだけをしろ。いいな、無能な人間になるな」
則夫「……無能…」

○学校・教室（回想）

一生懸命テストに向かう則夫。鉛筆の音が間断なく響く。
則夫、苦悶の表情で頭を抱え、人差し指で自分の頭を撃ち抜く。

○坂口家・居間（夜）

電気が消え、則夫が布団に入り、寝付けない様子。立ち上がり窓の外を見る。

○同・家の前（夜明け前）

白々と夜が明け始める山々。鳥が活動し始める。則夫がこっそり家から出て来る。

○山中・川辺

則夫が川辺に座り込み、川の流れを見つめている。そこへ静人が現れ、則夫の横に座り込み、則夫の肩に手を置く。
則夫は気づかない。

省三の声「おい」

則夫が顔を上げる。静人はもう居ない。省三が来る。

則夫「おじさん…」

○同・セブリの川辺

タエばあが座りこちらを見ている。ハナは竹で大きい箕（ザルのような農具）を編んでいる。

則夫「に、逃げたりして、す、ごめんなさい」

と首を下げる。
タエばあ「坊」
則夫「へ」
タエばあ「坊、キツネに騙された話、知ってるか?」
則夫「え、あ…うん」
タエばあ「どんなんじゃ」
則夫「（ためらいながら）俺の…おじいちゃんが、騙されたって…山で迷って、キツネを見たら帰れて、そしたら２日経ってたって」
タエばあ「それじゃ。それそれ」
省三「おいおい…また変なこと」
タエばあ「だまらっしゃい！　うちらはな、キツネなんじゃな。見てみい、この娘、ハナ。綺麗じゃろ。恐ろしい魅力じゃろ」
ハナ「ちょ、タエばあ！」
則夫呆気にとられる。
タエばあ「魔性の雌ギツネじゃ。それにそのゴリラみたいなワシの息子はなあワシが仁王様とやりまくった時に出来た子じゃ」
次第に則夫、笑えて来る。一同、クスクスしている。
省三「じゃあ、ばあさんはなんなんだよ?」
タエばあ「わしか、わしは永遠の生娘じゃ」
と人差し指を頬に刺し、舌を出し首を傾げる。一同笑う。
ハナ「（則夫に）笑ってんじゃないよ。とにかく迷惑だよ！」
省三「ハナ！」
ハナ「うちらは、静かに暮らしてるんだ。下の人間は、ろくなことないんだ。汚いんだ…」
とまっすぐ則夫を睨む。下を向く則夫。
則夫「……」
省三「ハナ、この坊も、勇気を持ってここに来た。わかるか?」
ハナ「……」
省三「もう、繋がってるんじゃないか?」
風に揺れる木々。

○同・山道

省三とハナが手際よく山菜、キノコを採っている。則夫が後ろを歩いている。
省三「まあそう言うな」
ハナ「言うわよ！　嫌なのよ。私」
省三「下の人間も、いい人間はいる。皆が皆悪いんじゃない」
ハナ「フン！（則夫の方に振り返り）おい坊ちゃん、いつ帰るんだ」
則夫「…」
ハナ「なんか言え！　この青瓢箪！」
省三「（キノコを採りつつ）……」
ハナ「なんか言えよ！」
と則夫の肩を手でドンと押す。後ろにこける則夫。
省三「おい！　いい加減にしろ！」
則夫「おじさん！　…いいんだ。俺、見下されたり、叩かれたりするの…慣れてるから…」
ハナ「弱虫！」
省三「おい、ハナ、謝れ」
則夫「いいんだって！　俺、おじさんといると死んだじいちゃんと居るような気になってたんだよ。山に居ると色々、忘れられたんだ」
省三「……」

則夫「帰るから…帰って勉強しないと…あ、ハナ、さん。こないだ、送ってくれて、ありがとう」

踵を返し、離れようとする則夫。

ハナ「まあ、待ちなよ。私に勝ったら飯でも食って行きな」

気乗りしない則夫とハナが揃って立っている。

省三「じゃあ…頂上までな…意味あるかな…」

ハナ「いいから！　円谷なんか目じゃないんだよ！」

則夫「知ってるの？」

省三「よーい。はい！」

ハナと則夫、走り出す。ハナがずっと先を行く。しばらくすると頂上が見える。そして則夫が激しくこける。ハナが止まり則夫に歩み寄る。痛い表情の則夫。

ハナ「おい…大丈夫か」

ハナ、則夫に手を差し伸べる。則夫、その手を掴み突然走り出す。

ハナ「あ！」

２人同時に頂上に着く。則夫ぜえぜえ言っている。

ハナ「やっぱり下の奴らは卑怯だな！　でも普通にやったって勝てっこないもんあ。ハハハおい見ろよ。嫌なこと、全部忘れちゃうな」

山々を見下ろす絶景。省三追いつく。景色を見る３人の笑顔。

○同・セブリの川原

（以下、会話の声に映像が重なる）連なる山々。省三が棒で蛇を捕まえ、その首を包丁で落とし、血を抜き、皮を剥ぎ焚き火で焼く。則夫、省三、ハナ、タエばあが焚き火を囲みそれを１口ずつ回して食べている。則夫、嫌そうな顔だが、意を決し蛇を食べ、瞬間笑顔に変わる。

省三の声「…山から山へ。暑い時は北に。寒い時は南に、てな」

タエばあの声「何百年とな」

則夫の声「（笑いながら）何百？」

省三の声「不思議だろ。お前ら都会人が居る。川を延々上がったところに、俺らみたいなのが居る。昔はもっと居たけどなあ…」

（以上）ここから則夫、省三、ハナ、タエばあの会話に。

ハナ「男はほとんど軍隊に取られたんだって」

則夫「おじさんもかい？」

省三「ああ。兄弟は南方で死んだ。俺は2年間シベリアだ」

タエばあ「ヤス、弥蔵…今思い出しても、怒りではらわたねじくり返りそうじゃ。皆前線に送られた…無念じゃて…」

省三「まあ、軍隊生活のおかげで、ここまで口達者だ。しかし、思い出したくもねえ…使い捨てにされたんだ。俺らは…」

○同（雨）

雨が降り、簡易テントの下に則夫、省三、ハナ、タエばあが寄り添うように川を見て居る。濁流の川。突然ハナが飛び出し、雨の中踊り始める。輝くようなその姿。見とれる則夫。タエばあが則夫の股間を掴む。

則夫「うわ！」

タエばあ「ありゃ、まだ勃起しとらんなあ…若いのに…」

省三「ばあさんやめなって」

タエばあ「こいつなんて木の枝の裂け目見ただけで勃起しとったが」

雨に濡れた木の枝の裂け目。

○同（夕方）

雨が上がり、夕暮れ時に。則夫、省三、ハナ、タエばあが火を囲んでいる。タエばあはウツラウツラ昼寝し、ハナは雑誌「美しい十代」を読んでいる。

省三「（則夫に）そろそろ帰ったらどうだ？」
則夫「…うん…」
省三「親がいるんだろ。心配してるぞ」
則夫「…父さんとばあちゃんだけ」
省三「おっかあは？」
則夫「死んだ。覚えてない」
ハナ「（雑誌を閉じ）そう。私も」
省三「そうか…かか無し子か。因果なもんだな…」
則夫「…帰りたくないんだ」
省三「……」

川原に掘られた穴に黒いビニールシートを被せ、その中に水が溜まっている。省三はそこに焼けた石を数個転がし落とす。それを風呂にし、則夫と省三が浸かっている。

○同（夜）

夜の星空。則夫、省三、ハナ、タエばあが簡易テントの下で寝そべっている。ハナとタエばあは眠っている。

則夫「昨日も同じ星空見たんだ。でもこんな綺麗に思わなかったな」
省三「（あくびしながら）心の問題だなあ」
則夫「心？」
省三「そう、俺らはなあ、こうして生きてるけど、なんていうかなあ、山から生えた突起みたいなもんでな」
則夫「へ？　生えてるって、足で歩いてるじゃん」
省三「そうだ。でも俺らは繋がってるんだ。山は心だよ。山降りて行った仲間、死んだ奴らとも心で繋がってる。まあわかんねえだろ。大丈夫…」

瞬間、ガーと音を立てて眠る省三。

○同（日替わり）

清流が映る。ハナが魚を釣り上げる。則夫が真剣な眼差しで、ピチピチ跳ねるイワナの頭部を石で叩く。見ている省三。

○沢田家の前

沢田加代子（60）が嫌そうな表情でこっちを見ている。箕の上にイワナなどが置かれ、省三と則夫が加代子と向き合っている。

加代子「いいから、帰ってよ。買わないから」
省三「いつもじいさんの箕を直してんだが…」
加代子「知ってるよ！　死んだよ！　もう来ないでね」

加代子扉を閉める。

則夫「……5軒目もダメか…売れないね…」
省三「魚も少なくなったし、売れなくなるし…なんともなあ…」

そこへ小西巡査（35）が自転車で来る。

小西巡査「おい、お前達、何やってる（強く睨み続ける）」

○**橋の上**

省三が箕の魚を川へ投げ込む。見ている則夫、小西巡査。

省三、小西巡査を睨みつけて山に歩いて行く。

○**山中・山道（夕方）**

則夫とハナが山菜を探しつつ、歩いている。

則夫「なんで怒らなかったんだろ」

ハナ「（暗く）そういうの、よくあるよ。リフビンってゆうのかな。…そういうのに堪えられなくなった人が、山降りてった」

則夫「……理不尽のこと？」

ハナ「うん。フビンでしょ…じゃあ、山降りたら、今度はリフビンする方になるんだ。皆自分の弱さ、忘れるんだ」

則夫「…でも、捨てさせるなんて…ひどすぎる…」

ハナ「私は蹴るね…でも、お父、そうやって私らを守ってんのかな」

則夫「そうか……（先を歩き話を変え）…東京ってさあ…」

と則夫振り返る。ハナが倒れている。

則夫「ねえ…え？　おい！」

則夫、ハナに向かい走る。則夫、ハナを抱きおこす。ハナ、目が虚ろで呼吸が荒い。その瞬間、ブンと蜂の羽音がする。

則夫「蜂…おい！　起きろよ！　大丈夫か！　…スズメバチかも…」

則夫も呼吸が荒くなる。

則夫「おじさん！　誰か！　誰か！」

と叫ぶが何の返事もない…。

則夫「遠すぎる…」

と則夫、立ち上がり意を決してハナをおんぶする。

則夫「ハア…ハア…頑張れ！　頑張れよ！」

力を振り絞り、則夫が一歩一歩、歩いて行く。やがて里の明かりがチラチラ見える。こける則夫。ハナの息が浅くなっているのに気づく。則夫、たじろぎ、一歩下がる。

則夫「フー…フー…（呼吸を整え）大丈夫…大丈夫…」

と、またハナを背負う則夫。ゆっくりゆっくり進んで行く。

○**診療所・玄関（夜）**

ハナを背負った則夫が診療所の扉を叩く。

則夫「誰かー！」

何度か叩くと横山（56）が出て来る。

横山「（あからさまに面倒そうに）ええ？」

則夫「蜂！　さされた！」

横山「え？　ああ、なんだルンペンの子じゃないか…」

則夫「へ？」

横山「タダじゃないんだよ。払えんの？」

則夫「死にそうなんだ！　いいから診てよ！」

横山「ええ？　ってもなあ」

則夫「……坂口だよ」

横山「へ？」

則夫「俺は坂口の孫だ！　坂口則夫！」

横山「え？　坂口さん？　ほんとかねえ？」

則夫「うるさい！　じいさんは静人、ばあさんは幸子、父さんは高志、母さんは…恵子だ！」

横山「……あ！　そんなことなら！　どれ！」

と横山、則夫を中へ通す。

○同・診療室（夜）

ベッドに横たわるハナ。その横にドロドロの則夫が居る。
横山が入って来る。
則夫「どう?」
横山「ふー…」
横山「スズメバチ、多分2回目だからショック状態になったんだな。もう大丈夫。来るの遅かったらわからなかったけど。これお代」
と横山、則夫に請求書を渡す。
則夫「(肩を落とし) ……ハア…」
ハナ、ゆっくりと目を開ける。
則夫「ああ…気づいた！　よかった…大丈夫だから…」
ハナ、口をパクパクさせ、則夫がハナの口に耳を近づける。
ハナ「(細い声で) 山も…リフビンなとこある…」
則夫「…ハハハ、だからフビンじゃないって…ハハハ」
ハナ、少し笑みを浮かべる。そこへ幸子が入って来る。
幸子「則夫ちゃん！」

○同・玄関（夜）

高志が則夫の頬をぶつ。則夫はまっすぐに高志を見る。
高志「3日間も…　近所中の笑いもんだぞ」
則夫「何が…」
と言った瞬間、また高志、則夫をぶつ。
高志「ルンペンと魚売り歩いてたってな…　どういうことだ」
則夫「それは…」
高志、則夫をぶつ。
高志「哀れみか？　同情か？　ふざけんなよ」
則夫「違う」
高志、則夫をぶつ。
高志「いいか、あいつらは不法侵入者だ。おまけに人さらい」
則夫「違う！」
高志、則夫をぶち、則夫の両肩を掴み
高志「お前、自分の立場、忘れんなよ。お前は、俺の仕事で飯を食って大きくなったんだぞ」
則夫「誰も頼んでない！」
高志、則夫を突き飛ばす。則夫がこける。
高志「(後ろを向き) フーフー…いいか、誇りを持てよ。この山もあの山も、来年からゴルフ場だ。じきに工事が始まる。俺が指揮を取ってな。この村も安泰だ」
唖然とし、気力を無くした則夫の顔。夜の山が映る。

○坂口家・居間（日替わり・夕方）

死んだような目で勉強する則夫。それを覗く幸子。暮れる山。

○同（朝・日替わり）

ちゃぶ台を挟んで則夫と高志と幸子がご飯を食べている。
則夫席を立ち、勉強机へ。
高志「おい、朝はちゃんと食べろ」
則夫「食欲、無いから…」
勉強を続ける則夫。

○同（夜中）

則夫、眠っている。やがて「カンカン」と窓を叩く音。則夫、ぼんやり目を覚まし窓の外を見る。笑顔の省三が居る。
則夫、泣きそうな顔になる。手招きをする省三。

○同・家の前（夜中）

則夫、省三に駆け寄り、省三が則夫を抱きしめ、２人が歩いて行く姿が遠くに見える。

○山中・山道（夜明け前）

省三が小さな松明を持ち、則夫と歩いている。

○同・セブリの川辺（夜明け前）

省三と則夫が来る。タエばあとハナが焚き火を囲んでいる。
則夫に気づきハナが立ち上がる。

ハナ「則夫！（一瞬涙を見せそうになるが、手を上下に動かし）もう大丈夫だ！　ありがとな！」
則夫「（泣きそうになるが）この死にぞこない！」
タエばあ「則夫か！　ありがとうなあ」
と涙を拭く。
省三「ばあさん、メクラでも涙は出るんだなあ」
タエばあ「うるさい！」
と石を投げる。則夫に当たる。
則夫「いたっ！」
一同笑う。
焚き火を囲む則夫、省三、ハナ、タエばあ。
省三「今日はな、ばあさんの日なんだ」
則夫「…タエばあさんの、何の日？」

ハナ「だいたい、こんなくらいの季節に生まれたんだって」
則夫「へー、で、いくつなの？」
タエばあ「生娘じゃて」
省三「まあいいよそれで…」
タエばあ「…今まで言ってなかったんだじゃが…謝りたい。この祝いはな、生誕じゃなくて、わしの初めての接吻の日なんじゃな」
省三「（驚き）は‼」
ハナ「なんだそれ！」
タエばあ「いくつか忘れたが。初めて、甘い接吻をしたんじゃ。一生もんの接吻を捧げた季節なんじゃ。今も忘れられんのじゃ」
省三「え…毎年…それ、祝ってたのか俺たち…親父との、か？」
タエばあ「もちろんじゃて」
ハナ「じゃあ生まれたのは…」
タエばあ「知らん。悪かったのお…省三、あれを聞かせろい」
省三「ええ？　…いいよもうそんな気分じゃ…」
タエばあ「いいから！　皆居なくなったけど、寂しくないぞ！」
ハナ「ハハ、いいじゃない。私も聞きたいなあ。久しぶりに」
則夫「（話についていけない様子で）なになに？」
省三「…腑に落ちないが…軍隊の時にな、青森のやつと仲良くなってな。そいつは死んだが、挨拶に行ったんだよ。弘前。そしたらそいつの婆さんが、教えてくれたんだ。形見ってな」
省三、三味線を取り出す。
タエばあ「これで（ハナを指差し）こいつのおっ母も口説いたんだ」
省三「うるさいなあ…」
ハナ、ニコニコしている。省三が調弦した後、弾き始める。

それぞれの満悦した顔。手拍子するタエばあ、特に楽しそう。

○**同・山道（夜明け後）**

ハナと則夫が朝もやの中歩いている。

則夫「ああ…楽しかった…俺夜更かし、はじめて」
ハナ「そうか…則夫…（間）ありがとな」
則夫「へへ。びっくりしたよ」
ハナ「悪かったな」
則夫「何」
ハナ「（言いにくそうに）私、建設かなんかの作業員に、襲われかけたことがあってね」
則夫「へ？」
ハナ「お父うが助けてくれたけど、それから下の人間、怖くて…」
則夫「そうか…」
ハナ「もう大丈夫だ……（突然）ためーいきのーでるよーな♪」
則夫「…知ってるの？」

2人で「恋のバカンス」を歌う。そこへ突然

省三の声「おーい！　ハナ！　どこだ！」

○**同・セブリの川辺**

眠っているようなタエばあ。

省三「寝てると思ってたんだが…」

ハナ、タエばあを抱え、揺さぶる。

ハナ「タエばあ、起きなよ！　おい！」

揺さぶり続けるハナ。則夫呆然と立つ。

ハナ「おい！　起きなよ！　おい！」

省三の辛い表情。ハナ、タエばあを抱きしめ、泣く。泣く。

掘られた穴にタエばあを寝かす則夫と省三。呆然と見つめるハナ。省三が淡々と土をかけていく。則夫、たまり兼ねて

則夫「そ、そんな急いで埋めなくても…」
省三「（少し笑い）そう思うかあ…ばあさん、早く還りたいんだよ」
則夫「どこに…」
省三「…山の生活は、厳しい。特に最近はなあ…でも、山は輝いているんだなあ…みんなそこに還っていく。それだけ。死んでも、まだまだ。続くんだ」
則夫「でも、この山は…」
省三「どうした？」
則夫「（意を決した表情で）…なんでもない」

埋まっていくタエばあ。やがて無造作な墓ができる。悲しみに暮れるハナの肩を抱く省三。決意に満ちた則夫の顔。

○**農道**

小西巡査があくびをしながら自転車を漕いでいる。

○**小西巡査の家の中**

疲れきった様子で小西巡査が入って来る。帽子をとり、装備をはずし始め、箪笥にしまい、ステテコ姿のまま口笛を吹き、風呂に向かう。家の外からそれを覗いている則夫、家に入る。

○**農道**

トラックが2台、走り抜ける。

○山の入り口

トラックが来て停まり運転手・坂下（40）が降りて来る。

坂下「おい！　なにやってるんだ！　通れねえだろ」

則夫が山の入り口の道を木の枝やガラクタで塞ぎ、仁王立ちしている。

坂下「おい何やってるんだ！　どけよ！」

則夫「知らないのか！　工事は…中止だ！」

坂下「何を寝ごと言ってるんだ」

と近づこうとするが、則夫が銃を構える。坂下両手を上げる。後ろのトラックから運転手・後藤（32）が来る。

後藤「なんだこのジャリは。そんなおもちゃで俺らがビビるかよ！」

と近づいて来るが、則夫、後藤の足元に発砲。

後藤「ひ！…チクショーこの野郎！」

坂下と後藤、トラックに乗り逃げていく。則夫ため息をつく。

高志の車が目の前に着き、高志が降りて来る。

高志「え、おい！　則夫か！　おい！　…何やってんだ！」

則夫「見ての通りだよ」

高志「おい、意味、分かんねえぞ！　なんだお前！」

則夫「工事は中止だ。ゴルフ場なんて！」

高志「（少し落ち着き）則夫、遊びじゃないんだ」

と高志近づこうとするが、則夫銃を構える。

則夫「俺も遊びじゃないんだ」

高志「それが、どういうことか、分かってるのか」

則夫「この通りだよ！　山を掘り起こすなんて、許さない！」

高志「……おい、誰のおかげだよ。母さん死んでから、俺がどんな思いして…おい！」

則夫「分かってないのはそっちだ！　俺は…父さんの人形じゃない！」

高志「……おい。頼むから、恥かかせんなよ…」

高志、狼狽し車のボンネットに腰掛ける。則夫も座り込む。

○同（雨）

雨が降りだした。近所の住人10人ほどの人垣ができている。

住人１「（ひそひそと）坂口さんとこの孫だって…」

住人２「ありゃあ、山の祟りでおかしなったか…」

高志「うるさい！」

と、幸子が出てきて則夫に近づく。

幸子「則夫ちゃん！」

則夫「こないで！」

幸子「（泣きながら）なんで、こんなことを…」

高志、立ち上がり幸子を止まらせ、則夫に近づいていく。銃を構える則夫。高志、銃口の前まで近づく。小西巡査が自転車で駆けつけ則夫に近づく。

小西巡査「（近づき）こらー！　何やってるんだ！」

高志「来るな！　親子の問題だー　撃ってみろよ則夫！　どうしたおい！」

則夫「フー、フー、フー…動かないで。本当に」

静止する両者。その時、群衆から省三が歩いて来る。省三、高志の肩に手を置き、引っ張る。こける高志。銃をおろす則夫。向かい合う省三と則夫。省三が促し、２人が座り込む。省三のただならぬ雰囲気に飲まれ、見つめる高志。

則夫「（泣きそうになりながらこらえ）何言っても俺は動かないよ」
省三「もう十分だよ」
則夫「（首を振り）山を壊すのが父さんの仕事なんだ。許せないんだよ！　別に、あんた達の為にやってるんじゃないんだ」
省三「大丈夫。ばあさんは、もう土になったよ」
則夫「……嘘だ！」
省三「（間）…許せないのは、自分だろ」
則夫「うるさい！　俺は、その仕事のおかげで大きくなったんだ」
省三「…お前は、もう坊じゃない…謝らなきゃな…」
則夫「…なんだよ…」
省三「お前が弱そうだから、話しかけたんだ。はじめから、そのつもりだったんだ。ハナがな、下の人間に慣れる為にな…」
則夫「……」
省三「則夫！　お前は、俺らの希望だ。お前みたいなのが、まだ居る。それだけで俺たちは十分だ。繋がってるんだ。だから俺らは」
則夫「そんな」
省三「山、降りることにした」
　雨が降りしきる。呆然とする則夫。銃を捨て、山へ走る。

○山中・山道（雨）
　雨の中則夫が走る。

○同・頂上（雨）
　則夫、頂上に辿り着く。ハナが立っている。振り向き

ハナ「何も見えないから、何も忘れられないいや」

則夫とハナ、向き合う。その奥に雨にかすんだ山々。
則夫「ハナ…お、俺が…」
　とハナが則夫の顔を両手で挟み、口づけする。則夫驚く。
ハナ「（額を合わせ）則夫は、強い。ありがとう」
　雨の中立ちすくむ2人。

○農道（日替わり）
　抜けるような青空。木漏れ日。制服姿で農道を走る則夫。

○山中
　獣の鳴き声のような音を立てて倒される木。ブルドーザーが土を掘る。

○セメント工場
　省三が20キロのセメント袋を抱え、汗を流し働いている。

○学校前の道
　走る則夫。角を曲がり立ち止まる。息荒く見つめる則夫の顔。足元から、制服姿のハナの立つ姿。カメラを見つめるハナ。ほんの僅かに、笑みを浮かべる。

T　**「山歌」**

〈終〉

受賞者紹介

笹谷　遼平

ささたに・りょうへい　１９８６年、京都府向日市生まれ。２０１８年、シナリオ「黄金」で伊参スタジオ映画祭中編の部シナリオ大賞。２０１９年、北日本の馬文化に密着したドキュメンタリー映画「馬ありて」を全国公開開始。初の長編劇映画「山歌（サンカ）（「黄金」から改題）」が完成。「自然の中で人間がいかに生きるか」をテーマに映画を作っている。

私は日本の山々に実在した放浪民・サンカにこだわり続けていた。なぜか。自戒をこめ、サンカを通して自然に近づきたかった。日本の古層に流れているものに触れてみたかった。運良く大賞を頂き、映画化に向けて撮影監督・上野彰吾さんと何度も中之条を訪れた。山、川、空の表情の美しさ、深さに感嘆した。しかし、撮影に入り雨が降った。雨は川沿いに作ったセットを水浸しにし、時には増水した川の濁流にスタッフの命の危険をも感じた。「自然に弾かれた」と誰もが思った。しかし、はじめて集まった私たちはそのコントロールできない自然の中で、普通の撮影では得難い「結び」の中にいたのだと思う。心折れやすい私が、私以外の全てに支えられ、人間がもがく映画ができた。映画は人間が作る。その意志も含め自然の一部である。こんな映画作りを続けたい。

映画情報

（２０１９年／ＢＤ／78分）

スタッフ

脚本・プロデュース・監督
：笹谷　遼平
撮影監督：上野　彰吾
（J.S.C.）
美　術：小澤　秀高
録　音：小川　武
照　明：赤津　淳一
メ イ ク：塚原ひろの
衣　装：金子　澄世
衣　装：廣田　繭子
編　集：菊池　智美
音　楽：茂野　雅道
制　作：橋本　光生
助 監 督：葛西　純
アソシエイトプロデューサー
：松岡　周作
製　作：六字映画機構

キャスト

杉田　雷麟（坂口則夫）
渋川　清彦（省三）
小向　なる（ハナ）
飯田　基祐（坂口高志）
蘭　妖子（タエばあ）
内田　春菊（坂口幸子）
五十嵐美紀（沢田加代子）
星野　恵亮（小西巡査）
白石　優愛（ヨシ・ハナの友人）
若松　俐歩（坂口恵子・則夫の母（故人））
増田　敦（坂口高志の友人）

シナリオ大賞２０１８　短編の部

「15歳の総理大臣」

胡麻尻　亜紀

登場人物

印南　一子（40）総理大臣
　　　　　　＊途中で吉田二子（15）になる
印南　晴（15）一子の娘、中学三年生
佐伯　詩織（36）秘書官補
MCティーチャー（25）男性司会者
関口　泉美（15）晴の同級生
アナウンサー

○印南家・リビング（朝）

白を基調とし、整然としたマンションのリビング。飾り棚にずらりと並ぶ写真立て。中でも目を引くのは、米国大統領（女性）と握手をしている白いスーツ姿の印南一子（40）。リビングのど真ん中には選挙でよく見かける赤い大きな達磨が鎮座。その両目は怖いくらい厳しくこちらを睨んでいる。ダイニングで朝食をとる一子。横に立つ秘書の佐伯詩織（36）と、朝の情報番組を見ている。

アナウンサー「印南一子総理大臣が誕生してもうすぐ1年。日本で初の女性総理大臣の誕生は、国内外から大きな注目を集めました。就任当初の支持率は70％を超え、イッチー旋風が巻き起こった印南内閣ですが、現在では支持率は大幅に低下、20％を下回る状況です。国民の信頼を損なう要因として考えられるのは、印南内閣の行き過ぎた政策ではないかと言われています。計画経済、計画出産、計画休暇、計画性ばかりを重視する印南総理大臣の政策によって国民は疲弊、混乱しているのではないでしょうか」

一子、忌々しげにテレビを切る。

一子「なぜ国民はわからないのかしら。何かを取り組む上で計画を立てることがいかに大切ってことが」
佐伯「しかし、総理……このままですと、内閣不信任決議案も時間の問題だと思われます」
一子「（流暢な英語で）shut up! 政治課題を円滑に処理し、政策を滞りなく遂行させるのがチーム印南の、まさにあなた達の役目じゃないの」
佐伯「そうは言いましても……」
一子「That's enough. それで今日の予定は？」
佐伯「（早口で機械のように）9時30分、両国国技館で自治体消防制度70周年記念式典に出席。11時45分、官邸。午後1時、石川正一拉致問題対策本部事務局長と会談。1時30分……」
一子「ねえ、官邸に居る昼の1時間15分が無駄じゃないかしら」
佐伯「しかし、少しはお休みを取られませんと。最近ほとんど眠れていないご様子ですから」
一子「no problem! ランチに15分、それで十分」
佐伯「それに今日は晴さんが午前授業の日です。たまにはご主人様と晴さん、家族3人でゆっくり食事でもされたらいかがですか？」
一子「公務とプライベートはきっちり区別する。何度言わせるの」
佐伯「申し訳ありません。それと、公邸料理人の件ですが、来週から着任するそうです」

一子「（嬉しそう）そう、良かった。これで主人のひどい料理を食べなくてすむわ」

一子、一塊になったスクランブルエッグを皿から持ち上げてみせる。ドアが開き、印南晴（15）が身体を揺すりながら入って来る。イヤホンからはヒップホップ音楽が大音量で漏れている。

佐伯「あ、晴さん、おはようございます」

晴「（ラップ）おはよう、太陽、ごきげんよう、ｙｏ！」

一子「（怒る）晴！　きちんと挨拶をしなさい！　その人をおちょくったような話し方、いい加減に止めなさい」

晴「（ラップ）あんたソーリー、アイムソーリー、トイストーリー」

一子「（怒鳴る）晴！　きちんとした日本語で話しなさい！」

晴「（ラップ）これ日本語、ちゃんと日本語。あんた日本人？　なら、なぜわからない。だってあんたには国民の言葉届かない」

一子「だから、きちんと（遮られる）」

晴「（ラップ）国民の言葉、日本の気持ち、もう一度学べ自分自身。計画、計画、それがなんだ？　がんじがらめ、まんじがため、サソリがため」

一子「あなたに政治の何がわかるって言うの」

晴「（ラップ）そらわかるわけない、知るわけない。けど、あたし総理に一番近い日本国民」

一子「しっかりしてよ……あなたもう15歳なのよ！」

晴「（ラップ）私15歳、もう15歳？　No.　まだ15歳。あんたの15歳、どうだったんだ？　思い出せ、フィフティーン。リマインド、リワインド、リファインド！」

一子「（怒鳴る）晴！」

晴、一子に向かい中指を立て、部屋を出て行く。

一子「全く、あの子ったら……」

佐伯「あの……」

一子「何、もうあと2分しかないわよ」

佐伯「申し訳ないのですが、今日午後からお休みいただけないでしょうか」

一子「うん、却下」

佐伯「えっ、あ、あの……どうしてもだめでしょうか？」

一子「ダメに決まってるでしょ。休暇は計画的に取るよう私が政策でうたっているんだから。総理の秘書チームのあなたがそれを守らなくてどうするの」

佐伯「早退の理由をお聞きにならないのですか？」

一子「どうせ、急な用事って言ったって。他の人にお願いできるでしょ？　それに大概のことはお金で解決できるわ。そんなものよ」

佐伯「私が計画的に休暇を取れれば、母の腰はぎっくりしなかったのでしょうか」

一子「そうね。前もってお母様をきちんと病院に連れて行っていれば、少なくとも回避できた休暇といえるわ」

佐伯「でも、ぎっくりですよ！　びっくりするくらい突然なるから、ぎっくりというのではないでしょうか」

一子「（嫌味ぽく）おかしな理屈ね。それならぎっくり腰ではなくて、びっくり腰と病名自体を変えなくてはならなくなるわ」

佐伯「そういう事を言っているのではなく……」

一子「Time is up!　2分経過。はい、この話は終わり」

佐伯「晴さんの言う通りです。総理には国民の声が全く届いていない……（少しの間）私、辞めさせて頂きます」

一子「はあ？」

佐伯「お世話になりました！」
一子「ちょ、ちょっと！　佐伯！」
　一子の制止を振り切り、出て行ってしまう佐伯。
一子「（溜息をつく）ふー、どいつもこいつも。日本国民はどうなっちゃってんのよ。あー、疲れた」
　固く目を閉じソファーに沈み込む一子。と、先ほど聞いた晴のヒップホップの音楽が小さく聞こえ始める。その音は徐々に大きくなっていく。

（フラッシュ）
晴「（ラップ）私15歳、もう15歳？　No、まだ15歳。あんたの15歳、どうだったんだ？」

　リビングの達磨がじっと一子を睨んでいる。
一子M「私の15歳は……総理大臣になると決めて、ハーバード大学入試に向けて猛勉強を始めた年。遊んでる暇なんてなかった。あんな母親みたいにならないように、目標を定め計画通り生きてきたの」

（フラッシュ）
晴「（ラップ）思い出せフィフティーン。リマインド、リワインド、リファインド！」

　達磨の目がひとつ消えて、片目になっている。
一子M「40歳の私が今更15歳に戻れる訳ないじゃない。人生は一度だけ。やり直しなんてきかない。だからしっかり計画を立てて、そのために努力しないといけないの」
　達磨の目が消えて、両目白目になる。その白目から虹色の光が出て部屋を包み込む。

○中学校の講堂・内
　チャイムが鳴り響く講堂。体育座りをする女子中学生達。その中にセーラー服姿の15歳の一子がいる。膝を抱えて居眠りしている一子。隣の関口泉美（15）、一子を覗き込む。
泉美「（揺する）ほら、一子ちゃん、起きて。出番だっつーの」
一子「（驚いて顔を上げ）はいっ？」
　一子、泉美の顔をまじまじと見つめ、辺りを見回す。
一子「あなた誰？　一子って？　何？」
泉美「やだ、意味不明。ほら準備して。もうすぐ始まるよ」
一子「（訳がわからず）えっ？　何が始まるの？　衆議院予算委員会？　佐伯は？」
泉美「何言ってんの？　この学校のトップになるんでしょ」
一子「（意味不明）えっ？　トップって？　私はもう日本のトップなんだけど」
泉美「マジ卍！　一子ちゃん、今日神ってる！」
　一子、自身のセーラー服姿に驚く。と、胸には「吉田一子」と書かれたネームプレート。首を捻り、頬をぴしゃりと叩く。ちゃんと痛い。混乱しているうちに、教師が1人壇上にあがり、MCティーチャー（25）と自己紹介をする。
MCティーチャー「それでは、これから青葉中学校生徒会長選挙を行います。3年1組の印南晴さん、3年2組の吉田一子さん、壇上までどうぞ」
　拍手する生徒達の間を晴が前に進む。晴を見て驚き立ち上がる一子。

泉美「(背中を押す)ほらぁ､二子ちゃん。てっぺん取っといで！」
　壇上に並んでいる一子と晴。それぞれ立候補者の襷をかけている。生徒達も晴も一子の正体には気づいていない。
ＭＣティーチャー「(テンション上がり）さあ、立候補者の晴と二子。まずお互いフェアプレイのシェイクハンドから始めようか！」
晴「(手を出す）よろしく、バイブス、ミックス、サンクス！」
一子「また、何訳のわからないことを（途中で遮られ）」
　ＭＣティーチャーにがしっと握手をさせられる２人。生徒達から大きな歓声と拍手が湧き起こる。ビビる一子。
ＭＣティーチャー「それでは、生徒会長選は討論会方式で行うよ。勝負は拍手の数で決まるからね」
一子「討論会方式？」
　何やら思案顔の一子。
一子Ｍ「討論会なんて楽勝よ。なんてたって私は総理大臣。幾千もの修羅場を乗り超えた鉄の女。となると、ここに来た理由は……道を踏み外そうとしている娘の晴を正すため。間違いない」
　素早く状況を分析し、結論を出した様子の一子。
ＭＣティーチャー「じゃあ、先行後攻を決めようぜ！」
　真剣にじゃんけんをする２人。なかなか決まらない。ようやく晴が勝ち、一子に向かって中指を立てる。
晴「もち先攻でいくよ。あたしの圧勝見せてやる」
ＭＣティーチャー「オッケー！　先攻は晴。後攻は二子。まずは自己紹介からいくよ。２人ともバイブス全開でチェケラッチョ！」
　テンポのいいビートが流れ、１歩前に出る晴。
晴「(ラップ）Ｙｏ！　あたし3年1組印南晴。あたしは学校で超有名人。だってあたしの住まいは官邸、ママは総理」
　ラップバトルとは予想もしていなかった一子、ぎょっとする。
晴「(ラップ）でもそんなの全然関係ねえ。あたしの人生あたしのもん｡ＳＰにだってあたしの人生守れない｡あたしは人生ラップにかける。信じてる言霊。伝わる愛情、友情、根性。お前の人生聞かせてみろよ！　(一子を指差す)」
　生徒達から拍手が起こる。
一子「(やり方がわからずしどろもどろ）私は……印南……じゃなかった。吉田二子と申します。12歳で英検1級取りました。それもこれも、いずれ総理大臣になるため。目標を達成するため、計画を立てることこそが重要。重要。ｙｏ！　ｙｏ！」
　顔を見合わせる生徒達。晴は一子に向かい親指を下に向ける。ムカッとする一子。
ＭＣティーチャー「(あおる）後攻の二子。もっと熱いバイブス乗せて、打ち返すアンサーちょうだいよ！」
晴「(ラップ）Ｙｏ！　あたしレペゼン帰宅部。何が悪い。何も悪くない。エジソンもリンカーンもみんな帰宅部。家に帰っていいのさ、堂々と。好きなことに情熱かけようぜ。リスペクトしようぜ、帰宅部ｙｏ！」
一子「(晴のラップを真似て）Ｙｏ！　中学生諸君。まずは将来の目標を立てよう　ｙｏ！　医者に弁護士、ノーベル賞。目標達成に何必要？　それは計画。やっぱ計画。紙に書き出せ。壁に貼っとけ。Plan-Do-See」
　驚いている様子の生徒達。ざわざわし始める。
晴「(ラップ）Ｙｅａｈ！　うちら15歳。リア充するため超多忙。

音楽、スポーツ、おしゃべり、おしゃれ、恋愛、イベント、足りない時間。減らそうぜ、無駄な時間。革命起こせ。学び方改革。校長の朝礼、長い朝礼、あれ要らない。時間、時間、時短、一番」

　生徒達の歓声が上がる。それに答える晴。

一子「(少し慣れてきたラップ) Ｙｅａｈ‼　学び方改革、それ賛成！　さすが総理の娘。そこ認める。でも、年長者敬うこと大事。校長先生、リスペクト。ところがぎっちょん、どこで時間、時短？　文化祭、体育祭、合唱祭。全て要らない。余った時間で、計画実行の近道探せ」

　生徒達からはブーイング。なぜだかわからない様子の一子。

晴「(ラップ) Ｙｏ！　大事な事を教えてくれるのは、教科書でもない、先生でもない。今は漫画。全部、漫画。大事な事教えてくれる。それは友情、愛情、根性、気分上々。図書室に、漫画導入、漫画購入、漫画挿入。ワンピース、ハイキュー、君に届け。沢山あるぞ、いい漫画あるぞ、大人も読むぞ。友情、愛情、根性、ｈｅｙ！　ｙｏ！」

　晴に対して生徒達の大きな歓声と拍手。悔しそうな一子。

一子「(ラップ) Ｈｅｙ　ｙｏ！　今日は漫画じゃ教えてくれないこと教えるよ。女子は耳をダンボ、マンボ、スタンド。出産は計画1番、授かり2番。遺伝子選んで産まなきゃソンソン。恋愛してる場合じゃない。変な遺伝子捕まえるな。いかれぽんちとは今すぐおさらば。無駄な恋愛 no more!　計画結婚 so happy!」

　生徒達から「一子、引っ込め！」の野次が飛ぶが、冷静に対応しようとする一子。

一子「(ラップ) 私の言葉、間違いない。明確な目標、綿密な計画、的確な行動。全て揃えば、dream comes true!　みんな、信じていいのさ、私の言葉を。No plan, no life! No plan,no life!」

晴「(ラップ) Ｙｏ！　あんた、何様？　政治家気取りか？　建前ばっかで、うんざりするぜ。息が詰まるぜ、あんたの言葉。あんたの耳には、うちらの声は届かない。そんな奴は、no need!　今すぐここから get away!」

　挑発的な晴のラップに、我を忘れ必死になる一子。

一子「(ラップ) Ｙｏ！　わかってないのは、晴の方さ。これは全てあなたのため。これは全て日本国民のため」

晴「(ラップ) じゃあ、あんたに一発教えてやるよ。日本で一番有名な家族を。計画結婚のなれのはてを。ママは、総理。寝ても総理。覚めても総理。家族は放置。パパは料理。あたしは掃除。会社を辞めて、家事、親父。毎日家族はてんてこ舞い。知らぬが総理、聞かぬが総理、世間知らずの高枕！」

　動揺し、言葉が出てこない一子。

晴「(ラップ)あたしはするぞ、恋愛するぞ。計画なんて関係ない。結婚なんて関係ない。恋せよ乙女、愛せよ乙女、Love so happy!」

　大きな生徒達の歓声と拍手。晴にマイクを突きつけられる一子。何も言えない一子にどうだという表情の晴。

一子「あっ、えっと……ｙｏ……」

ＭＣティーチャー「おぉっと、二子のアンサーが止まった！　そろそろ勝負が見えてきたということかな」

　生徒達のマックスの歓声と拍手が晴に向けられる。「はーる、はーる」のコールが響き渡る。

晴「(ラップ) Ｙｏ！　ギブするにはまだ早いぜ。計画、計画、建前は聞き飽きた。本当にそれが一番大事なことか？　うちらが望んでることか？　答えてみろよ！」

　　しつこく一子にマイクを向ける晴。晴の目をじっと見つめる一子。２人、しばらく無言で見つめ合う。

一子「（ふっきれたような顔でラップ）Ｙｏ！　計画通りの人生は、順調だけど、つまらない。計画ばかりの日常は、正しいけれど、堅苦しい。計画白紙で深呼吸。想定外も楽しめる。そんな生き方ありかもね。そんなやり方ありかもね」

　　一子、晴の右手を取り、高々と上げる。驚いた顔で一子を見返す晴に、頷く一子。と、学校のチャイムが鳴り響く。

○元の印南家・リビング（朝）

　　先ほどの姿勢でソファーに沈み込んでいる一子。佐伯が一子の肩を揺する。
佐伯「総理、総理、大丈夫ですか?」
一子「（目を開け）あっ？　それで？　生徒会長は晴?」
佐伯「な、何をおっしゃっているんですか……だいぶお疲れのようですね。最近ほとんど眠れていないご様子ですから」
　　不思議そうな顔の一子。と、ドアが開き、晴が身体を揺りながら入って来る。イヤホンからはヒップホップ音楽が大音量で漏れている。
佐伯「あ、晴さん、おはようございます」
晴「（ラップ）おはよう、太陽、ごきげんよう、ｙｏ！」
一子「（反射的にラップで）Morning, morning. 今日も元気に学校going!　（我に返る）あっ、しまった……」
　　晴と佐伯、驚いて一子の顔を見る。
佐伯「そ、総理？　ど、どうされました?」
一子「つ、つい……」
晴「（嬉しそうに跳ねながら）テンション、パッション、ファッション、ミッション」
一子「（笑って）ほら、遅刻するわよ。早く行きなさい」
　　晴が一子に手を振って部屋を出て行く。笑顔で見送る一子を不審な顔で覗き込む佐伯。
佐伯「あ、あの……やはり診療室予約しておきましょうか?」
一子「ラップって、こうなんだか心の底から元気になる感じがするわね。医者いらずだわ。あ、これがきっとバイブスね。バイブスあがるわー。ね、佐伯」
佐伯「（驚く）バ、バ、バイブスですか……そういえばいつもより顔色いいみたいですね」
一子「それと、公邸料理人の件。あれ、キャンセルしておいて」
佐伯「えっ？　よろしいんですか?」
一子「おでんが好きなのよ、主人は」
佐伯「おでん、ですか?」
一子「今度の休みにでも、作ってみるわ」
佐伯「はあ、了解しました。（言いずらそうに）それであの……」
一子「（遮って）佐伯、今日、午後から休暇取っていいから」
佐伯「（驚く）えっ‼」
一子「お母様を大事にしなさい」
佐伯「（驚く）えっ、あ、はい。ありがとうございます。総理、今日はなんだかいつもと違いますね……」
一子「そう？　さあ、今日も日本国民のために頑張って働くわｙｏ！」
　　一子が立ち上がり佐伯と共に部屋を出て行く。部屋に残された達磨の両目は笑っているように見える。

〈終〉

受賞者紹介

胡麻尻　亜紀

ごまじり・あき　神戸生まれ、横浜育ち。青山学院大学卒業。2013年から脚本を学び、現在は主に脚本執筆、ドラマや映画の企画を提案するなど脚本家として活動中。（ドラマデザイン社シナリオインキュベーション23期所属）「サクラノキノシタデ」エムトエス朗読劇、第33回シナリオS1グランプリ奨励賞受賞、伊参スタジオ映画祭シナリオ大賞2018で短編の部大賞受賞。受賞作を初監督し2019年11月伊参スタジオ映画祭にて初上映を果たす。同作で第6回あわら湯けむり映画祭グランプリ受賞。

以前から女性が活躍する作品を作りたいと思っていたので、将来の願いを込めて主人公を女性総理大臣に設定しました。また、普遍的なテーマである「母娘の対立」をなにか新しいもので表現できないかと考えたのが『ラップバトル』です。

ラップ部分は人気ラッパーのTKda黒ぶちさんに加わってもらい、ラウンド制にするなどかなりテコ入れをしました。肝心のバトルシーンでは生徒役（10代）のエキストラを集める予定でしたが、フタをあけてみると8割方30～40代（友人・知人ばかり）。急遽演出を変えて、無理やり全員に学生服を着てもらいました。不思議なことに見えるんですよ、120人全員が学生に(笑)

映画制作についてはど素人だったので、私の場合はまさに人頼み。大事なのは人で、人とのつながりによってこの作品が完成したと思っています。

映画情報

（2019年／BD／27分30秒）

スタッフ

監督・脚本：胡麻尻亜紀
制作プロデューサー
：阿部　誠
撮影・編集：荒木　憲司
照　明：吉田　良介
録　音：黒石　光也
音　楽：内藤　正彦
ラップ監修：TKda黒ぶち
ヘアメイク：本多　真美
宇野　優美
助　監　督：福島　隆弘
デザイン：東　かほり
制　作：高津　直子
村田　真弓
高橋　幸子
辻　みゆき
河合　伸彦
大森　牧
親川龍之介
メイキング：根来　ゆう
林　康弘

キャスト

遠山景織子（印南一子）
森　累珠（印南晴）
押元奈緒子（佐伯詩織）
本間　淳志（MCティーチャー）
奈良のりえ（アナウンサー）
西田　英智（印南直輝）
田中日陽里（高科夏鈴）
岡田りしあ（和田美玖）

シナリオ大賞２０１９　中編の部

「キリノシロ」

中野　優子

登場人物

舞蔵霧子（11）小学5年生
安室光矢（10）小学5年生
舞蔵夕実（40）霧子の母親
舞蔵しげ（70）霧子の祖母
戸張良太（35）霧子の担任
戸張麻美（32）戸張の妻
熊谷直哉（40）麻美の彼氏
安室守人（48）光矢の父親
佐川愛美（11）霧子のクラスメイト
権田　巧（10）霧子のクラスメイト
三河佳苗（10）霧子のクラスメイト

○通学路1

廃れた住宅街の道。空き家、入居者の少ない古いアパート、廃れたスナックなど。道端のコンクリートの隙間には、花を咲かせたタンポポが生えている。ランドセルを背負った舞蔵霧子（11）が足早に歩いている。後方から安室光矢（10）、権田巧（10）が歩いてくる。さらにその後方を歩く佐川愛美（11）。

光矢「（大声で）舞蔵。お前んち、ラブホテルー？」
ひそひそ笑う光矢と巧。

霧子「（呟く）聞こえない」
巧「なあ、ラブホテルってなにー？」
霧子「（呟く）聞こえない、聞こえない」
愛美「やめなよー」
と言いつつ、本気で諫める様子のない愛美。
光矢「おい、無視すんなよ！」
霧子、ダッシュする。

○通学路2

川沿いの道。霧子が息を切らして走っている。立ち止まる霧子。霧子の視線の先に寂れたラブホテルが建っている。2階建てで、西洋の城を模した外観。白く塗られた壁の塗装は所どころが剥がれ落ち、車の出入口のシートは色あせている。看板に『ＨＯＴＥＬ霧の城』とある。

○タイトル『キリノシロ』

○ＨＯＴＥＬ霧の城・表

裏に行く霧子。

○同・裏

ホテルのすぐ裏にある霧子の家。築60年超えの木造2階建てである。傾いたベランダ、放置された古い植木鉢など。霧子、軋んだ音を立てる門を開き、中へ入る。

○舞蔵家・玄関・中

霧子が入ってくる。

霧子「ただいま」
しげの声「おかえり」
　舞蔵しげ（70）出てくる。若干、足を引いている。
しげ「おかえり。おやつあるよ」
霧子「……うん」

○同・居間
　卓袱台に置かれた煎餅を口に入れる霧子。洗濯物を畳んでいるしげ。霧子、しげを手伝う。
しげ「学校、慣れたかい？」
霧子「まあまあ」
しげ「仲良しの子、できたかい？」
霧子「まあ……」
しげ「まだ越してきて2週間だもんな。無理すんな」
霧子「別に……大丈夫だよ」
しげ「そうかい。あっ、そうだ。霧ちゃんにお手紙来てたんだ」
　霧子、しげから封筒を受け取る。可愛らしいイラストが印刷された封筒。
霧子「（喜び）モカちゃんからだ」
しげ「東京の友達かい？」
霧子「うん」
　霧子、封を開けて手紙を読む。
霧子N「キリちゃん元気ですか？　こちらは相変わらずです。新しいクラスはリコちゃんと一緒です。夏休み、キリちゃんのおうちのホテルに泊まりに行きたいね、と話しています。楽しみにしています」
　霧子、手紙を畳む。
霧子「ねえ、なんでおばあちゃんちは……（言いかけてやめる）」
しげ「ん？」
霧子「なんでもない」

○小学校・正門（朝）
　小学生達が登校してくる。教師の戸張良太（35）が、登校してくる子供達に元気良く声をかけている。挨拶をして門を通る生徒たち。霧子と光矢もその中にいる。
戸張「舞蔵」
　霧子、振り返る。
戸張「おはよう！」
霧子「（小声）おはようございます」
戸張「なんだ元気ないなあ。朝飯くったのか？」
　光矢、ゴホゴホ咳をしている。
戸張「光矢、風邪か？」
光矢「大丈夫」
戸張「辛かったら言えよ」
　戸張麻美（32）が小走りでやってきて、戸張の元へ行く。
　麻美、弁当を差し出し、
麻美「もうっ。今日はお弁当の日でしょ」
戸張「おお、すまん」
　「先生ラブラブー」など、からかう生徒の声に、まんざらでも無い様子の戸張。霧子、興味の無い様子で歩いて行く。

○舞蔵家・外観（朝）

○同・2階・霧子の部屋（朝）
舞蔵夕実（40）が掃除機を持って入ってくる。机の上の封筒を見る夕実。
夕実「（微笑む）モカちゃんからね」
夕実、手紙を読む。
夕実「……」

○小学校・5年1組教室
席に着いている20人ほどの生徒達。教壇に立つ戸張。窓際の席の霧子。頬杖をついて窓の外を見ている。霧子の頭に何か当たる。下を見る霧子。千切った消しゴムが落ちている。振り返る霧子。斜め後ろの光矢と目が合う。とぼけて目を逸らす光矢。霧子、前を向く。またしても霧子の頭に当たる千切った消しゴム。無視する霧子。

戸張「今日の2時限は、楽しい校外学習だぞー。休み時間の内に各自、ボード、筆記具を用意して昇降口前に集合！」

喜ぶ生徒や、面倒臭そうな生徒など。

○学校付近の畦道
たんぽぽ、ホトケノザなどの雑草が生えている。田んぼには蓮華が咲いている。20人ほどの生徒が、首から提げたボードに植物の様子を書き込んでいる。2、3人で組になり、おしゃべりが楽しそうな生徒たち。霧子と同じく、ひとりボードに向かう。霧子、ひとりの三河佳苗（10）がいる。
光矢、巧の邪魔をして、うざがられている。
戸張「こら、光矢、巧！　ちゃんと描いたのか？」
巧「光矢が邪魔してくる」
光矢「お前だって邪魔してきただろ、バーカ」
巧「してねーよ」
戸張、袖から見えた光矢の不自然な痣を見て、
戸張「光矢、その痣どうした？」
光矢「……転んだ」
戸張「……そうか」
光矢「俺、あっちで描こうっと」
その場を離れる光矢。霧子、光矢と目が合う。
光矢「なに見てんだよ」
霧子「（小声）見てない」
佳苗「ま、舞蔵さん。絵、上手だね」
霧子、声をかけられたことに驚き、
霧子「えっ。そうかな……」
佳苗「たんぽぽの色、すごく綺麗」
霧子「（照れる）ありが……」
光矢「あー、ラブホとネクラが話ししてるー」
霧子と佳苗を見る周りの生徒。戸張には聞こえていない。
霧子「（俯く）」
戸張「よーし。そろそろ学校に戻るぞ。せいれーつ」
生徒達、並び出す。

○舞蔵家・玄関・前
ランドセルを背負った霧子が帰ってくる。家の中からバタバタと音がして、勢いよくドアが開き夕実が出てくる。
夕実「あ、霧子お帰り」
霧子「どうしたの？」
夕実「ちょっと昼寝したらこんな時間になっちゃってさ。お仕事、

行ってくるね」
霧子「手伝う」
夕実「絶対ダメ。ホテルの仕事は霧子はやらなくていいの。お手伝いなら、家のことお願い」
霧子「でも……」
夕実「たいしてお客さん来ないし。それはそれで困るんだけど」
霧子「……ねえ、お母さん。なんでうちはラブホテルなの？　なんで普通のホテルじゃないの？」
夕実「その話は前もしたでしょ。じゃあ、行ってくるから」
足早に去っていく夕実。霧子、その姿を見つめる。

○同・庭先

植物の水遣りをしている霧子。川の向こう岸に、俯いて歩く光矢の姿を見つける。思わず隠れる霧子。玄関に入る。強い風が吹き始め、空が暗くなる。空を見上げる霧子。家の中へ入る。

○同・2階・霧子の部屋（夕方）

座って漫画を読んでいる霧子。雨が、すりガラスの窓を叩いている。時おり雷の音が響く。立ち上がり、窓を開ける霧子。吹き込んできた雨が、霧子の顔を濡らす。驚く霧子。眼下に、傘もささずに歩く光矢の姿がある。

○通学路2（夕方）

雨に濡れながら、行くあてもなく歩く光矢。

○舞蔵家・2階・霧子の部屋（夕方）

窓をバンと閉める霧子。
霧子「（呟く）なにしてんの、あいつ」
霧子、もう一度そっと窓を開く。霧子の視線の先に、光矢の姿。くしゃみをしている。部屋の中を行ったり来たりしている霧子。
霧子「……」

○HOTEL霧の城・横（夕方）

傘を指して周囲を見る霧子。タオルを持っている。
霧子「いない……」
光矢の声「わっ！」
霧子「！」
驚いて振り向く霧子。真後ろに光矢が立っていた。
霧子「な、なに？」
光矢「なにが？」
霧子「なんでいるの？」
光矢「別に。ヒマだから」
霧子「そう……」
去ろうとする霧子。
光矢「待てよ。お前んちのラブホ、中どうなってんの？」
霧子「え？」
光矢「見せろよ」
霧子「知らない」
光矢「なんで？」
霧子「お母さんが、入っちゃダメだって」
光矢「ふーん」

霧子「……」
　光矢、ホテルの入口へ向かう。
霧子「待って。どこ行くの？」
光矢「ちょっと探検」
霧子「止めてよ。お母さんに怒られる」
　光矢、入口に入っていく。
霧子「ねえ！」
　霧子、光矢の後を追う。

○同・入口・中（夕方）
　光矢を追って、入ってくる霧子。光矢、霧子の持っていたタオルを奪い、部屋の案内図を見ながら身体を拭き始める。
光矢「へー」
霧子「（声を潜めて）早く出て！」
　廊下を歩き出す光矢。
霧子「ねえ！」
　追う霧子。

○同・廊下（夕方）
　興味深そうに、キョロキョロ歩く光矢。霧子、光矢の後を追う。

霧子「ねえ、ほんとにマズイから！」

　101号室のドアが開き、夕実とパートの女性がシーツやタオルを抱えて出てくる。

霧子「！」

　慌てて物陰に隠れる霧子と光矢。夕実とパートの女性、気付かず行ってしまう。101号室のドア、僅かに開いている。光矢、すばやく101号室に滑り込む。霧子も追って、101号室に入る。オートロックの鍵が閉まる。

○同・101号室・入口（夕方）
　入口に立っている霧子と光矢。

光矢「すげー」

　靴を脱ぎ、部屋に入っていく光矢。

霧子「少しだけだよ」

　霧子も入る。

○同・同・室内（夕方）
　ピンクを基調とした室内。部屋の中央に、ダブルベッドがある。
光矢「おー、なにこのベッド。すげー」
　光矢、ベッドに腰かけてバウンドする。霧子、室内を見渡す。
霧子「もう、いいでしょ。早く出ようよ」
光矢「俺、今日ここで寝るー」
霧子「ふざけないで」
光矢「いいじゃん」
霧子「ダメに決まってるでしょ！」

○同・事務所（夕方）
　夕実がパソコンに向かって事務処理をしている。壁のモニター画面に、廊下を映している防犯カメラの映像が流れている。パートの女性が挨拶をして帰っていく。
夕実「お疲れ様です」

夕実、伸びをして立ち上がる。防犯カメラのモニターを見る夕実。再び座り、パソコンに向かう。

○同・101号室・室内（夕方）

ベッドでバウンドしている光矢。その前に立つ霧子。

霧子「お願いだから、もう出よう」
光矢「やだねー」
霧子「お母さんにバレちゃうよ」
光矢「殴られたりすんの？」
霧子「え？」
光矢「親に」
霧子「いや、それはないけど……。でも怒ると怖い」
光矢「ふーん。どっちが怖い」
霧子「え？」
光矢「父親と母親」
霧子「……お父さんとは、別れて暮らしているから」
光矢「ふーん」
霧子「安室くんは？」
光矢「うちは、親父と2人暮らしだから。母ちゃんは、離れて暮らしている」
霧子「そっか。うちと逆だね」
光矢「そうだな」
霧子「もういいでしょ。早く出ようよ」
光矢「しっ！」
霧子「？」
光矢「誰か来る」
霧子「（慌てる）」

○同・同・入口・中（夕方）

光矢、自分と霧子の靴を、すばやく持ってくる。

○同・同・室内（夕方）

霧子、動揺している。光矢、戻ってきて

光矢「ばか、隠れろ」

ドアの鍵が開く音がする。

霧子・光矢「！」

霧子と光矢、慌てて近くのクローゼットに入る。

○同・同・入口（夕方）

ドアが開き、男女が入ってくる。顔は見えない。

○同・同・クローゼット・中（夕方）

幅80センチ程のルーバー（羽板）扉のクローゼットの中で、息を潜めている霧子と光矢。羽板の隙間から、室内が見える。

○同・同・室内（夕方）

男性に抱きつく女性。

女性「会いたかった」
男性「……」

○同・同・クローゼット・中（夕方）

外の男女に釘付けな光矢。霧子もつい見てしまう。肩と肩がぶつかる霧子と光矢。

光矢「（声を潜めて）もっと向こう行けよ」

霧子「(声を潜めて) これ以上無理」
　くしゃみが出そうになる光矢。必死で耐える。

○同・同・室内 (夕方)
　男性の顔が見える。熊谷直哉 (40) である。熊谷、女性の背中に手を伸ばす。が、直前で止まり、その手を女性の肩に置く。
熊谷「麻美……ダメだよ」

○同・同・クローゼット・中 (夕方)
　くしゃみを耐えている光矢。光矢を見てハラハラしている霧子。

○同・同・室内 (夕方)
　女性を優しく放す熊谷。
女性「どうして……」
熊谷「もう終わりにするって、お互い納得しただろ」
女性「じゃあ、なんで来たのよ！」
熊谷「……」
女性「(泣く) なんで……」
熊谷「ごめん」

○同・同・クローゼット・中 (夕方)
　霧子と光矢に女性の顔が見える。
霧子「(どこかで……)」
光矢「あ……」
　(フラッシュ)

　登校してくる子供達に元気良く挨拶する戸張。霧子と光矢もその中にいる。戸張の元へ小走りでやってくる麻美。

麻美「もうっ。今日はお弁当の日でしょ」

戸張「おお、すまん」

　「先生ラブラブー」など、からかう生徒の声に、まんざらでも無い様子の戸張と麻美。

　(フラッシュ終わり)

　顔を見合わせる霧子と光矢。

○同・同・室内 (夕方)
　麻美、熊谷にキスをする。

○同・同・クローゼット・中 (夕方)
　霧子、下を向く。光矢はクローゼットの外を見ている。

○同・同・室内 (夕方)
　熊谷に激しくキスをする麻美。そのままベッドに押し倒す。熊谷に馬乗りになる麻美。

○同・同・クローゼット・中 (夕方)
　霧子と光矢、気まずい。霧子をチラっと見る光矢。霧子もチラッと光矢を見る。お互いすぐに目を逸らす。
霧子「……」
光矢「……」

○小学校・外観（夕方）
　雨が降っている。

○同・職員室（夕方）
　戸張と教師が数人残って仕事をしている。戸張、窓の外を見る。

○ＨＯＴＥＬ霧の城・１０１号室・内（夕方）
　ベッドに押し倒された熊谷と、その上に乗る麻美。麻美、熊谷にキスをしようとする。
熊谷「妻とやり直したいんだ！」
麻美「！」
熊谷「ごめん」
麻美「裏切り者！　最低！」
　麻美、泣きながら熊谷を殴る。

○同・同・クローゼット・中（夕方）
　麻美と熊谷を見ている霧子と光矢。

○同・同・室内（夕方）
　立ち上がる麻美。出て行こうとする。
熊谷「送るよ」
麻美「来ないで！」
熊谷「麻美……」
麻美「……来ないで」
熊谷「ごめん」
　麻美、部屋を出て行く。熊谷、ベッドに腰かけ深いため息をつく。

○同・同・クローゼット・中（夕方）
　霧子と光矢、力が抜けため息をつく。

○同・同・室内（夕方）
　熊谷、クローゼットの方を見る。

○同・同・クローゼット・中（夕方）
　身を潜めている霧子と光矢。
霧子・光矢「（やばい！）」

○同・同・室内（夕方）
　立ち上がる熊谷。クローゼットに向かって歩き出す。

○同・同・クローゼット・中（夕方）
　霧子と光矢、祈る。

○同・同・室内（夕方）
　熊谷のスマホが鳴る。スマホを見る熊谷。部屋を出て行く。

○同・同・クローゼット・中（夕方）
　ドアが閉まる音がする。霧子と光矢、安堵の溜息をつく。

○同・同・室内（夕方）
　クローゼットから出てくる霧子と光矢。くしゃみをする光矢。

光矢「マジ、危なかったー。絶対ばれると思った」
霧子「うん……」
光矢「あれ、戸張の奥さんだよな」
霧子「……そうかな？」
光矢「そうだよ」
霧子「……」
光矢「戸張に言う？」
霧子「……言っちゃいけないと思う」
光矢「戸張の弱みを握ったな」
霧子「よくそんなこと言えるね！　やっぱりあんたは最低！」
光矢「（驚き）お前、怒るんだ」
霧子「……」
光矢「言うわけねえだろ」
霧子「ほんと？」
光矢「ああ。わかんねーけど」
霧子「……ねえ、なにがあったの？　なんで雨の中……」
光矢「さてと。やっぱ帰るかな」
霧子「え？」
光矢「寒いー」
　光矢、自分の両腕を抱える。
光矢「じゃあな」
霧子「ちょっと待って」
光矢「なに？」
霧子「あの。もし、家に帰りたくない理由があるなら、お母さんに話して泊めてあげても……」
光矢「……」
　光矢、霧子を見る。目が合う2人。

光矢「（目を逸らして）ばーか」
霧子「……」
光矢「冗談に決まってるだろ」
霧子「……そっか」
　光矢、数歩歩いて座り込む。
霧子「？」
　霧子、光矢に近づく。赤い顔をして、苦しそうな光矢。
霧子「（驚き）大丈夫？」
　うろたえる霧子。光矢の腕を掴む。
霧子「熱い……」
　光矢、立とうとしてよろける。
霧子「お母さん呼んでくる！」
光矢「待て。大丈夫だから」
　光矢、壁に手を着いて歩こうとするが、再び座り込む。
霧子「いいから動かないで待ってて！」
光矢「……」
　部屋を走り出ていく霧子。

○市民病院・外観（夜）
　雨が止んでいる。

○同・救急外来前・廊下（夜）
　長椅子に座っている霧子と夕実。
夕実「（溜息）まったく、なんてこと」
霧子「……」
　戸張が走ってくる。立ち上がる霧子と夕実。
戸張「舞蔵！　光矢は？」

　　戸張と夕実、互いに会釈する。
夕実「軽い肺炎を起こしているみたいです。それと……」
　　夕実、視線を先に向ける。

○同・一室（夜）
　　安室守人（48）が、警察官2人に事情を聞かれている。

○同・救急外来前・廊下（夜）
　　長椅子に座っている霧子。戸張と夕実、立って向き合っている。
夕実「お医者様が気付いて、連絡したみたいです」
戸張「（深い溜息をついて）そうですか……」
　　頭を抱えて座り込む戸張。

○同・入院部屋（夜）
　　6人部屋。それぞれ、カーテンで仕切られている。霧子が入ってきて、廊下側のカーテンをそっと開ける。眠っている光矢。
霧子「……」

○道路（夜）
　　軽自動車が走っている。

○軽自動車・中（夜）
　　運転席に夕実。助手席の霧子。
夕実「ちょっと寄り道しよっか」

○丘の公園（夜）
　　町を見下ろせる公園。夕実と霧子が乗った軽自動車が停まる。降りて来る霧子と夕実。
霧子「……ごめんなさい」
夕実「ん？」
霧子「勝手にホテルに入って」
夕実「もういいわよ。こういっちゃなんだけど、よかったわ。安室くんてコ」
霧子「どうなるのかな」
夕実「分からない。でも、悪い方向には行かせないわ。お母様にも連絡行くと思うし」
霧子「……うん」
夕実「霧子ごめんね」
霧子「なに？」
夕実「パパと離婚してこっちくるとき、霧子にウソついちゃった」
霧子「……」
夕実「ラブホってこと内緒にして、普通のホテルって言って連れて来ちゃったでしょ。そのことで、辛い思いしているよね。……私もそうだったから」
霧子「……」
夕実「大人の都合で子供を振り回しちゃってるね」
霧子「（遮って）私は大丈夫だよ」
夕実「……」
霧子「（呟く）大人も大変だよね」
夕実「え？」
霧子「子供もだけど」
夕実「あら、生意気ぶって」

霧子と夕実、笑う。

○小学校・外観

○同・5年1組教室

授業を受けている霧子ら生徒と、教壇に立つ戸張。戸張、元気よく授業をしている。

霧子「（戸張を見て）……」

後ろを振り返る霧子。空いている光矢の席。チャイムが鳴る。

○同・廊下

佳苗が出てくる。霧子も出てきて、

霧子「（自分に言い聞かせる）大丈夫」

霧子、佳苗に歩み寄り、

霧子「み、三河さん」
佳苗「舞蔵さん」
霧子「どこに行くの？」
佳苗「図書室」
霧子「い、一緒に行ってもいいかな」
佳苗「（笑顔で）うん」

霧子と佳苗、歩いて行く。

○学校付近の畦道

田には水が張られ、農家の男性が田植えをしている。

○小学校・正門（朝）

登校してくる生徒たち。戸張が元気よく挨拶をしている。

○同・5年1組教室

霧子ら生徒が着席している。教壇に立つ戸張。その隣に光矢が立っている。黒板に大きく「安室くんお別れ会」と書かれている。

クラスメイトに取り囲まれている光矢。涙ぐんでいる巧ら数人。輪から離れた場所で見ている霧子。霧子と光矢、一瞬目が合う。

霧子「！」

また輪に戻っている光矢。

霧子「……」

○通学路

光矢と巧が歩いている。その後方を歩く霧子。

○舞蔵家・玄関・前

帰ってくる霧子。

霧子「……」

ランドセルを放って走り出す。

○通学路

光矢がひとり歩いている。霧子、後ろから走ってくる。

霧子「安室君！」

振り返る光矢。

霧子「あの……」
光矢「世話になったな」
霧子「え……」
光矢「なんて言うと思うか、ばーか」
霧子「……」
光矢「……じゃあな」
霧子「また家出するときは、うちに来れば！」
光矢「（笑う）ばーか」
　光矢、去っていく。
光矢「（呟く）サンキュー」
　霧子、光矢の後ろ姿を見つめる。強い風が吹き、道端のタンポポの綿毛が一斉に飛ぶ。タンポポの綿毛、空を舞っていく。

〈終〉

受賞者紹介

中野　優子

なかの・ゆうこ　埼玉県生まれ。短期大学にて日本史専攻。月刊「公募ガイド」の誌上コーナーをきっかけにシナリオを書き始める。シナリオセンター通信科にてシナリオを学ぶ。

・テーマ：このシナリオをなぜ書こうと思ったのか

「キリノシロ」は、たまたま耳にした小学生の会話から生まれました。あのときの名前も知らない女の子と、現代を生きる子供たちに逞しく育ってほしいという思いを込めました。
　映像化に至っては、脚本を書くことと撮ることのギャップに悩みました。撮影監督、助監督をはじめ、スタッフたちが力を貸してくれました。現場を子役たちが盛り上げてくれました。また、エキストラの子供たちが「あの機材はなに?」「今、何をしているの?」と興味を持ってくれたこと、そして「もっと出たい！」と言ってくれたのが嬉しかったです。
　映像化にあたり、ご指導ご協力いただきました皆様に心より感謝申し上げます。

映画情報

（２０２０年／ＢＤ／39分）

スタッフ

監督・脚本：中野　優子
プロデューサー：上原三由樹
撮　　影：平野　晋吾
照　　明：山口　峰寛
撮影助手：鈴木　隆斗
録　　音：安光　雪江
ヘアメイク：堀　奈津子
ヘアメイク応援：本多　真美
助監督チーフ・スチール
：松岡　寛
助監督セカンド：上林　三夏

照明助手：塩野谷　明
AP・メイキング：赤羽健太郎
制　　作：佐原　美穂
　　　　　池上　秀治
　　　　　上原　希望
　　　　　原田　和子
　　　　　松尾　勝巳
編　　集：田巻　源太
音　　楽：田代　礎己
サウンドエフェクト
　　　　：koty

キャスト

田中　千空（舞蔵真魚）
生駒　星汰（安室光矢）
田中　美里（舞蔵夕実）
新晟　　聡（戸張良太）
鈴木タカラ（戸張麻美）
加藤　亮佑（熊谷直哉）
有希　九美（舞蔵しげ）
隆成（権田巧）
笹川　椛音（佐川愛美）
田中　紗羽（三河佳苗）
大塩　ゴウ（安室守人）
松木　大輔（古河透）
上林　三夏（権田恵子）
池上　秀治（児童相談員）

シナリオ大賞２０１９　短編の部

「在りし人」

藤谷　東

登場人物

【昭和25年】

朔　治（18）　養蚕農家
佐　代（26）　朔治の妻
耕　三（54）　朔治の父
はつ（51）　朔治の母
玄　治（享年25）朔治の兄（遺影）

【現在】

朔　治（87）　無職
佐　代（享年91）朔治の妻（遺影）
耕　三（享年74）朔治の父（遺影）
はつ（享年80）朔治の母（遺影）
玄　治（享年25）朔治の兄（遺影）
健　一（67）　朔治・佐代の息子
小百合（67）　健一の妻
千　花（36）　健一・小百合の娘
佑　也（3）　千花の息子
一　紀（32）　健一・小百合の息子
朋　美（62）　朔治・佐代の娘
茉美子（33）　朋美の娘

○一軒家・前【現在】

築１００年以上の荘厳な日本家屋。玄関から出て、曲がった腰でゆっくりと歩く朔治（87）。

○アスファルトの坂道【現在】

曲がった腰で1歩ずつ、ゆっくりと歩く朔治。

○一軒家・1階・仏間【現在】

鴨居にかかった先祖の遺影。上座から順に古い写真が並び、耕三（享年74）、はつ（享年80）、玄治（享年25）、佐代（享年91）の順で並んでいる。佑也（３）、遺影を見上げ、泣いている。

千花の声「あらら、どうした〜」

小走りで来て、佑也を抱き上げる千花（36）。

佑也「（遺影を指差し）ごぉわ〜い」

千花「全然、こわないで。みんな、佑くんの味方やで」

佑也、もう一度遺影を見るが、やはり怖くて泣く。金茶色のちゃんちゃんこと帽子を身につけ、歩いてくる健一（67）。

健一「大丈夫か？」

千花「それ、じいちゃんに渡すやつやん。なんで着てんの？」

健一「…あ、いや、似合うかな思うて」

佑也、健一の格好を見て、上機嫌になる。

千花「ちゃんと米寿まで待ちーな。おかん見たら、また怒んで」

健一「（ちゃんちゃんこと帽子を脱ぎ）お〜、こわ」

と、うろうろと誰か探す様子で歩いてくる小百合（67）。

千花「なあ、そろそろ行かへん？　遅なると、叔母さんら、待たせてまうし」

小百合「いや、そうなんやけど……おじいちゃん見てへん？」
千花「畑やないん？」
小百合「それが、おらんねん」
健一「最近、ボケてきとるからな。よう見とかんとな」
小百合「あんな、こっちは1日家開けんのでも、色々準備あんねん」
健一「いや、けど、しゃーないやろ。父さんが温泉1泊がええ言うてんから」
千花「も～、そんなんええから、はよ探さんと」

○一軒家・前【現在】
玄関から出ていく千花、佑也、健一、小百合。周囲をうろつき、朔治を探す。
千花「じぃ～ちゃん～」

○木々に囲まれた墓場【現在】
朔治、目を閉じ、手を合わせている。
健一の声「（微かに）とぉ～さ～ん」
木々に響き渡る健一の声。

○同【昭和25年】
朔治（18）、閉じていた瞼を開き、声の方を振り返る。
耕三の声「（微かに）朔治ぃ～」

○タイトル『在りし人』

○一軒家・2階・蚕室【昭和25年】
数頭の蚕が桑の葉を虫食んでいる。左右の壁面に沿って並べられた蚕棚。
耕三の声「朔治ぃ～」

○同・屋根裏【昭和25年】
吊り下がった回転蔟。
はつの声「朔治ぃ～」

○同・1階・仏間【昭和25年】
鴨居にかかった先祖の遺影。1番下座に飾られた軍服姿の玄治（享年25）の遺影。
佐代の声「朔ちゃ～ん」

○砂利の坂道【昭和25年】
駆け下りる朔治。

○一軒家・前【昭和25年】
朔治を探し、うろうろ歩きまわっている佐代（26）、耕三（54）、はつ（51）。走ってくる朔治。
佐代「（朔治を指差し）おりました」
耕三「阿呆、お前。はよせんと、汽車、乗り遅れてまうで」
朔治「もうそんな時間ですか？　すんません」
はつ、玄関から旅行鞄を持って朔治に渡し、
はつ「ほら、はよ行ってきぃ」
朔治「（佐代を見て）…すまんな」
佐代「（微笑み）えかった」

朔治「ほな、いってきます」
佐代「いってまいります」
　耕三とはつに頭を深く下げ、歩き出す朔治と佐代。
耕三「ホンマ、世話焼かせおって」
はつ「（手を振り）気ぃつけてな」
　ぎこちなく並んで歩く朔治と佐代。
佐代「（茶化した様子で）おらんなった思うたで」
朔治「（息を切らし）そんな訳ないやろ。式の代わり言うて、なけなしの金叩いてもろうてんねんから」
　遠くなる朔治と佐代の背中を遠い目で見届ける耕三とはつ。
はつ「夫婦に見えへんなぁ」
耕三「見えんでも、そう扱ってやらな。戻ったら」
はつ「…せやね」

○田園風景【昭和25年】

　煙を上げて走る蒸気機関車。

○蒸気機関車・横座席【昭和25年】

　佐代、車窓の景色を眺めている。朔治、佐代の隣に座り、その美しい横顔に見惚れている。視線に気づき、朔治を見る佐代。慌てて視線を外す朔治。
佐代「（微笑み）なんや、緊張すんな、2人やと」
朔治「…なにぃ、今更。もう、5年も一緒に住んどんのに」
佐代「せやけど、こんなんなかったし…」
朔治「まあ、おとんもおかんも、俺が悪させんよう見張っとからな」
佐代「…そうなん？」
朔治「気づかんかったか？　相変らず、佐代は鈍感やな」
佐代「（朔治を覗き込み）…ほな、そういう気持ちがあったいうこと？」
朔治「（狼狽し）……佐代は、どう思ったんや？　おとんとおかんから、再婚の話あったとき」
佐代「…びっくりしたよ。そら、玄治さんの戦死公報届いてから間はあったけど、まだ頭ん中、混乱しとったし」
朔治「……ホンマ、えかったんか？　弟やからって俺なんかで…」
佐代「……そっちこそ、えかったん？　うちみたいな、歳いったお古…」
朔治「そんなんない。そんなん、ないよ」
佐代「（微笑み）優しいなぁ、朔ちゃんは」
朔治「…その朔ちゃんいうの、やめんか？　もう弟ちゃうんやし」
佐代「…ほな、何て呼んだらええん？」
朔治「…朔治、さん、やな」
佐代「…さくじ、さん（と、笑い出す）」
朔治「笑いなや」
佐代「（笑いを堪え）ごめんなさい」
　佐代、笑いを必死で堪えている。朔治、歯痒そうに佐代の様子を見ている。

○温泉郷【昭和25年】

　川沿いの道に軒を連ねる日本家屋。水の流れる音や下駄の歩く音が遠くから聞こえてくる。

○食事処・座敷【昭和25年】
　注文を終え、卓で待つ朔治と佐代。
佐代「ホンマに飲むん？　昼間っから」
朔治「やっと、ビールが自由に飲める時代になったんや。今日くらい、昼から飲んでも、バチ当たらんやろ」
　ビールの大瓶を卓に置く店員。
佐代「けど、酔うとすぐ寝てまうやん」
　朔治、大瓶の栓を抜きながら、
朔治「…うるさいな。うちの家系は、代々、酒飲みやねん。俺かて、もう一人前や。こんくらい飲めんで、どないすんねん」
　佐代、朔治から大瓶を取り、お酌しながら、
佐代「はいはい。ほんま、もう、よう似てんな」
朔治「……」
　佐代、朔治の表情を見て、失言に気づき、
佐代「…ごめんなさい」
朔治「…なんで、謝んねん」
佐代「……」
　朔治、無言でビールを飲み込む。

○温泉宿・客室【昭和25年】
　掛け布団の下、畳に寝転がる朔治。目を覚まし、ゆっくりと瞼を開く。視界の先、窓際にある広縁の椅子に座っている佐代。

○同・広縁【昭和25年】
　佐代、窓の外の景色を眺め、静かに涙を流している。手に握られた古い手紙。

○同・客室【昭和25年】
　潤んだ朔治の瞳。ゆっくりと目を閉じる。

○温泉・露天風呂（夕方）【昭和25年】
　赤みを帯びはじめた陽光が木の間を抜けて降り注ぐ。風に吹かれ、葉擦れの音とともに、揺れる木々と光。湯に浸かっていたが、出ていく朔治。

○温泉宿・客間（夕方）【昭和25年】
　朔治、出入口を窺いながら、佐代の鞄を必死に探っている。が、目的の手紙は見つからない。朔治、髪を掻き毟り、畳の上に大の字に寝そべる。荒い呼吸。嫉妬と自省に駆られた朔治の眼光。

○温泉郷・遊歩道（夕方）【昭和25年】
　静寂な日暮れの気配。夕陽が周囲を朱色に染めている。無言で歩いている朔治と佐代。
佐代「…そろそろ戻らへん？　お風呂入ったのに、汗かいてまうわ」
　朔治、すこし歩いて、立ち止まる。
朔治「…なあ、手紙、見せて？」
佐代「（立ち止まり）…手紙？」
朔治「あるやろ？　兄貴からもろうた、大事にしとるん」
佐代「……（悲しい表情になり）それはあかんわ」
朔治「なんで？」
佐代「…なんでかて、あれは、玄治さんがあたしに送ったもんや。いくら夫かて、見せられへん」

朔治「……まだ、兄貴のことを好きなんやろ？　やから、見せれんのやろ？」
佐代「……死んだからって、嫌いになれる訳ないやん。…だって、そうやろ？　玄治さんのこと、今も好きやろ？」
　朔治、目を潤ませ、佐代を見ている。佐代、困ったような宥めるような視線で朔治を見ている。朔治、突如、泣き崩れる。
佐代「（屈み込み）どないしたん？」
朔治「（泣きながら）…俺はいつからか、心んどっかで兄貴が帰ってこんかったら、ええ思ってた。…そしたら、佐代は……佐代は、俺のもんになる…。そしたら、ホンマに兄貴、兄貴…」
　佐代、複雑な表情で朔治を見ている。
朔治「佐代、あかん。俺みたいな男、あかんわ。身内の不幸をないがしろにするような男は、女を幸せになんかできへん」
　佐代、朔治を直視している。朔治、佐代の視線に耐えられず、目を逸らす。
佐代「……そんなら、あたしが幸せにしたるよ」
　朔治、顔を上げて佐代を見る。
佐代「（微笑み）夫婦は1人でなるんちゃうよ」
　朔治、佐代をまじまじと見ている。
佐代「やから、心配しいな。…で、帰ったら、お墓行って謝ろう。な？　あんなに2人、仲よかったやんか」
朔治「…そんなん、何遍も謝ってるよ」
佐代「ほんなら、ええよ。玄治さん、きっと朔ちゃんのこと、許してくれてるよ」
　朔治、再び気持ちが込み上げ、目を潤ませる。佐代、急に口を抑え、
佐代「あ、また、朔ちゃん、言うてもうた」
　朔治、すこしの間の後、笑みをこぼす。瞼から同時に、こぼれる涙。佐代、泣き笑う朔治を見て微笑む。

○温泉宿・庭園（夜）【昭和25年】

　手入れの行き届いた日本庭園。池の水面に映っていた部屋の灯りが消える。薄暗い水中を優雅に泳ぐ鯉の一群。

○同・客間（朝）【昭和25年】

　障子を抜け、陽光が届く。布団に横たわったままの朔治。寝たふりをしつつ、薄目を開けている。起こさないように朔治を窺いながら、慎重に布団を出ようとする佐代。と、バランスを崩し、倒れそうになる。朔治、バッと起き上がり、佐代を支えようと、手を伸ばす。上手に手をつき、倒れるのを防ぐ佐代。朔治と佐代、変な体勢で目が合う。
朔治「…お、おはよう」
佐代「おはよう。起こしてもうたね。ごめんなさい」
朔治「…あぉん」
　気まずそうに体勢を正す朔治と佐代。沈黙が流れる。朔治、逡巡した末、口を開く。
朔治「…すまんな」
佐代「……なんも」
朔治「自分が情けないわ」
佐代「そんな気にせんと。しゃあないよ、はじめてやってんから」
朔治「……」
佐代「…お茶、淹れるな」
　佐代、立ち上がる。朔治も、立ち上がり、

朔治「…また、頑張るわ」
佐代「……（微笑み）まずは、仕事、頑張ろな」
朔治「（赤面し）…せやな」
　佐代、その様子を慈しんで見ている。

○同・前【昭和25年】
　門から出て行く朔治と佐代。仲居の「おおきに〜」の声が遠くで聞こえる。肩を並べて歩く朔治と佐代。
朔治「（立ち止まり）なあ」
佐代「（立ち止まり）ん?」
朔治「やっぱ、朔ちゃんでええわ」
佐代「…ええの?」
朔治「もう、兄貴の真似はやめるわ。…一緒んなってくれるか？俺と」
佐代「…（肯き）はい」
　朔治と佐代、互いに見て微笑み合う。朔治、温泉宿の方を向き、真剣に見ている。
佐代「…どないしたん?」
朔治「焼き付けてんねん。こん先も、色々ある思うけど、ここでのこと、忘れんとこ思うて」
佐代「（温泉宿を見て）…せやね」
　肩を並べ、晴れやかな表情を浮かべている朔治と佐代。
朔治「…また、来よーな」
　朔治、佐代に視線を移す。が、佐代はいない。

○同・同【現在】
　茫然と無人の空間を見ている年老いた朔治。

朔治「……」
佑也の声「大じぃじぃ?」
　朔治、声の方を向くと、すこし離れた場所で、きょとんとした表情で朔治を見てる金茶色のブカブカの帽子を被った佑也。そして、朔治を心配そうに見ている健一、小百合、千花、朋美（62）、一紀（32）、菜美子（33）。朔治、無人の空間を見て、必死に涙を堪えた後、目頭熱く微笑み、曲がった腰で一歩ずつ、ゆっくりと家族の方へ歩いていく。

〈終〉

受賞者紹介

藤谷　東

ふじたに・あずま　１９８３年、山口県生まれ。地方公務員として働く傍ら、映画制作をはじめ、２０２０年に独立。２０１８年「ランドスケープ」で伊参スタジオ映画祭シナリオ大賞２０１８審査員奨励賞。２０１９年「若い二人」で21st DigiCon6 JAPAN話題賞。

テーマ

『在りし人』の題材となっている逆縁婚（配偶者の一方が死亡した場合、死亡した配偶者の兄弟あるいは姉妹と再婚する婚姻形態）は戦死者の多かった戦後の日本では、珍しくなかったそうです。当時の人々の気持ちを推しはかることから、この映画は生まれました。
日本の美しい情景とともに、様々な葛藤を抱えつつ、初夜を迎え、子孫を育んでいった男女の姿を国内外の一人でも多くの方々に観ていただけることを願っています。

映画情報

（２０２０年／ＢＤ／30分）

スタッフ

監督・脚本・編集・プロデューサー
：藤谷　東
撮影監督：上野　彰吾（J.S.C.）
美　術：野々垣　聡
録　音：北野　愛有
メ　イ　ク：新井はるか
衣　装：江頭　三絵
方言指導者：小夏いっこ
着　付　師：安藤　聡海
吉田　波絵（Hair Collection ZO･O）
ＶＦＸ・カラーグレーディング
：稲川　実希
音　楽：高橋ピエール
サウンドエディター
：吉方　淳二
字　幕：塩崎　祥平
アソシエイトプロデューサー
：松岡　周作
助　監　督：葛西　純
上月　理愛
撮影助手：甲谷　彰基
石川　貴人
美術助手：澤田　慎一
メイキング：小林　勁太

キャスト

諏訪　珠理（朔治・昭和25年）
堀　春菜（佐代）
奥野　匡（朔治・現在）
山下ケイジ（耕三）
矢島　康美（はつ）
磯貝　誠（健一）
岩松れい子（小百合）
岡田　亜矢（千花）
中村　羽叶（佑也）
小夏いっこ（朋美）
大石　結介（一紀）
安藤　聡海（菜美子）

大賞受賞作品
—主な国内外映画祭上映・受賞一覧—

貝ノ耳（杉田愉　2003年短編）

第62回ベネチア国際映画祭（イタリア）
第22回ボゴタ国際映画祭（コロンビア）
第13回サンクトペテルブルク国際映画祭（ロシア）
第10回ケーララ国際映画祭（インド）
第10回ポルトベロ映画祭（イギリス）
第9回ロードアイランド国際映画祭（アメリカ）
第8回ザンジバル国際映画祭（タンザニア）
第3回ウラジオストク国際映画祭（ロシア）
第21回イメージフォーラムフェスティバル
第18回にいがた国際映画祭
第13回長岡アジア映画祭
函館港イルミナシオン映画祭2004
第1回逗子湘南ロケーション映画祭
Short Shorts Film Festival 2005 in OSAKA
MOVIE LOVERS Vol.5
KOSフィルムパーティー2004
ヴロツワフ国際映画祭（ポーランド）　最優秀剣士賞
パープルバイオレット映画祭（アメリカ）グランプリ
アトランタ・アンダーグラウンド映画祭（アメリカ）グランプリ
DV Awards in the Spring 2005（アメリカ）グランプリ
プロボカートル国際映画祭（チェコ）　審査員特別賞
サンセベリア国際映画祭（アメリカ）　最優秀無声映画賞
オクスナード・インディペンデント映画祭（アメリカ）　最優秀撮影賞
ロチェスター国際映画祭（アメリカ）　優秀賞
かわさきデジタルショートフィルムフェスティバル（神奈川）　優秀賞

柳は緑　花は紅（宮本亮　2004年中編）

第10回　みちのくミステリー映画祭　角川オフシアターコンペティション
第10回　水戸短編映像祭
CO2（シネアスト・オーガニゼーション・大阪エキシビション）
オープンコンペ部門

星屑夜曲（外山文治　2005年中編）

SKIPシティ国際Dシネマ映画祭2007
短編コンペティション部門　奨励賞、川口市民賞
群馬県民の日　ぐんま天文台特別企画　天文台藝術祭

耳をぬぐえば（室岡ヨシミコ　2006年短編）

ふかやインディーズフィルムフェスティバル2008　準グランプリ
小津安二郎記念蓼科高原映画祭短編映画祭2009　入賞

求　愛（金井純一　2007年中編）

SKIPシティ国際Dシネマ映画祭2009
長編コンペティション部門ノミネート

金糸雀は唄を忘れた（赤羽健太郎　2007年短編）

下北沢西口ジョウ映会vol.2
KOSフィルムパーティー2009
MOVIE LOVERS Presents 伊参スタジオ映画祭・シナリオ大賞特集
LUMIERE—東北大地震復興支援イベント—

ヤング通りの住人たち（石田摩耶子　2008年中編）

福岡インディペンデント映画祭2010　優秀作品賞
さぬき映画祭2010
復興釜石映画祭2012

ひょうたんから粉（上原三由樹　2008年短編）

第5回福井映画祭　入賞

第15回清水映画祭　監督賞
第９回中之島映画祭
ハンブルグ日本映画祭２０１２

ここにいる（伊勢尚子　２００９年中編）

ゆうばり国際ファンタスティック映画祭２０１１　フォアキャスト部門
第15回水戸短編映像祭　コンペティション部門

純子はご機嫌ななめ（谷口雄一郎　２００９年短編）

福岡インディペンデント映画祭２０１１　40分ムービー部門　グランプリ
長岡アジア映画祭'11　監督賞
ひろしま映像展２０１２　グランプリ、演技賞
第６回札幌国際短編映画祭
さぬき映画祭２０１１
釜山独立映画祭
函館港イルミナシオン映画祭２０１１
２０１２年小坂本町一丁目映画祭
ひめじ国際短編映画祭２０１２

惑星のささやき（澤田サンダー　２０１０年中編）

函館港イルミナシオン映画祭２０１１
福岡インディペンデント映画祭２０１２　優秀作品賞
3RD THEATER FESTIVAL
渋谷ヒカリエ真夜中の映画祭

悲しくてやりきれない（澤千尋　２０１０年短編）

ＳＫＩＰシティ国際Ｄシネマ映画祭２０１２
　短編コンペティション部門ノミネート

震　動（平野朝美　２０１１年中編）

ＰＦＦ（ぴあフィルムフェスティバル）アワード２０１３
　映画ファン賞（ぴあ映画生活賞）、観客賞（名古屋賞）
ＳＫＩＰシティ国際Ｄシネマ映画祭２０１３
　長編コンペティション部門ノミネート
第21回レインダンス映画祭（イギリス）
インド日本映画祭（インド）
第28回高崎映画祭

冬の真桑瓜（森下鳰子　２０１１年短編）

長岡アジア映画祭'14
キエフ国際映画祭（ウクライナ）

独裁者、古賀。（飯塚俊光　２０１２年中編）

第28回高崎映画祭
ＰＦＦ（ぴあフィルムフェスティバル）アワード２０１４
　エンタテインメント賞（ホリプロ賞）
第８回田辺・弁慶映画祭　コンペティション部門入選
福岡インディペンデント映画祭２０１４　準最優秀作品賞
ジャパニーズ・フィルム・フェスティバル・インディア２０１５（インド）
カメラジャパン・フェスティバル（オランダ）
インディペンデント映画祭in別府

この坂道（宮本ともこ　２０１２年短編）

ＳＫＩＰシティ国際Ｄシネマ映画祭２０１４
短編コンペティション部門ノミネート
ショートショートフィルムフェスティバル&アジア２０１５
第９回札幌国際短編映画祭
第１回新人監督映画祭

彦とベガ（谷口未央　２０１３中編）

第29回高崎映画祭
福岡インディペンデント映画祭２０１５　90分ムービー部門　グランプリ
Movies-high15
あいち国際女性映画祭２０１５
　フィルム・コンペティション長編フィルム部門
グランプリ《金のコノハズク賞》

アジアフォーカス・福岡国際映画祭２０１５
第19回うえだ城下町映画祭
横濱ＨＡＰＰＹ　ＭＵＳ！Ｃ映画祭２０１５
　コンペティション（長編部門）優秀作品
ゆうばり国際ファンタスティック映画祭２０１６

捨て看板娘（川合元　２０１３短編）

第29回高崎映画祭
木村知貴映画祭
Kisssh-Kissssssh映画祭　自主制作映画入選
第21回ながおか映画祭　男優賞
第６回知多半島映画祭　コンペティション部門　準グランプリ
福井駅前短編映画祭２０１６
横濱インディペンデント・フィルム・フェスティバル２０１６
　中編部門　最優秀賞
第15回中之島映画祭

弥勒のいと（松井香奈　２０１４中編）

第30回高崎映画祭

正しいバスの見分けかた（高橋名月　２０１４短編）

第30回高崎映画祭
沼田の色映画祭
第17回中之島映画祭　優秀賞
門真国際映画祭２０１９　優秀作品賞
第９回知多半島映画祭　コンペティション部門　グランプリ
Seisho Cinema Fes 3rd　短編部門　ベストロケーション賞
門真市駅高架下シアター

ひかりのたび（澤田サンダー　２０１５中編）

ＳＫＩＰシティ国際Ｄシネマ映画祭２０１７
　国際長編コンペティション部門ノミネート
函館港イルミナシオン映画祭２０１７
キプロス国際映画祭　長編部門コンペティション　最優秀撮影賞
チチェスター国際映画祭（イギリス）
メイン国際映画祭（アメリカ）
JAPAN CUTS ２０１８（アメリカ）
アセンズ国際映画祭（アメリカ）
　国際長編コンペティション入選
第32回高崎映画祭
見逃した映画特集　Five Years

とっとこ将太（船越凡平　２０１５短編）

第31回高崎映画祭
福井駅前短編映画祭２０１７　テアトルサンク賞（観客賞）
那須ショートフィルムフェスティバル２０１７
横濱インディペンデント・フィルム・フェスティバル２０１７　観客賞
第７回知多半島映画祭
第４回新人監督映画祭
はままつ映画祭２０１７　観客賞
日本芸術センター第９回映像グランプリ
おおぶショートフィルムフェスティバル
映画美学校映画祭２０１８
門真国際映画祭２０１８　最優秀助演女優賞
第12回シューレ大学国際映画祭

子供は天使ですか（川西薫　２０１６中編）

第32回高崎映画祭
Movies-High18
湖畔の映画祭２０１８　短編コンペ部門　作品賞、助演俳優賞
第６回栃木・蔵の街かどアワード　準グランプリ
はままつ映画祭２０１９　はままつ映画祭賞
Maryland international film festival 2020　入選
　※新型コロナウイルスの影響で延期
Tokyo Lift-Off Film Festival 2020　入選
福岡インディペンデント映画祭２０２０

60分ムービー部門　グランプリ　俳優賞

三つの朝（根岸里紗　2016短編）

第32回高崎映画祭
門真国際映画祭2018　最優秀監督賞
カナザワ映画祭
湖畔の映画祭2018　短編コンペ部門　主演俳優賞
ながおか映画祭2018　グランプリ
神田ファンタスティック映画祭2018　グランプリ
第13回札幌国際短編映画祭
第12回田辺・弁慶映画祭コンペティション部門

なれない二人（樋口幸之助　2017中編）

第33回高崎映画祭
第5回新人監督映画祭　中編部門　グランプリ
門真国際映画祭2019　映画部門　優秀作品賞　最優秀主演男優賞
湖畔の映画祭2019

あるいは、とても小さな戦争の音（村口知巳　2017短編）

第33回高崎映画祭
函館港イルミナシオン映画祭2018
ショートショートフィルムフェスティバル&アジア2019
門真国際映画祭2019
第3回渋谷TANPEN映画祭
福岡インディペンデント映画祭2020　優秀作品賞
INDIE SHORTS AWARDS NEW YORK
ダマー国際映画祭2021（2021・5上映予定）

15歳の総理大臣（胡麻尻亜紀　2018短編）

第34回高崎映画祭　※新型コロナウイルスの影響で上映中止
第6回あわら湯けむり映画祭　グランプリ

在りし人（藤谷東　2019短編）

神戸インディペンデント映画祭2020　企画賞
横濱インディペンデント・フィルム・フェスティバル2020
中編部門　最優秀賞、ジャック&ベティ賞、観客賞

※受賞者および各映画祭ホームページ等で確認が取れたものを掲載しています。

伊参スタジオ映画祭上映作品一覧

伊参スタジオ映画祭（２００１年11月17日～18日）

【上映作品】
きみのためにできること（篠原哲雄監督）
月とキャベツ（篠原哲雄監督）
眠る男（小栗康平監督）
独立少年合唱団（緒方明監督）

【この年の映画祭】
―憧れの地で感動を再び― 伊参スタジオ映画祭の歴史がスタート
映画祭は単年開催の予定だったため、「第1回」の文字が入っていない
この開催の成功が第２回の開催に繋がる

第２回伊参スタジオ映画祭（２００２年11月9日～10日）

【上映作品】
けん玉（篠原哲雄監督）
草の上の仕事（篠原哲雄監督）
月とキャベツ（篠原哲雄監督）
たばこ屋とくものむこうがわ（栗原雅子監督）
あの坂をのぼれば（今西祐子監督）
ブラックリボン（水戸ひねき監督）
恋は致命傷（水戸ひねき監督）
ホームシック（水戸ひねき監督）
けん玉（篠原哲雄監督）

【この年の映画祭】
伊参スタジオ映画祭公式ホームページ開設（7月）
入場の木札、キャベツ刈り、校庭のキャンドル点灯、ゲストとお客様による立食パーティー開始

第３回伊参スタジオ映画祭（２００３年11月22日～23日）

【上映作品】
月とキャベツ（篠原哲雄監督）
すべり台（阿部雄一監督）
オー・ド・ヴィ（篠原哲雄監督）
行列のできる刑事（小泉徳宏監督）
手帳でゴー（井上久美子監督）
怪猫　轢き出し地獄（清水崇監督）
食卓の宇宙人（豊島圭介監督）
森のボンジュール（水戸ひねき監督）
すべり台（阿部雄一監督）
ラッキーロマンス（水戸ひねき監督）
光の輪の中（柴山健次監督）

【シナリオ大賞】
公募：４月1日～８月31日、応募数：１１７本
中編の部大賞　少年笹餅（岩田ユキ）
短編の部大賞　貝ノ耳（杉田愉）
スタッフ賞　　火星の日（岡田茂）

【この年の映画祭】
「伊参スタジオ映画祭シナリオ大賞」開始
23日に初の「伊参スタジオ映画祭シナリオ大賞」表彰式が行われる（初回は事前に大賞・各賞を発表）

第４回伊参スタジオ映画祭（２００４年11月13日～14日）

【上映作品】
独立少年合唱団（緒方明監督）
天国の本屋～恋火（篠原哲雄監督）
食い逃げカップル・地獄の逃走５万キロ（水戸ひねき監督）
宇宙の法則（豊島圭介監督）
東京タワー少女（豊島圭介監督）
学校の階段（篠原哲雄監督、谷口正晃監督、ウスイヒロシ監督）
brother（飯塚健監督）

umi-game（飯塚健監督）
WORKMEN（武藤浩志監督）
放飼（HANASHI★GUY）（武藤浩志監督）
ヤンキーエレジー（本間由人監督）
３８２（久保田裕子監督）
この窓、むこうがわ（迫田公介監督）
朱の路（村田朋泰監督）
卵黄のきみ（岩田ユキ監督）
新ここからの景（岩田ユキ監督）
カウントダウン５（村井佐知監督）
シナリオ大賞２００３中編の部大賞　少年笹餅（岩田ユキ監督）
シナリオ大賞２００３短編の部大賞　貝ノ耳（杉田愉監督）
月とキャベツ（篠原哲雄監督）

【シナリオ大賞】
公募：４月１日〜７月31日、応募数：２６９本
中編の部大賞　柳は緑 花は紅（宮本亮）
短編の部大賞　ドリアンじいさん（三倉毅宣）
スタッフ賞　奥さん屋さん（羽場さゆり）

【この年の映画祭】
「伊参スタジオ映画祭実行委員会」として活動開始
北陸で撮影中の香川照之さんが、新潟県中越地震による交通障害にも拘らず東京経由で来場

第５回伊参スタジオ映画祭（２００５年11月26日〜27日）

【上映作品】
貝ノ耳（杉田愉監督）
少年笹餅（岩田ユキ監督）
油断大敵（成島出監督）
埋もれ木（小栗康平監督）
眠る男（小栗康平監督）
透明なシャッター（今泉力哉監督）
特攻伝説（ARASHY監督）
はじまり（滝口竜介監督）

トラベルチャンス（石橋亨介監督）
あたしと金魚（須田浩代監督）
バナナの法則（中村武監督）
月からおちてきたうさぎ（宇賀神光佑監督）
いぬづかくん（越阪部珠生監督）
五尺三寸（別府裕美子監督）
男の子はみんな飛行機が好き（吉田大八監督）
シナリオ大賞２００４中編の部大賞　柳は緑 花は紅（宮本亮監督）
シナリオ大賞２００４短編の部大賞　ドリアンじいさん（三倉毅宣監督）
こいばな（学校の階段２）（篠原哲雄監督）
月とキャベツ（篠原哲雄監督）

【シナリオ大賞】
公募：４月１日〜７月20日、応募数：２３５本
中編の部大賞　星屑夜曲（外山文治）
短編の部大賞　びっくり喫茶（山岡真介）
スタッフ賞　星屑夜曲（外山文治）

【この年の映画祭】
シナリオ大賞で外山文治さんの「星屑夜曲」が大賞とスタッフ賞、初のダブル受賞
キャッチフレーズが「山の中の小さくて大きい映画祭」に決定
「眠る男」の撮影・完成から10年、同作品と小栗監督の新作「埋もれ木」を上映

第６回伊参スタジオ映画祭（２００６年11月23日、25日〜26日）

【上映作品】
ゴーゴー★TOILET（伊羅子政代監督）
深呼吸の必要（篠原哲雄監督）
すべり台（阿部雄一監督）
けん玉（篠原哲雄監督）
月とキャベツ（篠原哲雄監督）
柳は緑 花は紅（宮本亮監督）
ドリアンじいさん（三倉毅宣監督）
雨の町（田中誠監督）

初恋（塙幸成監督）
チーズとうじ虫（加藤治代監督）
ラッキーセンター（浅尾彩加監督）
soraの彼方（新井真吾監督）
チェリーハイツ（長谷川留亜監督）
繋いだ手…離した手…離さない手…（中嶋紗耶香監督）
蹉跌（仁志原了監督）
キユミの肘　サユルの膝（杉田愉監督）
エイン（モンティンダン監督）
シナリオ大賞２００５中編の部大賞　星屑夜曲（外山文治監督）
シナリオ大賞２００５短編の部大賞　びっくり喫茶（山岡真介監督）
Benisachi 紅幸（篠原哲雄監督）

【シナリオ大賞】
公募：４月１日～７月20日、応募数：３９０本
中編の部大賞　この先百年の孤独（高田徒歩）
短編の部大賞　耳をぬぐえば（室岡ヨシミコ）
審査員特別賞　ロードグラス（奥原順二）
スタッフ賞　全速力おやじ（小林由香）

【この年の映画祭】
「月とキャベツ」10周年を記念し3日間の開催
シナリオ大賞において、この年のみ審査員特別賞が設けられる
「伊参スタジオ映画祭　２００６プレ映画祭」と銘打ち、「中之条町で生まれた映画たち」をテーマにシナリオ大賞初年度大賞作品と日本映画学校の学生によるドキュメンタリー作品（出演：中之条町の職人さんたち）を上映

第７回伊参スタジオ映画祭（２００７年11月17日～18日）

【上映作品】
月とキャベツ（篠原哲雄監督）
地下鉄（メトロ）に乗って（篠原哲雄監督）
ロックハンター伊右衛もん（清水崇監督）
略奪愛（豊島圭介監督）
檸檬のころ（岩田ユキ監督）
放課後とキャンディ（中村忍監督）
天使の樹海（藤田重和監督）
シミル（熊谷まどか監督）
扇風機の気持ち（山口智監督）
KICK MY SWEET 13（村松正浩監督）
キャッチボール（飯野歩監督）
シナリオ大賞２００６短編の部大賞　耳をぬぐえば（室岡ヨシミコ監督）
シナリオ大賞２００６中編の部大賞　この先百年の孤独（高田徒歩監督）
WHITE MEXICO（井上春生監督）
びっくり喫茶（山岡真介監督）
星屑夜曲（外山文治監督）

【シナリオ大賞】
公募：４月１日～７月１日、応募数：３２２本
中編の部大賞　求愛（金井純一）
短編の部大賞　金糸雀は唄を忘れた（赤羽健太郎）
スタッフ賞　ババトラップう玉爆弾（上原三由樹）

【この年の映画祭】
清水崇監督が初来場
実行委員長改選

第８回伊参スタジオ映画祭（２００８年11月22日～23日）

【上映作品】
月とキャベツ（篠原哲雄監督）
山桜（篠原哲雄監督）
転校生　さよならあなた（大林宣彦監督）
Needlewood Antiques（前田直樹監督）
写真の少年（土谷洋平監督）
ごめん（中澤斉子監督）
箱くずし（今岡陽子監督）
豹とリンゴ（伊藤楓監督）
シナリオ大賞２００７短編の部大賞　金糸雀は唄を忘れた（赤羽健太郎監督）
シナリオ大賞２００７中編の部大賞　求愛（金井純一監督）

ＵＦＯ食堂（山口智監督）
耳をぬぐえば（室岡ヨシミコ監督）
この先百年の孤独（高田徒歩監督）

【シナリオ大賞】

公募：４月１日～７月１日、応募数：２８５本
中編の部大賞　ヤング通りの住人たち（石田摩耶子）
短編の部大賞　ひょうたんから粉（上原三由樹）
スタッフ賞　凛子のうた（辻谷美加）

【この年の映画祭】

大林宣彦監督が初来場

第9回伊参スタジオ映画祭（２００９年11月21日～22日）

【上映作品】

金糸雀は唄を忘れた（赤羽健太郎監督）
求愛（金井純一監督）
花になる（田中智章監督）
琥珀色のキラキラ（中野量太監督）
非女子図鑑（清水崇監督、豊島圭介監督ほか）
代行のススメ（山口智監督）
しましまちゃん（伊羅子政代監督）
魚の味（多賀典彬監督、山嵜晋平監督）
シナリオ大賞２００８短編の部大賞　ひょうたんから粉（上原三由樹監督）
シナリオ大賞２００８中編の部大賞　ヤング通りの住人たち（石田摩耶子監督）
つむじ風食堂の夜（篠原哲雄監督）
月とキャベツ（篠原哲雄監督）

【シナリオ大賞】

公募：４月１日～７月１日、応募数：４０８本
中編の部大賞　ここにいる（伊勢尚子）
短編の部大賞　純子はご機嫌ななめ（谷口雄一郎）
スタッフ賞　ばあちゃんのフルコース（小林りん）

【この年の映画祭】

シナリオ大賞応募数が初めて４００本を超える
函館港イルミナシオン映画祭のシンポジウムにパネリストして招かれる
文化庁委託事業「ｎｄｊｃ　若手映画作家育成プロジェクト２００９」に伊参スタジオ映画祭実行委員会が推薦した金井純一監督が、製作実地研修者5名のうちの1人に選ばれる
実行委員長改選

第10回伊参スタジオ映画祭（２０１０年11月20日～22日）

【上映作品】

グッド・バイ（篠原哲雄監督）
黄金風景（アベ ユーイチ監督）
時をかける少女（谷口正晃監督）
眠る男（小栗康平監督）
恋の正しい方法は本にも設計図にも載っていない（篠原哲雄監督）
ソフトボーイ（豊島圭介監督）
シナリオ大賞２００９中編の部大賞　ここにいる（伊勢尚子監督）
シナリオ大賞２００９短編の部大賞　純子はご機嫌ななめ（谷口雄一郎監督）
月とキャベツ（篠原哲雄監督）
此の岸のこと（外山文治監督）
8ミリメートル（岩田ユキ監督）
ペダルの行方（金井純一監督）
ヤング通りの住人たち（石田摩耶子監督）
ひょうたんから粉（上原三由樹監督）
ＩＳＭ（歴代大賞受賞監督・宮本亮、外山文治、高田徒歩、室岡ヨシミコ、金井純一、赤羽健太郎、石田摩耶子、上原三由樹）

【シナリオ大賞】

公募：４月１日～７月１日、応募数：３６６本
中編の部大賞　惑星のささやき（澤田サンダー）
短編の部大賞　悲しくてやりきれない（澤千尋）
スタッフ賞　師匠のムチャブリ（石谷直文）

【この年の映画祭】

10周年を記念し3日間開催
21日、10年越しの念願がかない山崎まさよしさんが初来場

22日、歴代大賞受賞者が映画祭10周年記念として製作した「ISM」を上映
10周年記念誌発行

第11回伊参スタジオ映画祭（2011年11月19日～20日）

【上映作品】
キユミの詩集　サユルの刺繍（杉田愉監督）
リスト（田中智章監督）
壁女（原田裕司監督）
あぜみちジャンピンッ！（西川文恵監督）
小川の辺（篠原哲雄監督）
柔らかい土（篠原哲雄監督）
乱反射（谷口正晃監督）
裁判長！ここは懲役4年でどうすか（豊島圭介監督）
シナリオ大賞2010中編の部大賞　惑星のささやき（澤田サンダー監督）
シナリオ大賞2010短編の部大賞　悲しくてやりきれない（澤千尋監督）
純子はご機嫌ななめ（谷口雄一郎監督）
ここにいる（伊勢尚子監督）
月とキャベツ（篠原哲雄監督）

【シナリオ大賞】
公募：4月5日～6月30日、応募数：372本
中編の部大賞　震動（平野朝美）
短編の部大賞　冬の真桑瓜（森下鳰子）
スタッフ賞　奇跡の中指（山本洋介）

【この年の映画祭】
「第1回地域再生大賞　関東・甲信越ブロック賞」受賞（2月）
伊参スタジオ映画祭公式Twitter開設（2月）

第12回伊参スタジオ映画祭（2012年11月17日～18日）

【上映作品】
シラン（柴山健次監督）
口腔盗聴器（上原三由樹監督）
転校生（金井純一監督）
桜トイレ（赤羽健太郎監督）
指輪をはめたい（岩田ユキ監督）
BUNGO～ささやかな欲望～告白する紳士たち（関根光才監督）
僕たちは世界を変えることができない。But we wanna build a school in Cambodia（深作健太監督）
シナリオ大賞2011中編の部大賞　震動（平野朝美監督）
シナリオ大賞2011短編の部大賞　冬の真桑瓜（森下鳰子監督）
月とキャベツ（篠原哲雄監督）

【シナリオ大賞】
公募：4月8日～6月30日、応募数：372本
中編の部大賞　独裁者、古賀。（飯塚俊光）
短編の部大賞　この坂道（宮本ともこ）
スタッフ賞　一輪車のおっさん（中村由加里）

【この年の映画祭】
伊参スタジオ映画祭公式Facebook開設（6月）

第13回伊参スタジオ映画祭（2013年11月23日～24日）

【上映作品】
半落ち（佐々部清監督）
尋ね人（篠原哲雄監督）
ソウル・フラワー・トレイン（西尾孔志監督）
月とキャベツ（篠原哲雄監督）
私は知ってる、私は知らない（澤田サンダー監督）
彼（猪浦直樹監督）
雑音（上原三由樹監督）
ゆびわのひみつ（谷口雄一郎監督）
野ばらに寄す（金井純一監督）
シナリオ大賞2012短編の部大賞　この坂道（宮本ともこ監督）
シナリオ大賞2012中編の部大賞　独裁者、古賀。（飯塚俊光監督）
冬の真桑瓜（森下鳰子監督）
震動（平野朝美監督）

【シナリオ大賞】
公募：4月12日～6月30日、応募数：443本

中編の部大賞　彦とベガ（谷口未央）
短編の部大賞　捨て看板娘（川合元）
スタッフ賞　　捨て看板娘（川合元）

【この年の映画祭】

中之条ビエンナーレとの共同企画「ミニシアター琥珀座」開催
川合元さんの「捨て看板娘」が「星屑夜曲」以来の大賞とスタッフ賞、ダブル受賞

第14回伊参スタジオ映画祭（2014年11月15日〜16日）

【上映作品】

魔女の宅急便（清水崇監督）
ゆるせない、逢いたい（金井純一監督）
燦燦―さんさん―（外山文治監督）
月とキャベツ（篠原哲雄監督）
キユミの森　サユルの澱（杉田愉監督）
さよならケーキとふしぎなランプ（金井純一監督）
シナリオ大賞2013短編の部大賞　捨て看板娘（川合元監督）
シナリオ大賞2013中編の部大賞　彦とベガ（谷口未央監督）
この坂道（宮本ともこ監督）
独裁者、古賀。（飯塚俊光監督）

【シナリオ大賞】

公募：4月23日〜6月30日、応募数：297本
中編の部大賞　弥勒のいと（松井香奈）
短編の部大賞　正しいバスの見分けかた（高橋名月）
スタッフ賞　　もう一度、恋してみよう（杉本仁）

【この年の映画祭】

群馬県総合表彰（地域づくり分野）受賞（5月）
群馬県総合表彰受賞祝賀会（11月）

第15回伊参スタジオ映画祭（2015年11月14日〜15日）

【上映作品】

種まく旅人　くにうみの郷（篠原哲雄監督）
海のうた（豊島圭介監督）
お盆の弟（大崎章監督）
月とキャベツ（篠原哲雄監督）
キユミの桃子　サユルの涼花（杉田愉監督）
ひとまずすすめ（柴田啓佑監督）
チキンズダイナマイト（飯塚俊光監督）
シナリオ大賞2014短編の部大賞　正しいバスの見分けかた（高橋名月監督）
シナリオ大賞2014中編の部大賞　弥勒のいと（松井香奈監督）
彦とベガ（谷口未央監督）

【シナリオ大賞】

公募：4月24日〜7月1日、応募数：309本
中編の部大賞　ひかりのたび（澤田サンダー）
短編の部大賞　とっとこ将太（船越凡平）
スタッフ賞　　わさび（外山文治）

【この年の映画祭】

伊参スタジオ映画祭公式ホームページリニューアル
澤田サンダーさんがシナリオ大賞初となる2度目の大賞を受賞する

第16回伊参スタジオ映画祭（2016年11月18日〜20日）

【上映作品】

捨て看板娘（川合元監督）
美人局、さゆり。（飯塚俊光監督）
田吾作どんのいる村（猪浦直樹監督）
珈琲色彩（赤羽健太郎監督）
私以外の人（谷口雄一郎監督）
眠る男（小栗康平監督）
六合いじめ防止プロジェクト（六合中学校制作作品）
FOUJITA（小栗康平監督）
64―ロクヨン―（前編）（瀬々敬久監督）
64―ロクヨン―（後編）（瀬々敬久監督）
月とキャベツ（篠原哲雄監督）
森山中教習所（豊島圭介監督）
シナリオ大賞2015短編の部大賞　とっとこ将太（船越凡平監督）

シナリオ大賞2015中編の部大賞　ひかりのたび（澤田サンダー監督）
正しいバスの見分けかた（高橋名月監督）
弥勒のいと（松井香奈監督）

【シナリオ大賞】
公募：5月20日〜6月30日、応募数：278本
中編の部大賞　子供は天使ですか（川西薫）
短編の部大賞　三つの朝（根岸里紗）
スタッフ賞　終焉マニアック（荒木伸二）

【この年の映画祭】
『眠る男』『月とキャベツ』公開20周年を記念して3日間開催（18日の会場は中之条町ツインプラザ）
山崎まさよしさん、横山秀夫さん、篠原哲雄監督が揃う（19日）
「原作・横山秀夫、主演・山崎まさよし、監督・篠原哲雄」での映画製作発案

第17回伊参スタジオ映画祭（2017年11月25日〜26日）

【上映作品】
ポエトリーエンジェル（飯塚俊光監督）
わさび（外山文治監督）
春なれや（外山文治監督）
花戦さ（篠原哲雄監督）
月とキャベツ（篠原哲雄監督）
いきうつし（田中晴菜監督）
ちょき（金井純一監督）
シナリオ大賞2016短編の部大賞　三つの朝（根岸里紗監督）
シナリオ大賞2016中編の部大賞　子供は天使ですか（川西薫監督）
とっとこ将太（船越凡平監督）
ひかりのたび（澤田サンダー監督）

【シナリオ大賞】
公募：4月20日〜6月20日、応募数：266本
中編の部大賞　なれない二人（樋口幸之助）
短編の部大賞　あるいは、とても小さな戦争の音（村口知巳）
スタッフ賞　リーマン・スキップ（下小城愛紀）

【この年の映画祭】
「影踏み」映画化決定　製作に向けて動き出す（原作・横山秀夫、主演・山崎まさよし、監督・篠原哲雄、企画・伊参スタジオ映画祭）
実行委員長改選

第18回伊参スタジオ映画祭（2018年11月24日〜25日）

【上映作品】
高崎グラフィティ。（川島直人監督）
ばあちゃんロード（篠原哲雄監督）
君から目が離せない〜Eyes on you〜（篠原哲雄監督）
月とキャベツ（篠原哲雄監督）
未来のあたし（豊島圭介監督）
もんちゃん（金晋弘監督）
三十路女はロマンチックな夢を見るか？（山岸謙太郎監督）
シナリオ大賞2017短編の部大賞　あるいは、とても小さな戦争の音（村口知巳監督）
シナリオ大賞2017中編の部大賞　なれない二人（樋口幸之助監督）
三つの朝（根岸里紗監督）
子供は天使ですか（川西薫監督）

【シナリオ大賞】
公募：4月20日〜6月20日、応募数：237本
中編の部大賞　黄金（笹谷遼平）
短編の部大賞　15歳の総理大臣（胡麻尻亜紀）
スタッフ賞　空き巣と少年（キドユウイチロウ）

【この年の映画祭】
劇場用映画「影踏み」の撮影協力のため、「影踏み応援隊」を結成
「影踏み」の撮影、編集に参加

第19回伊参スタジオ映画祭（2019年11月8日〜10日）

【上映作品】
影踏み（篠原哲雄監督）
月とキャベツ（篠原哲雄監督）
まく子（鶴岡慧子監督）

踊ってミタ（飯塚俊光監督）
Tokyo　2001/10/21　22:32～22:41（奥山大史監督）
僕はイエス様が嫌い（奥山大史監督）
かくも長き道のり（屋良朝建監督）
シナリオ大賞２０１８短編の部大賞　15歳の総理大臣（胡麻尻亜紀監督）
シナリオ大賞２０１８中編の部大賞　山歌（笹谷遼平監督　※黄金より改題）
あるいは、とても小さな戦争の音（村口知巳監督）
なれない二人（樋口幸之助監督）

【シナリオ大賞】

公募：４月25日～６月20日、応募数：２６１本
中編の部大賞　キリノシロ（中野優子）
短編の部大賞　在りし人（藤谷東）
スタッフ賞　コオロギの詩（柳沼佳菜子）

【この年の映画祭】

「影踏み」プロモーション活動に携わる
映画祭初日に、全国に先駆け最速の舞台挨拶付き「影踏み」の上映を行う
企画・プロモーションなどに携わった映画「影踏み」が全国公開

第20回伊参スタジオ映画祭（２０２０年11月８日）

【上映作品】

シナリオ大賞２０１９短編の部大賞　在りし人（藤谷東監督）
シナリオ大賞２０１９中編の部大賞　キリノシロ（中野優子監督）
15歳の総理大臣（胡麻尻亜紀監督）
馬ありて（笹谷遼平監督）

【シナリオ大賞】

公募：５月15日～６月27日、応募数：３５３本
中編の部大賞　飛来地にて（葉狩ナツキ）
短編の部大賞　冬子の夏（煙山夏美）
スタッフ賞　じいさんとジャリガール（上野詩織）

【この年の映画祭】

新型コロナウイルス感染防止のため、バイテック文化ホールで１日のみ開催

20周年を記念するシナリオ大賞作品集を制作（２０２１年３月15日発行）

伊参スタジオ映画祭の足跡

1994年（平成6年）

5月　中之条ふるさと塾開講

10月　群馬県から旧第4中学校を映画スタジオとして借用依頼、中之条町で検討開始

11月　小栗康平監督ら「眠る男」スタッフが来町、旧第4中学校借用依頼

12月　中之条町議会全員協議会で旧第4中学校施設のスタジオ・宿泊施設としての借用申込みが説明される

1995年（平成7年）

1月　中之条町臨時議会でスタジオ改修事業費補正予算成立
　「眠る男」制作のため、廃校になっていた旧町立第4中学校を改修

2月　伊参スタジオ開設
　「眠る男」（小栗康平監督）撮影開始　6月まで県内各地ロケ

6月　「眠る男」スタッフ、群馬県、中之条町による伊参スタジオ活用会議開催

10月　「眠る男」完成披露試写会
　伊参スタジオ公園オープン

1996年（平成8年）

9月　「月とキャベツ」（篠原哲雄監督）撮影（8日～30日）

1998年（平成10年）

3月　中之条ふるさと塾が「中之条キネマシアター」を主催（「木を植えた男」「月とキャベツ」「八月の暑い空」上映）
　群馬県の補助で伊参スタジオ公園整備開始（宿泊設備等の整備）

1999年（平成11年）

11月　伊参スタジオ公園竣工式（13日）
　伊参スタジオ公園で山崎まさよしさんがライブを開催（14日）

2000年（平成12年）

中之条町役場企画課が平成13年上映会開催に向けて予算・運営スタッフについて検討、運営スタッフについては中之条ふるさと塾に依頼

2001年（平成13年）

5月　中之条ふるさと塾が町広報において「伊参スタジオを拠点として制作された映画等の上映会」のボランティアスタッフを募集
　中之条町役場においてスタッフ初顔合わせ（31日）
　中之条ふるさと塾・上毛新聞社事業局・ボランティアスタッフ・中之条町役場企画課

6月　上映会開催会議において、上映会の名称とキャラクターロゴマークが決まる
　名称は「伊参スタジオ映画祭」、キャラクターロゴマークはスタッフがデザインした「いさまくん」
　伊参スタジオ映画祭会議（6月～11月　企画検討及び準備作業）
　のぼり旗・体育館外看板・会場内看板とその昇降装置などを製作・設置

11月　伊参スタジオ映画祭（17日・18日）
　―憧れの地で感動を再び―　伊参スタジオ映画祭が開幕

12月　伊参スタジオ映画祭報告会（5日）

2002年（平成14年）

2月　第2回伊参スタジオ映画祭準備会議（～3月）

3月　中之条町議会3月定例会で「第2回伊参スタジオ映画祭」の開催が承認される

4月　第2回伊参スタジオ映画祭会議（4月～11月　企画検討及び準備作業）
　入場木札の発案・製作
　夜間の校庭のキャンドルを発案、ペットボトルと木札用木材でローソク立てを製作

7月　「伊参スタジオ映画祭公式ホームページ」開設（7日）

11月　第2回伊参スタジオ映画祭（9日・10日）
　入場木札・キャベツ刈り・校庭のキャンドル点灯が始まる

2003年（平成15年）

2月　第3回伊参スタジオ映画祭準備会議（～3月）
　伊参スタジオ映画祭独自企画としてのシナリオ公募案がまとまる
　審査員に篠原哲雄、松岡周作、豊島圭介の3氏が就任

4月　第3回伊参スタジオ映画祭会議（4月～11月　企画検討及び準備作業）
　シナリオ大賞各賞記念品の楯をデザイン・製作
「伊参スタジオ映画祭シナリオ大賞2003」公募（4月1日～8月31日、応募数117本）

11月　第3回伊参スタジオ映画祭（22日・23日）
　初の「伊参スタジオ映画祭シナリオ大賞」表彰式が行われる
　（初回は事前に大賞・各賞ともに発表）

2004年（平成16年）

2月　第4回伊参スタジオ映画祭準備会議（～3月）
　検討していた実行委員会組織への体制の移行が決まる

3月　シナリオ大賞2003短編の部大賞「貝ノ耳」（杉田愉監督）撮影（6日～7日）

4月　第4回伊参スタジオ映画祭会議（4月～11月　企画検討及び準備作業）
　新たに「伊参スタジオ映画祭実行委員会」として活動を開始、映画祭の主催者となる
「伊参スタジオ映画祭シナリオ大賞2004」公募（4月1日～7月31日、応募数：269本）
　審査員にシナリオ・センター講師・坂井昌三氏が加わる

5月　シナリオ・センター（東京・青山）にて「伊参スタジオ映画祭シナリオ大賞」公募ガイダンス（24日）

7月　シナリオ大賞2003中編の部大賞「少年笹餅」（岩田ユキ監督）撮影（31日～8月11日）

8月　「貝ノ耳」撮影（28日）

10月　第2回「全国フィルムコミッション・コンベンション（文化庁主催、全国フィルム・コミッション連絡協議会共催）」に参加、撮影の現状を発表する（28日）

11月　第4回伊参スタジオ映画祭（13日・14日）
　シナリオ大賞の発表形式が変わり、各賞当日発表となる（名称も表彰式から授賞式に変更）

2005年（平成17年）

2月　第5回伊参スタジオ映画祭準備会議（総会・シナリオ大賞公募準備）

3月　2004年度伊参スタジオ映画祭実行委員会総会（18日）
シナリオ大賞2004中編の部大賞「柳は緑　花は紅」（宮本亮監督）撮影（25日～31日）

4月　第5回伊参スタジオ映画祭会議（4月～11月　企画検討及び準備作業）
　キャッチフレーズが「山の中の小さくて大きい映画祭」に決定
「伊参スタジオ映画祭シナリオ大賞2005」公募（4月1日～7月20日、応募数：235本）

7月　シナリオ大賞2004短編の部大賞「ドリアンじいさん」（三倉毅宣監督）撮影（15日～19日）

9月　「ドリアンじいさん」撮影（16日～17日）

11月　第5回伊参スタジオ映画祭（26日・27日）
　「眠る男」の撮影・完成から10年、同作品と小栗監督の新作「埋もれ木」を上映

2006年（平成18年）

2月　第6回伊参スタジオ映画祭準備会議（総会・シナリオ大賞公募準備）

3月　2005年度伊参スタジオ映画祭実行委員会総会（13日）

4月　第6回伊参スタジオ映画祭会議（4月～11月　企画検討及び準備作業）
　「月とキャベツ」10周年企画とそれに伴う3日間開催の検討
　映画祭前週のプレ映画祭開催の検討

4月　「伊参スタジオ映画祭シナリオ大賞２００６」公募（4月1日～7月20日、応募数：３９０本）

8月　シナリオ大賞２００５中編の部大賞「星屑夜曲」（外山文治監督）撮影（21日～24日）

9月　シナリオ大賞２００５短編の部大賞「びっくり喫茶」（山岡真介監督）撮影（19日～20日）

11月　「伊参スタジオ映画祭　２００６プレ映画祭」開催（19日　ツインプラザ）

第６回伊参スタジオ映画祭（23日・25日・26日）

「月とキャベツ」10周年記念として3日間開催

２００７年（平成19年）

1月　中之条町生涯学習推進大会（生涯学習推進協議会主催）において活動状況を発表（28日）

2月　第７回伊参スタジオ映画祭準備会議（総会・シナリオ大賞公募準備）

3月　２００６年度伊参スタジオ映画祭実行委員会総会（23日　役員改選）

4月　第７回伊参スタジオ映画祭会議（4月～11月　企画検討及び準備作業）

「伊参スタジオ映画祭シナリオ大賞２００７」公募（4月1日～7月1日、応募数：３２２本）

7月　シナリオ大賞２００６短編の部大賞「耳をぬぐえば」（室岡ヨシミコ監督）撮影（25日～28日）

シナリオ大賞２００６中編の部大賞「この先百年の孤独」（高田徒歩監督）撮影（30日～8月10日）

11月　第７回伊参スタジオ映画祭（17日・18日）

２００８年（平成20年）

2月　第８回伊参スタジオ映画祭準備会議（総会・シナリオ大賞公募・ドキュメンタリー上映会準備）

2月　「伊参スタジオ映画祭ドキュメンタリー上映会」開催（17日　ツインプラザ）

日本映画学校の学生によるドキュメンタリー作品12本とシナリオ大賞作品2本を上映

3月　２００７年度伊参スタジオ映画祭実行委員会総会（21日）

4月　第８回伊参スタジオ映画祭会議（4月～11月　企画検討及び準備作業）

「伊参スタジオ映画祭シナリオ大賞２００８」公募（4月1日～7月1日、応募数：２８５本）

審査員に脚本家・龍居由佳里氏が加わる

7月　シナリオ大賞２００７短編の部大賞「金糸雀は唄を忘れた」（赤羽健太郎監督）撮影（31日～8月10日）

8月　シナリオ大賞２００７中編の部大賞「求愛」（金井純一監督）撮影（16日～28日）

11月　第８回伊参スタジオ映画祭（22日・23日）

２００９年（平成21年）

2月　第９回伊参スタジオ映画祭準備会議（総会・シナリオ大賞公募準備）

3月　２００８年度伊参スタジオ映画祭実行委員会総会（15日　役員改選）

4月　第９回伊参スタジオ映画祭会議（4月～11月　企画検討及び準備作業）

「伊参スタジオ映画祭シナリオ大賞２００９」公募（4月1日～7月1日、応募数：４０８本）

5月　シナリオ大賞２００８短編の部大賞「ひょうたんから粉」（上原三由樹監督）撮影（1日～7日）

7月　シナリオ大賞２００８中編の部大賞「ヤング通りの住人たち」（石田摩耶子監督）撮影（24日～25日）

8月　「ひょうたんから粉」撮影（29日～30日）

11月　第９回伊参スタジオ映画祭（21日・22日）

12月　函館港イルミナシオン映画祭２００９シンポジウムに参加（5日）

2010年（平成22年）

1月 第10回伊参スタジオ映画祭準備会議（企画検討）
2月 第10回伊参スタジオ映画祭準備会議（企画検討、総会・シナリオ大賞公募準備）
3月 2009年度伊参スタジオ映画祭実行委員会総会（19日）
4月 第10回伊参スタジオ映画祭会議（4月～11月　企画検討及び準備作業）
　10回記念の企画とそれに伴う3日間開催の検討
　伊参スタジオ映画祭記念誌の制作検討
　シナリオ大賞歴代大賞受賞者からのオムニバス映画の発案
　「伊参スタジオ映画祭シナリオ大賞2010」公募（4月1日～7月1日、応募数：366本）
　シナリオ大賞2009中編の部大賞「ここにいる」（伊勢尚子監督）撮影（17日～25日）
　シナリオ・センター（東京・青山）にて「伊参スタジオ映画祭シナリオ大賞」公募ガイダンス（25日）
5月 「ここにいる」撮影（7日～9日）
7月 シナリオ大賞2009短編の部大賞「純子はご機嫌ななめ」（谷口雄一郎監督）撮影（31日～8月5日）
11月 「第1回地域再生大賞」の群馬県代表に伊参スタジオ映画祭実行委員会が選ばれる（11日）
　第10回伊参スタジオ映画祭（20日・21日・22日）
　　山崎まさよしさんが初来場（21日）
12月 「伊参スタジオ映画祭記念誌」発行（30日）

2011年（平成23年）

1月 第11回伊参スタジオ映画祭準備会議（総会・シナリオ大賞公募準備）
2月 「第1回地域再生大賞」関東・甲信越ブロック賞受賞（25日）
　「伊参スタジオ映画祭公式Twitter」開設
4月 「伊参スタジオ映画祭シナリオ大賞2011」公募（4月5日～6月30日、応募数：372本）
　2010年度伊参スタジオ映画祭実行委員会総会（27日　役員改選）
5月 第11回伊参スタジオ映画祭会議（5月～11月　企画検討及び準備作業）
6月 シナリオ大賞2010短編の部大賞「悲しくてやりきれない」（澤千尋監督）撮影（11日～12日）
8月 シナリオ大賞2010中編の部大賞「惑星のささやき」（澤田サンダー監督）撮影（1日～14日）
11月 第11回伊参スタジオ映画祭（19日・20日）

2012年（平成24年）

2月 シナリオ大賞2011短編の部大賞「冬の真桑瓜」（森下鳰子監督）撮影（19日～21日）
3月 第12回伊参スタジオ映画祭準備会議（総会・シナリオ大賞公募準備）
4月 2011年度伊参スタジオ映画祭実行委員会総会（7日）
　「伊参スタジオ映画祭シナリオ大賞2012」公募（4月8日～6月30日、応募数：372本）
5月 第12回伊参スタジオ映画祭会議（5月～11月　企画検討及び準備作業）
6月 「伊参スタジオ映画祭公式Facebook」開設
7月 「冬の真桑瓜」撮影（28日～31日）
8月 シナリオ大賞2011中編の部大賞「震動」（平野朝美監督）撮影（11日～17日）
11月 第12回伊参スタジオ映画祭（17日・18日）

2013年（平成25年）

4月 2012年度伊参スタジオ映画祭実行委員会総会（6日　役員改選）
　第13回伊参スタジオ映画祭会議（4月～11月　企画検討及び準備作業）

4月　「伊参スタジオ映画祭シナリオ大賞２０１３」公募（4月12日～6月30日、応募数：４４３本）
　審査員に作家・横山秀夫氏が加わる

5月　シナリオ大賞２０１２短編の部大賞「この坂道」（宮本ともこ監督）撮影（３日～６日）

8月　シナリオ大賞２０１２中編の部大賞「独裁者、古賀。」（飯塚俊光監督）撮影（14日～18日）

9月　中之条ビエンナーレとの共同企画「ミニシアター琥珀座」開催（９月14日～10月14日）

11月　第13回伊参スタジオ映画祭（23日・24日）

２０１４年（平成26年）

4月　２０１４年度伊参スタジオ映画祭実行委員会総会（19日）
「伊参スタジオ映画祭シナリオ大賞２０１４」公募（4月23日～6月30日、応募数：２９７本）

5月　第14回伊参スタジオ映画祭会議（5月～11月　企画検討及び準備作業）
群馬県総合表彰（地域づくり分野）受賞（３日）

7月　シナリオ大賞２０１３中編の部大賞「彦とベガ」（谷口未央監督）撮影（５日～19日）

8月　シナリオ大賞２０１３短編の部大賞「捨て看板娘」（川合元監督）撮影（10日～22日）

11月　群馬県総合表彰受賞祝賀会（14日　中之条町ツインプラザ）
第14回伊参スタジオ映画祭（15日・16日）

２０１５年（平成27年）

2月　第15回伊参スタジオ映画祭準備会議（企画検討、総会・シナリオ大賞公募準備）

3月　第15回伊参スタジオ映画祭準備会議（総会・シナリオ大賞公募準備）

4月　「伊参スタジオ映画祭公式ホームページ」リニューアル（１日）
２０１５年度伊参スタジオ映画祭実行委員会総会（18日　役員改選）
「伊参スタジオ映画祭シナリオ大賞２０１５」公募（4月24日～7月1日、応募数：３０９本）

5月　第15回伊参スタジオ映画祭会議（5月～11月　企画検討及び準備作業）
シナリオ大賞２０１４中編の部大賞「弥勒のいと」（松井香奈監督）撮影（11日～16日）

7月　シナリオ大賞２０１２中編の部大賞「独裁者、古賀。」が劇場公開（18日～全国順次公開）
「独裁者、古賀。」の新宿K's cinemaでの上映イベントとトークショーに参加（20日）

8月　シナリオ大賞２０１４短編の部大賞「正しいバスの見分けかた」（高橋名月監督）撮影（３日～８日）

9月　中之条大学 きらめき講座で「彦とベガ」上映と谷口監督の舞台挨拶（28日　中之条町ツインプラザ）

11月　第15回伊参スタジオ映画祭（14日・15日）

２０１６年（平成28年）

2月　第16回伊参スタジオ映画祭準備会議（企画検討、総会・シナリオ大賞公募準備）

3月　第16回伊参スタジオ映画祭準備会議（企画検討、総会・シナリオ大賞公募準備）
六合ドキュメンタリー映画祭を開催（19日～20日）

4月　２０１５年度伊参スタジオ映画祭実行委員会総会（17日）

5月　第16回伊参スタジオ映画祭会議（5月～11月　企画検討及び準備作業）

5月　「伊参スタジオ映画祭シナリオ大賞２０１６」公募（5月20日～6月30日、応募数：２７９本）

7月　シナリオ大賞２０１３中編の部大賞「彦とベガ」が劇場公開（16日〜全国順次公開）
8月　シナリオ大賞２０１５中編の部大賞「ひかりのたび」（澤田サンダー監督）撮影（11日〜21日）
9月　シナリオ大賞２０１５短編の部大賞「とっとこ将太」（船越凡平監督）撮影（16日〜19日、24日）
11月　第16回伊参スタジオ映画祭（18日・19日・20日）
「月とキャベツ」の上映20周年を記念して、3日間開催となる。
12月　月キャベ成人式ＬＩＶＥ&上映会〜「月とキャベツ」公開20周年記念〜に参加（6日　テアトル新宿）

２０１７年（平成29年）

2月　第17回伊参スタジオ映画祭準備会議（企画検討）
3月　第17回伊参スタジオ映画祭準備会議（企画検討、総会・シナリオ大賞公募準備）
4月　２０１６年度伊参スタジオ映画祭実行委員会総会（16日　役員改選）
「伊参スタジオ映画祭シナリオ大賞２０１７」公募（4月20日〜6月20日、応募数：２６６本）
第17回伊参スタジオ映画祭会議（4月〜11月　企画検討及び準備作業）
8月　シナリオ大賞２０１６中編の部大賞「子どもは天使ですか」（川西薫監督）撮影（18日〜24日）
9月　シナリオ大賞２０１５中編の部大賞「ひかりのたび」が劇場公開（16日〜全国順次公開）
シナリオ大賞２０１６短編の部大賞「三つの朝」（根岸里紗監督）撮影（17日〜21日）
9月　四万温泉ナイトシアターでシナリオ大賞作品上映（中之条ビエンナーレ期間中　旧中之条町立第三小学校）
10月　「子どもは天使ですか」撮影（2日〜3日）
10月　「影踏み」映画化決定（原作・横山秀夫、主演・山崎まさよし、監督・篠原哲雄、企画・伊参スタジオ映画祭）
11月　第17回伊参スタジオ映画祭（25日・26日）

２０１８年（平成30年）

2月　第18回伊参スタジオ映画祭準備会議（企画検討、総会・シナリオ大賞公募準備）
3月　第18回伊参スタジオ映画祭準備会議（映画「影踏み」撮影、総会等について）
映画「影踏み」製作発表（22日　都内）
4月　「伊参スタジオ映画祭シナリオ大賞２０１８」公募（4月20日〜6月20日、応募数：２３７本）
２０１７年度伊参スタジオ映画祭実行委員会総会（28日）
5月　第18回伊参スタジオ映画祭会議（5月〜11月　企画検討及び準備作業）
「影踏み」撮影（5月18日〜6月13日）
6月　「影踏み」製作委員会（6月〜10月　都内）
7月　シナリオ大賞２０１７短編の部大賞「あるいは、とても小さな戦争の音」（村口知巳監督）撮影（22日〜28日）
シナリオ大賞２０１７中編の部大賞「なれない二人」（樋口幸之助監督）撮影（27日〜30日）
四万温泉ナイトシアターでシナリオ大賞作品上映（温泉郷クラフトシアター期間中　旧中之条町立第三小学校）
11月　第18回伊参スタジオ映画祭（24日・25日）
12月　「影踏み」初号試写会（17日　都内）

２０１９年（平成31年）

2月　第19回伊参スタジオ映画祭準備会議（企画検討）

2月　「影踏み」製作委員会（2月～11月　都内）
3月　第19回伊参スタジオ映画祭準備会議（企画検討、総会・シナリオ大賞公募準備）
4月　２０１８年度伊参スタジオ映画祭実行委員会総会（19日　役員改選）
4月　「伊参スタジオ映画祭シナリオ大賞２０１９」公募（4月25日～6月20日、応募数：２６１本）
5月　第19回伊参スタジオ映画祭会議（5月～11月　企画検討及び準備作業）
7月　シナリオ大賞２０１８中編の部大賞「山歌」（笹谷遼平監督）撮影（21日～30日）
　　シナリオ大賞２０１８短編の部大賞「15歳の総理大臣」（胡麻尻亜紀監督）撮影（28日）
8月　「山歌」撮影（7日～9日）
　　シナリオ大賞２０１４短編の部大賞「正しいバスの見分けかた」が劇場公開（23日～東京）
　　シナリオ大賞２０１７中編の部大賞「なれない二人」が劇場公開（23日～全国順次公開）
11月　「影踏み」群馬県内先行公開（８日～）
　　第19回伊参スタジオ映画祭（８日・９日・10日）
　　　８日に「影踏み」公開後最初の舞台挨拶が行われる
　　「影踏み」全国公開（15日～）

2020年（令和2年）

1月　第20回伊参スタジオ映画祭準備会議（企画検討、総会・シナリオ大賞公募準備）
3月　シナリオ大賞２０１９短編の部大賞「在りし人」（藤谷東監督）撮影（18日、24日～26日）
4月　「影踏み」Ｂｌｕ-ｒａｙ、ＤＶＤ発売開始（８日）
4月　第20回伊参スタジオ映画祭役員会議（17日　シナリオ大賞２０２０、コロナ対応等について）
　　２０１９年度伊参スタジオ映画祭実行委員会総会（新型コロナウイルスの影響により書面決議）
5月　「伊参スタジオ映画祭シナリオ大賞２０２０」公募（5月15日～6月27日、応募数：３５３本）
6月　第20回伊参スタジオ映画祭会議（6月～11月　企画検討及び準備作業）
9月　シナリオ大賞２０２０中編の部大賞「キリノシロ」（中野優子監督）撮影（21日～27日）
11月　第20回伊参スタジオ映画祭（８日）

2021年（令和3年）

3月　「伊参スタジオ映画祭シナリオ大賞作品集」発行（15日）

ご支援くださった皆様

を通してご協力いただきました。ありがとうございました！

金澤こずえ
清水真奈美
石原節子
山田伊津子
関　淳子
牧野敏明
三倉毅宣
澤　千尋
森田孝彦
藤谷崇嗣
赤羽健太郎
石田摩耶子
松崎光春
湯本眞子
村口知巳
高橋敏子
中野優子
篠原　泉
山田真邦
船越凡平
太田直樹
小林修二
廣瀬貴洋
池田知美
星野博美
㈱ frame art
木暮浩志

山崎珠美
野島しのぶ
田中靖志
小野昌子
高橋正也
丸山昇祐
本間由樹子
遠藤瑞映
遠藤紀美枝
大西裕也
渡邉　修
宮崎亜由美
武井仁美
宮﨑博行
本木陽一
鈴木憲貴
橋詰元良
安岡卓治
谷口未央
橋爪光年
清水清那
石田貞之
大熊ゆま
久保田傑
村上久美子
小春と隆成
剣持亜由美

炭火焼肉ともじ
山下量子
五十嵐美紀
上原三由樹
佐藤力也
木暮悠太
志尾睦子
切替　桂
原沢香司
坂井昌三
鹽野佐和子 SARA
SHIMA
胡麻尻亜紀
金井智美
佐々木青
吉田綾子
石橋幸子
笹本　肇
澤　祐子
伊藤　聡
薄井良隆
橘　ゆい
福田公雄
露木栄司
平林　勉
野村泰之
㈱偉千

佐鳥利行
らーめんダイニング庵
高山林業㈱
精電社電装サービス
金井農園
堀口正尚
光陽設備
㈲島村工務店
光輝瓦工房
㈲安原商店
唐澤貴子
宮﨑　烈
関口信一
中澤柾志
小林直道
福泉亜希子
小林伸行
三共測量㈱
㈱吾妻水質管理センター
群馬トヨタ
小暮創業
唐澤陽平
小枝勲彦
伊能幸子

シナリオ大賞作品集に

出版にあたり上毛新聞社のクラウドファンディング「ハレブタイ」

大川秀之
平井奈々子
古川葉子
松坂　敦
豊島睦子
松本和子
悴田和之
茂木沙苗
西尾孔志
木内留実
西島雄志
山崎哲生
大井田弘子
大山孝彦
宮内杏子
友岡邦之
森下千恵
山本世衣子
松林要樹
澤田道子
土谷智美
小板橋政子
豊島潤子
山崎麻子
中村菜々子
岡田恭子
澤田サンダー

㈱マグネタイズ
千葉敦子
岡田睦美
諸角容子
木村和之
岡本大輔
三井はるみ
ナガノ
村路　明
松田武彦
葛西　純
笹谷遼平
一場将宏
下田修美
永井経行
中澤　弘
藤木　健
藤井慎一
㈱アンドリーム(&REAM,Inc.)
松澤仁晶
山下徳久
望月亜実
後藤直樹
諸岡　望
野積あゆみ
的場香織
諸角千恵子

山崎由貴
齊藤恵二
諸角　建
藤野麻子
田部井恵美子
遠藤俊爾
遠藤香織
吉野まり
柴山健次
都筑　聡
中沢　一
木口幸祐
船津高之
毛利咲子
磯貝悦子
井田真仙
本多正志
小田久美子
日髙　健
南　陽
山本真由子
飯塚花笑
篠原勇也
小板橋基希
絲山秋子
中村ひろみ
田中美智子・千空

箱田みどり
萩原　收
中里和也
岩佐映子
瀬戸川貴子
いとう菜のは
黒岩幹司
林　康弘
蓮見菜摘
久保田彰信
山下千穂
宮本ともこ
酒井佑樹
上窪田雅文
田中晴菜
HondaCars 中之条
樹下陽示
根岸桃子
小見純一
水野以津美
茂木克浩
岡安賢一
石川　学
村井佐知
渡邊翔太
島村達也
和田亮介

伊参スタジオ映画祭
シナリオ大賞2003-2019

2021年３月15日発行

発　行
伊参スタジオ映画祭実行委員会

伊参スタジオ映画祭ホームページ
https://isama-cinema.jp

制　作
上毛新聞社